明清绘图古典小说书系

插图本东周列国志（下）

◆〔明〕冯梦龙 编著
◆〔清〕蔡元放 校订
◆煙照 校点

齊魯書社

第五十八回

说秦伯魏相迎医　报魏锜养叔献艺

话说晋景公被蓬头大鬼所击，口吐鲜血，闷倒在地。内侍扶入内寝，良久方醒。群臣皆不乐而散。景公遂病不能起。左右或言："桑门大巫，能白日见鬼，盍往召之?"桑门大巫奉晋侯之召，甫入寝门，便言："有鬼!"景公问："鬼状何如?"大巫对曰："蓬头披发，身长丈余，以手拍胸，其色甚怒。"景公曰："巫言与寡人所见正合，言寡人枉杀其子孙，不知此何鬼也?"大巫曰："先世有功之臣，其子孙被祸最惨者是也。"景公愕然曰："莫非赵氏之祖乎?"屠岸贾在旁，即奏曰："巫者乃赵盾门客，故借端为赵氏讼冤，吾君不可听信。"景公嘿然良久，又问曰："鬼可禳否?"大巫曰："怒甚，禳之无益。"

景公曰:“然则寡人大限何如?”大巫曰:“小人冒死直言,恐君之病,不能尝新麦也。”屠岸贾曰:“麦熟只在月内,君虽病,精神犹旺,何至如此?若主公得尝新麦,汝当死罪!”不由景公发落,叱之使出。大巫去后,景公病愈深,晋国医生入视,不识其症,不敢下药。

大夫魏锜之子魏相言于众曰:“吾闻秦有名医二人高和、高缓,得传授于扁鹊,能达阴阳之理,善攻内外之症,见为秦国太医。欲治主公之病,非此人不可,盍往请之?”众曰:“秦乃吾之仇国,岂肯遣良医以救吾君哉?”魏相又曰:“恤患分灾,邻国之美事。某虽不才,愿掉三寸之舌,必得名医来晋。”众曰:“如此,则举朝皆拜子之赐矣!”

魏相即日束装,驰轺车星夜往秦。秦桓公问其来意,魏相奏曰:“寡君不幸而沾狂病,闻上国有良医和、缓,有起死回生之术,臣特来敦请,以救寡君。”桓公曰:“晋国无理,屡败我兵,吾国虽有良医,岂救汝君哉?”魏相正色曰:“明公之言差矣!夫秦、晋比邻之国,故我献公与尔穆公结婚定好,世世相亲。尔穆公始纳惠公,复有韩原之来战;继纳文公,又有汜南之背盟。不终其好,皆尔为之。文公即世,穆公又过听孟明,欺我襄公之幼弱,师出崤山,袭我属国,自取败衄。我获三帅,赦而不诛,旋违誓言,夺我王官。灵、康之世,我一侵崇,尔即伐晋。及我景公问罪于齐,明公又遣杜回兴救齐之师。败不知惩,胜不知止,弃好寻仇,莫不由秦。明公试思:晋犯秦乎?秦犯晋乎?今寡君有负兹之忧,欲借针砭于高邻,诸臣皆曰:‘秦绝我甚,必不许。’臣曰:‘不然。秦君屡举不当,安知不悔于厥心?此行也,将假国手以修先君之旧好。’明公若不许,则诸臣之料秦者中矣!夫邻有恤患之谊,而明公废之;医有活人之心,而明公背之。窃为明公不取也。”秦桓公见魏相言辞慷慨,分剖详明,不觉起敬曰:“大夫以正见责寡人,敢不听教!”即诏太医高缓往晋。魏相谢恩,遂与高缓同出雍州,星夜望新绛而来。有诗为证:

婚媾于今作寇仇,幸灾乐祸是良谋。
若非魏相澜翻舌,安得名医到绛州?

时晋景公病甚危笃,日夜望秦医不至,忽梦有二竖子,从己鼻中跳出,一竖曰:“秦高缓乃当世之名医,彼若至,用药,我等必然被伤,何以避之?”又一竖子曰:“若躲在肓之上,膏之下,彼能奈我何哉?”须臾,景公大叫心膈间疼痛,坐卧不安。少顷,魏相引高缓至,入宫诊脉毕,缓曰:“此病不可为矣!”景公曰:“何故?”缓对曰:“此病居肓之上,膏之下,既不可以灸攻,又不可以针达;即使用药之力,亦不能及。此殆天命也。”景公叹曰:“所言正合吾梦,真良医矣!”厚其饯送之礼,遣归秦国。

时有小内侍江忠,伏侍景公辛苦,早间不觉失睡。梦见背负景公,飞腾于天上,醒来与左右言之。值屠岸贾入宫问疾,闻其梦,贺景公曰:“天者阳明,病者阴暗;飞腾天上,离暗就明,君之疾必渐平矣。”晋侯是日,亦自觉胸膈稍宽,闻言甚喜。忽报:“甸人来献新麦。”景公欲尝之,命饔人取其半,舂而屑之为粥。屠岸贾恨桑门大巫言赵氏之冤,乃奏曰:“前巫者言主公不能尝新麦,今其言不验矣,可召而示之。”景公从其言,召桑门大巫入宫,使岸贾责之曰:“新麦在此,犹患不能尝乎?”巫者曰:“尚未可知。”景公色变。岸贾曰:“小臣咒诅,当斩!”即命左右牵去。大巫叹曰:“吾因明于小术,以自祸其身,岂不悲哉!”左右献大巫之首,恰好饔人将麦粥来献,时日已中矣。景公方欲取尝,忽然腹胀欲泄,唤江忠:“负我登厕。”才放下厕,一阵心疼,立脚不住,坠入厕中。江忠顾不得污秽,抱他起来,气已绝矣。到底不曾尝新麦,屈杀了桑门大巫,皆屠岸贾之过也!上卿栾书率百官奉世子州蒲举哀即位,是为厉公。众议江忠曾梦负公登天,后负公以出于厕,正应其梦,遂用江忠为殉葬焉。当时若不言其梦,无此祸矣。口舌害身,不可不慎也!因晋景公为厉鬼击死,晋人多有言赵门冤枉之事者,只为栾、郤二家都与屠岸贾交通相善,只有一个韩厥,孤掌难鸣,是以不敢为赵氏伸冤。

时宋共公遣上卿华元行吊于晋,兼贺新君。因与栾书商议,欲合晋、楚之成,免得南北交争,生民涂炭。栾书曰:“楚未可信也。”华元曰:“元善于子重,可以任之。”栾书乃使其幼子栾鍼同华元至楚,先与公子婴齐相见。婴齐见栾鍼年青貌伟,问于华元,知是中军元帅之子,欲试其才,问曰:“上国用兵之法何如?”鍼对曰:“整。”又问:“更有何长?”鍼答曰:“暇。”婴齐曰:“人乱我整,人忙我暇,何战不胜?二字可谓简而尽矣!”由此倍加敬重。遂引见楚王,定议两国通好,守境安民,动干戈者鬼神殛之!遂订期为盟。晋士燮、楚公子罢共歃血于宋国西门之外。

楚司马公子侧自以不曾与议,大怒曰:“南北之不相通久矣!子重欲擅合成之功,吾必败之。”探知巫臣纠合吴子寿梦,与晋、鲁、齐、宋、卫、郑各国大夫会于钟离,公子侧遂说楚王曰:“晋、吴通好,必有谋楚之情。宋、郑俱从,楚之宇下一空矣。”共王曰:“孤欲伐郑,奈西门之盟何?”公子侧曰:“宋、郑受盟于楚非一日矣,惟不顾盟,是以附晋。今日之事,惟利则进,何以盟为?”共王乃命公子侧帅师伐郑,郑复背晋从楚。此周简王十年事也。晋厉公大怒,集诸大夫计议伐郑。时栾书虽则为政,而三郤擅权。那三郤,乃郤锜、郤犨、郤至。锜为上军元帅,犨为上军副将,至为新军副将,犨子郤毅、至弟郤乞并为大夫用事。伯宗为人,正直敢言,屡向厉公言:“郤氏族大势盛,宜分别贤愚,稍抑其权,以保全功臣之后。”厉公不听。三郤恨伯宗入骨,遂谮伯宗谤毁朝政。厉公信之,反杀伯宗。其子伯州犁奔楚,楚用为太宰,与之谋晋。厉公素性骄侈,兼好内外嬖幸甚多。外嬖胥童、夷羊五、长鱼矫、匠丽氏等一班少年,皆拜为大夫。内嬖美姬爱婢,不计其数,日事淫乐,好谀恶直,政事不修,群臣解体。士燮见朝政日非,不欲伐郑。郤至曰:“不伐郑,何以求诸侯?”栾书曰:“今日失郑,鲁、宋亦将离心,温季之言是也。”楚降将苗贲皇亦劝伐郑,厉公从其言,独留荀䓨居守,遂亲率大将栾书、士燮、郤锜、荀偃、韩厥、郤至、魏锜、栾鍼等,出车六百乘,浩浩荡荡,杀奔郑国。一面使郤犨往鲁、卫各国,请兵助战。

郑成公闻晋兵势大,欲谋出降。大夫姚钩耳曰:“郑地褊小,间于两大,只宜择一强者而事之,岂可朝楚暮晋,而岁岁受兵乎?”郑成公曰:“然则何如?”钩耳曰:“依臣之见,莫如求救于楚。楚至,吾与之夹攻,大破晋兵,可保数年之安也。”成公遂遣钩耳往楚求救。楚共王终以西门之盟为嫌,不欲起兵,问于令尹婴齐。婴齐对曰:“我实无信以致晋师,又庇郑而与之争,勤民以逞,胜不可必,不如待之。”公子侧进曰:“郑人不忍背楚,是以告急。前不救齐,今又不救郑,是绝归附者之望也。臣虽不才,愿提一旅,保驾前往,务要再奏‘掬指’之功。”共王大悦,乃拜司马公子侧为中军元帅,令尹公子婴齐为左军,右尹公子壬夫将右军。自统亲军两广之众望北进发,来救郑国。日行百里,其疾如风,早有哨马报入晋军。士燮私谓栾书曰:“君幼不知国事,吾伪为畏楚而避之,以儆君心,使知戒惧,犹可少安。”栾书曰:“畏避之名,书不敢居也。”士燮退而叹曰:“此行得败为幸,万一战胜,外宁必有内忧,吾甚惧之!”

时楚兵已过鄢陵,晋兵不能前进,留屯彭祖冈,两下各安营下寨。来日,是六月甲午大尽之日,名为晦日。晦不行兵,晋军不做准备。五鼓漏尽,天色犹未大明,忽然寨外喊声大振。守营军士忙忙来报:“楚军直逼本营,排下阵势。”栾书大惊曰:“彼既压我军而阵,我军不能成列,交兵恐致不利。且坚守营垒,待从容设计以破之。”诸将纷纷议论,有言选锐突阵者,有言移兵退后者。时士燮之子名匄,年才一十六岁,闻众议不决,乃突入中军,禀于栾书曰:“元帅患无战地乎?此易事也。”栾书曰:“子有何计?”士匄曰:“传令牢把营门,军士于寨内暗暗将灶土尽皆削平,井用木板掩盖,不过半个时辰,结阵有余地矣。既成列于军中,决开营垒,以为战道,楚其奈我何哉?”栾书曰:“井灶乃军中急务,平灶塞井,何以为食?”匄曰:“先命各军预备干粮净水,足支一二日,俟布阵已定,分拨老弱于营后另作井灶就之。”士燮本不欲战,见其子进计,大怒,骂曰:“兵之胜负,关系天命。汝童子有何知识,敢在此摇唇鼓舌?”遂拔戈逐之。众将把士燮抱住,士匄方能走脱。栾书笑曰:“此童子之智,胜于范孟也。”乃从士匄之计,令各寨多造干粮,然后平灶掩井,摆列阵势,准备来日交兵。胡曾咏史诗云:

军中列阵本奇谋,士燮抽戈若寇仇。
岂是心机逊童子,老成忧国有深筹。

却说楚共王直逼晋营而阵,自谓出其不意,军中必然扰乱。却寂然不见动静,乃问于太宰伯州犁曰:“晋兵坚垒不动,子晋人也,必知其情。”州犁曰:“请王登辗车而望之。”楚王登辗车,使州犁立于其侧。王问曰:“晋兵驰骋,或左或右者何也?”州犁对曰:“召军吏也。”

王曰："今又群聚于中军矣。"州犁曰："合而为谋也。"又望曰："忽然张幕何故?"州犁曰："虔告于先君也。"又望曰："今又撤幕矣。"对曰："将发军令也。"又望曰："军中为何喧哗，飞尘不止?"对曰："彼因不得成列，将塞井平灶为战地耳。"又望曰："车皆驾马矣，将士升车矣。"对曰："将结阵也。"又望曰："升车者何以复下?"对曰："将战而祷神也。"又望曰："中军势似甚盛，其君在乎?"对曰："栾、范之族挟公而阵，不可轻敌也。"楚王尽知晋国之情，乃戒谕军中，打点来日交锋之事。楚之降将苗贲皇亦侍于晋侯之侧，献策曰："自令尹孙叔之死，军政无常，两广精兵，久不选换，老不堪战者多矣。且左右二帅不相和睦，此一战楚可败也。"髯翁有诗云：

楚用州犁本晋良，晋人用楚是贲皇。
人才难得须珍重，莫把谋臣借外邦。

是日，两军各坚垒相持，未战。楚将潘党于营后试射红心，连中三矢，众将哄然赞美。适值养繇基至，众将曰："神箭手来矣!"潘党怒曰："我的箭何为不如养叔?"养繇基曰："汝但能射中红心，未足为奇，我之箭能百步穿杨!"众将问曰："何为百步穿杨?"繇基曰："曾有人将颜色认记杨树一叶，我于百步外射之，正穿此叶中心，故曰百步穿杨。"众将曰："此间亦有杨树，可试射否?"繇基曰："何为不可!"众将大喜曰："今日乃得观养叔神箭也!"乃取墨涂记杨枝一叶，使繇基于百步外射之，其箭不见落下。众将往察之，箭为杨枝挂住，其镞正贯于叶心。潘党曰："一箭偶中耳!若依我说，将三叶次第记认，你次第射中，方见高手。"繇基曰："恐未必能，且试为之。"潘党于杨树上高低不等，涂记了三叶，写个"一"、"二"、"三"字。养繇基也认过了，退于百步之外，将三矢也记个"一"、"二"、"三"的号数，以次发之，依次而中，不差毫厘。众将皆拱手曰："养叔真神人也!"潘党虽然暗暗称奇，终不免自家要显所长，乃谓繇基曰："养叔之射，可谓巧矣!然杀人还以力胜，吾之射能贯数层坚甲，亦当为诸君试之。"众将皆曰："愿观。"潘党教随行组甲之士，脱下甲来，叠至五层。众将曰："足矣。"潘党命更迭二层，共是七层。众将想道："七层甲差不多有一尺厚，如何射得过?"潘党教把那七层坚甲绷于射鹄之上，也立在百步之外，挽起黑雕弓，拈着狼牙箭，左手如托泰山，右手如抱婴儿，觑得端端正正，尽力发去。扑的一声，叫道："着了！"只见箭上，不见箭落，众人上前看时，齐声喝采起来道："好箭！好箭！"原来弓劲力深，这枝箭直透过七层坚甲，如钉钉物，穿的坚牢，摇也摇不动。潘党面有德色，叫军士将层甲连箭取下，欲以遍夸营中。养繇基且教："莫动！吾亦试射一箭，未知何如？"众将曰："也要看养叔神力。"繇基拈弓在手，欲射复止。众将曰："养叔如何不射？"繇基曰："只依样穿札，未为希罕，我有个送箭之法。"说罢，搭上箭，飕的射去，叫声："正好！"这枝箭不上不下，不左不右，恰恰的将潘党那一枝箭，兜底送出布鹄那边去了。繇基这枝箭，依旧穿于层甲孔内。众将看时，无不吐舌。潘党方才心服，叹曰："养叔妙手，吾不及也！"

史传上载楚王猎于荆山，山上有通臂猿，善能接矢。楚兵围之数重，王命左右发矢，俱为猿所接。乃召养繇基。猿闻繇基之名，即便啼号。及繇基到，一发而中猿心。其为春秋第一射手，名不虚传矣。潜渊有诗云：

落乌贯虱名无偶，百步穿杨更罕有。
穿札将军未足奇，强中更有强中手。

众将曰："晋、楚相持，吾王正在用人之际，两位将军有此神箭，当奏闻吾王，美玉不可韫椟而藏。"乃命军士将箭穿层甲，抬到楚共王面前，养繇基和潘党一同过去。众将将两人先后赌射之事，细细禀知楚王："我国有神箭如此，何愁晋兵百万？"楚王大怒曰："将以谋胜，奈何以一箭侥幸耶？尔自恃如此，异日必以艺死！"尽收繇基之箭，不许复射，养繇基羞惭而退。

次日五鼓，两军中各鸣鼓进兵。晋上军元帅郤锜攻楚左军，与公子婴齐对敌。下军元帅韩厥攻楚右军，与公子壬夫对敌。栾书、士燮各帅本部车马，中军护驾，与楚共王和公子侧对敌。这边晋厉公是郤毅为御，栾鍼为车右将军，郤至等引新军为后队接应。那边楚共王出阵。上午本该乘右广，那右广却是养繇基为将，共王怪繇基恃射夸嘴，不用右广，反乘了左广。却是彭名为御，屈荡为车右将军。郑成公引本国车马为后队接应。

却说厉公头戴冲天凤翅盔，身披蟠龙红锦战袍，腰悬宝剑，手提方天大戟，乘着金叶包裹的戎辂。右有栾书，左有士燮，展开军门，杀奔楚阵来。谁知阵前却有一窝泥淖，黎明时候，未曾看得仔细，郤毅御车勇猛，刚刚把晋侯车轮陷于淖中，马不能走。楚共王之子熊茷，他少年好勇，领着前队，望见晋侯车陷，驱车飞赶过来。那边栾鍼忙跳下车，立于泥淖之中，尽平生气力，双手将两轮扶起，车浮马动，一步步挣出泥淖来。那边熊茷将次赶到，这里栾书的军马亦到，大喝："小将不得无礼！"熊茷见旗上有"中军元帅"字，知是大军，吃了一惊，回车便走，被栾书追上，活捉过来。楚军见熊茷有失，一齐来救。却得士燮引兵杀出，后队郤至等俱到，楚兵恐堕埋伏，收兵回营。晋兵亦不追赶，各自归寨。哨马探听楚左军持重，晋上军不曾交战，下军战二十余合，互有杀伤。胜负未分，约定来日再战。栾书将熊茷献功，晋侯欲斩之，苗贲皇进曰："楚王闻其子被擒，明日必来亲自出战，可囚熊茷于军前，往来诱之。"晋侯曰："善。"一夜安息无话。

黎明，栾书命开营索战，大将魏锜告书曰："吾夜来梦见天上一轮明月，遂弯弓射之，正中月心，射出月中一股金光，直泻下来。慌忙退步，不觉失脚，陷于营前泥淖之内，猛然惊觉。此何兆也？"栾书详之曰："周之同姓为日，异姓为月。射月而中，必楚君矣。然泥淖乃泉壤之中，退入于泥，亦非吉兆。将军必慎之！"魏锜曰："苟能破楚，虽死何恨！"栾书遂许魏锜打阵。楚将工尹襄出头，战不数合，晋兵推出囚车，在阵上往来。楚共王见其子熊茷被囚于阵，急得心生烟火，忙叫彭名鞭马上前，来抢囚车。魏锜望见，撇了尹襄，径追楚王，架起一枝箭，飕的射去，正中楚王的左眼。潘党力战，保得楚王回车。楚王负痛拔箭，其瞳子随镞而出，掷于地下，有小卒拾而献曰："此龙睛，不可轻弃。"楚王乃纳于箭袋之中。

晋兵见魏锜得利，一齐杀上。公子侧引兵抵死拒敌，救脱了楚共王。郤至围住了郑成公，赖御者将大旌藏于弓衣之内，成公亦走脱。时楚王怒甚，急唤神箭将军养繇基速来救驾。养繇基闻唤，慌忙驰到，身边并无一箭。楚王乃抽二矢付之曰："射寡人乃绿袍虬髯者，将军为寡人报仇。将军绝艺，想不费多矢也。"繇基领箭，飞车赶入晋阵，正撞见绿袍虬髯者，知是魏锜，大骂："匹夫有何本事，辄敢射伤吾主？"魏锜方欲答话，繇基发箭已到，正射中魏锜项下，伏于弓衣而死。栾书引军夺回其尸。繇基馀下一矢，缴还楚王，奏曰："仗大王威灵，已射杀绿袍虬髯将矣！"共王大喜，自解锦袍赐之，并赐狼牙箭百枝。军中称为"养一箭"，言不消第二箭也。有诗为证：

鞭马飞车虎下山，晋兵一见胆生寒。
万人丛里诛名将，一矢成功奏凯还。

却说晋兵追逐楚兵至紧，养繇基抽矢控弦，立于阵前，追者辄射杀之，晋兵乃不敢逼。楚将婴齐、壬夫闻楚王中箭，各来接应，混战一场，晋兵方退。栾鍼望见令尹旗号，知是公子婴齐之军，请于晋侯曰："臣前奉使于楚，楚令尹子重问晋国用兵之法，臣以'整'、'暇'二字对。今混战未见其'整'，各退未见其'暇'。臣愿使行人持饮献之，以践昔日之言。"晋侯曰："善。"栾鍼乃使行人执酒榼，造于婴齐之军，曰："寡君乏人，命鍼持矛车右，故不得亲犒从者，使某代进一觞。"婴齐悟昔日"整"、"暇"之言，乃叹曰："小将军可谓记事矣！"受其榼，对使饮之，谓使者曰："来日阵前，当面谢也。"行人归述其语。栾鍼曰："楚君中矢，其师尚未肯退，奈何？"苗贲皇曰："搜阅车乘，补益士卒，秣马厉兵，修阵固列，鸡鸣饱食，决一死战，何畏乎楚？"时郤犨、栾黡从鲁、卫请兵回转，言二国各起兵来助，已在二十里远近。楚谍探知，报闻楚王。楚王大惊曰："晋兵已众，鲁、卫又来，如之奈何？"即使左右召中军元帅公子侧商议。不知后事如何，且看下回分解。

第五十九回

宠胥童晋国大乱　诛岸贾赵氏复兴

话说楚中军元帅公子侧平日好饮，一饮百觚不止，一醉竟日不醒。楚共王知其有此毛病，每出军，必戒使绝饮。今日晋、楚相持，有大事在身，涓滴不入于口。是日，楚王中箭回寨，含羞带怒，公子侧进

曰："两军各已疲劳，明日且暂休息一日，容臣从容熟计，务要与主公雪此大耻。"公子侧辞回中军，坐至半夜，计未得就。有小竖名榖阳，乃公子侧贴身宠用的，见主帅愁思劳苦，客中藏有三重美酒，暖一瓯以进。公子侧嗅之，愕然曰："酒乎？"榖阳知主人欲饮，而畏左右传说，乃诡言曰："非酒，乃椒汤耳。"公子侧会其意，一吸而尽，觉甘香快嗓，妙不可言，问："椒汤还有否？"榖阳曰：

"还有。"榖阳只说椒汤,只顾满斟献上。公子侧枯肠久渴,口中只叫:"好椒汤!竖子爱我!"斟来便吞,正不知饮了多少,颓然大醉,倒于坐席之上。楚王闻晋令鸡鸣出战,且鲁、卫之兵又到,急遣内侍往召公子侧来,共商应敌之策。谁知公子侧沉沉冥冥,已入醉乡,呼之不应,扶之不起。但闻得一阵酒臭,知是害酒,回复楚王。楚王一连遣人十来次催并。公子侧越催得急,越睡得熟。小竖榖阳泣曰:"我本爱元帅而送酒,谁知反以害之!楚王知道,连我性命难保,不如逃之。"时楚王见司马不到,没奈何,只得召令尹婴齐计议。婴齐原与公子侧不合,乃奏曰:"臣逆知晋兵势盛,不可必胜,故初议不欲救郑,此来都出司马主张。今司马贪杯误事,臣亦无计可施。不如乘夜悄悄班师,可免挫败之辱。"楚王曰:"虽然如此,司马醉在中军,必为晋军所获,辱国非小。"乃召养繇基曰:"仗汝神箭,可拥护司马回国也。"当下暗传号令,拔寨都起,郑成公亲帅兵护送出境,只留养繇基断后。繇基思想道:"等待司马酒醒,不知何时?"即命左右便将公子侧扶起,用革带缚于车上,叱令逐队前行,自己率弓弩手三百人,缓缓而退。

黎明,晋军开营索战,直逼楚营,见是空幕,方知楚军已遁去矣。栾书欲追之,士燮力言不可。谍者报:"郑国各处严兵固守。"栾书度郑不可得,乃唱凯而还。鲁、卫之兵,亦散归本国。

却说公子侧行五十里之程,方才酒醒,觉得身子绷急,大叫:"谁人缚我?"左右曰:"司马酒醉,养将军恐乘车不稳,所以如此。"乃急将革带解去。公子侧双眼尚然朦胧,问道:"如今车马往那里走?"左右曰:"是回去的路。"又问:"如何便回?"左右曰:"夜来楚王连召司马数次,司马醉不能起。楚王恐晋军来战,无人抵敌,已班师矣。"公子侧大哭曰:"竖子害杀我也!"急唤榖阳,已逃去不知所之矣。楚共王行二百里,不见动静,方才放心。恐公子侧惧罪自尽,乃遣使传命曰:"先大夫子玉之败,我先君不在军中;今日之战,罪在寡人,无与司马之事。"婴齐恐公子侧不死,别遣使谓公子侧曰:"先大夫子玉之败,司马所知也。纵吾王不忍加诛,司马何面目复临楚军之上乎?"公子侧叹曰:"令尹以大义见责,侧其敢贪生乎?"乃自缢而死。楚王叹息不已。此周简王十一年事。髯仙有诗言酒之误事。诗云:

眇目君王资老谋，英雄谁想困糟邱？

竖儿爱我翻成害，谩说能消万事愁。

话分两头。却说晋厉公胜楚回朝，自以为天下无敌，骄侈愈甚。士燮逆料晋国必乱，郁郁成疾，不肯医治，使太祝祈神，只求早死。未几卒，子范匄嗣。时胥童巧佞便给，最得宠幸，厉公欲用为卿，奈卿无缺。胥童奏曰："今三郤并执兵权，族大势重，举动自专，将来必有不轨之事，不如除之。若除郤氏之族，则位署多虚，但凭主公择爱而立之，谁敢不从？"厉公曰："郤氏反状未明，诛之恐群臣不服。"胥童又奏曰："鄢陵之战，郤至已围郑君，两下并车，私语多时，遂解围放郑君去了。其间必先有通楚事情。只须问楚公子熊茷，便知其实。"厉公即命胥童往召熊茷。胥童谓熊茷曰："公子欲归楚乎？"茷对曰："思归之甚，恨不能耳！"胥童曰："汝能依我一事，当送汝归。"熊茷曰："惟命。"胥童遂附耳言："若见晋侯，问起郤至之事，必须如此恁般登答。"熊茷应允。胥童遂引至内朝来见。晋厉公屏去左右，问："郤至曾与楚私通否？汝当实言，我放汝回国。"熊茷曰："恕臣无罪，臣方敢言。"厉公曰："正要你说实话，何罪之有？"熊茷曰："郤氏与吾国子重，二人素相交善，屡有书信相通，言：'君侯不信大臣，淫乐无度，百姓胥怨，非吾主也。人心更思襄公，襄公有孙名周，见在京师。他日南北交兵，幸而师败，吾当奉孙周以事楚。'独此事臣素知之，他未闻也。"按晋襄公之庶长子名谈，自赵盾立灵公，谈避居于周，在单襄公门下。后谈生下一子，因是在周所生，故名曰周。当时灵公被弑，人心思慕文公，故迎立公子黑臀。黑臀传驩，驩传州蒲。至是，州蒲淫纵无子，人心复思慕襄公。故胥童教熊茷使引孙周，以摇动厉公之意。熊茷言之未已，胥童接口曰："怪得前日鄢陵之战，郤犨与婴齐对阵，不发一矢，其交通之情可见矣。郤至明纵郑君，又何疑焉？主公若不信，何不遣郤至往周告捷，使人窥之，若果有私谋，必与孙周私下相会。"厉公曰："此计甚当。"遂遣郤至献楚捷于周。胥童阴使人告孙周曰："晋国之政，半在郤氏，今温季来王都献捷，何不见之？他日公孙复还故国，也有个相知。"孙周以为然。郤至至周，公事已毕，孙周遂至公馆相拜。未免详叩本国之事，郤至一一告之，谈论半日而别。厉公使人探听回来，传说如此。熊茷所言，果然是实。遂有除郤氏之意，尚未发也。

一日，厉公与妇人饮酒，索鹿肉为馔甚急，使寺人孟张往市取鹿，市中适当缺乏。郤至自郊外载一鹿于车上，从市中而过。孟张并不分说，夺之以去。郤至大怒，弯弓搭箭，将孟张射死，复取其鹿。厉公闻之，怒曰："季子太欺余也！"遂召胥童、夷羊五等一班嬖人共议，欲杀郤至。胥童曰："杀郤至则郤锜、郤犨必叛，不如并除之。"夷羊五曰："公私甲士约可八百人，以君命夜帅以往，乘其无备，可必胜也。"长鱼矫曰："三郤家甲，倍于公宫，斗而不胜，累及君矣。方今郤至兼司寇之职，郤犨又兼士师，不如诈为狱讼，觑便刺之，汝等引兵接应可也。厉公曰："妙哉！我使力士清沸魋助汝。"长鱼矫打听三郤是日在讲武堂议事，乃与清沸魋各以鸡血涂面，若争斗相杀者，各带利刀，扭结到讲武堂来，告诉曲直。郤犨不知是计，下座问之。清沸魋假作禀话，捱到近身，抽刃刺犨，中其腰，扑地便倒。郤锜急拔佩刀来砍沸魋，却是长鱼矫接住，两个在堂下战将起来。郤至捉空趋出，升车而逃。沸魋把郤犨再砍一刀，眼见得不活了，便来夹攻郤锜。锜虽是武将，争奈沸魋有千斤力气的人，长鱼矫且是年少手活，一个人怎战得他两个人过，亦被沸魋撷倒。长鱼矫见走了郤至，道："不好了！我追赶他去。"也是三郤合当同日并命，正走之间，遇着胥童、夷羊五引着八百甲士来到，口中齐叫："晋侯有旨，只拿谋反郤氏，不得放走了！"郤至见不是头，回车转来，劈面撞见长鱼矫，一跃上车。郤至早已心慌，不及措手，被长鱼矫乱砍，便割了头。清沸魋把郤锜、郤犨都割了头，血淋淋的三颗首级，提入朝门。有诗为证：

> 无道君昏臣不良，纷纷嬖幸擅朝堂。
> 一朝过听谗人语，演武堂前起战场。

却说上军副将荀偃，闻本帅郤锜在演武堂遇贼，还不知何人，即时驾车入朝，欲奏闻讨贼。中军元帅栾书不约而同，亦至朝门，正遇胥童引兵到来，书偃不觉大怒，喝曰："我只道何人为乱，原来是你鼠辈！禁地威严，甲士谁敢近前？还不散去！"胥童也不答话，即呼于众曰："栾书、荀偃与三郤同谋反叛，甲士与我一齐拿下，重重有赏！"甲士奋勇上前，围裹了书、偃二人，直拥至朝堂之上。厉公闻长鱼矫等干事回来，即时御殿，看见甲士纷纷，倒吃了一惊，问胥童曰："罪人已诛，众军如何不散？"胥童奏曰："拿得叛党书、偃，请主公裁决！"厉公曰："此事与书、偃无与。"长鱼矫跪至晋侯膝前，密奏曰："栾、郤同功一体之人，荀偃又是郤锜部将。三郤被诛，栾、荀二氏必不自安，不久将有为郤氏复仇之事。主公今日不杀二人，朝中不得太平。"厉公曰："一朝而杀三卿，又波及他族，寡人不忍也！"乃恕书、偃无罪，还复原职。书、偃谢恩回家。长鱼矫叹曰："君不忍二人，二人将忍于君矣！"即时逃奔西戎去了。

厉公重赏甲士，将三郤尸首号令朝门，三日，方听改葬。其郤氏之族，在朝为官者，姑免死罪，尽罢归田。以胥童为上军元帅，代郤锜之位；以夷羊五为新军元帅，代郤犨之位；以清沸魋为新军副将，代郤至之位。楚公子熊茷释放回国。胥童既在卿列，栾书、荀偃羞与同事，每每称病不出。胥童恃晋侯之宠，不以为意。一日，厉公同胥童出游于嬖臣匠丽氏之家，家在太阴山之南，离绛城二十余里，三宿不归。荀偃私谓栾书曰："君之无道，子所知也。吾等称疾不朝，目下虽得苟安，他日胥童等见疑，复诬我等以怨望之名，恐三郤之祸终不能免，不可不虑。"栾书曰："然则何如？"荀偃曰："大臣之道，社稷为重，君为轻。今百万之众在子掌握，若行不测之事，别立贤君，谁敢不从！"栾书曰："事可必济乎？"荀偃曰："龙之在渊，没人不可窥也，及其离渊就陆，童子得而制之。君游于匠丽氏，三宿不返，此亦离渊之龙矣，尚何疑哉？"栾书叹曰："吾世代忠于晋家，今日为社稷存亡，出此不得已之计，后世必议我为弑逆，我亦不能辞矣！"乃商议诈称病愈，欲见晋侯议事。预使牙将程滑将甲士三百人，伏于太阴山之左右。二人到匠丽氏谒见厉公，奏言："主公弃政出游，三日不归，臣民失望，臣等特来迎驾还朝。"厉公被强不过，只得起驾。胥童前导，书、偃后随。行至太阴山下，一声炮响，伏兵齐起。程滑先将胥童砍死。厉公大惊，从车上倒跌下来。书、偃吩咐甲士将厉公拿住。屯兵于太阴山下，囚厉公于军中。栾书曰："范、韩二氏，将来恐有异言，宜假君命以召之。"荀偃曰："善。"乃使飞车二乘，分召士匄、韩厥二将。使者至士匄之家，士匄问："主公召我何事？"使者不能答。匄曰："事可疑矣。"即遣心腹左右，打听韩厥行否。韩厥先以病辞。匄曰："智者所见略同也。"栾书见匄、厥俱不至，问荀偃："此事如何？"偃曰："子已骑虎背，尚欲下耶？"栾书点头会意。是夜，命程滑献鸩酒于厉公，公饮之而薨。即于军中殡殓，葬于翼城东门之外。士匄、韩厥骤闻君薨，一齐出城奔丧，亦不问君死之故。

葬事既毕，栾书集诸大夫共议立君。荀偃曰："三郤之死，胥童谤谓欲扶立孙周，此乃谶也。灵公死于桃园，而襄遂绝后，天意有在，当往迎之。"群臣皆喜。栾书乃遣荀罃如京师，迎孙周为君。周是时十四岁矣。生得聪颖绝人，志略出众，见荀罃来迎，问其备细，即日辞了单襄公，同荀罃归晋。行至地名清原，栾书、荀偃、士匄、韩厥一班卿大夫，齐集迎接。孙周开言曰："寡人羁旅他邦，且不指望还乡，岂望为君乎？但所贵为君者，以命令所自出也。若以名奉之，而不遵其令，不如无君矣。卿等肯用寡人之命，只在今日，如其不然，听卿等更事他人。孤不能拥空名于上，为州蒲之续也。"栾书等俱战栗再拜曰："群臣愿得贤君而事，敢不从命！"既退，栾书谓诸臣曰："新君非旧比也，当以小心事之。"孙周进了绛城，朝于太庙，嗣晋侯之位，是为悼公。即位之次日，即面责夷羊五、清沸魋等逢君于恶之罪，命左右推出朝门斩之，其族俱逐出境外。又将厉公之死坐罪程滑，磔之于市。吓得栾书终夜不寐。次日，即告老致政，荐韩厥以自代。未几，惊忧成疾而卒。悼公素闻韩厥之贤，拜为中军元帅，以代栾书之位。

韩厥托言谢恩，私奏于悼公曰："臣等皆赖先世之功，得侍君左右。然先世之功，无有大于赵氏者。衰佐文公，盾佐襄公，俱能输忠竭悃，取威定伯。不幸灵公失政，宠信奸臣屠岸贾，谋杀赵盾，出奔仅免。灵公遭兵变，被弑于桃园。景公嗣立，复宠屠岸贾。岸贾欺赵盾已死，假称赵氏弑逆，追治其罪，灭绝赵宗，臣民愤怨，至今不平。天幸赵氏有遗孤赵武尚在，主公今日赏功罚罪，大修晋政，既已正夷羊五等之罚，岂可不追录赵氏之功乎？"悼公曰："此事寡人亦闻先人言之，今赵氏何在？"韩厥对曰："当时岸贾索赵氏孤儿甚急，赵之门客曰公孙杵臼、程婴，杵臼假抱遗孤，甘就诛戮，以脱赵武；程婴将武藏匿于盂山，今十五年矣。”悼公曰：“卿可为寡人召之。”韩厥奏曰：“岸贾尚在朝中，主公必须秘密其事。”悼公曰：“寡人知之矣。”韩厥辞出宫门，亲自驾车往迎赵武于盂山。程婴为御，当初从故绛城而出，今日从新绛城而入，城郭俱非，感伤不已。韩厥引赵武入内宫，朝见悼公。悼公匿于宫中，诈称有疾。

明日，韩厥率百官入宫问安，屠岸贾亦在。悼公曰：“卿等知寡人之疾乎？只为功劳簿上有一件事不明，以此心中不快耳！”诸大夫叩首问曰：“不知功劳簿上那一件不明？”悼公曰：“赵衰、赵盾，两世立功于国家，安忍绝其宗祀？”众人齐声应曰：“赵氏灭族，已在十五年前，今主公虽追念其功，无人可立。”悼公即呼赵武出来，遍拜诸将。诸将曰：“此位小郎君何人？”韩厥曰：“此所谓孤儿赵武也。向所诛赵孤，乃门客程婴之子耳。”屠岸贾此时魂不附体，如痴醉一般，拜伏于地上，不能措一词。悼公曰：“此事皆岸贾所为，今日不族岸贾，何以慰赵氏冤魂于地下？”叱左右：“将岸贾绑出斩首！”即命韩厥同赵武领兵围屠岸贾之宅，无少长皆杀之。赵武请岸贾之首，祭于赵朔之墓。国人无不称快。潜渊咏史诗曰：

岸贾当时灭赵氏，今朝赵氏灭屠家。
只争十五年前后，怨怨仇仇报不差！

晋悼公既诛岸贾，即召赵武于朝堂，加冠拜为司寇，以代岸贾之职。以前田禄，悉给还之。又闻程婴之义，欲用为军正。婴曰：“始吾不死者，以赵氏孤未立也。今已复官报仇矣，岂可自贪富贵，令公孙杵臼独死？吾将往报杵臼于地下！”遂自刎而亡。赵武抚其尸痛哭，请于晋侯，殡殓从厚，与公孙杵臼同葬于云中山，谓之“二义”冢。赵武服齐衰三年，以报其德。有诗为证：

阴谷深藏十五年，裤中儿报祖宗冤。
程婴杵臼称双义，一死何须问后先！

再说悼公既立赵武，遂召赵胜于宋，复以邯郸畀之。又大正群臣之位，贤者尊之，能者使之。录前功，赦小罪，百官济济，各称其职。且说几个有名的官员：韩厥为中军元帅，士匄副之；荀罃为上军元帅，荀偃副之；栾黡为下军元帅，士鲂副之；赵武为新军元帅，魏相副之；祁奚为中军尉，羊舌职副之；魏绛为中军司马；张老为候奄；韩无忌掌公族大夫；士渥浊为太傅；贾辛为司空；栾纠为亲军戎御；荀宾为车右将军；程郑为赞仆；铎遏寇为舆尉；籍偃为舆司马。百官既具，大修国政：蠲逋薄敛，济乏省役，振废起滞，恤鳏惠寡，百姓大悦。宋、鲁诸国闻之，莫不来朝。惟有郑成公因楚王为他射损其目，感切于心，不肯事晋。

楚共王闻厉公被弑，喜形于色，正思为复仇之举。又闻新君嗣位，赏善罚恶，用贤图治，朝廷清肃，内外归心，伯业将复兴，不觉喜变为愁，即召群臣商议，要去扰乱中原，使晋不能成伯。令尹婴齐束手无策。公子壬夫进曰："中国惟宋爵尊国大，况其国介于晋、吴之间，今欲扰乱晋伯，必自宋始。今宋大夫鱼石、向为人、鳞朱、向带、鱼府五人，与右师华元相恶，见今出奔在楚。若资以兵力，用之伐宋，取得宋邑，即以封之，此以敌攻敌之计。晋若不救，则失诸侯矣；若救宋，必攻鱼石，我坐而观其成败，亦一策也。"共王乃用其谋，即命壬夫为大将，用鱼石等为向导，统大军伐宋。不知胜负如何，且看下回分解。

第六十回

智武子分军肆敌　偪阳城三将斗力

话说周简王十三年夏四月，楚共王用右尹壬夫之计，亲统大军，同郑成公伐宋。以鱼石等五大夫为向导，攻下彭城。使鱼石等据之，留下三百乘屯戍其地。共王谓五大夫曰："晋方通吴，与楚为难，而彭城乃吴、晋往来之径。今留重兵助汝，进战则可以割宋国之封，退守亦可以绝吴、晋之使。汝宜用心任事，勿负寡人之托！"共王归楚。是冬，宋平公使大夫老佐帅师围彭城。鱼石统戍卒迎战，为老佐所败。楚令尹婴齐闻彭城被围，引兵来救。老佐恃勇轻敌，深入楚军，中箭而亡。婴齐遂进兵侵宋。宋平公大惧，使右师华元至晋告急。韩厥言于悼公曰："昔文公之伯，自

救宋始。兴衰之机，在此一举，不可以不勤也。”乃大发使，征兵于诸侯。悼公亲统大将韩厥、荀偃、栾黡等，先屯兵于台谷。婴齐闻晋兵大至，乃班师归楚。

周简王十四年，悼公帅宋、鲁、卫、曹、莒、邾、滕、薛八国之兵，进围彭城。宋大夫向戌使士卒登辎车，向城上四面呼曰：“鱼石等背君之贼，天理不容！今晋统二十万之众，蹂破孤城，寸草不留。汝等若知顺逆，何不擒逆贼来降？免使无辜被戮。”如此传呼数遍，彭城百姓闻之，皆知鱼石理亏，丌门以纳晋师。时楚戍虽众，鱼石等不加优恤，莫肯效力。晋悼公入城，戍卒俱奔散。韩厥擒鱼石，栾黡、荀偃擒鱼府，宋向戌擒向为人、向带，鲁仲孙蔑擒鳞朱，各解到晋悼公处献功。悼公命将五大夫斩首，安置其族于河东壶邱之地。遂移师问罪于郑。楚右尹壬夫侵宋以救郑，诸侯之师还救宋，因各散归。

是年，周简王崩，世子泄心即位，是为灵王。灵王自始生时，口上便有髭须，故周人谓之髭王。髭王元年夏，郑成公疾笃，谓上卿公子偪曰：“楚君以救郑之故，矢及于目，寡人未之敢忘。寡人死后，诸卿切勿背楚！”嘱罢遂薨。公子骓等奉世子髡顽即位，是为僖公。

晋悼公以郑人未服，大合诸侯于戚以谋之。鲁大夫仲孙蔑献计曰：“郑地之险，莫如虎牢，且楚、郑相通之要道也。诚筑城设关，留重兵以逼之，郑必从矣。”楚降将巫臣献计曰：“吴与楚一水相通，自臣往岁聘吴，约与攻楚，吴人屡次侵扰楚属，楚人苦之。今莫若更遣一介导吴伐楚，楚东苦吴兵，安能北与我争郑乎？”晋悼公两从之。时齐灵公亦遣世子光同上卿崔杼来会所听晋之命，悼公乃合九路诸侯兵力，大城虎牢，增置墩台。大国抽兵千人，小国五百三百，共守其地。郑僖公果然恐惧，始行成于晋，晋悼公乃还。时中军尉祁奚年七十余矣，告老致政。悼公问曰：“孰可以代卿者？”奚对曰：“莫如解狐。”悼公曰：“闻解狐卿之仇也，何以举之？”奚对曰：“君问可，非问臣之仇也。”悼公乃召解狐，未及拜官，狐已病死。悼公复问曰：“解狐之外，更有何人？”奚对曰：“其次莫如午。”悼公曰：“午非卿之子耶？”奚对曰：“君问可，非问臣之子也。”悼公曰：“今中军尉副羊舌职亦死，卿为我并择其代。”奚对曰：“职有二子，曰赤，曰肸，二人皆贤，惟君所用。”悼公从其言，以祁午为中军尉，羊舌赤副之。诸大夫无不悦服。

话分两头。再说巫臣之子巫狐庸，奉晋侯命，如吴见吴王寿梦，请兵伐楚。寿梦许之，使世子诸樊为将，治兵于江口。早有谍人报入楚国。楚令尹婴齐奏曰：“吴师从未至楚，若一次入境，后将复来，不如先期伐之。”共王以为然。婴齐乃大阅舟师，简精卒二万人，由大江袭破鸠兹，遂欲顺流而下。骁将邓廖进曰：“长江水溜，进易退难。小将愿率一军前行，得利则进，失利亦不至于大败。元帅屯兵于郝山矶，相机观变，可以万全。”婴齐然其策，乃选组甲三百人，被练袍者三千人，皆气强力大，一可当十者，大小舟共百艘，一声炮响，船头望东进发。早有哨船探知鸠兹失事，来报世子诸樊。诸樊曰：“鸠兹既失，楚兵必乘胜东下，宜预备之。”乃使公子夷昧帅舟师数十艘，于东西梁山诱敌，公子馀祭伏兵于采石港。邓廖兵过郝山矶，望梁山有兵船，奋勇前进。夷昧略战，即佯败东走。邓廖追过采石矶，遇诸樊大军，方接战，未十余合，采石港中炮声大振，馀祭伏兵从后夹攻，前后矢发如雨点，邓廖面中三矢，犹拔箭力战。夷昧乘艨艟大舰至，舰上俱精选勇士，以大枪乱捣敌船，船多覆溺。邓廖力尽被执，不屈而死。馀军得逃者，惟组甲八十，被练甲者三百人而已。婴齐惧罪，方欲掩败为功，谁知吴世子诸樊乘胜，反进兵袭楚，婴齐大败而回，鸠兹仍复归吴。婴齐羞愤成疾，未至郢都遂卒。史臣有诗云：

乘车射御教吴人，从此东方起战尘。
组甲成擒名将死，当年错著族巫臣。

共王乃进右尹壬夫为令尹。壬夫赋性贪鄙，索赂于属国，陈成公不能堪，乃使辕侨如请服于晋。晋悼公大合诸侯于鸡泽，再会诸侯于戚。吴子寿梦亦来会好，中国之势大振。楚共王怒失陈国，归罪于壬夫，杀之，用其弟公子贞字子囊者代为令尹。大阅师徒，出车五百乘伐陈。时陈成公午已薨，世子弱嗣位，是为哀公。惧楚兵威，复归附于楚。晋悼公闻之大怒，欲起兵与楚争陈。

忽报无终国君嘉父遣大夫孟乐至晋，献虎豹之皮百个。奏言：“山戎诸国，自齐桓公征服，一向平靖。近因燕、秦微弱，山戎窥中国无伯，复肆侵掠。寡君闻晋君精明，将绍桓、文之业，因此宣晋威德，诸戎情愿受盟。因此寡君遣微臣奉闻,惟赐定夺。"悼公集诸将商议,皆曰:"戎狄无亲,不如伐之。昔者,齐桓公之伯,先定山戎,后征荆楚,正以豺狼之性,非兵威不能制也。"司马魏绛独曰:"不可。今诸侯初合,大业未定,若兴兵伐戎,楚兵必乘虚而生事,诸侯必叛晋而朝楚。夫夷狄,禽兽也。诸侯,兄弟也。今得禽兽而失兄弟,非策也。"悼公曰:"戎可和乎?"魏绛对曰:"和戎之利有五:戎与晋邻,其地多旷,贱土贵货,我以货易土,可以广地,其利一也;侵掠既息,边民得安意耕种,其利二也;以德怀远,兵车不劳,其利三也;戎狄事晋,四邻震动,诸侯畏服,其利四也;我无北顾之忧,得以专意于南方,其利五也。有此五利,君何不从?"悼公大悦,即命魏绛为和戎之使。同孟乐先至无终国,与国王嘉父商议停当。嘉父乃号召山戎诸国,并至无终,歃血定盟:"方今晋侯嗣伯,主盟中华,诸戎愿奉约束,捍卫北方,不侵不叛,各保安宁。如有背盟,天地不佑!"诸戎受盟,各各欢喜,以土宜献魏绛,绛分毫不受。诸戎相顾曰:"上国使臣廉洁如此!"倍加敬重。魏绛以盟约回报悼公,悼公大悦。

时楚令尹公子贞已得陈国,又移兵伐郑。因虎牢有重兵戍守,不走汜水一路,却由许国望颍水而来。郑僖公髡顽大惧,集六卿共议。那六卿:公子騑,字子驷,公子发,字子国;公子嘉,字子孔。三位俱穆公之子,于僖公为叔祖辈。公孙辄,字子耳,乃公子去疾之子;公孙虿,字子蟜,乃公子偃之子;公孙舍之,字子展,乃公子喜之子。三位俱穆公之孙,袭父爵为卿,于僖公为叔辈。这六卿都是尊行,素执郑政。僖公顽心高气傲,不甚加礼,以此君臣积不相能,上卿公子騑尤为凿柄。今日会议之际,僖公主意,欲坚守以待晋救。公子騑开言曰:"谚云:'远水岂能救近火?'不如从楚。"僖公曰:"从楚则晋师又至,何以当之?"公子騑对曰:"晋与楚谁怜我者?我亦何择于二国?惟强者则事之。今后请以牺牲玉帛待于境外,楚来则盟楚,晋来则盟晋。两雄并争,必有大屈。强弱既分,吾因择强者而庇民焉,不亦可乎?"僖公不从其计,曰:"如驷言,郑朝夕待盟,无宁岁矣!"欲遣使求援于晋。诸大夫惧违公子騑之意,莫肯往者。僖公发愤自行,是夜宿于驿舍。公子騑使门客伏而刺之,托言暴疾。立其弟嘉为君,是为简公。

使人报楚曰:“从晋皆髡顽之意,今髡顽已死,愿听盟罢兵!”楚公子贞受盟而退。

晋悼公闻郑复从楚，乃问于诸大夫曰：“今陈、郑俱叛，伐之何先?”荀罃对曰:“陈国小地偏,无益于成败之数。郑为中国之枢,自来图伯,必先服郑。宁失十陈,不可失一郑也。”韩厥曰:“子羽识见明决,能定郑者必此人,臣力衰智耄,愿以中军斧钺让之。”悼公不许,厥坚请不已,乃从之。韩厥告老致政,荀罃遂代为中军元帅,统大军伐郑。兵至虎牢,郑人请盟,荀罃许之。比及晋师返旆,楚共王亲自伐郑,复取成而归。悼公大怒,问于诸大夫曰:“郑人反覆,兵至则从,兵撤复叛，今欲得其坚附，当用何策?”荀罃献计曰：“晋所以不能收郑者,以楚人争之甚力也。今欲收郑,必先敝楚,欲敝楚,必用‘以逸待劳’之策。”悼公曰:“何谓‘以逸待劳’之策?”荀罃对曰:“兵不可以数动,数动则疲,诸侯不可以屡勤,屡勤则怨。内疲而外怨,以此御楚,臣未见其胜也。臣请举四军之众,分而为三,将各国亦分派配搭。每次只用一军,更番出入,楚进则我退,楚退则我复进,以我之一军,牵楚之全军。彼求战不得,求息又不得,我无暴骨之凶,彼有道涂之苦,我能亟往,彼不能亟来,如是而楚可疲,郑可固也。”悼公曰:“此计甚善!”即命荀罃治兵于曲梁，三分四军，定更番之制。荀罃登坛出令,坛上竖起一面杏黄色大旆,上写“中军元帅智”。他本荀氏,为何却写“智”字?因荀罃、荀偃叔侄同为大将,军中一姓,嫌无分别。罃父荀首食采于智,偃父荀庚自晋作三行时,曾为中行将军,故又以智氏、中行氏别之。自此荀罃号为智罃,荀偃号为中行偃,军中耳目,就不乱了。这都是荀罃的法度。坛下分立三军：第一军，上军元帅荀偃，副将韩起，鲁、曹、邾三国以兵从，中军副将范匄接应；第二军，下军元帅栾黡，副将士鲂，齐、滕、薛三国以兵从，中军上大夫魏颉接应；第三军，新军元帅赵武，副将魏相，宋、卫、郳三国以兵从，中军下大夫荀会接应。

荀罃传令：第一次上军出征，第二次下军出征，第三次新军出征。中军兵将,分配接应,周而复始。但取盟约归报,便算有功,更不许与楚兵交战。公子杨干，乃悼公之同母弟，年方一十九岁，新拜中军戎御之职，血气方刚，未经战阵。闻得治兵伐郑，磨拳擦掌，巴不得独当一队，立刻上前厮杀。不见智罃点用，心中一股锐气按纳不住，遂自请为先锋，愿效死力。智罃曰："吾今日分军之计，只要速进速退，不以战胜为功。分派已定，小将军虽勇，无所用之。"杨干固请自效。荀罃曰："既小将军坚请，权于荀大夫部下接应新军。"杨干又道："新军派在第三次出征，等待不及，求拨在第一军部下。"智罃不从。杨干恃自家是晋侯亲弟，径将本部车卒，自成一队，列于中军副将范匄之后。司马魏绛奉将令整肃行伍，见杨干越次成列，即鸣鼓告于众曰："杨干故违将令，乱了行伍之序，论军法本该斩首。念是晋侯亲弟，姑将仆御代戮，以肃军政。"即命军校擒其御车之人斩之，悬首坛下，军中肃然。杨干素骄贵自恣，不知军法，见御人被戮，吓得魂不附体，十分惧怕中又带了三分羞、三分恼。当下驾车驰出军营，径奔晋悼公之前，哭拜于地，诉说魏绛如此欺负人，无颜见诸将之面。悼公爱弟之心不暇致详，遂拂然大怒曰："魏绛辱寡人之弟，如辱寡人。必杀魏绛，不可纵也！"乃召中军尉副羊舌职往取魏绛。羊舌职入宫见悼公曰："绛志节之士，有事不避难，有罪不避刑，军事已毕，必当自来谢罪，不须臣往。"顷刻间，魏绛果至，右手仗剑，左手执书，将入朝待罪。至午门，闻悼公欲使人取己，遂以书付仆人，令其申奏，便欲伏剑而死。只见两位官员，喘吁吁的奔至，乃是下军副将士鲂、主候大夫张老。见绛欲自刎，忙夺其剑曰："某等闻司马入朝，必为杨公子之事，所以急趋而至，欲合词禀闻主公。不识司马为何轻生如此？"魏绛具说晋侯召羊舌大夫之意。二人曰："此乃国家公事，司马奉法无私，何必自丧其身？不须令仆上书，某等愿代为启奏。"三人同至宫门，士鲂、张老先入，请见悼公，呈上魏绛之书。悼公启而览之，略云：

> 君不以臣为不肖，使承中军司马之乏。臣闻："三军之命，系于元帅；元帅之权，在乎命令。"有令不遵，有命不用，此河曲之所以无功，邲城之所以致败也。臣戮不用命者，以尽司马之职。臣自知上触介弟，罪当万死！请伏剑于君侧，以明君侯亲亲之谊。

悼公读罢其书，急问士鲂、张老曰："魏绛安在？"鲂等答曰："绛惧罪欲自杀，臣等力止之，见在宫门待罪！”悼公悚然起席，不暇穿履，遂跣足步出宫门，执魏绛之手，曰：“寡人之言，兄弟之情也；子之所行，军旅之事也。寡人不能教训其弟，以犯军刑，过在寡人，于卿无与，卿速就职。”羊舌职在旁大声曰：“君已恕绛无罪，绛宜退！”魏绛乃叩谢不杀之恩。羊舌职与士鲂、张老同时稽首称贺曰：“君有奉法之臣如此，何患伯业不就？”四人辞悼公一齐出朝。悼公回宫，大骂杨干：“不知礼法，几陷寡人于过，杀吾爱将！”使内侍押往公族大夫韩无忌处学礼三月，方许相见。杨干含羞郁郁而去。髯翁有诗云：

军法无亲敢乱行，中军司马面如霜。

悼公伯志方磨励，肯使忠臣剑下亡？

智罃定分军之令，方欲伐郑，廷臣传报：“宋国有文书到来。”悼公取览，乃是楚、郑二国相比，屡屡兴兵，侵掠宋境，以偪阳为东道，以此告急。上军元帅荀偃请曰：“楚得陈、郑而复侵宋，意在与晋争伯也。偪阳为楚伐宋之道，若兴师先向偪阳，可一鼓而下。前彭城之围，宋向戌有功，因封之以为附庸，使断楚道，亦一策也。”智罃曰：“偪阳虽小，其城甚固，若围而不下，必为诸侯所笑。”中军副将士匄曰：“彭城之役，我方伐郑，楚则侵宋以救之。虎牢之役，我方平郑，楚又侵宋以报之。今欲得郑，非先为固宋之谋不可，偃言是也。”智罃曰：“二子能料偪阳必可灭乎？”荀偃、士匄同声应曰：“都在小将二人身上。如若不能成功，甘当军令！”悼公曰：“伯游倡之，伯瑕助之，何忧事不济乎？”乃发第一军往攻偪阳，鲁、曹、邾三国皆以兵从。偪阳大夫妘斑献计曰：“鲁师营于北门，我伪启门出战，其师必入攻；俟其半入，下悬门以截之。鲁败，则曹、邾必惧，而晋之锐气亦挫矣。”偪阳子用其计。

却说鲁将孟孙蔑率其部将叔梁纥、秦堇父、狄虒弥等攻北门，只见悬门不闭，堇父同虒弥恃勇先进，叔梁纥继之。忽闻城上豁喇一声，将悬门当着叔梁纥头顶上放将下来。纥即投戈于地，举双手把悬门轻轻托起，后军就鸣金起来。堇父、虒弥二将恐后队有变，急忙回身。城内鼓角大振，妘斑引着大队人车尾后追逐。望见一大汉手托悬门，以出军将。妘斑大骇，想道：“这悬门自上放下，不是千斤力气，怎抬得住？若闯出去，反被他将门放下，可不利害！”且自停车观望。叔梁纥待晋军退尽，大叫道：“鲁国有名上将叔梁纥在此！有人要出城的，趁我不曾放手，快些出去！”城中无人敢应。妘斑弯弓搭箭，方欲射之，叔梁纥把双手一掀，就势撒开，那悬门便落了闸口。纥回至本营，谓堇父、虒弥曰：“二位将军之命，悬于我之两腕也。”堇父曰：“若非鸣金，吾等已杀入偪阳城，成其大功矣。”虒弥曰：“只看明日，我要独攻偪阳，显得鲁人本事。”

至次日，孟孙蔑整队向城上搦战，每百人为一队。狄虒弥曰：“我不要人帮助，只单身自当一队足矣。”乃取大车轮一个，以坚甲蒙之，紧紧束缚，左手执以为橹，右握大戟，跳跃如飞。偪阳城上，望见鲁将施逞勇力，乃悬布于城下，叫曰：“我引汝登城，谁人敢登，方见真勇。”言犹未已，鲁军队中一将出应曰：“有何不敢！”此将乃秦堇父也。即以手牵布，左右更换，须臾盘至城堞。偪阳人以刀割断其布，堇父从半空中蹋将下来。偪阳城高数仞，若是别人，这一跌，纵然不死，也是重伤。堇父全然不觉。城上布又垂下，问道：“再敢登么？”堇父又应曰：“有何不敢！”手借布力，腾身复上。又被偪阳人断布扑地，又一大跌。才爬起来，城上布又垂下，问道：“还敢不敢？”堇父声愈厉，答曰：“不敢不算好汉！”挽布如前。偪阳人看见堇父再坠再登，全无畏惧，倒着了忙，急割布时，已被堇父捞着一人，望城下一摔，跌个半熟。堇父亦随布坠下，反向城上叫道：“你还敢悬布否？”城上应曰：“已知将军神勇，不敢复悬矣。”堇父遂取断布三截，遍示诸队，众人无不吐舌。孟孙蔑叹曰：“诗云：‘有力如虎。’此三将足当之矣！”妘斑见鲁将凶猛，一个赛一个，遂不敢出战，吩咐军民竭力固守。各军自夏四月丙寅日围起，至五月庚寅，凡二十四日，攻者已倦，应者有馀。忽然天降大雨，平地水深三尺，军中惊恐不安。荀偃、士匄虑水患生变，同至中军来禀智罃，欲求班师。不知智罃肯听从否，再看下回分解。

第六十一回

晋悼公驾楚会萧鱼　孙林父因歌逐献公

话说晋及诸侯之兵，围了偪阳城二十四日，攻打不下。忽然天降大雨，平地水深三尺。荀偃、士匄二将虑军心有变，同至中军来禀智罃曰："本意谓城小易克，今围久不下。天降大雨，又时当夏令，水潦将发。泡水在西，薛水在东，滽水在东北，三水皆与泗水相通。万一连雨不止，三水横溢，恐班师不便。不如暂归，以俟再举。"智罃大怒，取所凭之几向二将掷之，骂曰："老夫可曾说来，'城小而固，未易下也'。竖子自任可灭，在晋侯面前一力承当。牵帅老夫至于此地！攻围许久，不见尺寸之效，偶然天雨，便欲班师。来由得你，去由不得你！今限汝七日之内，定要攻下偪阳，若还无功，照

军令状斩首！速去！勿再来见！”二将吓得面如土色，喏喏连声而退。谓本部军将曰：“元帅立下严限，七日若不能破城，必取吾等之首。今我亦与尔等立限，六日不能破城，先斩汝等，然后自刭，以申军法。”众将皆面面相觑。偃、匄曰：“军中无戏言！吾二人当亲冒矢石，昼夜攻之，有进无退。”约会鲁、曹、邾三国，一齐并力。时水势稍退，偃、匄乘轈车，身先士卒，城上矢石如雨，全然不避。自庚寅日攻起，至甲午日，城中矢石俱尽。荀偃附堞先登，士匄继之，各国军将，亦乘势蚁附而上。妘斑巷战而死。智罃入城，偪阳君率群臣迎降于马首。智罃尽收其族留于中军。计攻城至城破之日才五日耳，若非智罃发怒，此举无功矣。髯翁有诗云：

仗钺登坛无地天，偏裨何事敢侵权？
一人投机三军惧，不怕隆城铁石坚。

时悼公恐偪阳难下，复挑选精兵二千人，前来助战。行至楚邱，闻智罃已成大功，遂遣使至宋，以偪阳之地封宋向戌。向戌同宋平公亲至楚邱来见晋侯。向戌辞不受封，悼公乃归地于宋公。宋、卫二君，各设享款待晋侯。智罃述鲁三将之勇，悼公务赐车服，乃归。悼公以偪阳子助楚，废为庶人，选其族人之贤者，以主妘姓之祀，居于霍城。其秋，荀会卒，悼公以魏绛能执法，使为新军副将，以张老为司马。是冬，第二军伐郑，屯于牛首，复添虎牢之戍。适郑人尉止作乱，杀公子骓、公子发、公孙辄于西宫之朝。骓之子公孙夏字子西、发之子公孙侨字子产，各帅家甲攻贼，贼败走北宫。公孙虿亦率众来助，遂尽诛尉止之党，立公子嘉为上卿。栾黡请曰：“郑方有乱，必不能战，急攻之可拔也。”智罃曰：“乘乱不义。”命缓其攻。公子嘉使人行成，智罃许之。比及楚公子贞来救郑，则晋师已尽退矣。郑复与楚盟。传称：“晋悼公三驾服楚。”此乃“三驾”之一。周灵王九年事也。

明年夏，晋悼公以郑人未服，复以第三军伐郑。宋向戌之兵先至东门，卫上卿孙林父帅师同郳人屯于北鄙，晋新军元帅赵武等营于西郊之外，荀罃帅大军自北林而西，扬兵于郑之南门，约会各路军马，同日围郑。郑君臣大惧，又遣使行成。荀罃又许之，乃退师于宋地。郑简公亲至亳城之北大犒诸军，与荀罃等歃血为盟，晋、宋各军方散。

此乃“三驾”之二。楚共王大怒，使公子贞往秦借兵，约共伐郑。时秦景公之妹嫁为楚王夫人，两国有姻好，乃使大将嬴詹帅车三百乘助战。共王亲帅大军，望荥阳进发，曰：“此番不灭郑，誓不班师！”

却说郑简公自亳城北盟晋而归，逆知楚军旦暮必至，大集群臣计议。诸大夫皆曰：“方今晋势强盛，楚不如也。但晋兵来甚缓，去甚速，两国未尝见个雌雄，所以交争不息。若晋肯致死于我，楚力不逮，必将避之，从此可专事于晋矣。”公孙舍之献策曰：“欲晋致死于我，莫如怒之。欲激晋之怒，莫如伐宋。宋与晋最睦，我朝伐宋，晋夕伐我。晋能骤来，楚必不能，我乃得有词于楚也。”诸大夫皆曰：“此计甚善！”正计议间，谍人探得楚国借兵于秦的消息来报。公孙舍之喜曰：“此天使我事晋也！”众人不解其意。舍之曰：“秦、楚交伐，郑必重困。乘其未入境，当往迎之，因导之使同伐宋国。一则免楚之患，二则激晋之来，岂非一举两得？”郑简公从其谋，即命公孙舍之乘单车星夜南驰，渡了颍水，行不一舍，正遇楚军。公孙舍之下车拜伏于马首之前，楚共王厉色问曰：“郑反覆无信，寡人正来问罪，汝来却是何意？”舍之奏曰：“寡君怀大王之德，畏大王之威，所愿终身宇下，岂敢离遏？无奈晋人暴虐，与宋合兵，侵扰无已。寡君惧社稷颠覆，不能事君，姑与之和，以退其师。晋师既退，仍是大王贡献之邑也。恐大王未鉴敝邑之诚，特遣下臣奉迎，布其心腹。大王若能问罪于宋，寡君愿执鞭为前部，稍效犬马，以明誓不相背之意。”共王回嗔作喜曰：“汝君若从寡人伐宋，寡人又何说乎？”舍之又奏曰：“下臣束装之日，寡君已悉索敝赋，俟大王于东鄙，不敢后也。”共王曰：“虽然如此，但秦庶长约在荥阳城下相会，须与同事方可。”舍之复奏曰：“雍州辽远，必越晋过周，方能至郑。大王遣一介之使，犹可及止。以大王之威，楚兵之劲，何必借助于西戎哉？”共王悦其言，果使人辞谢秦师，遂同公孙舍之东行。及有莘之野，郑简公帅师来会，遂同伐宋国，大掠而还。

宋平公遣向戌如晋，诉告楚、郑连兵之事。悼公果然大怒，即日便欲兴师。此番又轮该第一军出征了。智罃进曰：“楚之借师于秦者，正以连年奔走道路，不胜其劳也。我一岁而再伐，楚其能复来乎？此番得郑必矣。当示以强盛之形，坚其归志。”悼公曰：“善。”乃大合宋、鲁、卫、齐、曹、莒、邾、滕、薛、杞、小邾各国，一齐至郑，观兵于郑之东门，一路俘获甚众。此师乃“三驾”之三也。郑简公谓公孙舍之曰：“子欲激晋之怒，使之速来，今果至矣，为之奈何？”舍之对曰：“臣请一面求成于晋，一面使人请救于楚。楚兵若能亟来，必当交战，吾择其胜者而从之。若楚不能至，吾受晋盟，因以重赂结晋，晋必庇我，又何楚之足患乎？”简公以为然，乃使大夫伯骈行成于晋；使公孙良霄、太宰石臭如楚告曰：“晋师又至郑矣，从者十一国，兵势甚盛，郑亡已在旦夕。君王若能以兵威慑晋，孤之愿也。不然，孤惧社稷不保，不得不即安于晋，惟君王怜之，恕之！”楚共王大怒，召公子贞问计。公子贞曰：“我兵乍归，喘息未定，岂能复发？姑让郑于晋，后取之，何患无日！”共王余怒未平，乃囚良霄、石臭于军府，不放归国。髯仙有诗云：

楚晋争锋结世仇，晋兵迭至楚兵休。

行人何罪遭拘执？始信分军是善谋。

时晋军营于萧鱼，伯骈来至晋军，悼公召入，厉声问曰：“汝以行成哄我，已非一次矣。今番莫非又是缓兵之计？”伯骈叩首曰：“寡君已别遣行人先告绝于楚，敢有二心乎？”悼公曰：“寡人以诚信待汝，汝若再怀反覆，将犯诸侯之公恶，岂独寡人！汝且回去，与汝君商议详确，再来回话。”伯骈又奏曰：“寡君薰沐而遣下臣，实欲委国于君侯，君侯勿疑。”悼公曰：“汝意既决，交盟可也。”乃命新军元帅赵武同伯骈入城，与郑简公歃血订盟。简公亦遣公孙舍之随赵武出城，与悼公要约。是冬十二月，郑简公亲入晋军与诸侯同会，因请受歃。悼公曰：“交盟已在前矣，君若有信，鬼神鉴之，何必再歃？”乃传令：“将一路俘获郑人，悉解其缚放归本国。禁诸军不得犯郑国分毫，如有违者，治以军法；虎牢戍兵，尽行撤去，使郑人自为守望。”诸侯皆谏曰：“郑未可恃也。倘更有反覆，重复设戍难矣。”悼公曰：“久劳苦诸国将士，恨无了期。今当与郑更始，委以腹心，寡人不负郑，郑其负寡人乎？”乃谓郑简公曰：“寡人知尔苦乐，欲相与休息。今后从晋从楚，出于尔心，寡人不强。”简公感激流涕曰：“伯君以至诚待人，虽禽兽可格，况某犹人类，敢忘覆庇？再有异志，鬼神必殛！”简公辞去。明日使公孙舍之献赂为谢：乐师三人、女乐十六人、歌钟三十二枚，镈磬相副，针指女工三十人、輴车广车共十五乘、他兵车复百乘，甲兵具备。悼公受之。以女乐八人、歌钟十二赐魏绛，曰："子教寡人和诸戎狄，以正诸华。诸侯亲附，如乐之和，愿与子同此乐也。"又以兵车三分之一赐智罃，曰："子教寡人分军敝楚，今郑人获成，皆子之功。"绛、罃二将，皆顿首辞曰："此皆仗君之灵与诸侯之劳，臣等何力之有？"悼公曰："微二卿，寡人不能至此，卿勿固却。"乃皆拜受。于是十二国车马同日班师。悼公复遣使行聘各国，谢其向来用师之劳，诸侯皆悦。自此郑国专心归晋，不敢萌二三之念矣。史臣有诗云：

郑人反覆似猱狙，晋伯偏将诈力锄。

二十四年归宇下，方知忠信胜兵戈。

时秦景公伐晋以救郑，败晋师于栎，闻郑已降晋，乃还。

明年为周灵王十一年，吴子寿梦病笃，召其四子诸樊、馀祭、夷昧、季札至床前，谓曰："汝兄弟四人，惟札最贤，若立之，必能昌大吴国。我一向欲立为世子，奈札固辞不肯。我死之后，诸樊传馀祭，馀祭传夷昧，夷昧传季札，传弟不传孙。务使季札为君，社稷有幸。违吾命者，即为不孝，上天不祐！"言讫而绝。诸樊让国于季札曰："此父志也。"季札曰："弟辞世子之位于父生之日，肯受君位于父死之后乎？兄若再逊，弟当逃之他国矣。"诸樊不得已，乃宣明次传之约，以父命即位。晋悼公遣使吊贺，不在话下。

又明年为周灵王十二年，晋将智罃、士鲂、魏相，相继而卒。悼公复治兵于绵山，欲使士匄将中军，匄辞曰："伯游长。"乃使中行荀偃代智罃之任，士匄为副。又欲使韩起将上军，起曰："臣不如赵武之贤。"乃使赵武代荀偃之任，韩起为副。栾黡将下军如故，魏绛为副。其新军尚无帅。悼公曰："宁可虚位以待人，不可以人而滥位。"乃使其军吏率官属卒乘，以附于下军。诸大夫皆曰："君之慎于名器如此。"乃各修其职，弗敢懈怠。晋国大治，复兴文、襄之业。未几，废新军并入三军，以守侯国之礼。

是年秋九月，楚共王审薨，世子昭立，是为康王。吴王诸樊命大将公子党帅师伐楚。楚将养繇基迎敌，射杀公子党，吴师败还。诸樊遣使告败于晋，悼公合诸侯于向以谋之。晋大夫羊舌肸进曰："吴伐楚之丧,自取其败,不足恤也。秦、晋邻国,世有姻好,今附楚救郑,败我师于栎,此宜先报。若伐秦有功,则楚势益孤矣。”悼公以为然。使荀偃率三军之众,同鲁、宋、齐、卫、郑、曹、莒、邾、滕、薛、杞、小邾十二国大夫伐秦。晋悼公待于境上。

秦景公闻晋师将至,使人以毒药数囊沉于泾水之上流。鲁大夫叔孙豹同莒师先济,军士饮水中毒,多有死者,各军遂不肯济。郑大夫公子蟜谓卫大夫北宫括曰:“既已从人,敢观望乎?”公子蟜帅郑师渡泾,北宫括继之。于是诸侯之师皆进,营于棫林。谍报:“秦军相去不远。”荀偃令各军:“鸡鸣驾车,视我马首所向而行!”下军元帅栾黡素不服中行偃,及闻令,怒曰:“军旅之事,当集众谋,即使偃能独断,亦宜明示进退,乌有使三军之众视其马首者?我亦下军之帅也,我马首欲东。”遂帅本部东归。副将魏绛曰:“吾职在从帅,不敢俟中行伯矣。”亦随栾黡班师。早有人报知中行偃,偃曰:“出令不明,吾实有过。令既不行,何望成功?”乃命诸侯之师各归本国,晋师亦还。时栾鍼为下军戎右,独不肯归,谓范匄之子范鞅曰:“今日之役,本为报秦,若无功而返,是益耻也。吾兄弟二人,并在军中,岂可一时皆返?子能与我同赴秦师乎?”范鞅曰:“子以国耻为念,鞅敢不从!”乃各引本部驰入秦军。

却说秦景公引大将嬴詹及公子无地,帅车四百乘,离棫林五十里安营,正遣人探听晋兵进止,忽见东角尘头起处,一彪车马飞来,急使公子无地率军迎敌。栾鍼奋勇上前,范鞅助之,连刺杀甲将十余人。秦军披靡欲走,望其后军无继,复鸣鼓合兵围之。范鞅曰:“秦兵势大,不可当也!”栾鍼不听。嬴詹大军又到,栾鍼复手杀数人,身中七箭,力尽而死。范鞅脱甲,乘单车疾驰得免。栾黡见范鞅独归,问曰:“吾弟何在?”鞅曰:“已没于秦军矣!”黡大怒,拔戈直刺范鞅。鞅不敢相抗,走入中军。黡随后赶到,鞅避去。其父范匄迎谓曰:“贤婿何怒之甚也?”黡妻栾祁,乃范匄之女,故以婿呼之。黡怒气勃勃,不能制,大声答曰:“汝子诱吾弟同入秦师,吾弟战死,而汝子生还,是汝子杀吾弟也。汝必逐鞅,犹可恕,不然,我必杀鞅,以偿吾弟之命!”范匄曰:“此事老夫不知也,今当逐之。”范鞅闻其语,遂从幕后出奔秦国。

秦景公问其来意，范鞅叙述始末。景公大喜，待以客卿之礼。一日，问曰："晋君何如人？"对曰："贤君也，知人而善任。"又问："晋大夫谁最贤？"对曰："赵武有文德，魏绛勇而不乱，羊舌肸习于《春秋》，张老笃信有智，祁午临事镇定，臣父匄能识大体，皆一时之选。其他公卿，亦皆习于令典，克守其官，鞅未敢轻议也。"景公又曰："然则晋大夫中，何人先亡？"鞅对曰："栾氏将先亡。"景公曰："岂非以汰侈故乎？"范鞅曰："栾黡虽汰侈，犹可及身，其子盈必不免。"景公曰："何故？"鞅对曰："栾武子恤民爱士，人心所归，故虽有弑君之恶，而国中不以为非，戴其德也。思召公者，爱及甘棠，况其子乎？黡若死，盈之善未能及人，而武之德已远，修黡之怨者，必此时矣。"景公叹曰："卿可谓知存亡之故者也！"乃因范鞅而通于范匄，使庶长武聘晋，以修旧好，并请复范鞅之位。悼公从之，范鞅归晋。悼公以鞅及栾盈并为公族大夫，且谕栾黡勿得修怨。自此秦、晋通和，终春秋之世不相加兵。有诗为证：

西邻东道世婚姻，一旦寻仇斗日新。
玉帛既通兵革偃，从来好事是和亲。

是年栾黡卒，子栾盈代为下军副将。

话分两头。却说卫献公名衎，自周简王十年代父定公即位。因居丧不戚，其嫡母定姜，逆知其不能守位，屡屡规谏，献公不听。及在位，日益放纵，所亲者无非谗谄面谀之人，所喜者不过鼓乐田猎之事。自定公之世，有同母弟公子黑肩，怙宠专政。黑肩之子公孙剽嗣父爵为大夫，颇有权略。上卿孙林父、亚卿甯殖见献公无道，皆与剽结交。林父又暗结晋国为外援，将国中器币宝货尽迁于戚，使妻子居之。献公疑其有叛心，一来形迹未著，二来畏其强家，所以含忍不发。

忽一日，献公约孙、甯二卿共午食。二卿皆朝服待命于门，自朝至午，不见使命来召，宫中亦无一人出来。二卿心疑。看看日斜，二卿饥困已甚，乃叩宫门请见。守阍内侍答曰："主公在后圃演射，二位大夫若要相见，可自往也。"孙、甯二人心中大怒，乃忍饥径造后圃，望见献公方戴皮冠，与射师公孙丁较射。献公见孙、甯二人近前，不脱皮冠，挂弓于臂而见之，问："二卿今日来此何事？"孙、甯二人齐声答曰:“蒙主公约共午食,臣等伺候至今,腹且馁矣。恐违君命,是以来此。”献公曰:“寡人贪射,偶尔忘之。二卿且退,俟改日再约可也。”言罢,适有鸿雁飞鸣而过,献公谓公孙丁曰:“与尔赌射此鸿。”孙、甯二人含羞而退。林父曰:“主公耽于游戏,狎近群小,全无敬礼大臣之意。我等将来必不免于祸,如何?”甯殖曰:“君无道,止自祸耳,安能祸人?”林父曰:“我意欲奉公子剽为君,子以为何如?”甯殖曰:“此举甚当,你我相机而动便了。”言罢各别。

林父回家,饭毕,连夜径往戚邑,密唤家臣庾公差、尹公佗等,整顿家甲,为谋叛之计。遣其长子孙蒯往见献公,探其口气。孙蒯至卫,见献公于内朝,假说:“臣父林父,偶染风疾,权且在河上调理,望主公宽宥。”献公笑曰:“尔父之疾,想因过饿所致,寡人今不敢复饿子。”命内侍取酒相待,唤乐工歌诗侑酒。太师请问:“歌何诗?”献公曰:“《巧言》之卒章,颇切时事,何不歌之?”太师奏曰:“此诗语意不佳,恐非欢宴所宜。”师曹喝曰:“主公要歌便歌,何必多言!”原来师曹善于鼓琴,献公使教其嬖妾,嬖妾不率教,师曹鞭之十下,妾泣诉于献公,献公当嬖妾之前鞭师曹三百,师曹怀恨在心,今日明知此诗不佳,故意欲歌之,以激孙蒯之怒,遂长声而歌曰:

彼何人斯,居河之麋?无拳无勇,职为乱阶。

献公的主意,因孙林父居于河上,有叛乱之形,故借歌以惧之。孙蒯闻歌,坐不安席,须臾辞去。献公曰:“适师曹所歌,子与尔父述之。尔父虽在河上,动息寡人必知,好生谨慎,将息病体。”孙蒯叩头,连声“不敢”而退。回戚,述于林父。林父曰:“主公忌我甚矣!我不可坐而待死。大夫蘧伯玉,卫之贤者,若得彼同事,无不济矣。”乃私至卫,往见蘧瑗曰:“主公暴虐,子所知也。恐有亡国之事,将若之何?”瑗对曰:“人臣事君,可谏则谏,不可谏则去之,他非瑗所知矣。”林父度瑗不可动,遂别去。瑗即日逃奔鲁国。

林父聚徒众于邱宫,将攻献公。献公惧,遣使至邱宫与林父讲和,林父杀之。献公使视甯殖,已戒车将应林父矣。乃召北宫括,括推病不出。公孙丁曰:“事急矣!速出奔,尚可求复。”献公乃集宫甲约二百余人为一队,公孙丁挟弓矢相从,启东门而出,欲奔齐国。孙蒯、孙嘉兄弟二人引兵追及于河泽，大杀一阵，二百余名宫甲尽皆逃散，存者仅十数人而已。赖得公孙丁善射，矢无虚发，近者辄中箭而死，保着献公，且战且走。二孙不敢穷追而返。才走不上三里，只见庾公差、尹公佗二将引兵而至，言："奉相国之命，务取卫侯回报。"孙蒯、孙嘉曰："有一善箭者相随，将军可谨防之！"庾公差曰："得非吾师公孙丁乎？"原来尹公佗学射于庾公差，公差又学射于公孙丁，三人是一线传授，彼此皆知其能。尹公佗曰："卫侯前去不远，姑且追之。"约驰十五里，赶着了献公。因御人被伤，公孙丁在车执辔，回首一望，远远的便认得是庾公差了，谓献公曰："来者是臣之弟子，弟子无害师之事，主公勿忧。"乃停车待之。庾公差既到，谓尹公佗曰："此真吾师也。"乃下车拜见。公孙丁举手答之，麾之使去。庾公差登车曰："今日之事，各为其主。我若射，则为背师；若不射，则又为背主。我如今有两尽之道。"乃抽矢叩轮，去其镞，扬声曰："吾师勿惊！"连发四矢，前中轼，后中轸，左右中两旁，单单空着君臣二人，分明显个本事，卖个人情的意思。庾公差射毕，叫声："师傅保重！"喝教回车。公孙丁亦引辔而去。尹公佗先遇献公，本欲逞艺，因庾公差是他业师，不敢自专；回至中途，渐渐懊悔起来，谓庾公差曰："子有师弟之分，所以用情；弟子已隔一层，师恩为轻，主命为重。若无功而返，何以复吾恩主？"庾公差曰："吾师神箭，不下养繇基，尔非其敌，枉送性命！"尹公佗不信庾公之言，当下复身来追卫侯。不知结末如何，再看下回分解。

第六十二回

诸侯同心围齐国　晋臣合计逐栾盈

话说尹公佗不信庾公之言，复身来追卫侯，驰二十余里，方才赶着。公孙丁问其来意，尹公佗曰："吾师庾公与汝有师弟之恩，我乃庾公弟子，未尝受业，于子如路人耳。岂可徇私情于路人，而废公义于君父乎？"公孙丁曰："汝曾学艺于庾公，可想庾公之艺从何而来？为人岂可忘本！快快回转，免伤和气。"尹公佗不听，将弓拽满，望公孙丁便射。公孙丁不慌不忙，将辔授与献公，候箭到时，用手一绰，轻轻接住。就将来箭搭上弓弦，回射尹公佗。尹公佗急躲避时，扑的一声，箭已贯其左臂。尹公佗负痛，弃弓而走。公孙丁再复一箭，结果了尹公性命，吓得随行军士，弃车逃窜。献公曰："若

非吾子神箭，寡人一命休矣。”公孙丁仍复执辔奔驰。又十余里，只见后面车声震动，飞也似赶来。献公曰：“再有追兵，何以自脱？”正在慌急之际，后车看看相近，视之，乃同母之弟公子鱄冒死赶来从驾。献公方才放心，遂做一路奔至齐国，齐灵公馆之于莱城。宋儒有诗谓献公不敬大臣，自取奔亡。诗曰：

尊如天地赫如神，何事人臣敢逐君？
自是君纲先缺陷，上梁不正下梁蹾。

孙林父既逐献公，遂与甯殖合谋迎公子剽为君，是为殇公。使人告难于晋。晋悼公问于中行偃曰：“卫人出一君复立一君，非正也。当何以处之？”偃对曰：“卫衎无道，诸侯莫不闻，今臣民自愿立剽，我勿与知可也。”悼公从之。齐灵公闻晋侯不讨孙、甯逐君之罪，乃叹曰：“晋侯之志惰矣！我不乘此时图伯，更待何时？”乃帅师伐鲁北鄙，围郕，大掠而还。时周灵王之十四年也。

原来齐灵公初娶鲁女颜姬为夫人，无子，其媵鬷姬，生子曰光，灵公先立为太子。又有嬖妾戎子，亦无子，其娣仲子生子曰牙，戎子抱牙以为己子，他姬生公子杵臼，无宠。戎子恃爱，要得立牙为太子，灵公许之。仲子谏曰：“光之立也久矣，又数会诸侯，今无故而废之，国人不服，后必有悔！”灵公曰：“废立在我，谁敢不服？”遂使太子光率兵守即墨。光去后，即传旨废之，更立牙为太子，使上卿高厚为太傅，寺人夙沙卫强而有智，以为少傅。鲁襄公闻齐太子光之废，遣使来请其罪。灵公不能答。反虑鲁国将来助光争国，所以与鲁为仇，首先加兵，欲以兵威胁鲁，然后杀光。此乃灵公无道之极也！鲁使人告急于晋，因悼公抱病，不能救鲁。

是冬，晋悼公薨，群臣奉世子彪即位，是为平公。鲁又使叔孙豹吊贺，且告齐患。荀偃曰：“俟来春当会诸侯，若齐不赴会，讨之未晚。”周灵王十五年，晋平公元年，大合诸侯于溴梁。齐灵公不至，使大夫高厚代。荀偃大怒，欲执高厚，高厚逃归。复兴师伐鲁北鄙，围防，杀守臣臧坚。叔孙豹再至晋国求救。平公乃命大将中行偃合诸侯之兵，大举伐齐。中行偃点军方回，是夜得一梦，梦见黄衣使者，执一卷文书来拘偃对证。偃随之行，至一大殿宇，上有王者冕旒端坐。使者命偃跪于丹墀之下。觑同跪者，乃是晋厉公、栾书、程滑、胥童、长鱼矫、三郤一班人众。偃心下暗暗惊异。闻胥童等与三郤争辩良久，不甚分明。须臾狱卒引去，止留厉公、栾书、中行偃、程滑四人。厉公诉被弑始末。栾书辩曰："下手者，程滑也。"程滑曰："主谋皆出书、偃，滑不过奉命而已，安得独归罪于我？"殿上王者降旨曰："此时栾书执政，宜坐首恶，五年之内，子孙绝灭。"厉公忿然曰："此事亦由逆偃助力，安得无罪？"即起身抽戈击偃之首。梦中觉首坠于前，偃以手捧其首，跪而戴之，走出殿门，遇梗阳巫者灵皋，皋谓曰："子首何歪也？"代为正之。觉痛极而醒，深以为异。

次日入朝，果遇见灵皋于途，乃命之登车，将夜来所梦，细述一遍。灵皋曰："冤家已至，不死何为？"偃问曰："今欲有事东方，犹可及乎？"皋对曰："东方恶气太重，伐之必克，主虽死，犹可及也。"偃曰："能克齐，虽死可矣！"乃帅师济河，会诸侯于鲁济之地。晋、宋、鲁、卫、郑、曹、莒、邾、滕、薛、杞、小邾共十二路车马，一同往齐国进发。齐灵公使上卿高厚辅太子牙守国，自帅崔杼、庆封、析归父、殖绰、郭最、寺人夙沙卫等引着大军，屯于平阴之城。城南有防，防有门，使析归父于防门之外深掘壕堑，横广一里，选精兵把守，以遏敌师。寺人夙沙卫进曰："十二国人心不一，乘其初至，当出奇击之。败其一军，则馀军俱丧气矣。如不欲战，莫如择险要而守之，区区防门之堑，未可恃也。"齐灵公曰："有此深堑，彼军安能飞渡耶？"

却说中行偃闻齐师掘堑而守，笑曰："齐畏我矣！必不能战，当以计破之。"乃传令使鲁、卫之兵自须句取路，使邾、莒之兵自城阳取路，俱由瑯琊而入。我等大兵从平阴攻进，约定在临淄城下相会。四国领计去了。使司马张君臣，凡山泽险要之处，俱虚张旗帜，布满山谷，又束草为人，蒙以衣甲，立于空车之上，将断木缚于车辕，车行木动，扬尘蔽天，力士挽大旆引车，往来于山谷之间，以为疑兵。荀偃、士匄率宋、郑之兵居中，赵武、韩起率上军，同滕、薛之兵在右，魏绛、栾盈率下军，同曹、杞、小邾之兵在左，分作三路，命车中各载木石，步卒每人携土一囊。行至防门，三路炮声相应，各将车中木石抛于堑中，加以土囊数万，把壕堑顷刻填平，大刀阔斧杀将进去。齐兵不能当抵，杀伤大半。析归父几为晋兵所获，仅以身免，逃入平阴城中告诉灵公，言："晋兵三路填堑而进，势大难敌。"灵公始有惧色，乃登巫山以望敌军。见到处山泽险要之地都有旗帜飘扬，车马驰骤，大惊曰："诸侯之师，何其众也！且暂避之。"问诸将："谁人敢为后殿?"夙沙卫曰："小臣愿引一军断后，力保主公无虞。"灵公大喜。忽有二将并出奏曰："堂堂齐国，岂无一勇力之士？而使寺人殿其师，岂不为诸侯笑乎？臣二人情愿让夙沙卫先行。"二将者，乃殖绰、郭最也，俱有万夫不当之勇。灵公曰："将军为殿，寡人无后顾之忧矣。"夙沙卫见齐侯不用，羞惭满面而退，只得随齐侯先走。约行二十余里至石门山，乃是险隘去处，两边俱是大石，只中间一条路径。夙沙卫怀恨绰、最二人，欲败其功，候齐军过尽，将随行马三十余匹，杀之以塞其路，又将大车数乘，联络如城，横截山口。

再说绰、最二将领兵断后，缓缓而退。将及石门隘口，见死马纵横，又有大车拦截，不便驰驱，乃相顾曰："此必夙沙卫衔恨于心，故意为此。"急教军士搬运死马，疏通路径。因前有车阻，遂一一要退后抬出，撇于空处，不知费了多少工夫。军士虽多，其奈路隘，有力无用。背后尘头起处，晋骁将州绰一军早到。殖绰方欲回车迎敌，州绰一箭飞来，恰射中殖绰的左肩。郭最弯弓来救，殖绰摇手止之。州绰见殖绰如此光景，亦不动手。殖绰不慌不忙，拔箭而问曰："来将何人？能射殖绰之肩，也算好汉了！愿通姓名。"对曰："吾乃晋国名将州绰也。"殖绰曰："小将非别，齐国名将殖绰的便是。将军岂不闻人语云：'莫相谑，怕二绰?'我与将军以勇力齐名，好汉惜好汉，何忍自相戕贼乎?"州绰曰："汝言虽当，但各为其主，不得不然。将军若肯束身归顺，小将力保将军不死。"殖绰曰："得无相欺否?"州绰曰："将军如不见信，请为立誓！若不能保全将军之命，愿与俱死。"殖绰曰："郭最性命，今亦交付将军。"言罢，二人双双就缚。随行士卒，尽皆投降。史臣有诗云：

绰最赳赳二虎臣，相逢狭路志难伸。
覆军擒将因私怨，辱国依然是寺人。

州绰将绰、最二将解至中军献功，且称其骁勇可用。中行偃命暂囚于中军，候班师定夺。大军从平阴进发，所过城郭，并不攻掠，径抵临淄外郭之下。鲁、卫、邾、莒兵俱到。范鞅先攻雍门。雍门多芦荻，以火焚之。州绰焚申池之竹木。各军一齐俱火攻，将四郭尽行焚毁。直逼临淄城下，四面围住，喊声震地，矢及城楼。城中百姓慌乱。灵公十分恐惧，暗令左右驾车，欲开东门出走。高厚知之，疾忙上前，抽佩剑断其辔索，涕泣而谏曰："诸军虽锐，然深入岂无后虞？不久将归矣。主公一去，都城不可守也。愿更留十日，如力竭势亏，走犹未晚。"灵公乃止。高厚督率军民，协力固守。

却说各兵围齐，至第六日，忽有郑国飞报来到，乃是大夫公孙舍之与公孙夏连名缄封，内中有机密至紧之事。郑简公发而视之，略云：

> 臣舍之，臣夏，奉命与子孔守国。不意子孔有谋叛之心，私自送款于楚，欲招引楚兵伐郑，已为内应。今楚兵已次鱼陵，旦夕将至。事在危急，幸星夜返旆，以救社稷！

郑简公大惧，即持书至晋军中，送与晋平公看了。平公召中行偃议之。偃对曰："我兵不攻不战，竟走临淄，指望乘此锐气，一鼓而下。今齐守未亏，郑国又有楚警，若郑国有失，咎在于晋，不如且归，为救郑之计。此番虽不曾破齐，料齐侯已丧胆，不敢复侵犯鲁国矣。"平公是其言，乃解围而去。郑简公辞晋先归。

诸侯行至祝阿，平公以楚师为忧，与诸侯饮酒，不乐。师旷曰："臣请以声卜之。"乃吹律歌《南风》，又歌《北风》。《北风》和平可听，《南风》声不扬，且多肃杀之声。旷奏曰："《南风》不竞，其声近死，不惟无功，且将自祸。不出三日，当有好音至矣。"师旷字子野，乃晋国第一聪明之士。从幼好音乐，苦其不专，乃叹曰："技之不精，由于多心；心之不一，由于多视。"乃以艾叶薰瞎其目，专意音乐。遂能察气候之盈虚，明阴阳之消长，天时人事，审验无差，风角鸟鸣，吉凶如见。为晋太师掌乐之官，平时为晋侯所深信，故行军必以相随。至是闻其言，乃驻军以待之，使人前途远探。未三日，探者同郑大夫公孙虿来回报，言："楚师已去。"晋平公讶问其详，公孙虿对曰："楚自子庚代子囊为令尹，欲报先世之仇，谋伐郑国。公子嘉阴与楚通，许、楚兵到日，诈称迎敌，以兵出城相会。赖公孙舍之、公孙夏二人预知子嘉之谋，敛甲守城，严讥出入。子嘉不敢出会楚师。子庚涉颍水，不见内应消息，乃屯兵于鱼齿山下。值大雨雪，数日不止，营中水深尺余，军人皆择高阜处躲雨，寒甚，死者过半，士卒怨詈，子庚只得班师而回矣。寡君讨子嘉之罪，已行诛戮，恐烦军师，特遣下臣虿连夜奔告。”平公大喜曰：“子野真能于音者矣！”乃将楚伐郑无功遍告诸侯，各回本国。史臣有诗赞师旷云：

歌罢南风又北风，便知两国吉和凶。
音当精处通天地，师旷从来是瞽宗。

时周灵王十七年，冬十二月事也。比及晋师济河，已在十八年之春矣。

中行偃行至中途，忽然头上生一疡疽，痛不可忍，乃逗遛于著雍之地。延至二月，其疡溃烂，目睛俱脱而死。坠首之梦与梗阳巫者之言，至是俱验矣。殖绰、郭最乘偃之变，破械而出，逃回齐国去了。范匄同偃之子吴，迎丧以归。晋侯使吴嗣为大夫，以范匄为中军元帅，以吴为副将，仍以荀为氏，称荀吴。

是年夏五月，齐灵公有疾，大夫崔杼与庆封商议，使人用温车，迎故太子光于即墨。庆封帅家甲，夜叩太傅高厚之门，高厚出迎，执而杀之。太子光同崔杼入宫，光杀戎子，又杀公子牙。灵公闻变大惊，呕血数升，登时气绝。光即位，是为庄公。寺人夙沙卫率其家属奔高唐，齐庄公使庆封帅师追之，夙沙卫据高唐以叛。齐庄公亲引大军围而攻之，月余不下。高唐人工偻有勇力，沙卫用之以守东门。工偻知沙卫不能成事，乃于城上射下羽书，书中约夜半于东北角伺候大军登城。庄公犹未准信，殖绰、郭最请曰：“彼既相约，必有内应。小将二人愿往，当生擒奄狗，以雪石门山阻隘之恨！”庄公曰：“汝小心前往，寡人自来接应。”绰、最引军至东北角，候至夜半，城上忽放长绳下来，约有数处。绰、最各附绳而上，军士陆续登城。工偻引着殖绰，竟来拿夙沙卫。郭最便去砍开城门，放齐兵入城。城中大乱，互相杀伤，约有一个更次方定。齐庄公入城，工偻同殖绰绑缚夙沙卫解到。庄公大骂：“奄狗！寡人何负于汝，汝却辅少夺长？今公子牙何在！汝既为少傅，何不相辅于地下！”夙沙卫垂首无言。庄公命牵出斩之，以其肉为醢，遍赐从行诸臣。即用工偻守高唐，班师而退。

时晋上卿范匄，以前番围齐未获取成，乃请于平公，复率大军侵齐。才济黄河，闻齐灵公凶信，乃曰：“齐新有丧，伐之不仁！”即时班师。早有人报知齐国，大夫晏婴进曰：“晋不伐我丧，施仁于我，我背之不义，不如请成，免两国干戈之苦。”那晏婴字平仲，身不满五尺，乃是齐国第一贤智之士。庄公亦以国家粗定，恐晋师复至，乃从婴之言，使人如晋谢罪，请盟。晋平公大合诸侯于澶渊，范匄为相，与齐庄公歃血为盟，结好而散。自此年余无事。

却说下军副将栾盈，乃栾黡之子。黡乃范匄之婿，匄女嫁黡，谓之栾祁。栾氏自栾宾、栾成、栾枝、栾盾、栾书、栾黡，至于栾盈，顶针七代卿相，贵盛无比。晋朝文武，半出其门，半属姻党。魏氏有魏舒，智氏有智起，中行氏有中行喜，羊舌氏有叔虎，籍氏有籍偃，箕氏有箕遗，皆与栾盈声势相倚，结为死党。更兼盈自少谦恭下士，散财结客，故死士多归之，如州绰、邢蒯、黄渊、箕遗，都是他部下骁将。更有力士督戎，力举千钧，手握二戟，刺无不中，是他随身心腹，寸步不离的。又有家臣辛俞、州宾等，奔走效劳者不计其数。

栾黡死时，其夫人栾祁才及四旬，不能守寡。因州宾屡次入府禀事，栾祁在屏后窥之，见其少俊，遂密遣侍儿道意，因与私通。栾祁尽将室中器币赠与州宾。盈从晋侯伐齐，州宾公然宿于府中，不复避忌。盈归，闻知其事，尚碍母亲面皮，乃把他事鞭治内外守门之吏，严稽家臣出入。栾祁一来老羞变怒，二则淫心难绝，三则恐其子害了州宾性命，因父范匄生辰，以拜寿为名，来至范府，乘间诉其父曰：“盈将为乱，奈何？”范匄询其详，栾祁曰：“盈尝言：‘鞅杀吾兄，吾父逐之，复纵之归国，不诛已幸，反加宠位。今父子专国，范氏日盛，栾氏将衰，吾宁死，与范氏誓不两立！’日夜与智起、羊舌虎等聚谋密室，欲尽去诸大夫，而立其私党。恐我泄其消息，严敕守门之吏，不许与外家相通。今日勉强来此，异日恐不得相见！吾以父子恩深，不敢不言。”时范鞅在旁，助之曰：“儿亦闻之，今果然矣。彼党羽至盛，不可不防也。”一子一女，声口相同，不由范匄不信。乃密奏于平公，请逐栾氏。

平公私问于大夫阳毕。阳毕素恶栾黡而睦于范氏，乃对曰："栾书实弑厉公；黡世其凶德，以及于盈，百姓昵于栾氏久矣。若除栾氏，以明弑逆之罪，而立君之威，此国家数世之福也。"平公曰："栾书援立先君，盈罪未著，除之无名，奈何？"阳毕对曰："书之援立先君，以掩罪也。先君忘国仇而徇私德，君又纵之，滋害将大。若以盈恶未著，宜翦除其党，赦盈而遣之。彼若求逞，诛之有名；若逃死于他方，亦君之惠也。"平公以为然，召范匄入宫，共议其事。范匄曰："盈未去而翦其党，是速之为乱也。君不如使盈往筑著邑之城，盈去，其党无主，乃可图矣。"平公曰："善。"乃遣栾盈往城著邑。盈临行，其党箕遗谏曰："栾氏多怨，主所知也。赵氏以下宫之难怨栾氏，中行氏以伐秦之役怨栾氏，范氏以范鞅之逐怨栾氏，智朔夭死，智盈尚少，而听于中行，程郑嬖于公，栾氏之势孤矣。城著非国之急事，何必使子？子盍辞之，以观君意之若何，而为之备。"栾盈曰："君命，不可辞也。盈如有罪，其敢逃死？如其无罪，国人将怜我，孰能害之？"乃命督戎为御，出了绛州，望著邑而去。

盈去三日，平公御朝，谓诸大夫曰："栾书昔有弑逆之罪，未正刑诛。今其子孙在朝，寡人耻之！将若之何？"诸大夫同声应曰："宜逐之。"乃宣布栾书罪状，悬于国门，遣大夫阳毕将兵往逐栾盈。其宗族在国中者，尽行逐出，收其栾邑。栾乐、栾鲂率其宗人，同州绰、邢蒯，俱出了绛城，竟往奔栾盈去了。叔虎拉了箕遗、黄渊随后出城，城门已闭，传闻将搜治栾氏之党，乃商议各聚家丁，欲乘夜为乱，斩东门而出。赵氏有门客章铿，居与叔虎家相邻，闻其谋，报知赵武。赵武转报范匄。匄使其子范鞅率甲士三百，围叔虎之第。不知后事如何，且看下回分解。

第六十三回

老祁奚力救羊舌　小范鞅智劫魏舒

话说箕遗正在叔虎家中，只等黄渊到来，夜半时候，一齐发作。却被范鞅领兵围住府第，外面家丁，不敢聚集，远远观望，亦多有散去者。叔虎乘梯向墙外问曰："小将军引兵至此，何故？"范鞅曰："汝平日党于栾盈，今又谋斩关出应，罪同叛逆，吾奉晋侯之命，特来取汝。"叔虎曰："我并无此事，是何人所说？"范鞅即呼章铿上前，使证之。叔虎力大，扳起一块墙石，望章铿当头打去，打个正着，把顶门都打开了。范鞅大怒，教军士放火攻门。叔虎慌急了，向箕遗说："我等宁可死里逃生，不可坐以待缚。"遂提戟当先，箕遗仗剑在后，发声喊，冒火杀出。范鞅在火光中，认得二人，教军士一

齐放箭。此时火势薰灼，已难躲避，怎当得箭如飞蝗，二人纵有冲天本事，亦无用处，双双被箭射倒。军士将挠钩搭出，已自半死，绑缚车中。救灭了火。只听得车声辚辚辐辐，火炬烛天而至，乃是中军副将荀吴，率本部兵前来接应。中途正遇黄渊，亦被擒获。范、荀合兵一处，将叔虎、箕遗、黄渊，解到中军元帅范匄处。范匄曰："栾党尚多，只擒此三人，尚未除患，当悉拘之!"乃复分路搜捕。绛州城中，闹了一夜。直至天明，范鞅拘到智起、籍偃、州宾等，荀吴拘到中行喜、辛俞，及叔虎之兄羊舌赤、弟羊舌肹，都囚于朝门之外，俟候晋平公出朝，启奏定夺。

单说羊舌赤，字伯华，羊舌肹，字叔向，与叔虎虽同是羊舌职之子，叔虎是庶母所生。当初叔虎之母原是羊舌夫人房中之婢，甚有美色，其夫欲之，夫人不遣侍寝。时伯华、叔向俱已年长，谏其母勿妒。夫人笑曰："吾岂妒妇哉!吾闻有甚美者，必有甚恶。深山大泽，实生龙蛇。恐其生龙蛇，为汝等之祸，是以不遣耳。"叔向等顺父之意，固请于母，乃遣之。一宿而有孕，生叔虎。及长成，美如其母，而勇力过人。栾盈自幼与之同卧起，相爱宛如夫妇。他是栾党中第一个相厚的，所以兄弟并行囚禁。

大夫乐王鲋，字叔鱼，其时方嬖幸于平公。平日慕羊舌赤、肹兄弟之贤，意欲纳交而不得。至是，闻二人被囚，特到朝门，正遇羊舌肹，揖而慰之曰："子勿忧，吾见主公，必当力为子请。"羊舌肹嘿然不应，乐王鲋有惭色。羊舌赤闻之，责其弟曰："吾兄弟毕命于此，羊舌氏绝矣!乐大夫有宠于君，言无不从，倘借其片语，天幸赦宥，不绝先人之宗，汝奈何不应，以失要人之意。"羊舌肹笑曰："死生命也，若天意降祐，必由祁老大夫，叔鱼何能为哉?"羊舌赤曰："以叔鱼之朝夕君侧，汝曰'不能'，以祁老大夫之致政闲居，而汝曰'必由之'，吾不知其解也!"羊舌肹曰："叔鱼行媚者也，君可亦可，君否亦否。祁老大夫外举不避仇，内举不避亲，岂独遗羊舌氏乎?"

少顷，晋平公临朝，范匄以所获栾党姓名奏闻。平公亦疑羊舌氏兄弟三人皆在其数，问于乐王鲋曰："叔虎之谋，赤与肹实与闻否?"乐王鲋心愧叔向，乃应曰："至亲莫如兄弟，岂有不知?"平公乃下诸人于狱,使司寇议罪。时祁奚已告老,退居于祁。其子祁午与羊舌赤同僚相善,星夜使人报信于父,求其以书达范匄,为赤求宽。奚闻信大惊曰:“赤与肸皆晋国贤臣,有此奇冤,我当亲往救之。”乃乘车连夜入都,未及与祁午相会,便叩门来见范匄。匄曰:“大夫老矣,冒风露而降之,必有所谕。”祁奚曰:“老夫为晋社稷存亡而来,非为别事。”范匄大惊,问曰:“不知何事关系社稷,有烦老大夫如此用心?”祁奚曰:“贤人,社稷之卫也。羊舌职有劳于晋室,其子赤、肸,能嗣其美。一庶子不肖,遂聚而歼之,岂不可惜!昔郤芮为逆,郤缺升朝,父子之罪,不相及也,况兄弟乎?子以私怨,多杀无辜,使玉石俱焚,晋之社稷危矣。”范匄蹴然离席曰:“老大夫所言甚当。但君怒未解,匄与老大夫同诣君所言之。”于是并车入朝,求见平公,奏言:“赤、肸与叔虎,贤不肖不同,必不与闻栾氏之事。且羊舌之劳,不可废也。”平公大悟,宣赦,赦出赤、肸二人,使复原职。智起、中行喜、籍偃、州宾、辛俞皆斥为庶人。惟叔虎与箕遗、黄渊处斩。赤、肸二人蒙赦,入朝谢恩,事毕,羊舌赤谓其弟曰:“当往祁老大夫处一谢。”肸曰:“彼为社稷,非为我也,何谢焉?”竟登车归第。羊舌赤心中不安,自往祁午处请见祁奚。午曰:“老父见过晋君,即时回祁去矣,未尝少留须臾也。”羊舌赤叹曰:“彼固施不望报者,吾自愧不及肸之高见也!”髯翁有诗云:

尺寸微劳亦望酬,拜恩私室岂知羞。

必如奚肸才公道,笑杀纷纷货赂求。

州宾复与栾祁往来,范匄闻之,使力士刺杀州宾于家。

却说守曲沃大夫胥午,昔年曾为栾书门客。栾盈行过曲沃,胥午迎款,极其殷勤。栾盈言及城著,胥午许以曲沃之徒助之。留连三日,栾乐等报信已至,言:“阳毕领兵将到。”督戎曰:“晋兵若至,便与交战,未必便输与他。”州绰、邢蒯曰:“专为此事,恐恩主手下乏人,吾二人特来相助。”栾盈曰:“吾未尝得罪于君,特为怨家所陷耳。若与拒战,彼有辞矣。不如逃之,以俟君之见察。”胥午亦言拒战之不可。即时收拾车乘,盈与午洒泪而别,出奔于楚。比及阳毕兵到著邑,邑人言:“盈未曾到此,在曲沃已出奔了。”阳毕班师而归,一路宣布栾氏之罪。百姓皆知栾氏功臣,且栾盈为人好施爱士,无不叹惜其冤者。范匄言于平公，严禁栾氏故臣，不许从栾盈，从者必死！家臣辛俞初闻栾盈在楚，乃收拾家财数车出城，欲往从之。被守门吏盘住，执辛俞以献于平公。平公曰："寡人有禁，汝何犯之？"辛俞再拜言曰："臣愚甚，不知君所以禁从栾氏者，诚何说也？"平公曰："从栾氏者无君，是以禁之。"辛俞曰："诚禁无君，则臣知免于死矣。臣闻之：'三世仕其家则君之，再世则主之。事君以死，事主以勤。'臣自祖若父，以无大援于国，世隶于栾氏，食其禄，今三世矣。栾氏固臣之君也。臣惟不敢无君，是以欲从栾氏，又何禁乎？且盈虽得罪，君逐之而不诛，得无念其先世犬马之劳，赐以生全乎？今羁旅他方，器用不具，衣食不给，或一朝填于沟壑，君之仁德，无乃不终？臣之此去，尽臣之义，成君之仁，且使国人闻之曰：'君虽危难，不可弃也。'于以禁无君者，大矣。"平公悦其言曰："子姑留事寡人，寡人将以栾氏之禄禄子。"辛俞曰："臣固言之矣：'栾氏，臣之君也。'舍一君又事一君，其何以禁无君者？必欲见留，臣请死！"平公曰："子往矣！寡人姑听子，以遂子之志。"辛俞再拜稽首，仍领了数车辎重，昂然出绛州城而去。史臣有诗称辛俞之忠。诗曰：

翻云覆雨世情轻，霜雪方知松柏荣。
三世为臣当效死，肯将晋主换栾盈？

却说栾盈栖楚境上数月，欲往郢都见楚王，忽转念曰："吾祖父宣力国家，与楚世仇，倘不相容，奈何？"欲改适齐，而资斧空乏，却得辛俞驱辎重来到，得济其用。遂修整车从，望齐国进发。此周灵王二十一年事也。

再说齐庄公为人好勇喜胜，不屑居人之下，虽然受命澶渊，终以平阴之败为耻。尝欲广求勇力之士，自为一队，亲率之以横行天下。由是于卿大夫士之外，别立"勇爵"，禄比大夫，必须力举千斤，射穿七札者，方与其选。先得殖绰、郭最，次又得贾举、邴师、公孙傲、封具、铎甫、襄尹、偻堙等，共是九人。庄公日日召至宫中，相与驰射击刺，以为笑乐。一日，庄公视朝，近臣报道："今有晋大夫栾盈被逐，来奔齐国。"庄公喜曰："寡人正思报晋之怨，今其世臣来奔，寡人之志遂矣。"欲遣人往迎之。大夫晏婴出奏曰："不可！不可！小所以事大者，信也。吾新与晋盟，今乃纳其逐臣，倘晋人来责，何以对之？”庄公大笑曰：“卿言差矣！齐、晋匹敌，岂分小大？昔之受盟，聊以纾一时之急耳。寡人岂终事晋，如鲁、卫、曹、邾者耶？”遂不听晏婴之言，使人迎栾盈入朝。盈谒见，稽首哭诉其见逐之由。庄公曰：“卿勿忧，寡人助卿一臂，必使卿复还晋国。”栾盈再拜称谢。庄公赐以大馆，设宴相款。州绰、邢蒯侍于栾盈之傍，庄公见其身大貌伟，问其姓名，二人以实告。庄公曰：“向日平阴之役，擒我殖绰、郭最者非尔耶？”绰、蒯叩首谢罪。庄公曰：“寡人慕尔久矣！”命赐酒食，因谓盈曰：“寡人有求于卿，卿不可辞。”盈对曰：“苟可以应君命者，即发肤无所爱。”庄公曰：“寡人无他求，欲暂乞二勇士为伴耳。”栾盈不敢拒，只得应允，快快登车，叹曰：“幸彼未见督戎，不然，亦为所夺矣！”

庄公得州绰、邢蒯，列于“勇爵”之末，二人心中不服。一日，与殖绰、郭最同侍于庄公之侧，二人假意佯惊，指绰、最曰：“此吾国之囚，何得在此？”郭最应曰：“吾等昔为奄狗所误，须不比你跟人逃窜也。”州绰怒曰：“汝乃我口中之虱，尚敢跳动耶？”殖绰亦怒曰：“汝今日在我国中，也是我盘中之肉矣。”邢蒯曰：“既然汝等不能相容，即当复归吾主。”郭最曰：“堂堂齐国难道少了你两人不成！”四人语硬面赤，各以手抚佩剑，渐有相并之意。庄公用好言劝解，取酒劳之。谓州绰、邢蒯曰：“寡人固知二卿不屑居齐人之下也。”乃更“勇爵”之名为“龙”、“虎”二爵，分为左右。右班“龙爵”，州绰、邢蒯为首，又选得齐人卢蒲癸、王何，使列其下。左班“虎爵”，则以殖绰、郭最为首，贾举等七人依旧次序。众人与其列者，皆以为荣，惟州、邢、殖、郭四人，到底心下各不和顺。时崔杼、庆封以援立庄公之功，位皆上卿，同执国政。庄公常造其第，饮酒作乐，或时舞剑射棚，无复君臣之隔。

单说崔杼之前妻生下二子，曰成，曰疆，数岁而妻死。再娶东郭氏，乃是东郭偃之妹，先嫁与棠公为妻，谓之棠姜，生一子，名曰棠无咎。那棠姜有美色，崔杼因往吊棠公之丧，窥见姿容，央东郭偃说合，娶为继室，亦生一子，曰明。崔杼因宠爱继室，遂用东郭偃、棠无咎为家臣，以幼子崔明托之，谓棠姜曰：“俟明长成，当立为適子。”此一段话，且搁过一边。

且说齐庄公一日饮于崔杼之室，崔杼使棠姜奉酒，庄公悦其色，乃厚赂东郭偃，使之通意，乘间与之私合。来往多遍，崔杼渐渐知觉，盘问棠姜。棠姜曰："诚有之。彼挟国君之势以临我，非一妇人所敢拒也。"杼曰："然则汝何不言？"棠姜曰："妾自知有罪，不敢言耳。"崔杼嘿然久之，曰："此事与汝无干。"自此有谋弑庄公之意。

周灵王二十二年，吴王诸樊求婚于晋，晋平公以女嫁之。齐庄公谋于崔杼曰："寡人许纳栾盈，未得其便。闻曲沃守臣乃栾盈之厚交，今欲以送媵为名，顺便纳栾盈于曲沃，使之袭晋。此事如何？"崔杼衔恨齐侯，私心计较，正欲齐侯结怨于晋，待晋侯以兵来讨，然后委罪于君，弑之以为媚晋之计。今日庄公谋纳栾盈，正中其计。乃对曰："曲沃人虽为栾氏，恐未能害晋。主公必然亲率一军为之后继。若盈自曲沃而入，主公扬言伐卫，由濮阳自南而北，两路夹攻，晋必不支。"庄公深以为然。以其谋告于栾盈，栾盈甚喜。家臣辛俞谏曰："俞之从主，以尽忠也，亦愿主之忠于晋君也！"盈曰："晋君不以我为臣，奈何？"辛俞曰："昔纣囚文王于羑里，文王三分天下，以服事殷。晋君不念栾氏之勋，黜逐吾主，糊口于外，谁不怜之？一为不忠，何所容于天地之间耶？"栾盈不听。辛俞泣曰："吾主此行，必不免！俞当以死相送！"乃拔佩刀自刎而死。史臣有赞云：

盈出则从，盈叛则死，公不背君，私不背主。卓哉辛俞，晋之义士！

齐庄公遂以宗女姜氏为媵，遣大夫析归父送之于晋。多用温车，载栾盈及其宗族，欲送至曲沃。州绰、邢蒯请从，庄公恐其归晋，乃使殖绰、郭最代之，嘱曰："事栾将军，犹事寡人也。"行过曲沃，盈等遂易服入城，夜叩大夫胥午之门，午惊异，启门而出，见栾盈，大惊曰："小恩主安得到此？"盈曰："愿得密室言之。"午乃迎盈入于深室之中。盈执胥午之手，欲言不言，不觉泪下。午曰："小恩主有事，且共商议，不须悲泣。"盈乃收泪告曰："吾为范、赵诸大夫所陷，宗祀不守。今齐侯怜其非罪，致我于此，齐兵且踵至矣。子若能兴曲沃之甲，相与袭绛，齐兵攻其外，我等攻其内，绛可入也。然后取诸家之仇我者而甘心焉，因奉晋侯以和于齐。栾氏复兴，在此一举！"午曰："晋势方强，范、赵、智、荀诸家又睦，恐不能侥幸，徒以自贼，奈何？”盈曰：“吾有力士督戎一人，可当一军；且殖绰、郭最，齐国之雄；栾乐、栾鲂，强力善射。晋虽强，不足惧也。昔我佐魏绛于下军，其孙舒每有请托，我无不周旋，彼感吾意，每思图报，若更得魏氏为内助，此事可八九矣。万一举事不成，虽死无恨！”午曰：“俟来日探人心何如，乃可行也。”盈等遂藏于深室。

至次日，胥午托言梦共太子，祭于其祠，以馂馀飨其官属，伏栾盈于壁后。三觞乐作，胥午命止之，曰：“昔共太子之冤，吾等忍闻乐乎？”众皆嗟叹。胥午曰：“臣子，一例也。今栾氏世有大功，同朝谮而逐之，亦何异共太子乎？”众皆曰：“此事通国皆不平，不知孺子犹能返国否？”胥午曰：“假如孺子今日在此，汝等何以处之？”众皆曰：“若得孺子为主，愿为尽力，虽死无悔！”坐中多有泣下者。胥午曰：“诸君勿悲，栾孺子见在此。”栾盈从屏后趋出，向众人便拜，众人俱拜。盈乃自述还晋之意：“若得重到绛州城中，死亦瞑目！”众人俱踊跃愿从。是日畅饮而散。

次日，栾盈写密信一封，托曲沃贾人送至绛州魏舒处。舒亦以范、赵所行太过，得此密信，即写回书，言：“某裹甲以待，只等曲沃兵到，即便相迎。”栾盈大喜，胥午搜括曲沃之甲，共二百二十乘，栾盈率之。栾之族人能战者皆从，老弱俱留曲沃。督戎为先锋，殖绰、栾乐在右，郭最、栾鲂在左，黄昏起行，来袭绛都。自曲沃至绛，止隔六十余里，一夜便到。坏郭而入，直抵南门，绛人犹然不知，正是“疾雷不及掩耳”，刚刚掩上城门，守御一无所设，不消一个时辰，被督戎攻破，招引栾兵入城，如入无人之境。时范匄在家，朝饔方彻，忽然乐王鲋喘吁而至，报言：“栾氏已入南门。”范匄大惊，急呼其子范鞅敛甲拒敌。乐王鲋曰：“事急矣！奉主公走固宫，犹可坚守。”固宫者，晋文公为吕郤焚宫之难，乃于公宫之东隅别筑此宫，以备不测，广宽十里有余，内有宫室台观，积粟甚多，轮选国中壮甲三千人守之，外掘沟堑，墙高数仞，极其坚固，故曰固宫。范匄忧国中有内应，鲋曰：“诸大夫皆栾怨家，可虑惟魏氏耳。若速以君命召之，犹可得也。”范匄以为然。乃使范鞅以君命召魏舒，一面催促仆人驾车。乐王鲋又曰：“事不可知,宜晦其迹。”时平公有外家之丧,范匄与乐王鲋俱衷甲加墨縗,以绖蒙其首,诈为妇人,直入宫中,奏知平公,即御公以入于固宫。

却说魏舒家在城北隅,范鞅乘轺车疾驱而往,但见车徒已列门外,舒戎装在车,南向将往迎栾盈矣。范鞅下车,急趋而进曰:“栾氏为逆,主公已在固宫,鞅之父与诸大臣皆聚于君所,使鞅来迎吾子。”魏舒未及答语,范鞅踊身一跳,早已登车,右手把剑,左手牵魏舒之带,唬得魏舒不敢做声。范鞅喝令:“速行!”舆人请问:“何往?”范鞅厉声曰:“东行往固宫!”于是车徒转向东行,径到固宫。未知后事何如,再看下回分解。

第六十四回

曲沃城栾盈灭族　且于门杞梁死战

却说范匄虽遣其子范鞅往迎魏舒，未知逆顺如何，心中委决不下。亲自登城而望，见一簇车徒，自西北方疾驱而至，其子与魏舒同在一车之上，喜曰："栾氏孤矣！"即开宫门纳之。魏舒与范匄相见，兀自颜色不定。匄执其手曰："外人不谅，颇言将军有私于栾氏，匄固知将军之不然也。若能共灭栾氏者，当以曲沃相劳。"舒此时已落范氏牢笼之内，只得唯唯惟命，遂同谒平公，共商议应敌之计。须臾，赵武、荀吴、智朔、韩无忌、韩起、祁午、羊舌赤、羊舌肸、张孟趯诸臣陆续而至，皆带有车徒，军势益盛。固宫止有前后两门，俱有重关。范匄使赵、荀两家之军协守南关二重，韩无忌兄弟协

守北关二重，祁午诸人周围巡儆。匄与鞅父子，不离平公左右。

栾盈已入绛城，不见魏舒来迎，心内怀疑，乃屯于市口，使人哨探，回报："晋侯已往固宫，百官皆从，魏氏亦去矣。"栾盈大怒曰："舒欺我，若相见，当手刃之！"即抚督戎之背曰："用心往攻固宫，富贵与子共也！"督戎曰："戎愿分兵一半，独攻南关，恩主率诸将攻北关，且看谁人先入？"此时殖绰、郭最虽则与盈同事，然州绰、邢蒯却是栾盈带往齐国去的，齐侯作兴了他，绰、最每受其奚落，俗语云"怪树怪丫叉"，绰、最与州、邢二将有些心病，原原本本，未免迁怒到栾盈身上。况栾盈口口声声只夸督戎之勇，并无俯仰绰、最之意，绰、最怎肯把热气去呵他冷面，也有坐观成败的意思，不肯十分出力。栾盈所靠只是督戎一人。当下督戎手提双戟，乘车径往固宫，要取南关。在关外阅看形势，一驰一骤，威风凛凛，杀气腾腾，分明似一位黑煞神下降。晋军素闻其勇名，见之无不胆落。赵武啧啧叹羡不已。

武部下有两员骁将，叫做解雍、解肃，兄弟二人，皆使长枪，军中有名。闻主将叹羡，心中不服曰："督戎虽勇，非有三头六臂，某弟兄不揣，欲引一枝兵下关，定要活捉那厮献功！"赵武曰："汝须仔细，不可轻敌。"二将装束齐整，飞车出关，隔堑大叫："来将是督将军否？可惜你如此英勇，却跟随叛臣。早早归顺，犹可反祸为福。"督戎闻叫大怒，喝教军士填堑而渡。军士方负土运石，督戎性急，将双戟按地，尽力一跃，早跳过堑北。二解倒吃了一惊，挺枪来战督戎。督戎舞戟相迎，全无惧怯。解雍的驾马，早被督戎一戟打去，折了背脊，车不能动。连解肃的驾马，嘶鸣起来也不行走。二解欺他单身，跳下车来步战。督戎两枝大戟，一左一右，使得呼呼的响。解肃一枪刺来，督戎一戟拉去；戟势去重，磅的一声，那枝枪磂为两段。解肃撇了枪杆便走。解雍也着了忙，手中迟慢，被督戎一戟刺倒。便去追赶解肃。解肃善走，径奔北关，缒城而上。督戎赶不着，退转来要结果解雍，已被军将救入关去了。督戎气忿忿的，独自挺戟而立，叫道："有本事的，多着几个出来，一总厮杀，省得费了工夫！"关上无人敢应。督戎守了一会，仍回本营，吩咐军士，打点明日攻关。是夜解雍伤重而死，赵武痛惜不已。解肃曰："明日小将再决一战，誓报兄仇，虽死不恨！"荀吴曰:“我部下有老将牟登,他有二子牟刚、牟劲,俱有千斤之力,见在晋侯麾下侍卫。今夜使牟登唤来,明日同解将军出战,三人战一个,难道又输与他?”赵武曰:“如此甚好!”荀吴自去吩咐牟登去了。次早,牟刚、牟劲俱到。赵武看之,果然身材魁伟,气象狰狞,慰劳了一番,命解肃一同下关。那边督戎早把坑堑填平,直逼关下搦战。这里三员猛将,开关而出。督戎大叫:“不怕死的都来!”三将并不打话,一枝长枪,两柄大刀,一齐都奔督戎。督戎全无惧怯。杀得性起,跳下车来,将双戟飞舞,尽着气力,落戟去处,便有千钧之重。牟劲车轴被督戎打折,只得也跳下车来,着了督戎一戟,打得稀烂。牟刚大怒,拚命上前,怎奈戟风如箭,没处进步。老将牟登喝叫:“且歇!”关上鸣起金来。牟登亲自出关,接应牟刚、解肃进去。督戎教军士攻关,关上矢石如雨,军士多有伤损,惟督戎不动分毫,真勇将也。赵武与荀吴连败二阵,遣人告急于范匄。范匄曰:“一督戎胜他不得,安能平栾氏乎?”

是夜秉烛而坐,闷闷不已。有一隶人侍侧,叩首而问曰:“元帅心怀郁郁,莫非忧督戎否?”范匄视其人,姓斐名豹,原是屠岸贾手下骁将斐成之子,因坐屠党,没官为奴,在中军服役。范匄奇其言,问曰:“尔若有计除得督戎,当有重赏。”斐豹曰:“小人名在丹书,枉有冲天之志,无处讨个出身。元帅若于丹书上除去豹名,小人当杀督戎,以报厚德。”范匄曰:“尔若杀了督戎,吾当请于晋侯,将丹书尽行焚弃,收尔为中军牙将。”斐豹曰:“元帅不可失信。”范匄曰:“若失信,有如红日!但不知用车徒多少?”斐豹曰:“督戎向在绛城,与小人相识,时常角力赌胜。其人恃勇性躁,专好独斗,若以车徒往,不能胜也。小人情愿单身下关,自有擒督戎之计。”范匄曰:“汝莫非去而不返?”斐豹曰:“小人有老母,今年七十八岁,又有幼子娇妻,岂肯罪上加罪,作此不忠不孝之事?如有此等,亦如红日!”范匄大喜,劳以酒食,赏兕甲一副。

次日,斐豹穿甲于内,外加练袍,扎缚停当。头戴韦弁,足穿麻屦,腰藏利刃,手中提一铜锤,重五十二斤,来辞范匄曰:“小人此去,杀得督戎,奏凯而回。不然,亦死于督戎之手,决不两存。”范匄曰:“我当亲往,看汝用力。”即时命驾车,使斐豹骖乘,同至南关。赵武、荀吴接见，诉以督戎如此英雄，连折二将。范匄曰："今日斐豹单身赴敌，只看晋侯福分。"言犹未已，关下督戎大呼搦战。斐豹在关上呼曰："督君还认得斐大否！"豹行大，故自称斐大，乃昔年彼此所呼也。督戎曰："斐大，汝今还敢来赌一死生么？"斐豹曰："他人怕你，我斐豹不怕你！你把兵车退后，我与你两人只在地下赌斗，双手对双手，兵器对兵器，不是你死我活，就是我死你活，也落得个英名传后。"督戎曰："此论正合吾意。"遂将军士约退。这里关门开处，单单放一个斐豹出来。两个就在关下交战，约二十余合，未分胜败。斐豹诈言道："我一时内急，可暂住手。"督戎那里肯放。斐豹先瞧见西边空处，有一带短墙，捉个空隙就走。督戎随后赶来，大喝："走向那里去？"范匄等在关上，看见督戎往追斐豹，慌捏一把汗。谁知斐豹却是用计，奔近短墙，扑的跳将进去。督戎见斐豹进墙去了，亦逾墙而入。只道斐豹在前面，却不知斐豹隐身在一棵大树之下，专等督戎进墙，出其不意，提起五十二斤的铜锤，自后击之，正中其脑。脑浆迸裂，扑地便倒，兀自把右脚飞起，将斐豹胸前兕甲碾去一片。斐豹急拔出腰间利刃，剁下首级，复跳墙而出。关上望见斐豹手中提有血淋淋的人头，已知得胜，大开关门。解肃、牟刚引兵杀出，栾军大败，一半杀了，一半投降，逃去者十无一二。范匄仰天沥酒曰："此晋侯之福也！"即酌酒亲赐斐豹，就带他往见晋侯，晋侯赏以兵车一乘，注功绩第一。潜渊先生有诗云：

督戎神力世间无，敌手谁知出隶夫？
始信用人须破格，笑他肉食似雕瓠！

再说栾盈引大队车马攻打北关，连接督戎捷报，盈谓其下曰："吾若有两督戎，何患固宫不破耶？"殖绰践郭最之足，郭最以目答之，各低头不语。惟有栾乐、栾鲂思欲建功，不避矢石。韩无忌、韩起因前关屡败，不敢轻出，只是严守。到第三日，栾盈得败军之报，言："督戎被杀，全军俱没。"吓得手足无措，方请殖绰、郭最商议。绰、最笑曰："督戎且失利，况我曹乎？"栾盈垂泪不已。栾乐曰："我等死生，决于今夜，当令将士毕聚北门，于三更之后，悉登轈车，放火烧关，或可入也。栾盈从其计。晋侯喜督戎之死，置酒庆贺，韩无忌、韩起俱来献觞上寿，饮至二更方散。才回北关，点视方毕，忽然车声轰起，栾氏军马大集，辕车高与关齐，火箭飞蝗般射来，延烧关门。火势凶猛，关内军士，存扎不牢，栾乐当先，栾鲂继之，乘势遂占了外关。韩无忌等退守内关，遣人飞报中军求救。范匄命魏舒往南关，替回荀吴一枝军马，往北关帮助二韩。遂同晋侯登台北望，见栾兵屯于外关，寂然无声，范匄曰："此必有计。"传令内关用心防御。守至黄昏，栾兵复登辕车，仍用火器攻门。这里预备下皮帐，帐用牛皮为之，以水浸透，撑开遮蔽，火不能入。乱了一夜，两下暂息。范匄曰："贼已逼近，傥久而不退，齐复乘之，国必殆矣。"遂命其子范鞅率斐豹引一枝军，从南关转至北门，从外而攻；刻定时辰，约会二韩守关，荀吴率牟刚引一枝兵，从内关杀出外关，腹背夹攻，教他两下不能相顾。使赵武、魏舒移兵屯于关外，以防南逸。调度已毕，奉晋侯登台观战。范鞅临行，请于匄曰："鞅年少望轻，愿假以中军旗鼓。"匄许之。鞅仗剑登车，建旆而行。方出南关，谓其下曰："今日之战，有进无退！若兵败，吾先自刭，必不令诸君独死！"众皆踊跃。

却说荀吴奉范匄将令，使将士饱食结束，专等时候。只见栾兵纷纷扰扰，俱退出外关，心知外兵已到，一声鼓响，关门大开，牟刚在前，荀吴在后，甲士步卒，一齐杀出。栾盈亦虑晋军内外夹攻，使栾鲂用铁叶车塞外门之口，分兵守之。荀吴之兵，不能出外。范鞅兵到，栾乐见大旆，惊曰："元帅亲至乎？"使人察之，回报曰："小将军范鞅也。"乐曰："不足虑矣！"乃张弓挟矢，立于车中，顾左右曰："多带绳索，射倒者则牵之。"驰入晋军，左射右射，发无不中。其弟栾荣同在车中，谓曰："矢可惜也！多射无名。"乐乃不射。少顷，望见一车远远而来，车中一将，韦弁练袍，形容古怪。栾荣指曰："此人名斐豹，即杀我督将军者，可以射之。"栾乐曰："俟近百步，汝当为我喝采！"言未毕，又一车从旁经过，栾乐认得车中乃是小将军范鞅，想道："若射得范鞅，却不胜如斐豹？"乃驱车逐范鞅而射之。栾乐之箭，从来百发百中，偏是这一箭射个落空。范鞅回顾，见是栾乐，大骂："反贼！死在头上，尚敢射我？"栾乐便教回车退走。他不是怕惧范鞅，因射他不着，欲回车诱他赶来，觑得亲切，好端的放箭。谁知殖绰、郭最亦在军中，忌栾乐善射，惟恐其成功，一见他退走，遂大呼曰："栾乐败矣！"御人闻呼，又错认别枝兵败了，举头四望，辔乱马逸。路上有大槐根，车轮误触之而覆，把栾乐跌将出来。恰恰的斐豹赶到，用长戟钩之，断其手肘。可怜栾乐是栾族第一个战将，今日死于槐根之侧，岂非天哉！髯翁有诗云：

猿臂将军射不空，偏教一矢误英雄。

老天已绝栾家祀，肯许军中建大功？

栾荣先跳下车，不敢来救栾乐，急逃而免。殖绰、郭最难回齐国，郭最奔秦，殖绰奔卫。

栾盈闻栾乐之死，放声大哭，军士无不哀涕。栾鲂守不住门口，收兵保护栾盈，望南而奔。荀吴与范鞅合兵，从后追来，盈、鲂同曲沃之众，抵死拒敌，大杀一场，晋兵才退。盈、鲂亦身带重伤，行至南门，又遇魏舒引兵拦住。栾盈垂泪告曰："魏伯独不忆下军共事之日乎？盈知必死，然不应死于魏伯之手也！"魏舒意中不忍，使车徒分列左右，让栾盈一路。栾盈、栾鲂引着残兵，急急奔回曲沃去了。须臾，赵武军到，问魏舒曰："栾孺子已过，何不追之？"魏舒曰："彼如釜中之鱼，瓮中之鳖，自有庖人动手。舒念先人僚谊，诚不忍操刀也！"赵武心中恻然，亦不行追赶。范匄闻栾盈已去，知魏舒做人情，置之不言。乃谓范鞅曰："从盈者，皆曲沃之甲，此去必还曲沃。彼爪牙已尽，汝率一军围之，不忧不下也。"荀吴亦愿同往，范匄许之。二将帅车三百乘，围栾盈于曲沃。范匄奉晋平公复回公宫，取丹书焚之，因斐豹得脱隶籍者二十余家。范匄遂收斐豹为牙将。

话分两头。却说齐庄公自打发栾盈，转身便大选车徒，以王孙挥为大将，申鲜虞副之，州绰、邢蒯为先锋，晏氂为合后，贾举、邴师等随身扈驾，择吉出师。先侵卫地，卫人儆守，不敢出战。齐兵也不攻城，遂望帝邱而北，直犯晋界，围朝歌，三日取之。庄公登朝阳山犒军，遂分军为二队：王孙挥同诸将为前队，从左取路孟门隘；庄公自率"龙"、"虎"二爵为后队，从右取路共山，俱于太行山取齐。一路杀掠，自不必说。邢蒯露宿共山之下，为毒蛇所螫，腹肿而死，庄公甚惜之。不一日，两军俱至太行，庄公登山以望二绛，正议袭绛之事，闻栾盈败走曲沃，晋侯悉起大军将至，庄公曰："吾志不遂矣！"遂观兵于少水而还。守邯郸大夫赵胜，起本邑之兵追之。庄公只道大军来到，前队又已先发，仓皇奔走，只留晏氂断后。氂兵败，被赵胜斩之。范鞅、荀吴围曲沃月余，盈等屡战不胜，城中死者过半，力尽不能守，城遂破。胥午伏剑而死，栾盈、栾荣俱被执。盈曰："吾悔不用辛俞之言，乃至于此！"荀吴欲囚栾盈，解至绛城，范鞅曰："主公优柔不断，万一乞哀而免之，是纵仇也。"乃夜使人缢杀之，并杀栾荣，尽诛灭栾氏之族。惟栾鲂缒城而遁，出奔宋国去了。鞅等班师回奏，平公命以栾氏之事播告于诸侯。诸侯多遣人来称贺。史臣有赞云：

宾傅桓叔，枝佐文君，传盾及书，世为国桢。黡一汰侈，遂坠厥勋；盈虽好士，适殒其身。保家有道，以诫子孙。

于是范匄告老，赵武代之为政。不在话下。

再说齐庄公以伐晋未竟其功，雄心不死，还至齐境，不肯入，曰："平阴之役，莒人欲自其乡袭齐，此仇亦不可不报也！"乃留屯于境上，大蒐车乘。州绰、贾举等，各赐坚车五乘，名为"五乘之宾"。贾举称临淄人华周、杞梁之勇，庄公即使人召之。周、梁二人来见，庄公赐以一车，使之同乘，随军立功。华周退而不食，谓杞梁曰："君之立'五乘之宾'，以勇故也。君之召我二人，亦以勇故也。彼一人而五乘，我二人而一乘，此非用我，乃辱我耳！盍辞之他往乎？"杞梁曰："梁家有老母，当禀命而行之。"杞梁归告其母，母曰："汝生而无义，死而无名，虽在'五乘之宾'，人孰不笑汝！汝勉之，君命不可逃也。"杞梁以母之语述于华周，华周曰："妇人不忘君命，吾敢忘乎？"遂与杞梁共车侍于庄公。庄公休兵数日，传令留王孙挥统大军屯扎境上，单用"五乘之宾"及选锐三千，衔枚卧鼓，往袭莒国。华周、杞梁自请为前队，庄公问曰："汝用甲乘几何？"华周、杞梁曰："臣等二人，只身诣君，亦愿只身前往。君所赐一车，已足吾乘矣。"庄公欲试其勇，笑而许之。华周、杞梁约更番为御，临行曰："更得一人为戎右，可当一队矣。"有小卒挺身出曰："小人愿随二位将军一行，不知肯提挈否？"华周曰："汝何姓名？"小卒对曰："某乃本国人隰侯重也。慕二位将军之义勇，是以乐从。"

三人遂同一乘，建一旗一鼓，风驰而去。先到莒郊，露宿一夜。次早，莒黎比公知齐师将到，亲率甲士三百人巡郊，遇华周、杞梁之车，方欲盘问，周、梁瞋目大呼曰："我二人乃齐将也，谁敢与我决斗?"黎比公吃了一惊，察其单车无继，使甲士重重围之。周、梁谓隰侯重曰："汝为我击鼓勿休!"乃各挺长戟跳下车来，左右冲突，遇者辄死，三百甲士，被杀伤了一半。黎比公曰："寡人已知二将军之勇矣！不须死战，愿分莒国与将军共之!"周、梁同声对曰："去国归敌，非忠也；受命而弃之，非信也。深入多杀者，为将之事，若莒国之利，非臣所知!"言毕，奋戟复战。黎比公不能当，大败而走。齐庄公大队已到，闻知二将独战得胜，使人召之还，曰："寡人已知二将军之勇矣!不必更战，愿分齐国，与将军共之!"周、梁同声对曰："君立'五乘之宾'，而吾不与焉，是少吾勇也。又以利啖我，是污吾行也。深入多杀者，为将之事，若齐国之利，非臣所知!"乃揖去使者，弃车步行，直逼且于门。黎比公令人于狭道掘沟炙炭，炭火腾焰，不能进步。隰侯重曰："吾闻古之士，能立名于后世者，惟捐生也。吾能使子逾沟。"乃仗楯自伏于炭上，令二子乘之而进。华周、杞梁既逾沟，回顾隰侯重，已焦灼矣，乃向之而号。杞梁收泪，华周哭犹未止。杞梁曰："汝畏死耶?何哭之久也?"华周曰："我岂怕死者哉? 此人之勇，与我同也，乃能先我而死，是以哀之!"黎比公见二将已越火沟，急召善射者百人，伏于门之左右，俟其近，即攒射之。华周、杞梁直前夺门，百矢俱发，二将冒矢突战，复杀二十七人。守城军士，环立城上，皆注矢下射。杞梁重伤先死。华周身中数十箭。力尽被执，气犹未绝，黎比公载归城中。有诗为证：

争羡赳赳五乘宾，形如熊虎力千钧。
谁知陷阵捐躯者，却是单车殉义人!

却说齐庄公得使者回信，知周、梁有必死之心，遂引大队前进。至且于门，闻三人俱已战死，大怒，便欲攻城。黎比公遣使至齐军中谢曰："寡君徒见单车，不知为大国所遣，是以误犯。且大国死者三人，敝邑被杀者已百余人矣。彼自求死，非敝邑敢于加兵也。寡君畏君之威，特命下臣百拜谢罪，愿岁岁朝齐，不敢有贰。"庄公怒气方盛，不准行成。黎比公复遣使相求，欲送还华周，并归杞梁之尸，且以金帛犒军。庄公犹未许。忽传王孙挥有急报至，言："晋侯与宋、鲁、卫、郑各国之君会于夷仪，谋伐齐国。请主公作速班师。"庄公得此急信，乃许莒成。莒黎比公大出金帛为献，以温车载华周，以辇载杞梁之尸，送归齐军。惟隰侯重尸在炭中，已化为灰烬，不能收拾。庄公即日班师，命将杞梁殡于齐郊之外。庄公方入郊，适遇杞梁之妻孟姜来迎夫尸。庄公停车，使人吊之。孟姜对使者再拜曰："梁若有罪，敢辱君吊？若其无罪，犹有先人之敝庐在。郊非吊所，下妾敢辞！"庄公大惭曰："寡人之过也！"乃为位于杞梁之家而吊焉。孟姜奉夫棺，将窆于城外。乃露宿三日，抚棺大恸，涕泪俱尽，继之以血。齐城忽然崩陷数尺，由哀恸迫切，精诚之所感也。后世传秦人范杞梁差筑长城而死，其妻孟姜女送寒衣至城下，闻夫死痛哭，城为之崩。盖即齐将杞梁之事，而误传之耳。华周归齐，伤重，未几亦死。其妻哀恸，倍于常人。按《孟子》称："华周、杞梁之妻，善哭其夫而变国俗。"正谓此也。史臣有诗云：

忠勇千秋想杞梁，颓城悲恸亦非常。
至今齐国成风俗，嫠妇哀哀学孟姜。

按此乃周灵王二十二年之事。是年大水，谷水与洛水斗，黄河俱泛滥，平地水深尺余。晋侯伐齐之议遂中止。

却说齐右卿崔杼恶庄公之淫乱，巴不得晋师来伐，欲行大事，已与左卿庆封商议事成之日，平分齐国，乃闻水阻，心中郁郁。庄公有近侍贾竖，尝以小事受鞭一百，崔杼知其衔怨，乃以重赂结之，凡庄公一动一息，俱令相报。毕竟崔杼做出甚事来，再看下回分解。

第六十五回

弑齐光崔庆专权　纳卫衎甯喜擅政

话说周灵王二十三年，夏五月，莒黎比公因许齐侯岁岁来朝，是月，亲自至临淄朝齐。庄公大喜，设飨于北郭，款待黎比公。崔氏府第，正在北郭。崔杼有心拿庄公破绽，诈称寒疾不能起身，诸大夫皆侍宴，惟杼不往，密使心腹叩信于贾竖。竖密报云："主公只等席散，便来问相国之病。"崔杼笑曰："君岂忧吾病哉？正以吾病为利，欲行无耻之事耳。"乃谓其妻棠姜曰："我今日欲除此无道昏君！汝若从吾之计，吾不扬汝之丑，当立汝子为適嗣；如不从吾言，先斩汝母子之首。"棠姜曰："妇人，从夫者也。子有命，焉敢不依？"崔杼乃使棠无咎伏甲士百人于内室之左右，使崔成、崔疆伏甲于

门之内，使东郭偃伏甲于门之外。分拨已定，约以鸣钟为号。再使人送密信于贾竖："君若来时，须要如此恁般。"

且说庄公爱棠姜之色，心心念念，寝食不忘，只因崔杼防范稍密，不便数数来往。是日，见崔杼辞病不至，正中其怀，神魂已落在棠姜身上。燕享之仪，了事而已。事毕，趋驾往崔氏问疾。阍者谬对曰："病甚重，方服药而卧。"庄公曰："卧于何处？"对曰："卧于外寝。"庄公大喜，竟入内室。时州绰、贾举、公孙傲、偻堙四人从行。贾竖曰："君之行事，子所知也。盍待于外，无混入以惊相国。"州绰等信以为然，遂俱止于门外。惟贾举不肯出，曰："留一人何害？"乃独止堂中。贾竖闭中门而入，阍者复掩大门，拴而锁之。庄公至内室，棠姜艳妆出迎，未交一言，有侍婢来告："相国口燥，欲索蜜汤。"棠姜曰："妾往取蜜即至也。"棠姜同侍婢自侧户冉冉而去。庄公倚槛待之，望而不至，乃歌曰：

室之幽兮，美所游兮；室之邃兮，美所会兮。不见美兮，忧心胡底兮！

歌方毕，闻廊下有刀戟之声，庄公讶曰："此处安得有兵？"呼贾竖不应。须臾间，左右甲士俱起。庄公大惊，情知有变，急趋后户，户已闭。庄公力大，破户而出，得一楼登之。棠无咎引甲士围楼，声声只叫："奉相国之命，来拿淫贼！"庄公倚槛谕之曰："我，尔君也；幸舍我去！"无咎曰："相国有命，不敢自专。"庄公曰："相国何在？愿与立盟，誓不相害！"无咎曰："相国病不能来也。"庄公曰："寡人知罪矣！容至太庙中自尽，以谢相国何如？"无咎又曰："我等但知拿奸淫之人，不知有君。君既知罪，即请自裁，毋徒取辱。"庄公不得已，从楼牖中跃出，登花台，欲逾墙走。无咎引弓射之，中其左股，从墙上倒坠下来。甲士一齐俱上，刺杀庄公。无咎即使人鸣钟数声。时近黄昏，贾举在堂中侧耳而听，忽见贾竖启门，携烛而出曰："室中有贼，主公召尔。尔先入，我当报州将军等。"贾举曰："与我烛。"贾竖授烛，失手坠地，烛灭。举仗剑摸索，才入中门，遇绊索踬地。崔疆从门旁突出，击而杀之。州绰等在门外，不知门内之事。东郭偃伪为结好，邀至旁舍中，秉烛具酒肉，且劝使释剑乐饮，亦遍饮从者。忽闻宅内鸣钟，东郭偃曰："主公饮酒矣。”州绰曰：“不忌相国乎？”偃曰：“相国病甚，谁忌之？”有顷，钟再鸣，偃起曰：“吾当入视。”偃去，甲士悉起。州绰等急简兵器，先被东郭偃使人盗去了。州绰大怒，视门前有升车石，礫以投人。偻堙适趋过，误中堙，折其一足，惧而走。公孙傲拔系马柱而舞，甲士多伤。众人以火炬攻之，须发尽燎。时大门忽启，崔成、崔疆复率甲自内而出，公孙傲以手拉崔成，折其臂，崔疆以长戈刺傲，立死，并杀偻堙。州绰夺甲士之戟，复来寻斗，东郭偃大呼：“昏君奸淫无道，已受诛戮，不干众人之事，何不留身以事新主？”州绰乃投戟于地曰：“吾以羁旅亡命，受齐侯知己之遇，今日不能出力，反害偻堙，殆天意也！惟当舍一命以报君宠，岂肯苟活，为齐、晋两国所笑乎？”即以头触石垣三四，石破头亦裂。邴师闻庄公之死，自刭于朝门之外。封具缢于家。铎父与襄尹相约，往哭庄公之尸，中路闻贾举等俱死，遂皆自杀。髯翁有诗云：

似虎如龙勇绝伦，因怀君宠命轻尘。
私恩只许私恩报，殉难何曾有大臣？

时王何约卢蒲癸同死，癸曰：“无益也，不如逃之，以俟后图。幸有一人复国，必当相引。”王何曰：“请立誓！”誓成，王何遂出奔莒国。卢蒲癸将行，谓其弟卢蒲嫳曰：“君之立勇爵，以自卫也。与君同死，何益于君？我去，子必求事崔庆而归我，我因以为君报仇，如此，则虽死不虚矣！”嫳许之。癸乃出奔晋国。卢蒲嫳遂求事庆封，庆封用为家臣。申鲜虞出奔楚，后仕楚为右尹。时齐国诸大夫闻崔氏作乱，皆闭门待信，无敢至者。惟晏婴直造崔氏，入其室，枕庄公之股，放声大哭。既起，又踊跃三度，然后趋出。棠无咎曰：“必杀晏婴，方免众谤。”崔杼曰：“此人有贤名，杀之恐失人心。”晏婴遂归，告于陈须无曰：“盍议立君乎？”须无曰：“守有高、国，权有崔、庆，须无何能为？”婴退，须无曰：“乱贼在朝，不可与共事也。”驾而奔宋。晏婴复往见高止、国夏，皆言：“崔氏将至，且庆氏在，非吾所能张主也。”婴乃叹息而去。未几，庆封使其子庆舍搜捕庄公余党，杀逐殆尽。以车迎崔杼入朝，然后使召高、国共议立君之事。高、国让于崔、庆，庆封复让于崔杼。崔杼曰：“灵公之子杵臼年已长，其母为鲁大夫叔孙侨如之女，立之可结鲁好。”众人皆唯唯。于是迎公子杵臼为君,是为景公。

时景公年幼,崔杼自立为右相,立庆封为左相。盟群臣于太公之庙,刑牲歃血,誓其众曰:“诸君有不与崔、庆同心者,有如日!”庆封继之,高、国亦从其誓。轮及晏婴,婴仰天叹曰:“诸君能忠于君,利于社稷,而婴不与同心者,有如上帝!”崔、庆俱色变。高、国曰:“二相今日之举,正忠君利社稷之事也。”崔、庆乃悦。时莒黎比公尚在齐国,崔、庆奉景公与黎比公为盟,黎比公乃归莒。崔杼命棠无咎敛州绰、贾举等之尸,与庄公同葬于北郭,减其礼数,不用兵甲,曰:“恐其逞勇于地下也。”命太史伯以疟疾书庄公之死,太史伯不从,书于简曰:“夏五月乙亥,崔杼弑其君光。”杼见之大怒,杀太史。太史有弟三人,曰仲、叔、季。仲复书如前,杼又杀之;叔亦如之,杼复杀之;季又书,杼执其简谓季曰:“汝三兄皆死,汝独不爱性命乎?若更其语,当免汝。”季对曰:“据事直书,史氏之职也。失职而生,不如死!昔赵穿弑晋灵公,太史董狐以赵盾位为正卿,不能讨贼,书曰:‘赵盾弑其君夷皋。’盾不为怪,知史职不可废也。某即不书,天下必有书之者。不书不足以盖相国之丑,而徒贻识者之笑,某是以不爱其死,惟相国裁之!”崔杼叹曰:“吾惧社稷之陨,不得已而为此。虽直书,人必谅我。”乃掷简还季。季捧简而出,将至史馆,遇南史氏方来,季问其故。南史氏曰:“闻汝兄弟俱死,恐遂没夏五月乙亥之事,吾是以执简而来也。”季以所书简示之,南史氏乃辞去。髯翁读史至此,有赞云:

> 朝纲纽解,乱臣接迹;斧钺不加,诛之以笔。不畏身死,而畏溺职;南史同心,有遂无格。皎日青天,奸雄夺魄;彼哉谀语,羞此史册!

崔杼愧太史之笔,乃委罪贾竖而杀之。

是月,晋平公以水势既退,复大合诸侯于夷仪,将为伐齐之举。崔杼使左相庆封以庄公之死告于晋师,言:“群臣惧大国之诛,社稷不保,已代大国行讨矣。新君杵臼出自鲁姬,愿改事上国,勿替旧好。所攘朝歌之地,仍归上国,更以宗器若干、乐器若干为献。”诸侯亦皆有赂。平公大悦,班师而归,诸侯皆散。自此晋、齐复合。时殖绰在卫,闻州绰、邢蒯皆死,复归齐国。卫献公衎出奔在齐,素闻其勇,使公孙丁以厚币招之，绰遂留事献公。此事搁过一边。

是年吴王诸樊伐楚，过巢，攻其门。巢将牛臣隐身于短墙而射之，诸樊中矢而死。群臣守寿梦临终之戒，立其弟余祭为王。余祭曰："吾兄非死于巢也，以先王之言，国当次及，欲速死以传季弟，故轻生耳。"乃夜祷于天，亦求速死。左右曰："人所欲者，寿也。王乃自祈早死，不亦远于人情乎？"余祭曰："昔我先人太王，废长立幼，竟成大业。今吾兄弟四人，以次相承，若俱考终命，札且老矣。吾是以求速也。"此段话且搁过一边。

却说卫大夫孙林父、甯殖既逐其君衎，奉其弟剽为君。后甯殖病笃，召其子甯喜谓曰："甯氏自庄、武以来，世笃忠贞。出君之事，孙子为之，非吾意也，而人皆称曰'孙甯'。吾恨无以自明，即死，无颜见祖父于地下！子能使故君复位，盖吾之愆，方是吾子。不然，吾不享汝之祀矣。"喜泣拜曰："敢不勉图！"殖死，喜嗣为左相，自是日以复国为念。奈殇公剽屡会诸侯，四境无敌；上卿孙林父又是献公衎的嫡仇，无间可乘。

周灵王二十四年，卫献公袭夷仪据之，使公孙丁私入帝邱城，谓甯喜曰："子能反父之意，复纳寡人，卫国之政，尽归于子，寡人但主祭祀而已。"甯喜正有遗嘱在心，今得此信，且有委政之言，不胜之喜。又思："卫侯一时求复，故以甜言相哄，倘归而悔之，奈何？公子鱄贤而有信，若得他为证明，他日定不相负。"乃为复书，密付来使，书中大约言："此乃国家大事，臣喜一人，岂能独力承当？子鲜乃国人所信，必得他到此面订，方有商量。"子鲜者，公子鱄之字也。献公谓公子鱄曰："寡人复国，全由甯氏，吾弟必须为我一行。"子鱄口虽答应，全无去意。献公屡屡促之，鱄对曰："天下无无政之君。君曰'政由甯氏'，异日必悔之。是使鱄失信于甯氏也，鱄所以不敢奉命。"献公曰："寡人今窜身一隅，犹无政也。倘先人之祀延及子孙，寡人之愿足矣，岂敢食言，以累吾弟？"鱄对曰："君意既决，鱄何敢避事，以败君之大功。"乃私入帝邱城，来见甯喜，复申献公之约。甯喜曰："子鲜若能任其言，喜敢不任其事！"鱄向天誓曰："鱄若负此言，不能食卫之粟！"喜曰："子鲜之誓，重于泰山矣！"公子鱄回复献公去了。甯喜以殖之遗命，告于蘧瑗。瑗掩耳而走曰："瑗不与闻君之出，又敢与闻其入乎？"遂去卫适鲁。喜复告于大夫石恶、北宫遗，二人皆赞成之。喜乃告于右宰縠，縠连声曰："不可！不可！新君之立十二年矣，未有失德。今谋复故君，必废新君，父子得罪于两世，天下谁能容之？"喜曰："吾受先人遗命，此事断不可已。"右宰縠曰："吾请往见故君，观其为人视往日如何，而后商之。"喜曰："善。"右宰縠乃潜往夷仪，求见献公。献公方濯足，闻縠至，不及穿履，徒跣而出，喜形于面，谓縠曰："子从左相处来，必有好音矣。"縠对曰："臣以使道奉候，喜不知也。"献公曰："子第为寡人致左相，速速为寡人图成其事。左相纵不思复寡人，独不思得卫政乎？"縠对曰："所乐为君者，以政在也。政去，何以为君？"献公曰："不然。所谓君者，受尊号，享荣名，美衣玉食，崇阶华宫，乘高车，驾上驷，府库充盈，使令满前，入有嫔御姬侍之奉，出有田猎毕弋之娱，岂必劳心政务，然后为乐哉？"縠嘿然而退。复见公子鱄，縠述献公之言，鱄曰："君淹恤日久，苦极望甘，故为此言。夫所谓君者，敬礼大臣，录用贤能，节财而用之，恤民而使之，作事必宽，出言必信，然后能享荣名，而受尊号，此皆吾君之所熟闻也。"右宰縠归谓甯喜曰："吾见故君，其言粪土耳！无改于旧。"喜曰："曾见于鲜否？"縠曰："子鲜之言合道，然非君所能行也。"喜曰："吾恃子鲜矣。吾有先臣之遗命，虽知其无改，安能已乎？"縠曰："必欲举事，请俟其间。"

时孙林父年老，同其庶长子孙蒯居戚，留二子孙嘉、孙襄在朝。周灵王二十五年，春二月，孙嘉奉殇公之命，出使聘齐，惟孙襄居守。适献公又遣公孙丁来讨信，右宰縠谓甯喜曰："子欲行事，此其时矣。父兄不在，襄可取也，得襄，则子叔无能为矣。"喜曰："子言正合吾意。"遂阴集家甲，使右宰縠同公孙丁帅之以伐孙襄。孙氏府第壮丽，亚于公宫，墙垣坚厚，家甲千人，有家将雍鉏、褚带二人，轮班值日巡警。是日褚带当班，右宰縠兵到，褚带闭门登楼问故。縠曰："欲见舍人，有事商议。"褚带曰："议事何须用兵？"欲引弓射之。縠急退，帅卒攻门。孙襄亲至门上，督视把守。褚带使善射者，更番迭进，将弓持满，临楼牖而立，近者辄射之，死者数人。雍鉏闻府第有事，亦起军丁来接应。两下混战，互有杀伤。右宰縠度不能取胜，引兵而回。孙襄命开门亲自驰良马追赶，遇右宰穀，以长铙挽其车。右宰穀大呼："公孙为我速射！"公孙丁认得是孙襄，弯弓搭箭，一发正中其胸，却是雍、褚二将齐上，救回去了。胡曾先生咏史诗云：

孙氏无成甯氏昌，天教一矢中孙襄。
安排兔窟千年富，谁料寒灰发火光！

右宰穀转去，回复甯喜，说孙家如此难攻："若非公孙神箭射中孙襄，追兵还不肯退。"甯喜曰："一次攻他不下，第二次越难攻了。既然箭中其主，军心必乱，今夜吾自往攻之。如再无功，即当出奔，以避其祸。我与孙氏，已无两立之势矣。"一面整顿车仗，先将妻子送出郊外，恐一时兵败，脱身不及。一面遣人打听孙家动静。

约莫黄昏时候，打探者回报："孙氏府第内有号哭之声，门上人出入，状甚仓皇。"甯喜曰："此必孙襄伤重而亡也。"言未毕，北宫遗忽至，言："孙襄已死，其家无主，可速攻之。"时漏下已三更，甯喜自行披挂，同北宫遗、右宰穀、公孙丁等，悉起家众，重至孙氏之门。雍鉏、褚带方临尸哭泣，闻报甯家兵又到，急忙披挂，已被攻入大门，鉏等急闭中门，奈孙氏家甲，先自逃散，无人协守，亦被攻破。雍鉏逾后墙而遁，奔往戚邑去了，褚带为乱军所杀。其时天已大明，甯喜灭孙襄之家，断襄之首，携至公宫来见殇公，言："孙氏专政日久，有叛逆之情，某已勒兵往讨，得孙襄之首矣。"殇公曰："孙氏果谋叛，奈何不令寡人闻之？既无寡人在目，又来见寡人何事？"甯喜起立，抚剑言曰："君乃孙氏所立，非先君之命，群臣百姓，复思故君，请君避位，以成尧、舜之德。"殇公怒曰："汝擅杀世臣，废置任意，真乃叛逆之臣也！寡人南面为君已十三载，宁死不能受辱！"即操戈以逐甯喜。喜趋出宫门。殇公举目一看，只见刀枪济济，戈甲森森，甯家之兵布满宫外，慌忙退步。甯喜一声指麾，甲士齐上，将殇公拘住。世子角闻变，仗剑来救，被公孙丁赶上，一戟刺死。甯喜传令，囚殇公于太庙，逼使饮鸩而亡。此周灵王二十五年春二月辛卯日事也。甯喜使人迎其妻子，复归府第。乃集群臣于朝堂，议迎立故君。各官皆到，惟有太叔仪乃是卫成公之子，卫文公之孙，年六十余，独称病不至。人问其故，仪曰："新旧皆君也。国家不幸有此事，老臣何忍与闻乎？"

甯喜迁殇公之宫眷于外，扫除宫室，即备法驾，遣右宰穀、北宫遗同公孙丁往夷仪迎接献公。献公星夜驱驰，三日而至。大夫公孙免余，直至境外相见。献公感其远迎之意，执其手曰："不图今日复为君臣。"自此免余有宠。诸大夫皆迎于境内，献公自车揖之。既谒庙临朝，百官拜贺，太叔仪尚称病不朝。献公使人责之曰："太叔不欲寡人返国乎？何为拒寡人？"仪顿首对曰："昔君之出，臣不能从，臣罪一也；君之在外，臣不能怀贰心，以通内外之言，罪二也；及君求入，臣又不能与闻大事，罪三也。君以三罪责臣，臣敢逃死！"即命驾车，欲谋出奔，献公亲往留之。仪见献公，垂泪不止，请为殇公成丧，献公许之，然后出就班列。献公使甯喜独相卫国，凡事一听专决，加食邑三千室。北宫遗、右宰穀、石恶、公孙免余等，俱增秩禄。公孙丁、殖绰有从亡之劳，公孙无地、公孙臣，其父有死难之节，俱进爵大夫。其他太叔仪、齐恶、孔羁、褚师申等，俱如旧。召蘧瑗于鲁，复其位。

却说孙嘉聘齐而回，中道闻变，径归戚邑。林父知献公必不干休，乃以戚邑附晋，诉说甯喜弑君之恶，求晋侯做主。恐卫侯不日遣兵伐戚，乞赐发兵，协力守御。晋平公以三百人助之。孙林父使晋兵专戍茅氏之地，孙蒯谏曰："戍兵单薄，恐不能拒卫人，奈何？"林父笑曰："三百人不足为吾轻重，故委之东鄙。若卫人袭杀晋戍，必然激晋之怒，不愁晋人不助我也。"孙蒯曰："大人高见，儿万不及。"甯喜闻林父请兵，晋仅发三百人，喜曰："晋若真助林父，岂但以三百人塞责哉？"乃使殖绰将选卒千人，往袭茅氏。不知胜负如何，且看下回分解。

第六十六回

杀甯喜子鲊出奔　戮崔杼庆封独相

话说殖绰帅选卒千人，去袭晋戍，三百人不勾一扫，遂屯兵于茅氏，遣人如卫报捷。林父闻卫兵已入东鄙，遣孙蒯同雍鉏引兵救之。探知晋戍俱已杀尽，又知殖绰是齐国有名的勇将，不敢上前拒敌，全军而返，回复林父。

林父大怒曰："恶鬼尚能为厉，况人乎？一个殖绰不能与他对阵，倘卫兵大至，何以御之？汝可再往，如若无功，休见我面！"孙蒯闷闷而出，与雍鉏商议，雍鉏曰："殖绰勇敌万夫，必难取胜，除非用诱敌之计方可。"孙蒯曰："茅氏之西，有地名圉村，四围树木茂盛，中间一村人家。村中有小小土山，我使人于山下掘成陷坑，以草覆之，汝先引百人与战，诱至村口，我屯兵于山上，极口詈骂，彼怒，必上山来擒我，中吾计矣。”雍鉏如其言，帅一百人驰往茅氏，如探敌之状，一遇殖绰之兵，佯为畏惧，回头便走。殖绰恃勇，欺雍鉏兵少，不传令开营，单带随身军甲数十人，乘轻车追之。雍鉏弯弯曲曲，引至圉村，却不进村，径打斜往树林中去了。殖绰也疑心林中有伏，便教停车。只见土山之上，又屯着一簇步卒，约有二百人数，簇拥着一员将。那员将小小身材，金鳌绣甲，叫着殖绰的姓名，骂道：“你是齐邦退下来的歪货！栾家用不着的弃物！今捱身在我卫国吃饭，不知羞耻，还敢出头！岂不晓得我孙氏是八代世臣，敢来触犯！全然不识高低，禽兽不如！”殖绰闻之大怒。卫兵中有人认得的指道：“这便是孙相国的长子，叫做孙蒯。”殖绰曰：“擒得孙蒯，便是半个孙林父了。”那土山平稳，颇不甚高。殖绰喝教：“驱车！”车驰马骤，刚刚到山坡之下，那车势去得凶猛，踏着陷坑，马就牵车下去，把殖绰掀下坑中。孙蒯恐他勇力难制，预备弓弩，一等陷下，攒箭射之。可怜好一员猛将，今日死于庸人之手！正是：瓦罐不离井上破，将军多在阵前亡。有诗为证：

神勇将军孰敢当？无名孙蒯已奔忙。
只因一激成奇绩，始信男儿当自强。

孙蒯用挠钩搭起殖绰之尸，割了首级，杀散卫军，回报孙林父。林父曰：“晋若责我不救戍卒，我有罪矣。不如隐其胜而以败告。”乃使雍鉏如晋告败。

晋平公闻卫杀其戍卒，大怒，命正卿赵武合诸大夫于澶渊，将加兵于卫。卫献公同宁喜如晋，面诉孙林父之罪，平公执而囚之。齐大夫晏婴言于齐景公曰：“晋侯为孙林父而执卫侯，国之强臣皆将得志矣。君盍如晋请之，寓莱之德，不可弃也。”景公曰：“善。”乃遣使约会郑简公一同至晋，为卫求解。晋平公虽感其来意，然有林父先人之言，尚未肯统口。晏平仲私谓羊舌肸曰：“晋为诸侯之长，恤患补阙，扶弱抑强，乃盟主之职也。林父始逐其君，既不能讨，今又为臣而执君，为君者不亦难乎？昔文公误听元咺之言，执卫成公归于京师，周天子恶其不顺，文公愧而释之。夫归于京师，而犹不可，况以诸侯囚诸侯乎？诸君子不谏，是党臣而抑君，其名不可居也。婴惧晋之失伯，敢为子私言之。”盼乃言于赵武，固请于平公，乃释卫侯归国，尚未肯释甯喜。右宰榖劝献公饰女乐十二人，进于晋以赎喜。晋侯悦，并释喜。喜归，愈有德色，每事专决，全不禀命。诸大夫议事者，竟在甯氏私第请命，献公拱手安坐而已。时宋左师向戌与晋赵武相善，亦与楚令尹屈建相善。向戌聘于楚，言及昔日华元欲为晋、楚合成之事。屈建曰："此事甚善，只为诸侯各自分党，所以和议迄于无成。若使晋、楚属国互相朝聘，欢好如同一家，干戈可永息矣。”向戌以为然。乃倡议晋、楚二君相会于宋，面定弭兵交见之约。楚自共王至今，屡为吴国侵扰，边境不宁，故屈建欲好晋以专事于吴。而赵武亦因楚兵屡次伐郑，指望和议一成，可享数年安息之福。两边皆欣然乐从，遂遣使往各属国订期。晋使至于卫国，甯喜不通知献公，径自委石恶赴会。献公闻之大怒，诉于公孙免余，免余曰："臣请以礼责之。”免余即往见甯喜，言："会盟大事，岂可使君不与闻?”甯喜艴然曰："子鲜有约言矣，吾岂犹臣也乎哉?”免余回报献公曰："喜无礼甚矣!何不杀之?”献公曰："若非甯氏，安有今日?约言实出自寡人，不可悔也。”免余曰："臣受主公特达之知，无以为报，请自以家属攻甯氏，事成则利归于君，不成则害独臣当之。”献公曰："卿斟酌而行，勿累寡人也。”免余乃往见其宗弟公孙无地、公孙臣曰："相国之专，子所知也。主公犹执硁硁之信，隐忍不言，异日养成其势，祸且倚于孙氏矣。奈何?”无地与臣同辞而对曰："何不杀之?”免余曰："吾言于君，君不从也。若吾等伪为作乱，幸而成，君之福；不成，不过出奔耳。”无地曰："吾弟兄愿为先驱。”免余请歃血为信。

时周灵王二十六年，甯喜方治春宴，无地谓免余曰："甯氏治春宴，必不备，吾请先尝之，子为之继。”免余曰："盍卜之?”无地曰："事在必行，何卜之有?”无地与臣悉起家众以攻甯氏。甯氏门内设有伏机。伏机者，掘地为深窟，上铺木板，别以木为机关，触其机，则势从下发，板启而人陷。日间去机，夜则设之。是日因春宴，家属皆于堂中观优，无守门者，乃设机以代巡警。无地不知，误触其机，陷于窟中。甯氏大惊，争出捕贼，获无地。公孙臣挥戈来救，甯氏人众，臣战败被杀。甯喜问无地曰："子之此来，何人主使?”无地瞋目大骂曰："汝恃功专恣，为臣不忠，吾兄弟特为社稷诛尔，事之不成，命也！岂由人主使耶？”甯喜怒，缚无地于庭柱，鞭之至死，然后斩之。

右宰穀闻甯喜得贼，夜乘车来问。甯氏方启门，免余帅兵适至，乘之而入。先斩右宰穀于门。甯氏堂中大乱，甯喜惊忙中遽问：“作贼者何人？”免余曰：“举国之人皆在，何问姓名乎？”喜惧而走，免余夺剑逐之，绕堂柱三周，喜身中两剑，死于柱下。免余尽灭甯氏之家，还报献公。献公命取甯喜及右宰穀之尸，陈之于朝。公子鱄闻之，徒跣入朝，抚甯喜之尸，哭曰：“非君失信，我实欺子。子死，我何面目立卫之朝乎？”呼天长号者三，遂趋出，即以牛车载其妻小，出奔晋国。献公使人留之，鱄不从。行及河上，献公复使大夫齐恶驰驿追及之，齐恶致卫侯之意，必要子鱄回国。子鱄曰：“要我还卫，除是甯喜复生方可！”齐恶犹强之不已，子鱄取活雉一只，当齐恶前拔佩刀剁落雉头，誓曰：“鱄及妻子，今后再履卫地，食卫粟，有如此雉！”齐恶知不可强，只得自回。子鱄遂奔晋国，隐于邯郸，与家人织屦易粟而食，终身不言一“卫”字。史臣有诗云：

他乡不似故乡亲，织屦萧然竟食贫。
只为约言金石重，违心恐负九泉人。

齐恶回复献公，献公感叹不已，乃命收殓二尸而葬之。欲立免余为正卿，免余曰：“臣望轻，不如太叔。”乃使太叔仪为政，自此卫国稍安。

话分两头。却说宋左师向戌倡为弭兵之会，面议交见之事。晋正卿赵武、楚令尹屈建俱至宋地，各国大夫陆续俱至。晋之属国鲁、卫、郑，从晋营于左；楚之属国蔡、陈、许，从楚营于右。以车为城，各据一偏。宋是地主，自不必说。议定：照朝聘常期，楚之属朝聘于晋，晋之属亦朝聘于楚。其贡献礼物，各省其半，两边分用。其大国齐、秦算做敌体与国，不在属国之数，各不相见。晋属小国，如邾、莒、滕、薛，楚属小国，如顿、胡、沈、麇，有力者自行朝聘，无力者从附庸一例，附于邻近之国。遂于宋西门之外，歃血订盟。楚屈建暗暗传令，衷甲将事，意欲劫盟，袭杀赵武，伯州犁固谏乃止。赵武闻楚衷甲，以问羊舌肸，欲预备对敌之计。羊舌肸曰：“本为此盟以弭兵也。若楚用兵，彼先失信于诸侯，诸侯其谁服之！子守信而已，何患焉。”及将盟，楚屈建又欲先歃，使向戌传言于晋。向戌造晋军，不敢出口，其从人代述之。赵武曰：“昔我先君文公，受王命于践土，绥服四国，长有诸夏，楚安得先于晋？”向戌还述于屈建，建曰：“若论王命，则楚亦尝受命于惠王矣。所以交见者，谓楚、晋匹敌也。晋主盟已久，此番合当让楚。若仍先晋，便是楚弱于晋了，何云敌国？”向戌复至晋营言之。赵武犹未肯从，羊舌肸谓赵武曰：“主盟以德不以势，若其有德，歃虽后，诸侯戴之；如其无德，歃虽先，诸侯叛之。且合诸侯以弭兵为名，夫弭兵天下之利也，争歃则必用兵，用兵则必失信，是失所以利天下之意矣。子姑让楚。”赵武乃许楚先歃，定盟而散。时卫石恶与盟，闻宁喜被杀，不敢归卫，遂从赵武留于晋国。自是晋、楚无事，不在话下。

再说齐右相崔杼，自弑庄公，立景公，威震齐国。左相庆封性嗜酒，好田猎，常不在国中。崔杼独秉朝政，专恣益甚，庆封心中阴怀嫉忌。崔杼原许棠姜立崔明为嗣，因怜长子崔成损臂，不忍出口。崔成窥其意，请让嗣于明，愿得崔邑养老，崔杼许之。东郭偃与棠无咎不肯，曰：“崔，宗邑也，必以授宗子。”崔杼谓崔成曰：“吾本欲以崔予汝，偃与无咎不听，奈何？”崔成诉于其弟崔疆，崔疆曰：“内子之位且让之矣，一邑尚吝不予乎？吾父在，东郭等尚然把持；父死，吾弟兄求为奴仆不能矣。”崔成曰：“姑浼左相为我请之。”成、疆二人求见庆封，告诉其事。庆封曰：“汝父惟偃与无咎之谋是从，我虽进言，必不听也。异日恐为汝父之害，何不除之？”成、疆曰：“某等亦有此心，但力薄，恐不能济事。”庆封曰：“容更商之。”成、疆去，庆封召卢蒲嫳述二子之言。卢蒲嫳曰：“崔氏之乱，庆氏之利也。”庆封大悟。过数日，成、疆又至，复言东郭偃、棠无咎之恶。庆封曰：“汝若能举事，吾当以甲助子。”乃赠之精甲百具，兵器如数。成、疆大喜，夜半率家众披甲执兵，散伏于崔氏之近侧。东郭偃、棠无咎每日必朝崔氏，候其入门，甲士突起，将东郭偃、棠无咎攒戟刺死。

崔杼闻变大怒，急呼人使驾车，舆仆逃匿皆尽，惟圉人在厩。乃使圉人驾马，一小竖为御，往见庆封，哭诉以家难。庆封佯为不知，讶曰：“崔、庆虽为二氏，实一体也。孺子敢无上至此！子如欲讨，吾当效力。”崔杼信以为诚，乃谢曰：“倘得除此二逆，以安崔宗，我使明也拜子为父。”庆封乃悉起家甲，召卢蒲嫳使率之，吩咐如此如此。卢蒲嫳受命而往。崔成、崔疆见卢蒲嫳兵至，欲闭门自守。卢蒲嫳诱之曰：“吾奉左相之命而来，所以利子，非害子也。”成谓疆曰：“得非欲除孽弟明乎？”疆曰：“容有之。”乃启门纳卢蒲嫳。嫳入门，甲士俱入。成、疆阻遏不住，乃问嫳曰：“左相之命何如？”嫳曰：“左相受汝父之诉，吾奉命来取汝头耳！”喝令甲士：“还不动手！”成、疆未及答言，头已落地。卢蒲嫳纵甲士抄掳其家，车马服器，取之无遗，又毁其门户。棠姜惊骇，自缢于房。惟崔明先在外，不及于难。卢蒲嫳悬成、疆之首于车，回复崔杼。杼见二尸，且愤且悲，问嫳曰：“得无震惊内室否？”嫳曰：“夫人方高卧未起。”杼有喜色，谓庆封曰：“吾欲归，奈小竖不善执辔，幸借一御者。”卢蒲嫳曰：“某请为相国御。”崔杼向庆封再三称谢，登车而别。行至府第，只见重门大开，并无一人行动。比入中堂，直望内室，窗户门闼，空空如也。棠姜悬梁，尚未解索。崔杼惊得魂不附体，欲问卢蒲嫳，已不辞而去矣。遍觅崔明不得，放声大哭曰：“吾今为庆封所卖，吾无家矣，何以生为？”亦自缢而死。杼之得祸，不亦惨乎？髯翁有诗曰：

昔日同心起逆戎，今朝相轧便相攻。
莫言崔杼家门惨，几个奸雄得善终！

崔明半夜，潜至府第，盗崔杼与棠姜之尸，纳于一柩之中，车载以出，掘开祖墓之穴，下其柩，仍加掩覆，惟圉人一同做事，此外无知者。事毕，崔明出奔鲁国。庆封奏景公曰：“崔杼实弑先君，不敢不讨也。”景公唯唯而已。庆封遂独相景公。以公命召陈须无复归齐国。须无告老，其子陈无宇代之。此周灵王二十六年事也。

时吴、楚屡次相攻，楚康王治舟师以伐吴，吴有备，楚师无功而还。吴王馀祭方立二年，好勇轻生，怒楚见伐，使相国屈狐庸诱楚之属国舒鸠叛楚。楚令尹屈建帅师伐舒鸠，养繇基自请为先锋。屈建曰：“将军老矣！舒鸠蕞尔国，不忧不胜，无相烦也。”养繇基曰：“楚伐舒鸠，吴必救之。某屡拒吴兵，熟知军情，愿随一行，虽死不恨！”屈建见他说个“死”字，心中恻然。基又曰：“某受先王知遇，尝欲以身报国，恨无其地。今须发俱改，脱一旦病死牖下，乃令尹负某矣。”屈建见其意已决，遂允其请，使大夫息桓助之。养繇基行至离城，吴王之弟夷昧同相国屈狐庸率兵来救。息桓欲俟大军，养繇基曰："吴人善水，今弃舟从陆，且射御非其长，乘其初至未定，当急击之。"遂执弓贯矢，身先士卒，所射辄死，吴师稍却。基追之，遇狐庸于车，骂曰："叛国之贼！敢以面目见我耶？"欲射狐庸。狐庸引车而退，其疾如风，基骇曰："吴人亦善御耶？恨不早射也。"说犹未毕，只见四面铁叶车围裹将来，把基困于垓心。乘车将士，皆江南射手，万矢齐发，养繇基死于乱箭之下。楚共王曾言其恃艺必死，验于此矣。息桓收拾败军，回报屈建。建叹曰："养叔之死，乃自取也！"乃伏精兵于柄山，使别将子疆以私属诱吴交锋，才十余合遂走，狐庸意其有伏不追。夷昧登高望之，不见楚军，曰："楚已遁矣！"遂空壁逐之。至柄山之下，子疆回战，伏兵尽起，将夷昧围住，冲突不出。却得狐庸兵到，杀退楚兵，救出夷昧。吴师败归。屈建遂灭舒鸠。

明年，楚康王复欲伐吴，乞师于秦，秦景公使弟公子鍼帅兵助之。吴盛兵以守江口，楚不能入，以郑久服事晋，遂还师侵郑。楚大夫穿封戌擒郑将皇颉于阵。公子围欲夺之，穿封戌不与。围反诉于康王，言："已擒皇颉，为穿封戌所夺。"未几，穿封戌解皇颉献功，亦诉其事。康王不能决，使太宰伯州犁断之。犁奏曰："郑囚乃大夫，非细人也，问囚自能言之。"乃立囚于庭下，伯州犁立于右，公子围与穿封戌立于左，犁拱手向上曰："此位是王子围，寡君之介弟也。"复拱手向下曰："此位为穿封戌，乃方城外之县尹也。谁实擒汝？可实言之！"皇颉已悟犁之意，有心要奉承王子围，伪张目视围，对曰："颉遇此位王子不胜，遂被获。"穿封戌大怒，遂于架上抽戈欲杀公子围，围惊走，戌逐之不及。伯州犁追上，劝解而还。言于康王，两分其功，复自置酒，与围、戌二人讲和。今人论徇私曲庇之事，辄云："上下其手。"盖本伯州犁之事也。后人有诗叹云：

斩擒功绩辨虚真，私用机门媚贵臣。
幕府计功多类此，肯持公道是何人！

却说吴之邻国名越，子爵，乃夏王禹之后裔，自无余始封，自夏历周，凡三十余世，至于允常。允常勤于为治，越始强盛，吴忌之。馀祭立四年，始用兵伐越，获其宗人，刖其足，使为阍，守“馀皇”大舟。馀祭观舟醉卧，宗人解馀祭之佩刀，刺杀馀祭。从人始觉，共杀宗人。馀祭弟夷昧，以次嗣立，以国政任季札。札请戢兵安民，通好上国，夷昧从之。乃使札首聘鲁国，求观五代及列国之乐，札一一评品，辄当其情，鲁人以为知音。次聘齐，与晏婴相善。次聘郑，与公孙侨相善。及卫，与蘧瑗相善。遂适晋，与赵武、韩起、魏舒相善。所善皆一时贤臣，札之贤亦可知矣。要知后事，再看下回分解。

第六十七回

卢蒲癸计逐庆封　楚灵王大合诸侯

话说周灵王长子名晋，字子乔，聪明天纵，好吹笙，作凤凰鸣。立为太子。年十七，偶游伊、洛，归而死。灵王甚痛之。有人报道："太子于缑岭上跨白鹤吹笙，寄语土人曰：'好谢天子，吾从浮丘公住嵩山，甚乐也！不必怀念。'"浮丘公，古仙人也。灵王使人发其冢，惟空棺耳，乃知其仙去矣。至灵王二十七年，梦太子晋控鹤来迎，既觉，犹闻笙声在户外。灵王曰："儿来迎我，我当去矣。"遗命传位次子贵，无疾而崩，贵即位，是为景王。是年，楚康王亦薨。令尹屈建与群臣共议，立其母弟麇为王。未几，屈建亦卒，公子围代为令尹。此事叙明，且搁过一边。

再说齐相国庆

封，既专国政，益荒淫自纵。一日，饮于卢蒲嫳之家，卢蒲嫳使其妻出而献酒，封见而悦之，遂与之通。因以国政交付于其子庆舍，迁其妻妾财币于卢蒲嫳之家，封与嫳妻同宿，嫳亦与封之妻妾相通，两不禁忌。有时两家妻小，合做一处，饮酒欢谑，醉后罗唣，左右皆掩口，封与嫳不以为意。嫳请召其兄卢蒲癸于鲁，庆封从之。癸既归齐，封使事其子庆舍。舍膂力兼人，癸亦有勇，且善谀，故庆舍爱之，以其女庆姜妻癸，翁婿相称，宠信弥笃。癸一心只要报庄公之仇，无同心者，乃因射猎，极口夸王何之勇。庆舍问："王何今在何处？"癸曰："在莒国。"庆舍使召之。王何归齐，庆舍亦爱之。自崔、庆造乱之后，恐人暗算，每出入，必使亲近壮士执戈，先后防卫，遂以为例。庆舍因宠信卢蒲癸、王何，即用二人执戈，馀人不敢近前。

旧规，公家供卿大夫每日之膳，例用双鸡。时景公性爱食鸡跖，一食数千，公卿家效之，皆以鸡为食中之上品。鸡价腾贵，御厨以旧额不能供应，往庆氏请益。卢蒲嫳欲扬庆氏之短，劝庆舍勿益，谓御厨曰："供膳任尔，何必鸡也？"御厨乃以鹜代之。仆辈疑鹜非膳品，又窃食其肉。是日，大夫高虿字子尾、栾灶字子雅侍食于景公，见食品无鸡，但鹜骨耳，大怒曰："庆氏为政，刻减公膳，而慢我至此！"不食而出。高虿欲往责庆封，栾灶劝止之。早有人告知庆封，庆封谓卢蒲嫳曰："子尾、子雅怒我矣！将若之何？"卢蒲嫳曰："怒则杀之，何惧焉！"卢蒲嫳告其兄癸，癸与王何谋曰："高、栾二家，与庆氏有隙，可借助也。"何乃夜见高虿，诡言庆氏谋攻高、栾二家。高虿大怒曰："庆封实与崔杼同弑庄公。今崔氏已灭，惟庆氏在，吾等当为先君报仇。"王何曰："此何之志也！大夫谋其外，何与卢蒲氏谋其内，事蔑不济矣。"高虿阴与栾灶商议，伺间而发。陈无宇、鲍国、晏婴等无不知之，但恶庆氏之专横，莫肯言者。卢蒲癸与王何卜攻庆氏，卜者献繇词曰："虎离穴，彪见血。"癸以龟兆问于庆舍曰："有欲攻仇家者，卜得其兆，请问吉凶？"庆舍视兆曰："必克。虎与彪，父子也；离而见血，何不克焉？所仇者何人？"癸曰："乡里之平人耳。"庆舍更不疑惑。

秋八月，庆封率其族人庆嗣、庆遗，往东莱田猎，亦使陈无宇同往。无宇别其父须无，须无谓曰："庆氏祸将及矣！同行恐与其难，何不辞之?”无宇对曰:“辞则生疑,故不敢。若诡以他故召我,可图归也。”遂从庆封出猎。去讫,卢蒲癸喜曰:“卜人所谓‘虎离穴’者,此其验矣。”将乘尝祭举事。陈须无知之,恐其子与于庆封之难,诈称其妻有病,使人召无宇归家。无宇求庆封卜之,暗中祷告,却通陈庆氏吉凶。庆封曰:“此乃‘灭身’之卦。下克其上,卑克其尊,恐老夫人之病,未得痊也。”无宇捧龟,涕泣不止,庆封怜之,乃遣归。庆嗣见无宇登车,问:“何往?”曰:“母病不得不归。”言毕而驰。庆嗣谓庆封曰:“无宇言母病,殆诈也。国中恐有他变,夫子当速归!”庆封曰:“吾儿在彼何虑?”无宇既济河,乃发梁凿舟,以绝庆封之归路,封不知也。

时八月初旬将尽矣,卢蒲癸部署家甲,匆匆有战斗之色,其妻庆姜谓癸曰:“子有事而不谋于我,必不捷矣!”癸笑曰:“汝妇人也,安能为我谋哉?”庆姜曰:“子不闻有智妇人胜于男子乎?武王有乱臣十人,邑姜与焉。何为不可谋也?”癸曰:“昔郑大夫雍纠以郑君之密谋泄于其妻雍姬,卒致身死君逐,为世大戒。吾甚惧之!”庆姜曰:“妇人以夫为天,夫唱则妇随之,况重以君命乎?雍姬惑于母言,以害其夫,此闺阃之蟊贼,何足道哉?”癸曰:“假如汝居雍姬之地,当若何?”庆姜曰:“能谋则共之,即不能,亦不敢泄。”癸曰:“今齐侯苦庆氏之专,与栾、高二大夫谋逐汝族,吾是以备之。汝勿泄也。”庆姜曰:“相国方出猎,时可乘矣。”癸曰:“欲俟尝祭之日。”庆姜曰:“夫子刚愎自任,耽于酒色,怠于公事,无以激之,或不出,奈何?妾请往止其行,彼之出乃决矣。”癸曰:“吾以性命托子,子勿效雍姬也。”庆姜往告庆舍曰:“闻子雅、子尾将以尝祭之隙,行不利于夫子,夫子不可出也!”庆舍怒曰:“二子者,譬如禽兽,吾寝处之!谁敢为难?即有之,吾亦何惧!”庆姜归报卢蒲癸,预作准备。至期,齐景公行尝祭于太庙,诸大夫皆从,庆舍莅事,庆绳主献爵,庆氏以家甲环守庙宫。卢蒲癸、王何执寝戈立于庆舍之左右,寸步不离。陈、鲍二家有圉人善为优戏,故意使在鱼里街上搬演。庆氏有马,惊而逸走,众军士逐而得之,乃尽絷其马,解甲释兵,共往观优。栾、高、陈、鲍四族家丁俱集于庙门之外,卢蒲癸托言小便,出外约会停当,密围太庙。癸复入，立于庆舍之后，倒持其戟，以示高虿。虿会意，使从人以闼击门扉三声，甲士蜂拥而入。庆舍惊起，尚未离坐，卢蒲癸从背后刺之，刃入于胁；王何以戈击其左肩，肩折。庆舍目视王何曰："为乱者乃汝曹乎？"以右手取俎壶投王何，何立死。卢蒲癸呼甲士先擒庆绳杀之。庆舍伤重，负痛不能忍，只手抱庙柱摇撼之，庙脊俱为震动，大叫一声而绝。景公见光景利害，大惊欲走避。晏婴密奏曰："群臣为先君，欲诛庆氏以安社稷，无他虑也。"景公方才心定，脱了祭服，登车，入于内宫。卢蒲癸为首，同四姓之甲尽灭庆氏之党。各姓分守城门，以拒庆封，防守严密，水泄不通。

却说庆封田猎而回，至于中途，遇庆舍逃出家丁前来告乱。庆封闻其子被杀，大怒，遂还攻西门。城中守御严紧，不能攻克，卒徒渐渐逃散。庆封惧，遂出奔鲁国。齐景公使人让鲁，不当收留作叛之臣。鲁人将执庆封以畀齐人，庆封闻而惧，复奔吴国。吴王夷昧以朱方居之，厚其禄入，视齐加富，使伺察楚国动静。鲁大夫子服何闻之，谓叔孙豹曰："庆封又富于吴，殆天福淫人乎？"叔孙豹曰："善人富，谓之赏；淫人富，谓之殃。'庆氏之殃至矣，又何福焉。"庆封既奔，于是高虿、栾灶为政，乃宣崔、庆之罪于国中，陈庆舍之尸于朝以殉。求崔杼之柩不得，悬赏购之：有能知柩处来献者，赐以崔氏之拱璧。崔之圉人贪其璧，遂出首。于是发崔氏祖墓，得其柩斲之，见二尸，景公欲并陈之。晏婴曰："戮及妇人，非礼也。"乃独陈崔杼之尸于市，国人聚观，犹能识认，曰："此真崔子矣！"诸大夫分崔、庆之邑，以庆封家财俱在卢蒲嫳之室，责嫳以淫乱之罪，放之于北燕，卢蒲癸亦从之，二氏家财，悉为众人所有。惟陈无宇一无所取。庆氏之庄，有木材百余车，众议纳之陈氏，无宇悉以施之国人，由是国人咸颂陈氏之德。此周景王初年事也。

其明年，栾灶卒，子栾施嗣为大夫，与高虿同执国政。高虿忌高厚之子高止，以二高并立为嫌，乃逐高止，止亦奔北燕，止之子高竖据卢邑以叛。景公使大夫闾邱婴帅师围卢，高竖曰："吾非叛，惧高氏之不祀也。"闾邱婴许为高氏立后，高竖遂出奔晋国。闾邱婴复命于景公。景公乃立高酀以守高傒之祀。高虿怒曰："本遣闾邱欲除高氏，去一人，立一人，何择焉。”乃谮杀闾邱婴。诸公子子山，子商、子周等皆为不平，纷纷讥议。高蚕怒，以他事悉逐之，国中侧目。未几，高虿卒，子高彊嗣为大夫。高彊年幼，未立为卿，大权悉归于栾施矣。此段话且搁过一边。

是时晋、楚通和，列国安息。郑大夫良霄，字伯有，乃公子去疾之孙，公孙辄之子，时为上卿执政。性汰侈，嗜酒，每饮辄通宵。饮时恶见他人，恶闻他事，乃窟地为室，置饮具及钟鼓于中，为长夜之饮，家臣来朝者，皆不得见。日中乘醉入朝，言于郑简公，欲遣公孙黑往楚修聘。公孙黑方与公孙楚争娶徐吾犯之妹，不欲远行，来见良霄求免。阍人辞曰：“主公已进窟室，不敢报也。”公孙黑大怒，遂悉起家甲，乘夜同印段围其第，纵火焚之。良霄已醉，众人扶之上车，奔雍梁。良霄方醒，闻公孙黑攻己，大怒。居数日，家臣渐次俱到，述国中之事，言：“各族结盟以拒良氏，惟国氏、罕氏不与盟。”霄喜曰：“二氏助我矣！”乃还攻郑之北门。公孙黑使其侄驷带同印段率勇士拒之。良霄战败，逃于屠羊之肆，为兵众所杀，家臣尽死。公孙侨闻良霄死，亟趋雍梁，抚良霄之尸而哭之曰：“兄弟相攻，天乎，何不幸也！”尽敛家臣之尸，与良霄同葬于斗城之村。公孙黑怒曰：“子产乃党良氏耶？”欲攻之。上卿罕虎止之曰：“子产加礼于死者，况生者乎？礼，国之干也，杀有礼不祥！”黑乃不攻。郑简公使罕虎为政，罕虎曰：“臣不如子产。”乃使公孙侨为政。时周景王之三年也。公孙侨既执郑政，乃使都鄙有章，上下有服，田有封洫，庐井有伍，尚忠俭，抑泰侈。公孙黑乱政，数其罪而杀之。又铸《刑书》以威民，立乡校以闻过。国人乃歌诗曰：

> 我有子弟，子产诲之。我有田畴，子产殖之。子产而死，谁其嗣之？

一日，郑人出北门，恍惚间遇见良霄，身穿介胄，提戈而行，曰：“带与段害我，我必杀之！”其人归述于他人，遂患病。于是国中风吹草动，便以为良霄来矣！男女皆奔走若狂，如避戈矛。未几，驷带病卒。又数日，印段亦死。国人大惧，昼夜不宁。公孙侨言于郑君，以良霄之子良止为大夫，主良氏之祀，并立公子嘉之子公孙泄，于是国中讹言顿息。行人游吉，字子羽，问于侨曰："立后而讹言顿息，是何故也？"侨曰："凡凶人恶死，其魂魄不散，皆能为厉。若有所归依，则不复然矣。吾立祀为之归也。"游吉曰："若然，立良氏可矣，何以并立公孙泄？岂虑子孔亦为厉乎？"侨曰："良霄有罪，不应立后，若因为厉而立之，国人皆惑于鬼神之说，不可以为训。吾托言于存七穆之绝祀，良、孔二氏并立，所以除民之惑也。"游吉乃叹服。

再说周景王二年，蔡景公为其世子般娶楚女芈氏为室。景公私通于芈氏，世子般怒曰："父不父，则子不子矣！"乃伪为出猎，与心腹内侍数人，潜伏于内室。景公只道其子不在，遂入东宫，径造芈氏之室。世子般率内侍突出，砍杀景公，以暴疾讣于诸侯，遂自立为君，是为灵公。史臣论般以子弑父，千古大变！然景公淫于子妇，自取悖逆，亦不能无罪也。有诗叹云：

> 新台丑行污青史，蔡景如何复蹈之？
> 逆刃忽从宫内起，因思急子可怜儿！

蔡世子般虽以暴疾讣于诸侯，然弑逆之迹，终不能掩。自本国传扬出来，各国谁不晓得。但是时盟主偷惰，不能行诛讨之法耳！

其年秋，宋宫中夜失火，夫人乃鲁女伯姬也。左右见火至，禀夫人避火，伯姬曰："妇人之义，傅母不在，宵不下堂。火势虽迫，岂可废义？"比及傅母来时，伯姬已焚死矣。国人皆为叹息。时晋平公以宋有合成之功，怜其被火，乃大合诸侯于澶渊，各出财币以助宋。宋儒胡安定论此事，以为不讨蔡世子弑父之罪，而谋恤宋灾，轻重失其等矣。此平公所以失霸也。

周景王四年，晋、楚以宋之盟，故将复会于虢。时楚公子围代屈建为令尹。围乃共王之庶子，年齿最长，为人桀骜不恭，耻居人下，恃其才器，阴畜不臣之志，欺熊麇微弱，事多专决。忌大夫薳掩之忠直，诬以谋叛，杀之而并其室。交结大夫薳罢、伍举为腹心，日谋篡逆。尝因出田郊外，擅用楚王旌旗，行至芋邑，芋尹申无宇数其僭分，收其旌旗于库，围稍戢。至是，将赴虢之会，围请先行聘于郑，欲娶丰氏之女。临行，谓楚王熊麇曰："楚已称王位，在诸侯之上。凡使臣乞得用诸侯之礼，庶使列国知楚之尊。"熊麇许之。公子围遂僭用国君之仪，衣服器用，拟于侯伯，用二人执戈前导。将及郑郊，郊人疑为楚王，惊报国中。郑君臣俱大骇，星夜匍匐出迎，及相见，乃公子围也。公孙侨恶之，恐其一入国中，或生他变，乃使行人游吉辞以城中舍馆颓坏，未及修葺，乃馆于城外。公子围使伍举入城，议婚丰氏，郑伯许之。既行聘，筐篚甚盛。临娶时，公子围忽萌袭郑之意，欲借迎女为名，盛饰车乘，乘机行事。公孙侨曰："围之心不可测，必去众而后可。"游吉曰："吉请再往辞之。"于是游吉往见公子围曰："闻令尹将用众迎，敝邑褊小，不足以容从者，请除地于城外，以听迎妇之命。"公子围曰："君辱贶寡大夫围，赐以丰氏之婚，若迎于野外，何以成礼?"游吉曰："礼，军容不入国，况婚姻乎?令尹若必用众，以壮观瞻，请去兵备。"伍举密言于围曰："郑人知备我矣，不如去兵。"乃使士卒悉弃弓矢，垂橐而入。迎丰氏于馆舍，遂赴会所。

晋赵武及宋、鲁、齐、卫、陈、蔡、郑、许各国大夫，俱已先在。公子围使人言于晋曰："楚、晋有盟在前，今此番寻好，不必再立誓书，重复歃血。但将盟宋旧约表白一番，令诸君勿忘足矣。"祁午谓赵武曰："围之此言，恐晋争先也。前番让楚先晋，今番晋合先楚，若读旧书，楚常先矣。子以为何如?"赵武曰："围之在会，缉蒲为王宫，威仪与楚王无二。其志不惟外亢，将有内谋，不如姑且听之，以骄其志。"祁午曰："虽然，前番子木衷甲赴会，幸而不发，今围更有甚焉，吾子宜为之备。"赵武曰："所以寻好者，寻弭兵之约也。武知有守信而已，不知其他。"既登坛，公子围请读旧书，加于牲上。赵武唯唯。既毕事，公子围遽归。诸大夫皆知围之将为楚君也。史臣有诗云：

任教贵倨称公子，何事威仪效楚王?

列国尽知成跋扈，郑敖燕雀尚怡堂。

赵武心中，终以读旧书先楚为耻，恐人议论，将守信之语向各国大夫再三分剖，说了又说。及还过郑，鲁大夫叔孙豹同行，武复言之。豹曰："相君谓弭兵之约，可终守乎?"武曰："吾等偷食，朝夕图安，何暇问久远?"豹退谓郑大夫罕虎曰："赵孟将死矣！其语偷，不为远计，且年未五十，而谆谆焉如八九十岁老人，其能久乎?"未几，赵武卒，韩起代之为政。不在话下。

再说楚公子围归国，值熊麇抱病在宫。围入宫问疾，托言有密事启奏，遣开嫔侍，解冠缨加熊麇之颈，须臾而死。麇有二子，曰幕，曰平夏，闻变，挺剑来杀公子围，勇力不敌，俱为围所杀。麇弟右尹熊比字子干、宫厩尹熊黑肱字子晰，闻楚王父子被杀，惧祸，比出奔晋，黑肱出奔郑。公子围讣于诸侯曰："寡君麇不禄即世，寡大夫围应为后。"伍举更其辞曰："共王之子围为长。"围于是嗣即王位，改名熊虔，是为灵王。以薳罢为令尹，郑丹为右尹，伍举为左尹，斗成然为郊尹。太宰伯州犁有公事在郏，楚王虑其不服，使人杀之。因葬楚王麇于郏，谓之郏敖。以薳启疆代为太宰。立长子禄为世子。灵王既得志，愈加骄恣，有独霸中原之意。使伍举求诸侯于晋，又以丰氏女族微，不堪为夫人，并求婚于晋侯。晋平公新丧赵武，惧楚之强，不敢违抗，一一听之。

周景王六年，为楚灵王之二年，冬十二月，郑简公、许悼公如楚，楚灵王留之，以待伍举之报。伍举还楚复命，言："晋侯二事俱诺。"灵王大悦，遣使大征会于诸侯，约以明年春三月为会于申。郑简公请先往申地，迎待诸侯，灵王许之。至次年之春，诸国赴会者，接踵不绝，惟鲁、卫托故不至，宋遣大夫向戌代行。其他蔡、陈、徐、滕、顿、胡、沈、小邾等国君，俱亲身赴会。楚灵王大率兵车，来至申地，诸侯俱来相见。右尹伍举进曰："臣闻欲图霸者，必先得诸侯；欲得诸侯者，必先慎礼。今吾王始求诸侯于晋，宋向戌、郑公孙侨皆大夫之良，号为知礼者，不可不慎也。"灵王曰："古者合诸侯之礼何如？"伍举曰："夏启有钧台之享，商汤有景亳之命，周武有孟津之誓，成王有岐阳之蒐，康王有酆宫之朝，穆王有涂山之会，齐桓公有召陵之师，晋文公有践土之盟，此六王二公所以合诸侯者，莫不有礼，惟君所择。"灵王曰："寡人欲霸诸侯，当用齐桓公召陵之礼，但不知其礼如何？"伍举对曰："夫六王二公之礼，臣闻其名，实未之习也。以所闻齐桓公伐楚，退师召陵，楚使先大夫屈完如齐师，桓公大陈八国车乘，以众强夸示屈完，然后合诸侯与屈完盟会。今诸侯新服，吾王亦惟示以众强之势，使其怖畏，然后征会讨贰，不敢不从矣。"灵王曰："寡人欲用兵诸侯，效桓公伐楚之事，谁当先者？"伍举对曰："齐庆封弑其君，逃于吴国，吴不讨其罪，又加宠焉，处以朱方之地，聚族而居，富于其旧，齐人愤怨。夫吴，我之仇也，若用兵伐吴，以诛庆封为名，则一举而两得矣。”灵王曰：“善。”于是盛陈车乘，以恐胁诸侯，即申地为会盟。以徐君是吴姬所出，疑其附吴，系之三日，徐子愿为伐吴向导，乃释之。使大夫屈申率诸侯之师伐吴，围朱方，执齐庆封，尽灭其族。屈申闻吴人有备，遂班师，以庆封献功。灵王欲戮庆封，以徇于诸侯。伍举谏曰：“臣闻：‘无瑕者，可以戮人。’若戮庆封，恐其反唇而稽也。”灵王不听，乃负庆封以斧钺，绑示军前，以刀按其颈，迫使自言其罪曰：“各国大夫听者：无或如齐庆封弑其君，弱其孤，以盟其大夫。”庆封遂大声叫曰：“各国大夫听者：无或如楚共王之庶子围，弑其君兄之子麇而代之，以盟诸侯。”观者皆掩口而笑。灵王大惭，使速杀之。胡曾先生咏史诗云：

乱贼还将乱贼诛，虽然势屈肯心输。
楚虔空自夸天讨，不及庄王戮夏舒。

灵王自申归楚，怪屈申从朱方班师，不肯深入，疑其有贰心于吴，杀之。以屈生代为大夫。薳罢如晋，迎夫人姬氏以归，薳罢遂为令尹。

是年冬，吴王夷昧帅师伐楚，入棘、栎、麻，以报朱方之役。楚灵王大怒，复起诸侯之师伐吴。越君允常恨吴侵掠，亦使大夫常寿过帅师来会。楚将薳启疆为先锋，引舟师先至鹊岸，为吴人所败。楚灵王自引大兵至于罗汭。吴王夷昧使其宗弟蹶繇犒师，灵王怒而执之，将杀其血，以衅军鼓，先使人问曰：“汝来时曾卜吉凶否？”蹶繇对曰：“卜之甚吉！”使者曰：“君王将取汝血以衅军鼓，何吉之有？”蹶繇对曰：“吴所卜，乃社稷之事，岂为一人吉凶哉？寡君之遣繇犒师，盖以察王怒之疾徐，而为守御之缓急。君若欢焉，好逆使臣，使敝邑忘于儆备，亡无日矣。若以使臣衅鼓，敝邑知君之震怒而修其武备，于以御楚有馀矣。吉孰大焉！”灵王曰：“此贤士也！”乃赦之归。楚兵至吴界，吴设守甚严，不能攻入而还。灵王乃叹曰：“向乃枉杀屈申矣！”

灵王既归，耻其无功，乃大兴土木，欲以物力制度夸示诸侯。筑一宫名曰章华，广袤四十里，中筑高台，以望四方，台高三十仞，曰章华台，亦名三休台。以其高峻，凡登台必三次休息，始陟其颠也。其中宫室亭榭，极其壮丽，环以民居。凡有罪而逃亡者，皆召使归国，以实其宫。宫成，遣使征召四方诸侯，同来落成。不知诸侯几位到来，且看下回分解。

第六十八回

贺虒祁师旷辨新声　散家财陈氏买齐国

话说楚灵王有一癖性，偏好细腰，不问男女，凡腰围粗大者，一见便如眼中之钉。既成章华之宫，选美人腰细者居之，以此又名曰细腰宫。宫人求媚于王，减食忍饿，以求腰细，甚有饿死而不悔者。国人化之，皆以腰粗为丑，不敢饱食。虽百官入朝，皆用软带紧束其腰，以免王之憎恶。灵王恋细腰之宫，日夕酣饮其中，管弦之声，昼夜不绝。

一日，登台作乐，正在欢宴之际，忽闻台下喧闹之声。须臾，潘子臣拥一位官员至前，灵王视之，乃芋尹申无宇也。灵王惊问其故。潘子臣奏曰："无宇不由王命，闯入王宫，擅执守卒，无礼之甚。责在于臣，故拘使来见，惟我王详夺！"灵王问申无宇曰："汝所执何人？"申无宇对曰："臣之阍人也。托使守阍，乃逾墙盗臣酒器，事觉逃窜，访之岁余不得。今窜入王宫，谬充守卒，臣是以执之。"灵王曰："既为寡人守宫，可以赦之。"申无宇对曰："天有十日，人有十等。自王以下，公、卿、大夫、士、皂、舆、僚、仆、台，递相臣服，以上制下，以下事上，上下相维，国以不乱。臣有阍人而臣不能行其法，使借王宫以自庇，苟得所庇，盗贼公行，又谁禁之？臣宁死不敢奉命！"灵王曰："卿言是也。"遂命以阍人畀无宇，免其擅执之罪。无宇谢恩而出。

过数日，大夫薳启疆邀请鲁昭公至，楚灵王大喜。启疆奏言："鲁侯初不肯行，臣以鲁先君成公与先大夫婴齐盟蜀之好，再三叙述，胁以攻伐之事，方始惧而束装。鲁侯习于礼仪，愿我王留心，勿贻鲁笑。"灵王问曰："鲁侯之貌如何？"启疆曰："白面长身，须垂尺余，威仪甚可观也。"灵王乃密传一令，精选国中长躯长髯，出色大汉十人，伟其衣冠，使习礼三日，命为傧相，然后接见鲁侯。鲁侯乍见，错愕不已。遂同游章华之宫，鲁侯见土木壮丽，夸奖之声不绝。灵王曰："上国亦有此宫室之美乎？"鲁侯鞠躬对曰："敝邑褊小，安敢望上国万分之一。"灵王面有骄色。遂陟章华之台。怎见得台高？有诗为证：

高台半出云，望望高不极。
草木无参差，山河同一色。

台势高峻逶迤，盘数层而上，每层俱有明廊曲槛。预选楚中美童，年二十以内者，装束鲜丽，略如妇人，手捧雕盘玉斝，唱郢歌劝酒，金石丝竹，纷然响和。既升绝顶，乐声嘹亮，俱在天际，觥筹交错，粉香相逐，飘飘乎如入神仙洞府，迷魂夺魄，不自知其在人间矣。大醉而别，灵王赠鲁侯以"大屈"之弓。"大屈"者，弓名，乃楚库所藏之宝弓也。

次日，灵王心中不舍此弓，有追悔之意，与薳启疆言之。启疆曰："臣能使鲁侯以弓还归于楚。"启疆乃造公馆，见鲁侯，佯为不知，问曰："寡君昨宴好之际，以何物遗君？"鲁侯出弓示之。启疆见弓，即再拜称贺。鲁侯曰："一弓何足为贺？"启疆曰："此弓名闻天下，齐、晋与越三国，皆遣人相求，寡君嫌有厚薄，未敢轻许。今特传之于君，彼三国者将望鲁而求之，鲁其备御三邻，慎守此宝。敢不贺乎?”鲁侯蹴然曰：“寡人不知弓之为宝，若此，何敢登受?”乃遣使还弓于楚，遂辞归。伍举闻之，叹曰：“吾王其不终乎!以落成召诸侯，诸侯无有至者，仅一鲁侯辱临，而一弓之不忍，甘于失信。夫不能舍己，必将取人，取人必多怨，亡无日矣。”此周景王十年事也。

却说晋平公闻楚以章华之宫号召诸侯，乃谓诸大夫曰：“楚，蛮夷之国，犹能以宫室之美夸示诸侯，岂晋而反不如耶?”大夫羊舌肸进曰：“伯者之服诸侯，闻以德，不闻以宫室。章华之筑，楚失德也，君奈何效之!”平公不听，乃于曲沃汾水之傍起造宫室，略仿章华之制，广大不及，而精美过之，名曰虒祁之宫。亦遣使布告诸侯。髯翁有诗叹云：

章华筑怨万民愁，不道虒祁复效尤。
堪笑伯君无远计，却将土木召诸侯！

列国闻落成之命，莫不窃笑其为者，然虽如此，却不敢不遣使来贺。惟郑简公因前赴楚灵王之会，未曾朝晋，卫灵公元新嗣位，未见晋侯，所以二国之君亲自至晋。二国中又是卫君先到。

单表卫灵公行至濮水之上，天晚宿于驿舍，夜半不能成寝，耳中如闻鼓琴之声，乃披衣起坐，倚枕而听之。其音甚微，而泠泠可辨，从来乐工所未奏，真新声也。试问左右，皆曰：“弗闻。”灵公素好音乐，有太师名涓，善制新声，能为四时之曲，灵公爱之，出入必使相从。乃使左右召师涓。师涓至，曲犹未终，灵公曰：“子试听之，其状颇似鬼神。”师涓静听，良久声止。师涓曰：“臣能识其略矣。更须一宿，臣能写之。”灵公乃复留一宿。夜半，其声复发，师涓援琴而习之，尽得其妙。

既至晋，朝贺礼毕，平公设宴于虒祁之台。酒酣，平公曰：“素闻卫有师涓者善为新声，今偕来否?”灵公起对曰：“见在台下。”平公曰：“试为寡人召之。”灵公召师涓登台。平公亦召师旷，相者扶至。二人于阶下叩首参谒。平公赐师旷坐，即令师涓坐于旷之傍。平公问师涓曰：“近日有何新声?”师涓奏曰：“途中适有所闻，愿得琴而鼓之。”平公命左右设几，取古桐之琴，置于师涓之前。涓先将七弦调和，然后拂指而弹。才奏数声，平公称善。曲未及半，师旷遽以手按琴曰：“且止。此亡国之音，不可奏也。”平公曰：“何以见之？”师旷奏曰：“殷末时，乐师名延者，与纣为靡靡之乐，纣听之而忘倦，即此声也。及武王伐纣，师延抱琴东走，自投于濮水之中。有好音者过此，其声辄自水中而出。涓之途中所闻，其必在濮水之上矣。”卫灵公暗暗惊异。平公又问曰：“此前代之乐，奏之何伤？”师旷曰：“纣因淫乐，以亡其国，此不祥之音，故不可奏。”平公曰：“寡人所好者，新声也。涓其为寡人终之。”师涓重整弦声，备写抑扬之态，如诉如泣。平公大悦，问师旷曰：“此曲名为何调？”师旷曰：“此所谓《清商》也。”平公曰：“《清商》固最悲乎？”师旷曰：“《清商》虽悲，不如《清徵》。”平公曰：“《清徵》可得而闻乎？”师旷曰：“不可。古之听《清徵》者，皆有德义之君也。今君德薄，不当听此曲。”平公曰：“寡人酷嗜新声，子其无辞。”师旷不得已，援琴而鼓。一奏之，有玄鹤一群，自南方来，渐集于宫门之栋，数之得八双；再奏之，其鹤飞鸣，序立于台之阶下，左右各八；三奏之，鹤延颈而鸣，舒翼而舞，音中宫商，声达霄汉。平公鼓掌大悦，满坐生欢，台上台下，观者莫不踊跃称奇。平公命取白玉卮，满斟醇醲，亲赐师旷，旷接而饮之。平公叹曰：“音至《清徵》，无以加矣！”师旷曰：“更不如《清角》。”平公大惊曰：“更有加于《清徵》者乎？何不并使寡人听之？”师旷曰：“《清角》更不比《清徵》，臣不敢奏也。昔者黄帝合鬼神于泰山，驾象车而御蛟龙，毕方并辖，蚩尤居前，风伯清尘，雨师洒道，虎狼前驱，鬼神后随，螣蛇伏地，凤凰覆上，大合鬼神，作为《清角》。自后君德日薄，不足以服鬼神，神人隔绝。若奏此声，鬼神毕集，有祸无福。”平公曰：“寡人老矣！诚一听《清角》，虽死不恨。”师旷固辞。平公起立，迫之再三。师旷不得已，复援琴而鼓。一奏之，有玄云从西方而起。再奏之，狂风骤发，裂帘幕，摧俎豆，屋瓦乱飞，廊柱俱拔。顷之，疾雷一声，大雨如注，台下水深数尺，台中无不沾湿。从者惊散，平公恐惧，与灵公伏于廊室之间。良久，风息雨止，从者渐集，扶携两君下台而去。

是夜，平公受惊，遂得心悸之病。梦中见一物，色黄，大如车轮，蹒跚而至，径入寝门。察之，其状如鳖，前二足，后一足，所至水涌。平公大叫一声曰："怪事！"忽然惊醒，怔忡不止。及旦，百官至寝门问安，平公以梦中所见告之群臣，皆莫能解。须臾，驿使报："郑君为朝贺，已到馆驿。"平公遣羊舌肸往劳。羊舌肸喜曰："君梦可明矣。"众问其故。羊舌肸曰："吾闻郑大夫子产，博学多闻，郑伯相礼，必用此人，吾当问之。"肸至馆驿致饩，兼道晋君之意，病中不能相见。时卫灵公亦以同时受惊，有微恙告归。郑简公亦遂辞归，独留公孙侨候疾。羊舌肸问曰："寡君梦见有物如鳖，黄身三足，入于寝门，此何祟也？"公孙侨曰："以侨所闻，鳖三足者，其名曰'能'。昔禹父曰鲧，治水无功，舜摄尧政，乃殛鲧于东海之羽山，截其一足，其神化为'黄能'，入于羽渊。禹即帝位，郊祀其神。三代以来，祀典不缺。今周室将衰，政在盟主，宜佐天子，以祀百神。君或者未之祀乎？"羊舌肸以其言告于平公，平公命大夫韩起祀鲧如郊礼。平公病稍定，叹曰："子产真博物君子也！"以莒国所贡方鼎赐之。公孙侨将归郑，私谓羊舌肸曰："君不恤民隐，而效楚人之侈，心已僻矣，疾更作，将不可为。吾所对，乃权词以宽其意也。"

其时有人早起，过魏榆地方，闻山下有若数人相聚之声，议论晋事。近前视之，惟顽石十余块，并无一人。既行过，声复如前。急回顾之，声自石出。其人大惊，述于土人。土人曰："吾等闻石言数日矣。以其事怪，未敢言也。"此语传闻于绛州，平公召师旷问曰："石何以能言？"旷对曰："石不能言，乃鬼神凭之耳。夫鬼神以民为依，怨气聚于民，则鬼神不安，鬼神不安，则妖兴。今君崇饰宫室，以竭民之财力，石言其在是乎？"平公嘿然。师旷退，谓羊舌肸曰："神怒民怨，君不久矣！侈心之兴，实起于楚，虽楚君之祸，可计日而俟也。"月余，平公病复作，竟成不起。自筑虒祁宫至薨日，不及三年，又皆在病困之中，枉害百姓，不得安享，岂不可笑。史臣有诗云：

崇台广厦奏新声，竭尽民脂怨黩盈。

物怪神妖催命去，虒祁空自费经营！

平公薨后，群臣奉世子夷嗣位，是为昭公。此是后话。

再说齐大夫高彊，自其父虿逐高止，谮杀闾邱婴，举朝皆为不平，及彊嗣为大夫，年少嗜酒，栾施亦嗜酒，相得甚欢，与陈无宇、鲍国踪迹少疏，四族遂分为二党。栾、高二人每聚饮，醉后辄言陈、鲍两家长短。陈、鲍闻之，渐生疑忌。忽一日，高彊因醉中鞭扑小竖，栾施复助之，小竖怀恨，乃乘夜奔告陈无宇，言："栾、高欲聚家众来袭陈、鲍二家，期在明日矣。"复奔告鲍国，鲍国信之，忙令小竖往约陈无宇，共攻栾、高。无宇授甲于家众，即时登车，欲诣鲍国之家。途中遇见高彊，亦乘车而来。彊已半醉，在车中与无宇拱手，问："率甲何往？"无宇谩应曰："往讨一叛奴耳！"亦问："子良何往？"彊对曰："吾将饮于栾氏也。"既别，无宇令舆人速骋，须臾，遂及鲍门。只见车徒济济，戈甲森森，鲍国亦贯甲持弓，方欲升车矣。二人合做一处商量。无宇述子良之言"将饮于栾氏"："未知的否，可使人探之。"鲍国遣使往栾氏觇视，回报："栾、高二位大夫，皆解衣去冠，蹲踞而赛饮。"鲍国曰："小竖之语妄矣。"无宇曰："竖言虽不实，然子良于途中见我率甲，问我何往，我谩应以将讨叛奴。今无所致讨，彼心必疑，倘先谋逐我，悔无及矣。不如乘其饮酒，不做准备，先往袭之。"鲍国曰："善。"

两家甲士同时起行，无宇当先，鲍国押后，杀向栾家，将前后府门，团团围住。栾施方持巨觥欲吸，闻陈、鲍二家兵到，不觉觥坠于地。高彊虽醉，尚有三分主意，谓栾施曰："亟聚家徒，授甲入朝，奉主公以伐陈、鲍，无不克矣。"栾施乃悉聚家众。高彊当先，栾施在后，从后门突出，杀开一条血路，径奔公宫。陈无宇、鲍国恐其挟齐侯为重，紧紧追来。高氏族人闻变，亦聚众来救。景公在宫中，闻四族率甲相攻，正不知事从何起，急命阍者紧闭虎门，以宫甲守之，使内侍召晏婴入宫。栾施、高彊攻虎门不能入，屯于门之右；陈、鲍之甲屯于门之左，两下相持。须臾，晏婴端冕委弁，驾车而至。四家皆使人招之，婴皆不顾，谓使者曰："婴惟君命是从，不敢自私。"阍者启门，晏婴入见。景公曰："四族相攻，兵及寝门，何以待之？"晏婴奏曰："栾、高怙累世之宠，专行不忌，已非一日。高止之逐，闾邱之死，国人胥怨，今又伐寝门，罪诚不宥。但陈、鲍不候君命，擅兴兵甲，亦不为无罪也。惟君裁之！"景公曰："栾、高之罪重于陈、鲍，宜去之，谁堪使者？”晏婴对曰：“大夫王黑可使也。”景公传命，使王黑以公徒助陈、鲍攻栾、高，栾、高兵败，退于大衢。国人恶栾、高者，皆攘臂助战。高彊酒犹未醒，不能力战。栾施先奔东门，高彊从之。王黑同陈、鲍追及，又战于东门。栾、高之众，渐渐奔散，乃夺门而出，遂奔鲁国。

陈、鲍逐两家妻子，而分其家财。晏婴谓陈无宇曰：“子擅命以逐世臣，又专其利，人将议子，何不以所分得者，悉归诸公，子无所利，人必以让德称子，所得多矣。”无宇曰：“多谢指教！无宇敢不从命。”于是将所分食邑及家财，尽登簿籍，献于景公，景公大悦。景公之母夫人曰孟姬，无宇又私有所献。孟姬言于景公曰：“陈无宇诛翦强家，以振公室，利归于公，其让德不可没也。何不以高唐之邑赐之？”景公从其言，陈氏始富。陈无宇有心要做好人，言：“群公子向被高虿所逐，实出无辜，宜召而复之。”景公以为然。无宇以公命召子山、子商、子周等，凡幄幕器用及从人之衣屦，皆自出家财，私下完备，遣人分头往迎。诸公子得归故国，已自欢喜，及见器物毕具，知是陈无宇所赐，感激无已。无宇又大施恩惠于公室，凡公子公孙之无禄者，悉以私禄分给之。又访求国中之贫苦孤寡者，私与之粟。凡有借贷，以大量出，以小量入；贫不能偿者，即焚其券。国中无不颂陈氏之德，愿为效死而无地也。史臣论：陈氏厚施于民，乃异日移国之渐，亦由君不施德，故臣下得借私恩小惠以结百姓之心耳。有诗云：

威福君权敢上侵，辄将私惠结民心。
请看陈氏移齐计，只为当时感德深。

景公用晏婴为相国，婴见民心悉归陈氏，私与景公言之，劝景公宽刑薄敛，兴发补助，施泽于民，以挽留人心。景公不能从。

话分两头。再说楚灵王成章华之宫，诸侯落成者甚少，闻晋筑虒祁宫，诸侯皆贺，大有不平之意，召伍举商议，欲兴师以侵中原。伍举曰：“王以德义召诸侯，而诸侯不至，是其罪也。以土木召诸侯，而责其不至，何以服人？必欲用兵以威中华，必择有罪者征之，方为有名。”灵王曰：“今之有罪者何国？”伍举奏曰：“蔡世子般弑其君父，于今九年矣。王初合诸侯，蔡君来会，是以隐忍不诛。然弑逆之贼，虽子孙犹当伏法，况其身乎？蔡近于楚，若讨蔡而兼其地，则义利两得矣。”说犹未了，近臣报：“陈国有讣音到，言陈侯弱已薨，公子留嗣位。”伍举曰：“陈世子偃师名在诸侯之策，今立公子留，置偃师于何地？以臣度之，陈国必有变矣。”毕竟陈事如何，且看下回分解。

第六十九回

楚灵王挟诈灭陈蔡　晏平仲巧辩服荆蛮

话说陈哀公名弱，其元妃郑姬生子偃师，已立为世子矣。次妃生公子留，三妃生公子胜。次妃善媚得宠，既生留，哀公极其宠爱，但以偃师已立，废之无名。乃以其弟司徒公子招为留太傅，公子过为少傅，嘱咐招、过："异日偃师当传位于子留。"周景王十一年，陈哀公病废在床，久不视朝。公子招谓公子过曰："公孙吴且长矣，若偃师嗣位，必复立吴为世子，安能及留？是负君之托也。今君病废已久，事在吾等掌握，及君未死，假以君命，杀偃师而立留，可以无悔。"公子过以为然，

乃与大夫陈孔奂商议。孔奂曰:"世子每日必入宫问疾三次,朝夕在君左右,命不可假也。不若伏甲于宫巷,俟其出入,乘便刺之,一夫之力耳。"过遂与招定计,以其事托孔奂,许以立留之日,益封大邑。孔奂自去阴召心腹力士,混于守门人役数内,阍人又认做世子亲随,并不疑虑。世子偃师问安毕,夜出宫门,力士灭其火,刺杀之。宫门大乱。须臾,公子招同公子过到,佯作惊骇之状,一面使人搜贼,一面倡言:"陈侯病笃,宜立次子留为君。"陈哀公闻变,愤恚自缢而死。史臣有诗云:

嫡长宜君国本安,如何宠庶起争端?

古今多少偏心父,请把陈哀仔细看!

司徒招奉公子留主丧即位,遣大夫于征师以病薨赴告于楚。时伍举侍于灵王之侧,闻陈已立公子留为君,不知世子偃师下落,方在疑惑。忽报:"陈侯第三子公子胜同侄儿公孙吴求见。"灵王召之,问其来意。二人哭拜于地。公子胜开言:"嫡兄世子偃师被司徒招与公子过设谋枉杀,致父亲自缢而死。擅立公子留为君,我等恐其见害,特来相投。"灵王诘问于征师,征师初犹抵赖,却被公子胜指实,无言可答。灵王怒曰:"汝即招、过之党也!"喝教刀斧手,将征师绑下斩讫。伍举奏曰:"王已诛逆臣之使,宜奉公孙吴以讨招、过之罪,名正言顺,谁敢不服?既定陈国,次及于蔡,先君庄王之绩,不足道也。"灵王大悦。乃出令兴师伐陈。公子留闻于征师见杀,惧祸不愿为君,出奔郑国去了。或劝司徒招:"何不同奔?"招曰:"楚师若至,我自有计退之。"

却说楚灵王大兵至陈,陈人皆怜偃师之死,见公孙吴在军中,无不踊跃,咸箪食壶浆,以迎楚师。司徒招事急,使人请公子过议事。过来,坐定,问曰:"司徒云'有计退楚',计将安出?"招曰:"退楚只须一物,欲问汝借。"过又问:"何物?"招曰:"借汝头耳!"过大惊,方欲起身,招左右鞭捶乱下,将过击倒,即拔剑斩其首,亲自持赴楚军,稽首诉曰:"杀世子立留,皆公子过之所为。招今仗大王之威,斩过以献,惟君赦臣不敏之罪!"灵王听其言词卑逊,心中已自欢喜。招又膝行而前,行近王座,密奏曰:"昔庄王定陈之乱,已县陈矣,后复封之,遂丧其功。今公子留惧罪出奔，陈国无主，愿大王收为郡县，勿为他姓所有也。”灵王大喜曰：“汝言正合吾意。汝且归国，为寡人辟除宫室，以候寡人之巡幸。”司徒招叩谢而去。公子胜闻灵王放招还国，复来哭诉，言：“造谋俱出于招，其临时行事，则过使大夫孔奂为之。今乃委罪于过，冀以自解，先君先太子目不瞑于地下矣。”言罢，痛哭不已，一军为之感动。灵王慰之曰：“公子勿悲，寡人自有处分。”次日，司徒招备法驾仪从来迎楚王入城。灵王坐于朝堂，陈国百官俱来参谒。灵王唤陈孔奂至前，责之曰：“戕贼世子，皆汝行凶，不诛何以儆众！”叱左右将孔奂斩讫。与公子过二首，共悬于国门。复诮司徒招曰：“寡人本欲相宽，奈公论不容何？今赦汝一命，便可移家远窜东海。”招仓皇不敢措辩，只得拜辞。灵王使人押往越国安置去讫。公子胜率领公孙吴拜谢讨贼之恩。灵王谓公孙吴曰：“本欲立汝，以延胡公之祀。但招、过之党尚多，怨汝必深，恐为汝害，汝姑从寡人归楚。”乃命毁陈之宗庙，改陈国为县。以穿封戌争郑囚皇颉事，不为谄媚，使守陈地，谓之陈公。陈人大失望。髯翁有诗叹云：

本兴义旅诛残贼，却爱山河立县封。
记得蹊田夺牛语，恨无忠谏似申公！

灵王携公孙吴以归，休兵一载，然后伐蔡。伍举献谋曰：“蔡般怙恶已久，忘其罪矣。若往讨，彼反有词，不如诱而杀之。”灵王从其计。乃托言巡方，驻军于申地，使人致币于蔡，请灵公至申地相会。使人呈上国书，蔡侯启而读之，略云：

寡人愿望君侯之颜色，请君侯辱临于申。不腆之仪，预以犒从者。

蔡侯将戎车起行，大夫公孙归生谏曰：“楚王为人，贪而无信。今使人之来，币重而言卑，殆诱我也。君不可往！”蔡侯曰：“蔡之地不能当楚之一县，召而不往，彼若加兵，谁能抗之？”归生曰：“然则请立世子而后行。”蔡侯从之，立其子有为世子，使归生辅之监国。即日命驾至申，谒见灵王。灵王曰：“自此地一别，于今八年矣，且喜君丰姿如旧。”蔡侯对曰：“般荷上国辱收盟籍，以君王之灵，镇抚敝邑，感恩非浅。闻君王拓地商墟，方欲驰贺，使命下临，敢不趋承。”灵王即于申地行宫，设宴款待蔡侯，大陈歌舞，宾主痛饮甚乐。复迁席于他寝，使伍举劳从者于外馆。蔡侯欢饮，不觉酕陶大醉。壁衣中伏有甲士，灵王掷杯为号，甲士突起，缚蔡侯于席上，蔡侯醉中，尚不知也。灵王使人宣言于众曰："蔡般弑其君父，寡人代天行讨。从者无罪，降者有赏，愿归者听。"原来蔡侯待下极有恩礼，从行诸臣，无一人肯降者。灵王一声号令，楚军围裹将来，俱被擒获。蔡侯方才酒醒，知身被束缚，张目视灵王曰："般得何罪？"灵王曰："汝亲弑其父，悖逆天理，今日死犹晚矣。"蔡侯叹曰："吾悔不用归生之言也！"灵王命将蔡侯磔死，从死者共七十人，舆隶最贱者，俱诛不赦。大书蔡侯般弑逆之罪于版，宣布国中。遂命公子弃疾统领大军，长驱入蔡。宋儒论蔡般罪固当诛，然诱而杀之，非法也。髯翁有诗云：

蔡般无父亦无君，鸣鼓方能正大伦。
莫怪诱诛非法典，楚灵原是弑君人。

却说蔡世子有，自其父发驾之后，旦晚使谍者探听。忽报蔡侯被杀，楚兵不日临蔡，世子有即时纠集兵众，授兵登埤。楚兵至，围之数重。公孙归生曰："蔡虽久附于楚，然晋、楚合成，归生实与载书。不若遣人求救于晋，傥惠顾前盟，或者肯来相援。"世子有从其计，募国人能使晋者。蔡洧之父蔡略，从蔡侯于申，在被杀七十人之中。洧欲报父仇，应募而出，领了国书，乘夜缒城北走，直达晋国，来见晋昭公，哭诉其事。昭公集群臣问之。荀吴奏曰："晋为盟主，诸侯依赖以为安。既不救陈，又不救蔡，盟主之业堕矣。"昭公曰："楚虔暴横，吾兵力不逮，奈何？"韩起对曰："虽知不逮，可坐视乎？何不合诸侯以谋之？"昭公乃命韩起约诸国会于厥慭。宋、齐、鲁、卫、郑、曹各遣大夫至会所听命。韩起言及救蔡之事，各国大夫人人伸舌，个个摇首，没一个肯担当主张的。韩起曰："诸君畏楚如此，将听其蚕食乎？倘楚兵由陈、蔡渐及诸国，寡君亦不敢与闻矣。"众人面面相觑，莫有应者。时宋国右师华亥在会，韩起独谓华亥曰："盟宋之役，汝家先右师实倡其谋，约定南北弭兵，有先用兵者，各国共伐之。今楚首先败约，加兵陈、蔡，汝袖手不发一言，非楚无信，乃尔国之欺谩也。"华亥觳觫对曰："下国何敢欺谩，得罪主盟，但蛮夷不顾信义，下国无如之何耳！今各国久弛武备，一旦用兵，胜负未卜。不若遵弭兵之约，遣一使为蔡请宥，楚必无辞。”韩起见各国大夫俱有惧楚之意，料救蔡一事，鼓舞不来，乃商议修书一封，遣大夫狐父径至申城，来见楚灵王。蔡洧见各国不肯发兵救蔡，号泣而去。狐父到申城将书呈上，灵王拆书看之，略云：

日者，宋之盟，南北交见，本以弭兵为名。虢之会，再申旧约，鬼神临之。寡君率诸侯恪守成言，不敢一试干戈。今陈、蔡有罪，上国赫然震怒，兴师往讨，义愤所激，聊以从权。罪人既诛，兵犹未解，上国其何说之辞？诸国大夫执政皆走集敝邑，责寡君以拯溺解纷之义，寡君愧焉！犹惧以征发师徒，自干盟约，遣下臣起合诸大夫共此尺书，为蔡请命。倘上国惠顾前好，存蔡之宗庙，寡君及同盟，咸受君赐，岂惟蔡人。

书末，宋、齐各国大夫俱署有名字。灵王览毕笑曰：“蔡城旦暮且下，汝以空言解围，以三尺童子待寡人耶?汝去回复汝君，陈、蔡乃孤家属国，与汝北方无与，不劳照管。”狐父再欲哀恳，灵王遽起身入内，亦无片纸回书。孤父怏怏而回。晋君臣虽则恨楚，无可奈何。正是：

有力无心空负力，有心无力枉劳心。
若还心力齐齐到，涸海移山孰敢禁！

蔡洧回至蔡国，被楚巡军所获，解到公子弃疾帐前。弃疾胁使投降，蔡洧不从，乃囚于后军。弃疾知晋救不至，攻城益力。归生曰：“事急矣！臣当拚一命，径往楚营，说之退兵。万一见听，免至生灵涂炭。”世子有曰：“城中调度，全赖大夫，安可舍孤而去?”归生对曰：“殿下若不相舍，臣子朝吴可使也。”世子召朝吴至，含泪遣之。朝吴出城往见弃疾，弃疾待之以礼。朝吴曰：“公子重兵加蔡，蔡知亡矣，然未知罪之在也。若以先君般失德，不蒙赦宥，则世子何罪?蔡之宗社何罪?幸公子怜而察之！”弃疾曰：“吾亦知蔡无灭亡之道，但受命攻城，若无功归报，必得罪矣。”朝吴曰：“吴更有一言，请屏左右。”弃疾曰：“汝第言之，吾左右无妨也。”朝吴曰：“楚王得国非正，公子宁不知之?凡有人心，莫不怨愤！又内竭脂膏于土木，外竭筋骨于干戈，用民不恤，贪得无厌，昔岁灭陈，今复诱蔡。公子不念君仇，奉其驱使，怨黩方作，公子将分其半矣！公子贤明著誉，且有‘当璧’之祥，楚人皆欲得公子为君，诚反戈内向，诛其弑君虐民之罪，人心响应，谁能为公子抗者！孰与事无道之君，敛万民之怨乎？公子倘幸听愚计，吴愿率死亡之馀，为公子先驱。”弃疾怒曰：“匹夫敢以巧言离间我君臣！本该斩首，姑寄汝头于颈上，传语世子，速速面缚出降，尚可保全余喘也。”叱左右牵朝吴出营。

原来当初楚共王有宠妾之子五人：长曰熊昭，即康王；次曰围，即灵王虔；三曰比，字子干；四曰黑肱，字子晳；末即公子弃疾也。共王欲于五子之中立一人为世子，心中不决，乃大祀群神，奉璧密祷曰：“请神于五人中择一贤而有福者，使主社稷。”乃以璧密埋于太室之庭中，暗记其处，使五子各斋戒三日后，五更入庙，次第谒祖。视其拜当璧处者，即神所选立之人矣。康王先入，跨过埋璧，拜于其前。灵王拜时，手肘及于璧上。子干、子晳，去璧甚远。弃疾时年尚幼，使傅母抱之入拜，正当璧纽之上。共王心知神佑弃疾，宠爱益笃。因共王薨时，弃疾年尚未长，所以康王先立，然楚大夫闻埋璧之事者，无不知弃疾之当为楚王矣。今日朝吴说及“当璧”之祥，弃疾恐此语传扬，为灵王所忌，故佯怒而遣之。

朝吴还入城中，述弃疾之语。世子有曰：“国君死社稷，乃是正理。某虽未成丧嗣位，然既摄位守国，便当与此城相为存亡，岂可屈膝仇人，自同奴隶乎？”于是固守益力。自夏四月围起，直至冬十一月，公孙归生积劳成病，卧不能起，城中食尽，饿死者居半，守者疲困，不能御敌。楚师蚁附而上，城遂破。世子端坐城楼，束手受缚。弃疾入城，抚慰居民；将世子有上了囚车，并蔡洧解到灵王处报捷。以朝吴有当璧之言，留之不遣。未几，归生死，朝吴遂留事弃疾。此周景王十四年事也。

时灵王驾已回郢，梦有神人来谒，自称九冈山之神，曰：“祭我，我使汝得天下。”既觉大喜，遂命驾至九冈山。适弃疾捷报到，即命取世子有充作牺牲，杀以祭神。申无宇谏曰：“昔宋襄用鄫子于次睢之社，诸侯叛之。王不可蹈其覆辙！”灵王曰：“此逆般之子，罪人之后，安得比于诸侯？正当六畜用之耳。”申无宇退而叹曰：“王汰虐已甚，其不终乎！”遂告老归田，去讫。蔡洧见世子被杀，哀泣三日。灵王以为忠，乃释而用之。蔡洧之父，先为灵王所杀。阴怀复雠之志，说灵王曰：“诸侯所以事晋而不事楚者，以晋近而楚远也。今王奄有陈、蔡，与中华接壤，若高广其城，各赋千乘，以威示诸侯，四方谁不畏服？然后用兵吴、越，先服东南，次图西北，可以代周而为天子。”灵王悦其谀言，日渐宠用。于是重筑陈、蔡之城，倍加高广，即用弃疾为蔡公，以酬其灭蔡之功。又恐东西二不羹城，据楚之要害，自以天下莫强于楚，指顾可得天下。召太卜将守龟卜之，问：“寡人何日为王？”太卜曰：“君既已称王矣，尚何问？”灵王曰：“楚、周并立，非真王也。得天下者，方为真王耳。”太卜爇龟，龟裂。太卜曰：“所占无成。”灵王掷龟于地，攘臂大呼曰：“天乎！天乎！区区天下，不肯与我，生我熊虔何用？”蔡洧奏曰：“事在人为耳，彼朽骨者何知！”灵王乃悦。

诸侯畏楚之强，小国来朝，大国来聘，贡献之使，不绝于道。就中单表一人，乃齐国上大夫晏婴，字平仲，奉齐景公之命，修聘楚国。灵王谓群下曰：“晏平仲身不满五尺，而贤名闻于诸侯。当今海内诸国，惟楚最盛，寡人欲耻辱晏婴，以张楚国之威，卿等有何妙计？”太宰薳启疆密奏曰：“晏平仲善于应对，一事不足以辱之，必须如此如此。”灵王大悦。薳启疆夜发卒徒于郢城东门之傍另凿小窦，刚刚五尺，吩咐守门军士：“候齐国使臣到时，却将城门关闭，使之由窦而入。”不一时，晏婴身穿破裘，轻车羸马，来至东门。见城门不开，遂停车不行，使御者呼门。守者指小门示之曰：“大夫出入此窦，宽然有余，何用启门？”晏婴曰：“此狗门，非人所出入也！使狗国者，从狗门入；使人国者，还须从人门入。”使者以其言，飞报灵王。王曰：“吾欲戏之，反被其戏矣。”乃命开东门，延之入城。

晏子观看郢都城郭坚固，市井稠密，真乃地灵人杰，江南胜地也。怎见得？宋学士苏东坡有《咏荆门》诗为证：

游人出三峡，楚地尽平川。
北客随南广，吴樯开蜀船。
江侵平野断，风掩白沙旋。
欲问兴亡意，重城自古坚。

晏婴正在观览，忽见有车骑二乘从大衢来，车上俱长躯长鬣，精选的出色大汉，盔甲鲜明，手握大弓长戟，状如天神，来迎晏子，欲以形晏子之短小。晏子曰："今日为聘好而来，非为攻战，安用武士！"叱退一边，驱车直进。将入朝，朝门外有十余位官员，一个个峨冠博带，济济彬彬，列于两行。晏子知是楚国一班豪杰，慌忙下车。众官员向前逐一相见，权时分左右叙立，等候朝见。就中一后生，先开口问曰："大夫莫非夷维晏平仲乎？"晏子视之，乃斗韦龟之子斗成然也，官拜郊尹。晏子答曰："然。大夫有何教益？"成然曰："吾闻齐乃太公所封之国，兵甲敌于秦、楚，货财通于鲁、卫。何自桓公一霸之后，篡夺相仍，宋、晋交伐，今日朝晋暮楚，君臣奔走道路，殆无宁岁？夫以齐侯之志，岂下桓公，平仲之贤，不让管子，君臣合德，乃不思大展经纶，丕振旧业，以光先人之绪，而服事大国，自比臣仆，诚愚所不解也。"晏子扬声对曰："夫识时务者为俊杰，通机变者为英豪。夫自周纲失驭，五霸迭兴，齐、晋霸于中原，秦霸西戎，楚霸南蛮，虽曰人材代出，亦是气运使然。夫以晋文雄略，丧次被兵；秦穆强盛，子孙遂弱；庄王之后，楚亦每受晋、吴之侮，岂独齐哉？寡君知天运之盛衰，达时务之机变，所以养兵练将，待时而举。今日交聘，乃邻国往来之礼，载在王制，何谓臣仆？尔祖子文，为楚名臣，识时通变，倘子非其嫡裔耶？何言之悖也！"成然满面羞惭，缩颈而退。

须臾，左班中一士问曰："平仲固自负识时通变之士，然崔、庆之难，齐臣自贾举以下，效节死义者无数，陈文子有马十乘，去而违之，子乃齐之世家，上不能讨贼，下不能避位，中不能致死，何恋恋于名位耶？"晏子视之，乃楚上大夫阳匄字子瑕，乃穆王之曾孙也。晏子即对曰："抱大节者，不拘小谅；有远虑者，岂在近谋？吾闻君死社稷，臣当从之。今先君庄公，非为社稷而死；其从死者，皆其私昵。婴虽不才，何敢厕身宠幸之列，以一死沽名哉？且人臣遇国家之难，能则图之，不能则去之。吾之不去，欲定新君，以保宗祀，非贪位也。使人人尽去，国事何赖？况君父之变，何国无之？子谓楚国诸公在朝列者，人人皆讨贼死难之士乎？"这一句话，暗指着楚熊虔弑君，诸臣反戴之为君。但知责人，不知责己。公孙瑕无言可答。少顷，右班中又一人出曰："平仲！汝云：'欲定新君，以保宗祀。'言太夸矣。崔、庆相图，栾、高、陈、鲍相并，汝依违观望其间，并不见出奇画策，无非因人成事。尽心报国者，止于此乎？"晏子视之，乃右尹郑丹字子革。晏子笑曰："子知其一，未知其二。崔、庆之盟，婴独不与。四族之难，婴在君所。宜刚宜柔，相机而动，主于保全君国，此岂旁观者所得而窥哉？"左班中又一人出曰："大丈夫匡时遇主，有大才略，必有大规模。以愚观平仲，未免为鄙吝之夫矣。"晏子视之，乃太宰薳启疆也。晏子曰："足下何以知婴鄙吝乎？"启疆曰："大丈夫身仕明主，贵为相国，固当美服饰，盛车马，以彰君之宠锡。奈何敝裘羸马出使外邦，岂不足于禄食耶？且吾闻平仲，少服狐裘，三十年不易。祭祀之礼，豚肩不能掩豆，非鄙吝而何？"晏子抚掌大笑曰："足下之见，何其浅也！婴自居相位以来，父族皆衣裘，母族皆食肉，至于妻族，亦无冻馁。草莽之士，待婴而举火者，七十余家。吾家虽俭，而三族肥；身似吝，而群士足。以此彰君之宠锡，不亦大乎？"

言未毕，右班中又一人出，指晏子大笑曰："吾闻成汤身长九尺而作贤王，子桑力敌万夫而为名将。古之明君达士，皆由状貌魁梧，雄勇冠世，乃能立功当时，垂名后代。今子身不满五尺，力不胜一鸡，徒事口舌，自以为能，宁不可耻！"晏子视之，乃公子真之孙囊瓦字子常，见为楚王车右之职。婴乃微微而笑，对曰："吾闻秤锤虽小，能压千斤；舟桨空长，终为水役。侨如身长而戮于鲁，南宫万绝力而戮于宋，足下身长力大，得无近之？婴自知无能，但有问则对，又何敢自逞其口舌耶？"囊瓦不能复对。忽报："令尹薳罢来到。"众人俱拱立候之。伍举遂揖晏子入于朝门，谓诸大夫曰："平仲乃齐之贤士，诸君何得以口语相加？"须臾，灵王升殿，伍举引晏子入见。灵王一见晏子，遽问曰："齐国固无人耶？"晏子曰："齐国中呵气成云，挥汗成雨，行者摩肩，立者并迹，何谓无人？"灵王曰："然则何为使小人来聘吾国？"晏子曰："敝邑出使有常典，贤者奉使贤国，不肖者奉使不肖国，大人则使大国，小人则使小国。臣小人，又最不肖，故以使楚。"楚王惭其言，然心中暗暗惊异。使事毕，适郊人献合欢橘至，灵王先以一枚赐婴，婴遂带皮而食。灵王鼓掌大笑曰："齐人岂未尝橘耶？何为不剖？"晏子对曰:“臣闻:‘受君赐者,瓜桃不削,橘柑不剖。’今蒙大王之赐,犹吾君也。大王未尝谕剖,敢不全食?”灵王不觉起敬,赐坐命酒。少顷,武士三四人,缚一囚从殿下而过。灵王遽问:“囚何处人?”武士对曰:“齐国人。”灵王曰:“所犯何罪?”武士对曰:“坐盗。”灵王乃顾谓晏子曰:“齐人惯为盗耶?”晏子知其故意设弄,欲以嘲己,乃顿首曰:“臣闻:‘江南有橘,移之江北则化而为枳。’所以然者,地土不同也。今齐人生于齐,不为盗,至楚则为盗,楚之地土使然,于齐何与焉?”灵王嘿然良久,曰:“寡人本将辱子,今反为子所辱矣。”乃厚为之礼,遣归齐国。

齐景公嘉晏婴之功,尊为上相,赐以千金之裘,欲割地以益其封,晏子皆不受。又欲广晏子之宅,晏子亦力辞之。一日,景公幸晏子之家,见其妻,谓晏子曰:“此卿之内子耶?”婴对曰:“然。”景公笑曰:“嘻!老且丑矣!寡人有爱女,年少而美,愿以纳之于卿。”婴对曰:“人以少姣事人者,以他年老恶可相托也。臣妻虽老且丑,然向已受其托矣,安忍倍之?”景公叹曰:“卿不倍其妻,况君父乎?”于是深信晏子之忠,益隆委任。要知后事,且看下回分解。

第七十回

杀三兄楚平王即位　劫齐鲁晋昭公寻盟

话说周景王十二年，楚灵王既灭陈、蔡，又迁许、胡、沈、道、房、申六小国于荆山之地，百姓流离，道路嗟怨。灵王自谓天下可唾手而得，日夜宴息于章华之台，欲遣使至周，求其九鼎，以为楚国之镇。右尹郑丹曰："今齐、晋尚强，吴、越未服，周虽畏楚，恐诸侯有后言也。"灵王愤然曰："寡人几忘之。前会申之时，赦徐子之罪，同于伐吴，徐旋附吴，不为尽力。今寡人先伐徐，次及吴，自江以东，皆为楚属，则天下已定其半矣。"乃使薳罢同蔡洧奉世子禄居守，大阅车马，东行狩于州来，次于颍水之尾。使司马督率车三百乘伐徐，围其城。灵王大军屯于乾溪，以为声援。时周景王之十五年，楚灵

王之十一年也。

冬月，值大雪，积深三尺有余。怎见得？有诗为证：

彤云蔽天风怒号，飞来雪片如鹅毛。
忽然群峰失青色，等闲平地生银涛。
千树寒巢僵鸟雀，红炉不暖重裘薄。
比际从军更可怜，铁衣冰凝愁难著。

灵王问左右："向有秦国所献'复陶裘'、'翠羽被'，可取来服之。"左右将裘被呈上。灵王服裘加被，头戴皮冠，足穿豹舄，执紫丝鞭，出帐前看雪。有右尹郑丹来见，灵王去冠被，舍鞭，与之立而语。灵王曰："寒甚！"郑丹对曰："王重裘豹舄，身居虎帐，犹且苦寒，况军士单褐露踝，顶兜穿甲，执兵于风雪之中，其苦何如？王何不返驾国都，召回伐徐之师，俟来春天气和暖，再图征进，岂不两便？"灵王曰："卿言甚善！然吾自用兵以来，所向必克，司马旦晚必有捷音矣。"郑丹对曰："徐与陈、蔡不同。陈、蔡近楚，久在宇下，而徐在楚东北三千余里，又附吴为重。王贪伐徐之功，使三军久顿于外，受劳冻之苦，万一国有内变，军士离心，窃为王危之。"灵王笑曰："穿封戌在陈，弃疾在蔡，伍举与太子居守，是三楚也。寡人又何虑哉？"言未毕，左史倚相趋过王前，灵王指谓郑丹曰："此博物之士也。凡《三坟》、《五典》、《八索》、《九邱》，无不通晓，子革其善视之。"郑丹对曰："王之言过矣。昔周穆王乘八骏之马周行天下，祭公谋父作《祈招》之诗，以谏止王心，穆王闻谏返国，得免于祸。臣曾以此诗问倚相，相不知也。本朝之事，尚然不知，安能及远乎？"灵王曰："《祈招》之诗如何？能为寡人诵之否？"郑丹对曰："臣能诵之。诗曰：'祈招之愔愔，式昭德音。思我王度，式如玉，式如金。形民之力，而无醉饱之心。'"灵王曰："此诗何解？"郑丹对曰："愔愔者，安和之貌。言祈父所掌甲兵，享安和之福，用能昭我王之德音，比于玉之坚，金之重。所以然者，由我王能恤民力，适可而止，去其醉饱过盈之心故也。"灵王知其讽己，默然无言。良久，曰："卿且退，容寡人思之。"是夜，灵王意欲班师。忽谍报："司马督屡败徐师，遂围徐。"灵王曰："徐可灭也。"遂留乾溪。自冬逾春，日逐射猎为乐，方役百姓筑台建宫，不思返国。

时蔡大夫归生之子朝吴，臣事蔡公弃疾，日夜谋复蔡国，与其宰观从商议。观从曰："楚王黩兵远出，久而不返，内虚外怨，此天亡之日也。失此机会，蔡不可复封矣。"朝吴曰："欲复蔡，计将安出？"观从曰："逆虔之立，三公子心皆不服，独力不及耳。诚假以蔡公之命，召子干、子晰，如此恁般，楚可得也。得楚，则逆虔之巢穴已毁，不死何为？及嗣王之世，蔡必复矣。"朝吴从其谋，使观从假传蔡公之命，召子干于晋，召子晰于郑，言："蔡公愿以陈、蔡之师，纳二公子于楚，以拒逆虔。"子干、子晰大喜，齐至蔡郊，来会弃疾。观从先归报朝吴。朝吴出郊谓二公子曰："蔡公实未有命，然可劫而取也。"子干、子晰有惧色。朝吴曰："王佚游不返，国虚无备，而蔡洧念杀父之仇，以有事为幸。斗成然为郊尹，与蔡公相善，蔡公举事，必为内应。穿封戍虽封于陈，其意不亲附王，若蔡公召之，必来。以陈、蔡之众，袭空虚之楚，如探囊取物，公子勿虑不成也。"这几句话，说透利害，子干、子晰方才放心，曰："愿终听教。"朝吴请盟，乃刑牲歃血，誓为先君郏敖报仇。口中说誓，虽则如此，誓书上却把蔡公装首，言欲与子干、子晰共袭逆虔。掘地为坎，用牲加书于上而埋之。

事毕，遂以家众导子干、子晰袭入蔡城。蔡公方朝餐，猝见二公子到，出自意外，大惊，欲起避。朝吴随至，直前执蔡公之袂曰："事已至此，公将何往？"子干、子晰抱蔡公大哭，言："逆虔无道，弑兄杀侄，又放逐我等，我二人此来，欲借汝兵力，报兄之仇，事成，当以王位属子。"弃疾仓皇无计，答曰："且请从容商议。"朝吴曰："二公子馁矣，有餐且共食。"子干、子晰食讫，朝吴使速行。遂宣言于众曰："蔡公实召二公子，同举大事，已盟于郊，遣二公子先行入楚矣。"弃疾止之曰："勿诬我！"朝吴曰："郊外坎牲载书，岂无有见之者？公勿讳，但速速成事，共取富贵，乃为上策。"朝吴乃复号于市曰："楚王无道，灭我蔡国，今蔡公许复封我，汝等皆蔡百姓，岂忍宗祀沦亡？可共随蔡公赶上二公子，一同入楚。"蔡人闻呼，一时俱集，各执器械，集于蔡公之门。朝吴曰："人心已齐，公宜急抚而用之，不然有变！"弃疾曰："汝迫我上虎背耶？计将安出？"朝吴曰："二公子尚在郊，宜急与之合，悉起蔡众。吾往说陈公，帅师从公。"

弃疾从之。子干、子晰率其众与蔡公合。朝吴使观从星夜至陈，欲见陈公，路中遇陈人夏啮。乃夏征舒之玄孙，与观从平素相识，告以复蔡之意。夏啮曰："吾在陈公门下用事，亦思为复陈之计，今陈公病已不起，子不必往见。子先归蔡，吾当率陈人为一队。"观从回报蔡公。朝吴又作书密致蔡洧，使为内应。

蔡公以家臣须务弁为先锋，史猈副之，使观从为向导，率精甲先行。恰好陈夏啮亦起陈众来到。夏啮曰："穿封戌已死，吾以大义晓谕陈人，特来助义。"蔡公人喜，使朝吴率蔡人为右军，夏啮率陈人为左军，曰："掩袭之事，不可迟也！"乃星夜望郢都进发。蔡洧闻蔡公兵到，先遣心腹出城送款。斗成然迎蔡公于郊外。令尹薳罢方欲敛兵设守，蔡洧开门以纳蔡师，须务弁先入，呼曰："蔡公攻杀楚王于乾溪，大军已临城矣！"国人恶灵王无道，皆愿蔡公为王，无肯拒敌者。薳罢欲奉世子禄出奔，须务弁兵已围王宫，薳罢不能人，回家中自刎而死。哀哉！胡曾先生有诗云：

漫夸私党能扶主，谁料强都已酿奸。

若遇郏敖泉壤下，一般恶死有何颜？

蔡公大兵随后俱到，攻入王宫，遇世子禄及公子罢敌，皆杀之。蔡公扫除王宫，欲奉子干为王，子干辞。蔡公曰："长幼不可废也。"子干乃即位，以子晰为令尹，蔡公为司马。朝吴私谓蔡公曰："公首倡义举，奈何以王位让人耶？"蔡公曰："灵王犹在乾溪，国未定也，且越二兄而自立，人将议我。"朝吴已会其意，乃献谋曰："王卒暴露已久，必然思归，若遣人以利害招之，必然奔溃。大军继之，王可擒也。"蔡公以为然。乃使观从往乾溪，告其众曰："蔡公已入楚，杀王二子，奉子干为王矣。今新王有令：'先归者复其田里，后归者劓之，有相从者罪及三族，或以饮食馈献，罪亦如之。'"军士闻之，一时散其大半。

灵王尚醉卧于乾溪之台，郑丹慌忙人报。灵王闻二子被杀，自床上投身于地，放声大哭。郑丹曰："军心已离，王宜速返！"灵王拭泪言曰："人之爱其子，亦如寡人否？"郑丹曰："鸟兽犹知爱子，何况人也？"灵王叹曰："寡人杀人子多矣！人杀吾子何足怪！"少顷，哨马报：

"新王遣蔡公为大将,同斗成然率陈、蔡二国之兵,杀奔乾溪来了。"灵王大怒曰:"寡人待成然不薄,安敢叛吾!宁一战而死,不可束手就缚!"遂拔寨都起,自夏口从汉水而上,至于襄州,欲以袭郢。士卒一路奔逃,灵王自拔剑杀数人,犹不能止,比到訾梁,从者才百人耳。灵王曰:"事不济矣!"乃解其冠服,悬于岸柳之上。郑丹曰:"王且至近郊,以察国人之向背何如?"灵王曰:"国人皆叛,何待察乎?"郑丹曰:"若不然,出奔他国,乞师以自救亦可。"灵王曰:"诸侯谁爱我者?吾闻大福不再,徒自取辱。"郑丹见不从其计,恐自己获罪,即与倚相私奔归楚。灵王不见了郑丹,手足无措,徘徊于釐泽之间,从人尽散,只剩单身。腹中饥馁,欲往乡村觅食,又不识路径。村人也有晓得是楚王的,因闻逃散的军士传说,新王法令甚严,那个不怕,各远远闪开。灵王一连三日没有饮食下咽,饿倒在地,不能行动。单单只有两目睁开,看着路傍,专望一识面之人经过此地,便是救星。忽遇一人前来,认得是旧时守门之吏,比时唤作涓人,名畴。灵王叫道:"畴,可救我!"涓人畴见是灵王呼唤,只得上前叩头。灵王曰:"寡人饿三日矣!汝为寡人觅一盂饭,尚延寡人呼吸之命。"畴曰:"百姓皆惧新王之令,臣何从得食?"灵王叹气一口,命畴近身而坐,以头枕其股,且安息片时。畴候灵王睡去,取土块为枕以代股,遂奔逃去讫。灵王醒来,唤畴不应,摸所枕,乃土块也。不觉呼天痛哭,有声无气。

须臾,又有一人乘小车而至,认得灵王声音,下车视之,果是灵王,乃拜倒在地,问曰:"大王为何到此地位?"灵王流泪满面,问曰:"卿何人也?"其人奏曰:"臣姓申名亥,乃芋尹申无宇之子也。臣父两次得罪于吾王,王赦不诛。臣父往岁临终嘱臣曰:'吾受王两次不杀之恩,他日王若有难,汝必舍命相从!'臣牢记在心,不敢有忘。近传闻郢都已破,子干自立,星夜奔至乾溪,不见吾王,一路追寻到此,不期天遣相逢。今遍地皆蔡公之党,王不可他适。臣家在棘村,离此不远,王可暂至臣家,再作商议。"乃以干糒跪进,灵王勉强下咽,稍能起立。申亥扶之上车,至于棘村。灵王平昔住的是章华之台,崇宫邃室,今日观看申亥农庄之家,筚门蓬户,低头而入,好生凄凉,泪流不止。申亥跪曰："吾王请宽心。此处幽僻，无行人来往，暂住数日，打听国中事情，再作进退。"灵王悲不能语。申亥又跪进饮食，灵王只是啼哭，全不沾唇。亥乃使其亲生二女侍寝，以悦灵王之意。王衣不解带，一夜悲叹，至五更时分，不闻悲声。二女启门报其父曰："王已自缢于寝所矣。"胡曾先生咏史诗曰：

茫茫衰草没章华，因笑灵王昔好奢。
台土未干箫管绝，可怜身死野人家。

申亥闻灵王之死，不胜悲恸，乃亲自殡殓，杀其二女以殉葬焉。后人论申亥感灵王之恩，葬之是矣，以二女殉，不亦过乎？有诗叹曰：

章华霸业已沉沦，二女何辜伴穸窀。
堪恨暴君身死后，馀殃犹自及闺人。

时蔡公引着斗成然、朝吴、夏啮众将，追灵王于乾溪。半路遇着郑丹、倚相二人，述楚王如此恁般："今侍卫俱散，独身求死，某不忍见，是以去之。"蔡公曰："汝今何往？"二人曰："欲还国中耳。"蔡公曰："公等且住我军中，同访楚王下落，然后同归可也。"蔡公引大军寻访，及于訾梁，并无踪迹。有村人知是蔡公，以楚王冠服来献，言："三日前，于岸柳上得之。"蔡公问曰："汝知王生死否？"村人曰："不知。"蔡公收其冠服，重赏之而去。蔡公更欲追寻，朝吴进曰："楚王去其衣冠，势穷力敝，多分死于沟渠，不足再究。但子干在位，若发号施令，收拾民心，不可图矣。"蔡公曰："然则若何？"朝吴曰："楚王在外，国人未知下落，乘此人心未定之时，使数十小卒，假称败兵，绕城相呼，言：'楚王大兵将到！'再令斗成然归报子干，如此如此。子干、子晰皆懦弱无谋之辈，一闻此信，必惊惶自尽。明公徐徐整旅而归，稳坐宝位，高枕无忧，岂不美哉？"蔡公然之。乃遣观从引小卒百余人诈作败兵，奔回郢都，绕城而走，呼曰："蔡公兵败被杀，楚王大兵随后便至！"国人信以为实，莫不惊骇。须臾，斗成然至，所言相同。国人益信，皆上城瞭望。成然奔告子干，言："楚王甚怒，来讨君擅立之罪，欲如蔡般、齐庆封故事。君须早自为计，免致受辱，臣亦逃命去矣。"言讫，奔狂而出。子干乃召子晰言之，子晰曰："此朝吴误我也。"兄弟相抱而哭。宫外又传："楚王兵已入城！"子晰先拔佩剑，刎其喉而死。

子干慌迫，亦取剑自刭，宫中大乱，宦官宫女相惊自杀者，横于宫掖，号哭之声不绝。斗成然引众复入，扫除尸首，率百官迎接蔡公。国人不知，尚疑来者是灵王；及入城，乃蔡公也，方悟前后报信，皆出蔡公之计。蔡公既入城，即位，改名熊居，是为平王。昔年共王曾祷于神，当璧而拜者为君，至是果验矣。国人尚未知灵王已死，人情汹汹，尝中夜讹传王到，男女皆惊起，开门外探。平王患之，乃密与观从谋，使于汉水之傍，取死尸加以灵王冠服，从上流放至下流，诈云已得楚王尸首，殡于訾梁，归报平王。平王使斗成然往营葬事，谥曰灵王。然后出榜安慰国人，人心始定，后三年，平王复访求灵王之尸，申亥以葬处告，乃迁葬焉。此是后话。

却说司马督等围徐，久而无功，惧为灵王所诛，不敢归，阴与徐通，列营相守。闻灵王兵溃被杀，乃解围班师。行至豫章，吴公子光率师要击，败之，司马督与三百乘悉为吴所获。光乘胜取楚州来之邑。此皆灵王无道之所致也。

再说楚平王安集楚众，以公子之礼葬子干、子晰。录功用贤，以斗成然为令尹，阳匄字子瑕为左尹。念薳掩、伯州犁之冤死，乃以犁子郤宛为右尹，掩弟薳射、薳越俱为大夫。朝吴，夏啮、蔡洧俱拜下大夫之职。以公子鲂敢战，使为司马。时伍举已卒，平王嘉其生前有直谏之美，封其子伍奢于连，号曰连公。奢子尚亦封于棠，为棠宰，号曰棠君。其他薳启疆、郑丹等一班旧臣，官职如故。欲官观从，从言其先人开卜，愿为卜尹。平王从之。群臣谢恩，朝吴与蔡洧独不谢，欲辞官而去。平王问之，二人奏曰："本辅吾王兴师袭楚，欲复蔡国，今王大位已定，而蔡之宗祀未沾血食，臣何面目立于王之朝乎？昔灵王以贪功兼并致失人心，王反其所为方能令人心悦服。欲反其所为，莫如复陈、蔡之祀。"平王曰："善。"乃使人访求陈、蔡之后，得陈世子偃师之子名吴，蔡世子有之子名庐。乃命太史择吉，封吴为陈侯，是为陈惠公；庐为蔡侯，是为蔡平公：归国奉宗祀。朝吴、蔡洧随蔡平公归蔡，夏啮随陈惠公归陈。所率陈、蔡之众，各从其主，厚加犒劳。前番灵王掳掠二国重器货宝，藏于楚库者，悉给还之；其所迁荆山六小国，悉令还归故土，秋毫无犯。各国君臣上下，欢声若雷，如枯木之再荣，朽骨之复活。此周景王十六年事也。髯翁有诗云：

> 枉竭民脂建二城，留将后主作人情。
> 早知故物仍还主，何苦当时受恶名。

平王长子名建，字子木，乃蔡国郧阳封人之女所生，时年已长，乃立为世子，使连尹伍奢为太师。有楚人费无极，素事平王，善于贡谀，平王宠之，任为大夫。无极请事世子，乃以为少师。以奋扬为东宫司马。平王既即位，四境安谧，颇事声色之乐。吴取州来，王不能报。无极虽为世子少师，日在平王左右，从于淫乐。世子建恶其谄佞，颇疏远之。令尹斗成然恃功专恣，无极谮而杀之，以阳匄为令尹。世子建每言成然之冤，无极心怀畏惧，由是阴与世子建有隙。无极又荐鄢将师于平王，使为右领，亦有宠。这段情节，且暂搁起。

话分两头。再说晋自筑虒祁宫之后，诸侯窥其志在苟安，皆有贰心。昭公新立，欲修复先人之业，闻齐侯遣晏婴如楚修聘，亦使人征朝于齐。齐景公见晋、楚多事，亦有意乘间图伯，欲观晋昭公之为人，乃装束如晋，以勇士古冶子从行。方渡黄河，其左骖之马，乃景公所最爱者，即令圉人于从舟取至，系于船头，亲督圉人饲料。忽大雨骤至，波涛汹涌，舟船将覆。有大鼋舒头于水面，张开巨口，抢向船头，衔左骖之马入于深渊。景公大惊，古冶子在侧，言曰："君勿惧也，臣请为君索之。"乃解衣裸体，拔剑跃于水中，凌波踏浪而去。载沉载浮，顺流九里，望之无迹。景公叹曰："冶子死矣！"少顷，风浪顿息，但见水面流红，古冶子左手挽骖马之尾，右手提血沥沥一颗鼋头，浴波而出。景公大骇曰："真神勇也！先君徒设勇爵，焉有勇士如此哉！"遂厚赏之。

既至绛州，见了晋昭公，昭公设宴享之。晋国是荀吴相礼，齐国是晏婴相礼。酒酣，晋侯曰："筵中无以为乐，请为君侯投壶赌酒。"景公曰："善。"左右设壶进矢，齐侯拱手让晋侯先投。晋侯举矢在手，荀吴进辞曰："有酒如淮，有肉如坻。寡君中此，为诸侯师。"晋侯投矢，果中中壶，将馀矢弃掷于地。晋臣皆伏地称"千岁"。齐侯意殊不怿，举矢亦效其语曰："有酒如渑，有肉如陵。寡人中此，与君代兴。"扑的投去，恰在中壶，与晋矢相并，齐侯大笑，亦弃馀矢。晏婴亦伏地呼："千岁！"晋侯勃然变色。荀吴谓齐景公曰："君失言矣！今日辱贶敝邑，正以寡君世主夏盟之故。君曰'代兴'，是何言也？"晏婴代答曰："盟无常主，惟有德者居焉。晋齐失霸业，晋方代之。若晋有德，谁敢不服？如其无德，吴、楚亦将迭进，岂惟敝邑！"羊舌肸曰："晋已师诸侯矣，安用壶矢？此乃荀伯之失言也！"荀吴自知其误，嘿然不语。齐臣古冶子立于阶下，厉声曰："日昃君劳，可辞席矣！"齐侯即逊谢而出，次日遂行。羊舌肸曰："诸侯将有离心，不以威胁之，必失霸业。"晋侯以为然，乃大阅甲兵之数，总计有四千乘，甲士三十万人。羊舌肸曰："德虽不足，而众可用也。"于是先遣使如周，请王臣降临为重，因遍请诸侯，约以秋七月俱集平邱相会。诸侯闻有王臣在会，无敢不赴者。

至期，晋昭公留韩起守国，率荀吴、魏舒、羊舌肸、羊舌鲋、籍谈、梁丙、张骼、智跞等，尽起四千乘之众，望濮阳城进发，连络三十余营，遍卫地皆晋兵。周卿士刘献公挚先到，齐、宋、鲁、卫、郑、曹、莒、邾、滕、薛、杞、小邾十二路诸侯毕集，见晋师众盛，人人皆有惧色。既会，羊舌肸捧盘盂进曰："先臣赵武误从弭兵之约与楚通好。楚虔无信，自取陨灭。今寡君欲效践土故事，徼惠于天子，以镇抚诸夏，请诸君同歃为信！"诸侯皆俯首曰："敢不听命！"惟齐景公不应。羊舌肸曰："齐侯岂不愿盟耶？"景公曰："诸侯不服，是以寻盟；若皆用命，何以盟为？"羊舌肸曰："践土之盟，不服者何国？君若不从，寡君惟是甲车四千乘，愿请罪于城下。"说犹未毕，坛上鸣鼓，各营俱建起大旆。景公虑其见袭，乃改辞谢曰："大国既以盟不可废，寡人敢自外耶？"于是晋侯先歃，齐、宋以下相继。刘挚王臣，不使与盟，但监临其事而已。邾、莒以鲁国屡屡侵伐，诉于晋侯。晋侯辞鲁昭公于会，执其上卿季孙意如闭之幕中。子服何私谓荀吴曰："鲁地十倍邾、莒，晋若弃之，将改事齐、楚，于晋何益？且楚灭陈、蔡不救，而复弃兄弟之国乎？"荀吴然其言，以告韩起。起言于晋侯，乃纵意如奔归。自是诸侯益不直晋，晋不复能主盟矣。史臣有诗叹云：

侈心效楚筑虒祁，列国离心复示威。

壶矢有灵侯统散，山河如故事全非！

要知后事如何，且看下回分解。

第七十一回

晏平仲二桃杀三士　楚平王娶媳逐世子

话说齐景公归自平邱，虽然惧晋兵威，一时受歃，已知其无远大之谋，遂有志复桓公之业，谓相国晏婴曰："晋霸西北，寡人霸东南，何为不可？"晏婴对曰："昔劳民于兴筑，是以失诸侯。君欲图伯，莫如恤民。"景公曰："恤民何如？"晏婴对曰："省刑罚则民不怨，薄赋敛则民知恩。古先王春则省耕，补其不足，夏则省敛，助其不给。君何不法之？"景公乃除去烦刑，发仓廪以贷贫穷，国人感悦。于是征聘于东方诸侯。徐子不从，乃用田开疆为将，帅师伐之。大战于蒲隧，斩其将嬴爽，获甲士五百余人。徐子大惧，遣使行成于齐。齐侯乃约郯子、莒子同徐子结盟于蒲隧。徐以甲父之鼎赂之。

晋君臣虽知，而不敢问。齐自是日强，与晋并霸。景公录田开疆平徐之功，复嘉古冶子斩鼋之功，仍立“五乘之宾”以旌之。田开疆复举荐公孙捷之勇。那公孙捷生得面如靛染，目睛突出，身长一丈，力举千钧。景公见而异之，遂与之俱猎于桐山。忽然山中赶出一只吊睛白额虎来，那虎咆哮发喊，飞奔前来，径扑景公之马。景公大惊。只见公孙捷从车上跃下，不用刀枪，双拳直取猛虎，左手揪住项皮，右手挥拳，只一顿，将那只大虫打死，救了景公。景公嘉其勇，亦使与“五乘之宾”。公孙捷遂与田开疆、古冶子结为兄弟，自号“齐邦三杰”，挟功恃勇，口出大言，凌铄闾里，简慢公卿。在景公面前，尝以尔我相称，全无礼体。景公惜其才勇，亦姑容之。时朝中有个佞臣唤做梁邱据，专以先意逢迎取悦于君。景公甚宠爱之。据内则献媚景公，以固其宠；外则结交三杰，以张其党。况其时陈无宇厚施得众，已伏移国之兆，那田开疆与陈氏是一族，异日声势相倚，将为国家之患，晏婴深以为忧。每欲除之，但恐其君不听，反结了三人之怨。

忽一日，鲁昭公以不合于晋之故，欲结交于齐，亲自来朝。景公设宴相待。鲁国是叔孙婼相礼，齐国是晏婴相礼。三杰带剑立于阶下，昂昂自若，目中无人。二君酒至半酣，晏子奏曰：“园中金桃已熟，可命荐新，为两君寿。”景公准奏，宣园吏取金桃来献。晏子奏曰：“金桃难得之物，臣当亲往监摘。”晏子领钥匙去讫。景公曰：“此桃自先公时，有东海人以巨核来献，名曰‘万寿金桃’，出自海外度索山，亦名‘蟠桃’，植之三十余年，枝叶虽茂，花而不实。今岁结有数颗，寡人惜之，是以封锁园门。今日君侯降临，寡人不敢独享，特取来与贤君臣共之。”鲁昭公拱手称谢。

少顷，晏子引着园吏，将雕盘献上。盘中堆着六枚桃子，其大如碗，其赤如炭，香气扑鼻，真珍异之果也。景公问曰：“桃实止此数乎？”晏子曰：“尚有三四枚未熟，所以只摘得六枚。”景公命晏子行酒。晏子手捧玉爵，恭进鲁侯之前，左右献上金桃，晏子致词曰：“桃实如斗，天下罕有；两君食之，千秋同寿！”鲁侯饮酒毕，取桃一枚食之，甘美非常，夸奖不已。次及景公，亦饮酒一杯，取桃食讫。景公曰：“此桃非易得之物，叔孙大夫贤名著于四方，今又有赞礼之功，宜食一桃。”叔孙婼跪奏曰:“臣之贤,万不及相国。相国内修国政,外服诸侯,其功不小。此桃宜赐相国食之,臣安敢僭?”景公曰:“既叔孙大夫推让相国,可各赐酒一杯、桃一枚。”二臣跪而领之,谢恩而起。晏子奏曰:“盘中尚有二桃,主公可传令诸臣中,言其功深劳重者,当食此桃,以彰其贤。”景公曰:“此言甚善!”即命左右传谕,使阶下诸臣,有自信功深劳重、堪食此桃者,出班自奏,相国评功赐桃。公孙捷挺身而出,立于筵上,而言曰:“昔从主公猎于桐山,力诛猛虎,其功若何?”晏子曰:“擎天保驾,功莫大焉!可赐酒一爵,食桃一枚,归于班部。”古冶子奋然便出曰:“诛虎未足为奇。吾曾斩妖鼋于黄河,使君危而复安,此功若何?”景公曰:“此时波涛汹涌,非将军斩绝妖鼋,必至覆溺,此盖世奇功也!饮酒食桃,又何疑哉?”晏子慌忙进酒赐桃。只见田开疆撩衣破步而出曰:“吾曾奉命伐徐,斩其名将,俘甲首五百余人,徐君恐惧,致赂乞盟。郯、莒畏威,一时皆集,奉吾君为盟主,此功可以食桃乎?”晏子奏曰:“开疆之功,比于二将,更自十倍。争奈无桃可赐,赐酒一杯,以待来年。”景公曰:“卿功最大,可惜言之太迟,以此无桃,掩其大功。”田开疆按剑而言曰:“斩鼋打虎,小可事耳!吾跋涉千里之外,血战成功,反不能食桃,受辱于两国君臣之间,为万代耻笑,何面目立于朝廷之上耶?”言讫,挥剑自刎而死。公孙捷大惊,亦拔剑而言曰:“我等微功而食桃,田君功大,反不能食。夫取桃不让,非廉也;视人之死而不能从,非勇也。”言讫,亦自刎。古冶子奋气大呼曰:“吾三人义均骨肉,誓同生死,二人已亡,吾独苟活,于心何安?”亦自刎而亡。景公急使人止之,已无及矣。鲁昭公离席而起曰:“寡人闻三臣皆天下奇勇,可惜一朝俱尽矣。”景公闻言嘿然,变色不悦。晏婴从容进曰:“此皆吾国一勇之夫,虽有微劳,何足挂齿?”鲁侯曰:“上国如此勇将,还有几人?”晏婴对曰:“筹策庙堂,威加万里,负将相之才者数十人;若血气之勇,不过备寡君鞭策之用而已,其生死何足为齐轻重哉!”景公意始释然。晏子更进觞于两君,欢饮而散。三杰墓在荡阴里。后汉诸葛孔明《梁父吟》,正咏其事:

步出齐东门,遥望荡阴里。

里中有三坟,累累正相似。

问是谁家冢？田疆古冶子。
力能排南山，文能绝地纪。
一朝中阴谋，二桃杀三士！
谁能为此者？相国齐晏子。

鲁昭公别后，景公召晏婴问曰："卿于席间张大其辞，虽然存了齐国一时体面，只恐三杰之后，难乎其继，如之奈何？"晏子对曰："臣举一人，足兼三杰之用。"景公曰："何人？"曰："有田穰苴者，文能附众，武能威敌，真大将之才也！"景公曰："得非出升疆一宗乎？"晏子对曰："此人虽出田族，然庶孽微贱，不为田氏所礼，故屏居东海之滨。君欲选将，无过于此。"景公曰："卿既知其贤，何不早闻？"晏子对曰："善仕者不但择君，兼欲择友。田疆、古冶辈血气之夫，穰苴岂屑与之比肩哉？"景公口虽唯唯，终以田、陈同族为嫌，踌躇不决。忽一日，边吏报道："晋国探知三杰俱亡，兴兵犯东阿之境；燕国亦乘机侵扰北鄙。"景公大惧，于是令晏子以缯帛诣东海之滨，聘穰苴入朝。苴敷陈兵法，深合景公之意，即日拜为将军，使帅车五百乘，北拒燕、晋之兵。穰苴请曰："臣素卑贱，君擢之闾里之中，骤然授以兵权，人心不服。愿得吾君宠臣一人，为国人素所尊重者，使为监军，臣之令乃可行也。"景公从其言，命嬖大夫庄贾往监其军。苴与贾同时谢恩而出，至朝门之外，庄贾问穰苴出军之期，苴曰："期在明日午时，某于军门专候同行，勿过日中也。"言毕别去。

至次日午前，穰苴先至军中，唤军吏立木为表，以察日影；因使人催促庄贾。贾年少，素骄贵，恃景公宠幸，看穰苴全不在眼。况且自为监军，只道权尊势敌，缓急自由。是日亲戚宾客，俱设酒饯行，贾留连欢饮，使者连催，坦然不以为意。穰苴候至日影移西，军吏已报未牌，不见庄贾来到，遂吩咐将木表放倒，倾去漏水，竟自登坛誓众，申明约束。号令方完，日已将晡。遥见庄贾高车驷马，徐驱而至，面带酒容。既到军门，乃从容下车，左右拥卫踱上将台。穰苴端然危坐，并不起身，但问："监军何故后期？"庄贾拱手而对曰："今日远行，蒙亲戚故旧携酒饯送，是以迟迟也。"穰苴曰："夫为将者，受命之日即忘其家；临军约束，则忘其亲；秉枹鼓，犯矢石，则忘其身。今敌国侵凌，边境骚动，吾君寝不安席，食不甘味，以三军之众托吾两人，冀旦夕立功，以救百姓倒悬之急，何暇与亲旧饮酒为乐哉？”庄贾尚含笑对曰：“幸未误行期，元帅不须过责。”穰苴拍案大怒曰：“汝倚仗君宠，怠慢军心，倘临敌如此，岂不误了大事！”即召军政司问曰：“军法期而后至，当得何罪？”军政司曰：“按法当斩！”庄贾闻一“斩”字，才有惧意，便要奔下将台。穰苴喝教手下将庄贾捆缚，牵出辕门斩首。唬得庄贾滴酒全无，口中哀叫讨饶不已。左右从人，忙到齐侯处报信求救。连景公也吃一大惊，急叫梁邱据持节往谕，特免庄贾一死；吩咐乘轺车疾驱，诚恐缓不及事。那时庄贾之首，已号令辕门了。梁邱据尚然不知，手捧符节，望军中驰去。穰苴喝令阻住，问军政司曰：“军中不得驰车，使者当得何罪？”答曰：“按法亦当斩！”梁邱据面如土色，战做一团，口称：“奉命而来，不干某事。”穰苴曰：“既有君命，难以加诛；然军法不可废也。”乃毁车斩骖，以代使者之死。梁邱据得了性命，抱头鼠窜而去。于是大小三军，莫不股栗。穰苴之兵，未出郊外，晋师闻风遁去，燕人亦渡河北归。苴追击之，斩首万余。燕人大败，纳赂请和。班师之日，景公亲劳于郊，拜为大司马，使掌兵权。史臣有诗云：

宠臣节使且罹刑，国法无私令必行。
安得穰苴今日起，大张敌忾慰苍生。

诸侯闻穰苴之名，无不畏服。景公内有晏婴，外有穰苴，国治兵强，四境无事，日惟田猎饮酒，略如桓公任管仲之时也。

一日，景公在宫中与姬妾饮酒，至夜，意犹未畅，忽思晏子，命左右将酒具移于其家。前驱往报晏子曰：“君至矣！”晏子玄端束带，执笏拱立于大门之外。景公尚未下车，晏子前迎，惊惶而问曰：“诸侯得无有故乎？国家得无有故乎？”景公曰：“无有。”晏子曰：“然则君何为非时而夜辱于臣家？”景公曰：“相国政务烦劳，今寡人有酒醴之味，金石之声，不敢独乐，愿与相国共享。”晏子对曰：“夫安国家，定诸侯，臣请谋之。若夫布荐席，除簠簋者，君左右自有其人，臣不敢与闻也。”景公命回车，移于司马穰苴之家，前驱报如前。司马穰苴冠缨披甲，操戟拱立于大门之外，前迎景公之车，鞠躬而问曰：“诸侯得无有兵乎？大臣得无有叛者乎？”景公曰：“无有。”穰苴曰：“然则昏夜辱于臣家者何也?”景公曰:“寡人无他,念将军军务劳苦,寡人有酒醴之味,金石之乐,思与将军共之耳。”穰苴对曰:“夫御寇敌,诛悖乱,臣请谋之。若夫布荐席,陈簠簋,君左右不乏,奈何及于介胄之士耶?”景公意兴索然。左右问曰:“将回宫乎?”景公曰:“可移于梁邱大夫之家。”前驱驰报亦如前。景公车未及门,梁邱据左操琴,右挈竽,口中行歌而迎景公于巷口。景公大悦,于是解衣卸冠,与梁邱据欢呼于丝竹之间,鸡鸣而返。明日,晏婴、穰苴同入朝谢罪,且谏景公不当夜饮于人臣之家。景公曰:“寡人无二卿,何以治吾国?无梁邱据,何以乐吾身?寡人不敢妨二卿之职,二卿亦勿与寡人之事也。”史臣有诗云:

双柱擎天将相功,小臣便辟岂相同?
景公得士能专任,赢得芳名播海东。

是时中原多故,晋不能谋,昭公立六年薨,世子去疾即位,是为顷公。顷公初年,韩起、羊舌肸俱卒,魏舒为政,荀跞、范鞅用事,以贪冒闻。祁氏家臣祁胜,通于邬臧之室,祁盈执祁胜。胜行赂于荀跞,跞谮于顷公,反执祁盈。羊舌食我党于祁氏,为之杀祁胜。顷公怒,杀祁盈、食我,尽灭祁、羊舌二氏之族,国人冤之。其后鲁昭公为强臣季孙意如所逐,荀跞复取货于意如,不纳昭公。于是齐景公合诸侯于鄟陵,以谋鲁难,天下俱高其义。齐景公之名显于诸侯。此是后话。

却说周景王十九年,吴王夷昧在位四年,病笃,复申父兄之命,欲传位于季札。札辞曰:“吾不受位明矣!昔先君有命,札不敢从,富贵于我如秋风之过耳,吾何爱焉?”遂逃归延陵。群臣奉夷昧之子州于为王,改名曰僚,是为王僚。诸樊之子名光,善于用兵,王僚用之为将,与楚战于长岸,杀楚司马公子鲂,楚人惧,筑城于州来以御吴。时费无极以谗佞得宠。蔡平公庐,已立適子朱为世子,其庶子名东国,欲谋夺適,纳货于无极。无极先谮朝吴,逐之奔郑。及蔡平公薨,世子朱立。无极诈传楚王之命,使蔡人逐朱,立东国为君。平王问曰:“蔡人何以逐朱?”无极对曰:“朱将叛楚,蔡人不愿,是以逐之。”平王遂不问。无极又心忌太子建,欲离间其父子,而未有计。一日,奏平王曰:“太子年长矣,何不为之婚娶?欲求婚,莫如秦国。秦,强国也,而睦于楚;两强为婚,楚势益张矣。”平王从之,遂遣费无极往聘秦国,因为世子求婚。秦哀公召群臣谋其可否,群臣皆言:“昔秦、晋世为婚姻,今晋好久绝,楚势方盛,不可不许。”秦哀公遂遣大夫报聘,以长妹孟嬴许婚。今俗家小说称为无祥公主者是也。公主之号,自汉代始有之,春秋时焉有此号哉?平王复命无极领金珠彩币,往秦迎娶。无极随使者入秦,呈上聘礼。哀公大悦,即诏公子蒲送孟嬴至楚,妆资百辆,从媵之妾数十余人。孟嬴拜辞其兄秦伯而行。无极于途中察知孟嬴有绝世之色,又见媵女内有一人,仪容颇端,私访其来历,乃是齐女,自幼随父宦秦,遂入宫中,为孟嬴侍妾。无极访得备细,因宿馆驿,密召齐女,谓曰:“我相你有贵人之貌,有心要抬举你,做个太子正妃,汝能隐吾之计,管你将来富贵不尽。”齐女低首无言。

无极先一日行,趋入宫中回奏平王,言:“秦女已到,约有三舍之远。”平王问曰:“卿曾见否?其貌若何?”无极知平王是酒色之徒,正要夸张秦女之美,动其邪心,恰好平王有此一问,正中其计。遂奏曰:“臣阅女子多矣,未见有如孟嬴之美者。不但楚国后宫无有其对,便是相传古来绝色如妲己、骊姬,徒有其名,恐亦不如孟嬴之万一矣!”平王闻秦女之美,面皮通红,半晌不语,徐徐叹曰:“寡人枉自称王,不遇此等绝色,诚所谓虚过一生耳!”无极请屏左右,遂密奏曰:“王慕秦女之美,何不自取之?”平王曰:“既聘为子妇,恐碍人伦。”无极奏曰:“无害也。此女虽聘于太子,尚未入东宫,王迎入宫中,谁敢异言?”平王曰:“群臣之口可钳,何以塞太子之口?”无极对曰:“臣观从媵之中,有齐女才貌不凡,可充作秦女。臣请先进秦女于王宫,复以齐女进于东宫,嘱以毋漏机关,则两相隐匿,而百美俱全矣。”平王大喜,嘱无极机密行事。无极谓公子蒲曰:“楚国婚礼与他国异。先入宫见舅姑,而后成婚。”公子蒲曰:“惟命。”无极遂命軿车将孟嬴及妾媵俱送入王宫,留孟嬴而遣齐女。令宫中侍妾扮作秦媵,齐女假作孟嬴,令太子建迎归东宫成亲。满朝文武及太子皆不知无极之诈。孟嬴问:“齐女何在?”则云:“已赐太子矣。”潜渊咏史诗云:

卫宣作俑是新台,蔡国奸淫长逆胎。
堪恨楚平伦理尽,又招秦女入宫来。

平王恐太子知秦女之事,禁太子入宫,不许他母子相见。朝夕与秦女在后宫宴乐,不理国政。外边沸沸扬扬,多有疑秦女之事者。无极恐太子知觉,或生祸变,乃告平王曰:“晋所以能久霸天下者,以地近中原故也。昔灵王大城陈、蔡以镇中华,正是争霸之基。今二国复封,楚仍退守南方,安能昌大其业?何不令太子出镇城父,以通北方?王专事南方,天下可坐而策也。”平王踌躇未答。无极又附耳密言曰:“秦婚之事,久则事泄。若远屏太子,岂不两得其利?”平王恍然大悟,遂命太子建出镇城父,以奋扬为城父司马,谕之曰:“事太子如事寡人也!”伍奢知无极之谗,将欲进谏。无极知之,复言于平王,使伍奢往城父辅助太子。太子行后,平王遂立秦女孟嬴为夫人,出蔡姬归于郧。太子到此,方知秦女为父所换,然无可奈何矣。孟嬴虽蒙王宠爱,然见平王年老,心甚不悦。平王自知非匹,不敢问之。逾年,孟嬴生一子,平王爱如珍宝,遂名曰珍。珍周岁之后,平王始问孟嬴曰:“卿自入宫,多愁叹,少欢笑,何也?”孟嬴曰:“妾承兄命,适事君王。妾自以为秦、楚相当,青春两敌。及入宫庭,见王春秋鼎盛,妾非敢怨王,但自叹生不及时耳!”平王笑曰:“此非今生之事,乃宿世之姻契也。卿嫁寡人虽老,然为后则不知早几年矣。”孟嬴心惑其言,细细盘问宫人,宫人不能隐瞒,遂言其故。孟嬴凄然垂泪。平王觉其意,百计媚之,许立珍为世子,孟嬴之意稍定。

费无极终以太子建为虑,恐异日嗣位为王,祸必及己,复乘间谮于平王曰:“闻世子与伍奢有谋叛之心,阴使人通于齐、晋二国,许为之助,王不可不备。”平王曰:“吾儿素柔顺,安有此事?”无极曰:“彼以秦女之故,久怀怨望,今在城父缮甲厉兵有日矣。常言穆王行大事,其后安享楚国,子孙繁盛,意欲效之。王若不行,臣请先辞,逃死于他国,免受诛戮。”平王本欲废太子建而立少子珍,又被无极说得心动,便不信也信了,即欲传令废建。无极奏曰:“世子握兵在外,若传令废之,是激其反也。太师伍奢是其谋主,王不如先召伍奢,然后遣兵袭执世子,则王之祸患可除矣。”平王然其计,即使人召伍奢。奢至,平王问曰:“建有叛心,汝知之否?”伍奢素刚直,遂对曰:“王纳子妇已过矣!又听细人之说,而疑骨肉之亲,于心何忍?”平王惭其言,叱左右执伍奢而囚之。无极奏曰:“奢斥王纳妇,怨望明矣。太子知奢见囚，能不动乎？齐、晋之众，不可当也。”平王曰：“吾欲使人往杀世子，何人可遣？”无极对曰：“他人往，太子必将抗斗。不若密谕司马奋扬，使袭杀之。”平王乃使人密谕奋扬，曰：“杀太子，受上赏；纵太子，当死！”奋扬得令，即使己心腹私报太子，教他：“速速逃命，无迟顷刻！”太子建大惊。时齐女已生子名胜，建遂与妻子连夜出奔宋国。奋扬知世子已去，使城父人将自己囚系，解到郢都来见平王，言：“世子逃矣！”平王大怒曰：“言出于余口，入于尔耳，谁告建耶？”奋扬曰：“臣实告之。君王命臣曰：‘事建如事寡人。’臣谨守斯言，不敢贰心，是以告之。后思罪及于身，悔已无及矣！”平王曰：“尔既私纵太子，又敢来见寡人，不畏死乎？”奋扬对曰：“既不能奉王之后命，又畏死而不来，是二罪也。且世子未有叛形，杀之无名，苟君王之子得生，臣死为幸矣。”平王恻然，似有愧色，良久曰：“奋扬虽违命，然忠直可嘉也！”遂赦其罪，复为城父司马。史臣有诗云：

无辜世子已偷生，不敢逃刑就鼎烹。
谗佞纷纷终受戮，千秋留得奋扬名。

平王乃立秦女所生之子珍为太子，改费无极为太师。

无极又奏曰：“伍奢有二子，曰尚，曰员，皆人杰也。若使出奔吴国，必为楚患。何不使其父以免罪召之？彼爱其父，必应召而来；来则尽杀之，可免后患。”平王大喜，狱中取出伍奢，令左右授以纸笔，谓曰：“汝教太子谋反，本当斩首示众；念汝祖父有功于先朝，不忍加罪。汝可写书，召二子归朝，改封官职，赦汝归田。”伍奢心知楚王挟诈，欲召其父子同斩。乃对曰：“臣长子尚，慈温仁信，闻臣召必来。少子员，少好于文，长习于武，文能安邦，武能定国，蒙垢忍辱，能成大事。此前知之士，安肯来耶？”平王曰：“汝但如寡人之言，作书往召；召而不来，无与尔事。”奢念君父之命，不敢抗违，遂当殿写书，略云：

书示尚、员二子：吾因进谏忤旨，待罪缧绁。感吾王念先人功绩，免其一死，已听群臣议功赎罪，改封尔等官职。尔兄弟可星夜前来。若违命延迁，必至获罪。书到速速！

伍奢写毕，呈上平王看过，缄封停当，仍复收狱。平王遣鄢将师为使，驾驷马，持封函印绶往棠邑来。伍尚已回城父矣。鄢将师再至城父,见伍尚,口称:“贺喜!”尚曰:“父方被囚,何贺之有?”鄢将师曰:“王误信人言,囚系尊公,今有群臣保举,称君家三世忠臣,王内惭过听,外愧诸侯之耻,反拜尊公为相国,封二子为侯,尚赐鸿都侯,员赐盖侯。尊公久系初释,思见二子,故复作手书,遣某奉迎。必须早早就驾,以慰尊公之望。”伍尚曰:“父在囚系,中心如割,得免为幸,何敢贪印绶哉?”将师曰:“此王命也,君其勿辞!”伍尚大喜,乃将父书入室,来报其弟伍员。不知伍员肯同赴召否,且看下回分解。

第七十二回

棠公尚捐躯奔父难　伍子胥微服过昭关

话说伍员字子胥，监利人，生得身长一丈，腰大十围，眉广一尺，

目光如电，有扛鼎拔山之勇，经文纬武之才，乃世子太师连尹奢之子，棠君尚之弟。尚与员俱随其父奢于城父。鄢将师奉楚平王之命，欲诱二子入朝，先见了伍尚，因请见员。尚乃持父手书入内，与员观看，曰："父幸免死，二子封侯，使者在门，弟可出见之。"员曰："父得免死，已为至幸。二子何功，而复封侯？此诱我也。往必见诛！"尚曰："父见有手书，岂相诳哉？"员曰："吾父忠于国家，知我必欲报仇，故使并命于

楚,以绝后虑。”尚曰:“吾弟乃臆度之语。万一父书果是真情,吾等不孝之罪何辞?”员曰:“兄且安坐,弟当卜其吉凶。”员布卦已毕,曰:“今日甲子日,时加于巳,支伤日下,气不相受。主君欺其臣,父欺其子。去且就诛,何封侯之有哉?”尚曰:“非贪侯爵,思见父耳。”员曰:“楚人畏吾兄弟在外,必不敢杀吾父。兄若误往,是速父之死也。”尚曰:“父子之爱,恩从中出。若得一面而死,亦所甘心!”于是伍员乃仰天叹曰:“与父俱诛,何益于事?兄必欲往,弟从此辞矣!”尚泣曰:“弟将何往?”员曰:“能报楚者,吾即从之。”尚曰:“吾之智力,远不及弟。我当归楚,汝适他国。我以殉父为孝,汝以复仇为孝。从此各行其志,不复相见矣!”伍员拜了伍尚四拜,以当永诀。尚拭泪出见鄢将师,言:“弟不愿封爵,不能强之。”将师只得同伍尚登车。既见平王,王并囚之。

伍奢见伍尚单身归楚,叹曰:“吾固知员之不来也!”无极复奏曰:“伍员尚在,宜急捕之,迟且逃矣。”平王准奏,即遣大夫武城黑领精卒二百人,往袭伍员。员探知楚兵来捕己,哭曰:“吾父兄果不免矣!”乃谓其妻贾氏曰:“吾欲逃奔他国,借兵以报父兄之仇,不能顾汝,奈何?”贾氏睁目视员曰:“大丈夫含父兄之怨,如割肺肝,何暇为妇人计耶?子可速行,勿以妾为念!”遂入户自缢。伍员痛哭一场,藁葬其尸。即时收拾包裹,身穿素袍,贯弓佩剑而去。未及半日,楚兵已至,围其家,搜伍员不得,度员必东走,遂命御者疾驱追之。约行三百里,及于旷野无人之处,员乃张弓布矢,射杀御者,复注矢欲射武城黑。黑惧,下车欲走。伍员曰:“本欲杀汝。姑留汝命归报楚王,欲存楚国宗祀,必留我父兄之命。若其不然,吾必灭楚,亲斩楚王之头,以泄吾恨!”武城黑抱头鼠窜,归报平王,言:“伍员已先逃矣。”平王大怒,即命费无极,押伍奢父子于市曹斩之。临刑,伍尚唾骂无极,谗言惑主,杀害忠良。伍奢止曰:“见危授命,人臣之职。忠佞自有公论,何以詈为!但员儿不至,吾虑楚国君臣,自今以后,不得安然朝食矣。”言罢,引颈受戮。百姓观者,无不流涕。是日天昏日暗,悲风惨冽。史臣有诗云:

惨惨悲风日失明,三朝忠裔忽遭坑。
楚庭从此皆谗佞,引得吴兵入郢城。

平王问："伍奢临刑有何怨言？"无极曰："并无他语，但言伍员不至，楚国君臣不能安食也。"平王曰："员虽走，必不远，宜更追之。"乃遣左司马沈尹戍率三千人，穷其所往。伍员行及大江，心生一计，将所穿白袍挂于江边柳树之上，取双履弃于江边，足换芒鞋，沿江直下。沈尹戍追至江口，得其袍履，回奏："伍员不知去向。"无极进曰："臣有一计，可绝伍员之路。"王问："何计？"无极对曰："一面出榜四处悬挂，不拘何人，有能捕获伍员来者，赐粟五万石，爵上大夫；容留及纵放者，全家处斩。诏各路关津渡口，凡来往行人，严加盘诘。又遣使遍告列国诸侯，不得收藏伍员。彼进退无路，纵一时不能就擒，其势已孤，安能成其大事哉？"平王悉从其计。画影图形，访拿伍员，各关隘十分紧急。

再说伍员沿江东下，一心欲投吴国，奈路途遥远，一时难达。忽然想起："太子建逃奔宋国，何不从之？"遂望睢阳一路而进。行至中途，忽见一簇车马前来。伍员疑是楚兵截路，不敢出头，伏于林中察之，乃故人申包胥也，与员有八拜之交，因出使他国回转，在此经过。伍员趋出，立于车左。包胥慌忙下车相见，问："子胥何故独行至此？"伍员把平王枉杀父兄之事哭诉一遍。包胥闻之，恻然动容，问曰："子今何往？"员曰："吾闻：'父母之仇，不共戴天！'吾将奔往他国，借兵伐楚，生嚼楚王之肉，车裂无极之尸，方泄此恨！"包胥劝曰："楚王虽无道，君也；子累世食其禄，君臣之分定矣。奈何以臣而仇君乎？"员曰："昔桀、纣见诛于其臣，惟无道也。楚王纳子妇，弃嫡嗣，信谗佞，戮忠良，吾请兵入郢，乃为楚国扫荡污秽，况又有骨肉之仇乎？若不能灭楚，誓不立于天地之间！"包胥曰："吾欲教子报楚，则为不忠；教子不报，又陷子于不孝。子勉之行矣！朋友之谊，吾必不漏泄于人。然子能覆楚，吾必能存楚；子能危楚，吾必能安楚。"伍员遂辞包胥而行。不一日，到了宋国，寻见了太子建，抱头而哭，各诉平王之过恶。员曰："太子曾见宋君否？"建曰："宋国方有乱，君臣相攻，吾尚未通谒也。"

却说宋君名佐，乃宋平公嬖妾之子。平公听寺人伊戾之谗，杀太子痤而立佐。周景王十三年，平公薨，佐嗣立，是为元公。元公为人，貌丑而性柔，多私无信。恶世卿华氏之强，与公子寅、公子御戎、向胜、向行等谋欲除去之。向胜泄其谋于向宁，宁与华向、华定、华亥相善，谋先期作乱。华亥乃伪为有病，群臣皆来问疾。华亥执公子寅与御戎杀之，囚向胜、向行于仓廪之中。元公闻之，亟驾车亲至华氏之门，请释二向。华亥并执元公，索要世子及亲臣为质，方从其请。元公曰："周、郑交质，自昔有之。寡人以世子质于卿家，卿之子亦应质于寡人。"华氏商议，将华亥之子无慼、华定之子启、向宁之子向罗，质于公所。元公亦召世子栾与母弟辰、公子地，质于华亥之家。华亥始释向胜、向行，从元公还朝。元公与夫人心念世子栾，每日必至华氏，视世子食毕方归。华亥嫌其不便，欲送世子归宫，元公甚喜。向宁不肯曰："所以质太子者，惟不信也。若质去，祸必至矣。"元公闻华亥中悔，大怒，召大司马华费遂，将帅甲攻华氏。费遂对曰："世子在彼，君不念耶?"元公曰："死生有命，寡人不能忍其耻辱!"费遂曰："君意既决，老臣安敢庇其私族，以违君命哉!"即日整顿兵甲。元公遂将所质华无慼、华启、向罗尽皆斩首，将攻华氏。华登素善于华亥，奔往告之。华亥忙集家甲迎战，兵败。向宁欲杀世子，华亥曰："得罪于君，又杀君子，人将议我。"乃尽归其质，与其党出奔陈国。

华费遂有三子，长华貙、次华多僚，华登其第三子也。多僚与貙素不睦，因华氏之乱，谮于元公，言："华貙实与亥、定同谋，今自陈召之，将为内应。"元公信之，使寺人宜僚告于费遂。费遂曰："此必多僚谮言也。君既疑貙，则请逐之。"华貙之家臣张匄，微闻其事，讯于宜僚。宜僚不肯言。张匄拔剑在手，曰："汝若不言，吾即杀汝!"宜僚惧，尽吐其实。张匄报于华貙，请杀多僚。华貙曰："登出奔，已伤司马之心矣。吾兄弟复相残，何以自立?吾将避之。"华貙往辞其父，张匄从行。恰好费遂自朝中出，多僚为之御车。张匄一见，怒气勃发，拔佩剑砍杀多僚。劫华费遂同出卢门，屯于南里。使人至陈招回华亥、向宁等一同谋叛。宋元公拜乐大心为大将，率兵围南里。华登如楚借兵，楚平王使薳越帅师来救华氏。伍员闻楚师将到，曰："宋不可居矣!"乃与太子建及其母子，西奔郑国。有诗为证：

千里投人未息肩，卢门金鼓又喧天。
孤臣孽子多颠沛，又向荥阳快着鞭。

楚兵来救华氏，晋顷公亦率诸侯救宋，诸侯不欲与楚战，劝宋解南里之围，纵华亥、向宁等出奔楚国，两下罢兵。此是后话。

是时郑上卿公孙侨新卒，郑定公不胜痛悼。素知伍员乃三代忠臣之后，英雄无比，况且是时晋、郑方睦，与楚为仇，闻太子建之来，甚喜，使行人致馆，厚其廪饩。建与伍员每见郑伯，必哭诉其冤情，郑定公曰："郑国微兵寡，不足用也。子欲报仇，何不谋之于晋？"世子建留伍员于郑，亲往晋国见晋顷公。顷公叩其备细，送居馆驿，召六卿共议伐楚之事。那六卿：魏舒、赵鞅、韩不信、士鞅、荀寅、荀跞。时六卿用事，各不相下，君弱臣强，顷公不能自专。就中惟魏舒、韩不信有贤声，馀四卿皆贪权怙势之辈，而荀寅好赂尤甚。郑子产当国，执礼相抗，晋卿畏之。及游吉代为执政，荀寅私遣人求货于吉，吉不从，由是寅有恶郑之心。至是，密奏顷公曰："郑阴阳晋、楚之间，其心不定，非一日矣。今楚世子在郑，郑必信之。世子能为内应，我起兵灭郑，即以郑封太子，然后徐图灭楚，有何不可？"顷公从其计，即命荀寅以其谋私告世子建，建欣然诺之。建辞了晋顷公，回至郑国，与伍员商议其事。员谏曰："昔秦将杞子、杨孙谋袭郑国，事既不成，窜身无所。夫人以忠信待我，奈何谋之？此侥幸之计，必不可！"建曰："吾已许晋君臣矣。"员曰："不为晋应，未有罪也。若谋郑，则信义俱失，何以为人？子必行之，祸立至矣。"建贪于得国，遂不听伍员之谏，以家财私募骁勇，复交结郑伯左右，冀其助己。左右受其贿赂，转相要结。因晋国私遣人至建处，约会日期，其谋渐泄，遂有人密地投首。郑定公与游吉计议，召太子建游于后圃，从者皆不得入，三杯酒罢，郑伯曰："寡人好意容留太子，不曾怠慢，太子奈何见图？"建曰："从无此意。"定公使左右面质其事，太子建不能讳。郑伯大怒，喝令力士，擒建于席上，斩之；并诛左右受赂不出首者二十余人。伍员在馆驿，忽然肉跳不止，曰："太子危矣！"少顷，建从人逃回驿中，言太子被杀之事。伍员即时携建子胜出了郑城，思量无路可奔，只得往吴国逃难。髯翁有诗，单咏太子建自取杀身之祸。诗云：

亲父如仇隔釜鬵，郑君假馆反谋侵。
人情难料皆如此，冷尽英雄好义心。

再说伍员同公子胜惧郑国来追，一路昼伏夜行，千辛万苦，不必细述。行过陈国，知陈非驻足之处，复东行数日，将近昭关。那座关，在小岘山之西，两山并峙，中间一口，为庐、濠往来之冲，出了此关，便是大江通吴的水路了。形势险隘，原设有官把守。近因盘诘伍员，特遣右司马薳越带领大军驻扎于此。伍员行至历阳山，离昭关约六十里之程，偃息深林，徘徊不进。忽有一老父携杖而来，径入林中，见伍员，奇其貌，乃前揖之。员亦答礼。老父曰："君能非伍氏子乎？"员大骇曰："何为问及于此？"老父曰："吾乃扁鹊之弟子东皋公也。自少以医术游于列国，今年老，隐居于此。数日前，薳将军有小恙，邀其往视，见关上悬有伍子胥形貌，与君正相似，是以问之。君不必讳，寒舍只在山后，请那步暂过，有话可以商量。"伍员知其非常人，乃同公子胜随东皋公而行。约数里，有一茅庄，东皋公揖伍员而入。进了草堂，伍员再拜。东皋公慌忙答礼曰："此尚非君停足之处。"复引至堂后西偏，进一小小笆门，过一竹园，园后有土屋三间，其门如窦，低头而入。内设床几，左右开小窗透光，东皋公推伍员上座。员指公子胜曰："有小主在，吾当侧侍。"东皋公问："何人？"员曰："此即楚太子建之子，名胜。某实子胥也，以公长者，不敢隐情。某有父兄切骨之仇，誓欲图报，幸公勿泄！"东皋公乃坐胜于上，自己与伍员东西相对，谓员曰："老夫但有济人之术，岂有杀人之心哉！此处虽住一年半载，亦无人知觉。但昭关设守甚严，公子如何可过？必思一万全之策，方可无虞。"员下跪曰："先生何计能脱我难？日后必当重报！"东皋公曰："此处荒僻无人，公子且宽留。容某寻思一策，送尔君臣过关。"员称谢。东皋公每日以酒食款待，一住七日，并不言过关之事。伍员乃谓东皋公曰："某有大仇在心，以刻为岁，迁延于此，宛如死人。先生高义，宁不哀乎？"东皋公曰："老夫思之已熟，欲待一人未至耳。"伍员狐疑不决。

是夜，寝不能寐。欲要辞了东皋公前行，恐不能过关，反惹其祸。欲待再住，又恐担搁时日，所待者又不知何人。展转寻思，反侧不安，身心如在芒刺之中。卧而复起，绕室而走，不觉东方发白。只见东皋公叩门而入，见了伍员，大惊曰："足下须鬓，何以忽然改色？得无愁思所致耶?”员不信,取镜照之,已苍然须白矣!世传伍子胥过昭关,一夜愁白了头,非浪言也。员乃投镜于地,痛哭曰:“一事无成,双鬓已斑,天乎,天乎!”东皋公曰:“足下勿得悲伤,此乃足下佳兆也。”员拭泪问曰:“何谓佳兆?”东皋公曰:“公状貌雄伟,见者易识。今须鬓顿白,一时难辨,可以混过俗眼。况吾友,老夫已请到,吾计成矣。”员曰:“先生计安在?”东皋公曰:“吾友复姓皇甫,名讷,从此西南七十里龙洞山居住。此人身长九尺,眉广八寸,仿佛与足下相似。教他假扮作足下,足下却扮为仆者,倘吾友被执,纷论之间,足下便可抢过昭关矣。”伍员曰:“先生之计虽善,但累及贵友,于心不安!”东皋公曰:“这个不妨,自有解救之策在后,老夫已与吾友备细言之。此君亦慷慨之士,直任无辞,不必过虑。”言毕,遂使人请皇甫讷至土室中,与伍员相见。员视之,果有三分相像,心中不胜之喜。东皋公又将药汤与伍员洗脸,变其颜色。捱至黄昏,使伍员解其素服,与皇甫讷穿之。另将紧身褐衣,与员穿着,扮作仆者。芈胜亦更衣,如村家小儿之状。伍员同公子胜拜了东皋公四拜:“异日倘有出头之日,定当重报!”东皋公曰:“老夫哀君受冤,故欲相脱,岂望报也!”员与胜跟随皇甫讷,连夜望昭关而行,黎明已到,正值开关。

却说楚将薳越坚守关门,号令:“凡北人东渡者,务要盘诘明白,方许过关。”关前画有伍子胥面貌查对,真个:“水泄不通,鸟飞不过。”皇甫讷刚到关门,关卒见其状貌,与图形相似,身穿素缟,且有惊悸之状,即时盘住,入报薳越。越飞驰出关,遥望之曰:“是矣!”喝令左右一齐下手,将讷拥入关上。讷诈为不知其故,但乞放生。那些守关将士,及关前后百姓,初闻捉得子胥,尽皆踊跃观看。伍员乘关门大开,带领公子胜,杂于众人之中:一来扰攘之际;二来装扮不同;三来子胥面色既改,须鬓俱白,老少不同,急切无人认得;四来都道子胥已获,便不去盘诘了。遂捱捱挤挤,混出关门。正是:“鲤鱼脱却金钩去,摆尾摇头再不来。”有诗为证:

千群虎豹据雄关,一介亡臣已下山。

从此勾吴添胜气,郢都兵革不能闲。

再说楚将薳越欲将皇甫讷绑缚拷打,责令供状,解去郢都。讷辩曰："吾乃龙洞山下隐士皇甫讷也。欲从故人东皋公出关东游，并无触犯，何故见擒？"薳越闻其声音，想道："子胥目如闪电，声若洪钟。此人形貌虽然相近，其声低小，岂途路风霜所致耶？"正疑惑间，忽报"东皋公来见"。薳越命押在一边，延东皋公入，各序宾主而坐。东皋公曰："老汉欲出关东游，闻将军捉得亡臣伍子胥，特来称贺！"薳越曰："小卒拿得一人，貌类子胥，而未肯招承。"东皋公曰："将军与子胥父子共立楚朝，岂不能辨别真伪耶？"薳越曰："子胥目如闪电，声如洪钟。此人目小而声雌，吾疑憔悴已久，失其故态耳。"东皋公曰："老汉与子胥亦有一面，请借此人与吾辨之，便知虚实。"薳越命取原囚至前。讷望见东皋公，遽呼曰："公相期出关，何不早至？累我受辱！"东皋公笑谓薳越曰："将军误矣！此吾乡友皇甫讷也。约吾同游，期定关前相会，不意他先行一程。将军不信，老夫有过关文牒在此，焉可诬为亡臣耶？"言毕，即于袖中取出文牒，呈与薳越观看。越大惭，亲释其缚，命酒压惊曰："此乃小卒识认不真，万勿见怪！"东皋公曰："此将军为朝廷执法，老夫何怪之有？"薳越又取金帛相助，为东游之资。二人称谢下关。薳越号令将士，坚守如故。

再说伍员过了昭关，心中暗喜，放步而行。走不上数里，遇着一人，伍员认得他姓左名诚，见为昭关击柝小吏。他原是城父人，曾跟随伍家父子射猎，所以识认颇真，见伍员乃大惊曰："朝廷索公子甚急，公子如何过关？"伍员曰："主公知我有颗夜明之珠，问我取索，此珠已落人手，将往取之，适才禀过薳将军，蒙他释放来的。"左诚不信曰："楚王有令：'纵放公子者，全家处斩！'某请同公子暂回关上，问明了主将，方才可行。"伍员曰："若见主将，我说美珠已交付与你，恐汝难于分剖。不如做人情放我，他日好相见也。"左诚知伍员英勇，不敢相抗，遂纵之东行，回到关上，隐过其事不提。

伍员疾行，至于鄂渚，遥望大江，茫茫浩浩，波涛万顷，无舟可渡。伍员前阻大水，后虑追兵，心中十分危急。忽见有渔翁乘船，从下流溯水而上，员喜曰："天不绝我命也！"乃急呼曰："渔父渡我！渔父速速渡我！"那渔父方欲拢船，见岸上又有人行动，乃放声歌曰：

日月昭昭乎侵已驰，与子期乎芦之漪。

伍员闻歌会意，即望下流沿江趋走，至于芦洲，以芦荻自隐。少顷，渔翁将船拢岸，不见了伍员，复放声歌曰：

日已夕兮，予心忧悲；月已驰兮，何不渡为？

伍员同芈胜从芦丛中钻出，渔翁急招之。二人践石登舟，渔翁将船一篙点开，轻撑兰桨，飘飘而去。不勾一个时辰，达于对岸。渔翁曰："夜来梦将星坠于吾舟，老汉知必有异人问渡，所以荡桨出来，不期遇子。观子容貌，的非常人，可实告我，勿相隐也。"伍员遂告姓名。渔翁嗟呀不已，曰："子面有饥色，吾往取食啖子，子姑少待。"渔翁将舟系于绿杨下，入村取食，久而不至。员谓胜曰："人心难测，安知不聚徒擒我？"乃复隐于芦花深处。

少顷，渔翁取麦饭、鲍鱼羹、盎浆，来至树下，不见伍员，乃高唤曰："芦中人！芦中人！吾非以子为取利者也！"伍员乃出芦中而应。渔翁曰："知子饥困，特为取食，奈何相避耶？"伍员曰："性命属天，今属于丈人矣。忧患所积，中心皇皇，岂敢相避？"渔翁进食，员与胜饱餐一顿，临去，解佩剑以授渔翁，曰："此先王所赐，吾祖父佩之三世矣。中有七星，价值百金，以此答丈人之惠。"渔翁笑曰："吾闻楚王有令：'得伍员者，赐粟五万石，爵上大夫。'吾不图上卿之赏，而利汝百金之剑乎？且'君子无剑不游'，子所必需，吾无所用也。"员曰："丈人既不受剑，愿乞姓名，以图后报！"渔翁怒曰："吾以子含冤负屈，故渡汝过江。子以后报啖我，非丈夫也！"员曰："丈人虽不望报，某心何以自安？"固请言之。渔翁曰："今日相逢，子逃楚难，吾纵楚贼，安用姓名为哉？况我舟楫活计，波浪生涯，虽有名姓，何期而会？万一天遣相逢，我但呼子为'芦中人'，子呼我为'渔丈人'，足为志记耳。"员乃欣然拜谢。方行数步，复转身谓渔翁曰："倘后有追兵来至，勿泄吾机。"只因转身一言，有分丧了渔翁性命。要知后事，且看下回分解。

第七十三回

伍员吹箫乞吴市　专诸进炙刺王僚

话说渔丈人已渡伍员，又与饮食，不受其剑。伍员去而复回，求丈人秘密其事，恐引追兵前至，有负盛意。渔翁仰天叹曰："吾为德于子，子犹见疑。倘若追兵别渡，吾何以自明？请以一死绝君之疑！"言讫，解缆开船，拔舵放桨，倒翻船底，溺于江心。史臣有诗云：

数载逃名隐钓纶，
扁舟渡得楚亡臣。
绝君后虑甘君死，
千古传名渔丈人。

至今武昌东北通淮门外，有解剑亭，当年子胥解剑赠渔父处也。伍员见渔丈人自溺，叹曰："我得汝而活，汝为我而死，岂不哀哉！”伍员与芈胜遂入吴境。行至溧阳，馁而乞食。遇一女子，方浣纱于濑水之上，筥中有饭。伍员停足问曰：“夫人可假一餐乎？”女子垂头应曰：“妾独与母居，三十未嫁，岂敢售餐于行客哉？”伍员曰：“某在穷途，愿乞一饭自活！夫人行赈恤之德，又何嫌乎？”女子抬头看见伍员状貌魁伟，乃曰：“妾观君之貌，似非常人，宁以小嫌，坐视穷困？”于是发其箪，取盎浆，跪而进之。胥与胜一餐而止。女子曰：“君似有远行，何不饱食！”二人乃再餐，尽其器。临行谓女子曰：“蒙夫人活命之恩，恩在肺腑，某实亡命之夫，倘遇他人，愿夫人勿言！”女子凄然叹曰：“嗟乎！妾侍寡母三十未嫁，贞明自矢，何期馈饭，乃与男子交言。败义堕节，何以为人！子行矣。”伍员别去，行数步，回头视之，此女抱一大石，自投濑水中而死。后人有赞云：

> 溧水之阳，击绵之女，惟治母餐，不通男语。矜此旅人，发其筐筥，君腹虽充，吾节已窳。捐此孱躯，以存壶矩，濑流不竭，兹人千古！

伍员见女子投水，感伤不已，咬破指头，沥血书二十字于石上，曰：

> 尔浣纱，我行乞；我腹饱，尔身溺。十年之后，千金报德！伍员题讫，复恐后人看见，掬土以掩之。

过了溧阳，复行三百余里，至一地，名吴趋。见一壮士，碓颡而深目，状如饿虎，声若巨雷，方与一大汉厮打，众人力劝不止。门内有一妇人唤曰：“专诸不可！”其人似有畏惧之状，即时敛手归家。员深怪之，问于旁人曰：“如此壮士，而畏妇人乎？”旁人告曰：“此吾乡勇士，力敌万人，不畏强御，平生好义，见人有不平之事，即出死力相为。适才门内唤声，乃其母也。所唤专诸，即此人姓名。素有孝行，事母无违，虽当盛怒，闻母至即止。”员叹曰：“此真烈士矣！”次日，整衣相访。专诸出迎，叩其来历。员具道姓名，并受冤始末。专诸曰：“公负此大冤，何不求见吴王，借兵报仇？”员曰：“未有引进之人，不敢自媒。”专诸曰：“君言是也。今日下顾荒居，有何见谕？”员曰：“敬子孝行，愿与结交。”专诸大喜，乃入告于母，即与伍员八拜为交。员长于诸二岁，呼员为兄。员请拜见专诸之母。专诸复出其妻子相见，杀鸡为黍，欢如骨肉。遂留员、胜二人宿了一夜。次早，员谓专诸曰：“某将辞弟入都,觅一机会,求事吴王。"专诸曰:"吴王好勇而骄,不如公子光亲贤下士,将来必有所成。"员曰:"蒙弟指教,某当牢记。异日有用弟之处,万勿见拒!"专诸应诺。三人分别。

员、胜相随前进,来到梅里,城郭卑隘,朝市粗立。舟车嚷嚷,举目无亲,乃藏芈胜于郊外,自己被发佯狂,跣足涂面,手执斑竹箫一管,在市中吹之,往来乞食。其箫曲第一叠云:

伍子胥!伍子胥!跋涉宋郑身无依,千辛万苦凄复悲。父仇不报,何以生为!

第二叠云:

伍子胥!伍子胥!昭关一度变须眉,千惊万恐凄复悲。兄仇不报,何以生为!

第三叠云:

伍子胥!伍子胥!芦花渡口溧阳溪,千生万死及吴陲,吹箫乞食凄复悲。身仇不报,何以生为!

市人无有识者。时周景王二十五年,吴王僚之七年也。

再说吴公子姬光,乃吴王诸樊之子。诸樊薨,光应嗣位,因守父命,欲以次传位于季札,故馀祭、夷昧以次相及。及夷昧薨后,季札不受国,仍该立诸樊之后,争奈王僚贪得不让,竟自立为王。公子光心中不服,潜怀杀僚之意,其如群臣皆为僚党,无与同谋,隐忍于中。乃求善相者曰被离,举为吴市吏,嘱以谘访豪杰,引为己辅。一日,伍员吹箫过于吴市,被离闻箫声甚哀,再一听之,稍辨其音。出见员,乃大惊曰:"吾相人多矣,未见有如此之貌也!"乃揖而进之,逊于上坐,伍员谦让不敢。被离曰:"吾闻楚杀忠臣伍奢,其子子胥出亡外国,子殆是乎?"员踌躇未对。被离又曰:"吾非祸子者。吾见子状貌非常,欲为子求富贵地耳。"伍员乃诉其实。早有侍人知其事,报知王僚。僚召被离引员入见。被离一面使人私报姬光得知,一面使伍员沐浴更衣,一同入朝,进谒王僚。王僚奇其貌,与之语,知其贤,即拜为大夫之职。次日,员入谢,道及父兄之冤,咬牙切齿,目中火出。王僚壮其气,意复怜之,许为兴师复仇。

姬光素闻伍员智勇,有心收养他,闻先谒王僚,恐为僚所亲用,心中微愠。乃往见王僚曰："光闻楚之亡臣伍员来奔我国，王以为何如人？"僚曰："贤而且孝。"光曰："何以见之？"僚曰："勇壮非常，与寡人筹策国事，无不中窾，是其贤也；念父兄之冤，未曾须臾忘报，乞师于寡人，是其孝也。"光曰："王许以复仇乎？"僚曰："寡人怜其情，已许之矣。"光谏曰："万乘之主不为匹夫兴师。今吴、楚构兵已久，未见大胜。若为子胥兴师，是匹夫之恨重于国耻也。胜则彼快其愤，不胜则我益其辱，必不可！"王僚以为然，遂罢伐楚之议。伍员闻光之入谏，曰："光方有内志，未可说以外事也。"乃辞大夫之职不受。光复言于王僚曰："子胥以王不肯兴师，辞职不受，有怨望之心，不可用之。"僚遂疏伍员，听其辞去，但赐以阳山之田百亩。员与胜遂耕于阳山之野。姬光私往见之，馈以米粟布帛，问曰："子出入吴、楚之境，曾遇有才勇之士，略如子胥者乎？"员曰："某何足道。所见有专诸者，真勇士也！"光曰："愿因子胥得交于专先生。"员曰："专诸去此不远，当即召之，明旦可入谒也。"光曰："既是才勇之士，某即当造请，岂敢召乎？"乃与伍员同车共载，直造专诸之家。专诸方在街坊磨刀，为人屠豕，见车马纷纷，方欲走避。伍员在车上呼曰："愚兄在此。"专诸慌忙停刀，候伍员下车相见。员指公子光曰："此吴国长公子，慕吾弟英雄，特来造见，弟不可辞。"专诸曰："某闾巷小民，有何德能，敢烦大驾。"遂揖公子光而进。筚门蓬户，低头而入。公子光先拜，致生平相慕之意。专诸答拜。光奉上金帛为贽，专诸固让。伍员从旁力劝，方才肯受。自此专诸遂投于公子光门下。光使人日馈粟肉，月给布帛，又不时存问其母，专诸甚感其意。一日，问光曰："某村野小人，蒙公子豢养之恩，无以为报。倘有差遣，惟命是从。"光乃屏左右，述其欲刺王僚之意。专诸曰："前王夷昧卒，其子分自当立，公子何名而欲害之？"光备言祖父遗命，以次相传之故："季札既辞，宜归適长，適长之后，即光之身也。僚安得为君哉？吾力弱不足以图大事，故欲借助于有力者。"专诸曰："何不使近臣从容言于王侧，陈前王之命，使其退位？何必私备剑士，以伤先王之德？"光曰："僚贪而恃力，知进之利，不能退让，若与之言，反生忌害。光与僚势不两立！"专诸奋然曰："公子之言是也。但诸有老母在堂，未敢以死相许。"光曰："吾亦知尔母老子幼，然非尔无与图事者。苟成其事，君之子母，即吾子母也，自当尽心养育，岂敢有负于君哉？”专诸沉思良久，对曰：“凡事轻举无功，必图万全。夫鱼在千仞之渊，而入渔人之手者，以香饵在也。欲刺王僚，必先投王之所好，乃能亲近其身。不知王所好何在？”光曰：“好味。”专诸曰：“味中何者最甘？”光曰：“尤好鱼炙。”专诸曰：“某请暂辞。”公子光曰：“壮士何往？”专诸曰：“某往学治味，庶可近吴王耳。”专诸遂往太湖学炙鱼，凡三月，尝其炙者，皆以为美。然后复见姬光，光乃藏专诸于府中。髯翁有诗云：

刚直人推伍子胥，也因献媚进专诸。

欲知弑械从何起？三月湖边学炙鱼。

姬光召伍子胥，谓：“专诸已精其味矣，何以得近吴王？”员对曰：“夫鸿鹄所以不可制者，以羽翼在也。欲制鸿鹄，必先去其羽冀。吾闻公子庆忌，筋骨如铁，万夫莫当，手能接飞鸟，步能格猛兽，王僚得一庆忌，旦夕相随，尚且难以动手。况其母弟掩余、烛庸并握兵权，虽有擒龙搏虎之勇，鬼神不测之谋，安能济事？公子欲除王僚，必先去此三子，然后大位可图。不然，虽幸而成事，公子能安然在位乎？”光俯思半晌，恍然曰：“君言是也。且归尔田，俟有闲隙，然后相议耳。”员乃辞去。

是年，周景王崩，有適世子曰猛，次曰匄，长庶子曰朝。景王宠爱朝，嘱于大夫宾孟，欲更立世子之位，未行而崩。刘献公挚亦卒，子刘卷字伯蚡嗣立。素与宾孟有隙，遂同单穆公旗杀宾孟，立世子猛，是为悼王。尹文公固、甘平公鰌、召庄公奂，素附子朝，三家合兵，使上将南宫极率之以攻刘卷。卷出奔扬，单旗奉王猛次于皇。子朝使其党郘肹伐皇，肹败死。晋顷公闻王室大乱，遣大夫籍谈、荀跞帅师纳王于王城。尹固亦立子朝于京。未几，王猛病卒，单旗、刘卷复立其弟匄，是为敬王，居翟泉。周人呼匄为东王，朝为西王。二王互相攻杀，六年不决。召庄公奂卒，南宫极为天雷震死，人心耸惧。晋大夫荀跞复率诸侯之师，纳敬王于成周，擒尹固，子朝兵溃。召奂之子嚣反攻子朝，朝出奔楚，诸侯遂城成周而还。敬王以召嚚为反覆，与尹固同斩于市，周人快之。此是后话。

且说周敬王即位之元年，吴王僚之八年也。时楚故太子建之母在郧，费无极恐其为伍员内应，劝平王诛之。建母闻之，阴使人求救于吴。吴王僚使公子光往郧取建母，行及钟离，楚将薳越帅师拒之，驰报郢都。平王拜令尹阳匄为大将，并征陈、蔡、胡、沈、许五国之师。胡子名髡，沈子名逞，二君亲自引兵。陈遣大夫夏啮，顿、胡二国亦遣大夫助战。胡、沈、陈之兵营于右，顿、许、蔡之兵营于左，薳越大军居中。姬光亦驰报吴王。王僚同公子掩余率大军一万，罪人三千，来至鸡父下寨。两边尚未约战，适楚令尹阳匄暴疾卒，薳越代领其众，姬光言于王僚曰："楚亡大将，其军已丧气矣。诸侯相从者虽众，然皆小国，畏楚而来，非得已也。胡、沈之君，幼不习战。陈夏啮勇而无谋。顿、许、蔡三国久困楚令，其心不服，不肯尽力。七国同役而不同心，楚帅位卑无威，若分师先犯胡、沈与陈，必先奔。诸国乖乱，楚必震惧，可全败也。请示弱以诱之，而以精卒持其后。"王僚从其计。乃为三阵，自率中军，姬光在左，公子掩余在右，各饱食严阵以待。先遣罪人三千，乱突楚之右营。

时秋七月晦日，兵家忌晦，故胡子髡、沈子逞及陈夏啮，俱不做整备；及闻吴兵到，开营击之。罪人原无纪律，或奔或止；三国以吴兵散乱，彼此争功追逐，全无队伍。姬光帅左军乘乱进击，正遇夏啮，一戟刺于马下。胡、沈二君心慌，夺路欲走。公子掩余右军亦到，二君如飞禽入网，无处逃脱，俱为吴军所获。军士死者无数，生擒甲士八百余人。姬光喝教将胡、沈二君斩首。却纵放甲士，使奔报楚之左军，言："胡、沈二君及陈大夫俱被杀矣！"许、蔡、顿三国将士吓得心胆堕地，不敢出战，各寻走路。王僚合左右二军，如泰山一般倒压下来。中军薳越未及成阵，军士散其大半。吴兵随后掩杀，杀得尸横遍野，流血成渠。薳越大败，奔五十里方脱。姬光直入郧阳迎取楚夫人以归。蔡人不敢拒敌。薳越收拾败兵，止存其半，闻姬光单师来郧阳取楚夫人，乃星夜赴之。比及楚军至蔡，吴兵已离郧阳二日矣。薳越知不可追，仰天叹曰："吾受命守关，不能缉获亡臣，是无功也。既丧七国之师，又失君夫人，是有罪也。无一功而负二罪，何面复见楚王乎？"遂自缢而死。

楚平王闻吴师势大，心中甚惧，用囊瓦为令尹，以代阳匄之位。瓦献计谓郢城卑狭，更于其东辟地筑一大城，比旧高七尺，广二十余里，名旧城为纪南城，以其在纪山之南也；新城仍名郢，徙都居之。复筑一城于西，以为右臂，号曰麦城。三城似品字之形，联络有势，楚人皆以为瓦功。沈尹戌笑曰："子常不务修德政，而徒事兴筑，吴兵若至，虽十郢城何益哉？"囊瓦欲雪鸡父之耻，大治舟楫，操演水军。三月，水手习熟，囊瓦率舟师从大江直逼吴疆，耀武而还。吴公子光闻楚师犯边，星夜来援，比至境上，囊瓦已还师矣。姬光曰："楚方耀武而还，边人必不为备。"乃潜师袭巢灭之，并灭钟离，奏凯而归。楚平王闻二邑被灭，大惊，遂得心疾，久而不愈，至敬王四年，疾笃，召囊瓦及公子申至于榻前，以太子珍嘱之而薨。囊瓦与郤宛商议曰："太子珍年幼，且其母乃太子建所聘，非正也。子西长而好善，立长则名顺，建善则国治，诚立子西，楚必赖之。"郤宛以囊瓦之言告于公子申。申怒曰："若废太子，是彰君王之秽行也。太子秦出，其母已立为君夫人，可谓非嫡嗣乎？弃嫡而失大援，外内恶之。令尹欲以利祸我，其病狂乎？再言及，吾必杀之！"囊瓦惧，乃奉珍主丧即位，改名曰轸，是为昭王。囊瓦仍为令尹，伯郤宛为左尹，鄢将师为右尹，费无极以师傅旧恩，同执国政。

却说郑定公闻吴人取楚夫人以归，乃使人赍珠玉簪珥追送之，以解杀建之恨。楚夫人至吴，吴王赐宅西门之外，使芈胜奉之。伍员闻平王之死，捶胸大哭，终日不止。公子光怪而问曰："楚王乃子仇人，闻死当称快，胡反哭之？"员曰："某非哭楚王也，恨吾不能枭彼之头以雪吾恨，使得终于牖下耳。"光亦为嗟叹。胡曾先生有诗曰：

> 父兄冤恨未曾酬，已报淫狐获首邱。
> 手刃不能偿夙愿，悲来霜鬓又添秋。

伍员自恨不能及平王之身，报其仇怨，一连三夜无眠，心中想出一个计策来，谓姬光曰："公子欲行大事，尚无间可乘耶？"光曰："昼夜思之，未得其便。"员曰："今楚王新殁，朝无良臣，公子何不奏过吴王，乘楚丧乱之中发兵南伐，可以图霸？"光曰："倘遣吾为将，奈何？"员曰："公子误为坠车而得足疾者，王必不遣。然后荐掩余、烛庸为将，更使公子庆忌结连郑、卫，共攻楚国，此一网而除三翼，吴王之死在目下矣。”光又问曰：“三翼虽去，延陵季子在朝，见我行篡，能容我乎？”员曰：“吴、晋方睦，再令季子使晋，以窥中原之衅。吴王好大而疏于计，必然听从。待其远使归国，大位已定，岂能复议废立哉？”光不觉下拜曰：“孤之得子胥，乃天赐也！”次日，以乘丧伐楚之利入言于王僚，僚欣然听之。光曰：“此事某应效劳，奈因坠车损其足胫，方就医疗，不能任劳。”僚曰：“然则何人可将？”光曰：“此大事，非至亲信者不可托也。王自择之。”僚曰：“掩余、烛庸可乎？”光曰：“得人矣。”光又曰：“向来晋、楚争霸，吴为属国。今晋既衰微，而楚复屡败，诸侯离心，未有所归，南北之政将归于东。若遣公子庆忌往收郑、卫之兵，并力攻楚；而使延陵季子聘晋，以观中原之衅；王简练舟师，以拟其后，霸可成也。”王僚大喜，使掩余、烛庸帅师伐楚，季札聘于晋国，惟庆忌不遣。

单说掩余、烛庸引师二万，水陆并进，围楚潜邑。潜邑大夫坚守不出，使人入楚告急。时楚昭王新立，君幼臣谗，闻吴兵围潜，举朝慌急无措。公子申进曰：“吴人乘丧来伐，若不出兵迎敌，示之以弱，启其深入之心。依臣愚见，速令左司马沈尹戍率陆兵一万救潜，再遣左尹郤宛率水军一万从淮汭顺流而下，截住吴兵之后，使他首尾受敌，吴将可坐而擒矣。”昭王大喜，遂用子西之计，调遣二将，水陆分道而行。

却说掩余、烛庸正围潜邑，谍者报：“救兵来到。”二将大惊，分兵一半围城，一半迎敌。沈尹戍坚壁不战，使人四下将樵汲之路，俱用石子垒断。二将大惊。探马又报：“楚将郤宛引舟师从淮汭塞断江口。”吴兵进退两难，乃分作两寨，为犄角之势，与楚将相持，一面遣人入吴求救。姬光曰：“臣向者欲征郑、卫之兵，正为此也。今日遣之，尚未为晚。”王僚乃使庆忌纠合郑、卫。四公子俱调开去了，单留姬光在国。伍员乃谓光曰：“公子曾觅利匕首乎？欲用专诸，此其时矣。”光曰：“然。昔越王允常使欧冶子造剑五枚，献其三枚于吴，一曰‘湛卢’，二曰‘磐郢’，三曰‘鱼肠’。‘鱼肠’，乃匕首也。形虽短狭，砍铁如泥。先君以赐我，至今宝之，藏于床头，以备非常。此剑连夜发光，意者神物欲自试，将饱王僚之血乎？”遂出剑与员观之，员夸奖不已。即召专诸以剑付之。专诸不待开言，已知光意，慨然曰：“王信可杀也。二弟远离，公子出使，彼孤立耳，无如我何。但死生之际，不敢自主，候禀过老母，方敢从命。”专诸归视其母，不言而泣。母曰：“诸何悲之甚也？岂公子欲用汝耶？吾举家受公子恩养，大德当报，忠孝岂能两全？汝必亟往，勿以我为念！汝能成人之事，垂名后世，我死亦不朽矣。”专诸犹依依不舍。母曰：“吾思饮清泉，可于河下取之。”专诸奉命汲泉于河，比及回家，不见老母在堂，问其妻。妻对曰：“姑适言困倦，闭户思卧，戒勿惊之。”专诸心疑，启牖而入，老母自缢于床上矣。髯仙有诗云：

愿子成名不惜身，肯将孝子换忠臣。
世间尽为贪生误，不及区区老妇人。

专诸痛哭一场，收拾殡殓，葬于西门之外。谓其妻曰：“吾受公子大恩，所以不敢尽死者，为老母也。今老母已亡，吾将赴公子之急。我死，汝母子必蒙公子恩眷，勿为我牵挂。”言毕，来见姬光，言母死之事。光十分不过意，安慰了一番。良久，然后复论及王僚之事。专诸曰：“公子盍设享以来吴王？王若肯来，事八九济矣。”光乃入见王僚曰：“有庖人从太湖来，新学炙鱼，味甚鲜美，异于他炙。请王辱临下舍而尝之！”王僚好的是鱼炙，遂欣然许诺：“来日当过王兄府上，不必过费。”光是夜预伏甲士于窟室之中，再命伍员暗约死士百人，在外接应。于是大张饮具。

次早，复请王僚。僚入宫，告其母曰：“公子光具酒相延，得无有他谋乎？”母曰：“光心气怏怏，常有愧恨之色，此番相请，谅无好意，何不辞之？”僚曰：“辞则生隙，若严为之备，又何惧哉！”于是被猭猊之甲三重，陈设兵卫，自王宫起，直至光家之门，街衢皆满，接连不断。僚驾及门，光迎入拜见。既入席安坐，光侍坐于傍。僚之亲戚近信，布满堂阶。侍席力士百人，皆操长戟，带利刀，不离王之左右。庖人献馔，皆从庭下搜简更衣，然后膝行而前，十余力士握剑夹之以进。庖人置馔，不敢仰视，复膝行而出。光献觞致敬，忽作跐足，伪为痛苦之状，乃前奏曰：“光足疾举发，痛彻心髓，必用大帛缠紧，其痛方止。幸王宽坐须臾,容裹足便出。”僚曰:“王兄请自方便。”光一步一颠,入内潜进窟室中去了。少顷,专诸告进鱼炙,搜简如前。谁知这口鱼肠短剑,已暗藏于鱼腹之中。力士挟专诸膝行至于王前,用手擘鱼以进,忽地抽出匕首,径刺王僚之胸。手势去得十分之重,直贯三层坚甲,透出背脊。王僚大叫一声,登时气绝。侍卫力士一拥齐上,刀戟并举,将专诸剁做肉泥,堂中大乱。姬光在窟室中知已成事,乃纵甲士杀出,两下交斗。这一边知专诸得手,威加十倍;那一边见王僚已亡,势减三分。僚众一半被杀,一半奔逃,其所设军卫,俱被伍员引众杀散。奉姬光升车入朝,聚集群臣,将王僚背约自立之罪宣布国人明白:“今日非光贪位,实乃王僚之不义也。光权摄大位,待季子返国,仍当奉之。”乃收拾王僚尸首,殡殓如礼。又厚葬专诸,封其子专毅为上卿。封伍员为行人之职,待以客礼而不臣。市吏被离举荐伍员有功,亦升大夫之职。散财发粟,以赈穷民,国人安之。

姬光心念庆忌在外,使善走者觇其归期,姬光目率大兵屯于江上以待之。庆忌中途闻变,即驰去。姬光乘驷马追之,庆忌弃车而走,其行如飞,马不能及。光命集矢射之。庆忌挽手接矢,无一中者。姬光知庆忌必不可得,乃诫西鄙严为之备,遂还吴国。又数日,季札自晋归,知王僚已死,径往其墓,举哀成服。姬光亲诣墓所,以位让之,曰:“此祖父诸叔之意也。”季札曰:“汝求而得之,又何让之?苟国无废祀,民无废主,能立者即吾君矣。”光不能强,乃即吴王之位,自号为阖闾。季札退守臣位。此周敬王五年事也。札耻争国之事,老于延陵,终身不入吴国,不与吴事,时人高之。及季札之死,葬于延陵,孔子亲题其碑曰:“有吴延陵季子之墓。”史臣有赞云:

> 贪夫殉利,箪豆见色。春秋争弑,不顾骨肉。孰如季子,始终让国,堪愧僚光,无惭泰伯。

宋儒又论季札辞国生乱,为贤名之玷。有诗云:

> 只因一让启群争,辜负前人次及情。
> 若使延陵成父志,苏台麋鹿岂纵横?

且说掩余、烛庸困在潜城,日久救兵不至,正在踌躇脱身之计,忽闻姬光弑主夺位,二人放声大哭,商议道:“光既行弑夺之事,必不相容。欲要投奔楚国，又恐楚不相信。正是'有家难奔，有国难投'，如何是好?"烛庸曰："目今困守于此，终无了期。且乘夜从僻路逃奔小国，以图后举。"掩余曰："楚兵前后围裹，如飞鸟入笼，焉能自脱?"烛庸曰："吾有一计，传令两寨将士，诈称来日欲与楚兵交锋，至夜半，与兄微服密走，楚兵不疑。"掩余然其言。两寨将士秣马蓐食，专候军令布阵。掩余与烛庸同心腹数人，扮作哨马小军，逃出本营。掩余投奔徐国，烛庸投奔钟吾。及天明，两寨皆不见其主将，士卒混乱，各抢船只奔归吴国。所弃甲兵无数，皆被郤宛水军所获。诸将欲乘吴之乱，遂伐吴国，郤宛曰："彼乘我丧非义，吾奈何效之!"乃与沈尹戌一同班师，献吴俘。楚昭王以郤宛有功，以所获甲兵之半赐之，每事谘访，甚加敬礼。费无极忌之益深，乃生一计，欲害郤宛。毕竟费无极用何计策，且看下回分解。

第七十四回

囊瓦惧谤诛无极　要离贪名刺庆忌

话说费无极心忌伯郤宛，与鄢将师商量出一个计策来，诈谓囊

瓦曰："子恶欲设享相延，托某探相国之意，未审相国肯降重否？"囊瓦曰："彼若见招，岂有不赴之理？"无极又谓郤宛曰："令尹向吾言，欲饮酒于吾子之家，未知子肯为治具否？托吾相探。"郤宛不知是计，应曰："某位居下僚，蒙令尹枉驾，诚为荣幸！明日当备草酌奉候，烦大夫致意。"无极曰："子享令尹，以何物致敬？"郤宛曰："未知令尹所好何在？"无极曰："令尹最好者，坚甲利兵也。所以欲饮酒于公家者，以吴之俘

获，半归于子，故欲借观耳。子尽出所有，吾为子择之。”郤宛果然将楚平王所赐及家藏兵甲，尽出以示无极。无极取其坚利者，各五十件，曰：“足矣。子帷而置诸门，令尹来必问，问则出以示之。令尹必爱而玩之，因以献焉。若他物，非所好也。”郤宛信以为然，遂设帷于门之左，将甲兵置于帷中。盛陈肴核，托费无极往邀囊瓦。囊瓦将行，无极曰：“人心不可测也。吾为子先往，探其设享之状，然后随行。”无极去少顷，踉跄而来，喘吁未定，谓囊瓦曰：“某几误相国。子恶今日相请，非怀好意，将不利于相国也。适见帷兵甲于门，相国误往，必遭其毒！”囊瓦曰：“子恶素与我无隙，何至如此？”无极曰：“彼恃王之宠，欲代子为令尹耳。且吾闻子恶阴通吴国，救潜之役，诸将欲遂伐吴国，子恶私得吴人之赂，以为乘乱不义，遂强左司马班师而回。夫吴乘我丧，我乘吴乱，正好相报，奈何去之！非得吴赂，焉肯违众轻退？子恶若得志，楚国危矣。”囊瓦意犹未信，更使左右往视，回报：“门幕中果伏有甲兵。”囊瓦大怒，即使人请鄢将师至，诉以郤宛欲谋害之事。将师曰：“郤宛与阳令终、阳完、阳佗、晋陈三族合党，欲专楚政，非一日矣。”囊瓦曰：“异国匹夫，乃敢作乱，吾当手刃之！”遂奏闻楚王，令鄢将师率兵甲以攻伯氏。伯郤宛知为无极所卖，自刎而死。其子伯嚭惧祸逃出郊外去了。囊瓦命焚伯氏之居，国人莫肯应者。瓦益怒，出令曰：“不焚伯氏，与之同罪！”众人尽知郤宛是个贤臣，谁肯焚烧其宅，被囊瓦逼迫不过，各取禾藁一把在手，投于伯氏门外而走。瓦乃亲率家众，将前后门围住，放起大火。可怜左尹府第一区登时化为灰烬，连郤宛之尸，亦烧毁无存。尽灭伯氏之族。复拘阳令终、阳完、阳佗、晋陈，诬以通吴谋叛，皆杀之，国中无不称冤者。

忽一日，囊瓦于月夜登楼，闻市上歌声，朗然可辨。瓦听之，其歌云：

> 莫学郤大夫，忠而见诛，身既死，骨无余。楚国无君，惟费与鄢。令尹木偶，为人作茧。天若有知，报应立显。

瓦急使左右察其人不得。但见市廛家家祀神，香火相接，问：“神何姓名？”答曰：“即楚忠臣伯郤宛也。无罪枉杀，冀其上诉于天耳。”左右还报囊瓦。瓦乃访之朝中，公子申等皆言："郤宛无通吴之事。"瓦心中颇悔。沈尹戍闻郊外赛神者，皆咒诅令尹，乃来见囊瓦曰："国人胥怨矣！相国独不闻乎？夫费无极，楚之谗人也，与鄢将师共为蒙蔽。去朝吴，出蔡侯朱，教先王为灭伦之事，致太子建身死外国，冤杀伍奢父子，今又杀左尹，波及阳、晋二家，百姓怨此二人入于骨髓。皆云相国纵其为恶，怨詈咒诅，遍于国中。夫杀人以掩谤，仁者犹不为，况杀人以兴谤乎？子为令尹而纵谗慝以失民心，他日楚国有事，寇盗兴于外，国人叛于内，相国其危哉！与其信谗以自危，孰若除谗以自安耶？"囊瓦瞿然下席，曰："是瓦之罪也。愿司马助吾一臂，诛此二贼！"沈尹戍曰："此社稷之福，敢不从命！"沈尹戍即使人扬言于国中曰："杀左尹者，皆费、鄢二人所为，令尹已觉其奸。今往讨之，国人愿从者皆来！"言犹未毕，百姓争执兵先驱。囊瓦乃收费无极、鄢将师数其罪，枭之于市。国人不待令尹之命，将火焚两家之宅，尽灭其党，于是谤诅方息。史臣有诗云：

不焚伯氏焚鄢费，公论公心在国人。
令尹早同司马计，谗言何至害忠臣！

又有一诗，言鄢、费二人一生害人，还以自害，谗口作恶，亦何益哉？诗云：

顺风放火去烧人，忽地风回烧自身。
毒计奸谋浑似此，恶人几个不遭屯！

再说吴王阖闾元年，乃周敬王之六年也。阖闾访国政于伍员，曰："寡人欲强国图霸，如何而可？"伍员顿首垂泪而对曰："臣，楚国之亡虏也，父兄含冤，骸骨不葬，魂不血食，蒙垢受辱，来归命于大王，幸不加戮，何敢与闻吴国之政？"阖闾曰："非夫子，寡人不免屈于人下。今幸蒙一言之教，得有今日，方且托国于子，何故中道忽生退志？岂以寡人为不足耶？"伍员对曰："臣非以大王为不足也。臣闻：'疏不间亲，远不间近。'臣岂敢以羁旅之身，居吴国谋臣之上乎？况臣大仇未报，方寸摇摇，自不知谋，安能谋国？"阖闾曰："吴国谋臣，无出子右者，子勿辞。俟国事稍定，寡人为子报仇，惟子所命！"伍员曰："王所谋者，何也？"阖闾曰："吾国僻在东南，险阻卑湿，又有海潮之患，仓库不设，田畴不垦，国无守御，民无固志，无以威示邻国，为之奈何？”伍员对曰：“臣闻治民之道，在安居而理。夫霸王之业，从近制远。必先立城郭，设守备，实仓廪，治兵革，使内有可守，而外可以应敌。”阖闾曰：“善。寡人委命于子，子为寡人图之。”伍员乃相土形之高卑，尝水味之咸淡，乃于姑苏山东北三十里得善地，造筑大城，周回四十七里。陆门八，象天八风；水门八，法地八聪。那八门——

南曰盘门、蛇门，北曰齐门、平门，东曰娄门、匠门，西曰阊门、胥门。

盘门者，以水之盘曲也；蛇门者，以在巳方，生肖属蛇也；齐门者，以齐国在其北也；平门者，水陆地相称也；娄门者，娄江之水所聚也；匠门者，聚匠作于此也；阊门者，通阊阖之气也；胥门者，向姑胥山也。越在东南，正在巳方，故蛇门之上刻有木蛇，其首向内，示越之臣服于吴也。南向复筑小城，周围十里，南北西俱有门，惟东不开门，欲以绝越之光明也。吴地在东为辰方，生肖属龙，故小城南门上为两鲵，以象龙角。城郭既成，迎阖闾自梅里徙都于此。城中前朝后市，左祖右社，仓廪府库，无所不备。大选民卒，教以战阵射御之法。别筑一城于凤凰山之南，以备越寇，名南武城。

阖闾以“鱼肠”为不祥之物，函封不用。筑冶城于牛首山，铸剑数千，号曰“扁诸”。又访得吴人干将，与欧冶子同师，使居匠门，别铸利剑。干将乃采五山之铁精、六合之金英，候天伺地，妙选时日，天地下降，百神临观，聚炭如丘，使童男童女三百人，装炭鼓橐。如是三月，而金铁之精不销，干将不知其故。其妻莫邪谓曰：“夫神物之化，须人气而后成。今子作剑三月不就，得无待人而成乎？”干将曰：“昔吾师为冶不化，夫妻俱入炉中，然后成物。至今即山作冶，必麻绖草衣祭炉，然后敢发。今吾铸剑不成，亦若是耶？”莫邪曰：“师能烁身以成神器，吾何难效之？”于是莫邪沐浴，断发剪爪，立于炉傍，使男女复鼓橐，炭火方烈，莫邪自投于炉。顷刻销铄，金铁俱液，遂泻成二剑。先成者为阳，即名“干将”；后成者为阴，即名“莫邪”。阳作龟文，阴作漫理。干将匿其阳，止以“莫邪”献于吴王。王试之石，应手而开。今虎邱“试剑石”是也。王赏之百金。其后吴王知干将匿剑，使人往取，如不得剑，即当杀之。干将取剑出观，其剑自匣中跃出，化为青龙，干将乘之，升天而去，疑已作剑仙矣。使者还报，吴王叹息，自此益宝“莫邪”。“莫邪”留吴，不知下落。直至六百余年之后，晋朝张华丞相见牛、斗之间有紫气，闻雷焕妙达象纬，召而问之。焕曰：“此宝剑之精，在豫章丰城。”华即补焕为丰城令。焕既到县，掘狱屋基，得一石函，长逾六尺，广三尺，开视之，内有双剑。以南昌西山之土拭之，光芒艳发。以一剑送华，留一剑自佩之。华报曰：“详观剑文，乃‘干将’也。尚有‘莫邪’，何为不至？虽然，神物终当合耳。”其后焕同华佩剑过延平津，剑忽跃出入水，急使人入水求之，惟见两龙张鬣相向，五色炳耀，使人恐惧而退。以后二剑更不出现，想神物终归天上矣。今丰城县有剑池，池前石函，土瘗其半，俗呼石门，即雷焕得剑处。此乃“干将”、“莫邪”之结末也。后人有《宝剑铭》云：

五山之精，六气之英；炼为神器，电烨霜凝。虹蔚波映，龙藻龟文；断金切玉，威动三军。

话说吴王阖闾既宝“莫邪”，复募人能作金钩者，赏以百金。国人多有作钩来献者。有钩师贪王之重赏，将二子杀之，取其血以衅金，遂成二钩，献于吴王。越数日，其人诣宫门求赏。吴王曰：“为钩者众，尔独求赏，尔之钩何以异于人乎？”钩师曰：“臣利王之赏，杀二子以成钩，岂他人可比哉？”王命取钩，左右曰：“已混入众钩之中，形制相似，不能辨识。”钩师曰：“臣请观之。”左右悉取众钩，置于钩师之前，钩师亦不能辨。乃向钩呼二子之名曰：“吴鸿，扈稽！我在于此，何不显灵于王前也？”叫声未绝，两钩忽飞出，贴于钩师之胸。吴王大惊曰：“尔言果不谬矣！”乃以百金赏之。遂与“莫邪”俱佩服于身。

其时楚伯嚭出奔在外，闻伍员已显用于吴，乃奔吴，先谒伍员。员与之相对而泣，遂引见阖闾。阖闾问曰：“寡人僻处东海，子不远千里，远辱下土，将何以教寡人乎？”嚭曰：“臣之祖父，效力于楚再世矣。臣父无罪，横被焚戮。臣亡命四方，未有所属。今闻大王高义，收伍子胥于穷厄，故不远千里，束身归命。惟大王死生之！”阖闾恻然，使为大夫，与伍员同议国事。吴大夫被离私问于伍员曰：“子何见而信嚭乎？”员曰：“吾之怨正与嚭同，谚云：‘同疾相怜，同忧相救。’惊翔之鸟，相随而集；濑下之水，因复俱流。子何怪焉？”被离曰：“子见其外，未见其内也。吾观嚭之为人，鹰视虎步，其性贪佞，专功而擅杀，不可亲近。若重用之，必为子累。”伍员不以为然，遂与伯嚭俱事吴王。后人论被离既识伍员之贤，又识伯嚭之佞，真神相也。员不信其言，岂非天哉！有诗云：

能知忠勇辨奸回，神相如离亦异哉！
若使子胥能预策，岂容麋鹿到苏台？

话分两头。再说公子庆忌逃奔于艾城，招纳死士，结连邻国，欲待时乘隙伐吴报仇。阖闾闻其谋，谓伍员曰：“昔专诸之事，寡人全得子力。今庆忌有谋吴之心，饮食不甘味，坐不安席，子更为寡人图之。”伍员对曰：“臣不忠无行，与大王图王僚于私室之中，今复图其子，恐非皇天之意。”阖闾曰：“昔武王诛纣，复杀武庚，周人不以为非。皇天所废，顺天而行。庆忌若存，王僚未死，寡人与子成败共之，宁可以小不忍而酿大患？寡人更得一专诸，事可了矣。子访求谋勇之士，已非一日，亦有其人否乎？”伍员曰：“难言也。臣所厚有一细人，似可与谋者。”阖闾曰：“庆忌力敌万人，岂细人所能谋哉？”员对曰：“是虽细人，实有万人之勇。”阖闾曰：“其人为谁？子何以知其勇？试为寡人言之。”伍员遂将勇士姓名出处备细说来。正是：

说时华岳山摇动，话到长江水逆流。
只为子胥能举荐，要离姓字播春秋。

伍员曰：“其人姓要名离，吴人也。臣昔曾见其折辱壮士椒邱䜣，是以知其勇。”阖闾曰：“折辱之事如何？”员对曰：“椒邱䜣者，东海土人也。有友人仕于吴而死，䜣至吴奔其丧。车过淮津，欲饮马于津。津吏曰：‘水中有神，见马即出取之，君勿饮也。’䜣曰：‘壮士在此，何神敢干我哉！’乃使从者解骖，饮于津水，马果嘶而入水。津吏曰：‘神取马去矣！’椒邱䜣大怒，袒裼持剑入水，求神决战。神兴涛鼓浪，终不能害。三日三夜，椒邱䜣从水中出，一目为神所伤，遂眇。至吴行吊，坐于丧席，䜣恃其与水神决战之勇，以气凌人，轻傲于士大夫，言词不逊。时要离与䜣对坐，忽然有不平之色，谓䜣曰：‘子见士大夫而有傲色，得无以勇士自居耶？吾闻勇士之斗也，与日战不移表，与鬼神战不旋踵，与人战不违声，宁死不受其辱。今子与神斗于水，失马不能追，又受眇目之羞，形残名辱，不与并命，而犹恋恋于余生，此天地间最无用之物。且不当以面目见人，况傲士乎！’椒邱䜣被詈，顿口无言，含愧出席而去。要离至晚还舍，诫其妻曰：‘我辱勇士椒邱䜣于大家之丧，恨怨郁积，今夜必来杀我，以报其辱。吾当僵卧室中，以待其来，慎勿闭门。’妻知要离之勇，从其言。椒邱䜣果于夜半挟利刃，径造要离之舍，见门扉不掩，堂户大开，直趋其室。见一人垂手放发，临窗僵卧，观之，乃要离也。见䜣来，直挺不动，亦无惧意。䜣以剑承要离之颈，数之曰：‘汝有当死者三，汝知之乎？’离曰：‘不知。’䜣曰：‘汝辱我于大家之丧，一死也；归不关闭，二死也；见我而不起避，三死也。汝自求死，勿以我为怨！’要离曰：‘我无三死之过，尔有三不肖之愧，尔知之乎？’䜣曰：‘不知。’要离曰：‘吾辱尔于千人之众，尔不敢酬一言，一不肖也；入门不咳，登堂无声，有掩袭之心，二不肖也；以剑承吾之颈，尚敢大言，三不肖也。尔有三不肖，而反责我，不可鄙哉？’椒邱䜣乃收剑叹曰：‘吾之勇，自计世人莫有及者，离乃加吾之上，真乃天下勇士。吾若杀之，岂不贻笑于人？然不能杀汝，亦难以勇称于世矣！’乃投剑于地，以头触牖而死。方其在丧席之时，臣亦与坐，故知其详。岂非有万人之勇乎？”阖闾曰：“子为我召之。”伍员乃往见要离曰：“吴王闻吾子高义，愿一见颜色。”离惊曰：“吾乃吴下小民，有何德能，敢奉吴王之诏？”伍员再申言吴王愿见之意，要离乃随伍员入谒。

阖闾初闻伍员夸要离之勇，意必魁伟非常，及见离，身材仅五尺余，腰围一束，形容丑陋，大失所望，心中不悦。问曰：“子胥称勇士要离，乃子乎？”离曰：“臣细小无力，迎风则伏，负风则僵，何勇之有？然大王有所遣，不敢不尽其力。”阖闾嘿然不应。伍员已知其意，奏曰：“夫良马不在形之高大，所贵者力能任重，足能致远而已。要离形貌虽陋，其智术非常，非此人不能成事，王勿失之！”阖闾乃延入后宫赐坐。要离进曰：“大王意中所患，得非亡王之公子乎？臣能杀之。”阖闾笑曰：“庆忌骨腾肉飞，走逾奔马，矫捷如神，万夫莫当，子恐非其敌也！”要离曰：“善杀人者，在智不在力。臣能近庆忌，刺之，如割鸡耳。”阖闾曰：“庆忌明智之人，招纳四方亡命，岂肯轻信国中之客而近子哉？”要离曰：“庆忌招纳亡命，将以害吴。臣诈以负罪出奔，愿王戮臣妻子，断臣右手，庆忌必信臣而近之矣。如是而后可图也。”阖闾愀然不乐曰：“子无罪，吾何忍加此惨祸于子哉？”要离曰：“臣闻：‘安妻子之乐，不尽事君之义，非忠也；怀室家之爱，不能除君之患，非义也。’臣得以忠义成名，虽举家就死，其甘如饴矣！”伍员从旁进曰：“要离为国忘家，为主忘身，真千古之豪杰！但于功成之后，旌表其妻孥，不没其绩，使其扬名后世足矣。”阖闾许之。

次日，伍员同要离入朝，员荐要离为将，请兵伐楚。阖闾骂曰：“寡人观要离之力不及一小儿，何能胜伐楚之任哉！况寡人国事粗定，岂堪用兵？”要离进曰：“不仁哉王也！子胥为王定吴国，王乃不为子胥报仇乎？”阖闾大怒曰：“此国家大事，岂野人所知？奈何当朝责辱寡人！”叱力士执要离断其右臂，囚于狱中，遣人收其妻子。伍员叹息而出。群臣皆不知其由。过数日，伍员密谕狱吏宽要离之禁，要离乘间逃出。阖闾遂戮其妻子，焚弃于市。宋儒论此事，以为杀一不辜而得天下，仁人不肯为之。今乃无故戮人妻子，以求售其诈谋，阖闾之残忍极矣！而要离与王无生平之恩，特以贪勇侠之名，残身害家，亦岂得为良士哉！有诗云：

只求成事报吾君，妻子无辜枉杀身。
莫向他邦夸勇烈，忍心害理是吴人！

要离奔出吴境，一路上逢人诉冤，访得庆忌在卫，遂至卫国求见。庆忌疑其诡诈，不纳。要离乃脱衣示之。庆忌见其右臂果断，方信为实，乃问曰：“吴王既杀汝妻子，刑汝之躯，今来见我何为？”离曰：“臣闻吴王弑公子之父，而夺大位，今公子连结诸侯，将有复仇之举，故臣以残命相投。臣能知吴国之情，诚以公子之勇，用臣为向导，吴可人也。大王报父仇，臣亦少雪妻子之恨！”庆忌犹未深信。未几，有心腹人从吴中探事者归报，要离妻子果焚弃于市上，庆忌遂坦然不疑。问要离曰：“吾闻吴王任子胥、伯嚭为谋主，练兵选将，国中大治。吾兵微力薄，焉能泄胸中之气乎？”离曰：“伯嚭乃无谋之徒，何足为虑？吴臣止一子胥，智勇足备，今亦与吴王有隙矣。”庆忌曰：“子胥乃吴王之恩人，君臣相得，何云有隙？”要离曰：“公子但知其一，未知其二。子胥所以尽心于阖闾者，欲借兵伐楚，报其父兄之仇。今平王已死，费无极亦亡，阖闾得位，安于富贵，不思与子胥复仇，臣为子胥进言，致触王怒，加臣惨戮，子胥之心怨吴王亦明矣。臣之幸脱囚系，亦赖子胥周全之力。子胥嘱臣曰：‘此去必见公子，观其志向何如，若肯为伍氏报仇，愿为公子内应，以赎窟室同谋之罪。’公子不乘此时发兵向吴，待其君臣复合，臣与公子之仇，俱无再报之日矣！”言罢大哭，以头撞柱，欲自触死。庆忌急止之曰：“吾听子！吾听子！”遂与要离同归艾城，任为腹心，使之训练士卒，修治舟舰。

三月之后，顺流而下，欲袭吴国。庆忌与要离同舟，行至中流，后船不相接属。要离曰：“公子可亲坐船头，戒饬舟人。”庆忌来至船头坐定，要离只手执短矛侍立。忽然江中起一阵怪风，要离转身立于上风，借风势以矛刺庆忌，透入心窝，穿出背外。庆忌倒提要离，溺其头于水中，如此三次，乃抱要离置于膝上，顾而笑曰：“天下有如此勇士哉？乃敢加刃于我！”左右持戈戟欲攒刺之，庆忌摇手曰：“此天下之勇士也。岂可一日之间，杀天下勇士二人哉！”乃诫左右：“勿杀要离，可纵之还吴，以旌其忠。”言毕，推要离于膝下，自以手抽矛，血流如注而死。不知要离性命如何，且看下回分解。

第七十五回

孙武子演阵斩美姬　蔡昭侯纳质乞吴师

话说庆忌临死，诫左右勿杀要离，以成其名。左右欲释放要离，

要离不肯行，谓左右曰："吾有三不容于世，虽公子有命，吾敢偷生乎?"众问曰："何谓三不容于世?"要离曰："杀吾妻子而求事吾君，非仁也；为新君而杀故君之子，非义也；欲成人之事，而不免于残身灭家，非智也。有此三恶，何面目立于世哉！"言讫，遂投身于江。舟人捞救出水，要离曰："汝捞我何意?"舟人曰："君返国，必有爵禄，何不俟之?"要离笑曰："吾不爱室家性命，况于爵禄?汝等以吾尸归，可取重赏。"于是夺从人佩剑，自

断其足，复刎喉而死。史臣有赞云：

古人一死，其轻如羽；不惟自轻，并轻妻子。阖门毕命，以殉一人；一人既死，吾志已伸。专诸虽死，尚存其胤；伤哉要离，死无形影！岂不自爱，遂人之功；功遂名立，虽死犹荣！击剑死侠，酿成风俗；至今吴人，趋义如鹄。

又有诗单道庆忌力敌万人，死于残疾匹夫之手，世人以勇力恃者可戒矣。诗云：

庆忌骁雄天下少，匹夫一臂须臾了。
世人休得逞强梁，牛角伤残鼷鼠饱。

众人收要离肢体，并载庆忌之尸来投吴王阖闾。阖闾大悦，重赏降卒，收于行伍。以上卿之礼葬要离于阊门城下，曰："藉子之勇，为吾守门。"追赠其妻子。与专诸同立庙，岁时祭祀。以公子之礼，葬庆忌于王僚之墓侧。大宴群臣。伍员泣奏曰："王之祸患皆除，但臣之仇何日可复？"伯嚭亦垂泪请兵伐楚，阖闾曰："俟明旦当谋之。"

次早，伍员同伯嚭复见阖闾于宫中。阖闾曰："寡人欲为二卿出兵，谁人为将？"员、嚭齐声曰："惟王所用，敢不效命！"阖闾心念："二子皆楚人，但报己仇，未必为吴尽力。"乃嘿然不言，向南风而啸，顷之，复长叹。伍员已窥其意，复进曰："王虑楚之兵多将广乎？"阖闾曰："然。"员曰："臣举一人，可保必胜。"阖闾欣然问曰："卿所举何人？其能若何？"员对曰："姓孙名武，吴人也。"阖闾闻说是吴人，便有喜色。员复奏曰："此人精通韬略，有鬼神不测之机，天地包藏之妙，自著《兵法》十三篇，世人莫知其能，隐于罗浮山之东。诚得此人为军师，虽天下莫敌，何论楚哉？"阖闾曰："卿试为寡人召之。"员对曰："此人不轻仕进，非寻常之比，必须以礼聘之，方才肯就。"阖闾从之。乃取黄金十镒、白璧一双，使员驾驷马，往罗浮山取聘孙武。员见武，备道吴王相慕之意。乃相随出山，同见阖闾。阖闾降阶而迎，赐坐，问以兵法。孙武将所著十三篇，次第进上。阖闾令伍员从头朗诵一遍，每终一篇，赞不容已。那十三篇：

一曰《始计》篇、二曰《作战》篇、三曰《谋攻》篇、四曰《军形》

篇、五曰《兵势》篇、六曰《虚实》篇、七曰《军争》篇、八曰《九变》篇、九曰《行军》篇、十曰《地形》篇、十一曰《就地》篇、十二曰《火攻》篇、十三曰《用间》篇。

阖闾顾伍员曰:“观此《兵法》,真通天彻地之才也。但恨寡人国小兵微,如何而可?”孙武对曰:“臣之《兵法》,不但可施于卒伍,虽妇人女子,奉吾军令,亦可驱而用之。”阖闾鼓掌而笑曰:“先生之言何迂阔也!天下岂有妇人女子,可使其操戈习战者?”孙武曰:“王如以臣言为迂,请将后宫女侍与臣试之。令如不行,臣甘欺罔之罪。”

阖闾即召宫女三百,令孙武操演。孙武曰:“得大王宠姬二人以为队长,然后号令方有所统。”阖闾又宣宠姬二人,名曰右姬、左姬至前,谓武曰:“此寡人所爱,可充队长乎?”孙武曰:“可矣。然军旅之事,先严号令,次行赏罚,虽小试,不可废也。请立一人为执法,二人为军吏,主传谕之事;二人值鼓;力士数人,充为牙将,执斧锧刀戟,列于坛上,以壮军容。”阖闾许于中军选用。孙武吩咐宫女,分为左右二队,右姬管辖右队,左姬管辖左队,各披挂持兵。示以军法:一不许混乱行伍,二不许言语喧哗,三不许故违约束。明日五鼓,皆集教场听操。王登台而观之。

次日五鼓,宫女二队俱到教场,一个个身披甲胄,头戴兜鍪,右手操剑,左手握盾。二姬顶盔束甲,充做将官,分立两边,伺候孙武升帐。武亲自区画绳墨,布成阵势。使传谕官将黄旗二面分授二姬,令执之为前导;众女跟随队长之后,五人为伍,十人为总,各要步迹相继,随鼓进退,左右回旋,寸步不乱。传谕已毕,令二队皆伏地听令。少顷,下令曰:“闻鼓声一通,两队齐起;闻鼓声二通,左队右旋,右队左旋;闻鼓声三通,各挺剑为争战之势。听鸣金,然后敛队而退。”众宫女皆掩口嬉笑。鼓吏禀:“鸣鼓一通。”宫女或起或坐,参差不齐。孙武离席而起曰:“约束不明,申令不信,将之罪也!”使军吏再申前令。鼓吏复鸣鼓,宫女咸起立,倾斜相接,其笑如故。孙武乃揎起双袖,亲操枹以击鼓,又申前令,二姬及宫女无不笑者。孙武大怒,两目忽张,发上冲冠,遽唤:“执法何在?”执法者前跪。孙武曰:“约束不明,申令不信,将之罪也;既已约束再三,而士不用命,士之罪矣!于军法当如何?”执法曰:“当斩!”孙武曰:“士难尽诛,罪在队长。”顾左右:“可将女队长斩讫示众!”左右见孙武发怒之状,不敢违令,便将左右二姬绑缚。

阖闾在望云台上看孙武操演,忽见绑其二姬,急使伯嚭持节驰救之,令曰:“寡人已知将军用兵之能,但此二姬侍寡人巾栉,甚适寡人之意,寡人非此二姬,食不甘味,请将军赦之!”孙武曰:“军中无戏言。臣已受命为将,将在军,虽君命不得受。若徇君命而释有罪,何以服众?”喝令左右:“速斩二姬!”枭其首于军前。于是二队宫女,无不股栗失色,不敢仰视。孙武于队中再取二人,为左右队长。再申令击鼓:一鼓起立,二鼓旋行,三鼓合战,鸣金收军。左右进退,回旋往来,皆中绳墨,毫发不差,自始至终,寂然无声。乃使执法往报吴王曰:“兵已整齐,愿王观之,惟王所用。虽使赴汤蹈火,亦不敢退避矣。”髯翁有诗咏孙武试兵之事云:

强兵争霸业,试武耀军容。
尽出娇娥辈,犹如战斗雄。
戈挥罗袖卷,甲映粉颜红。
掩笑分旗下,含羞立队中。
闻声趋必肃,违令法难通。
已借妖姬首,方知上将风。
驱驰赴汤火,百战保成功。

阖闾痛此二姬,乃厚葬之于横山,立祠祭之,名曰爱姬祠。因思念爱姬,遂有不用孙武之意。伍员进曰:“臣闻:‘兵者,凶器也。’不可虚谈。诛杀不果,军令不行。大王欲征楚而伯天下,思得良将,夫将以果毅为能,非孙武之将,谁能涉淮逾泗,越千里而战者乎?夫美色易得,良将难求,若因二姬而弃一贤将,何异爱莠草而弃嘉禾哉!”阖闾始悟。乃封孙武为上将军,号为军师,责成以伐楚之事。伍员问孙武曰:“兵从何方而进?”孙武曰:“大凡行兵之法,先除内患,然后方可外征。吾闻王僚之弟掩余在徐,烛庸在钟吾,二人俱怀报怨之心。今日进兵,宜先除二公子,然后南伐。”伍员然之。奏过吴王,王曰:“徐与钟吾皆小国,遣使往索逋臣,彼不敢不从。”乃发二使,一往徐国取掩余，一往钟吾取烛庸。徐子章羽不忍掩余之死，私使人告之，掩余逃去。路逢烛庸亦逃出，遂相与商议，往奔楚国。楚昭王喜曰："二公子怨吴必深，宜乘其穷而厚结之。"乃居于舒城，使之练兵以御吴。阖闾怒二国之违命，令孙武将兵伐徐，灭之，徐子章羽奔楚。遂伐钟吾，执其君以归。复袭破舒城，杀掩余、烛庸。阖闾便欲乘胜入郢，孙武曰："民劳未可骤用也。"遂班师。于是伍员献谋曰："凡以寡胜众，以弱胜强者，必先明于劳逸之数。晋悼公三分四军，以敝楚师，卒收萧鱼之绩，惟自逸而以劳予人也。楚执政皆贪庸之辈，莫肯任患，请为三师以扰楚。我出一师，彼必皆出，彼出则我归，彼归则我复出，使彼力疲而卒惰，然后猝然乘之，无不胜矣。"阖闾以为然。乃三分其军，迭出以扰楚境，楚遣将来救，吴兵即归，楚人苦之。

吴王有爱女名胜玉，因内宴，庖人进蒸鱼，王食其半，而以其余赐女，女怒曰："王乃以剩鱼辱我，我何用生为？"退而自杀。阖闾悲之，厚为殓具，营葬于国西阊门之外。凿池积土，所凿之处，遂成太湖，今女坟湖是也。又斲文石以为椁，金鼎、玉杯、银尊、珠襦之宝，府库几倾其半，又取"磐郢"名剑，皆以送女。乃舞白鹤于吴市之中，令万民随而观之，因令观者皆入隧门送葬。隧道内设有伏机，男女既入，遂发其机，门闭，实之以土，男女死者万人。阖闾曰："使吾女得万人为殉，庶不寂寞也。"至今吴俗殡事，丧亭上制有白鹤，乃其遗风。杀生送死，阖闾之无道极矣！史臣有诗云：

三良殉葬共非秦，鹤市何当杀万人？
不待夫差方暴骨，阖闾今日已无民！

话分两头。却说楚昭王卧于宫中，既醒，见枕畔有寒光，视之，得一宝剑。及旦，召相剑者风胡子入宫，以剑示之。风胡子观剑大惊曰："君王何从得此？"昭王曰："寡人卧觉，得之于枕畔，不知此剑何名？"风胡子曰："此名'湛卢'之剑，乃吴中剑师欧冶子所铸。昔越王铸名剑五口，吴王寿梦闻而求之，越王乃献其三，曰'鱼肠'、'磐郢'、'湛卢'。'鱼肠'以刺王僚；'磐郢'以送亡女；惟'湛卢'之剑在焉。臣闻此剑乃五金之英，太阳之精，出之有神，服之则威。然人君行逆理之事，其剑即出。此剑所在之国，其国祚必绵远昌炽。今吴王弑王僚自立，又坑杀万人，以葬其女，吴人悲怨，故‘湛卢’之剑，去无道而就有道也。”昭王大悦，即佩于身，以为至宝，宣示国人，以为天瑞。

阖闾失剑，使人访求之，有人报：“此剑归于楚国。”阖闾怒曰：“此必楚王赂吾左右而盗吾剑也！”杀左右数十人。遂使孙武、伍员、伯嚭率师伐楚。复遣使征兵于越。越王允常未与楚绝，不肯发兵。孙武等拔楚六、潜二邑，因后兵不继，遂班师。阖闾怒越之不同于伐楚，复谋伐越。孙武谏曰：“今年岁星在越，伐之不利。”阖闾不听，遂伐越，败越兵于檇李，大掠而还。孙武私谓伍员曰：“四十年之后，越强而吴尽矣！”伍员默记其言。此阖闾五年事也。其明年，楚令尹囊瓦率舟师伐吴，以报潜、六之役。阖闾使孙武、伍员击之，败楚师于巢，获其将芈繁以归。阖闾曰：“不入郢都，虽败楚兵，犹无功也。”员对曰：“臣岂须臾忘郢都哉！顾楚国天下莫强，未可轻敌。囊瓦虽不得民心，而诸侯未恶。闻其索赂无厌，不久诸侯有变，乃可乘矣。”遂使孙武演习水军于江口。伍员终日使人探听楚事。忽一日，报：“有唐、蔡二国遣使臣通好，已在郊外。”伍员喜曰：“唐、蔡皆楚属国，无故遣使远来，必然与楚有怨，天使吾破楚入郢也。”

原来楚昭王为得了“湛卢”之剑，诸侯毕贺，唐成公与蔡昭侯亦来朝楚。蔡侯有羊脂白玉佩一双、银貂鼠裘二副，以一裘一佩献于楚昭王，以为贺礼，自己佩服其一。囊瓦见而爱之，使人求之于蔡侯。蔡侯爱此裘佩，不与囊瓦。唐侯有名马二匹，名曰“肃霜”。“肃霜”乃雁名，其羽如练之白，高首而长颈，马之形色似之，故以为名。后人复加马傍曰骕骦，乃天下希有之马也。唐侯以此马驾车来楚，其行速而稳。囊瓦又爱之，使人求之于唐侯。唐侯亦不与。二君朝礼既毕，囊瓦即谮于昭王曰：“唐、蔡私通吴国，若放归，必导吴伐楚，不如留之。”乃拘二君于馆驿。各以千人守之，名为护卫，实则监押。其时昭王年幼，国政皆出于囊瓦。二君一住三年，思归甚切，不得起身。

唐世子不见唐侯归国，使大夫公孙哲至楚省视，知其见拘之故。奏曰：“二马与一国孰重？君何不献马以求归？”唐侯曰：“此马希世之宝，寡人惜之。且不肯献于楚王，况令尹乎？且其人贪而无厌，以威劫寡人，寡人宁死，决不从之。”公孙哲私谓从者曰：“吾主不忍一马，而久淹于楚，何其重畜而轻国哉。我等不如私盗骕骦献于令尹。倘得主公归唐，吾辈虽坐盗马之罪，亦何所恨！”从者然之，乃以酒灌醉圉人，私盗二马献于囊瓦曰：“吾主以令尹德尊望重，故令某等献上良马，以备驱驰之用。”囊瓦大喜，受其所献。次日，入告昭王曰：“唐侯地褊兵微，谅不足以成大事，可赦之归国。”昭王遂放唐成公出城。唐侯既归，公孙哲与众从者，皆自系于殿前待罪。唐侯曰：“微诸卿献马于贪夫，寡人不能返国，此寡人之罪，二三子勿怨寡人足矣。”各厚赏之。今德安府随州城北，有骕骦陂，因马过此得名也。唐胡曾先生有诗云：

行行西至一荒陂，因笑唐公不见机。

莫惜骕骦输令尹，汉东宫阙早时归。

又髯仙有诗云：

三年拘系辱难堪，只为名驹未售贪。

不是便宜私窃马，君侯安得离荆南？

蔡侯闻唐侯献马得归，亦解裘佩以献瓦。瓦复告昭王曰：“唐、蔡一体，唐侯既归，蔡不可独留也。”昭王从之。

蔡侯出了郢都，怒气填胸，取白璧沈于汉水，誓曰：“寡人若不能伐楚而再南渡者，有如大川！”及返国，次日，即以世子元为质于晋，借兵伐楚。晋定公为之诉告于周，周敬王命卿士刘卷以王师会之。宋、齐、鲁、卫、陈、郑、许、曹、莒、邾、顿、胡、滕、薛、杞、小邾子连蔡，共是十七路诸侯，个个恨囊瓦之贪，皆以兵从。晋士鞅为大将，荀寅副之，诸军毕集于召陵之地。荀寅自以为蔡兴师，有功于蔡，欲得重货，使人谓蔡侯曰：“闻君有裘佩以遗楚君臣，何独敝邑而无之？吾等千里兴师，专为君侯，不知何以犒师也？”蔡侯对曰：“孤以楚令尹瓦贪冒不仁，弃而投晋，惟大夫念盟主之义，灭强楚以扶弱小，则荆襄五千里，皆犒师之物也，利孰大焉。”荀寅闻之甚愧。其时周敬王十四年之春三月，偶然大雨连旬，刘卷患疟，荀寅遂谓士鞅曰：“昔五伯莫盛于齐桓，然驻师召陵，未尝少损于楚。先君文公仅一胜之，其后构兵不已。自交见以后，晋、楚无隙，自我开之不可。况水潦方降，疾疟方兴，恐进未必胜，退为楚乘，不可不虑。”士鞅亦是个贪夫，也思蔡侯酬谢，未遂其欲，托言雨水不利，难以进兵，遂却蔡侯之质，传令班师。各路诸侯见晋不做主，各散回本国。髯仙有诗云：

冠裳济济拥兵车，直捣荆襄力有余。
谁道中原无义士，也同囊瓦索苞苴。

蔡侯见诸军解散，大失所望。归过沈国，怪沈子嘉不从伐楚，使大夫公孙姓袭灭其国，虏其君杀之，以泄其愤。楚囊瓦大怒，兴师伐蔡，围其城。公孙姓进曰："晋不足恃矣。不如东行求救于吴。子胥、伯嚭诸臣，与楚有大仇，必能出力。"蔡侯从之。即令公孙姓约会唐侯，共投吴国借兵，以其次子公子乾为质。伍员引见阖闾曰："唐、蔡以伤心之怨，愿为先驱。夫救蔡显名，破楚厚利。王欲入郢，此机不可失也。"阖闾乃受蔡侯之质，许以出兵，先遣公孙姓归报。阖闾正欲调兵，近臣报道："今有军师孙武自江口归，有事求见。"阖闾召入，问其来意。孙武曰："楚所以难攻者，以属国众多，未易直达其境也。今晋侯一呼，而十八国群集，内中陈、许、顿、胡皆素附于楚，亦弃而从晋，人心怨楚，不独唐、蔡，此楚势孤之时矣。"阖闾大悦。使被离、专毅辅太子波居守。拜孙武为大将，伍员、伯嚭副之，亲弟公子夫概为先锋，公子山专督粮饷，悉起吴兵六万，号为十万，从水路渡淮，直抵蔡国。囊瓦见吴兵势大，解围而走，又恐吴兵追赶，直渡汉水，方才屯扎，连打急报至郢都告急。

再说蔡侯迎接吴王，泣诉楚君臣之恶。未几唐侯亦到，二君愿为左右翼，相从灭楚。临行，孙武忽传令军士登陆，将战舰尽留于淮水之曲。伍员私问舍舟之故，孙武曰："舟行水逆而迟，使楚得徐为备，不可破矣。"员服其言。大军自江北陆路走章山，直趋汉阳。楚军屯于汉水之南，吴兵屯于汉水之北。囊瓦日夜愁吴军济汉，闻其留舟于淮水，心中稍安。楚昭王闻吴兵大举，自召诸臣问计。公子申曰："子常非大将之才，速令左司马沈尹戌领兵前往，勿使吴人渡汉。彼远来无继，必不能久。"昭王从其言。使沈尹戌率兵一万五千，同令尹协力拒守。

沈尹戌来至汉阳，囊瓦迎入大寨。戌问曰："吴兵从何而来，如此之速？"瓦曰："弃舟于淮汭，从陆路自豫章至此。"戌连笑数声曰："人言孙武用兵如神，以此观之，真儿戏耳！”瓦曰：“何谓也？”戌曰：“吴人惯习舟楫，利于水战，今乃舍舟从陆，但取便捷，万一失利，更无归路，吾所以笑之。”瓦曰：“彼兵见屯汉北，何计可破？”戌曰：“吾分兵五千与子，子沿汉列营，将船只尽拘集于南岸，再令轻舟，旦夕往来于江之上下，使吴军不得掠舟而渡。我率一军从新息抄出淮汭，尽焚其舟，再将汉东隘道用木石磊断。然后令尹引兵渡汉江，攻其大寨，我从后而击之。彼水陆路绝，首尾受敌，吴君臣之命，皆丧于吾手矣。”囊瓦大喜曰：“司马高见，吾不及也。”于是沈尹戌留大将武城黑统军五千，相助囊瓦，自引一万人望新息进发。不知后来胜败如何，且看下回分解。

第七十六回

楚昭王弃郢西奔　伍子胥掘墓鞭尸

话说沈尹戍去后，吴、楚夹汉水而军，相持数日。武城黑欲献媚于令尹，进言曰："吴人舍舟从陆，违其所长，且又不识地理，司马已策其必败矣。今相持数日，不能渡江，其心已怠，宜速击之。"瓦之爱将

史皇亦曰："楚人爱令尹者少，爱司马者多，若司马引兵焚吴舟，塞隘道，则破吴之功，彼为第一也。令尹官高名重，屡次失利，今又以第一之功让于司马，何以立于百僚之上？司马且代子为政矣。不如从武城将军之计，渡江决一胜负为上。"囊瓦惑其言，遂传令三军，俱渡汉水，至小别山列成阵势。史皇出兵挑战，孙武使先锋夫概迎之。夫概选勇士三百人，俱用坚木为大棒，一遇楚兵，没头没脑

乱打将去。楚兵从未见此军形，措手不迭，被吴兵乱打一阵，史皇大败而走。囊瓦曰："子令我渡江，今才交兵便败，何面目来见我？"史皇曰："战不斩将，攻不擒王，非兵家大勇。今吴王大寨扎在大别山之下，不如今夜出其不意，往劫之，以建大功。"囊瓦从之。遂挑选精兵万人，披挂衔枚，从间道杀出大别山后。诸军得令，依计而行。

却说孙武闻夫概初战得胜，众皆相贺。武曰："囊瓦乃斗筲之辈，贪功侥幸，今史皇小挫，未有亏损，今夜必来掩袭大寨，不可不备。"乃令大概、专毅各引本部，伏于大别山之左右，但听哨角为号，方许杀出，使唐、蔡二君分两路接应。又令伍员引兵五千，抄出小别山，反劫囊瓦之寨，却使伯嚭接应。孙武又使公子山保护吴王，移屯于汉阴山，以避冲突。大寨虚设旌旗，留老弱数百守之。号令已毕，时当三鼓，囊瓦果引精兵，密从山后抄出。见大寨中寂然无备，发声喊杀入军中，不见吴王，疑有埋伏，慌忙杀出。忽听得哨角齐鸣，专毅、夫概两军左右突出夹攻，囊瓦且战且走，三停兵士折了一停。才得走脱，又闻炮声大震，右有蔡侯，左有唐侯，两下截住。唐侯大叫："还我肃霜马，免汝一死！"蔡侯又叫："还我裘佩，饶汝一命！"囊瓦又羞又恼，又慌又怕。正在危急，却得武城黑引兵来，大杀一阵，救出囊瓦。约行数里，一起守寨小军来报："本营已被吴将伍员所劫，史将军大败，不知下落。"囊瓦心胆俱裂，引着败兵连夜奔驰，直到柏举方才驻足。良久，史皇亦引残兵来到，馀兵渐集，复立营寨。囊瓦曰："孙武用兵，果有机变！不如弃寨逃归，请兵复战。"史皇曰："令尹率大兵拒吴，若弃寨而归，吴兵一渡汉江，长驱入郢，令尹之罪何逃？不如尽力一战，便死于阵上，也留个香名于后！"

囊瓦正在踌躇，忽报："楚王又遣一军来接应。"囊瓦出寨迎接，乃大将薳射也。射曰："主上闻吴兵势大，恐令尹不能取胜，特遣小将带军一万，前来听命。"因问从前交战之事。囊瓦备细详述了一遍，面有惭色。薳射曰："若从沈司马之言，何至如此。今日之计，惟有深沟高垒，勿与吴战，等待司马兵到，然后合击。"囊瓦曰："某因轻兵劫寨，所以反被其劫。若两阵相当，楚兵岂遽弱于吴哉！今将军初到，乘此锐气，宜决一死敌。"薳射不从。遂与囊瓦各自立营，名虽互为犄角，相去有十余里。囊瓦自恃爵高位尊，不敬薳射；薳射又欺囊瓦无能，不为之下，两边各怀异意，不肯和同商议。吴先锋夫概探知楚将不和，乃入见吴王曰："囊瓦贪而不仁，素失人心；薳射虽来赴援，不遵约束。三军皆无斗志，若追而击之，可必全胜。"阖闾不许。夫概退曰："君行其令，臣行其志，吾将独往，若幸破楚军，郢都可入也。"晨起，率本部兵五千，竟奔囊瓦之营。孙武闻之，急调伍员引兵接应。

却说夫概打入囊瓦大寨，瓦全不准备，营中大乱，武城黑舍命敌住。瓦不及乘车，步出寨后，左胛已中一箭，却得史皇率本部兵到，以车载之。谓瓦曰："令尹可自方便，小将当死于此！"囊瓦卸下袍甲，乘车疾走，不敢回郢，竟奔郑国逃难去了。髯翁有诗云：

披裘佩玉驾名驹，只道千年住郢都。

兵败一身逃难去，好教万口笑贪夫。

伍员兵到，史皇恐其追逐囊瓦，乃提戟引本部杀入吴军，左冲右突，杀死吴兵将二百余人。楚兵死伤，数亦相当，史皇身被重伤而死。武城黑战夫概不退，亦被夫概斩之。薳射之子薳延，闻前营有失，报知其父，欲提兵往救。薳射不许，自立营前弹压，令军中："乱动者斩！"囊瓦败军皆归于薳射，点视尚有万余，合成一军，军势复振。薳射曰："吴军乘胜掩至，不可当也。及其未至，整队而行，退至郢都，再作区处。"乃令大军拔寨都起，薳延先行，薳射亲自断后。夫概探得薳射移营，尾其后追之，及于清发。楚兵方收集船只，将谋渡江。吴兵便欲上前奋击，夫概止之曰："困兽犹斗，况人乎？若逼之太急，将致死力。不如暂且驻兵，待其半渡，然后击之。已渡者得免，未渡者争先，谁肯死斗？胜之必矣！"乃退二十里安营。中军孙武等俱到，闻夫概之言，人人称善。阖闾谓伍员曰："寡人有弟如此，何患郢都不入。"伍员曰："臣闻被离曾相夫概，言其毫毛倒生，必有背国叛主之事，虽则英勇，不可专任。"阖闾不以为然。

再说薳射闻吴兵来追，方欲列阵拒敌，又闻其复退，喜曰："固知吴人怯，不敢穷追也。"乃下令五鼓饱食，一齐渡江。刚刚渡及十分之三，夫概兵到，楚军争渡大乱。薳射禁止不住，只得乘车疾走。军士未渡者，都随着主将乱窜。吴军从后掩杀，掠取旗鼓戈甲无数。孙武命唐、蔡二君各引本国军将夺取渡江船只，沿江一路接应。薳射奔至雍澨，将卒饥困，不能奔走。所喜追兵已远，暂且停留，埋锅造饭。饭才熟，吴兵又到，楚兵将不及下咽，弃食而走，留下现成熟饭，反与吴兵受用。吴兵饱食，复尽力追逐。楚兵自相践踏，死者更多。薳射车踬，被夫概一戟刺死。其子薳延亦被吴兵围住，延奋勇冲突，不能得出。忽闻东北角喊声大振，薳延曰："吴又有兵到，吾命休矣！"原来那枝兵却是左司马沈尹戌行至新息，得囊瓦兵败之信，遂从旧路退回，却好在雍澨遇着吴兵围住薳延。戌遂将部下万人，分作三路杀入。夫概恃其屡胜，不以为意，忽见楚三路进兵，正不知多少军马，没抵敌一头处，遂解围而走。沈尹戌大杀一阵，吴兵死者千余人。沈尹戌正欲追杀，吴王阖闾大军已到，两下扎营相拒。沈尹戌谓其家臣吴句卑曰："令尹贪功，使吾计不遂，天也！今敌患已深，明日吾当决一死战。幸而胜，兵不及郢，楚国之福；万一战败，以首托汝，勿为吴人所得。"又谓薳延曰："汝父已殁于敌，汝不可以再死，宜亟归，传语子西，为保郢计。"薳延下拜曰："愿司马驱除东寇，早建大功！"垂泪而别。明旦，两下列阵交锋。沈尹戌平昔抚士有方，军卒用命，无不尽力死斗。夫概虽勇，不能取胜，看看欲败。孙武引大军杀来，右有伍员、蔡侯，左有伯嚭、唐侯，强弓劲弩在前，短兵在后，直冲入楚军，杀得七零八落。戌死命杀出重围，身中数箭，僵卧车中，不能复战，乃呼吴句卑曰："吾无用矣！汝可速取吾首，去见楚王！"句卑犹不忍。戌尽力大喝一声，遂瞑目不视。句卑不得已，用剑断其首，解裳裹而怀之，复掘土掩盖其尸，奔回郢都去了。吴兵遂长驱而进。史官有赞云：

楚谋不臧，贼贤升佞；伍族既捐，郤宗复尽。表表沈尹，一木支厦；操敌掌中，败于贪瓦。功隳身亡，凌霜暴日；天祐忠臣，归元于国。

话说薳延先归，见了昭王，哭诉囊瓦败奔，其父被杀之事。昭王大惊，急召子西、子期等商议，再欲出军接应。随后吴句卑亦到，呈上沈尹戌之首，备述兵败之由："皆因令尹不用司马之计，以至如此。"昭王痛哭曰："孤不能早用司马，孤之罪也。"因大骂囊瓦："误国奸臣，偷生于世，犬豕不食其肉！"句卑曰："吴兵日逼，大王须早定保郢之计。”昭王一面召沈诸梁领回父首，厚给葬具，封诸梁为叶公；一面议弃城西走。子西号哭谏曰：“社稷陵寝，尽在郢都，王若弃去，不可复入矣。”昭王曰：“所恃江、汉为险，今已失其险。吴师旦夕将至，安能束手受擒乎？”子期奏曰：“城中壮丁尚有数万，王可悉出宫中粟帛激励将士，固守城堞。遣使四出，往汉东诸国，令合兵入援。吴人深入我境，粮饷不继，岂能久哉？”昭王曰：“吴因粮于我，何患乏食？晋人一呼，顿、胡皆往，吴兵东下，唐、蔡为导，楚之宇下，尽已离心，不可恃也。”子西又曰：“臣等悉师拒敌，战而不胜，走犹未晚。”昭王曰：“国家存亡，皆在二兄，当行则行，寡人不能与谋矣。”言罢，含泪入宫。子西与子期计议，使大将斗巢引兵五千，助守麦城，以防北路；大将宋木引兵五千，助守纪南城，以防西北路；子西自引精兵一万，营于鲁洑江，以扼东渡之路；惟西路川江，南路湘江，俱是楚地，地方险远，非吴入楚之道，不必置备。子期督令王孙繇于、王孙圉、钟建、申包胥等在内巡城，十分严紧。

再说吴王阖闾聚集诸将，问入郢之期。伍员进曰：“楚虽屡败，然郢都全盛，且三城联络，未易拔也。西去鲁洑江，乃入楚之径路，必有重兵把守。必须从北打大宽转，分军为三：一军攻麦城，一军攻纪南城，大王率大军直捣郢都，彼疾雷不及掩耳，顾此失彼，二城若破，郢不守矣。”孙武曰：“子胥之计甚善！”乃使伍员同公子山引兵一万，蔡侯以本国之师助之，去攻麦城；孙武同夫概引兵一万，唐侯以本国之师助之，去攻纪南城；阖闾同伯嚭等，引大军攻郢城。

且说伍员东行数日，谍者报：“此去麦城止一舍之远，有大将斗巢引兵守把。”员命屯住军马，换了微服，小卒二人跟随，步出营外，相度地形。来至一村，见村人方牵驴磨麦，其人以棰击驴，驴走磨转，麦屑纷纷而下。员忽悟曰：“吾知所以破麦城矣！”当下回营，暗传号令：“每军士一名，要布袋一个，内皆盛土，又要草一束，明日五鼓交割，如无者斩！”至次日五更，又传一令：“每车要带乱石若干，如无者斩！”比及天明，分军为二队：蔡侯率一队往麦城之东；公子乾率一队往麦城之西。吩咐各将所带石土草束，筑成小城以当营垒。员身自规度，督率军士用力，须臾而就。东城狭长，以象驴形，名曰“驴城”；西城正圆，以象磨形，名曰“磨城”。蔡侯不解其意，员笑曰：“东驴西磨，何患‘麦’之不下耶？”

斗巢在麦城闻知吴兵东西筑城，急忙引兵来争，谁知二城已立，屹如坚垒。斗巢先至东城，城上旌旗布满，铎声不绝。斗巢大怒，便欲攻城。只见辕门开处，一员少年将军引兵出战。斗巢问其姓名，答曰：“吾乃蔡侯少子姬乾也。”斗巢曰：“孺子非吾敌手！伍子胥安在？”姬乾曰：“已取汝麦城去矣！”头巢愈怒，挺着长戟，直取姬乾。姬乾奋戈相迎，两下交锋，约二十余合。忽有哨马飞报：“今有吴兵攻打麦城，望将军速回！”斗巢恐巢穴有失，急鸣金收军，军伍已乱。姬乾乘势掩杀一阵，不敢穷追而返。斗巢回至麦城，正遇伍员指挥军马围城。斗巢横戈拱手曰：“子胥别来无恙？足下先世之冤，皆由无极，今谗人已诛，足下无冤可报矣。宗国三世之恩，足下岂忘之乎？”员对曰：“吾先人有大功于楚，楚王不念，冤杀父兄，又欲绝吾之命，幸蒙天祐，得脱于难。怀之十九年，乃有今日，子如相谅，速速远避，勿撄吾锋，可以相全。”斗巢大骂：“背主之贼！避汝不算好汉。”便挺戟来战伍员，员亦持戟相迎，略战数合，伍员曰：“汝已疲劳，放汝入城，明日再战。”斗巢曰：”来日决个死敌！”两下各自收军。城上看见自家人马，开门接应入城去了。至夜半，忽然城上发起喊来，报道：“吴兵已入城矣！”原来伍员军中多有楚国降卒，故意放斗巢入城，却教降卒数人，一样妆束，杂在楚兵队里混入，伏于僻处，夜半，于城上放下长索，吊上吴军。比及知觉，城上吴军已有百余，齐声呐喊，城外大军应之，守城军士乱窜，斗巢禁约不住，只得乘轺车出走。伍员也不追赶，得了麦城，遣人至吴王处报捷。潜渊有诗云：

西磨东驴下麦城，偶因触目得功成。

子胥智勇真无敌，立见荆蛮右臂倾！

话说孙武引兵过虎牙山，转入当阳阪，望见漳江在北，水势滔滔，纪南地势低下，西有赤湖，湖水通纪南及郢都城下。武看在肚里，心生一计，命军士屯于高阜之处，各备畚锸，限一夜之间要掘开深壕一道，引漳江之水通于赤湖，却筑起长堤，坝住江水。那水进无所泄，平地高起二三丈，又遇冬月，西风大发，即时灌入纪南城中。守将宋木只道江涨，驱城中百姓奔郢都避水。那水势浩大，连郢都城下，一望如江湖了。孙武使人于山上砍竹造筏，吴军乘筏薄城。城中方知此水乃吴人决漳江所致，众心惶惧，各自逃生。楚王知郢都难守，急使箴尹固具舟西门，取其爱妹季芈一同登舟。子期在城上，正欲督率军士捍水，闻楚王已行，只得同百官出城保驾，单单走出一身，不复顾其家室矣。郢都无主，不攻自破。史官有诗云：

虎踞方城阻汉川，吴兵迅扫若飞烟。
忠良弃尽谗贪售，不怕隆城高入天。

孙武遂奉阖闾入郢都城，即使人掘开水坝，放水归江，合兵以守四郊。伍员亦自麦城来见。阖闾升楚王之殿，百官拜贺已毕，然后唐、蔡二君亦入朝致词称庆。阖闾大喜，置酒高会。是晚，阖闾宿于楚王之宫，左右得楚王夫人以进。阖闾欲使侍寝，意犹未决。伍员曰："国尚有之，况其妻乎？"王乃留宿，淫其妾媵殆遍。左右或言："楚王之母伯嬴，乃太子建之妻，平王以其美而夺之，今其齿尚少，色未衰也。"阖闾心动，使人召之，伯嬴不出。阖闾怒，命左右："牵来见寡人。"伯嬴闭户，以剑击户而言曰："妾闻诸侯者，一国之教也。礼，男女居不同席，食不共器，所以示别。今君王弃其表仪，以淫乱闻于国人，未亡人宁伏剑而死，不敢承命。"阖闾大惭，乃谢曰："寡人敬慕夫人，愿识颜色，敢及乱乎？夫人休矣。"使其旧侍为之守户，诫从人不得妄入。伍员求楚昭王不得，乃使孙武、伯嚭等，亦分据诸大夫之室，淫其妻妾以辱之。唐侯、蔡侯同公子山往搜囊瓦之家，裘佩尚依然在笥，肃霜马亦在厩中，二君各取其物，俱转献于吴王。其他宝货金帛，充牣室中，恣左右运取，狼藉道路。囊瓦一生贪贿，何曾受用？公子山欲取囊瓦夫人，夫概至，逐山而自取之。是时君臣宣淫，男女无别，郢都城中，几于兽群而禽聚矣。髯翁有诗云：

行淫不避楚君臣，但快私心渎大伦。
只有伯嬴持晚节，清风一线未亡人。

伍员言于吴王，欲将楚宗庙尽行拆毁。孙武进曰："兵以义动，方为有名。平王废太子建而立秦女之子，任用谗贪，内戮忠良，而外行暴于诸侯，是以吴得至此。今楚都已破，宜召太子建之子芈胜，立之为君，使主宗庙，以更昭王之位。楚人怜故太子无辜，必然相安，而胜怀吴德，世世贡献不绝。王虽赦楚，犹得楚也。如此，则名实俱全矣！”阖闾贪于灭楚，遂不听孙武之言，乃焚毁其宗庙。唐、蔡二君，各辞归本国去讫。阖闾复置酒章华之台，大宴群臣，乐工奏乐，群臣皆喜，惟伍员痛哭不已。阖闾曰：“卿报楚之志已酬矣，又何悲乎？”员含泪而对曰：“平王已死，楚王复逃，臣父兄之仇，尚未报万分之一也。”阖闾曰：“卿欲何如？”员对曰：“乞大王许臣掘平王之冢墓，开棺斩首，方可泄臣之恨。”阖闾曰：“卿为德于寡人多矣，寡人何爱于枯骨，不以慰卿之私耶？”遂许之。

伍员访知平王之墓在东门外地方室丙庄寥台湖，乃引本部兵往。但见平原衰草，湖水茫茫，并不知墓之所在。使人四下搜觅，亦无踪影。伍员乃捶胸向天而号曰：“天乎！天乎！不令我报父兄之怨乎？”忽有老父至前，揖而问曰：“将军欲得平王之冢何故？”员曰：“平王弃子夺媳，杀忠任佞，灭吾宗族，吾生不能加兵其颈，死亦当戮其尸，以报父兄于地下。”老父曰：“平王自知多怨，恐人发掘其墓，故葬于湖中。将军必欲得棺，须涸湖水而求之，乃可见也。”因登寥台，指示其处。员使善没之士，入水求之，于台东果得石椁。乃令军士各负沙一囊，堆积墓旁，壅住流水；然后凿开石椁，得一棺甚重，发之，内惟衣冠及精铁数百斤而已。老叟曰：“此疑棺也，真棺尚在其下。”更去石板下层，果然有一棺。员令毁棺，拽出其尸，验之，果楚平王之身也。用水银殓过，肤肉不变。员一见其尸，怨气冲天，手持九节铜鞭，鞭之三百，肉烂骨折。于是左足践其腹，右手抉其目，数之曰：“汝生时枉有目珠，不辨忠佞，听信谗言，杀吾父兄，岂不冤哉！”遂断平王之头，毁其衣衾棺木，同骸骨弃于原野。髯翁有赞云：

> 怨不可积，冤不可极。极冤无君长，积怨无存殁。匹夫逃死，僇及朽骨。泪血洒鞭，怨气昏日。孝意夺忠，家仇及国。烈哉子胥，千古犹为之饮泣！

伍员既挞平王之尸，问老叟曰：“子何以知平王葬处及其棺木之诈？”老叟曰：“吾非他人，乃石工也。昔平王令吾石工五十余人，砌造疑冢，恐吾等泄漏其机，冢成之后，将诸工尽杀冢内，独老汉私逃得免。

今日感将军孝心诚切，特来指明，亦为五十余冤鬼稍偿其恨耳。”员乃取金帛厚酬老叟而去。

再说楚昭王乘舟西涉沮水，又转而南渡大江，入于云中。有草寇数百人，夜劫昭王之舟，以戈击昭王。时王孙繇于在旁，以背蔽王，大喝曰：“此楚王也，汝欲何为？”言未毕，戈中其肩，流血及踵，昏倒于地。寇曰：“吾辈但知有财帛，不知有王！且令尹大臣尚且贪贿，况小民乎？”乃大搜舟中金帛宝货之类。箴尹固急扶昭王登岸避之。昭王呼曰：“谁为我护持爱妹，勿令有伤！”下大夫钟建背负季芈，以从王于岸。回顾群盗放火焚舟，乃夜走数里。至明旦，子期同宋木、斗辛、斗巢陆续踪迹而至。斗辛曰：“臣家在郧，去此不及四十里，吾王且勉强到彼，再作区处。”少顷，王孙繇于亦至，昭王惊问曰：“子负重伤，何以得免？”繇于曰：“臣负痛不能起，火及臣身，忽若有人推臣上岸，昏迷中闻其语曰：‘吾乃楚之故令尹孙叔敖也。传语吾王，吴师不久自退，社稷绵远。’因以药敷臣之肩，醒来时血止痛定，故能及此。”昭王曰：“孙叔产于云中，其灵不泯。”相与嗟叹不已。斗巢出干糒同食，箴尹固解匏瓢汲水以进。昭王使斗辛觅舟于成臼之津，辛望见一舟东来，载有妻小，察之，乃大夫蓝尹亹也。辛呼曰：“王在此，可以载之。”蓝尹亹曰：“亡国之君，吾何载焉！”竟去不顾。斗辛伺候良久，复得渔舟，解衣以授之，才肯舣舟拢岸。王遂与季芈同渡，得达郧邑。斗辛之仲弟斗怀闻王至出迎。辛令治馔。斗怀进食，屡以目视昭王。斗辛疑之，乃与季弟巢亲侍王寝。至夜半，闻淬刀声，斗辛开门出看，乃斗怀也，手执霜刃，怒气勃勃。辛曰：“弟淬刃欲何为乎？”怀曰：“欲弑王耳！”辛曰：“汝何故生此逆心？”怀曰：“昔吾父忠于平王，平王听费无极谗言而杀之。平王杀我父，我杀平王之子，以报其仇，有何不可。”辛怒骂曰：“君犹天也，天降祸于人，人敢仇乎？”怀曰：“王在国则为君，今失国则为仇，见仇不杀，非人也。”辛曰：“古者，怨不及嗣。王又悔前人之失，录用我兄弟，今乘其危而弑之，天理不容。汝若萌此意，吾先斩汝！”斗怀挟刃出门而去，恨恨不已。昭王闻户外叱喝之声，披衣起窃听，备闻其故，遂不肯留郧。斗辛、斗巢与子期商议，遂奉王北奔随国。

却说子西在鲁洑江把守，闻郢都已破，昭王出奔，恐国人遗散，乃服王服，乘王舆，自称楚王，立国于脾泄，以安人心。百姓避吴乱者，依之以居。已而闻王在随，晓谕百姓，使知王之所在，然后至随，与王相从。伍员终以不得楚昭王为恨，言于阖闾曰：“楚王未得，楚未可灭也。臣愿率一军西渡，踪迹昏君，执之以归。”阖闾许之。伍员一路追寻，闻楚王在随，竟往随国，致书随君，要索取楚王。毕竟楚王如何得免，且看下回分解。

第七十七回

泣秦庭申包胥借兵　退吴师楚昭王返国

话说伍员屯兵于随国之南鄙，使人致书于随侯，书中大约言："周之子孙在汉川者，被楚吞噬殆尽。今天祐吴国，问罪于楚君。若出楚珍，与吴为好，汉阳之田，尽归于君，寡君与君世为兄弟，同事周室。"

随侯看毕，集群臣计议。楚臣子期面貌与昭王相似，言于随侯曰："事急矣！我伪为王而以我出献，王乃可免也。"随侯使太史卜其吉凶，太史献繇曰：

> 平必陂，往必复。故勿弃，新勿欲。西邻为虎，东邻为肉。

随侯曰："楚故而吴新，鬼神示我矣。"乃使人辞伍员曰："敝邑依楚为国，世有盟誓。楚君若下辱，不敢不纳。然今已他徙矣，惟将军察之！"

伍员以囊瓦在郑，疑昭王亦奔郑，且郑人杀太子建，仇亦未报，遂移兵伐郑，围其郊。时郑贤臣游吉新卒，郑定公大惧，归咎囊瓦，瓦自杀。郑伯献瓦尸于吴军，说明楚王实未至郑。吴师犹不肯退，必欲灭郑，以报太子之仇。诸大夫请背城一战，以决存亡。郑伯曰："郑之兵马孰若楚？楚且破，况于郑乎？"乃出令于国中曰："有能退吴军者，寡人愿与分国而治。"悬令三日。时鄂渚渔丈人之子，因避兵亦逃在郑城之中，闻吴国用伍员为主将，乃求见郑君，自言："能退吴军。"郑定公曰："卿退吴兵，用车徒几何？"对曰："臣不用一寸之兵，一斗之粮，只要与臣一桡，行歌道中，吴兵便退。"郑伯不信，然一时无策，只得使左右以一桡授之："果能退吴，不吝上赏。"渔丈人之子，縋城而下，直入吴军，于营前叩桡而歌曰：

芦中人！芦中人！腰间宝剑七星文。不记渡江时，麦饭鲍鱼羹？

军士拘之，来见伍员，其人歌"芦中人"如故。员下席惊问曰："足下是何人？"举桡而对曰："将军不见吾手中所操乎？吾乃鄂渚渔丈人之子也。"员恻然曰："汝父因吾而死，正思报恩，恨无其路。今日幸得相遇，汝歌而见我，意何所须？"对曰："别无所须也。郑国惧将军兵威，令于国中：'有能退吴军者，与之分国而治。'臣念先人与将军有仓卒之遇，今欲从将军乞赦郑国。"员乃仰天叹曰："嗟乎！员得有今日，皆渔丈人所赐，上天苍苍，岂敢忘也！"即日下令解围而去。渔丈人之子回报郑伯。郑伯大喜，乃以百里之地封之，国人称之曰"渔大夫"。至今溱、洧之间，有丈人村，即所封地也。髯翁有诗云：

密语芦洲隔死生，桡歌强似楚歌声。
三军既散分茅土，不负当时江上情。

伍员既解郑国之围，还军楚境，各路分截守把，大军营于麋地，遣人四出招降楚属，兼访求昭王甚急。

却说申包胥自郢都破后，逃避在夷陵石鼻山中，闻子胥掘墓鞭尸，复求楚王，乃遣人致书于子胥，其略曰：

子故平王之臣，北面事之，今乃僇辱其尸，虽云报仇，不已甚乎？物极必反，子宜速归。不然，胥当践"复楚"之约！

伍员得书，沉吟半晌，乃谓来使曰："某因军务倥偬，不能答书，借汝之口，为我致谢申君：忠孝不能两全，吾日暮途远，故倒行而逆施耳！"使者回报包胥，包胥曰："子胥之灭楚必矣。吾不可坐而待之。"想起楚平王夫人，乃秦哀公之女，楚昭王乃秦之甥，要解楚难，除是求秦。乃昼夜西驰，足踵俱开，步步流血，裂裳而裹之。奔至雍州来见秦哀公曰："吴贪如封豕，毒如长蛇，久欲荐食诸侯，兵自楚始。寡君失守社稷，逃于草莽之间，特命下臣告急于上国，乞君念甥舅之情，代为兴兵解厄。"秦哀公曰："秦僻在西陲，兵微将寡，自保不暇，安能为人？"包胥曰："楚、秦连界，楚遭兵而秦不救，吴若灭楚，次将及秦，君之存楚，亦以固秦也。若秦遂有楚国，不犹愈于吴乎？倘能抚而存之，不绝其祀，情愿世世北面事秦。"秦哀公意犹未决，曰："大夫姑就馆驿安下，容孤与群臣商议。"包胥对曰："寡君越在草莽，未得安居，下臣何敢就馆自便乎？"

时秦哀公沉湎于酒，不恤国事。包胥请命愈急，哀公终不肯发兵。于是，包胥不脱衣冠，立于秦庭之中昼夜号哭，不绝其声。如此七日七夜，水浆一勺不入其口。哀公闻之，大惊曰："楚臣之急其君，一至是乎？楚有贤臣如此，吴犹欲灭之；寡人无此贤臣，吴岂能相容哉？"为之流涕，赋《无衣》之诗以旌之。诗曰：

岂曰无衣？与子同袍。王于兴师，与子同仇。

包胥顿首称谢，然后始进壶飧。秦哀公命大将子蒲、子虎帅车五百乘，从包胥救楚。包胥曰："吾君在随望救，不啻如大旱之望雨。胥当先往一程，报知寡君。元帅从商谷而东，五日可至襄阳，折而南，即荆门。而胥以楚之余众自石梁山南来，计不出二月，亦可相会。吴恃其胜，必不为备，军士在外，日久思归，若破其一军，自然瓦解。"子蒲曰："吾未知路径，必须楚兵为导，大夫不可失期。"

包胥辞了秦帅，星夜至随来见昭王，言："臣请得秦兵，已出境矣。"昭王大喜，谓随侯曰："卜人所言：'西邻为虎，东邻为肉。'秦在楚之西，而吴在其东，斯言果验矣。"时薳延、宋木等亦收拾馀兵，从王于随。子西、子期并起随众，一齐进发。秦师屯于襄阳，以待楚师。包胥引子西、子期等与秦帅相见。楚兵先行，秦兵在后，遇夫概之师于沂水，子蒲谓包胥曰："子率楚师先与吴战，吾当自后会之。"包胥便与夫概交锋。夫概恃勇，看包胥有如无物。约斗十余合，未分胜败。子蒲、子虎驱兵大进。夫概望见旗号有秦字，大惊曰："西兵何得至此？"急急收军，已折大半。子西、子期等乘胜追逐五十里方止。夫概奔回郢都，来见吴王，盛称秦兵势锐，不可抵当。阖闾有惧色。孙武进曰："兵，凶器，可暂用而不可久也。且楚土地尚广，人心未肯服吴，臣前请王立芈胜以抚楚，正虞今日之变耳。为今之计，不如遣使与秦通好，许复楚君；割楚之西鄙，以益吴疆，君亦不为无利也。若久恋楚宫，与之相持，楚人愤而力，吴人骄而惰，加以虎狼之秦，臣未保其万全。"伍员知楚王必不可得，亦以武言为然。阖闾将从之，伯嚭进曰："吾兵自离东吴，一路破竹而下，五战拔郢，遂夷楚社。今一遇秦兵，即便班师，何前勇而后怯耶？愿给臣兵一万，必使秦兵片甲不回。如若不胜，甘当军令！"阖闾壮其言，许之。

孙武与伍员力止不可交兵，伯嚭不从，引兵出城，两军相遇于军祥，排成阵势。伯嚭望见楚军行列不整，便教鸣鼓，驰车突人，正遇子西，大骂："汝万死之馀，尚望寒灰再热耶？"子西亦骂："背国叛夫！今日何颜相见？"伯嚭大怒，挺戟直取子西，子西亦挥戈相迎。战不数合，子西诈败而走。伯嚭追之，未及二里，左边沈诸梁一军杀来，右边薳延一军杀来，秦将子蒲、子虎引生力军从中直贯吴阵。三路兵将吴兵截为三处，伯嚭左冲右突，不能得脱。却得伍员兵到，大杀一阵，救出伯嚭。一万军马，所存不上二千人。伯嚭自囚，入见吴王待罪。孙武谓伍员曰："伯嚭为人，矜功自任，久后必为吴国之患，不如乘此兵败，以军令斩之。"伍员曰："彼虽有丧师之罪，然前功不小，况敌在目前，不可斩一大将。"遂奏吴王赦其罪。秦兵直逼郢都，阖闾命夫概同公子山守城，自引大军屯于纪南城，伍员、伯嚭分屯磨城驴城，以为犄角之势，与秦兵相持。又遣使征兵于唐、蔡。楚将子西谓子蒲曰："吴以郢为巢穴，故坚壁相持，若唐、蔡更助之，不可敌矣！不若乘间加兵于唐，唐破，则蔡人必惧而自守，吾乃得专力于吴。"子蒲然其计。于是子蒲同子期分兵一支，袭破唐城，杀唐成公，灭其国。蔡哀公惧，不敢出兵助吴。

却说夫概自恃有破楚之首功，因沂水一败，吴王遂使协守郢都，心中郁郁不乐。及闻吴王与秦相持不决，忽然心动，想道："吴国之制，兄终弟及，我应嗣位。今王立子波为太了，我不得立矣！乘此大兵出征，国内空虚，私自归国，称王夺位，岂不胜于久后相争乎？"乃引本部军马，偷出郢都东门，渡汉而归。诈称："阖闾兵败于秦，不知所往，我当次立。"遂自称吴王，使其子扶臧悉众据淮水，以遏吴王之归路。吴世子波与专毅闻变，登城守御，不纳夫概。夫概乃遣使由三江通越，说其进兵，夹攻吴国，事成割五城为谢。

再说阖闾闻秦兵灭唐，大惊，方欲召诸将计议战守之事，忽公子山报到，言："夫概不知何故，引本部兵私回吴国去了。"伍员曰："夫概此行，其反必矣。"阖闾曰："将若之何？"伍员曰："夫概一勇之夫，不足为虑。所虑者，越人或闻变而动耳。王宜速归，先靖内乱。"阖闾于是留孙武、子胥退守郢都，自与伯嚭以舟师顺流而下。既渡汉水，得太子波告急信，言："夫概造反称王，又结连越兵入寇，吴都危在旦夕。"阖闾大惊曰："不出子胥所料也。"遂遣使往郢都取回孙武、伍员之兵。一面星夜驰归，沿江传谕将士："去夫概来归者复其本位；后到者诛。"淮上之兵，皆倒戈来归，扶臧奔回谷阳。夫概欲驱民授甲，百姓闻吴王尚在，俱走匿。夫概乃独率本部出战。阖闾问曰："我以手足相托，何故反叛？"夫概对曰："汝弑王僚，非反叛耶？"阖闾怒，教伯嚭："为我擒贼！"战不数合，阖闾麾大军直进。夫概虽勇，争奈众寡不敌，大败而走。扶臧具舟于江，以渡夫概，逃奔宋国去了。阖闾抚定居民，回至吴都，太子波迎接入城，打点拒越之策。

却说孙武得吴王班师之诏，正与伍员商议，忽报："楚军中有人送书到。"伍员命取书看之，乃申包胥所遗也。书略云：

> 子君臣据郢三时，而不能定楚，天意不欲亡楚，亦可知矣。子能践"覆楚"之言，吾亦欲酬"复楚"之志。朋友之义，相成而不相伤。子不竭吴之威，吾亦不尽秦之力。

伍员以书示孙武曰："夫吴以数万之众，长驱入楚，焚其宗庙，隳其社稷，鞭死者之尸，处生者之室，自古人臣报仇，未有如此之快者。且秦兵虽败我馀军，于我未有大损也。《兵法》：'见可而进，知难则退。'幸

楚未知吾急,可以退矣。”孙武曰:“空退为楚所笑,子何不以芈胜为请?”伍员曰:“善。”乃复书曰:

平王逐无罪之子,杀无罪之臣,某实不胜其愤,以至于此。昔齐桓公存邢立卫,秦穆公三置晋君,不贪其土,传诵至今。某虽不才,窃闻兹义。今太子建之子胜,糊口于吴,未有寸土。楚若能归胜,使奉故太子之祀,某敢不退避,以成吾子之志。

申包胥得书,言于子西。子西曰:“封故太子之后,正吾意也。”即遣使迎芈胜于吴。沈诸梁谏曰:“太子已废,胜为仇人,奈何养仇以害国乎?”子西曰:“胜匹夫耳!何伤?”竟以楚王之命召之,许封大邑。

楚使既发,孙武与伍员遂班师而还。凡楚之府库宝玉,满载以归,又迁楚境户口万家,以实吴空虚之地。伍员使孙武从水路先行,自己从陆路打从历阳山经过,欲求东皋公报之,其庐舍俱不存矣。再遣使于龙洞山问皇甫讷,亦无踪迹。伍员叹曰:“真高士也!”就其地再拜而去。至昭关,已无楚兵把守,员命毁其关。复过溧阳濑水之上,乃叹曰:“吾尝饥困于此,向一女子乞食,女子以盎浆及饭饲我,遂投水而亡。吾曾留题石上,未知在否?”使左右发土,其石字宛然不磨。欲以千金报之,未知其家,乃命投金于濑水中曰:“女子如有知,明吾不相负也!”行不一里,路傍一老妪,视兵过而哭泣。军士欲执之,问曰:“妪何哭之悲也?”妪曰:“吾有女守居三十年不嫁,往年浣纱于濑,遇一穷途君子,而辄饭之,恐事泄,自投濑水。闻所饭者,乃楚亡臣伍君也。今伍君兵胜而归,不得其报,自伤虚死,是以悲耳。”军士乃谓妪曰:“吾主将正伍君也。欲报汝千金,不知其家,已投金于水中,盍往取之?”妪遂取金而归。至今名其水为投金濑。髯仙有诗云:

投金濑下水澌澌,犹忆亡臣报德时。
三十年来无匹偶,芳名已共子胥垂。

越子允常闻孙武等兵回吴国,知武善于用兵,料难取胜,亦班师而回,曰:“越与吴敌也。”遂自称为越王。不在话下。

阖闾论破楚之功,以孙武为首。孙武不愿居官,固请还山,王使伍员留之。武私谓员曰:“子知天道乎?暑往则寒来,春还则秋至。王恃其强盛,四境无虞,骄乐必生。夫功成不退,将有后患。吾非徒自全，并欲全子。”员不谓然，武遂飘然而去。赠以金帛数车，俱沿路散于百姓之贫者。后不知其所终。史臣有赞云：

孙子之才，彰于伍员；法行二嫔，威振三军。御众如一，料敌若神；大伸于楚，小挫于秦。智非偏拙，谋不尽行；不受爵禄，知亡知存。身出道显，身去名成；书十三篇，兵家所尊。

阖闾乃立伍员为相国，亦仿齐仲父、楚子文之意，呼为子胥而不名。伯嚭为太宰，同预国政。更名阊门曰破楚门。复垒石于南界，留门使兵守之，以拒越人，号曰石门关。越大夫范蠡亦筑城于浙江之口，以拒吴，号曰固陵，言其可固守也。此周敬王十五年事。

话分两头。再说子西与子期重入郢城，一面收葬平王骸骨，将宗庙社稷重新草创，一面遣申包胥以舟师迎昭王于随。昭王遂与随君定盟，誓无侵伐。随君亲送昭王登舟，方才回转。昭王行至大江之中，凭栏四望，想起来日之苦，今日重渡此江，中流自在，心中甚喜。忽见水面一物，如斗之大，其色正红，使水手打捞得之，遍问群臣，皆莫能识。乃拔佩刀砍开，内有瓤似瓜，试尝之，甘美异常，乃遍赐左右曰："此无名之果，可识之，以俟博物之士也。"不一日，行至云中，昭王叹曰："此寡人遇盗之处，不可以不识。"乃泊舟江岸，使斗辛督人夫筑一小城于云梦之间，以便行旅投宿。今云梦县有地名楚王城，即其故址。子西、子期等离郢都五十里迎接昭王，君臣交相慰劳。

既至郢城，见城外白骨如麻，城中宫阙半已残毁，不觉凄然泪下。遂入宫来见其母伯嬴，子母相向而泣。昭王曰："国家不幸，遭此大变，至于庙社凌夷，陵墓受辱，此恨何时可雪？"伯嬴曰："今日复位，宜先明赏罚，然后抚恤百姓，徐俟气力完足，以图恢复可也。"昭王再拜受教。是日不敢居寝，宿于斋宫。次日，祭告宗庙社稷，省视坟墓，然后升殿，百官称贺。昭王曰："寡人任用匪人，几至亡国，若非卿等，焉能重见天日。失国者，寡人之罪；复国者，卿等之功也。"诸大夫皆稽首谢不敢。昭王先宴劳秦将，厚犒其师，遣之归国。然后论功行赏，拜子西为令尹，子期为左尹。以申包胥乞师功大，欲拜为右尹，申包胥曰："臣之乞师于秦，为君也，非为身也。君既返国，臣志遂矣，敢因以为利乎？"固辞不受。昭王强之，包胥乃挈其妻子而逃。妻曰："子劳形疲神，以乞秦师，而定楚国，赏其分也。又何逃乎？”包胥曰：“吾始为朋友之义，不泄子胥之谋，使子胥破楚，吾之罪也。以罪而冒功，吾实耻之！”遂逃入深山，终身不出。昭王使人求之不得，乃旌表其闾曰“忠臣之门”。以王孙繇于为右尹，曰：“云中代寡人受戈，不敢忘也。”其他沈诸梁、钟建、宋木、斗辛、斗巢、蘧延等俱进爵加邑。亦召斗怀欲赏，子西曰：“斗怀欲行弑逆之事，罪之为当，况可赏乎？”昭王曰：“彼欲为父报仇，乃孝子也。能为孝子，何难为忠臣？”亦使为大夫。蓝尹亹求见昭王，王思成臼不肯同载之恨，欲执而诛之，使人谓曰：“尔弃寡人于道路，今敢复来，何也？”蓝尹亹对曰：“囊瓦惟弃德树怨，是以败于柏举。王奈何效之？夫成臼之舟，孰若郢都之宫之安？臣之弃王于成臼，以儆王也！今日之来，欲观大王之悔悟与否？王不省失国之非，而记臣不载之罪，臣死不足惜，所惜者楚宗社耳。”子西奏曰：“亹之言直，王宜赦之，以无忘前败。”昭王乃许亹入见，使复为大夫如故。群臣见昭王度量宽洪，莫不大悦。昭王夫人自以失身阖闾，羞见其夫，自缢而死。时越方与吴构难，闻楚王复国，遣使来贺，因进其宗女于王，王立为继室。越姬甚有贤德，为王所敬礼。王念季芈相从患难，欲择良婿嫁之。季芈曰：“女子之义，不近男人。钟建常负我矣，是即我夫也，敢他适乎？”昭王乃以季芈嫁钟建，使建为司乐大夫。又思故相孙叔敖之灵，使人立祠于云中祭之。

子西以郢都残破，且吴人久居，熟其路径，复择都地筑城建宫，立宗庙社稷，迁都居之，名曰新郢。昭王置酒新宫，与群臣大会，饮酒方酣，乐师扈子恐昭王安今之乐，忘昔之苦，复蹈平王故辙，乃抱琴于王前奏曰：“臣有《穷衄》之曲，愿为大王鼓之。”昭王曰：“寡人愿闻。”扈子援琴而鼓，声甚凄怨。其词曰：

王耶王耶何乖劣？不顾宗庙听谗孽！任用无忌多所杀，诛夷忠孝大纲绝。二子东奔适吴越，吴王哀痛助忉怛。垂涕举兵将西伐，子胥伯嚭孙武决。五战破郢王奔发，留兵纵骑虏荆阙。先王骸骨遭发掘，鞭辱腐尸耻难雪！几危宗庙社稷灭，君王逃死多跋涉。卿士凄怆民泣血，吴军虽去怖不歇。愿王更事抚忠节，勿为谗口能谤亵！

昭王深知琴曲之情，垂涕不已。扈子收琴下阶，昭王遂罢宴。自此早朝晏罢，勤于国政，省刑薄敛，养士训武，修复关隘，严兵固守。芈胜既归，楚昭王封为白公胜，筑城名白公城，遂以白为氏，聚其本族而居。夫概闻楚王不念旧怨，自宋来奔。王知其勇，封之堂溪，号为堂溪氏。子西以祸起唐、蔡，唐已灭而蔡尚存，乃请伐蔡报仇。昭王曰："国事粗定，寡人尚未敢劳民也。"按《春秋传》楚昭王十年出奔，十一年返国，直至二十年，方才用兵灭顿，掳顿子牂。二十一年灭胡，掳胡子豹，报其从晋侵楚之仇。二十二年围蔡，问其从吴入郢之罪，蔡昭侯请降，迁其国于江、汝之间。中间休息民力近十年，所以师辄有功，楚国复兴，终符"湛卢"之祥、"萍实"之瑞也。要知后事，且看下回分解。

第七十八回

会夹谷孔子却齐　堕三都闻人伏法

话说齐景公见晋不能伐楚，人心星散，代兴之谋愈急，乃纠合卫、郑，自称盟主。鲁昭公前为季孙意如所逐，景公谋纳之。意如固拒不从，昭公改而求晋。晋荀跞得意如贿赂，亦不果纳。昭公客死。意如

遂废太子衍及其母弟务人，而援立庶子宋为君，是为定公。因季氏与荀跞通贿，遂事晋而不事齐。齐侯大怒，用世臣国夏为将，屡侵鲁境，鲁不能报。未几，季孙意如卒，子斯立，是为季康子。说起季、孟、叔三家，自昭公在国之日，已三分鲁国，各用家臣为政，鲁君不复有公臣。于是家臣又窃三大夫之权，展转恣肆，凌铄其主。今日季孙斯、孟孙无忌、叔孙州仇，虽然三家鼎立，邑宰各据其城，以

为己物，三家号令不行，无可奈何。季氏之宗邑曰费，其宰公山不狃；孟氏之宗邑曰成，其宰公敛阳；叔氏之宗邑曰郈，其宰公若藐。这三处城垣，皆三家自家增筑，极其坚厚，与曲阜都城一般。那三个邑宰中，惟公山不狃尤为强横。更有家臣一人，姓阳名虎，字货，生得鸳肩巨颡，身长九尺有余，勇力过人，智谋百出，季斯起初任为腹心，使为家宰，后渐专季氏之家政，擅作威福。季氏反为所制，无可奈何。季氏内为陪臣所制，外受齐国侵凌，束手无策。时又有少正卯者，为人博闻强记，巧辩能言，通国号为“闻人”，三家倚之为重。卯面是背非，阴阳其说，见三家则称颂其佐君匡国之功，见阳虎等又托为强公室抑私家之说，使之挟鲁侯以令三家，挑得上下如水火，而人皆悦其辨给，莫悟其奸。

内中单说孟孙无忌，乃是仲孙貜之子，仲孙蔑之孙。貜在位之日，慕鲁国孔仲尼之名，使其子从之学礼。那孔仲尼名丘，其父叔梁纥尝为邹邑大夫，即偪阳手托悬门之勇士也。纥娶于鲁之施氏，多女而无子。其妾生一子曰孟皮，病足成废人。乃求婚于颜氏。颜氏有五女，俱未聘，疑纥年老，谓诸女曰：“谁愿适邹大夫者？”诸女莫对。最幼女曰徵在，出应曰：“女子之义，在家从父，惟父所命，何问焉？”颜氏奇其语，即以徵在许婚。既归纥，夫妇忧无子，共祷于尼山之谷。徵在升山时，草木之叶皆上起；及祷毕而下，草木之叶皆下垂。是夜，徵在梦黑帝见召，嘱曰：“汝有圣子，若产，必于‘空桑’之中。”觉而有孕。一日，恍惚若梦，见五老人列于庭，自称“五星之精”，狎一兽，似小牛而独角，文如龙鳞，向徵在而伏。口吐玉尺，上有文曰：“水精之子，继衰周而素王。”徵在心知其异，以绣绂系其角而去。告于叔梁纥，纥曰：“此兽必麒麟也。”及产期，徵在问：“地有名‘空桑’者乎？”叔梁纥曰：“南山有空窦，窦有石门而无水，俗名亦呼空桑。”徵在曰：“吾将往产于此。”纥问其故，徵在乃述前梦。遂携卧具于空窦中。其夜，有二苍龙自天而下，守于山之左右，又有二神女擎香露于空中，以沐徵在，良久乃去。徵在遂产孔子。石门中忽有清泉流出，自然温暖，浴毕，泉即涸。今曲阜县南二十八里，俗呼女陵山，即空桑也。

孔子生有异相，牛唇虎掌，鸳肩龟脊，海口辅喉，顶门状如反宇。

父纥曰："此儿秉尼山之灵。"因名曰丘，字仲尼。仲尼生未几而纥卒，育于徵在。既长，身长九尺六寸，人呼为"长人"。有圣德，好学不倦。周游列国，弟子满天下，国君无不敬慕其名，而为权贵当事所忌，竟无能用之者。是时适在鲁国，无忌言于季斯曰："欲定内外之变，非用孔子不可。"季斯召孔子，与语竟日，如在江海中，莫窥其际。季斯起更衣，忽有费邑人至，报曰："穿井者得土缶，内有羊一只，不知何物？"斯欲试孔子之学，嘱使勿言，既入座，谓孔子曰："或穿井于土中得狗，此何物也？"孔子曰："以某言之，此必羊也，非狗也。"斯惊问其故。孔了曰："某闻山之怪曰夔魍魉，水之怪曰龙罔象，土之怪曰羵羊。今得之穿井，是在土中，其为羊必矣。"斯曰："何以谓之羵羊？"孔子曰："非雌非雄，徒有其形。"斯乃召费人问之，果不成雌雄者。于是大惊曰："仲尼之学，果不可及！"乃用为中都宰。此事传闻至楚，楚昭王使人致币于孔子，询以渡江所得之物。孔子答使者曰："是名萍实，可剖而食也。"使者曰："夫子何以知之？"孔子曰："某曾问津于楚，闻小儿谣曰：'楚王渡江得萍实，大如斗，赤如日，剖而尝之甜如蜜。'是以知之。"使者曰："可常得乎？"孔子曰："萍者，浮泛不根之物，乃结而成实，虽于百年不易得也。此乃散而复聚，衰而复兴之兆，可为楚王贺矣。"使者归告昭王，昭王叹服不已。孔子在中都大治，四方皆遣人观其政教，以为法则。鲁定公知其贤，召为司空。

周敬王十九年，阳虎欲乱鲁而专其政，知叔孙辄无宠于叔孙氏，而与费邑宰公山不狃相厚，乃与二人商议，欲以计先杀季孙，然后并除仲叔，以公山不狃代斯之位，以叔孙辄代州仇之位，己代孟孙无忌之位。虎慕孔子之贤，欲招致门下，以为己助，使人讽之来见，孔子不从。乃以蒸豚馈之，孔子曰："虎诱我往谢而见我也。"令弟子伺虎出外，投刺于门而归，虎竟不能屈。孔子密言于无忌曰："虎必为乱，乱必始于季氏，子预为之备，乃可免也。"无忌伪为筑室于南门之外，立栅聚材，选牧圉之壮勇者三百人为佣，名曰兴工，实以备乱。又语成宰公敛阳，使缮甲待命，倘有报至，星夜前来赴援。

是年秋八月，鲁将行禘祭。虎请以禘之明日，享季孙于蒲圃。无忌闻之曰："虎享季孙，事可疑矣。"乃使人驰告公敛阳，约定日中率甲由东门至南门，一路观变。至享期，阳虎亲至季氏之门，请季斯登车。阳虎在前为导，虎之从弟阳越在后，左右皆阳氏之党。惟御车者林楚，世为季氏门下之客，季斯心疑有变，私语林楚曰："汝能以吾车适孟氏乎？"林楚点头会意。行至大衢，林楚遽挽辔南向，以鞭策连击其马，马怒而驰。阳越望见，大呼："收辔！"林楚不应，复加鞭，马行益急。阳越怒，弯弓射楚，不中，亦鞭其马，心急鞭坠，越拾鞭，季氏之车已去远矣。季斯出南门，径入孟氏之室，闭其栅，号曰："孟孙救我！"无忌使三百壮士，挟弓矢伏于栅门以待。须臾，阳越至，率其徒攻栅。三百人从栅内发矢，中者辄倒，阳越身中数箭而死。

且说阳虎行及东门，回顾不见了季孙，乃转辕复循旧路，至大衢，问路人曰："见相国车否？"路人曰："马惊，已出南门矣。"语未毕，阳越之败卒亦到，方知越已射死，季孙已避入孟氏新宫。虎大怒，驱其众急往公宫，劫定公以出朝。遇叔孙州仇于途，并劫之，尽发公宫之甲与叔孙氏家众，共攻孟氏于南门。无忌率三百人力拒之。阳虎命以火焚栅，季斯大惧。无忌使视日方中，曰："成兵且至，不足虑也。"言未毕，只见东角上一员猛将，领兵呼哨而至，大叫："勿犯吾主！公敛阳在此！"阳虎大怒，便奋长戈，迎住公敛阳厮杀。二将各施逞本事，战五十余合，阳虎精神愈增，公敛阳渐渐力怯。叔孙州仇遽从后呼曰："虎败矣！"即率其家众，前拥定公西走，公徒亦从之。无忌引壮士开栅杀出，季氏之家臣苫越亦帅甲而至。阳虎孤寡无助，倒戈而走，入讙阳关据之。三家合兵以攻关，虎力不能支，命放火焚莱门。鲁师避火却退，虎冒火而出，遂奔齐国。见景公，以所据讙阳之田献之，欲借兵伐鲁。大夫鲍国进曰："鲁方用孔某，不可敌也。不如执阳虎而归其田，以媚孔某。"景公从之。乃囚虎于西鄙。虎以酒醉守者，乘辎车逃奔宋国，宋使居于匡。阳虎虐用匡人，匡人欲杀之，复奔晋国，仕于赵鞅为臣。不在话下。宋儒论阳虎以陪臣而谋贼其家主，固为大逆，然季氏放逐其君，专执鲁政，家臣从旁窃视，已非一日，今日效其所为，乃天理报施之常，不足怪也。有诗云：

当时季氏凌孤主，今日家臣叛主君。
自作忠奸还自受，前车音响后车闻。

又有言：鲁自惠公之世，僭用天子礼乐，其后三桓之家舞八佾，歌雍彻，大夫目无诸侯，故家臣亦目无大夫，悖逆相仍，其来远矣。诗云：

九成干戚舞团团，借问何人启僭端？
要使国中无叛逆，重将礼乐问周官。

齐景公失了阳虎，又恐鲁人怪其纳叛，乃使人致书鲁定公，说明阳虎奔宋之故，就约鲁侯于齐、鲁界上夹谷山前，为乘车之会，以通两国之好，永息干戈。定公得书，即召三家商议。孟孙无忌曰："齐人多诈，主公不可轻往。"季孙斯曰："齐屡次加兵于我，今欲修好，奈何拒之？"定公曰："寡人若去，何人保驾？"无忌曰："非臣师孔某不可。"定公即召孔子，以相礼之事属之。乘车已具，定公将行，孔子奏曰："臣闻'有文事者，必有武备。'文武之事，不可相离。古者，诸侯出疆，必具官以从。宋襄公会盂之事可鉴也。请具左右司马，以防不虞。"定公从其言，乃使大夫申句须为右司马，乐颀为左司马，各率兵车五百乘，远远从行。又命大夫兹无还率兵车三百乘，离会所十里下寨。

既至夹谷，齐景公先在，设立坛位，为土阶三层，制度简略。齐侯幕于坛之右，鲁侯幕于坛之左。孔子闻齐国兵卫甚盛，亦命申句须、乐颀紧紧相随。时齐大夫黎弥以善谋称，自梁邱据死后，景公特宠信之。是夜，黎弥叩幕请见。景公召入，问："卿有何事，昏夜来此？"黎弥奏曰："齐、鲁为仇，非一日矣。止为孔某贤圣，用事于鲁，恐其他日害齐，故为今日之会耳。臣观孔某为人，知礼而无勇，不习战伐之事。明日主公会礼毕后，请奏四方之乐，以娱鲁君，乃使莱夷三百人假做乐工，鼓噪而前，觑便拿住鲁侯，并执孔某。臣约会车乘，从坛下杀散鲁众，那时鲁国君臣之命悬于吾手，凭主公如何处分，岂不胜于用兵侵伐耶？"景公曰："此事可否，当与相国谋之。"黎弥曰："相国素与孔某有交，若通彼得知，其事必不行矣。臣请独任！"景公曰："寡人听卿，卿须仔细！"黎弥自去暗约莱兵行事去了。

次早，两君集于坛下，揖让而登。齐是晏婴为相，鲁是孔子为相。两相一揖之后，各从其主，登坛交拜。叙太公、周公之好，交致玉帛酬献之礼，既毕，景公曰："寡人有四方之乐，愿与君共观之。"遂传令先使莱人上前，奏其本土之乐。于是坛下鼓声大振，莱夷三百人杂执旍旄、羽祓、矛戟、剑楯蜂拥而至，口中呼哨之声相和不绝。历阶之半，定公色变，孔子全无惧意，趋立于景公之前，举袂而言曰："吾两君为好会，本行中国之礼，安用夷狄之乐？请命有司去之。"晏子不知黎弥之计，亦奏景公曰："孔某所言，乃正礼也。"景公大惭，急麾莱夷使退。黎弥伏于坛下，只等莱夷动手，一齐发作，见齐侯打发下来，心中甚愠，乃召本国优人，吩咐："筵席中间召汝奏乐，要歌《敝笱》之诗，任情戏谑，若得鲁君臣或笑或怒，我这里有重赏。"原来那诗乃文姜淫乱故事，欲以羞辱鲁国。黎弥升阶奏于齐侯曰："请奏宫中之乐，为两君寿。"景公曰："宫中之乐，非夷乐也，可速奏之。"黎弥传齐侯之命，倡优侏儒二十余人，异服涂面，装女扮男，分为二队，拥至鲁侯面前，跳的跳，舞的舞，口中齐歌的都是淫词，且歌且笑。孔子按剑张目，觑定景公奏曰："匹夫戏诸侯者，罪当死！请齐司马行法！"景公不应。优人戏笑如故。孔子曰："两国既已通好，如兄弟然，鲁国之司马，即齐之司马也。"乃举袖向下麾之，大呼："申句须、乐颀何在？"二将飞驰上坛，于男女二队中，各执领班一人，当下斩首，馀人惊走不迭。景公心中骇然。鲁定公随即起身。黎弥初意还想于坛下邀截鲁侯，一来见孔子有此手段，二来见申、乐二将英雄，三来打探得十里之外，即有鲁军屯扎，遂缩颈而退。

会散，景公归幕，召黎弥责之曰："孔某相其君，所行者皆是古人之道，汝偏使寡人入夷狄之俗。寡人本欲修好，今反成仇矣。"黎弥惶恐谢罪，不敢对一语。晏子进曰："臣闻：'小人知其过，谢之以文；君子知其过，谢之以质。'今鲁有汶阳之田三处，其一曰讙，乃阳虎所献不义之物；其二曰郓，乃昔年所取以寓鲁昭公者；其三曰龟阴，乃先君顷公时仗晋力索之于鲁者。那三处皆鲁故物，当先君桓公之日，曹沫登坛劫盟，单取此田，田不归鲁，鲁志不甘，主公乘此机以三田谢过，鲁君臣必喜，而齐、鲁之交固矣。"景公大悦，即遣晏子致三田于鲁。此周敬王二十四年事也。史臣有诗云：

纷然鼓噪起莱戈，无奈坛前片语何。
知礼之人偏有勇，三田买得两君和。

又诗单赞齐景公能虚心谢过，所以为贤君，几于复霸。诗云：

盟坛失计听黎弥，臣谏君从两得之。

不惜三田称谢过，显名千古播华夷。

这汶阳田原是昔时鲁僖公赐与季友者，今日名虽归鲁，实归季氏。以此季斯心感孔子，特筑城于龟阴，名曰谢城，以旌孔子之功；言于定公，升孔子为大司寇之职。

时齐之南境，忽来一大鸟，约长三尺，黑身白颈，长喙独足，鼓双翼舞于田间，野人逐之不得，飞腾望北而去。季斯闻有此怪，以问孔子。孔子曰："此鸟名曰'商羊'，生于北海之滨。天降大雨，商羊起舞，所见之地，必有淫雨为灾。齐、鲁接壤，不可不预为之备。"季斯预戒汶上百姓，修堤盖屋。不三日，果然天降大雨，汶水泛溢，鲁民有备无患。其事传布齐邦，景公益以孔子为神。自是孔子博学之名传播天下，人皆呼为"圣人"矣。有诗为证：

五典三坟漫究详，谁知萍实辨商羊？

多能将圣由天纵，赢得芳名四海扬。

季斯访人才于孔子之门，孔子荐仲由、冉求可使从政，季氏俱用为家臣。忽一日，季斯问于孔子曰："阳虎虽去，不狃复兴，何以制之？"孔子曰："欲制之，先明礼制。古者臣无藏甲，大夫无百雉之城，故邑宰无所据以为乱。子何不堕其城，撤其武备？上下相安，可以永久。"季斯以为然，转告于孟、叔二氏。孟孙无忌曰："苟利家国，吾岂恤其私哉？"时少正卯忌孔子师徒用事，欲败其功，使叔孙辄密地送信于公山不狃。不狃欲据城以叛，知孔子素为鲁人所敬重，亦思借助，乃厚致礼币，遗以书曰：

鲁自三桓擅政，君弱臣强，人心积愤。不狃虽为季宰，实慕公义，愿以费归公为公臣，辅公以锄强暴，俾鲁国复见周公之旧。夫子倘见许，愿移驾过费，面决其事。不腆路犒，伏惟不鄙。

孔子谓定公曰："不狃若叛，未免劳兵。臣愿轻身一往，说其回心改过，何如？"定公曰："国家多事，全赖夫子主持，岂可去寡人左右耶？"孔子遂却其书币。不狃见孔子不往，遂约会成宰公敛阳、郈宰公若藐同时起兵为逆，阳与藐俱不从。

却说郈邑马正侯犯勇力善射，为郈人所畏服，素有不臣之志。遂使圉人刺藐杀之，自立为郈宰，发郈众登城为拒命之计。州仇闻郈叛，往告无忌，无忌曰："吾助子一臂，当共灭此叛奴。"于是孟、叔二家连兵往讨，遂围郈城。侯犯悉力拒战，攻者多死，不能取胜。无忌教州仇求援于齐。时叔氏家臣驷赤在郈城中伪附侯犯，侯犯亲信之。赤谓犯曰："叔氏遣使如齐乞师矣。齐、鲁合兵，不可当也。子何不以郈降齐？齐外虽亲鲁，内实忌之。得郈可以逼鲁，齐必大喜，而倍以他地酬子。总之得地而可去危以就安，又何不利之有？"侯犯曰："此计甚善！"即遣人乞降于齐，以郈邑献之。齐景公召晏婴问曰："叔孙氏乞兵伐郈，侯犯又以郈来降，寡人将何适从？"晏子对曰："方与鲁讲好，岂可受其叛臣之献乎？助叔孙氏为是。"景公笑曰："郈乃叔孙私邑，于鲁侯无与。况叔孙氏君臣自相鱼肉，鲁之不幸，实齐之幸也。寡人有计在此，当两许其使以误之。"乃使司马穰苴屯兵于界上，以观其变。若侯犯能御叔孙，更分兵据郈，迎侯犯归于齐国；若叔孙胜了侯犯，便说助攻郈城，临时便宜行事。此是齐景公的奸雄处。

却说驷赤见侯犯遣使往齐去了，复谓犯曰："齐新与鲁侯为会，助鲁助郈，未可定也。宜多置兵甲于门，万一事变不测，可以自卫。"侯犯乃一勇之夫，信为好语，遂选精甲利兵留于门下。驷赤将羽书射于城外，鲁兵拾得献于州仇。州仇发书看之，书中言："臣赤已安排逆犯十有七八，不日城中当有内变，主君不须挂念。"州仇大喜，报知无忌，严兵以待。数日后，侯犯使者自齐回，言："齐侯已许下矣，愿以他邑相偿。"驷赤入贺侯犯而出，使人宣言于众曰："侯氏将迁郈民以附齐，使者回言齐师将至。奈何！"一时人情汹汹，多有造驷赤处问信者。赤曰："吾亦闻之，齐新与鲁好，不便得地，将迁尔户口，以实聊摄之虚耳。"自古道："安土重迁。"说了离乡背井，那一个不怕的？众人听说，互相传语，各有怨心。忽一夜，驷赤探知侯犯饮酒方酣，遂命心腹数十人，绕城大呼曰："齐师已至城外矣！吾等速治行李，三日内便要起身。"因继以哭。郈众大惊，俱集于侯氏之门，此时老弱惟有涕泣，那壮者无不咬牙切齿，愤恨侯犯。忽见门内藏甲甚多，正适其用，大家抢得穿着起来，各执兵器，发声喊，将侯犯家四面围住。连守城之兵都反了侯氏，与众助兴了。驷赤亟入告侯犯曰："郈众不愿附齐，满城俱变。子更有甲兵否？吾请率而攻之。”犯曰：“甲兵俱被众掠取矣。今日之事，免祸为上。”驷赤曰：“吾舍命送子。”遂出谓众曰：“汝等让一路，容侯氏出奔，侯氏出，齐师亦不至矣。”众人依言，放开一路。驷赤当先，侯犯在后，家属尚有百余人，车十余乘，驷赤直送出东门。因引鲁兵入于郈城，安抚百姓。无忌请追侯犯，驷赤曰：“臣已许之免祸矣。”乃纵之不追。遂堕郈城三尺。即用驷赤为郈宰。侯犯奔齐师，穰苴知鲁师已定郈，乃班师还齐。州仇、无忌亦回鲁国。

公山不狃初闻侯犯据郈以叛，叔、仲二家往讨，喜曰：“季氏孤矣！乘虚袭鲁，国可得也。”遂尽驱费众，杀至曲阜，叔孙辄为内应，开门纳之。定公急召孔子问计。孔子曰：“公徒弱，不足用也。臣请御君以往季氏。”遂驱车至季氏之宫，宫内有高台，坚固可守，定公居之。少顷，司马申句须、乐颀俱至。孔子命季斯尽出其家甲以授司马，使伏于台之左右，而使公徒列于台前。公山不狃同叔孙辄商议曰：“我等此举，以扶公室抑私家为名，不奉鲁侯为主，季氏不可克也。”乃齐叩公宫，索定公不得。盘桓许久，知已往季氏，遂移兵来攻。与公徒战，公徒皆散走。忽然左右大噪，申句须、乐颀二将领着精甲杀至。孔子扶定公立于台上，谓费人曰：“吾君在此，汝等岂不知顺逆之理？速速解甲，既往不咎！”费人知孔子是个圣人，谁敢不听，俱舍兵拜伏台下。公山不狃、叔孙辄势穷，遂出奔吴国去了。

叔孙州仇回鲁，言及郈都已堕。季斯亦命堕了费城，复其初制。无忌亦欲堕成都，成宰公敛阳问计于少正卯，卯曰：“郈、费因叛而堕，若并堕成，何以别子于叛臣乎？汝但云：‘成乃鲁国北门之守，若堕成，齐师侵我北鄙，何以御之？’坚持其说，虽拒命不为叛也。”阳从其计，使其徒穿甲而登城，谢叔孙氏曰：“吾非为叔孙氏守，为鲁社稷守也。恐齐兵旦暮猝至，无守御之具，愿捐此性命，与城俱碎，不敢动一砖一土！”孔子笑曰：“阳不辨此语，必‘闻人’教之耳。”季斯嘉孔子定费之功，自知不及万分之一，使摄行相事，每事谘谋而行。孔子有所陈说，少正卯辄变乱其词，听者多为所惑。孔子密奏于定公曰：“鲁之不振，由忠佞不分，刑赏不立也。夫护嘉苗者，必去莠草。愿君勿事姑息，请出太庙中斧钺，陈于两观之下。”定公曰：“善。”明日，使群臣参议成城不堕利害,但听孔子裁决。众人或言当堕,或言不当堕。少正卯欲迎合孔子之意,献堕成六便。何谓六便?一,君无二尊;二,归重都城形势;三,抑私门;四,使跛扈家臣无所凭借;五,平三家之心;六,使邻国闻鲁国兴革当理,知所敬重。孔子奏曰:“卯误矣!成已作孤立之势,何能为哉?况公敛阳忠于公室,岂跛扈之比?卯辩言乱政,离间君臣,按法当诛!”群臣皆曰:“卯乃鲁闻人,言或不当,罪不及死。”孔子复奏曰:“卯言伪而辩,行僻而坚,徒有虚名惑众,不诛之无以为政。臣职在司寇,请正斧钺之典。”遂命力士缚卯于两观之下斩之。群臣莫大变色,三家心中亦俱凛然。史臣有诗云:

养高华士太公诛,孔子偏将少正除。

不是圣人开正眼,世间尽读两人书。

自少正卯诛后,孔子之意始得发舒,定公与三家皆虚心以听之。孔子乃立纲陈纪,教以礼义,养其廉耻,故民不扰而事治。三月之后,风俗大变。市中鬻羔豚者,不饰虚价;男女行路,分别左右,不乱;遇路有失物,耻非己有,无肯拾取者。四方之客,一入鲁境,皆有常供,不至缺乏,宾至如归。国人歌之曰:“衮衣章甫,来适我所;章甫衮衣,慰我无私。”此歌诗传至齐国,齐景公大惊曰:“吾国必为鲁所并矣!”不知景公如何计较,且看下回分解。

第七十九回

归女乐黎弥阻孔子　栖会稽文种通宰嚭

话说齐侯自会夹谷归后，晏婴病卒，景公哀泣数日，正忧朝中乏人，复闻孔子相鲁，鲁国大治，惊曰：“鲁相孔子必霸，霸必争地，齐为近邻，恐祸之先及，奈何？”大夫黎弥进曰：“君患孔子之用，何不沮之？”景公曰：“鲁方任以国政，岂吾所能沮乎？”黎弥曰：“臣闻治安之后，骄逸必生。请盛饰女乐，以遗鲁君，鲁君幸而受之，必然怠于政事，而疏孔子。孔子见疏，必弃鲁而适他国，君可安枕而卧矣。”景公大悦，即命黎弥于女间之中择其貌美年二十以内者，共八十人，分为十队，各衣锦绣，教之歌舞。其舞曲名《康乐》，声容皆出新制，备态极妍，前所未有。教习已成，又用良马一百二十匹，金

勒雕鞍，毛色各别，望之如锦，使人致献鲁侯。使者张设锦棚二处于鲁南门之外，东棚安放马群，西棚陈列女乐。先致国书于定公，公发书看之，书曰：

杵臼顿首启鲁贤侯殿下：孤向者获罪夹谷，愧未忘心。幸贤侯鉴其谢过之诚，克终会好。日以国之多虞，聘问缺然。兹有歌婢十群，可以侑欢；良马三十驷，可以服车。敬致左右，聊申悦慕。伏惟存录。

且说鲁相国季斯安享太平，忘其所自，侈乐之志，已伏胸中。忽闻齐馈女乐，如此之盛，不胜艳慕。即时换了微服，与心腹数人乘车潜出南门往看。那乐长方在演习，歌声遏云，舞态生风，一进一退，光华夺目，如游天上，睹仙姬，非复人间思想所及。季斯看了多时，又阅其容色之美，服饰之华，不觉手麻脚软，目睁口呆，意乱神迷，魂消魄夺。鲁定公一日三宣，季斯为贪看女乐，竟不赴召。至次日，方入宫来见定公，定公以国书示之。季斯奏曰："此齐君美意，不可却也。"定公亦有想慕之意，便问："女乐何在？可试观否？"季斯曰："见列高门之外，车驾如往，臣当从行，但恐惊动百官，不如微服为便。"于是君臣皆更去法服，各乘小车，驰出南门，竟到西棚之下。早有人传出："鲁君易服亲来观乐了！"使者吩咐女子用心献技。那时歌喉转娇，舞袖增艳，十队女子更番迭进，真乃盈耳夺目，应接不暇，把鲁国君臣二人喜得手舞足蹈，不知所以。有诗为证：

一曲娇歌一块金，一番妙舞一盘琛。
只因十队女人面，改尽君臣两个心。

从人又夸东棚良马。定公曰："只此已是极观，不必又问马矣。"是夜，定公入宫，一夜不寐，耳中犹时闻乐声，若美人之在枕畔也。恐群臣议论不一，次早独宣季斯入宫，草就答书，书中备述感激之意。不必尽述。又将黄金百镒赠与齐使。将女乐收入宫中，以三十人赐季斯，其马付于圉人喂养。

定公与季斯新得女乐，各自受用，日则歌舞，夜则枕席，一连三日，不去视朝听政。孔子闻知此事，凄然长叹。时弟子仲子路在侧，进曰："鲁君怠于政事，夫子可以行矣。"孔子曰："郊祭已近，倘大礼不废，国犹可为也。”及祭之期，定公行礼方毕，即便回宫，仍不视朝，并胙肉亦无心分给。主胙者叩宫门请命，定公诿之季孙，季孙又诿之家臣。孔子从祭而归，至晚，不见胙肉颁到，乃告子路曰：“吾道不行，命也夫！”乃援琴而歌曰：

彼妇之口，可以出走。彼女之谒，可以死败。优哉游哉，聊以卒岁！

歌毕，遂束装去鲁。子路、冉有亦弃官从孔子而行。自此鲁国复衰。史臣有诗云：

几行红粉胜钢刀，不是黎弥巧计高。
天运凌夷成瓦解，岂容鲁国独甄陶。

孔子去鲁适卫，卫灵公喜而迎之，问以战阵之事。孔子对曰：“丘未之学也。”次日遂行。过宋之匡邑，匡人素恨阳虎，见孔子之貌相似，以为阳虎复至，聚众围之。子路欲出战，孔子止之曰：“某无仇于匡，是必有故，不久当自解。”乃安坐鸣琴。适灵公使人追还孔子，匡人乃知其误，谢罪而去。孔子复还卫国，主于贤大夫蘧瑗之家。

且说灵公之夫人曰南子，宋女也，有美色而淫。在宋时，先与公子朝相通。朝亦男子中绝色，两美相爱，过于夫妇，既归灵公，生蒯聩，已长，立为世子，而旧情不断。时又有美男子曰弥子瑕，素得君之宠爱，尝食桃及半，以其馀推入灵公之口。灵公悦而啖之，夸于人曰：“子瑕爱寡人甚矣！一桃味美，不忍自食，而分啖寡人。”群臣无不窃笑。子瑕恃宠弄权，无所不至。灵公外嬖子瑕，而内惧南子，思以媚之。乃时时召宋朝与夫人相会，丑声遍传，灵公不以为耻。蒯聩深恨其事，使家臣戏阳速因朝见之际刺杀南子，以灭其丑。南子觉之，诉于灵公。灵公逐蒯聩，聩奔宋，转又奔晋。灵公立蒯聩之子辄为世子。及孔子再至，南子请见之，知孔子为圣人，倍加敬礼。忽一日，灵公与南子同车而出，使孔子为陪乘，过街市，市人歌曰：

同车者色耶？从车者德耶？

孔子叹曰：“君之好德不如好色！”乃去卫适宋，与弟子习礼于大树之下。宋司马桓魋亦以男色得宠于景公，方贵幸用事，忌孔子之来，遂使人伐其树，欲求孔子杀之。孔子微服去宋适郑。将适晋，至河，闻赵鞅杀贤臣窦犨、舜华，叹曰："鸟兽恶伤其类，况人乎？"复返卫。未几，卫灵公卒，国人立辄为君，是为出公。蒯聩亦借晋援，与阳虎袭戚据之。是时，卫父子争国，晋助蒯聩，齐助辄。孔子恶其逆理，复去卫适陈，又将适蔡。

楚昭王闻孔子在陈、蔡之间，使人聘之。陈、蔡大夫相议，以为楚用孔子，陈、蔡危矣，乃相与发兵围孔子于野。孔子绝粮三日，而弦歌不辍。今开封府陈州界有地名桑落，其地有台，名曰厄台，即孔子当时绝粮处。宋刘敞有诗云：

> 四海栖栖一旅人，绝粮三日死生邻。
> 自是天心劳木铎，岂关陈蔡有愚臣。

忽一晚，有异人长九尺余，皂衣高冠，披甲持戈向孔子大咤，声动左右。子路引出与战于庭，其人力大，子路不能取胜。孔子从旁谛视良久，谓子路曰："何不探其胁？"子路遂探其胁，其人力尽手垂，败而仆地，化为大鲇鱼。弟子怪之，孔子曰："凡物老而衰，则群精附焉。杀之则已，何怪之有。"命弟子烹之以充饥。弟子皆喜曰："天赐也！"楚使者发兵以迎孔子。孔子至楚，昭王大喜，将以千社之地封孔子。令尹子西谏曰："昔文王在丰，武王在镐，地仅百里，能修其德，卒以代殷。今孔子之德，不下文、武，弟子又皆大贤，若得据土壤，其代楚不难矣。"昭王乃止。孔子知楚不能用，乃复还卫。卫出公欲任以国政，孔子拒之。鲁相国季孙肥亦来召其门人冉有，孔子因而返鲁，鲁以大夫告老之礼待之。于是诸弟子中，子路、子羔仕于卫，子贡、冉有、有若、宓子贱仕于鲁。这都是后话，叙明留作话柄。

再说吴王阖闾自败楚之后，威震中原，颇事游乐。乃大治宫室，建长乐宫于国中，筑高台于姑苏山。山在城西南三十里，一名姑胥山。于胥门外为径九曲，以通山路。春夏则治于城外，秋冬则治于城中。忽一日，想起越人伐吴之恨，谋欲报之。忽闻齐与楚交通聘使，怒曰："齐、楚通好，此我北方之忧也！"欲先伐齐，后及越。相国子胥进曰："交聘乃邻国之常，未必助楚害吴，不可遽兴兵旅。今太子波元妃已殁，未有继室，王何不遣使求婚于齐？如其不从，伐之未晚。"阖闾从之。使大夫王孙骆往齐，为太子波求婚。时景公年已老耄，志气衰颓，不能自振。宫中止一幼女未嫁，不忍弃之吴地。无奈朝无良臣，边无良将，恐一拒吴命，兴师来伐，如楚国之受祸，悔之何及！大夫黎弥亦劝景公结婚于吴，勿激其怒。景公不得已，以女少姜许婚。王孙骆回复吴王，王复遣纳币于齐，迎齐女归国。景公爱女畏吴，两念交迫，不觉流泪出涕，叹曰："若平仲、穰苴二人在此，孤岂忧吴人哉？"谓大夫鲍牧曰："烦卿为寡人致女于吴，此寡人之爱女，嘱吴王善视之。"临行，亲扶少姜登车，送出南门而返。鲍牧奉少姜至吴，敬致齐侯之命；因慕子胥之贤，深相结纳。不在话下。

话说少姜年幼，不知夫妇之乐，与太子波成婚之后，一心只想念父母，日夜号泣。太子波再三抚慰，其哀不止，遂抑郁成病。阖闾怜之，乃改造北门城楼，极其华焕，更其名曰"望齐门"，令少姜日游其上。少姜凭栏北望，不见齐国，悲哀愈甚，其病转增。临绝命，嘱太子波曰："妾闻虞山之巅可见东海，乞葬我于此，倘魂魄有知，庶几一望齐国也！"波奏闻其父，乃葬于虞山顶上。今常熟县虞山有齐女墓，又有望海亭是也。有张洪《齐女坟》诗为证。诗曰：

南风初劲北风微，争长诸姬复娶齐。
越境定须千两送，半途应拭万行啼。
望乡不惮登台远，埋恨惟嫌起冢低。
蔓草垂垂犹泣露，倩谁滴向故乡泥？

太子波忆念齐女亦得病，未几卒。阖闾欲于诸公子中择可立者，意犹未定，欲召子胥决之。太子波前妃生子名夫差，年已二十六岁矣，生得昂藏英伟，一表人材。闻其祖阖闾择嗣，乃先趋见子胥曰："我適孙也，欲立太子，舍我其谁！此在相国一言耳。"子胥许之。少顷，阖闾使人召子胥，商议立储之事。子胥曰："立子以適，则乱不生。今太子虽不禄，有適孙夫差在。"阖闾曰："吾观夫差，愚而不仁，恐不能奉吴之统。"子胥曰："夫差信以爱人，敦于礼义，父死子代，经之明文，又何疑焉？"阖闾曰："寡人听子，子善辅之。"遂立夫差为太孙。夫差至子胥家稽首称谢。

周敬王二十四年，阖闾年老，性益躁，闻越王允常薨，子句践新立，遂欲乘丧伐越。子胥谏曰："越虽有袭吴之罪，然方有大丧，伐之不祥，宜少待之。"阖闾不听，留子胥与太孙夫差守国，自引伯嚭、王孙骆、专毅等，选精兵三万，出南门望越国进发。越王句践亲自督师御之，诸稽郢为大将，灵姑浮为先锋，畴无余、胥犴为左右翼，与吴兵相遇于槜李。相距十里，各自安营下寨。两下挑战，不分胜负。阖闾大怒，遂悉众列陈于五台山，戒军中毋得妄动，俟越兵懈怠，然后乘之。句践望见吴阵上队伍整齐，戈甲精锐，谓诸稽郢曰："彼兵势甚振，不可轻敌，必须以计乱之。"乃使大夫畴无余、胥犴督敢死之士，左五百人各持长枪，右五百人各持大戟，一声呐喊，杀奔吴军。吴阵上全然不理，阵脚都用弓弩手把住，坚如铁壁。冲突三次，俱不能入，只得回转。句践无可奈何，诸稽郢密奏曰："罪人可使也。"句践悟。

次日，密传军令，悉出军中所携死罪者，共三百人，分为三行，俱袒衣注剑于颈，安步造于吴军。为首者前致辞曰："吾主越王，不自量力，得罪于上国，致辱下讨。臣等不敢爱死，愿以死代越王之罪。"言毕，以次自刭。吴兵从未见如此举动，甚以为怪，皆注目而观之，互相传语，正不知其何故。越军中忽然鸣鼓，鼓声大振，畴无余、胥犴帅死士二队，各拥大楯持短兵，呼哨而至。吴兵心忙，队伍遂乱。句践统大军继进，右有诸稽郢，左有灵姑浮，冲开吴阵。王孙骆舍命与诸稽郢相持。灵姑浮奋长刀左冲右突，寻人厮杀，正遇吴王阖闾。灵姑浮将刀便砍，阖闾望后一闪，刀砍中右足，伤其将指，一屦坠于车下。却得专毅兵到，救了吴王。专毅身被重伤。王孙骆知吴王有失，不敢恋战，急急收兵，被越兵掩杀一阵，死者过半。阖闾伤重，即刻班师回寨。灵姑浮取吴王之屦献功，句践大悦。

却说吴王因年老不能忍痛，回至七里之外，大叫一声而死。伯嚭护丧先行，王孙骆引兵断后，徐徐而返。越兵亦不追赶。史臣有诗论阖闾用兵不息，致有此祸。诗曰：

　　破楚凌齐意气豪，又思吞越起兵刀。

　　好兵终在兵中死，顺水叮咛莫放篙。

吴太孙夫差迎丧以归，成服嗣位。卜葬于破楚门外之海涌山，发工穿山为穴，以专诸所用鱼肠之剑殉葬，其他剑甲六千副，金玉之玩，充牣其中。既葬，尽杀工人以殉。三日后，有人望见葬处有白虎蹲踞其上，因名曰虎丘山，识者以为埋金之气所现。后来秦始皇使人发阖闾之墓，凿山求剑无所得，其凿处遂成深涧，今虎丘剑池是也。专毅伤重亦死，附葬于山后，今亦不知其处矣。夫差既葬其祖，立长子友为太子。使侍者十人，更番立于庭中，每自己出入经由，必大声呼其名而告曰："夫差！尔忘越王杀尔之祖乎？"即泣而对曰："唯！不敢忘！"欲以儆惕其心。命子胥、伯嚭练水兵于太湖，又立射棚于灵岩山以训射，俟三年丧毕，便为报仇之举。此周敬王二十四年事也。

是时，晋顷公失政，六卿树党争权，自相鱼肉。荀寅与士吉射相睦，结为婚姻，韩不信、魏曼多忌之。荀跞有宠臣曰梁婴父，跞欲以为卿。婴父恃荀跞之爱，谋逐荀寅而代其位。故荀跞亦与范氏、中行氏相恶。上卿赵鞅有族子名午，封于邯郸。午之母，荀寅之娣，故寅呼午为甥。先年，卫灵公与齐景公合谋叛晋，晋赵鞅帅师伐卫，卫惧，贡户口五百家谢罪，鞅留于邯郸，谓之"卫贡"。未几，鞅欲迁五百家以实晋阳，午恐卫人不服，未即奉命。鞅怒午之抗己，遂诱午至晋阳，执而杀之。荀寅怒赵鞅私杀其甥，因与士吉射商议，欲共伐赵氏，为邯郸午报仇。赵氏有谋臣曰董安于，时为赵氏守晋阳城，闻二氏之谋，特至绛州，告于赵鞅曰："范、中行方睦，一旦作乱，恐不可制，主君宜先为之备。"赵鞅曰："晋国有令，始祸必诛，待其先发而后应之可也。"董安于曰："与其多害百姓，宁我独死，若有事，安于当之。"鞅不可。安于乃私具甲兵，以伺其变。荀寅、士吉射倡言于众曰："董安于治兵，将以害我。"于是连兵以伐赵氏，围其宫。却得董安于有备，引兵杀开一条血路，保护赵鞅奔晋阳城。恐二氏来攻，建垒自守。荀跞谓韩不信、魏曼多曰："赵氏六卿之长，寅与吉射不由君命而擅逐之，政其归二家矣。"韩不信曰："盍以始祸为罪，而并逐之？"三人遂同请于定公，各率家甲，奉定公以伐二家，寅、吉射悉力拒战，不能取胜。吉射谋劫定公，韩不信遽使人呼于市中曰："范、中行氏谋反，来劫其君矣！"国人信其言，各执兵器，来救定公。三家借国人之众，杀败范、中行之兵。寅、吉射奔于朝歌以叛。韩不信告于定公曰："范、中行实为首祸，今已逐矣。赵氏世有大功于晋，宜复鞅位。"定公言无不从，遂召鞅于晋阳，复其爵禄。

梁婴父欲代荀寅为卿，荀跞言于赵鞅。鞅问董安于，安于曰："晋惟政出多门，故祸乱不息。若立婴父，是乃又置一荀寅也！"鞅乃不从。婴父怒，知为董安于所阻，谓荀跞曰："韩、魏党于赵，智氏之势孤矣。赵氏所恃者，其谋臣董安于也，何不去之？"跞问曰："去之何策？"婴父曰："安于私具甲兵，以激成范、中行之变，若论始祸，还是安于为首。"荀跞如婴父之言，以责赵鞅，鞅惧。董安于曰："臣向者固以死自期矣。臣死而赵氏安，是死贤于生也。"乃退而自缢。赵鞅乃陈其尸于市，使人告于荀跞曰："安于已伏罪矣。"荀跞乃与赵鞅结盟，各无相害。鞅私祀董安于于家庙之中，以答其劳。寅、吉射久据朝歌，诸侯叛晋者，皆欲借之以害晋。赵鞅屡次兴师攻之，齐、鲁、郑、卫遣使输粟助兵，以救二氏，鞅不能克。直至周敬王三十年，赵鞅合韩、魏、智三家之兵，攻下朝歌，寅、吉射奔邯郸，再奔柏人。未几，柏人城复破，其党范皋夷、张柳朔俱战死；豫让为荀跞子荀甲所获，甲子荀瑶请而活之，遂为智氏之臣。寅、吉射逃奔齐国去讫。可怜荀林父五传至寅，士劳七传至吉射，祖宗俱晋室股肱之臣也，子孙贪横，遂至灭宗，岂不哀哉！晋六卿自此只有赵、韩、魏、智四卿矣。此是后话。髯仙有诗云：

六卿相并或存亡，总是私门作主张。
四氏瓜分谋愈急，不如留却范中行。

且说周敬王二十六年，春二月，吴王夫差除丧已久，乃告于太庙，兴倾国之兵，使子胥为大将，伯嚭副之，从太湖取水道攻越。越王句践集群臣计议，出师迎敌。大夫范蠡字少伯，出班奏曰："吴耻丧其君，誓矢图报者三年于兹矣。其志愤，其力齐，不可当也。宜敛兵为坚守之计。"大夫文种字会奏曰："以愚见，莫若卑词谢罪，以乞其和，俟其兵退而后图之。"句践曰："二卿言守言和，皆非至计。夫吴，吾世仇也，伐而不战，以我不能军矣。"乃悉起国中丁壮，共三万人，迎于椒山之下。

初合战，吴兵稍却，杀伤约百十人。句践趋利直进，约行数里，正遇夫差大军，两下布阵大战。夫差立于船头，亲自秉枹击鼓，以激励将士，勇气十倍。忽北风大起，波涛汹涌，子胥、伯嚭各乘余皇大舰，顺风扬帆而下，俱用强弓劲弩，箭如飞蝗般射来。越兵迎风，不能抵敌，大败而走，吴兵分三路逐之。越将灵姑浮舟覆溺水而死，胥犴中箭亦亡，吴兵乘胜追逐，杀死不计其数。句践奔至固城自保，吴兵围之数重，绝其汲道。夫差喜曰："不出十日，越兵俱渴死矣。"谁知山顶之上自有灵泉，泉有嘉鱼，句践命取鱼数百头以馈吴王，吴王大惊。句践留范蠡坚守，自帅残兵乘间奔会稽山。点阅甲楯之数，才剩得五千余人，句践叹曰："自先君至于孤，三十年来未尝有此败也！悔不听范、文二大夫之言，以至如此。"

吴兵攻固城益急，子胥营于右，伯嚭营于左，范蠡告急，一日三至。越王大恐，文种献谋曰："事急矣！及今请成，犹可及也。"句践曰："吴不许成，奈何？"文种对曰："吴有太宰伯嚭者，其人贪财好色，忌功嫉能，与子胥同朝而志趣不合。吴王畏事子胥，而昵于嚭。若私诣太宰之营，结其欢心，与定行成之约，太宰言于吴王，无不听。子胥虽知而阻之，亦无及矣。"句践曰："卿见太宰，以何为赂？"种对曰："军中所乏者，女色耳。诚得美女而献之，天若祚越，嚭当见听。"句践乃连夜遣使至都城，命夫人选宫中之有色者得八人，盛其容饰，加以白璧二十双、黄金千镒，夜造太宰之营，求见太宰。

嚭初欲拒绝，姑使人探其来状，闻有所赍献，乃召入。嚭据坐以待之，文种跪而致词曰："寡君句践，年幼无知，不能善事大国，以致获罪。今寡君已悔恨无及。愿举国请为吴臣，而恐王见咎不纳，知太宰以巍巍功德，外为吴之干城，内作王之心膂，寡君使下臣种，先叩首于辕门，借重一言，收寡君于宇下。不腆之仪，聊效薄贽，自此当源源而来矣。"乃以贿单呈上。嚭犹作色谓曰："越国旦暮且破灭矣，凡越所有，何患不归吴？而以此区区者啖我为耶？"种复进曰："越兵虽败，然保会稽者，尚有精卒五千，堪当一战。战而不捷，将尽焚库藏之积，窜身异国，以图楚王之事，安得遽为吴有耶？即使吴尽有之，然大半归于王宫，太宰同诸将不过瓜分一二。孰若主越之成，寡君非委身于王，实委身于太宰也，春秋贡献，未入王宫，先入宰府，是太宰独擅全越之利，诸将不得与焉。况困兽犹斗，背城一战，尚有不可测之事乎？"这一席话，说入伯嚭之心，不觉点头微笑。文种又指单上所开美人曰："此八人者，皆出自越宫，若民间更有美于此者，寡君若生还越国，当竭力搜求，以备太宰扫除之数。”伯嚭起立曰：“大夫舍右营而趋左，以某无乘危害人之意也。某来朝当引子先见吾王，以决其议。”遂尽收所献，留种于营中，叙宾主之礼。

次早，同造中军，来见夫差，伯嚭先入，备道越王句践使文种请成之意。夫差勃然曰：“越与寡人有不共戴天之恨，安得允其成哉？”嚭对曰：“王不记孙武之言乎？——‘兵凶器，可暂用而不可久也。’越虽得罪于吴，然其下吴者已至矣。其君请为吴臣，其妻请为吴妾，越国之宝器珍玩，尽扫以贡于吴宫，所乞于王者，仅存宗祀一线耳。夫受越之降，厚实也；赦越之罪，显名也。名实俱收，吴可以伯。必欲穷兵力以诛越，彼句践将焚宗庙，杀妻子，沉金玉于江，率死士五千人，致死于吴，得无有所伤于王之左右乎？与其杀是人，孰若得是国之为利？”夫差曰：“今文种安在？”嚭对曰：“见在幕外候宣。”夫差乃命种入见。种膝行而前，复申前说，加以卑逊。夫差曰：“汝君请为臣妾，能从寡人入吴否？”种稽首曰：“既为臣妾，死生在君，敢不服事于左右！”嚭曰：“句践夫妇愿来吴国，吴名虽赦越，实已得之矣，王又何求焉？”夫差乃许其成。

早有人到右营报知子胥。子胥急趋至中军，见伯嚭同文种立于王侧。子胥怒气盈面。问吴王曰：“王已许越和乎？”王曰：“已许之矣。”子胥连叫曰：“不可！不可！”吓得文种倒退几步，静听其说。子胥谏曰：“越与吴邻，有不两立之势，若吴不灭越，越必灭吴。夫秦、晋之国，我攻而胜之，得其地，不能居，得其车，不能乘。如攻越而胜之，其地可居，其舟可乘，此社稷之利，不可弃也。况又有先王大仇，不灭越，何以谢立庭之誓乎？”夫差语塞不能对，惟以目视伯嚭。伯嚭前奏曰：“相国之言误矣！先王建国，水陆并封，吴、越宜水，秦、晋宜陆。若以其地可居，其舟可乘，谓吴、越必不能共存，则秦、晋、齐、鲁皆陆国也，其地亦可居，其车亦可乘，彼四国者，亦将并而为一乎？若谓先王大仇，必不可赦，则相国之仇楚者更甚，何不遂灭楚国而遽许其和耶？今越王夫妇皆愿服役于吴，视楚仅纳芈胜更不相同，相国自行忠厚之事，而欲王居刻薄之名，忠臣不如是也。”夫差喜曰：“太宰之言有理，相国且退，俟越国贡献至日，当分赠汝。”气得子胥面如土色，叹曰：

“吾悔不听被离之言，与此佞臣同事！”口中恨恨不绝。只得步出幕府，谓大夫王孙雄曰:“越十年生聚，再加以十年之教训，不过二十年，吴宫为沼矣！”雄意殊未深信。子胥含愤，自回右营。

夫差命文种回复越王，再到吴军申谢。夫差问越王夫妇入吴之期，文种对曰:“寡君蒙大王赦而不诛，将暂假归国，悉敛其玉帛子女，以贡于吴，愿大王稍宽其期。其或负心失信，安能逃大王之诛乎?”夫差许诺，遂约定五月中旬，夫妇入臣于吴。遂遣王孙雄押文种同至越国，催促起程。人宰伯嚭屯兵一万于吴山，以候之，如过期不至，火越归报。夫差引大军先回。毕竟越王如何入吴，且看下回分解。

第八十回

夫差违谏释越　句践竭力事吴

话说越大夫文种蒙吴王夫差许其行成,回报越王,言:“吴王已班师矣。遣大夫王孙雄随臣到此,催促起程,太宰屯兵江上,专候我王过江。”越王句践不觉双眼流泪。文种曰:“五月之期迫矣!王宜速归,料理国事,不必为无益之悲。”越王乃收泪。回至越都,见市井如故,丁壮萧然,甚有惭色。留王孙雄于馆驿,收拾库藏宝物,装成车辆,又括国中女子三百三十人,以三百人送吴王,三十人送太宰,时尚未有行动之日,王孙雄连连催促。句践泣谓群臣曰:“孤承先人余绪,兢兢业业,不敢怠荒。今夫椒一败,遂至国亡家破,千里而作俘囚,此行有去日,无归日矣!”群臣莫不挥

涕。文种进曰："昔者汤囚于夏台，文王系于羑里，一举而成王；齐桓公奔莒，晋文公奔翟，一举而成伯。夫艰苦之境，天之所以开王伯也。王善承天意，自有兴期，何必过伤，以自损其志乎？"句践于是即日祭祀宗庙，王孙雄先行一日，句践与夫人随后进发，群臣皆送至浙江之上。范蠡具舟于固陵，迎接越王，临水祖道。文种举觞王前，祝曰：

皇天祐助，前沉后扬；祸为德根，忧为福堂。威人者灭，服从者昌；王虽淹滞，其后无殃。君臣生离，感动上皇；众夫哀悲，莫不感伤！臣请荐脯，行酒二觞。

句践仰天叹息，举杯垂涕，默无所言。范蠡进曰："臣闻：'居不幽者志不广；形不愁者思不远。'古之圣贤，皆遇困厄之难，蒙不赦之耻，岂独君王哉？"句践曰："昔尧任舜、禹而天下治，虽有洪水，不为人害。寡人今将去越入吴，以国属诸大夫，大夫何以慰寡人之望乎？"范蠡谓同列曰："吾闻：'主忧臣辱，主辱臣死。'今主上有去国之忧，臣吴之辱，以吾浙东之士，岂无一二豪杰，与主上分忧辱者乎？"于是诸大夫齐声曰："谁非臣子？惟王所命！"句践曰："诸大夫不弃寡人，愿各言尔志：谁可从难？谁可守国？"文种曰："四境之内，百姓之事，蠡不如臣；与君周旋，临机应变，臣不如蠡。"范蠡曰："文种自处已审，主公以国事委之，可使耕战足备，百姓亲睦。至于辅危主，忍垢辱，往而必反，与君复仇者，臣不敢辞。"于是诸大夫以次自述。太宰苦成曰："发君之令，明君之德，统烦理剧，使民知分，臣之事也。"行人曳庸曰："通使诸侯，解纷释疑，出不辱命，入不被尤，臣之事也。"司直皓进曰："君非臣谏，举过决疑，直心不挠，不阿亲戚，臣之事也。"司马诸稽郢曰："望敌设阵，飞矢扬兵，贪进不退，流血滂滂，臣之事也。"司农皋如曰："躬亲抚民，吊死存疾，食不二味，蓄陈储新，臣之事也。"太史计倪曰："候天察地，纪历阴阳，福见知吉，妖出知凶，臣之事也。"句践曰："孤虽入于北国，为吴穷虏，诸大夫怀德抱术，各显所长，以保社稷，孤何忧焉！"乃留众大夫守国，独与范蠡偕行，君臣别于江口，无不流涕。句践仰天叹曰："死者，人之所畏。若孤之闻死，胸中绝无怵惕。"遂登船径去。送者皆哭拜于江岸下，越王终不返顾。有诗为证：

斜阳山外片帆开，风卷春涛动地回。

今日一樽沙际别，何时重见渡江来？

越夫人乃据舷而哭，见乌鹊啄江渚之虾，飞去复来，意甚闲适，因哭而歌之，曰：

仰飞鸟兮乌鸢，凌玄虚兮翩翩；集洲渚兮优恣，奋健翮兮云间；啄素虾兮饮水，任厥性兮往还。妾无罪兮负地，有何辜兮谴天？风飘飘兮西往，知再返兮何年？心辍辍兮若割，泪泫泫兮双悬！

越王闻夫人怨歌，心中内恸，强笑以慰夫人之心曰："孤之六翮备矣，高飞有日，复何忧哉！"

越王既入吴界，先遣范蠡见太宰伯嚭于吴山，复以金帛女子献之。嚭问曰："文大夫何以不至？"蠡曰："为吾主守国，不得偕来也。"嚭遂随范蠡来见越王，越王深谢其覆庇之德。嚭一力担承，许以返国，越王之心稍安。伯嚭引军押送越王，至于吴下，引入见吴王。句践肉袒伏于阶下，夫人亦随之。范蠡将宝物女子，开单呈献于下。越王再拜稽首曰："东海役臣句践，不自量力，得罪边境。大王赦其深辜，使执箕帚，诚蒙厚恩，得保须臾之命，不胜感戴！句践谨叩首顿首。"夫差曰："寡人若念先君之仇，子今日无生理！"句践复叩首曰："臣实当死，惟大王怜之！"时子胥在旁，目若熛火，声如雷霆，乃进曰："夫飞鸟在青云之上，尚欲弯弓而射之，况近集于庭庑乎！句践为人机险，今为釜中之鱼，命制庖人，故谄词令色，以求免刑诛。一旦稍得志，如放虎于山，纵鲸于海，不复可制矣！"夫差曰："孤闻诛降杀服，祸及三世。孤非爱越而不诛，恐见咎于天耳！"太宰嚭曰："子胥明于一时之计，不知安国之道。吾王诚仁者之言也！"子胥见吴王信伯嚭之佞言，不用其谏，愤愤而退。夫差受越贡献之物，使王孙雄于阖闾墓侧，筑一石室，将句践夫妇贬入其中，去其衣冠，蓬首垢衣，执养马之事。伯嚭私馈食物，仅不至于饥饿。吴王每驾车出游，句践执马棰步行车前，吴人皆指曰："此越王也！"句践低首而已。有诗为证：

堪叹英雄值坎坷，平生意气尽销磨。
魂离故苑归应少，恨满长江泪转多。

句践在石室二月，范蠡朝夕侍侧，寸步不离。忽一日，夫差召句践入见，句践跪伏于前，范蠡立于后。夫差谓范蠡曰："寡人闻：'哲妇不嫁破亡之家，名贤不官灭绝之国。'今句践无道，国已将亡，子君臣并为奴仆，羁囚一室，岂不鄙乎？寡人欲赦子之罪，子能改过自新，弃越归吴，寡人必当重用。去忧患而取富贵，子意何如？"时越王伏地流涕，惟恐范蠡之从吴也。只见范蠡稽首而对曰："臣闻：'亡国之臣，不敢语政；败军之将，不敢语勇。'臣在越不忠不信，不能辅越王为善，致得罪于大王，幸大王不即加诛，得君臣相保，入备扫除，出给趋走，臣愿足矣。尚敢望富贵哉？"夫差曰："子既不移其志，可仍归石室。"蠡曰："谨如君命！"夫差起，入宫中。句践与范蠡趋入石室。越王服犊鼻，著樵头，斫剉养马。夫人衣无缘之裳，施左关之襦，汲水除粪洒扫。范蠡拾薪炊爨，面目枯槁。夫差时使人窥之，见其君臣力作，绝无几微怨恨之色，终夜亦无愁叹之声，以此谓其无志思乡，置之度外。

一日，夫差登姑苏台，望见越王及夫人端坐于马粪之旁，范蠡操棰而立于左，君臣之礼存，夫妇之仪具。夫差顾谓太宰嚭曰："彼越王不过小国之君，范蠡不过一介之士，虽在穷厄之地，不失君臣之礼，寡人心甚敬之。"伯嚭对曰："不惟可敬，亦可怜也。"夫差曰："诚如太宰之言，寡人目不忍见。倘彼悔过自新，亦可赦乎？"嚭对曰："臣闻：'无德不复。'大王以圣王之心，哀孤穷之士，加恩于越，越岂无厚报？愿大王决意。"夫差曰："可命太史择吉日，赦越王归国。"伯嚭密遣家人以五鼓投石室，将喜信报知句践。句践大喜，告于范蠡。蠡曰："请为王占之。今日戊寅，以卯时闻信，戊为囚日，而卯复克戊。其繇曰：'天网四张，万物尽伤，祥反为殃。'虽有信，不足喜也。"句践闻言，喜变为忧。

却说子胥闻吴王将赦越王，急入见曰："昔桀囚汤而不诛，纣囚文王而不杀，天道还反，祸转成福，故桀为汤所放，商为周所灭。今大王既囚越君，而不行诛，诚恐夏殷之患至矣。"夫差因子胥之言，复有杀越王之意，使人召之。伯嚭复先报句践，句践大惊，又告于范蠡。蠡曰："王勿惧也。吴王囚王已三年矣。彼不忍于三年，而能忍于一日乎？去必无恙。"句践曰："寡人所以隐忍不死者，全赖大夫之策耳。"乃入城来见吴王，候之三日，吴王并不视朝。伯嚭从宫中出，奉吴王之命，使句践复归石室。句践怪问其故，伯嚭曰："王惑子胥之言，欲加诛戮，所以相召。适王感寒疾不能起，某入宫问疾，因言：'禳灾宜作福事。今越王匍匐待诛于阙下，怨苦之气，上干于天。王宜保重，且权放还石室，待疾愈而图之。'王听某之言，故遣君出城耳。"句践感谢不已。

句践居石室，忽又三月，闻吴王病尚未愈，使范蠡卜其吉凶。蠡布卦已成，对曰："吴王不死，至己巳日当减，壬申日必全愈。愿大王请求问疾，倘得入见，因求其粪而尝之，观其颜色，再拜称贺，言病起之期。至期若逾，必然心感大王，而赦可望矣。"句践垂泪言曰："孤虽不肖，亦曾南面为君，奈何含污忍辱，为人尝泄便乎？"蠡对曰："昔纣囚西伯于羑里，杀其子伯邑考，烹而饷之，西伯忍痛而食子肉。夫欲成大事者，不矜细行。吴王有妇人之仁，而无丈夫之决，已欲赦越，忽又中变，不如此，何以取其怜乎？"句践即日投太宰府中，见伯嚭曰："人臣之道，主疾则臣忧。今闻主公抱疴不瘳，句践心孤失望，寝食不安，愿从太宰问疾，以伸臣子之情。"嚭曰："君有此美意，敢不转达。"伯嚭入见吴王，曲道句践相念之情，愿入问疾。夫差在沉困之中，怜其意而许之。嚭引句践入于寝室，夫差强目视曰："句践亦来见孤耶？"句践叩首奏曰："囚臣闻龙体失调，如摧肝肺，欲一望颜色而无由也。"言未毕，夫差觉腹涨欲便，麾使出。句践曰："臣在东海，曾事医师，观人泄便，能知疾之瘥剧。"乃拱立于户下。侍人将馀桶近床，扶夫差便讫，将出户外。句践揭开桶盖，手取其粪，跪而尝之。左右皆掩鼻。句践复入叩首曰："囚臣敢再拜敬贺大王，王之疾，至己巳日有瘳，交三月壬申全愈矣。"夫差曰："何以知之？"句践曰："臣闻于医师：'夫粪者，谷味也。顺时气则生，逆时气则死。'今囚臣窃尝大王之粪，味苦且酸，正应春夏发生之气，是以知之。"夫差大悦曰："仁哉句践也！臣子之事君父，孰肯尝粪而决疾者？"时太宰嚭在旁，夫差问曰："汝能乎？"嚭摇首曰："臣虽甚爱大王，然此事亦不能。"夫差曰："不但太宰，虽吾太子亦不能也。"即命句践离其石室，就便栖止："待孤疾瘳，即当遣伊还国。"句践再拜谢恩而出。自此僦居民舍，执牧养之事如故。

夫差病果渐愈，一一如句践所刻之期。心念其忠，既出朝，命置酒于文台之上，召句践赴宴。句践佯为不知，仍前囚服而来。夫差闻之，即令沐浴，改换衣冠。句践再三辞谢，方才奉命。更衣入谒，再拜稽首。夫差慌忙扶起，即出令曰："越王仁德之人，焉可久辱！寡人将释其囚役，免罪放还。今日为越王设北面之座，群臣以客礼事之。"乃揖让使就客座，诸大夫皆列坐于旁。子胥见吴王忘仇待敌，心中不忿，不肯入坐，拂衣而出。伯嚭进曰："大王以仁者之心赦仁者之过。臣闻：'同声相和，同气相求。'今日之坐，仁者宜留，不仁者宜去。相国刚勇之夫，其不坐，殆自惭乎？"夫差笑曰："太宰之言当矣。"酒三行，范蠡与越王俱起进觞，为吴王寿，口致祝辞曰：

皇王在上，恩播阳春；其仁莫比，其德日新。于乎休哉，传德无极。延寿万岁，长保吴国。四海咸承，诸侯宾服。觞酒既升，永受万福！

吴王大悦，是日尽醉方休。命王孙雄送句践于客馆："三日之内，孤当送尔归国。"至次早，子胥入见吴王曰："昨日大王以客礼待仇人，果何见也？句践内怀虎狼之心，外饰温恭之貌，大王爱须臾之谀，不虑后日之患，弃忠直而听谗言，溺小仁而养大仇，譬如纵毛于炉炭之上，而幸其不焦，投卵于千钧之下，而望其必全，岂可得耶？"吴王怫然曰："寡人卧疾三月，相国未尝有一言相慰，是相国之不忠也；不进一好物相送，是相国之不仁也。为人臣不仁不忠，要他何用！越王弃其国家，千里来归寡人，献其货财，身为奴婢，是其忠也；寡人有疾，亲为尝粪，略无怨恨之心，是其仁也。寡人若徇相国私意，诛此善士，皇天必不佑寡人矣！"子胥曰："王何言之相反也。夫虎卑其势，将有击也；狸缩其身，将有取也。越王入臣于吴，怨恨在心，大王何得知之？其下尝大王之粪，实上食大王之心。王若不察，中其奸谋，吴必为擒矣。"吴王曰："相国置之勿言，寡人意已决！"子胥知不可谏，遂郁郁而退。至第三日，吴王复命置酒于蛇门之外，亲送越王出城。群臣皆捧觞饯行，惟子胥不至。夫差谓句践曰："寡人赦君返国，君当念吴之恩，勿记吴之怨。"句践稽首曰："大王哀臣孤穷，使得生还故国，当生生世世，竭力报效。苍天在上，实鉴臣心，如若负吴，皇天不佑！"夫差曰："君子一言为定，君其遂行。勉之！勉之！"句践再拜跪伏，流涕满面，有依恋不舍之状。夫差亲扶句践登车，范蠡执御，夫人亦再拜谢恩，一同升辇，望南而去。时周敬王二十九年事也。史臣有诗云：

越王已作釜中鱼，岂料残生出会稽？
可笑夫差无远虑，放开罗网纵鲸鲵。

句践回至浙江之上，望见隔江山川重秀，天地再清，乃叹曰："孤自意永辞万民，委骨异域，岂期复得返国而奉祀乎？"言罢，与夫人相向而泣，左右皆感动流泪。文种早知越王将至，率守国群臣、城中百姓，拜迎于浙水之上，欢声动地。句践命范蠡卜日到国，蠡屈指曰："异哉！王之择日也，无如来日最吉，王宜疾趋以应之。"于是策马飞舆，星夜还都。告庙临朝，都不必叙。句践心念会稽之耻，欲立城于会稽，迁都于此，以自警惕，乃专委其事于范蠡。蠡乃观天文，察地理，规造新城，包会稽山于内。西北立飞翼楼于卧龙山，以象天门；东南伏漏石窦，以象地户。外郭周围，独缺西北，扬言："已臣服于吴，不敢壅塞贡献之道。"实阴图进取之便。城既成，忽然城中涌出一山，周围数里，其象如龟，天生草木盛茂，有人认得此山，乃瑯琊东武山，不知何故，一夕飞至。范蠡奏曰："臣之筑城，上应天象，故天降'昆仑'，以启越之伯也。"越王大喜，乃名其山曰怪山，亦曰飞来山，亦曰龟山。于山巅立灵台，建三层楼，以望灵物。制度俱备，句践自诸暨迁而居之，谓范蠡曰："孤实不德，以至失国亡家，身为奴隶，苟非相国及诸大夫赞助，焉有今日？"蠡曰："此乃大王之福，非臣等之功也。但愿大王时时勿忘石室之苦，则越国可兴，而吴仇可报矣。"句践曰："敬受教！"于是以文种治国政，以范蠡治军旅，尊贤礼士，敬老恤贫，百姓大悦。

越王自尝粪之后，常患口臭。范蠡知城北有山，出蔬菜一种，其名曰蕺，可食，而微有气息，乃使人采蕺，举朝食之，以乱其气。后人因名其山曰蕺山。句践迫欲复仇，乃苦身劳心，夜以继日。目倦欲合，则攻之以蓼；足寒欲缩，则渍之以水。冬常抱冰，夏还握火；累薪而卧，不用床褥。又悬胆于坐卧之所，饮食起居，必取而尝之。中夜潜泣，泣而复啸，"会稽"二字，不绝于口，以丧败之馀，生齿亏减，乃著令使壮者勿娶老妻，老者勿娶少妇；女子十七不嫁，男子二十不娶，其父母俱有罪。孕妇将产，告于官，使医守之；生男赐以壶酒、一犬，生女赐以壶酒、一豚；生子三人，官养其二，生子二人，官养其一。有死者，亲为哭吊。每出游，必载饭与羹于后车，遇童子必哺而啜之，问其姓名。遇耕时，躬身秉耒。夫人自织，与民间同其劳苦。七年不收民税。食不加肉，衣不重彩。惟问候之使，无一月不至于吴。复使男女入山采葛，作黄丝细布，欲献吴王；尚未及进，吴王嘉句践之顺，使人增其封。于是东至句甬，西至檇李，南至姑蔑，北至平原，纵横八百余里，尽为越壤。句践乃治葛布十万匹、甘蜜百坛、狐皮五双、晋竹十艘，以答封地之礼。夫差大悦，赐越王羽毛之饰。子胥闻之，称疾不朝。

夫差见越已臣服不贰，遂深信伯嚭之言。一日，问伯嚭曰："今日四境无事，寡人欲广宫室以自娱，何地相宜?"嚭奏曰："吴都之下，崇台胜境，莫若姑苏，然前王所筑，不足以当巨览。王不若重将此台改建，令其高可望百里，宽可容六千人，聚歌童舞女于上，可以极人间之乐矣。"夫差然之。乃悬赏购求大木。文种闻之，进于越王曰："臣闻：'高飞之鸟，死于美食；深泉之鱼，死于芳饵。'今王志在报吴，必先投其所好，然后得制其命。"句践曰："虽得其所好，岂遂能制其命乎?"文种对曰："臣所以破吴者有七术：一曰捐货币，以悦其君臣；二曰贵籴粟槀，以虚其积聚；三曰遗美女，以惑其心志；四曰遗之巧工良材，使作宫室，以罄其财；五曰遗之谀臣，以乱其谋；六曰强其谏臣使自杀，以弱其辅；七曰积财练兵，以承其弊。"句践曰："善哉！今日先行何术?"文种对曰："今吴王方改筑姑苏台，宜选名山神材，奉而献之。"

越王乃使木工三千余人入山伐木，经年无所得。工人思归，皆有怨望之心，乃歌《木客之吟》曰：

> 朝采木，暮采木，朝朝暮暮入山曲，穷岩绝壑徒往复。天不生兮地不育，木客何辜兮，受此劳酷?

每深夜长歌，闻者凄绝。忽一夜，天生神木一双，大二十围，长五十寻，在山之阳者曰梓，在山之阴者曰楠。木工惊睹，以为目未经见，奔告越王。群臣皆贺曰："此大王精诚格天，故天生神木，以慰王衷也。"句践大喜，亲往设祭而后伐之。加以琢削磨砻，用丹青错画为五彩龙蛇之文，使文种浮江而至，献于吴王曰："东海贱臣句践，赖大王之力窃为小殿，偶得巨材，不敢自用，敢因下吏献于左右。"夫差见木材异常，不胜惊喜。子胥谏曰："昔桀起灵台，纣起鹿台，穷竭民力，遂致灭亡。句践欲害吴，故献此木，王勿受之。"夫差曰："句践得此良材，不自用而献于寡人，乃其好意，奈何逆之？"遂不听，乃将此木建姑苏之台。三年聚材，五年方成，高三百丈，广八十四丈，登台望彻二百里。旧有九曲径以登山，至是更广之。百姓昼夜并作，死于疲劳者不可胜数。有梁伯龙诗为证：

千仞高台面太湖，朝钟暮鼓宴姑苏。

威行海外三千里，霸占江南第一都。

越王闻之，谓文种曰："子所云：'遗之巧匠良材，使作宫室，以尽其财。'此计已行。今崇台之上，必妙选歌舞以充之，非有绝色，不足侈其心志。子其为寡人谋之！"文种对曰："兴亡之数定于上天，既生神木，何患无美女。但搜求民间，恐惊动人心。臣有一计可阅国中之女子，惟王所择。"不知文种又是何计，且看下回分解。

第八十一回

美人计吴宫宠西施　言语科子贡说列国

话说越王句践欲访求境内美女献于吴王，文种献计曰："愿得王之近竖百人，杂以善相人者，使挟其术，遍游国中，得有色者，而记其人地，于中选择，何患无人？"句践从其计。半年之中，开报美女，何止

二千余人。句践更使人覆视，得尤美者二人，因图其形以进。那二人是谁？西施、郑旦。那西施乃苎萝山下采薪者之女。其山有东西二村，多施姓者，女在西村，故以西施别之。郑旦亦在西村，与施女毗邻，临江而居，每日相与浣纱于江，红颜花貌，交相映发，不啻如并蒂之芙蓉也。句践命范蠡各以百金聘之。服以绮罗之衣，乘以重帷之车，国人慕美人之名，争欲识认，都出

郊外迎候，道路为之壅塞。范蠡乃停西施、郑旦于别馆，传谕："欲见美人者，先输金钱一文。"设柜收钱，顷刻而满。美人登朱楼，凭栏而立，自下望之，飘飘乎天仙之步虚矣。美人留郊外三日，所得金钱无算，悉辇于府库，以充国用。句践亲送美人别居土城，使老乐师教之歌舞，学习容步，俟其艺成，然后敢进吴邦。时周敬王三十一年，句践在位之七年也。

先一年，齐景公杵臼薨，幼子荼嗣立。是年楚昭王轸薨，世子章嗣立。其时楚方多故，而晋政复衰，齐自晏婴之死，鲁因孔子之去，国俱不振，独吴国之强甲于天下。夫差恃其兵力，有荐食山东之志，诸侯无不畏之。就中单说齐景公，夫人燕姬，有子而夭，诸公子庶出者凡六人，阳生最长，荼最幼。荼之母鬻姒贱而有宠，景公因母及子，爱荼特甚，号为安孺子。景公在位五十七年，年已七十余岁，不肯立世子，欲待安孺子长成，而后立之。何期一病不起，乃属世臣国夏、高张，使辅荼为君。大夫陈乞素与公子阳生相结，恐阳生见诛，劝使出避。阳生遂与其子壬及家臣阚止同奔鲁国。景公果使国、高二氏逐群公子，迁于莱邑。景公薨，安孺子荼既立，国夏、高张左右秉政。陈乞阳为承顺，中实忌之，遂于诸大夫面前诡言："高、国有谋，欲去旧时诸臣，改用安孺子之党。"诸大夫信之，皆就陈乞求计。陈乞因与鲍牧倡首，率诸大夫家众共攻高、国，杀高张，国夏出奔莒国。于是鲍牧为右相，陈乞为左相，立国书、高无平以继二氏之祀。安孺子年才数岁，言动随人，不能自立。陈乞有心要援立公子阳生，阴使人召之于鲁。阳生夜至齐郊，留阚止与其子壬于郊外，自己单身入城，藏于陈乞家中。陈乞假称祀先，请诸大夫至家，共享祭馀。诸大夫皆至，鲍牧别饮于他所，最后方到。陈乞候众人坐定，乃告曰："吾新得精甲，请共观之。"众皆曰："愿观。"于是力士负巨囊自内门出，至于堂前。陈乞手自启囊，只见一个人从囊中伸头出来，视之，乃公子阳生也。众人大惊。陈乞扶阳生出，南向立，谓诸大夫曰："立子以长，古今通典。安孺子年幼，不堪为君，今奉鲍相国之命，请改事长公子。"鲍牧睁目言曰："吾本无此谋，何得相诬？欺我醉耶？"阳生向鲍牧揖曰："废兴之事，何国无之？惟义所在。大夫度义可否，何问谋之有无？"陈乞不待言终，强拉鲍牧下拜。诸大夫不得已，皆北面稽首。陈乞同诸大夫歃血定盟。车乘已具，齐奉阳生升车入朝，御殿即位，是为悼公。即日迁安孺子于宫外杀之。悼公疑鲍牧不欲立己，访于陈乞。乞亦忌牧位在己上，遂阴谮牧与群公子有交，不诛牧，国终不靖。于是悼公复诛鲍牧，立鲍息，以存鲍叔牙之祀。陈乞独相齐国。国人见悼公诛杀无辜，颇有怨言。

再说悼公有妹，嫁与邾子益为夫人。益傲慢无礼，与鲁不睦。鲁上卿季孙斯言于哀公，引兵伐邾，破其国，执邾子益，囚于负瑕。齐悼公大怒曰："鲁执邾君，是欺齐也。"遂遣使乞师于吴，约同伐鲁。夫差喜曰："吾欲试兵山东，今有名矣！"遂许齐出师。鲁哀公大惧，即释放邾子益复归其国，使人谢齐。齐悼公使大夫公孟绰辞于吴王，言："鲁已服罪，不敢劳大王之军旅。"夫差怒曰："吴师行止，一凭齐命，吴岂齐之属国耶？寡人当视至齐国，请问前后二命之故。"叱公孟绰使退。鲁闻吴王怒齐，遂使人送款与吴，反约吴王同伐齐国。夫差欣然即日起师，同鲁伐齐，围其南鄙。齐举国惊惶，皆以悼公无端召寇，怨言益甚。时陈乞已卒，子陈恒秉政，乘国人不顺，谓鲍息曰："子盍行大事，外解吴怨，而内以报家门之仇？"息辞以不能。恒曰："吾为子行之。"乃因悼公阅师，进鸩酒，毒杀悼公，以疾讣于吴军曰："上国膺受天命，寡君得罪，遂遘暴疾，上天代大王行诛，幸赐矜恤，勿陨社稷，愿世世服事上国。"夫差乃班师而退，鲁师亦归。国人皆知悼公死于非命，因畏爱陈氏，无敢言者。陈恒立悼公之子壬，是为简公。简公欲分陈氏之权，乃以陈恒为右相，阚止为左相。昔人论齐祸皆启于景公。诗曰：

从来溺爱智逾昏，继统如何乱弟昆？
莫怨强臣与强寇，分明自己凿凶门。

时越王教习美女三年，技态尽善，饰以珠幌，坐以宝车，所过街衢，香风闻于远近，又以美婢旋波、移光等六人为侍女，使相国范蠡进之吴国。夫差自齐回吴，范蠡入见，再拜稽首曰："东海贱臣句践，感大王之恩，不能亲率妻妾伏侍左右，遍搜境内，得善歌舞者二人，使陪臣纳之王宫，以供洒扫之役。"夫差望见，以为神仙之下降也，魂魄俱醉。子胥谏曰："臣闻：'夏亡以妹喜，殷亡以妲己，周亡以褒姒。'夫美女者，亡国之物，王不可受！”夫差曰：“好色，人之同心。句践得此美女不自用，而进于寡人，此乃尽忠于吴之证也。相国勿疑。”遂受之。二女皆绝色，夫差并宠爱之，而妖艳善媚，更推西施为首。于是西施独夺歌舞之魁，居姑苏之台，擅专房之宠，出入仪制拟于妃后。郑旦居吴宫，妒西施之宠，郁郁不得志，经年而死。夫差哀之，葬于黄茅山，立祠祀之。此是后话。

且说夫差宠幸西施，令王孙雄特建馆娃宫于灵岩之上，铜沟玉槛，饰以珠玉，为美人游息之所。建“响屧廊”，何为响屧？屧用鞋名，凿空廊下之地，将大瓮铺平，覆以厚板，令西施与宫人步屧绕之，铮铮有声，故名响屧。今灵岩寺圆照塔前小斜廊，即其址也。高启《馆娃宫》诗云：

馆娃宫中馆娃阁，画栋侵云峰顶开。
犹恨当时高未极，不能望见越兵来！

王禹偁有《响屧廊)诗云：

廊坏空留响屧名，为因西子绕廊行。
可怜伍相终尸谏，谁记当时曳履声！

山上有玩花池、玩月池。又有井，名吴王井，井泉清碧，西施可照泉而妆，夫差立于旁，亲为理发。又有洞名西施洞，夫差与西施同坐于此。洞外石有小陷，今俗名西施迹。又尝与西施鸣琴于山巅，今有琴台。又令人种香于香山，使西施与美人泛舟采香。今灵岩山南望，一水直如矢，俗名箭泾，即采香泾故处。又有采莲泾，在郡城东南，吴王与西施采莲处。又于城中开凿大濠，自南直北，作锦帆以游，号锦帆泾。高启诗云：

吴王在日百花开，画船载乐洲边来。
吴王去后百花落，歌吹无闻洲寂寞。
花开花落年年春，前后看花应几人？
但见枝枝映流水，不知片片堕行尘。
年年风雨荒台畔，日暮黄鹂肠欲断。
岂惟世少看花人，从来此地无花看。

又城南有长洲苑，为游猎之所。又有鱼城养鱼，鸭城畜鸭，鸡陂畜鸡，酒城造酒。又尝与西施避暑于西洞庭之南湾，湾可十余里，三面皆山，独南面如门阙。吴王曰："此地可以消夏。"因名消夏湾。张羽又有《苏台歌》云：

馆娃宫中百花开，西施晓上姑苏台。
霞裙翠袂当空举，身轻似展凌风羽。
遥望三江水一杯，两点微茫洞庭树。
转面凝眸未肯回，要见君王射麋处。
城头落日欲栖鸦，下阶戏折棠梨花。
隔岸行人莫倚盼，干将莫邪光粲粲。

夫差自得西施，以姑苏台为家，四时随意出游，弦管相逐，流连忘返。惟太宰嚭、王孙雄常侍左右，子胥求见，往往辞之。

越王句践闻吴王宠幸西施，日事游乐，复与文种谋之。文种对曰："臣闻：'国以民为本，民以食为天。'今岁年谷歉收，粟米将贵，君可请贷于吴，以救民饥。天若弃吴，必许我贷。"句践即命文种以重币贿伯嚭，使引见吴王。吴王召见于姑苏台之宫，文种再拜请曰："越国洿下，水旱不调，年谷不登，人民饥困。愿从大王乞太仓之谷万石，以救目前之馁，明年谷熟，即当奉偿。"夫差曰："越王臣服于吴，越民之饥，即吴民之饥也，吾何爱积谷，不以救之？"时子胥闻越使至，亦随至苏台，得见吴王，及闻许其请谷，复谏曰："不可！不可！今日之势，非吴有越，即越有吴。吾观越王之遣使者，非真饥困而乞籴也，将以空吴之粟也。与之不加亲，不与未成仇，王不如辞之。"吴王曰："句践囚于吾国，却行马前，诸侯莫不闻知。今吾复其社稷，恩若再生，贡献不绝，岂复有背叛之虞乎？"子胥曰："吾闻越王早朝晏罢，恤民养士，志在报吴，大王又输粟以助之，臣恐麋鹿将游于姑苏之台矣。"吴王曰："句践业已称臣，乌有臣而伐君者？"子胥曰："汤伐桀，武王伐纣，非臣伐君乎？"伯嚭从旁叱之曰："相国出言太甚，吾王岂桀、纣之比耶？"因奏曰："臣闻葵邱之盟，遏籴有禁，为恤邻也。况越，吾贡献之所自出乎？明岁谷熟，责其如数相偿，无损于吴，而有德于越，何惮而不为也？"夫差乃与越粟万石，谓文种曰："寡人逆群臣之议，而输粟于越，年丰必偿，不可失信！"文种再拜稽首曰："大王哀越而救其饥馁，敢不如约!”文种领谷万石归越,越王大喜,群臣皆呼:“万岁!”句践即以粟颁赐国中之贫民,百姓无不颂德。

次年,越国大熟,越王问于文种曰:“寡人不偿吴粟,则失信;若偿之,则损越而利吴矣。奈何?”文种对曰:“宜择精粟,蒸而与之,彼爱吾粟,而用以布种,吾计乃得矣。”越王用其计,以熟谷还吴,如其斗斛之数。吴王叹曰:“越王真信人也!”又见其谷粗大异常,谓伯嚭曰:“越地肥沃,其种甚嘉,可散与吾民植之。”于是国中皆用越之粟种。不复发生,吴民大饥,夫差犹认以为地土不同,不知粟种之蒸熟也。文种之计亦毒矣!此周敬王三十六年事也。越王闻吴国饥困,便欲兴兵伐吴。文种谏曰:“时未至也,其忠臣尚在。”越王又问于范蠡,蠡对曰:“时不远矣!愿王益习战以待之。”越王曰:“攻战之具,尚未备乎?”蠡对曰:“善战者,必有精卒,精卒必有兼人之技,大者剑戟,小者弓弩,非得明师教习,不得尽善。臣访得南林有处女,精于剑戟;又有楚人陈音,善于弓矢,王其聘之。”越王分遣二使,持重币往聘处女及陈音。

单说处女不知名姓,生于深林之中,长于无人之野,不由师傅,自然工于击刺。使者至南林,致越王之命,处女即随使北行。至山阴道中,遇一白须老翁,立于车前,问曰:“来者莫非南林处女乎?有何剑术敢受越王之聘?愿请试之!”处女曰:“妾不敢自隐,惟公指教!”老翁即挽林内之竹,如摘腐草,欲以刺处女。竹折,末堕于地,处女即接取竹末,以刺老翁。老翁忽飞上树,化为白猿,长啸一声而去。使者异之。处女见越王,越王赐坐,问以击刺之道。处女曰:“内实精神,外示安佚,见之如妇,夺之似虎。布形候气,与神俱往,捷若腾兔,追形还影,纵横往来,目不及瞬。得吾道者,一人当百,百人当万。大王不信,愿得试之。”越王命勇士百人,攒戟以刺处女。处女连接其戟而投之。越王乃服。使教习军士,军士受其教者三千人。岁余,处女辞归南林,越王再使人请之,已不在矣。或曰:“天欲兴越亡吴,故遣神女下授剑术,以助越也。”

再说楚人陈音,以杀人避仇于越。范蠡见其射必命中,言于越王,聘为射师。王问音曰:“请闻弓弩何所而始?”陈音对曰:“臣闻弩生于弓，弓生于弹，弹生于古之孝子。古者人民朴实，饥食鸟兽，渴饮雾露，死则裹以白茅，投于中野。有孝子不忍见其父母为禽兽所食，故作弹以守之。时为之歌曰：‘断木续竹，飞土逐肉。’至神农皇帝兴，弦木为弧，剡木为矢，以立威于四方。有弧父者，生于楚之荆山，生不见父母，自为儿时，习用弓矢，所射无脱。以其道传于羿，羿传于逢蒙，逢蒙传于琴氏。琴氏以为诸侯相伐，弓矢不能制服，乃横弓著臂，施机设枢，加之以力，其名曰弩。琴氏传之楚三侯，楚由是世世以桃弓棘矢，备御邻国。臣之前人，受其道于楚，五世于兹矣。弩之所向，鸟不及飞，兽不及走。惟王试之！”越王亦遣士三千，使音教习于北郊之外。音授以连弩之法，三矢连续而去，人不能防。三月尽其巧。陈音病死，越王厚葬之，名其山曰陈音山。此是后话。髯仙诗云：

击剑弯弓总为吴，卧薪尝胆泪几枯。
苏台歌舞方如沸，遑问邻邦事有无。

子胥闻越王习武之事，乃求见夫差，流涕而言曰：“大王信越之臣顺，今越用范蠡，日夜训练士卒，剑戟弓矢之艺无不精良。一旦乘吾间而入，吾国祸不支矣。王如不信，何不使人察之？”夫差果使人探听越国，备知处女、陈音之事，回报夫差。夫差谓伯嚭曰：“越已服矣，复治兵欲何为乎？”嚭对曰：“越蒙大王赐地，非兵莫守。夫治兵，乃守国之常事，王何疑焉？”夫差终不释然，遂有兴师伐越之意。

话分两头。再说齐国陈氏，世得民心，久怀擅国之志。及陈恒嗣位，逆谋愈急，惮高、国之党尚众，思尽去之。乃奏于简公曰：“鲁邻国而共吴伐齐，此仇不可忘也。”简公信其言。恒因荐国书为大将，高无平、宗楼副之，大夫公孙夏、公孙挥、闾丘明等皆从。悉车千乘，陈恒亲送其师。屯于汶水之上，誓欲灭鲁方还。时孔子在鲁，删述《诗》、《书》。一日，门人琴牢字子张，自齐至鲁，来见其师。孔子问及齐事，知齐兵在境上，大惊曰：“鲁乃父母之国，今被兵，不可不救！”因问群弟子：“谁能为某出使于齐，以止伐鲁之兵者？”子张、子石俱愿往，孔子不许。子贡离席而问曰：“赐可以去乎？”孔子曰：“可矣。”

子贡即日辞行，至汶上，求见陈恒。恒知子贡乃孔门高弟，此来必有游说之语，乃预作色以待之。子贡坦然而入，旁若无人。恒迎入相见，坐定，问曰："先生此来，为鲁作说客耶？"子贡曰："赐之来，为齐非为鲁也。夫鲁，难伐之国，相国何为伐之？"陈恒曰："鲁何难伐也？"子贡曰："其城薄以卑，其池狭以浅，其君弱，大臣无能，士不习战，故曰'难伐'。为相国计，不如伐吴。吴城高而池广，兵甲精利，又有良将为守，此易攻耳。"恒勃然曰："子所言难易，颠倒不情，恒所不解。"子贡曰："请屏左右，为相国解之。"恒乃屏去从人，前席请教。子贡曰："赐闻：'忧在外者攻其弱，忧在内者攻其强。'赐窃窥相国之势，非能与诸大臣共事者也。今破弱鲁以为诸大臣之功，而相国无与焉，诸大臣之势日盛，而相国危矣！若移师于吴，大臣外困于强敌，而相国专制齐国，岂非计之最便乎？"陈恒色顿解，欣然问曰："先生之言，彻恒肺腑。然兵已在汶上，若移而向吴，人将疑我，奈何？"子贡曰："但按兵勿动，赐请南见吴王，使救鲁而伐齐，如是而战吴，不患无词。"陈恒大悦，乃谓国书曰："吾闻吴将伐齐，吾兵姑驻此，未可轻动。打探吴人动静，须先败吴兵，然后伐鲁。"国书领诺，陈恒遂归齐国。

再说子贡星夜行至东吴，来见吴王夫差，说曰："吴、鲁连兵伐齐，齐恨入骨髓。今其兵已在汶上，将以伐鲁，其次必及吴。大王何不伐齐以救鲁？夫败万乘之齐，而收千乘之鲁，威加强晋，吴遂霸矣。"夫差曰："前者齐许世世服事吴国，寡人以此班师。今朝聘不至，寡人正欲往问其罪。但闻越君勤政训武，有谋吴之心，寡人欲先伐越国，然后及齐未晚。"子贡曰："不可！越弱而齐强，伐越之利小，而纵齐之患大。夫畏弱越而避强齐，非勇也；逐小利而忘大患，非智也。智勇俱失，何以争霸？大王必虑越国，臣请为大王东见越王，使亲櫜鞬以从下吏何如？"夫差大悦曰："诚如此，孤之愿也。"

子贡辞了吴王，东行至越。越王句践闻子贡将至，使候人预为除道，郊迎三十里，馆之上舍，鞠躬而问曰："敝邑僻处东海，何烦高贤远辱？"子贡曰："特来吊君！"句践再拜稽首曰："孤闻：'祸与福为邻。'先生下吊，孤之福矣，请闻其说。"子贡曰："臣今者见吴王，说以救鲁而伐齐，吴王疑越谋之，其意欲先加诛于越。夫无报人之志，而使人疑之者，拙也；有报人之志，而使人知之者，危也。"句践愕然长跪曰："先生何以救我？"子贡曰："吴王骄而好佞，宰嚭专而善谗，君以重器悦其心，以卑辞尽其礼，亲率一军从于伐齐，彼战而不胜，吴自此削矣；若战而胜，必侈然有霸诸侯之心，将以兵临强晋，如此，则吴国有间，而越可乘也。”句践再拜曰：“先生之来，实出天赐。如起死人而肉白骨，孤敢不奉教！”乃赠子贡以黄金百镒、宝剑一口、良马二匹。子贡固辞不受。还见吴王，报曰：“越王感大王生全之德，闻大王有疑，意甚悚惧，旦暮遣使来谢矣。”夫差使子贡就馆，留五日，越果遣文种至吴，叩首于吴王之前曰：“东海贱臣句践，蒙大王不杀之恩，得奉宗祀，虽肝脑涂地，未能为报！今闻大王兴大义，诛强救弱，故使下臣种贡上前王所藏精甲二十领，‘屈卢’之矛、‘步光’之剑，以贺军吏。句践请问师期，将悉四境之内，选士三千人，以从下吏。句践愿披坚执锐，亲受矢石，死无所惧。”夫差大悦，乃召子贡谓曰：“句践果信义人也。欲率选士三千以从伐齐之役，先生以为可否？”子贡曰：“不可。夫用人之众，又役及其君。亦太过矣。不如许其师而辞其君。”夫差从之。

子贡辞吴，复北往晋国，见晋定公，说曰：“臣闻：‘无远虑者，必有近忧。’今吴之战齐有日矣。战而胜，必与晋争伯，君宜修兵休卒以待之。”晋侯曰：“谨受教！”比及子贡反鲁，齐兵已为吴所败矣。不知吴如何败齐，再看下回分解。

第八十二回

杀子胥夫差争歃　纳蒯聩子路结缨

话说周敬王三十六年春，越王句践使大夫诸稽郢帅兵三千，助吴攻齐。吴王夫差遂征九郡之兵，大举伐齐。预遣人建别馆于句曲，遍植秋梧，号曰梧宫。使西施移居避暑，俟胜齐回日，即于梧宫过夏方归。吴兵将发，子胥又谏曰："越在，我心腹之病也；若齐，特疥癞耳。今王兴十万之师，行粮千里，以争疥癞之患，而忘大毒之在腹心，臣恐齐未必胜而越祸已至也。"夫差怒曰："孤发兵有期，老贼故出不祥之语，阻挠大计，当得何罪？"意欲杀之。伯嚭密奏曰："此前王之老臣，不可加诛。王不若遣之往齐约战，假手齐人。"夫差曰："太宰之计甚善。"乃为书数齐伐鲁慢吴之罪，命子胥往见齐君，

冀其激怒而杀子胥也。子胥料吴必亡，乃私携其子伍封同行，至临淄，致吴王之命。齐简公大怒，欲杀子胥，鲍息谏曰："子胥乃吴之忠臣，屡谏不入，已成水火。今遣来齐，欲齐杀之，以自免其谤。宜纵之使归，令其忠佞自相攻击，而夫差受其恶名矣。"简公乃厚待子胥，报以战期，定于春末。子胥原与鲍牧相识，故鲍息谏齐侯勿杀子胥也。鲍息私叩吴事，子胥垂泪不言，但引其子伍封，使拜鲍息为兄，寄居于鲍氏，今后只称王孙封，勿用伍姓。鲍息叹曰："子胥将以谏死，故预谋存祀于齐耳。"不说子胥父子分离之苦。

再说吴王夫差，择日于西门出军，过姑苏台午膳，膳毕，忽然睡去，得其异梦。既觉，心中恍惚，乃召伯嚭告曰："寡人昼寝片时，所梦甚多。梦入章明宫，见两釜炊而不熟；又有黑犬二只，一嗥南，一嗥北；又有钢锹二把，插于宫墙之上；又流水汤汤，流于殿堂；后房非鼓非钟，声若锻工；前园别无他植，横生梧桐。太宰为寡人占其吉凶！"伯嚭稽首称贺曰："美哉！大王之梦，应在兴师伐齐矣。臣闻：章明者，破敌成功，声朗朗也；两釜炊而不熟者，大王德盛，气有余也；两犬嗥南嗥北者，四夷宾服，朝诸侯也；两锹插宫墙者，农工尽力，田夫耕也；流水入殿堂者，邻国贡献，财货充也；后房声若锻工者，宫女悦乐，声相谐也；前园横生梧桐者，桐作琴瑟，音调和也。大王此行，美不可言。"夫差虽喜其谀，而心中终未快然。复告于王孙骆，骆对曰："臣愚昧，不能通微。城西阳山有一异士，唤做公孙圣，此人多见博闻，大王心上狐疑，何不召而决之？"夫差曰："子即为我召来。"骆承命，驰车往迎公孙圣。圣闻其故，伏地涕泣。其妻从旁笑曰："子性太鄙，希见人主，卒闻宣召，涕泪如雨。"圣仰天长叹曰："悲哉！非汝所知。吾曾自推寿数，尽于今日。今将与汝永别，是以悲耳。"骆催促登车，遂相与驰至姑苏之台。夫差召而见之，告以所梦之详。公孙圣曰："臣知言而必死，然虽死不敢不言。怪哉！大王之梦，应在兴师伐齐也。臣闻：章者，战不胜，走章皇也；明者，去昭昭，就冥冥也。两釜炊而不熟者，大王败走，不火食也。黑犬嗥南嗥北者，黑为阴类，走阴方也。两锹插宫墙者，越兵入吴，掘社稷也。流水入殿堂者，波涛漂没，后宫空也。后房声若锻工者，宫女为俘，长叹息也。前园横生梧桐者，桐作冥器，待殉葬也。愿大王罢伐齐之师，更遣太宰嚭解冠肉袒，稽首谢罪于句践，则国可安而身可保矣。”伯嚭从旁奏曰：“草野匹夫，妖言肆毁，合加诛戮！”公孙圣睁目大骂曰：“太宰居高官，食重禄，不思尽忠报主，专事谄谀，他日越兵灭吴，太宰独能保其首领乎？”夫差大怒曰：“野人无识，一味乱言，不诛必然惑众！”顾力士石番：“可取铁锤击杀此贼！”圣乃仰天大呼曰：“皇天！皇天！知我之冤。忠而获罪，身死无辜。死后不愿葬埋，愿撇我在阳山之下，后作影响，以报大王也。”夫差已击杀圣，使人投其尸于阳山之下，数之曰：“豺狼食汝肉，野火烧汝骨，风扬汝骸，形销影灭，何能为声响报我哉！”伯嚭捧觞趋进曰：“贺大王，妖孽已灭，愿进一觞，兵便可发矣。”史臣有诗云：

妖梦先机已兆凶，骄君尚恋伐齐功。

吴庭多少文和武，谁似公孙肯尽忠！

夫差自将中军，太宰嚭为副，胥门巢将上军，王子姑曹将下军，兴师十万，同越兵三千，浩浩荡荡，望山东一路进发。先遣人约会鲁哀公合兵攻齐。子胥于中途复命，称病先归，不肯从师。

却说齐将国书屯兵汶上，闻吴、鲁连兵来伐，聚集诸将商议迎敌。忽报：“陈相国遣其弟陈逆来到。”国书同诸将迎入中军，叩问：“子行此来何意？”陈逆曰：“吴兵长驱，已过嬴博，国家安危在于呼吸。相国恐诸君不肯用力，遣小将至此督战。今日之事，有进无退，有死无生，军中只许鸣鼓，不许鸣金。”诸将皆曰：“吾等誓决一死敌！”国书传令，拔寨都起，往迎吴军。至于艾陵，吴将胥门巢上军先到。国书问：“谁人敢冲头阵？”公孙挥欣然愿往，率领本部车马，疾驱而出。胥门巢急忙迎敌，两下交锋，约三十余合不分胜败。国书一股锐气按纳不住，自引中军夹攻。军中鼓声如雷，胥门巢不能支，大败而走。国书胜了一阵，意气愈壮，令军士临阵，各带长绳一条，曰：“吴俗断发，当以绳贯其首。”一军若狂，以为吴兵旦暮可扫也。胥门巢引败兵来见吴王，吴王大怒，欲斩巢以徇。巢奏曰：“臣初至不知虚实，是以偶挫；若再战不胜，甘伏军法！”伯嚭亦力为劝解。夫差叱退，以大将展如代领其军。适鲁将叔孙州仇引兵来会，夫差赐以剑、甲各一具，使为向导，离艾陵五里下寨。国书使人下战书，吴王批下：“来日决战！”次早，两下各排阵势，夫差命叔孙州仇打第一阵，展如打第二阵，王子姑曹打第三阵。使胥门巢率越兵三千，往来诱敌。自与伯嚭引大军屯于高阜，相机救援。留越将诸稽郢于身旁观战。

却说齐军列阵方完，陈逆令诸将各具含玉，曰：“死即入殓！”公孙夏、公孙挥使军中皆歌送葬之词，誓曰：“生还者，不为烈丈夫也！”国书曰：“诸君以必死自励，何患不胜乎？”两阵对圆，胥门巢先来搦战。国书谓公孙挥曰：“此汝手中败将，可便擒之！”公孙挥奋戟而出，胥门巢便走，叔孙州仇引兵接住公孙挥厮杀。胥门巢复身又来，国书恐其夹攻，再使公孙夏出车。胥门巢又走，公孙夏追之，吴阵上大将展如引兵便接住公孙夏厮杀。胥门巢又回车帮战，恼得齐将高无平、宗楼性起，一齐出阵，王子姑曹挺身独战二将，全无惧怯。两军各自奋力，杀伤相抵。国书见吴兵不退，亲自执桴鸣鼓，悉起大军前来助战。吴王在高阜处看得亲切，见齐兵十分奋勇，吴兵渐渐失了便宜，乃命伯嚭引兵一万，先去接应。国书见吴兵又至，正欲分军迎敌，忽闻金声大震，钲铎皆鸣。齐人只道吴兵欲退，不防吴王夫差自引精兵三万，分为三股，反以鸣金为号，从刺斜里直冲齐阵，将齐兵隔绝三处。展如、姑曹等闻吴王亲自临阵，勇气百倍，杀得齐军七零八落。展如就阵上擒了公孙夏，胥门巢刺杀公孙挥于车中，夫差亲射宗楼，中之。闾邱明谓国书曰：“齐兵将尽矣！元帅可微服遁去，再作道理。”国书叹曰：“吾以十万强兵，败于吴人之手，何面目还朝？”乃解甲冲入吴军，为乱军所杀。闾邱明伏于草中，亦被鲁将州仇搜获。夫差大胜齐师，诸将献功，共斩上将国书、公孙挥二人，生擒公孙夏、闾邱明二人，即斩首讫，只单走了高无平、陈逆二人，其他擒斩不计其数，革车八百乘，尽为吴所有，无得免者。夫差谓诸稽郢曰：“子观吴兵强勇，视越何如？”郢稽首曰：“吴兵之强，天下莫当，何论弱越！”夫差大悦，重赏越兵，使诸稽郢先回报捷。齐简公大惊，与陈恒、阚止商议，遣使大贡金币，谢罪请和。夫差主张齐、鲁复修兄弟之好，各无侵害，二国俱听命受盟。夫差乃歌凯而回。史臣有诗曰：

艾陵白骨垒如山，尽道吴王奏凯还。
壮气一时吞宇宙，隐忧谁想伏吴关？

夫差回至句曲新宫，见西施谓曰："寡人使美人居此者，取相见之速耳。"西施拜贺且谢。时值新秋，桐阴正茂，凉风吹至，夫差与西施登台饮酒甚乐。至夜深，忽闻有众小儿和歌之声，夫差听之，歌曰：

桐叶冷，吴王醒未醒？梧叶秋，吴王愁更愁！

夫差恶之，使人拘群儿至宫，问："此歌谁人所教？"群儿曰："有一绯衣童子，不知何来，教我为歌，今不知何往矣。"夫差怒曰："寡人天之所生，神之所使，有何愁哉？"欲诛众小儿。西施力劝乃止。伯嚭进曰："春至而万物喜，秋至而万物悲，此天道也。大王悲喜与天同道，何所虑乎？"夫差乃悦。在梧宫三日，即起驾还吴。

吴王升殿，百官迎贺，子胥亦到，独无一言。夫差乃让之曰："子谏寡人不当伐齐，今得胜而回，子独无功，宁不自羞？"子胥攘臂大怒，释剑而对曰："天之将亡人国，先逢其小喜而后授之以大忧。胜齐不过小喜也，臣恐大忧之即至也。"夫差愠曰："久不见相国，耳边颇觉清净，今又来絮聒耶？"乃掩耳瞑目坐于殿上。顷间，忽睁眼直视，久之，大叫："怪事！"群臣问曰："王何所见？"夫差曰："吾见四人相背而倚，须臾四分而走，又见殿下两人相对，北向人杀南向人。诸卿曾见之否？"群臣皆曰："不见。"子胥奏曰："四人相背而走，四方离散之象也；北向人杀南向人，为下贼上，臣弑君。王不知儆省，必有身弑国亡之祸。"夫差怒曰："汝言太不祥，孤所恶闻！"伯嚭曰："四方离散，奔走吴庭；吴国霸王，将有代周之事，此亦下贼其上，臣犯其君也。"夫差曰："太宰之言，足启心胸，相国耄矣，有不足采。"

过数日，越王句践率群臣亲至吴邦来朝，并贺战胜；吴庭诸臣，俱有馈赂。伯嚭曰："此奔走吴庭之应也。"吴王置酒于文台之上，越王侍坐，诸大夫皆侍立于侧。夫差曰："寡人闻之：'君不忘有功之臣，父不没有力之子。'今太宰嚭为寡人治兵有功，吾将赏为上卿；越王孝事寡人，始终不倦，吾将再增其国，以酬助伐之功。于众大夫之意如何？"群臣皆曰："大王赏功酬劳，此霸王之事也。"于是子胥伏地涕泣曰："呜呼哀哉！忠臣掩口，谗夫在侧，邪说谀辞，以曲为直。养乱畜奸，将灭吴国，庙社为墟，殿生荆棘。"夫差大怒曰："老贼多诈，为吴妖孽，乃欲专权擅威，倾覆吾国。寡人以前王之故，不忍加诛，今退自谋，无劳再见！”子胥曰：“老臣若不忠不信，不得为前王之臣。譬如龙逢逢桀，比干逢纣，臣虽见诛，君亦随灭。臣与王永辞，不复见矣！”遂趋出。

吴王怒犹未息，伯嚭曰：“臣闻子胥使齐，以其子托于齐臣鲍氏，有叛吴之心，王其察之！”夫差乃使人赐子胥以“属镂”之剑。子胥接剑在手，叹曰：“王欲吾自裁也！”乃徒跣下阶，立于中庭，仰天大呼曰：“天乎！天乎！昔先王不欲立汝，赖吾力争，汝得嗣位。吾为汝破楚败越，威加诸侯。今汝不用吾言，反赐我死！我今日死，明日越兵至，掘汝社稷矣。”乃谓家人曰：“吾死后，可抉吾之目，悬于东门，以观越兵之入吴也！”言讫，自刎其喉而绝。使者取剑还报，述其临终之嘱。夫差往视其尸，数之曰：“胥，汝一死之后，尚何知哉？”乃自断其头，置于盘门城楼之上；取其尸，盛以鸱夷之器，使人载去，投于江中，谓曰：“日月炙汝骨，鱼鳖食汝肉，汝骨变形灰，复何所见！”尸入江中，随流扬波，依潮来往，荡激崩岸。土人惧，乃私捞取，埋之于吴山。后世因改称胥山，今山有子胥庙。陇西居士有古风一篇云：

将军自幼称英武，磊落雄才越千古。
一旦蒙谗杀父兄，襄流誓济吞荆楚。
贯弓亡命欲何之？荥阳睢水空栖迟。
昭关锁钥愁无翼，鬓毛一夜成霜丝。
浣女沉溪渔丈死，箫声吹入吴人耳。
鱼肠作合定君臣，复为强兵进孙子。
五战长驱据楚宫，君王含泪逃云中。
掘墓鞭尸吐宿恨，精诚贯日生长虹。
英雄再振匡吴业，夫椒一战栖强越。
釜中鱼鳖宰夫手，纵虎归山还自啮。
姑苏台上西施笑，谗臣称贺忠臣吊。
可怜两世辅吴功，到头翻把属镂报！
鸱夷激起钱塘潮，朝朝暮暮如呼号。
吴越兴衰成往事，忠魂千古恨难消！

夫差既杀子胥，乃进伯嚭为相国。欲增越之封地，句践固辞乃止。如是句践归越，谋吴益急。夫差全不在念，意益骄恣，乃发卒数万，筑邗城，穿沟，东北通射阳湖，西北使江、淮水合，北达于沂，西达于济。太子友知吴王复欲与中国会盟，欲切谏，恐触怒，思以讽谏感悟其父。清旦怀丸持弹，从后园而来，衣履俱湿，吴王怪而问之。友对曰："孩儿适游后园，闻秋蝉鸣于高树，往而观之，望见秋蝉趋风长鸣，自谓得所，不知螳螂超枝缘条，曳腰耸距，欲捕蝉而食之；螳螂一心只对秋蝉，不知黄雀徘徊绿阴，欲啄螳螂；黄雀一心只对螳螂，不知孩儿挟弹持弓，欲弹黄雀；孩儿一心只对黄雀，又不知旁有空坎，失足堕陷。以此衣履俱沾湿，为父王所笑。"吴王曰："汝但贪前利，不顾后患，天下之愚，莫甚于此。"友对曰："天下之愚，更有甚者。鲁承周公之后，有孔子之教，不犯邻国，齐无故谋伐之，以为遂有鲁矣，不知吴悉境内之士，暴师千里而攻之。吴国大败齐师，以为遂有齐矣，不知越王将选死士，出三江之口，入五湖之中，屠我吴国，灭我吴宫。天下之愚，莫甚于此！"吴王怒曰："此伍员之唾馀，久已厌闻，汝复拾之，以挠我大计耶？再多言，非吾子也！"太子友悚然辞出。夫差乃使太子友同王子地、王孙弥庸守国，亲帅国中精兵，由邗沟北上，会鲁哀公于橐皋，会卫出公于发阳，遂约诸侯，大会于黄池，欲与晋争盟主之位。

越王句践闻吴王已出境，乃与范蠡计议，发习流二千人、俊士四万、君子六千人，从海道通江以袭吴。前队畴无馀先及吴郊，王孙弥庸出战，不数合，王子地引兵夹攻，畴无馀马蹶被擒。次日，句践大军齐到。太子友欲坚守，王孙弥庸曰："越人畏吴之心尚在，且远来疲敝，再胜之，必走。即不胜，守犹未晚。"太子友惑其言，乃使弥庸出师迎敌，友继其后。句践亲立于行阵，督兵交战。阵方合，范蠡、泄庸两翼呼噪而至，势如风雨。吴兵精勇惯战者，俱随吴王出征，其国中皆未教之卒，那越国是数年训练就的精兵，弓弩剑戟，十分劲利，又范蠡、泄庸俱是宿将，怎能抵当，吴兵大败。王孙弥庸为泄庸所杀。太子友陷于越军，冲突不出，身中数箭，恐被执辱，自刎而亡。越兵直造城下，王子地把城门牢闭，率民夫上城把守，一面使人往吴王处告急。句践乃留水军屯于太湖，陆营屯于胥、阊之间，使范蠡焚姑苏之台，火弥月不息，其馀皇大舟，悉徙于湖中。吴兵不敢复出。

再说吴王夫差与鲁、卫二君同至黄池，使人请晋定公赴会，晋定公不敢不至。夫差使王孙骆与晋上卿赵鞅议载书名次之先后。赵鞅曰："晋世主夏盟，又何让焉？"王孙骆曰："晋祖叔虞乃成王之弟，吴祖太伯乃武王之伯祖，尊卑隔绝数辈。况晋虽主盟，会宋会虢，已出楚下，今乃欲踞吴之上乎？"于是彼此争论，连日不决。忽王子地密报至，言："越兵入吴，杀太子，焚姑苏台，见今围城，势甚危急。"夫差大惊。伯嚭拔剑砍杀使者，夫差问曰："尔杀使人何意？"伯嚭曰："事之虚实，尚未可知，留使者泄漏其语，齐、晋将乘危生事，大王安得晏然而归乎？"夫差曰："尔言是也。然吴、晋争长未定，又有此报，孤将不会而归乎？抑会而先晋乎？"王孙骆进曰："二者俱不可。不会而归，人将窥我之急，若会而先晋，我之行止将听命于晋；必求主会，方保无虞。"夫差曰："欲主会，计将安出？"王孙骆密奏曰："事在危急，请王鸣鼓挑战，以夺晋人之气。"夫差曰："善。"

是夜出令，中夜士皆饱食秣马，衔枚疾驱，去晋军才一里，结为方阵。百人为一行，一行建一大旗，百二十行为一面。中军皆白舆、白旗、白甲、白羽之矰，望之如白茅吐秀，吴王亲自仗钺，秉素旌，中阵而立。左军面左，亦百二十行，皆赤舆、赤旗、丹甲、朱羽之矰，一望若火，太宰嚭主之。右军面右，亦百二十行，皆黑舆、黑旗、玄甲、乌羽之矰，一望如墨，王孙骆主之。带甲之士，共三万六千人。黎明阵定，吴王亲执桴鸣鼓，军中万鼓皆鸣，钟声铎声，丁宁錞于，一时齐叩。三军哗吟，响震天地。晋军大骇，不知其故，乃使大夫董褐至吴军请命。夫差亲对曰："周王有旨，命寡人主盟中夏，以缝诸姬之阙。今晋君逆命争长，迁延不决，寡人恐烦使者往来，亲听命于藩篱之外，从与不从，决于此日！"董褐还报晋侯，鲁、卫二君皆在座。董褐私谓赵鞅曰："臣观吴王口强而色惨，中心似有大忧，或者越人入其国都乎？若不许其先，必逞其毒于我，然而不可徒让也，必使之去王号以为名。"赵鞅言于晋侯，使董褐再入吴军，致晋侯之命曰："君以王命宣布于诸侯，寡君敢不敬奉！然上国以伯肇封，而号曰吴王，谓周室何？君若去王号而称公，惟君所命。"夫差以其言为正，乃敛兵就幕，与诸侯相见，称吴公，先歃。晋侯次之，鲁、卫以次受歃。

会毕，即班师从江、淮水路而回。于途中连得告急之报，军士已知家国被袭，心胆俱碎，又且远行疲敝，皆无斗志。吴王犹率众与越相持，吴军大败。夫差惧，谓伯嚭曰："子言越必不叛，故听子而归越王。今日之事，子当为我请成于越。不然，子胥'属镂'之剑犹在，当以属子！"伯嚭乃造越军，稽首于越王，求赦吴罪，其犒军之礼，悉如越之昔日。范蠡曰："吴尚未可灭也，姑许成，以为太宰之惠。吴自今亦不振矣。"句践乃许吴成，班师而归。此周敬王三十八年事也。

明年，鲁哀公狩于大野，叔孙氏家臣鉏商获一兽，麕身牛尾，其角有肉，怪而杀之，以问孔子。孔子观之曰："此麟也！"视其角，赤绂犹在，识其为颜母昔日所系，叹曰："吾道其终穷矣！"使弟子取而埋之。今巨野故城东十里有土台，广轮四十余步，俗呼为获麟堆，即麟葬处。孔子援琴作歌曰：

明王作兮麟凤游，今非其时欲何求？麟兮麟兮我心忧！

于是取《鲁史》，自鲁隐公元年至哀公获麟之岁，共二百四十二年之事，笔削而成《春秋》，与《易》、《诗》、《书》、《礼》、《乐》，号为"六经"。是年，齐右相陈恒知吴为越所破，外无强敌，内无强家，单单只碍一阚止，乃使其族人陈逆、陈豹等攻杀阚止，齐简公出奔，陈恒追而弑之，尽灭阚氏之党。立简公弟骜，是为平公。陈恒独相。孔子闻齐变，斋三日，沐浴而朝哀公，请兵伐齐，讨陈恒弑君之罪。哀公使告三家，孔子曰："臣知有鲁君，不知有三家。"陈恒亦惧诸侯之讨，乃悉归鲁、卫之侵地，北结好于晋之四卿，南行聘于吴、越。复修陈桓子之政，散财输粟，以赡贫乏，国人悦服。乃渐除鲍、晏、高、国诸家，及公族子姓，而割国之大半，为己封邑。又选国中女子长七尺以上者，纳于后房，不下百人，纵其宾客出入不禁，生男子七十余人，欲以自强其宗。齐都邑大夫宰，莫非陈氏。此是后话。

再说卫世子蒯聩在戚，其子出公辄率国人拒之，大夫高柴谏不听。蒯聩之姊嫁于大夫孔圉，生子曰孔悝，嗣为大夫，事出公，执卫政。孔氏小臣曰浑良夫，身长而貌美，孔圉卒，良夫通于孔姬。孔姬使浑良夫往戚，问候其弟蒯聩。蒯聩握其手言曰："子能使我入国为君，使子服冕乘轩，三死无与。"浑良夫归，言于孔姬。孔姬使良夫以妇人之服往迎蒯聩。昏夜，良夫与蒯聩同为妇装，勇士石乞、孟黡为御，乘温车，诡称婢妾，溷入城中，匿于孔姬之室。孔姬曰：“国家之事，皆在吾儿掌握，今饮于公宫，俟其归，当以威劫之，事乃有济耳。”使石乞、孟黡、浑良夫皆被甲怀剑以俟，伏蒯聩于台上。须臾，孔悝自朝带醉而回，孔姬召而问曰：“父母之族，孰为至亲？”悝曰：“父则伯叔，母则舅氏而已。”孔姬曰：“汝既知舅氏为母至亲，何故不纳吾弟？”孔悝曰：“废子立孙，此先君遗命，悝不敢违也。”遂起身如厕。孔姬使石乞、孟黡候于厕外，俟悝出厕，左右帮定，曰：“太子相召。”不由分说，拥之上台，来见蒯聩。孔姬已先在侧，喝曰：“太子在此，孔悝如何不拜！”悝只得下拜。孔姬曰：“汝今日肯从舅氏否？”悝曰：“惟命！”孔姬乃杀豭，使蒯聩与悝歃血定盟。孔姬留石乞、孟黡守悝于台上，而以悝命召聚家甲，使浑良夫帅之袭公宫。出公辄醉而欲寝，闻乱，使左右往召孔悝。左右曰：“为乱者，正孔悝也！”辄大惊，即时取宝器，驾轻车，出奔鲁国。群臣不愿附蒯聩者，皆四散逃窜。

仲子路为孔悝家臣，时在城外，闻孔悝被劫，将入城来救。遇大夫高柴自城中出，曰：“门已闭矣！政不在子，不必与其难也。”子路曰：“由已食孔氏之禄，敢坐视乎？”遂疾趋及门，门果闭矣。守门者公孙敢谓子路曰：“君已出奔，子何入为？”子路曰：“吾恶夫食人之禄而避其难者，是以来也。”适有人自内而出，子路乘门开，遂入城，径至台下，大呼曰：“仲由在此，孔大夫可下台矣！”孔悝不敢应。子路欲取火焚台。蒯聩惧，使石乞、孟黡二人持戈下台，来敌子路。子路仗剑来迎。怎奈乞、黡双戟并举，攒刺子路，又砍断其冠缨。子路身负重伤，将死，曰：“礼，君子死不免冠。”乃整结其冠缨而死。孔悝奉蒯聩即位，是为庄公。立次子疾为太子，以浑良夫为卿。

时孔子在卫，闻蒯聩之乱，谓众弟子曰：“柴也其归乎！由也其死乎！”弟子问其故，孔子曰：“高柴知大义，必能自全；由好勇轻生，昧于取裁，其死必矣。”说犹未了，高柴果然奔归，师弟相见，且悲且喜。卫之使者接踵而至，见孔子曰：“寡君新立，敬慕夫子，敢献奇味。”孔子再拜而受，启视则肉醢。孔子遽命覆之。谓使者曰：“得非吾弟子仲由之肉乎？”使者惊曰：“然也。夫子何以知之？”孔子曰：“非此，卫君必不以见颁也。”遂命弟子埋其醢，痛哭曰：“某尝恐由不得其死，今果然矣！”使者辞去。未几，孔子遂得疾不起，年七十有三岁。时周敬王四十一年，夏四月己丑也。史臣有赞云：

尼丘诞圣，阙里生德；七十升堂，四方取则。行诛两观，摄相夹谷；叹凤遽衰，泣麟何促。九流仰镜，万古钦躅！

弟子营葬于北阜之曲，冢大一顷，鸟雀不敢栖止其树。累朝封大成至圣文宣王。今改为大成至圣先师，天下俱立文庙，春秋二祭，子孙世袭为衍圣公不绝。不在话下。

再说卫庄公蒯聩疑孔悝为出公辄之党，醉以酒而逐之，孔悝奔宋。庄公为府藏俱空，召浑良夫计议：“用何计策，可复得宝器？”浑良夫密奏曰：“亡君亦君之子也，何不召之？”不知庄公曾召出公否，且看下回分解。

第八十三回

诛芈胜叶公定楚　灭夫差越王称霸

话说卫庄公蒯聩因府藏宝货俱被出公辄取去，谋于浑良夫。良夫曰："太子疾与亡君，皆君之子，君何不以择嗣召之?亡君若归，器可得也。"有小竖闻其语，私告于太子疾。疾使壮士数人，载豭从己，乘

间劫庄公，使歃血立誓，勿召亡君，且必杀浑良夫。庄公曰："勿召辄易耳。业与良夫有盟在前，免其三死，奈何?"太子疾曰："请俟四罪，然后杀之。"庄公许诺。未几，庄公新造虎幕，召诸大夫落成。浑良夫紫衣狐裘而至，袒裘，不释剑而食。太子疾使力士牵良夫以退。良夫曰："臣何罪?"太子疾数之曰："臣见君有常服，侍食必释剑。尔紫衣，一罪也；狐裘，二罪也；不释剑，三罪也。"良夫呼曰："有

盟免三死!"疾曰:"亡君以子拒父,大逆不孝,汝欲召之,非四罪乎?"良夫不能答,俯首受刑。他日,庄公梦厉鬼被发北面而噪曰:"余为浑良夫,叫天无辜!"庄公觉,使卜大夫胥弥赦占之,曰:"不害也。"既辞出,谓人曰:"冤鬼为厉,身死国危,兆已见矣。"遂逃奔宋。

蒯聩立二年,晋怒其不朝,上卿赵鞅帅师伐卫。卫人逐庄公,庄公奔戎国,戎人杀之,并杀太子疾。国人立公子般师。齐陈恒帅师救卫,执般师,立公子起。卫大夫石圃逐起,复迎出公辄为君。辄既复国,逐石圃。诸大夫不睦于辄,逐辄奔越。国人立公子黚,是为悼公。自是卫臣服于晋,国益微弱,依赵氏。此段话搁过不提。

再说白公胜自归楚国,每念郑人杀父之仇,思以报之。只为伍子胥是白公胜的恩人,子胥前已赦郑,况郑服事昭王,不敢失礼,故胜含忍不言。及昭王已薨,令尹子西、司马子期奉越女之子章即位,是为惠王。白公胜自以故太子之后,冀子西召己,同秉楚政。子西竟不召,又不加禄,心怀怏怏。及闻子胥已死,曰:"报郑此其时矣!"使人请于子西曰:"郑人肆毒于先太子,令尹所知也。父仇不报,无以为人,令尹倘哀先太子之无辜,发一旅以声郑罪,胜愿为前驱,死无所恨!"子西辞曰:"新王方立,楚国未定,子姑待我。"白公胜乃托言备吴,使心腹家臣石乞筑城练兵,盛为战具。复请于子西,愿以私卒为先锋,伐郑。子西许之。尚未出师,晋赵鞅以兵伐郑,郑请救于楚。子西帅师救郑,晋兵乃退,子西与郑定盟班师。白公怒曰:"不伐郑而救郑,令尹欺我甚矣!当先杀令尹,然后伐郑。"召其宗人白善于澧阳。善曰:"从子而乱其国,则不忠于君;背子而发其私,则不仁于族。"遂弃禄,筑圃灌园终其身。楚人因名其圃曰"白善将军药圃"。白公闻白善不来,怒曰:"我无白善,遂不能杀令尹耶?"即召石乞议曰:"令尹与司马各用五百人,足以当之否?"石乞曰:"未足也。市南有勇士熊宜僚者,若得此人,可当五百人之用。"白公乃同石乞造于市南,见熊宜僚。宜僚大惊曰:"王孙贵人奈何屈身至此?"白公曰:"某有事,欲与子谋之。"遂告以杀子西之事。宜僚摇首曰:"令尹有功于国,而无仇于僚,僚不敢奉命。"白公怒,拔剑指其喉曰:"不从,先杀汝!"宜僚面不改色,从容对曰:"杀一宜僚,如去蝼蚁,何以怒为?"白公乃投剑于地,叹曰:“子真勇士,吾聊试子耳!”即以车载回,礼为上宾,饮食必共,出入必俱。宜僚感其恩,遂以身许白公。

及吴王夫差会黄池时,楚国畏吴之强,戒饬边人,使修儆备。白公胜托言吴兵将谋袭楚,乃反以兵袭吴边境,颇有所掠。遂张大其功,只说:“大败吴师,得其铠仗兵器若干,欲亲至楚庭献捷,以张国威。”子西不知其计,许之。白公悉出自己甲兵,装作卤获百余乘,亲率壮士千人,押解入朝献功。惠王登殿受捷,子西、子期侍立于旁。白公胜参见已毕,惠王见阶下立着两筹好汉,全身披挂,问:“是何人?”胜答曰:“此乃臣部下将士石乞、熊宜僚,伐吴有功者。”遂以手招二人。二人举步,方欲升阶,子期喝曰:“吾王御殿,边臣只许在下叩头,不得升阶!”石乞、熊宜僚那肯听从,大踏步登阶。子期使侍卫阻之,熊宜僚用手一拉,侍卫东倒西歪,二人径入殿中。石乞拔剑来砍子西,熊宜僚拔剑来砍子期。白公大喝:“众人何不齐上!”壮士千人,齐执兵器,蜂拥而登。白公绑住惠王,不许转动。石乞生缚子西,百官皆惊散。子期素有勇力,遂拔殿戟,与宜僚交战。宜僚弃剑,前夺子期之戟。子期拾剑,以劈宜僚,中其左肩。宜僚亦刺中子期之腹。二人兀自相持不舍,搅做一团,死于殿庭。子西谓胜曰:“汝糊口吴邦,我念骨肉之亲,召汝还国,封为公爵,何负于汝而反耶?”胜曰:“郑杀吾父,汝与郑讲和,汝即郑也。吾为父报仇,岂顾私恩哉?”子西叹曰:“悔不听沈诸梁之言也!”白公胜手剑斩子西之头,陈其尸于朝。石乞曰:“不弑王,事终不济。”胜曰:“孺子者何罪?废之可也。”乃拘惠王于高府,欲立王子启为王。启固辞,遂杀之。石乞又劝胜自立。胜曰:“县公尚众,当悉召之。”乃屯兵于太庙。大夫管修率家甲往攻白公,战三日,修众败被杀。圉公阳乘间使人掘高府之墙为小穴,夜潜入,负惠王以出,匿于昭夫人之宫。

叶公沈诸梁闻变,悉起叶众,星夜至楚。及郊,百姓遮道迎之。见叶公未曾甲胄,讶曰:“公胡不胄?国人望公之来,如赤子之望父母,万一盗贼之矢伤害于公,民何望焉?”叶公乃披挂戴胄而进。将近都城,又遇一群百姓前来迎接,见叶公戴胄,又讶曰:“公胡胄?国人望公之来,如凶年之望谷米,若得见公之面,犹死而得生也,虽老稚,谁不为公致死力者！奈何掩蔽其面，使人怀疑，无所用力乎？”叶公乃解胄而进。叶公知民心附己，乃建大旆于车。箴尹固因白公之召，欲率私属入城，既见大旗上“叶”字，遂从叶公守城。兵民望见叶公来到，大开城门，以纳其众。叶公率国人攻白公胜于太庙。石乞兵败，扶胜登车，逃往龙山，欲适他国，未定。叶公引兵追至，胜自缢而死，石乞埋尸于山后。叶公兵至，生擒石乞，问：“白公何在？”对曰：“已自尽矣！”又问：“尸在何处？”石乞坚不肯言。叶公命取鼎镬，扬火沸汤，置于乞前，谓曰：“再不言，当烹汝！”石乞自解其衣，笑曰：“事成贵为上卿，事不成则就烹，此乃理之当然也。吾岂肯卖死骨以自免乎？”遂跳入镬中，须臾糜烂。胜尸竟不知所在。石乞虽所从不正，亦好汉也！叶公迎惠王复位。时陈国乘楚乱，以兵侵楚。叶公请于惠王，帅师伐陈，灭之。以子西之子宁嗣为令尹，子期之子宽嗣为司马，自己告老归叶。自此楚国危而复安。此周敬王四十二年事也。

是年，越王句践探听得吴王自越兵退后荒于酒色，不理朝政，况连岁凶荒，民心愁怨，乃复悉起境内士卒，大举伐吴。方出郊，于路上见一大蛙，目睁腹涨，似有怒气，句践肃然，凭轼而起。左右问曰：“君何敬？”句践曰：“吾见怒蛙如欲斗之士，是以敬之。”军中皆曰：“吾王敬及怒蛙，吾等受数年教训，岂反不如蛙乎？”于是交相劝勉，以必死为志。国人各送其子弟于郊境之上，皆泣涕诀别，相语曰：“此行不灭吴，不复相见！”句践复诏于军曰：“父子俱在军中者，父归；兄弟俱在军中者，兄归；有父母无昆弟者，归养；有疾病不能胜兵者，以告，给医药糜粥。”军中感越王爱才之德，欢声如雷。行及江口，斩有罪者，以申军法，军心肃然。吴王夫差闻越兵再至，亦悉起士卒迎敌于江上。越兵屯于江南，吴兵屯于江北。越王将大军分为左右二阵，范蠡率右军，文种率左军。君子之卒六千人，从越王为中阵。明日，将战于江中。乃于黄昏左侧，令左军衔枚，溯江而上五里以待吴兵，戒以夜半鸣鼓而进。复令右军衔枚，逾江十里，只等左军接战，右军上前夹攻，各用大鼓，务使鼓声震闻远近。吴兵至夜半，忽闻鼓声震天，知是越军来袭，仓皇举火，尚未看得明白，远远的鼓声又起，两军相应，合围拢来。夫差大惊，急传令分军迎战。不期越王潜引私卒六千，金鼓不鸣，于黑暗中径冲吴中军。此时天色尚未明，但觉前后左右中央尽是越军，吴兵不能抵当，大败而走。句践率三军紧紧追之，及于笠泽，复战，吴师又败。一连三战三北，名将王子姑曹、胥门巢等俱死。夫差连夜遁回，闭门自守。句践从横山进兵，即今越来溪是也。筑一城于胥门之外，谓之越城，欲以困吴。

越王围吴多时，吴人大困。伯嚭托疾不出，夫差乃使王孙骆肉袒膝行而前，请成于越王，曰："孤臣夫差，异日得罪于会稽，夫差不敢逆命，得与君王结成以归。今君王举兵而诛孤臣，孤臣意者，亦望君王如会稽之赦罪！"句践不忍其言，意欲许之。范蠡曰："君王早朝晏罢，谋之二十年，奈何垂成而弃之？"遂不准其行成。吴使往返七次，种、蠡坚执不肯。遂鸣鼓攻城，吴人不能复战。种、蠡商议欲毁胥门而入。其夜望见吴南城上有伍子胥头，巨若车轮，目若耀电，须发四张，光射十里。越将士无不畏惧，暂且屯兵。至夜半，暴风从南门而起，疾雨如注，雷轰电掣，飞石扬沙疾于弓弩。越兵遭者，不死即伤，船索俱解，不能连属。范蠡、文种情急，乃肉袒冒雨，遥望南门，稽颡谢罪。良久，风息雨止，种、蠡坐而假寐，以待天明。梦见子胥乘白马素车而至，衣冠甚伟，俨如生时，开言曰："吾前知越兵必至，故求置吾头于东门，以观汝之入吴。吴王置吾头于南门，吾忠心未绝，不忍汝从吾头下而入，故为风雨，以退汝军。然越之有吴，此乃天定，吾安能止哉？汝如欲入，更从东门，我当为汝开道，贯城以通汝路。"二人所梦皆同，乃告于越王，使士卒开渠，自南而东。将及蛇、匠二门之间，忽然太湖水发，自胥门汹涌而来，波涛冲击，竟将罗城荡开一大穴，有鲢鲟无数，随涛而入。范蠡曰："此子胥为我开道也！"遂驱兵入城。其后因穴为门，名曰鲢鲟门，因水多葑草，又名葑门。其水名葑溪。此乃子胥显灵古迹也。

夫差闻越兵入城，伯嚭已降，遂同王孙骆及其三子奔于阳山。昼驰夜走，腹馁口饥，目视昏眩，左右掇得生稻，剥之以进。吴王嚼之，伏地掬饮沟中之水，问左右曰："所食者，何物也？"左右对曰："生稻。"夫差曰："此公孙圣所言'不得火食走章皇'也。"王孙骆曰："饱食而去，前有深谷，可以暂避。"夫差曰："妖梦已准，死在旦夕，暂避何为?”乃止于阳山,谓王孙骆曰:“吾前戮公孙圣,投于此山之巅,不知尚有灵响否?”骆曰:“王试呼之。”夫差乃大呼曰:“公孙圣!”山中亦应曰:“公孙圣。”三呼而三应。夫差心中恐惧,乃迁于干隧。

句践率千人追至,围之数重。夫差作书,系于矢上,射入越军。军人拾取呈上,种、蠡二人同启,视其词曰:“吾闻:‘狡兔死而良犬烹。’敌国如灭,谋臣必亡,大夫何不存吴一线,以自为馀地?”文种亦作书系矢而答之曰:“吴有大过者六:戮忠臣伍子胥,大过一也;以直言杀公孙圣,大过二也;太宰谗佞,而听用之,大过三也;齐、晋无罪,数伐其国,大过四也;吴、越同壤而侵伐,大过五也;越亲戕吴之前王,不知报仇,而纵敌贻患,大过六也。有此六大过,欲免于亡,得乎?昔天以越赐吴,吴不肯受。今天以吴赐越,越其敢违天之命!”夫差得书,读至第六款大过,垂泪曰:“寡人不诛句践,忘先王之仇,为不孝之子,此天之所以弃吴也!”王孙骆曰:“臣请再见越王而哀恳之。”夫差曰:“寡人不愿复国,若许为附庸,世世事越,固所愿矣。”骆至越军,种、蠡拒之不得入。句践望见吴使者泣涕而去,意颇怜之,使人谓吴王曰:“寡人念君昔日之情,请置君于甬东,给夫妇五百家,以终王之世。”夫差含泪而对曰:“君王幸赦吴,吴亦君之外府也。若覆社稷,废宗庙,而以五百家为?臣孤老矣,不能从编氓之列,孤有死耳!”越使者去,夫差犹未肯自裁。句践谓种、蠡曰:“二子何不执而诛之?”种、蠡对曰:“人臣不敢加诛于君,愿主公自命之!天诛当行,不可久稽。”句践乃仗“步光”之剑,立于军前,使人告吴王曰:“世无万岁之君,总之一死,何必使吾师加刃于王耶?”夫差乃太息数声,四顾而望,泣曰:“吾杀忠臣子胥、公孙圣,今自杀晚矣!”谓左右曰:“使死者有知,无面目见子胥、公孙圣于地下,必重罗三幅,以掩吾面!”言罢,拔佩剑自刎。王孙骆解衣以覆吴王之尸,即以组带自缢于傍。句践命以侯礼葬于阳山,使军士每人负土一蔂,须臾,遂成大冢。流其三子于龙尾山,后人名其里为吴山里。诗人张羽有诗叹曰:

荒台独上故城西,辇路凄凉草木悲。
废墓已无金虎卧,坏墙时有夜乌啼。
采香径断来麋鹿,响屧廊空变黍离。

欲吊伍员何处所，淡烟斜月不堪题！

杨诚斋《苏台吊古》诗云：

插天四塔云中出，隔水诸峰雪后新。

道是远瞻三百里，如何不见六千人？

胡曾先生咏史诗云：

吴王恃霸逞雄才，贪向姑苏醉绿醅。

不觉钱塘江上月，一宵西送越兵来。

元人萨都剌诗云：

阊门杨柳自春风，水殿幽花泣露红。

飞絮年年满城郭，行人不见馆娃宫。

唐人陆龟蒙咏西施云：

半夜娃宫作战场，血腥犹杂宴时香。

西施不及烧残蜡，犹为君王泣数行。

再说越王入姑苏城，据吴王之宫，百官称贺。伯嚭亦在其列，恃其旧日周旋之恩，面有德色。句践谓曰："子，吴太宰也，寡人敢相屈乎？汝君在阳山，何不从之？"伯嚭惭而退。句践使力士执而杀之，灭其家，曰："吾以报子胥之忠也！"句践抚定吴民，乃以兵北渡江、淮，与齐、晋、宋、鲁诸侯会于舒州，使人致贡于周。时周敬王已崩，太子名仁嗣位，是为元王。元王使人赐句践衮冕、圭璧、彤弓、弧矢，命为东方之伯。句践受命，诸侯悉遣人致贺。其时楚灭陈国，惧越兵威，亦遣使修聘。句践割淮上之地以与楚；割泗水之东地方百里以与鲁；以吴所侵宋地归宋。诸侯悦服，尊越为霸。

越王还吴国，遣人筑贺台于会稽，以盖昔日被栖之耻。置酒吴宫文台之上，与群臣为乐，命乐工作《伐吴》之曲，乐师引琴而鼓之。其词曰：

吾王神武蓄兵威，欲诛无道当何时？大夫种蠡前致词：吴杀忠臣伍子胥，今不伐吴又何须？良臣集谋迎天禧，一战开疆千里余。恢恢功业勒常彝，赏无所吝罚不违。君臣同乐酒盈卮。

台上群臣大悦而笑，惟句践面无喜色。范蠡私叹曰："越王不欲功归臣下，疑忌之端已见矣！"次日，入辞越王曰："臣闻：'主辱臣死。'向者，大王辱于会稽，臣所以不死者，欲隐忍成越之功也。今吴已灭矣，大王倘免臣会稽之诛，愿乞骸骨，老于江湖。”越王恻然，泣下沾衣，言曰：“寡人赖子之力以有今日，方思图报，奈何弃寡人而去乎？留则与子共国，去则妻子为戮！”蠡曰：“臣则宜死，妻子何罪？死生惟王，臣不顾矣！”是夜，乘扁舟出齐女门，涉三江，入五湖。至今齐门外有地名蠡口，即范蠡涉三江之道也。次日，越王使人召范蠡，蠡已行矣。越王愀然变色，谓文种曰：“蠡可追乎？”文种曰：“蠡有鬼神不测之机，不可追也。”种既出，有人持书一封投之。种启视，乃范蠡亲笔。其书曰：

子不记吴王之言乎？“狡兔死，走狗烹；敌国破，谋臣亡。”越王为人，长颈鸟喙，忍辱妒功；可与共患难，不可与共安乐。子今不去，祸必不免！

文种看罢，欲召送书之人，已不知何往矣。种怏怏不乐，然犹未深信其言，叹曰：“少伯何虑之过乎？”过数日，句践班师回越，携西施以归。越夫人潜使人引出，负以大石，沉于江中，曰：“此亡国之物，留之何为？”后人不知其事，讹传范蠡载入五湖，遂有“载去西施岂无意？恐留倾国误君王”之句。按范蠡扁舟独往，妻子且弃之，况吴宫宠妃，何敢私载乎？又有言范蠡恐越王复迷其色，乃以计沉之于江，此亦谬也。罗隐有诗辨西施之冤云：

家国兴亡自有时，时人何苦咎西施！
西施若解亡吴国，越国亡来又是谁？

再说越王念范蠡之功，收其妻子，封以百里之地，复使良工铸金象范蠡之形，置之座侧，如蠡之生也。

却说范蠡自五湖入海，忽一日，使人取妻子去，遂入齐。改名曰鸱夷子皮，仕齐为上卿。未几，弃官隐于陶山，畜五牝，生息获利千金，自号曰陶朱公。后人所传《致富奇书》，云是陶朱公之遗术也。其后吴人祀范蠡于吴江，与晋张翰、唐陆龟蒙为“三高祠”。宋人刘寅有诗云：

人谓吴痴信不虚，建崇越相果何如？
千年亡国无穷恨，只合江边祀子胥。

句践不行灭吴之赏，无尺土寸地分授，与旧臣疏远，相见益稀，计倪佯狂辞职，曳庸等亦多告老，文种心念范蠡之言，称疾不朝。越王左右有不悦文种者，谮于王曰："种自以功大赏薄，心怀怨望，故不朝耳。"越王素知文种之才能，以为灭吴之后无所用之，恐其一旦为乱，无人可制，欲除之，又无其名。其时鲁哀公与季、孟、仲三家有隙，欲借越兵伐鲁，以除去三家，乃借朝越为名，来至越国。句践心虞文种，故不为发兵，哀公遂死于越。

再说越王忽一日往视文种之疾，种为病状，强迎王入。王乃解剑而坐，谓曰："寡人闻之：'志士不忧其身之死，而忧其道之不行。'子有七术，寡人行其三，而吴已破灭，尚有四术，安所用之？"种对曰："臣不知所用也。"越王曰："愿以四术，为我谋吴之前人于地下可乎？"言毕，即升舆而去，遗下佩剑于座。种取视之，剑匣有"属镂"二字，即夫差赐子胥自刭之剑也。种仰天叹曰："古人云：'大德不报。'吾不听范少伯之言，乃为越王所戮，岂非愚哉！"复自笑曰："百世而下，论者必以吾配子胥，亦复何恨！"遂伏剑而死。越王知种死，乃大喜，葬种于卧龙山，后人因名其山曰种山。葬一年，海水大发，穿山胁，冢忽崩裂，有人见子胥同文种前后逐浪而去。今钱塘江上，海潮重叠，前为子胥，后乃文种也。髯翁有《文种赞》曰：

> 忠哉文种，治国之杰！三术亡吴，一身殉越。不共蠡行，宁同胥灭，千载生气，海潮叠叠。

句践在位二十七年而薨，周元王之七年也。其后子孙，世称为霸。

话分两头。却说晋国六卿，自范、中行二氏灭后，止存智、赵、魏、韩四卿。智氏、荀氏因与范氏同出于荀，欲别其族，乃循智莹之旧，改称智氏，时智瑶为政，号为智伯。四家闻田氏弑君专国，诸侯莫讨，于是私自立议，各择便据地，以为封邑。晋出公之邑，反少于四卿，无可奈何。就中单表赵简子名鞅，有子数人，长子名伯鲁，其最幼者名无恤，乃贱婢所生。有善相人者姓姑布，名子卿，至于晋，鞅召诸子使相之。子卿曰："无为将军者。"鞅叹曰："赵氏其灭矣！"子卿曰："吾来时遇一少年在途，相从者皆君府中人，此得非君之子耶？"鞅曰："此吾幼子无恤，所出甚贱，岂足道哉？"子卿曰："天之所废，虽贵必贱；天之所兴，虽贱必贵。此子骨相似异诸公子，吾未得详视也，君可召之。"鞅使人召无恤至。子卿望见，遽起拱立曰："此真将军矣！"鞅笑而不答。他日悉召诸子，叩其学问，无恤有问必答，条理分明，鞅始知其贤。乃废伯鲁而立无恤为適子。

一日，智伯怒郑之不朝，欲同赵鞅伐郑。鞅偶患疾，使无恤代将以往。智伯以酒灌无恤，无恤不能饮。智伯醉而怒，以酒斝投无恤之面，面伤出血。赵氏将士俱怒，欲攻智伯。无恤曰："此小耻，吾姑忍之。"智伯班师回晋，反言无恤之过，欲鞅废之。鞅不从。无恤自此与智伯有隙。赵鞅病笃，谓无恤曰："异日晋国有难，惟晋阳可恃，汝可识之。"言毕遂卒。无恤代立，是为赵襄子。此乃周贞定王十一年之事。时晋出公愤四卿之专，密使人乞兵于齐、鲁，请伐四卿。齐田氏、鲁三家反以其谋告于智伯。智伯大怒，同韩康子虎、魏桓子驹、赵襄子无恤，合四家之众，反伐出公，出公出奔于齐。智伯立昭公之曾孙骄为晋君，是为哀公。自此晋之大权，尽归于智伯瑶。瑶遂有代晋之志，召集家臣商议。毕竟智伯成败如何，且看下回分解。

第八十四回

智伯决水灌晋阳　豫让击衣报襄子

话说智伯名瑶，乃智武子跞之孙，智宣子徐吾之子。徐吾欲建嗣，谋于族人智果曰："吾欲立瑶何如?"智果曰："不如宵也。"徐吾曰："宵才智皆逊于瑶，不如立瑶。"智果曰："瑶有五长过人，惟一短耳。

美须长大过人，善射御过人，多技艺过人，强毅果敢过人，智巧便给过人，然而贪残不仁，是其一短。以五长凌人，而济之以不仁，谁能容之?若果立瑶，智宗必灭!"徐吾不以为然。竟立瑶为適子。智果叹曰："吾不别族，惧其随波而溺也!"乃私谒太史，求改氏谱，自称辅氏。及徐吾卒，瑶嗣位，独专晋政。内有智开、智国等肺腑之亲，外有絺疵、豫让等忠谋之士，权尊势重，遂有代晋之志，召诸臣密议其事。谋士絺疵进曰："四卿位均力敌，一家先发，三家拒之。今欲谋晋室，先削三家之势。"智伯曰："削之何道?"絺疵曰："今越国方盛，晋失主盟，主公托言兴兵与越争霸，假传晋侯之命，令韩、赵、魏三家各献地百里，率其赋以为军资。三家若从命割地，我坐而增三百里之封，智氏益强，而三家日削矣。有不从者，矫晋侯之命，率大军先除灭之。此'食果去皮'之法也。"智伯曰："此计甚妙！但三家先从那家割起?"絺疵曰："智氏睦于韩、魏而与赵有隙，宜先韩次魏，韩、魏既从，赵不能独异也。"智伯即遣智开至韩虎府中，虎延入中堂，叩其来意。智开曰："吾兄奉晋侯之命，治兵伐越，令三卿各割采地百里，入于公家，取其赋以充公用。吾兄命某致意，愿乞地界回复。"韩虎曰："子且暂回，某来日即当报命。"智开去，韩康子虎召集群下谋曰："智瑶欲挟晋侯以弱三家，故请割地为名。吾欲兴兵先除此贼，卿等以为何如?"谋士段规曰："智伯贪而无厌，假君命以削吾地，若用兵是抗君也，彼将借以罪我，不如与之。彼得吾地，必又求之于赵、魏。赵、魏不从，必相攻击，吾得安坐而观其胜负。"韩虎然之。

次日，令段规画出地界百里之图，亲自进于智伯。智伯大喜，设宴于蓝台之上，以款韩虎。饮酒中间，智伯命左右取画一轴置于几上，同虎观之，乃鲁卞庄子刺三虎之图。上有题赞云：

三虎啖羊，势在必争。其斗可俟，其倦可乘。一举兼收，卞庄之能！

智伯戏谓韩虎曰："某尝稽诸史册，列国中与足下同名者，齐有高虎，郑有罕虎，今与足下而三矣。"时段规侍侧，进曰："礼，不呼名，惧触讳也。君之戏吾主，毋乃甚乎?"段规生得身材矮小，立于智伯之旁，才及乳下。智伯以手拍其顶曰："小儿何知，亦来饶舌！三虎所啖之馀，得非汝耶?"言毕，拍手大笑。段规不敢对，以目视韩虎。虎佯醉，闭目应曰："智伯之言是也。"即时辞去。智国闻之，谏曰："主公戏其君而侮其臣，韩氏之恨必深，若不备之，祸且至矣。"智伯瞋目大言曰："我不祸人足矣，谁敢兴祸于我?"智国曰："蚋蚁蜂虿犹能害人，况君相乎?主公不备，异日悔之何及！"智伯曰："吾将效卞庄子一举刺三虎，蚋蚁蜂虿，我何患哉！"智国叹息而出。史臣有诗云：

智伯分明井底蛙，眼中不复置王家。

宗英空进兴亡计，避害谁如辅果嘉？

次日，智伯再遣智开求地于魏桓子驹，驹欲拒之。谋臣任章曰："求地而与之，失地者必惧，得地者必骄，骄则轻敌，惧则相亲，以相亲之众，待轻敌之人，智氏之亡可待矣。"魏驹曰："善。"亦以万家之邑献之。智伯乃遣其兄智宵，求蔡皋狼之地于赵氏。赵襄子无恤，衔其旧恨，怒曰："土地乃先世所传，安敢弃之？韩、魏有地自予，吾不能媚人也！"智宵回报，智伯大怒，尽出智氏之甲，使人邀韩、魏二家，共攻赵氏，约以灭赵氏之日，三分其地。韩虎、魏驹一来惧智伯之强，二来贪赵氏之地，各引一军，从智伯征进。智伯自将中军，韩军在右，魏军在左，杀奔赵府中，欲擒赵无恤。赵氏谋臣张孟谈预知兵到，奔告无恤曰："寡不敌众，主公速宜逃难！"无恤曰："逃在何处方好？"张孟谈曰："莫如晋阳。昔董安于曾筑公宫于城内，又经尹铎经理一番，百姓受尹铎数十年宽恤之恩，必能效死。先君临终有言：'异日国家有变，必往晋阳。'主公宜速行，不可迟疑。"无恤即率家臣张孟谈、高赫等，望晋阳疾走。智伯勒二家之兵以追无恤。

却说无恤有家臣原过，行迟落后，于中途遇一神人，半云半雾，惟见上截金冠锦袍，面貌亦不甚分明，以青竹二节授之，嘱曰："为我致赵无恤。"原过追上无恤，告以所见，以竹管呈之。无恤亲剖其竹，竹中有朱书二行："告赵无恤，余霍山之神也。奉上帝命，三月丙戌，使汝灭智氏。"无恤令秘其事。行至晋阳，晋阳百姓感尹铎仁德，携老扶幼迎接入城，驻扎公宫。无恤见百姓亲附，又见晋阳城堞高固，仓廪充实，心中稍安。即时晓谕百姓，登城守望。点阅军器，戈戟钝敝，箭不满千，愀然不乐，谓张孟谈曰："守城之器，莫利于弓矢，今箭不过数百，不够分给，奈何？"孟谈曰："吾闻董安于之治晋阳也，公宫之墙垣，皆以荻蒿楛楚聚而筑之。主公何不发其墙垣，以验虚实？"无恤使人发其墙垣，果然都是箭竿之料。无恤曰："箭已足矣，奈无金以铸兵器何？"孟谈曰："闻董安于建宫之时，堂室皆练精铜为柱，卸而用之，铸兵有馀也。"无恤再发其柱，纯是炼过的精铜。即使冶工碎柱，铸为剑戟刀枪，无不精利，人情益安。无恤叹曰："甚哉，治国之需贤臣也！得董安于而器用备，得尹铎而民心归，天祚赵氏，其未艾乎？”

再说智、韩、魏三家兵到，分作三大营，连络而居，把晋阳围得铁桶相似。晋阳百姓情愿出战者甚众，齐赴公宫请令。无恤召张孟谈商之。孟谈曰：“彼众我寡，战未必胜，不如深沟高垒，坚闭不出，以待其变。韩、魏无仇于赵，特为智伯所迫耳。两家割地，亦非心愿，虽同兵而实不同心，不出数月，必有自相疑猜之事，安能久乎？”无恤纳其言，亲自抚谕百姓，示以协力固守之意。军民互相劝勉，虽妇女童稚亦皆欣然愿效死力。有敌兵近城，辄以强弩射之，三家围困岁余，不能取胜。

智伯乘小车周行城外，叹曰：“此城坚如铁瓮，安可破哉？”正怀闷间，行至一山，见山下泉流万道，滚滚望东而逝。拘土人问之，答曰：“此山名曰龙山，山腹有巨石如瓮，故又名悬瓮山。晋水东流，与汾水合，此山乃发源之处也。”智伯曰：“离城几何里？”土人曰：“自此至城西门，可十里之遥。”智伯登山以望晋水，复绕城东北，相度了一回，忽然省悟曰：“吾得破城之策矣！”即时回寨，请韩、魏二家商议，欲引水灌城。韩虎曰：“晋水东流，安能决之使西乎？”智伯曰：“吾非引晋水也。晋水发源于龙山，其流如注，若于山北高阜处掘成大渠，预为蓄水之地，然后将晋水上流坝断，使水不归于晋川，势必尽注新渠。方今春雨将降，山水必大发，俟水至之日，决堤灌城，城中之人，皆为鱼鳖矣。”韩魏齐声赞曰：“此计妙哉！”智伯曰：“今日便须派定路数，各司其事。韩公守把东路，魏公守把南路，须早夜用心，以防奔突。某将大营移屯龙山，兼守西北二路，专督开渠筑堤之事。”韩魏领命辞去。智伯传下号令，多备锹锸，凿渠于晋水之北。次将各处泉流下泻之道，尽皆坝断。复于渠之左右，筑起高堤，凡山坳泄水之处都有堤坝。那泉源泛溢，奔激无归，只得望北而走，尽注新渠。却将铁枋闸板，渐次增添，截住水口，其水便有留而无去，有增而无减了。今晋水北流一支，名智伯渠，即当日所凿也。一月之后，果然春雨大降，山水骤涨，渠高顿与堤平。智伯使人决开北面，其水从北溢出，竟灌入晋阳城来。有诗为证：

向闻洪水汩山陵，复见壅泉灌晋城。

能令阳侯添胆大，便教神禹也心惊。

时城中虽被围困，百姓向来富庶，不苦冻馁。况城基筑得十分坚厚，虽经水浸，并无剥损。过数日，水势愈高，渐渐灌入城中，房屋不是倒塌，便是淹没，百姓无地可栖，无灶可爨，皆构巢而居，悬釜而炊。公宫虽有高台，无恤不敢安居，与张孟谈不时乘竹筏，周视城垣。但见城外水声淙淙，一望江湖，有排山倒峡之势，再加四五尺，便冒过城头了。无恤心下暗暗惊恐，且喜守城军民，昼夜巡警，未尝疏怠，百姓皆以死自誓，更无二心。无恤叹曰："今日方知尹铎之功矣！"乃私谓张孟谈曰："民心虽未变，而水势不退，倘山水再涨，阖城俱为鱼鳖，将若之何？霍山神其欺我乎？"孟谈曰："韩、魏献地，未必甘心，今日从兵，迫于势耳。臣请今夜潜出城外，说韩、魏之君，反攻智伯，方脱此患。"无恤曰："兵围水困，虽插翅亦不能飞出也。"孟谈曰："臣自有计，吾主不必忧虑，主公但令诸将多造船筏，利兵器，倘徼天之幸，臣说得行，智伯之头，指日可取矣。"无恤许之。

孟谈知韩康子屯兵于东门，乃假扮智伯军士，于昏夜缒城而出，径奔韩家大寨，只说："智元帅有机密事，差某面禀。"韩虎正坐帐中，使人召入。其时军中严急，凡进见之人，俱搜简干净，方才放进。张孟谈既与军士一般打扮，身边又无夹带，并不疑心。孟谈既见韩虎，乞屏左右。虎命从人闪开，叩其所以。孟谈曰："某非军士，实乃赵氏之臣张孟谈也。吾主被围日久，亡在旦夕，恐一旦身死家灭，无由布其腹心，故特遣臣假作军士，夜潜至此，求见将军，有言相告。将军容臣进言，臣敢开口，如不然，臣请死于将军之前。"韩虎曰："汝有话但说，有理则从。"孟谈曰："昔日六卿和睦，同执晋政，自范氏、中行氏不得众心，自取覆灭，今存者，惟智、韩、魏、赵四家耳。智伯无故欲夺赵氏蔡皋狼之地，吾主念先世之遗，不忍遽割，未有得罪于智伯也。智伯自恃其强，纠合韩、魏，欲攻灭赵氏，赵氏亡，则祸必次及于韩、魏矣。"韩虎沉吟未答。孟谈又曰："今日韩、魏所以从智伯而攻赵者，指望城下之日，三分赵氏之地耳。夫韩、魏不尝割万家之邑，以献智伯乎？世传疆宇，彼尚垂涎而夺之，未闻韩、魏敢出一语相抗也，况他人之地哉？赵氏灭，则智氏益强。韩、魏能引今日之劳与之争厚薄乎？即使今日三分赵地，能保智氏异日之不复请乎？将军请细思之！”韩虎曰：“子之意欲如何？”孟谈曰：“依臣愚见，莫若与吾主私和，反攻智伯，均之得地，而智氏之地多倍于赵，且以除异日之患，三君同心，世为唇齿，岂不美哉？”韩虎曰：“子言亦似有理，俟吾与魏家计议。子且去，三日后来取回复。”孟谈曰：“臣万死一生，此来非同容易，军中耳目，难保不泄，愿留麾下三日，以待尊命。”

韩虎使人密召段规，告以孟谈所言。段规受智伯之侮，怀恨未忘，遂深赞孟谈之谋。韩虎使孟谈与段规相见，段规留孟谈同幕而居，二人深相结纳。次日，段规奉韩虎之命，亲往魏桓子营中，密告以赵氏有人到军中讲话，如此恁般：“吾主不敢擅便，请将军裁决！”魏驹曰：“狂贼悖嫚，吾亦恨之！但恐缚虎不成，反为所噬耳。”段规曰：“智伯不能相容，势所必然，与其悔于后日，不如断于今日。赵氏将亡，韩、魏存之，其德我必深，不犹愈于与凶人共事乎？”魏驹曰：“此事当熟思而行，不可造次。”段规辞去。

到第二日，智伯亲自行水，遂治酒于悬瓮山，邀请韩、魏二将军同视水势。饮酒中间，智伯喜形于色，遥指着晋阳城，谓韩、魏曰：“城不没者，仅三版矣！吾今日始知水之可以亡人国也。晋国之盛，表里山河，汾、浍、晋、绛，皆号巨川，以吾观之，水不足恃，适足速亡耳。”魏驹私以肘撑韩虎，韩虎蹑魏驹之足，二人相视，皆有惧色。须臾席散，辞别而去。絺疵谓智伯曰：“韩、魏二家必反矣！”智伯曰：“子何以知之？”絺疵曰：“臣未察其言，已观其色。主公与二家约，灭赵之日三分其地，今赵城旦暮必破，二家无得地之喜，而有虑患之色，是以知其必反也。”智伯曰：“吾与二氏方欢然同事，彼何虑焉？”絺疵曰：“主公言水不足恃，适速其亡。夫晋水可以灌晋阳，汾水可以灌安邑，绛水可以灌平阳。主公言及晋阳之水，二君安得不虑乎？”

至第三日，韩虎、魏驹亦移酒于智伯营中，答其昨日之请。智伯举觞未饮，谓韩、魏曰：“瑶素负直性，能吐不能茹。昨有人言，二位将军有中变之意，不知果否？”韩虎、魏驹齐声答曰：“元帅信乎？”智伯曰：“吾若信之，岂肯面询于将军哉？”韩虎曰：“闻赵氏大出金帛，欲离间吾三人，此必谗臣受赵氏之私，使元帅疑我二家，因而懈于攻围，庶几脱祸耳。”魏驹亦曰：“此言甚当。不然，城破在迩，谁不愿剖分其土地，乃舍此目前必获之利，而蹈不可测之祸乎？”智伯笑曰：“吾亦知二位必无此心，乃絺疵之过虑也。”韩虎曰：“元帅今日虽然不信，恐早晚复有言者，使吾两人忠心无以自明，宁不堕谗臣之计乎？”智伯以酒酹地曰：“今后彼此相猜，有如此酒！”虎、驹拱手称谢。是日饮酒倍欢，将晚而散。絺疵随后入见智伯曰：“主公奈何以臣之言，泄于二君耶？”智伯曰：“汝又何以知之？”絺疵曰：“适臣遇二君于辕门，二君端目视臣，已而疾走。彼谓臣已知其情，有惧臣之心，故遑遽如此。”智伯笑曰：“吾与二子酹酒为誓，各不相猜，子勿妄言，自伤和气。”絺疵退而叹曰：“智氏之命不长矣！”乃诈言暴得寒疾，求医治疗，遂逃奔秦国去讫。髯翁有诗咏絺疵云：

韩魏离心已见端，絺疵远识讵能瞒？
一朝托疾飘然去，明月清风到处安。

再说韩虎、魏驹从智伯营中归去，路上二君定计，与张孟谈歃血订约：“期于明日夜半决堤泄水，你家只看水退为信，便引城内军士杀将出来，共擒智伯。”孟谈领命入城，报知无恤。无恤大喜，暗暗传令，结束停当，等待接应。至期，韩虎、魏驹暗地使人袭杀守堤军士，于西面掘开水口，水从西决，反灌入智伯之寨。军中惊乱，一片声喊起，智伯从睡梦中惊醒起来，水已及于卧榻，衣被俱湿。还认道巡视疏虞，偶然堤漏，急唤左右快去救水塞堤。须臾，水势益大，却得智国、豫让率领水军，驾筏相迎，扶入舟中。回视本营，波涛滚滚，营垒俱陷，军粮器械飘荡一空。营中军士，尽从水中浮沉挣命。智伯正在凄惨，忽闻鼓声大震，韩、魏两家之兵，各乘小舟，趁着水势杀来，将智家军乱砍，口中只叫：“拿智瑶来献者重赏！”智伯叹曰：“吾不信絺疵之言，果中其诈！”豫让曰：“事已急矣！主公可从山后逃匿，奔入秦邦请兵。臣当以死拒敌！”智伯从其言，遂与智国掉小舟转出山背。谁知赵襄子也料智伯逃奔秦国，却遣张孟谈从韩、魏二家追逐智军，自引一队，伏于龙山之后，凑巧相遇。无恤亲缚智伯，数其罪斩之。智国投水溺死。豫让鼓励残兵奋勇迎战，争奈寡不敌众，手下渐渐解散，及闻智伯已擒，遂变服逃往石室山中。智氏一军尽没。无恤查是日，正三月丙戌日也。天神所赐竹书，其言验矣。

三家收兵在于一处，将各路坝闸，尽行拆毁，水复东行，归于晋川，晋阳城中之水，方才退尽。无恤安抚居民已毕，谓韩、魏曰："某赖二公之力，保全残城，实出望外。然智伯虽死，其族尚存，斩草留根，终为后患。"韩、魏曰："当尽灭其宗，以泄吾等之恨！"无恤即同韩、魏回至绛州，诬智氏以叛逆之罪，围其家，无男女少长，尽行屠戮，宗族俱尽。惟智果已出姓为辅氏，得免于难，到此方知果之先见矣。韩、魏所献地，各自收回。又将智氏食邑三分均分，无一民尺土入于公家。此周贞定王十六年事也。无恤论晋阳之功，左右皆推张孟谈为首，无恤独以高赫为第一。孟谈曰："高赫在围城之中，不闻画一策，效一劳，而乃居首功，受上赏，臣窃不解。"无恤曰："吾在厄困中，众俱慌错，惟高赫举动敬谨，不失君臣之礼。夫功在一时，礼垂万世，受上赏，不亦宜乎？"孟谈愧服。无恤感山神之灵，为之立祠于霍山，使原过世守其祀。又憾智伯不已，漆其头颅为溲便之器。豫让在石室山中闻知其事，涕泣曰："士为知己者死。吾受智氏厚恩，今国亡族灭，辱及遗骸，吾偷生于世，何以为人？"乃更姓名，诈为囚徒服役者，挟利匕首潜入赵氏内厕之中，欲候无恤如厕，乘间刺之。无恤到厕，忽然心动，使左右搜厕中，牵豫让出见无恤。无恤乃问曰："子身藏利器，欲行刺于吾耶？"豫让正色答曰："吾智氏亡臣，欲为智伯报仇耳！"左右曰："此人叛逆宜诛！"无恤止之曰："智伯身死无后，而豫让欲为之报仇，真义士也！杀义士者不祥。"令放豫让还家。临去，复召问曰："吾今纵子，能释前仇否？"豫让曰："释臣者，主之私恩；报仇者，臣之大义。"左右曰："此人无礼，纵之必为后患。"无恤曰："吾已许之，可失信乎？今后但谨避之可耳。"即日归治晋阳，以避豫让之祸。

却说豫让回至家中，终日思报君仇，未能就计。其妻劝其再仕韩、魏，以求富贵。豫让怒，拂衣而出。思欲再入晋阳，恐其识认不便，乃削须去眉，漆其身为癞子之状，乞丐于市中。妻往市跟寻，闻呼乞声，惊曰："此吾夫之声也！"趋视，见豫让，曰："其声似而其人非。”遂舍去。豫让嫌其声音尚在，复吞炭变为哑喉，再乞于市。妻虽闻声，亦不复讶。有友人素知豫让之志，见乞者行动，心疑为让，潜呼其名，果是也。乃邀至家中进饮食，谓曰：“子报仇之志决矣！然未得报之术也。以子之才，若诈投赵氏，必得重用。此时乘隙行事，唾手而得，何苦毁形灭性，以求济其事乎？”豫让谢曰：“吾既臣赵氏，而复行刺，是贰心也。今吾漆身吞炭，为智伯报仇，正欲使人臣怀贰心者，闻吾风而知愧耳！请与子诀，勿复相见。”遂奔晋阳城来，行乞如故，更无人识之者。

赵无恤在晋阳观智伯新渠已成之业，不可复废，乃使人建桥于渠上，以便来往，名曰赤桥。赤乃火色，火能克水，因晋水之患，故以赤桥厌之。桥既成，无恤驾车出观。豫让预知无恤观桥，复怀利刃，诈为死人，伏于桥梁之下。无恤之车，将近赤桥，其马忽悲嘶却步，御者连鞭数策，亦不前进。张孟谈进曰：“臣闻：‘良骥不陷其主。’今此马不渡赤桥，必有奸人藏伏，不可不察。”无恤停车，命左右搜简。回报：“桥下并无奸细，只有一死人僵卧。”无恤曰：“新筑桥梁，安得便有死尸？必豫让也。”命曳出，视之形容虽变，无恤尚能识认。骂曰：“吾前已曲法赦子，今又来谋刺，皇天岂佑汝哉！”命牵去斩之。豫让呼天而号，泪与血下。左右曰：“子畏死耶？”让曰：“某非畏死，痛某死之后，别无报仇之人耳！”无恤召回问曰：“子先事范氏，范氏为智伯所灭，子忍耻偷生，反事智伯，不为范氏报仇。今智伯之死，子独报之甚切，何也？”豫让曰：“夫君臣以义合。君待臣如手足，则臣待君如腹心；君待臣如犬马，则臣待君如路人。某向事范氏，止以众人相待，吾亦以众人报之。及事智伯，蒙其解衣推食，以国士相待，吾当以国士报之。岂可一例而观耶？”无恤曰：“子心如铁石不转，吾不复赦子矣！”遂解佩剑，责令自裁。豫让曰：“臣闻：‘忠臣不忧身之死，明主不掩人之义。’蒙君赦宥，于臣已足。今日臣岂望再活？但两计不成，愤无所泄。请君脱衣与臣击之，以寓报仇之意，臣死亦瞑目矣！”无恤怜其志，脱下锦袍，使左右递与豫让。让掣剑在手，怒目视袍，如对无恤之状，三跃而三砍之，曰：“吾今可以报智伯于地下矣。”遂伏剑而死。至今此桥尚存，后人改名为豫让桥。无恤见豫让自刎，心甚悲之，即命收葬其尸。军士提起锦袍，呈与无恤，无恤视所砍之处，皆有鲜血点污。此乃精诚之所感也。无恤心中惊骇，自是染病。不知性命何如，且看下回分解。

第八十五回

乐羊子怒餟中山羹　西门豹乔送河伯妇

话说赵无恤被豫让三击其衣，连打三个寒噤，豫让死后，无恤视衣砍处，皆有血迹，自此患病，逾年不痊。无恤生有五子，因其兄伯鲁为己而废，欲以伯鲁之子周为嗣，而周先死，乃立周之子浣为世子。

无恤临终，谓世子赵浣曰："三卿灭智氏，地土宽饶，百姓悦服。宜乘此时，约韩魏三分晋国，各立庙社，传之子孙。若迟疑数载，晋或出英主，揽权勤政，收拾民心，则赵氏之祀不保矣。"言讫而瞑。赵浣治丧已毕，即以遗言告于韩虎。时周考王之四年，晋哀公薨，子柳立，是为幽公。韩虎与魏、赵合谋，只以绛州、曲沃二邑为幽公俸食，余地皆三分入于三家，号曰"三晋"。幽公微弱，反往三家朝见,君臣之分倒置矣。

再说齐相国田盘闻三晋尽分公家之地，亦使其兄弟宗人尽为齐都邑大夫,遣使致贺于三晋,与之通好。自是列国交际,田、赵、韩、魏四家,自出名往来,齐、晋之君拱手如木偶而已。时周考王封其弟揭于河南王城，以续周公之官职。揭少子班别封于巩。因巩在王城之东,号曰东周公,而称河南曰西周公,此东西二周之始。考王薨,子午立,是为威烈王。威烈王之世,赵浣卒,子赵籍代立。而韩虔嗣韩,魏斯嗣魏,田和嗣田,四家相结益深,约定彼此互相推援,共成大事。

威烈王二十三年,有雷电击周之九鼎,鼎俱摇动。三晋之君,闻此私议曰:“九鼎乃三代传国之重器,今忽震动,周运其将终矣。吾等立国已久,未正名号,乘此王室衰微之际,各遣使请命于周王,求为诸侯,彼畏吾之强,不敢不许。如此,则名正言顺,有富贵之实,而无篡夺之名,岂不美哉?”于是各遣心腹之使,魏遣田文,赵遣公仲连,韩遣侠累,各赍金帛及土产之物,贡献于威烈王,乞其册命。威烈王问于使者曰:“晋地皆入于三家乎?”魏使田文对曰:“晋失其政,外离内叛,三家自以兵力征讨叛臣,而有其地,非攘之于公家也。”威烈王又曰:“三晋既欲为诸侯,何不自立?乃复告于朕乎?”赵使公仲连对曰:“以三晋累世之强,自立诚有余,所以必欲禀命者,不敢忘天子之尊耳。王若册封三晋之君,俾世笃忠贞,为周藩屏,于王室何不利焉?”威烈王大悦,即命内史作策命,赐籍为赵侯,虔为韩侯,斯为魏侯,各赐黼冕圭璧全副。田文等回报,于是赵、韩、魏三家各以王命宣布国中。赵都中牟,韩都平阳,魏都安邑,立宗庙社稷。复遣使遍告列国,列国亦多致贺。惟秦国自弃晋附楚之后,不通中国,中国亦以夷狄待之,故独不遣贺。未几,三家废晋靖公为庶人,迁于纯留,而复分其余地。晋自唐叔传至靖公,凡二十九世,其祀遂绝。髯翁有诗叹云:

六卿归四四归三,南面称侯自不惭。

利器莫教轻授柄,许多昏主导奸贪。

又有诗讥周王不当从三晋之命,导人叛逆。诗云:

王室单微似赘瘤,怎禁三晋不称侯?

若无册命终成窃,只怪三侯不怪周!

却说三晋之中，惟魏文侯斯最贤，能虚心下士。时孔子高弟卜商，字子夏，教授于西河，文侯从之受经。魏成荐田子方之贤，文侯与之为友。成又言："西河人段干木，有德行，隐居不仕。"文侯即命驾车往见。干木闻车驾至门，乃窬后垣而避之。文侯叹曰："高士也！"遂留西河一月，日日造门请见，将近其庐，即凭轼起立，不敢倨坐。干木知其诚，不得已而见之，文侯以安车载归，与田子方同为上宾。四方贤士，闻风来归。又有李克、翟璜、田文、任座一班谋士，济济在朝，当时人才之盛，无出魏右。秦人屡次欲加兵于魏，畏其多贤，为之寝兵。文侯尝与虞人期定午时猎于郊外，其日早朝，值天雨，寒甚，赐群臣酒，君臣各饮，方在浃洽之际，文侯问左右曰："时及午乎？"答曰："时午矣。"文侯遽命撤酒，促舆人速速驾车适野。左右曰："雨，不可猎矣，何必虚此一出乎？"文侯曰："吾与虞人有约，彼必相候于郊，虽不猎，敢不亲往以践约哉？"国人见文侯冒雨而出，咸以为怪，及闻赴虞人之约，皆相顾语曰："我君之不失信于人如此。"于是凡有政教，朝令夕行，无敢违者。

却说晋之东，有国名中山，姬姓，子爵，乃白狄之别种，亦号鲜虞。自晋昭公之世，叛服不常，屡次征讨，赵简子率师围之，始请和，奉朝贡。及三晋分国，无所专属。中山子姬窟好为长夜之饮，以日为夜，以夜为日，疏远大臣，狎昵群小，黎民失业，灾异屡见。文侯谋欲伐之。魏成进曰："中山西近赵，而南远于魏，若攻而得之，未易守也。"文侯曰："若赵得中山，则北方之势愈重矣。"翟璜奏曰："臣举一人，姓乐名羊，本国谷邱人也。此人文武全才，可充大将之任。"文侯曰："何以见之？"翟璜对曰："乐羊尝行路，得遗金，取之以归，其妻唾之曰：'志士不饮盗泉之水，廉者不受嗟来之食。此金不知来历，奈何取之，以污素行乎？'乐羊感妻之言，乃抛金于野，别其妻而出，游学于鲁、卫。过一年来归，其妻方织机，问夫：'所学成否？'乐羊曰：'尚未也。'妻取刀断其机丝，乐羊惊问其故。妻曰：'学成而后可行，犹帛成而后可服。今子学尚未成，中道而归，何异于此机之断乎？'乐羊感悟，复往就学，七年不返。今此人见在本国，高自期许，不屑小仕，何不用之？"文侯即命翟璜以辂车召乐羊，左右阻之曰："臣闻乐羊长子乐舒，见仕中山，岂可任哉？”翟璜曰：“乐羊，功名之士也。子在中山曾为其君招乐羊，羊以中山君无道不往。主公若寄以斧钺之任，何患不能成功乎？”文侯从之。乐羊随翟璜入朝见文侯，文侯曰：“寡人欲以中山之事相委，奈卿子在彼国何？”乐羊曰：“丈夫建功立业，各为其主，岂以私情废公事哉？臣若不能破灭中山，甘当军令！”文侯大喜曰：“子能自信，寡人无不信子。”遂拜为元帅，使西门豹为先锋，率兵五万，往伐中山。

姬窟遣大将鼓须屯兵楸山，以拒魏师。乐羊屯兵于文山。相持月余，未分胜负。乐羊谓西门豹曰：“吾在主公面前任军令状而来，今出兵月余，未有寸功，岂不自愧！吾视楸山多楸树，诚得一胆勇之士潜师而往，纵火焚林，彼兵必乱，乱而乘之，无不胜矣。”西门豹愿往。其时八月中秋，中山子姬窟遣使赍羊酒到楸山，以劳鼓须。鼓须对月畅饮，乐而忘怀。约至三更，西门豹率兵壮衔枚突至，每人各持长炬一根，俱枯枝扎成，内灌有引火药物，四下将楸木焚烧。鼓须见军中火起，延及营寨，带醉率军士救火，只见哔哔哔哔，遍山皆着，没救一头处，军中大乱。鼓须知前营有魏兵，急往山后奔走，正遇乐羊亲自引兵从山后袭来，中山兵大败。鼓须死战得脱，奔至白羊关，魏兵紧追在后，鼓须弃关而走。乐羊长驱直入，所向皆破。鼓须引败兵见姬窟，言乐羊勇智难敌。

须臾，乐羊引兵围了中山，姬窟大怒。大夫公孙焦进曰：“乐羊者，乐舒之父，舒仕于本国。君令舒于城上说退父兵，此为上策。”姬窟依计，谓乐舒曰：“尔父为魏将攻城，如说得退兵，当封汝大邑。”乐舒曰：“臣父前不肯仕中山，而仕于魏，今各为其主，岂臣说之可行哉？”姬窟强之。乐舒不得已，只得登城大呼，请其父相见。乐羊披挂登于辚车，一见乐舒，不等开口，遽责曰：“君子不居危国，不事乱朝。汝贪于富贵，不识去就。吾奉君命吊民伐罪，可劝汝君速降，尚可相见。”乐舒曰：“降不降在君，非男所得专也。但求父暂缓其攻，容我君臣从容计议。”乐羊曰：“吾且休兵一月，以全父子之情。汝君臣可早早定议，勿误大事。”乐羊果然出令，只教软困，不去攻城。姬窟恃着乐羊爱子之心，决不急攻，且图延缓，全无主意。过了一月，乐羊使人讨取降信。姬窟又叫乐舒求宽，乐羊又宽一月。如此三次，西门豹进曰："元帅不欲下中山乎？何以久而不攻也？"乐羊曰："中山君不恤百姓，吾故伐之。若攻之太急，伤民益甚。吾之三从其请，不独为父子之情，亦所以收民心也。"

却说魏文侯左右见乐羊新进，骤得大用，俱有不平之意。及闻其三次辍攻，遂谮于文侯曰："乐羊乘屡胜之威，势如破竹，特因乐舒一语，三月不攻，父子情深，亦可知矣。主公若不召回，恐老师费财，无益于事。"文侯不应；问于翟璜，璜曰："此必有计，主公勿疑。"自此群臣纷纷上书，有言中山将分国之半与乐羊者，有言乐羊谋与中山共攻魏国者，文侯俱封置箧内。但时时遣使劳苦，预为治府第于都中，以待其归。乐羊心甚感激，见中山不降，遂率将士尽力攻击。中山城坚厚，且积粮甚多，鼓须与公孙焦昼夜巡警，拆城中木石，为捍御之备。攻至数月，尚不能破，恼得乐羊性起，与西门豹亲立于矢石之下，督令四门急攻。鼓须方指挥军士，脑门中箭而死。

城中房屋墙垣，渐已拆尽。公孙焦言于姬窟曰："事已急矣！今日止有一计，可退魏兵。"窟问："何计？"公孙焦曰："乐舒三次求宽，羊俱听之，足见其爱子之情矣。今攻击至急，可将乐舒绑缚，置于高竿，若不退师，当杀其子，使乐舒哀呼乞命，乐羊之攻，必然又缓。"姬窟从其言。乐舒在高竿上，大呼："父亲救命！"乐羊见之，大骂曰："不肖子！汝仕于人国，上不能出奇运策，使其主有战胜之功；下不能见危委命，使君决行成之计。尚敢如含乳小儿，以哀号乞怜乎？"言毕，架弓搭矢，欲射乐舒。舒叫苦下城，见姬窟曰："吾父志在为国，不念父子之情。主公自谋战守，臣请死于君前，以明不能退兵之罪。"公孙焦曰："其父攻城，其子不能无罪，合当赐死。"姬窟曰："非乐舒之过也。"公孙焦曰："乐舒死，臣便有退兵之计。"姬窟遂以剑授舒，舒自刭而亡。公孙焦曰："人情莫亲于父子，今将乐舒烹羹以遗乐羊，羊见羹必然不忍，乘其哀泣之际，无心攻战，主公引一军杀出，大战一场，幸而得胜，再作计较。"姬窟不得已而从之。命将乐舒之肉烹羹，并其首送于乐羊曰："寡君以小将军不能退师，已杀而烹之，谨献其羹。小将军尚有妻孥，元帅若再攻城，即当尽行诛戮。"乐羊认得是其子首，大骂曰："不肖子！事无道昏君，固宜取死。"即取羹对使者食之，尽一器。谓使者曰："蒙汝君馈羹，破城日面谢。吾军中亦有鼎镬，以待汝君也。"使者还报。姬窟见乐羊全无痛子之心，攻城愈急，恐城破见辱，遂入后宫自缢。公孙焦开门出降，乐羊数其谗谄败国之罪，斩之。抚慰居民已毕，留兵五千，使西门豹居守。尽收中山府藏宝玉，班师回魏。

魏文侯闻乐羊成功，亲自出城迎劳曰："将军为国丧子，实孤之过也。"乐羊顿首曰："臣义不敢顾私情，以负主公斧钺之寄。"乐羊朝见毕，呈上中山地图及宝货之数。群臣称贺。文侯设宴于内台之上，亲捧觞以赐乐羊。羊受觞饮之，足高气扬，大有矜功之色。宴毕，文侯命左右挈二箧，封识甚固，送乐羊归第。左右将二箧交割，乐羊想道："箧内必是珍珠金玉之类。主公恐群臣相妒，故封识赠我。"命家人抬进中堂，启箧视之，俱是群臣奏本，本内尽说乐羊反叛之事。乐羊大惊曰："原来朝中如此造谤！若非吾君相信之深，不为所惑，怎得成功？"次日，入朝谢恩，文侯议加上赏，乐羊再拜辞曰："中山之灭，全赖主公力持于内。臣在外稍效犬马，何力之有？"文侯曰："非寡人不能任卿，非卿亦不能副寡人之任也。然将军劳矣，盍就封安食乎？"即以灵寿封羊，称为灵寿君，罢其兵权。翟璜进曰："君既知乐羊之能，奈何不使将兵备边，而纵其安闲乎？"文侯笑而不答。璜出朝以问李克，克曰："乐羊不爱其子，况他人哉？此管仲所以疑易牙也。"翟璜乃悟。文侯思中山地远，必得亲信之人为守，乃保无虞，乃使其世子击为中山君。击受命而出，遇田子方乘敝车而来。击慌忙下车，拱立道旁致敬。田子方驱车直过，傲然不顾。击心怀不平，乃使人牵其车索，上前曰："击有问于子，富贵者骄人乎？贫贱者骄人乎？"子方笑曰："自古以来，只有贫贱骄人，那有富贵骄人之理？国君而骄人则不保社稷，大夫而骄人则不保宗庙。楚灵王以骄亡其国，智伯瑶以骄亡其家，富贵之不足恃明矣。若夫贫贱之士，食不过藜藿，衣不过布褐，无求于人，无欲于世，惟好士之主，自乐而就之，言听计合，勉为之留，不然，则浩然长往，谁能禁焉？武王能诛万乘之纣而不能屈首阳之二士，盖贫贱之足贵如此。"太子击大惭，谢罪而去。文侯闻子方不屈于世子，益加敬礼。

时邺都缺守，翟璜曰："邺介于上党、邯郸之间，与韩、赵为邻，必得强明之士以守之，非西门豹不可。"文侯即用西门豹为邺都守。豹至邺城，见闾里萧条，人民稀少，召父老至前，问其所苦。父老皆曰："苦为河伯娶妇。"豹曰："怪事！怪事！何伯如何娶妇？汝为我详言之。"父老曰："漳水自沾岭而来，由沙城而东，经于邺为漳河。河伯即清漳之神也。其神好美妇，岁纳一夫人。若择妇嫁之，常保年丰岁稔，雨水调均。不然，神怒，致水波泛溢，漂溺人家。"豹曰："此事谁人倡始？"父老曰："此邑之巫觋所言也。俗畏水患，不敢不从。每年里豪及廷掾与巫觋共计，赋民钱数百万，用二三十万为河伯娶妇之费，其余则共分用之。"豹问曰："百姓任其瓜分，宁无一言乎？"父老曰："巫觋主祝祷河伯之事，三老廷掾有科敛奔走之劳，分用公费，固所甘心。更有至苦，当春初布种，巫觋遍访人家女子，有几分颜色者，即云：'此女当为河伯夫人。'不愿者多将财帛买免，别觅他女。有贫民不能买免，只得将女与之。巫觋治斋宫于河上，绛帷床席，铺设一新，将此女沐浴更衣，居于斋宫之内。卜一吉日，编苇为舟，使女登之，浮于河，流数十里乃灭。人家苦此烦费，又有爱女者，恐为河伯所娶，携女远窜，所以城中益空。"豹曰："汝邑曾受漂溺之患否？"父老曰："赖岁载娶妇，不曾触河神之怒。但漂溺虽免，奈本邑土高路远，河水难达，每逢岁旱，又有干枯之患。"豹曰："神既有灵，当嫁女时，吾亦欲往送，当为汝祷之。"

及期，父老果然来禀。西门豹具衣冠亲往河上。凡邑中官属，三老、豪户、里长、父老，莫不毕集，百姓远近皆会，聚观者数千人。三老里长等引大巫来见，其貌甚倨。豹观之，乃一老女子也。小巫女弟子二十余人，衣冠楚楚，悉持巾栉炉香之类随侍其后。豹曰："劳苦大巫，烦呼河伯妇来，我欲视之。"老巫顾弟子使唤至。豹视女子，鲜衣素袜，颜色中等。豹谓巫妪及三老众人曰："河伯贵神，女必有殊色，方才相称。此女不佳，烦大巫为我入报河伯，但传太守之语：'更当别求好女，于后日送之。'"即使吏卒数人，共抱老巫，投之于河，左右莫不惊骇失色。豹静立俟之，良久曰："妪年老不干事，去河中许久，尚不回话，弟子为我催之。"复使吏卒抱弟子一人，投于河中。少顷，又曰："弟子去何久也？"复使弟子一人催之。又嫌其迟，更投一人。凡投弟子三人，入水即没。豹曰："是皆女子之流，传语不明，烦三老入河，明白言之。"三老方欲辞。豹喝："快去！即取回覆。"吏卒左牵右拽，不由分说，又推河中，逐波而去。旁观者皆为吐舌。豹簪笔鞠躬，向河恭敬以待。约莫又一个时辰，豹曰："三老年高，亦复不济。须得廷掾、豪长者往告。"那廷掾里豪吓得面如土色，流汗浃背，一齐皆叩头求哀，流血满面，坚不肯起。西门豹曰："且俟须臾。"众人战战兢兢，又过一刻，西门豹曰："河水滔滔，去而不返，河伯安在？枉杀民间女子，汝曹罪当偿命！"众人复叩头谢曰："从来都被巫妪所欺，非某等之罪也。"豹曰："巫妪已死，今后再有言河伯娶妇者，即令其人为媒，往报河伯。"于是廷掾、里豪、三老干没财赋，悉追出散还民间。又使父老即于百姓中，询其年长无妻者，以女弟子嫁之，巫风遂绝。百姓逃避者，复还乡里。有诗为证：

河伯何曾见娶妻？愚民无识被巫欺。
一从贤令除疑网，女子安眠不受亏。

豹又相度地形，视漳水可通处，发民凿渠各十二处，引漳水入渠，既杀河势，又腹内田亩得渠水浸灌，无旱干之患，禾稼倍收，百姓乐业。今临漳县有西门渠，即豹所凿也。

文侯谓翟璜曰："寡人听子之言，使乐羊伐中山，使西门豹治邺，皆胜其任，寡人赖之。今西河在魏西鄙，为秦人犯魏之道，卿思何人可以为守？"翟璜沉思半晌，答曰："臣举一人，姓吴名起，此人大有将才，今自鲁奔魏，主公速召而用之，若迟，则又他适矣。"文侯曰："起非杀妻以求为鲁将者乎？闻此人贪财好色，性复残忍，岂可托以重任哉？"翟璜曰："臣所举者，取其能为君成一日之功，若素行不足计也。"文侯曰："试为寡人召之。"不知吴起如何在魏立功，且看下回分解。

第八十六回

吴起杀妻求将　驺忌鼓琴取相

话说吴起卫国人，少居里中，以击剑无赖，为母所责。起自啮其臂出血，与母誓曰："起今辞母，游学他方，不为卿相、拥节旄、乘高车，不入卫城与母相见！"母泣而留之，起竟出北门不顾。往鲁国，受业于

孔门高弟曾参，昼研夜诵，不辞辛苦。有齐国大夫田居至鲁，嘉其好学，与之谈论，渊渊不竭，乃以女妻之。起在曾参之门，岁余，参知其家中尚有老母，一日，问曰："子游学六载，不归省亲，人子之心安乎？"起对曰："起曾有誓词在前：'不为卿相，不入卫城。'"参曰："他人可誓，母安可誓也！"由是心恶其人。未几，卫国有信至，言起母已死；起仰天三号，旋即收泪，诵读如故。参怒曰："吴起不

奔母丧，忘本之人！夫水无本则竭，木无本则折，人而无本，能令终乎？起非吾徒矣。”命弟子绝之，不许相见。起遂弃儒学兵法，三年学成，求仕于鲁。鲁相公仪休常与论兵，知其才能，言于穆公，任为大夫。起禄入既丰，遂多买妾婢，以自娱乐。

时齐相国田和谋篡其国，恐鲁与齐世姻，或讨其罪，乃修艾陵之怨，兴师伐鲁，欲以威力胁而服之。鲁相国公仪休进曰：“欲却齐兵，非吴起不可。”穆公口虽答应，终不肯用。及闻齐师已拔成邑，休复请曰：“臣言吴起可用，君何不行？”穆公曰：“吾固知起有将才，然其所娶乃田宗之女，夫至爱莫如夫妻，能保无观望之意乎？吾是以踌躇而不决也。”公仪休出朝，吴起已先在相府候见，问曰：“齐寇已深，主公已得良将否？今日不是某夸口自荐，若用某为将，必使齐兵只轮不返。”公仪休曰：“吾言之再三，主公以子婚于田宗，以此持疑未决。”吴起曰：“欲释主公之疑，此特易耳。”乃归家问其妻田氏曰：“人之所贵有妻者，何也？”田氏曰：“有外有内，家道始立。所贵有妻，以成家耳。”吴起曰：“夫位为卿相，食禄万钟，功垂于竹帛，名留于千古，其成家也大矣，岂非妇之所望于夫者乎？”田氏曰：“然。”起曰：“吾有求于子，子当为我成之。”田氏曰：“妾妇人，安得助君成其功名？”起曰：“今齐师伐鲁，鲁侯欲用我为将，以我娶于田宗，疑而不用。诚得子之头，以谒见鲁侯，则鲁侯之疑释，而吾之功名可就矣。”田氏大惊，方欲开口答话，起拔剑一挥，田氏头已落地。史臣有诗云：

一夜夫妻百夜恩，无辜忍使作冤魂？
母丧不顾人伦绝，妻子区区何足论。

于是以帛裹田氏头，往见穆公，奏曰：“臣报国有志，而君以妻故见疑，臣今斩妻之头，以明臣之为鲁不为齐也。”穆公惨然不乐，曰：“将军休矣！”少顷，公仪休入见，穆公谓曰：“吴起杀妻以求将，此残忍之极，其心不可测也。”公仪休曰：“起不爱其妻，而爱功名，君若弃之不用，必反而为齐矣。”穆公乃从休言，即拜吴起为大将，使泄柳、申详副之，率兵二万，以拒齐师。起受命之后，在军中与士卒同衣食，卧不设席，行不骑乘，见士卒裹粮负重，分而荷之，有卒病疽，起亲为调药，以口吮其脓血，士卒感起之恩，如同父子，咸摩拳擦掌，愿为一战。

却说田和引大将田忌、段朋长驱而入，直犯南鄙，闻吴起为鲁将，笑曰："此田氏之婿，好色之徒，安知军旅事耶？鲁国合败，故用此人也。"及两军对垒，不见吴起挑战，阴使人觇其作为。见起方与军士中之最贱者席地而坐，分羹同食。使者还报，田和笑曰："将尊则士畏，士畏则战力。起举动如此，安能用众？吾无虑矣。"再遣爱将张丑假称愿与讲和，特至鲁军探起战守之意。起将精锐之士藏于后军，悉以老弱见客；谬为恭谨，延入礼待。丑曰："军中传闻将军杀妻求将，果有之乎？"起觳觫而对曰："某虽不肖，曾受学于圣门，安敢为此不情之事？吾妻自因病亡，与军旅之命适会其时，君之所闻，殆非其实。"丑曰："将军若不弃田宗之好，愿与将军结盟通和。"起曰："某书生，岂敢与田氏战乎？若获结成，此乃某之至愿也。"起留张丑于军中，欢饮三日，方才遣归，绝不谈及兵事。临行，再三致意，求其申好。丑辞去，起即暗调兵将，分作三路尾其后而行。田和得张丑回报，以起兵既弱，又无战志，全不挂意。忽然辕门外鼓声大振，鲁兵突然杀至，田和大惊。马不及甲，车不及驾，军中大乱。田忌引步军出迎，段朋急令军士整顿车乘接应。不提防泄柳、申详二军分为左右，一齐杀入，乘乱夹攻。齐军大败，杀得僵尸满野，直追过平陆方回。鲁穆公大悦，进起上卿。田和责张丑误事之罪，丑曰："某所见如此，岂知起之诈谋哉？"田和乃叹曰："起之用兵，孙武、穰苴之流也。若终为鲁用，齐必不安。吾欲遣一人至鲁，暗与通和，各无相犯，子能去否？"丑曰："愿舍命一行，将功折罪。"田和乃购求美女二人，加以黄金千镒，令张丑诈为贾客，携至鲁，私馈吴起。起贪财好色，见即受之，谓丑曰："致意齐相国，使齐不侵鲁，鲁何敢加齐哉？"张丑既出鲁城，故意泄其事于行人。遂沸沸扬扬，传说吴起受贿通齐之事。穆公曰："吾固知起心不可测也。"欲削起爵究罪。起闻而惧，弃家逃奔魏国，主于翟璜之家。适文侯与璜谋及守西河之人，璜遂荐吴起可用。文侯召起见之，谓起曰："闻将军为鲁将有功，何以见辱敝邑？"起对曰："鲁侯听信谗言，信任不终，故臣逃死于此。慕君侯折节下士，豪杰归心，愿执鞭马前。倘蒙驱使，虽肝脑涂地，亦无所恨。"文侯乃拜起为西河守。起至西河，修城治池，练兵训武，其爱恤士卒，一如为鲁将之时。筑城以拒秦，名曰吴城。

时秦惠公薨，太子名出子嗣位。惠公乃简公之子，简公乃灵公之季父。方灵公之薨，其子师隰年幼，群臣乃奉简公而立之。至是三传，及于出子，而师隰年长，谓大臣曰："国，吾父之国也。吾何罪而见废?"大臣无辞以对，乃相与杀出子而立师隰，是为献公。吴起乘秦国多事之日，兴兵袭秦，取河西五城，韩、赵皆来称贺。文侯以翟璜荐贤有功，欲拜为相国，访于李克。克曰："不如魏成。"文侯点头。克出朝，翟璜迎而问曰："闻主公欲卜相，取决于子，今已定乎?何人也?"克曰："已定魏成。"翟璜忿然曰："君欲伐中山，吾进乐羊；君忧邺，吾进西门豹；君忧西河，吾进吴起。吾何以不若魏成哉?"李克曰："成所举卜子夏、田子方、段干木，非师即友。子所进者，君皆臣之。成食禄千钟，什九在外，以待贤士。子禄食皆以自赡。子安得比于魏成哉?"璜再拜曰："鄙人失言，请侍门下为弟子。"自此魏国将相得人，边鄙安集，三晋之中，惟魏最强。齐相国田和见魏之强，又文侯贤名重于天下，乃深结魏好，遂迁其君康公贷于海上，以一城给其食，馀皆自取。使人于魏文侯处求其转请于周，欲援三晋之例，列于诸侯。周威烈王已崩，子安王名骄立，势愈微弱。时乃安王之十三年，遂从文侯之请，赐田和为齐侯，是为田太公。自陈公子完奔齐，事齐桓公为大夫，凡传十世，至和而代齐有国，姜氏之祀遂绝。不在话下。

时三晋皆以择相得人为尚，于是相国之权最重。赵相公仲连，韩相侠累，就中单说侠累。微时，与濮阳人严仲子名遂为八拜之交。累贫而遂富，资其日用，复以千金助其游费，侠累因此得达于韩，位至相国。侠累既执政，颇著威重，门绝私谒。严遂至韩谒，累冀其引进，候月余不得见。遂自以家财赂君左右，得见烈侯，烈侯大喜，欲贵重之。侠累复于烈侯前言严遂之短，阻其进用。严遂闻之大恨，遂去韩，遍游列国，欲求勇士刺杀侠累，以雪其恨。行至齐国，见屠牛肆中一人举巨斧砍牛，斧下之处，筋骨立解，而全不费力。视其斧，可重三十余斤。严遂异之。细看其人，身长八尺，环眼虬须，颧骨特耸，声音不似齐人。遂邀与相见，问其姓名来历。答曰："某姓聂名政，魏人也，家在轵之深井里。因贱性粗直，得罪乡里，移老母及姊避居此地，屠牛以供朝夕。”亦询严遂姓字，遂告之，匆匆别去。次早，严遂具衣冠往拜，邀至酒肆，具宾主之礼。酒至三酌，遂出黄金百镒为赠。政怪其厚，遂曰：“闻子有老母在堂，故私进不腆，代吾子为一日之养耳。”聂政曰：“仲子为老母谋养，必有用政之处，若不言，决不受！”严遂将侠累负恩之事，备细说知，今欲杀之报仇。政曰：“昔专诸有言：‘老母在，此身未敢许人。’仲子之事难即行，不敢虚尊赐。”遂曰：“某慕君之高义，愿结兄弟之好，岂敢舍君养母之孝，而求遂其私哉？”聂政被强不过，只得受之。以其半嫁其姊嫈，余金日具肥甘奉母。岁余，老母病卒，严遂复往哭吊，代为治丧。既毕，聂政曰：“今日之身，乃足下之身也。惟所用之，不复自惜！”仲子乃问报仇之策，欲为具车骑壮士。政曰：“相国至贵，出入兵卫，众盛无比，当以奇取，不可以力胜也。愿得利匕首怀之，伺隙图事。今日别仲子前行，更不相见矣，仲子亦勿问吾事。”

政至韩，宿于郊外，静息三日。早起入城，值侠累自朝中出，高车驷马，甲士执戈，前后拥卫，其行如飞。政尾至相府，累下车，复坐府决事。自大门至于堂阶，皆有兵仗。政遥望堂上，累重席凭案而坐，左右持牒禀决者甚众。俄顷，事毕将退，政乘其懈，口称：“有急事告相国。”从门外攘臂直趋，甲士挡之者，皆纵横颠蹶。政抢至公座，抽匕首以刺侠累。累惊起，未及离席，中心而死。堂上大乱，共呼：“有贼！”闭门来擒聂政。政击杀数人，度不能自脱，恐人识之，急以匕首自削其面，抉出双眼，还自刺其喉而死。早有人报知韩烈侯，烈侯问：“贼何人？”众莫能识。乃暴其尸于市中，悬千金之赏，购人告首，欲得贼人姓名来历，为相国报仇。如此七日，行人往来如蚁，绝无识者。

此事直传至魏国轵邑，聂姊嫈闻之，即痛哭曰：“必吾弟也！”便以素帛裹头，竟至韩国，见政横尸市上，抚而哭之，甚哀。市吏拘而问曰：“汝于死者何人也？”妇人曰：“死者为吾弟聂政，妾乃其姊嫈也。聂政居轵之深井里，以勇闻。彼知刺相国罪重，恐累及贱妾，故抉目破面以自晦其名。妾奈何恤一身之死，忍使吾弟终泯没于人世乎？”市吏曰：“死者既是汝弟，必知作贼之故。何人主使？汝若明言，吾请于主上，贷汝一死。”嫈曰：“妾如爱死，不至此矣。吾弟不惜身躯，诛千乘之国相，代人报仇，妾不言其名，是没吾弟之名也；妾复泄其故，是又没吾弟之义也。”遂触市中井亭石柱而死。市吏报知韩烈侯,烈侯叹息,令收葬之。以韩山坚为相国,代侠累之任。烈侯传子文侯,文侯传哀侯。韩山坚素与哀侯不睦,乘间弑哀侯。诸大臣共杀山坚而立哀侯子若山,是为懿侯。懿侯子昭侯,时用申不害为相。不害精于刑名之学,国以大治。此是后话。

再说周安王十五年,魏文侯斯病笃,召太子击于中山。赵闻魏太子离了中山,乃引兵袭而取之,自此魏与赵有隙。太子击归,魏文侯已薨,乃主丧嗣位,是为武侯。拜田文为相国。吴起自西河入朝,自以功大,满望拜相,及闻已相田文,忿然不悦。朝退,遇田文于门,迎而谓曰:“子知起之功乎?今日请与子论之。”田文拱手曰:“愿闻。”起曰:“将三军之众,使士卒闻鼓而忘死,为国立功,子孰与起?”文曰:“不如。”起曰:“治百官,亲万民,使府库充实,子孰与起?”文曰:“不如。”起又曰:“守西河而秦兵不敢东犯,韩、赵宾服,子孰与起?”文又曰:“不如。”起曰:“此三者,子皆出我之下,而位加吾上,何也?”文曰:“某叨窃上位,诚然可愧。然今日新君嗣统,主少国疑,百姓不亲,大臣未附,某特以先世勋旧承之肺腑,或者非论功之日也。”吴起俯首沉思,良久曰:“子言亦是。然此位终当属我。”有内侍闻二人论功之语,传报武侯。武侯疑吴起有怨望之心,遂留起不遣,欲另择人为西河守。吴起惧见诛于武侯,出奔楚国。

楚悼王熊疑素闻吴起之才,一见即以相印授之。起感恩无已,慨然以富国强兵自任,乃请于悼王曰:“楚国地方数千里,带甲百余万,固宜雄压诸侯,世为盟主;所以不能加于列国者,养兵之道失也。夫养兵之道,先阜其财,后用其力。今不急之官布满朝署,疏远之族糜费公廪,而战士仅食升斗之余,欲使捐躯殉国,不亦难乎?大王诚听臣计,汰冗官,斥疏族,尽储廪禄,以待敢战之士,如是而国威不振,则臣请伏妄言之诛!”悼王从其计。群臣多谓起言不可用,悼王不听。于是使吴起详定官制,凡削去冗官数百员,大臣子弟不得夤缘窃禄。又公族五世以上者,令自食其力,比于编氓;五世以下,酌其远近,以次裁之。所省国赋数万。选国中精锐之士,朝夕训练,阅其材器,以上下其廪食,有加厚至数倍者,士卒莫不竞劝,楚遂以兵强,雄视天下。三晋、齐、秦咸畏之，终悼王之世，不敢加兵。及悼王薨，未及殡敛，楚贵戚大臣子弟失禄者乘丧作乱，欲杀吴起。起奔入宫寝，众持弓矢追之。起知力不能敌，抱王尸而伏。众攒箭射起，连王尸也中了数箭。起大叫曰："某死不足惜，诸臣衔恨于王，僇及其尸，大逆不道，岂能逃楚国之法哉！"言毕而绝。众闻吴起之言，惧而散走。太子熊臧嗣位，是为肃王。月余，追理射尸之罪，使其弟熊良夫率兵，收为乱者，次第诛之，凡灭七十余家。髯翁有诗叹云：

满望终身作大臣，杀妻叛母绝人伦。

谁知鲁魏成流水，到底身躯丧楚人。

又有一诗，说吴起伏王尸以求报其仇，死尚有余智也。诗云：

为国忘身死不辞，巧将贼矢集王尸。

虽然王法应诛灭，不报公仇却报私。

话分两头。却说田和自为齐侯，凡二年而薨。和传子午，午传子因齐。当因齐之立，乃周安王之二十三年也。因齐自恃国富兵强，见吴、越俱称王，使命往来，俱用王号，不甘为下，僭称齐王，是为齐威王。魏侯䓨闻齐称王，曰："魏何以不如齐？"于是亦称魏王，即孟子所见梁惠王也。

再说齐威王既立，日事酒色，听音乐，不修国政。九年之间，韩、魏、鲁、赵悉起兵来伐，边将屡败。忽一日，有一士人，叩阍求见，自称："姓驺名忌，本国人，知琴。闻王好音，特来求见。"威王召而见之，赐之坐，使左右置几，进琴于前。忌抚弦而不弹，威王问曰："闻先生善琴，寡人愿闻至音。今抚弦而不弹，岂琴不佳乎？抑有不足于寡人耶？"驺忌舍琴，正容而对曰："臣所知者，琴理也。若夫丝桐之声，乐工之事，臣虽知之，不足以辱王之听也。"威王曰："琴理如何，可得闻乎？"驺忌对曰："琴者，禁也。所以禁止淫邪，使归于正。昔伏羲作琴，长三尺六寸六分，象三百六十六日也；广六寸，象六合也；前广后狭，象尊卑也；上圆下方，法天地也；五弦，象五行也。大弦为君，小弦为臣。其音以缓急为清浊，浊者宽而不弛，君道也；清者廉而不乱，臣道也。一弦为宫，次弦为商，次为角，次为徵，次为羽。文王、武王各加一弦，文弦为少宫，武弦为少商，以合君臣之恩也。君臣相得，政令和谐,治国之道,不过如此。”威王曰:“善哉!先生既知琴理,必审琴音,愿先生试为弹之!”驺忌对曰:“臣以琴为事,则审于为琴;大王以国为事,岂不审于为国哉?今大王抚国而不治,何异臣之抚琴而不弹乎?臣抚琴而不弹,无以畅大王之意;大王抚国而不治,恐无以畅万民之意也。”威王愕然曰:“先生以琴谏寡人,寡人闻命矣!”遂留之右室。明日,沐浴而召之,与之谈论国事。驺忌劝威王节饮远色,核名实,别忠佞,息民教战,经营霸王之业。威王大悦,即拜驺忌为相国。

时有辩士淳于髡,见驺忌唾手取相印,心中不服,率其徒往见驺忌。忌接之甚恭。髡有傲色,直入踞上坐,谓忌曰:“髡有愚志,愿陈于相国之前,不识可否?”忌曰:“愿闻。”淳于髡曰:“子不离母,妇不离夫。”忌曰:“谨受教,不敢远于君侧。”髡又曰:“棘木为轮,涂以猪脂,至滑也,投于方孔则不能运转。”忌曰:“谨受教,不敢不顺人情。”髡又曰:“弓干虽胶,有时而解;众流赴海,自然而合。”忌曰:“谨受教,不敢不亲附于万民。”髡又曰:“狐裘虽敝,不可补以黄狗之皮。”忌曰:“谨受教,请选择贤者,毋杂不肖于其间。”髡又曰:“辐毂不较分寸,不能成车;琴瑟不较缓急,不能成律。”忌曰:“谨受教,请修法令而督奸吏。”淳于髡默然,再拜而退。既出门,其徒曰:“夫子始见相国,何其倨;今再拜而退,又何屈也?”淳于髡曰:“吾示以微言凡五,相国随口而应,悉解吾意。此诚大才,吾所不及!”于是游说之士,闻驺忌之名,无敢入齐者。驺忌亦用淳于髡之言,尽心图治。常访问邑守中谁贤谁不肖。同朝之人,无不极口称阿大夫之贤,而贬即墨大夫者。忌述于威王。威王于不意中,时时问及左右,所对大略相同。乃阴使人往察二邑治状,从实回报,因降旨召阿、即墨二守入朝。即墨大夫先到,朝见威王,并无一言发放。左右皆惊讶,不解其故。未几,阿邑大夫亦到。威王大集群臣,欲行赏罚。左右私心揣度,都道:“阿大夫今番必有重赏,即墨大夫祸事到矣。”众文武朝见事毕,威王召即墨大夫至前,谓曰:“自子之官即墨也,毁言日至,吾使人视即墨,田野开辟,人民富饶,官无留事,东方以宁,由子专意治邑,不肯媚吾左右,故蒙毁耳。子诚贤令!”乃加封万家之邑。又召阿大夫谓曰:“自子守阿,誉言日至,吾使人视阿,田野荒芜,人民冻馁。昔日赵兵近境,子不往救，但以厚币精金贿吾左右，以求美誉。守之不肖，无过于汝!”阿大夫顿首谢罪，愿改过。威王不听，呼力士使具鼎镬。须臾，火猛汤沸，缚阿大夫投鼎中。复召左右平昔常誉阿大夫毁即墨者，凡数十人，责之曰：“汝在寡人左右，寡人以耳目寄汝，乃私受贿赂，颠倒是非，以欺寡人。有臣如此，要他何用?可俱就烹!”众皆泣拜哀求。威王怒犹未息，择其平日尤所亲信者十余人，次第烹之。众皆股栗。有诗为证：

权归左右主人依，毁誉由来倒是非。

谁似烹阿封即墨，竟将公道颂齐威。

于是选贤才改易郡守，使檀子守南城以拒楚，田肹守高唐以拒赵，黔夫守徐州以拒燕，种首为司寇，田忌为司马，国内大治，诸侯畏服。威王以下邳封驺忌，曰：“成寡人之志者，吾子也。”号曰成侯。驺忌谢恩毕，复奏曰：“昔齐桓、晋文，五霸中为最盛，所以然者，以尊周为名也。今周室虽衰，九鼎犹在，大王何不如周，行朝觐之礼，因假王宠，以临诸侯，桓、文之业，不足道矣。”威王曰：“寡人已僭号为王，今以王朝王可乎?”驺忌对曰：“夫称王者，所以雄长乎诸侯，非所以压天子也。若朝王之际，暂称齐侯；天子必喜大王之谦德，而宠命有加矣。”威王大悦。即命驾往成周，朝见天子。时周烈王之六年。王室微弱，诸侯久不行朝礼，独有齐侯来朝，上下皆鼓舞相庆。烈王大搜宝藏为赠。威王自周返齐，一路颂声载道，皆称其贤。

且说当时天下，大国凡七：齐、楚、魏、赵、韩、燕、秦。那七国地广兵强，大略相等。馀国如越，虽则称王，日就衰弱，至于宋、鲁、卫、郑，益不足道矣。自齐威王称霸，楚、魏、韩、赵、燕五国，皆为齐下，会聚之间，推为盟主。惟秦僻在西戎，中国摈弃，不与通好。秦献公之世，上天雨金三日，周太史儋私叹曰：“秦之地，周所分也，分五百余岁当复合，有霸王之君出焉，以金德王天下。今雨金于秦，殆其瑞乎?”及献公薨，子孝公代立，以不得列于中国为耻。于是下令招贤，令曰：“宾客群臣有能出奇计强秦者，授以尊官，封之大邑。”不知有甚贤臣应募而来，且听下回分解。

第八十七回

说秦君卫鞅变法　辞鬼谷孙膑下山

话说卫人公孙鞅原是卫侯之支庶，素好刑名之学，因见卫国微弱，不足展其才能，乃入魏国，欲求事相国田文。田文已卒，公叔痤代为相国，鞅遂委身于痤之门。痤知鞅之才，荐为中庶子，每有大事，必与计议。鞅谋无不中，痤深爱之，欲引居大位，未及而痤病。惠王亲往问疾，见痤病势已重，奄奄一息，乃垂泪而问曰："公叔恙，万一不起，寡人将托国于何人？"痤对曰："中庶子卫鞅，其年虽少，实当世之奇才也。若举国而听之，胜痤十倍矣！"惠王默然。痤又曰："君如不用鞅，必杀之，勿令出境。恐见用于他国，必为魏害。"惠王曰："诺。"既上车，叹曰："甚矣，公叔之病也，乃使我托国于卫

鞅，又曰‘不用则杀之’。夫鞅何能为？岂非昏愦之语哉？”惠王既去，公叔痤召卫鞅至床头，谓曰：“吾适言于君如此。欲君用子，君不许，吾又言，若不用当杀之，君曰：‘诺。’吾向者先君而后臣，故先以告君，后以告子。子必速行，毋及祸也！”鞅曰：“君既不能用相国之言而用臣，又安能用相国之言而杀臣乎？”竟不去。大夫公子卬与鞅善，卬复荐于惠王，惠王竟不能用。至是，闻秦孝公下令招贤，鞅遂去魏入秦，求见孝公之嬖臣景监。监与论国事，知其才能，言于孝公。公召见，问以治国之道。卫鞅历举羲、农、尧、舜为对，语未及终，孝公已睡去矣。明日，景监入见，孝公责之曰：“子之客，妄人耳！其言迂阔无用，子何为荐之？”景监退朝，谓卫鞅曰：“吾见先生于君，欲投君之好，庶几重子。奈何以迂阔无用之谈渎君之听耶？”鞅曰：“吾望君行帝道，君不悟也。愿更一见而说之。”景监曰：“君意不怿，非五日之后，不可言也。”

过五日，景监复言于孝公曰：“臣之客，语尚未尽，自请复见，愿君许之。”孝公复召鞅，鞅备陈夏禹画土定赋及汤、武顺天应人之事。孝公曰：“客诚博闻强记，然古今事异，所言尚未适于用。”乃麾之使退。景监先候于门，见卫鞅从公宫出，迎而问曰：“今日之说何如？”鞅曰：“吾说君以王道，犹未当君意也。”景监愠曰：“人主得士而用，如弋人治缴，旦暮望获禽耳。岂能舍目前之效，而远法帝王哉？先生休矣！”鞅曰：“吾向者未察君意，恐其志高，而吾之言卑，故且探之；今得之矣。若使我更得见君，不忧不入。”景监曰：“先生两进言，而两拂吾君，吾尚敢饶舌以干君之怒哉？”明日，景监入朝谢罪，不敢复言卫鞅。景监归舍，鞅问曰：“子曾为我复言于君否乎？”监曰：“未曾。”鞅曰：“惜乎！君徒下求贤之令，而不能用才，鞅将去矣。”监曰：“先生何往？”鞅曰：“六王扰扰，岂无好贤之主胜于秦君者哉？即不然，岂无委曲进贤胜于吾子者哉？鞅将求之。”景监曰：“先生且从容，更待五日，吾当复言。”

又过五日，景监服侍孝公，孝公方饮酒，忽见飞鸿过前，停杯而叹。景监进曰：“君目视飞鸿而叹何也？”孝公曰：“昔齐桓公有言：‘吾得仲父，犹飞鸿之有羽翼也。’寡人下令求贤，且数月矣，而无一奇才至者。譬如鸿雁,徒有冲天之志,而无羽翼之资,是以叹耳。"景监答曰:"臣客卫鞅,自言有帝、王、伯三术。向者述帝王之事,君以为迂远难用,今更有'伯术'欲献,愿君省须臾之暇,请毕其词。"孝公闻"伯术"二字,正中其怀,命景监即召卫鞅。鞅入,孝公问曰:"闻子有伯道,何不早赐教于寡人乎?"鞅对曰:"臣非不欲言也。但伯者之术,与帝王异。帝王之道在顺民情,伯者之道必逆民情。"孝公勃然按剑变色曰:"夫伯者之道,安在其必逆人情哉!"鞅对曰:"夫琴瑟不调,必改弦而更张之。政不更张,不可为治。小民狃于目前之安,不顾百世之利,可与乐成,难于虑始。如仲父相齐,作内政而寄军令,制国为二十五乡,使四民各守其业,尽改齐国之旧。此岂小民之所乐从哉?及乎政成于内,敌服于外,君享其名而民亦受其利,然后知仲父为天下才也。"孝公曰:"子诚有仲父之术,寡人敢不委国而听子!但不知其术安在?"卫鞅对曰:"夫国不富,不可以用兵;兵不强,不可以摧敌。欲富国莫如力田,欲强兵莫如劝战。诱之以重赏,而后民知所趋;胁之以重罚,而后民知所畏。赏罚必信,政令必行,而国不富强者,未之有也。"孝公曰:"善哉!此术寡人能行之。"鞅对曰:"夫富强之术,不得其人不行,得其人而任之不专不行,任之专而惑于人言,二三其意,又不行。"孝公又曰:"善。"卫鞅请退,孝公曰:"寡人正欲悉子之术,奈何遽退?"鞅对曰:"愿君熟思三日,以定可否,然后臣敢尽言。"鞅出朝,景监又咎之曰:"赖君再三称善,不乘此罄吐其所怀,又欲君熟思三日,无乃为要君耶?"鞅曰:"君意未坚,不如此恐中变耳。"至明日,孝公使人来召卫鞅,鞅谢曰:"臣与君言之矣,非三日后不敢见也。"景监又劝令勿辞,鞅曰:"吾始与君约而遂自失信,异日何以取信于君哉?"景监乃服。至第三日,孝公使人以车来迎。卫鞅复入见,孝公赐坐,请教,其意甚切。鞅乃备述秦政所当更张之事。彼此问答,一连三日三夜,孝公全无倦色。遂拜卫鞅为左庶长,赐第一区,黄金五百镒,谕群臣:"今后国政,悉听左庶长施行。有违抗者,与逆旨同!"群臣肃然。

卫鞅于是定变法之令,将条款呈上孝公,商议停当。未及张挂,恐民不信,不即奉行。乃取三丈之木,立于咸阳市之南门,使吏守之,令曰："有能徙此木于北门者，予以十金。百姓观者甚众，皆中怀疑怪，莫测其意，无敢徙者。鞅曰："民莫肯徙，岂嫌金少耶?"复改令，添至五十金。众人愈疑。有一人独出曰："秦法素无重赏，今忽有此令，必有计议。纵不能得五十金，亦岂无薄赏！"遂荷其木，竟至北门立之。百姓从而观者如堵。吏奔告卫鞅，鞅召其人至，奖之曰："尔真良民也，能从吾令！"随取五十金与之，曰："吾终不失信于尔民矣。"市人互相传说，皆言左庶长令出必行，预相诫谕。次日，将新令颁布，市人聚观，无不吐舌。此周显王十年事也。只见新令上云：

一、定都：秦地最胜，无如咸阳，被山带河，金城千里。今当迁都咸阳，永定王业。

一、建县：凡境内村镇，悉并为县。每县设令、丞各一人，督行新法；不职者，轻重议罪。

一、辟土：凡郊外旷土，非车马必由之途及田间阡陌，责令附近居民开垦成田。俟成熟之后，计步为亩，照常输租。六尺为一步，二百四十步为一亩。步过六尺为欺，没田入官。

一、定赋：凡赋税悉照亩起科，不用井田什一之制。凡田皆属于官，百姓不得私尺寸。

一、本富：男耕女织，粟帛多者，谓之良民，免其一家之役；惰而贫者，没为官家奴仆。弃灰于道，以惰农论；工商则重征之。民有二男，即令分异，各出丁钱；不分异者，一人出两课。

一、劝战：官爵以军功为叙，能斩一敌首，即赏爵一级；退一步者即斩。功多者受上爵，车服任其华美不禁；无功者虽富室，止许布褐乘犊。宗室以军功多寡为亲疏，战而无功，削其属籍，比于庶民。凡有私下争斗者，不论曲直，并皆处斩。

一、禁奸：五家为保，十家相连，互相觉察。一家有过，九家同举；不举者，十家连坐，俱腰斩。能首奸者，与克敌同赏。告一奸，得爵一级。私匿罪人者，与罪人同。客舍宿人，务取文凭辨验，无验者不许容留。凡民一人有罪，并其室家没官。

一、重令：政令既出，不问贵贱，一体遵行；有不遵者，戮以徇。

新令既出，百姓议论纷纷，或言不便，或言便。鞅悉令拘至府中，责之曰："汝曹闻令，但当奉而行之。言不便者，梗令之民也；言便者，亦媚令之民也。此皆非良民！"悉籍其姓名，徙于边境为戍卒。大夫甘龙、杜挚私议新法，斥为庶人。于是道路以目相视，不敢有言。卫鞅乃大发徒卒，筑宫阙于咸阳城中，择日迁都。太子驷不愿迁，且言变法之非。卫鞅怒曰："法之不行，自上犯之。太子君嗣，不可加刑；若赦之，则又非法。"乃言于孝公，坐其罪于师傅。将太傅公子虔劓鼻，太师公孙贾鲸面。百姓相谓曰："太子违令，且不免刑其师傅，况他人乎？"鞅知人心已定，择日迁都。雍州大姓徙居咸阳者，凡数千家。分秦国为三十一县，开垦田亩，增税至百余万。卫鞅常亲至渭水阅囚，一日诛杀七百余人，渭水为之尽赤，哭声遍野，百姓夜卧，梦中皆战。于是道不拾遗，国无盗贼，仓廪充足，勇于公战，而不敢私斗。秦国富强，天下莫比。于是兴师伐楚。取商於之地，武关之外，拓地六百余里。周显王遣使册命秦为方伯，于是诸侯毕贺。

是时，三晋惟魏称王，有吞并韩、赵之意，闻卫鞅用于秦国，叹曰："悔不听公叔痤之言也！"时卜子夏、田子方、魏成、李克等俱卒，乃捐厚币，招来四方豪杰。邹人孟轲字子舆，乃子思门下高弟。子思姓孔名伋，孔子嫡孙。孟轲得圣贤之传于子思，有济世安民之志。闻魏惠王好士，自邹至魏，惠王郊迎，礼为上宾，问以利国之道。孟轲曰："臣游于圣门，但知有仁义，不知有利。"惠王迂其言，不用，轲遂适齐。潜渊有诗云：

仁义非同功利谋，纷争谁肯用儒流？
子舆空挟图王术，历尽诸侯话不投。

却说周之阳城有一处地面，名曰鬼谷。以其山深树密，幽不可测，似非人之所居，故云鬼谷。内中有一隐者，但自号曰鬼谷子，相传姓王名栩，晋平公时人，在云梦山与宋人墨翟一同采药修道。那墨翟不畜妻子，发愿云游天下，专一济人利物，拔其苦厄，救其危难。惟王栩潜居鬼谷，人但称为鬼谷先生。其人通天彻地，有几家学问，人不能及。那几家学问：一曰数学，日星象纬，在其掌中，占往察来，言无不验；二曰兵学，六韬三略，变化无穷，布阵行兵，鬼神不测；三曰游学，广记多闻，明理审势，出词吐辩，万口莫当；四曰出世学，修真养性，服食导引，却病延年，冲举可俟。那先生既知仙家冲举之术，为何屈身世间？只为要度几个聪明弟子同归仙境，所以借这个鬼谷栖身。初时偶然入市，为人占卜，所言吉凶休咎应验如神，渐渐有人慕学其术。先生只看来学者资性，近着那一家学问，便以其术授之。一来成就些人才，为七国之用；二来就访求仙骨，共理出世之事。他住鬼谷，也不计年数。弟子就学者不知多少，先生来者不拒，去者不追。就中单说同时几个有名的弟子：齐人孙宾、魏人庞涓、张仪、洛阳人苏秦。宾与涓结为兄弟，同学兵法；秦与仪结为兄弟，同学游说。各为一家之学。

单说庞涓学兵法三年有余，自以为能，忽一日，为汲水，偶然行至山下，听见路人传说魏国厚币招贤，访求将相，庞涓心动，欲辞先生下山，往魏国应聘。又恐先生不放，心下踌躇，欲言不言。先生见貌察情，早知其意，笑谓庞涓曰："汝时运已至，何不下山，求取富贵？"庞涓闻先生之言，正中其怀，跪而请曰："弟子正有此意，未审此行可得意否？"先生曰："汝可摘山花一枝，吾为汝占之。"庞涓下山，寻取山花。此时正是六月炎天，百花开过，没有山花。庞涓左盘右转，寻了多时，止觅得草花一茎，连根拔起，欲待呈与师父，忽想道："此花质弱身微，不为大器。"弃掷于地，又去寻觅了一回。可怪绝无他花，只得转身将先前所取草花藏于袖中，回复先生曰："山中没有花。"先生曰："既没有花，汝袖中何物？"涓不能隐，只得取出呈上。其花离土，又先经日色，已半萎矣。先生曰："汝知此花之名乎？乃马兜铃也。一开十二朵，为汝荣盛之年数。采于鬼谷，见日而萎；鬼傍著委，汝之出身，必于魏国。"庞涓暗暗称奇。先生又曰："但汝不合见欺，他日必以欺人之事还被人欺，不可不戒！吾有八字，汝当记取：'遇羊而荣，遇马而瘁。'"庞涓再拜曰："吾师大教，敢不书绅！"临行，孙宾送之下山，庞涓曰："某与兄有八拜之交，誓同富贵，此行倘有进身之阶，必当举荐吾兄，同立功业。"孙宾曰："吾弟此言果实否？"涓曰："弟若谬言，当死于万箭之下！"宾曰："多谢厚情，何须重誓！"两下流泪而别。

孙宾还山，先生见其泪容，问曰："汝惜庞生之去乎？"宾曰："同学之情，何能不惜？"先生曰："汝谓庞生之才，堪为大将否？"宾曰："承师教训已久，何为不可？”先生曰：“全未！全未！”宾大惊，请问其故。先生不言。至次日，谓弟子曰：“我夜间恶闻鼠声，汝等轮流值宿，为我驱鼠。”众弟子如命。其夜，轮孙宾值宿，先生于枕下取出文书一卷，谓宾曰：“此乃汝祖孙武子《兵法》十三篇。昔汝祖献于吴王阖闾，阖闾用其策，大破楚师。后阖闾惜此书，不欲广传于人，乃置以铁柜，藏于姑苏台屋楹之内。自越兵焚台，此书不传。吾向与汝祖有交，求得其书，亲为注解；行兵秘密，尽在其中，未尝轻授一人。今见子心术忠厚，特以付子。”宾曰：“弟子少失父母，遭国家多故，宗族离散，虽知祖父有此书，实未传领。吾师既有注解，何不并传之庞涓，而独授于宾也？”先生曰：“得此书者，善用之为天下利，不善用之为天下害。涓非佳士，岂可轻付哉！”宾乃携归卧室，昼夜研诵。三日之后，先生遽向孙宾索其原书。宾出诸袖中，缴还先生。先生逐篇盘问，宾对答如流，一字不遗。先生喜曰：“子用心如此，汝祖为不死矣！”

再说庞涓别了孙宾，一径入魏国，以兵法干相国王错，错荐于惠王。庞涓入朝之时，正值庖人进蒸羊于惠王之前，惠王方举箸，涓私喜曰：“吾师言‘遇羊而荣’，斯不谬矣。”惠王见庞涓一表人物，放箸而起，迎而礼之。庞涓再拜，惠王扶住，问其所学。涓对曰：“臣学于鬼谷先生之门，用兵之道，颇得其精。”因指画敷陈，倾倒胸中，惟恐不尽。惠王问曰：“吾国东有齐，西有秦，南有楚，北有韩、赵、燕，皆势均力敌。而赵人夺我中山，此仇未报，先生何以策之？”庞涓曰：“大王不用微臣则已，如用微臣为将，管教战必胜，攻必取，可以兼并天下，何忧六国哉？”惠王曰：“先生大言，得无难践乎？”涓对曰：“臣自揣所长，实可操六国于掌中，若委任不效。甘当伏罪。”惠王大悦，拜为元帅，兼军师之职。涓子庞英、侄庞葱、庞茅俱为列将。涓练兵训武，先侵卫、宋诸小国，屡屡得胜。宋、鲁、卫、郑诸君，相约联翩来朝。适齐兵侵境，涓复御却之，遂自以为不世之功，不胜夸诩。

时墨翟遨游名山，偶过鬼谷探友，一见孙宾，与之谈论，深相契合。遂谓宾曰：“子学业已成，何不出就功名，而久淹山泽耶？”宾曰：“吾有同学庞涓，出仕于魏，相约得志之日，必相援引，吾是以待之。”墨翟曰：“涓见为魏将，吾为子入魏，以察涓之意。”墨翟辞去，径至魏国，闻庞涓自恃其能，大言不惭，知其无援引孙宾之意，乃自以野服求见魏惠王。惠王素闻墨翟之名，降阶迎入，叩以兵法。墨翟指说大略，惠王大喜，欲留任官职。墨翟固辞曰："臣山野之性，不习衣冠。所知有孙武子之孙，名宾者，真大将才，臣万分不及也。见今隐于鬼谷，大王何不召之？"惠王曰："孙宾学于鬼谷，乃是庞涓同门，卿谓二人所学孰胜？"墨翟曰："宾与涓，虽则同学，然宾独得乃祖秘传，虽天下无其对手，况庞涓乎？"墨翟辞去，惠王即召庞涓问曰："闻卿之同学有孙宾者，独得孙武子秘传，其才天下无比，将军何不为寡人召之？"庞涓对曰："臣非不知孙宾之才，但宾是齐人，宗族皆在于齐，今若仕魏，必先齐而后魏，臣是以不敢进言。"惠王曰："士为知己者死。岂必本国之人，方可用乎？"庞涓对曰："大王既欲召孙宾，臣即当作书致去。"庞涓口虽不语，心下踌躇："魏国兵权，只在我一人之手，若孙宾到来，必然夺宠；既魏王有命，不敢不依，且待来时，生计害他，阻其进用之路，却不是好？"遂而修书一封，呈上惠王。惠王用驷马高车、黄金白璧，遣人带了庞涓之书，一径望鬼谷来聘取孙宾。

宾拆书看之，略曰：

涓托兄之庇，一见魏王，即蒙重用。临岐援引之言，铭心不忘。今特荐于魏王，求即驱驰赴召，共图功业。

孙宾将书呈与鬼谷先生。先生知庞涓已得时大用，今番有书取用孙宾，竟无一字问候其师，此乃刻薄忘本之人，不足计较。但庞涓生性骄妒，孙宾若去，岂能两立？欲待不容他去，又见魏王使命郑重，孙宾已自行色匆匆，不好阻当。亦使宾取山花一枝，卜其休咎。此时九月天气，宾见先生几案之上，瓶中供有黄菊一枝，遂拔以呈上，即时复归瓶中。先生乃断曰："此花见被残折，不为完好；但性耐岁寒，经霜不落，虽有残害，不为大凶；且喜供养瓶中，为人爱重。瓶乃范金而成，钟鼎之属，终当威行霜雪，名勒鼎钟矣。但此花再经提拔，恐一时未能得意，仍旧归瓶，汝之功名，终在故土。吾为汝增改其名，可图进取。"遂将孙宾"宾"字，左边加"月"为"膑"。按字书，膑乃刖刑之名，今鬼谷子改孙宾为孙膑，明明知有刖足之事，但天机不肯泄漏耳，岂非异人哉？髯翁有诗云：

山花入手知休咎，试比蓍龟倍有灵。

却笑当今卖卜者，空将鬼谷画占形。

临行，又授以锦囊一枚，吩咐："必遇至急之地，方可开看。"孙膑拜辞先生，随魏王使者下山，登车而去。

苏秦、张仪在旁，俱有欣羡之色，相与计议来禀，亦欲辞归，求取功名。先生曰："天下最难得者聪明之士，以汝二人之质，若肯灰心学道，可致神仙，何苦要碌碌尘埃，甘为浮名虚利所驱逐也！"秦、仪同声对曰："夫良材不终朽于岩下，良剑不终秘于匣中。日月如流，光阴不再，某等受先生之教，亦欲乘时建功，图个名扬后世耳。"先生曰："你两人中肯留一人与我作伴否?"秦、仪执定欲行，无肯留者。先生强之不得，叹曰："仙才之难如此哉！"乃为之各占一课，断曰："秦先吉后凶，仪先凶后吉。秦说先行，仪当晚达。吾观孙、庞二子，势不相容，必有吞噬之事。汝二人异日，宜互相推让，以成名誉，勿伤同学之情！"二人稽首受教。先生又将书二本，分赠二人。秦、仪观之，乃太公《阴符篇》也，曰："此书弟子久已熟诵，先生今日见赐，有何用处?"先生曰："汝虽熟诵，未得其精。此去若未能得意，只就此篇探讨，自有进益。我亦从此逍遥海外，不复留于此谷矣。"秦、仪既别去，不数日，鬼谷子亦浮海为蓬岛之游，或云已仙去矣。不知孙膑应聘下山，后来如何，且看下回分解。

第八十八回

孙膑佯狂脱祸　庞涓兵败桂陵

话说孙膑行至魏国，即寓于庞涓府中。膑谢涓举荐之恩，涓有德色。膑又述鬼谷先生改“宾”为“膑”之事，涓惊曰：“膑非佳语，何以改易？”膑曰：“先生之命，不敢违也！”次日，同入朝中，谒见惠王，惠王降

阶迎接，其礼甚恭。膑再拜奏曰：“臣乃村野匹夫，过蒙大王聘礼，不胜惭愧！”惠王曰：“墨子盛称先生独得孙武秘传。寡人望先生之来，如渴思饮，今蒙降重，大慰平生！”遂问庞涓曰：“寡人欲封孙先生为副军师之职，与卿同掌兵权，卿意如何？”庞涓对曰：“臣与孙膑，同窗结义，膑乃臣之兄也，岂可以兄为副？不若权拜客卿，候有功绩，臣当让爵，甘居其下。”惠王准奏，即拜膑为客卿，赐第一区，

亚于庞涓。客卿者，半为宾客，不以臣礼加之，外示优崇，不欲分兵权于膑也。自此孙、庞频相往来。庞涓想道："孙子既有秘授，未见吐露，必须用意探之。"遂设席请酒，酒中因谈及兵机。孙子对答如流。及孙子问及庞涓数节，涓不知所出，乃佯问曰："此非孙武子《兵法》所载乎？"膑全不疑虑，对曰："然也。"涓曰："愚弟昔日亦蒙先生传授，自不用心，遂至遗忘。今日借观，不敢忘报。"膑曰："此书经先生注解详明，与原本不同，先生止付看三日，便即取去，亦无录本。"涓曰："吾兄还记得否？"膑曰："依稀尚存记忆。"涓心中巴不得便求传授，只是一时难以骤逼。

过数日，惠王欲试孙膑之能，乃阅武于教场，使孙、庞二人各演阵法。庞涓布的阵法，孙膑一见，即能分说此为某阵，用某法破之。孙膑排成一阵，庞涓茫然不识，私问于孙膑。膑曰："此即'颠倒八门阵'也。"涓曰："有变乎？"膑曰："攻之则变为'长蛇阵'矣。"庞涓探了孙膑说话，先报惠王曰："孙子所布，乃'颠倒八门阵'，可变'长蛇'。"已而，惠王问于孙膑，所对相同。惠王以庞涓之才不弱于孙膑，心中愈喜。只有庞涓回府，思想："孙子之才，大胜于吾，若不除之，异日必为欺压。"心生一计，于相会中间私叩孙子曰："吾兄宗族俱在齐邦，今兄已仕魏国，何不遣人迎至此间，同享富贵？"孙膑垂泪言曰："子虽与吾同学，未悉吾家门之事也。吾四岁丧母，九岁丧父，育于叔父孙乔身畔。叔父仕于齐康公为大夫。及田太公迁康公于海上，尽逐其故臣，多所诛戮，吾宗族离散，叔与从兄孙平、孙卓挈吾避难奔周，因遇荒岁，复将吾佣于周北门之外，父子不知所往。吾后来年长，闻邻人言鬼谷先生道高而心慕之，是以单身往学。又复数年，家乡杳无音信，岂有宗族可问哉！"庞涓复问曰："然则兄长亦还忆故乡坟墓否？"膑曰："人非草木，能忘本原？先生于吾临行，亦言'功名终在故土'。今已作魏臣，此话不须提起矣。"庞涓探了口气，佯应曰："兄长之言甚当，大丈夫随地立功，何必故乡也？"

约过半年，孙膑所言都已忘怀了。一日，朝罢方回，忽有汉子似山东人语音，问人曰："此位是孙客卿否？"膑随唤入府，叩其来历。那人曰："小子姓丁名乙，临淄人氏，在周客贩，令兄有书托某送到鬼谷，闻贵人已得仕魏邦，迂路来此。”说罢，将书呈上。孙膑接书在手，拆而观之，略云：

愚兄平、卓字达贤弟宾亲览：吾自家门不幸，宗族荡散，不觉已三年矣。向在宋国为人耕牧，汝叔一病即世，异乡零落，苦不可言。今幸吾王尽释前嫌，招还故里，正欲奉迎吾弟，重立家门。闻吾弟就学鬼谷，良玉受琢，定成伟器。兹因某客之便，作书报闻。幸早为归计，兄弟复得相见！

孙膑得书，认以为真，不觉大哭。丁乙曰：“承贤兄吩咐，劝贵人早早还乡，骨肉相聚。”孙膑曰：“吾已仕于魏，此事不可造次。”乃款待丁乙酒饭，付以回书。前面亦叙思乡之语，后云：“弟已仕魏，未可便归，俟稍有建立，然后徐为首邱之计。”送丁乙黄金一锭为路费。丁乙接了回书，当下辞去。谁知来人不是什么丁乙，乃是庞涓手下心腹徐甲也。庞涓套出孙膑来历姓名，遂伪作孙平、孙卓手书，教徐甲假称齐商丁乙，投见孙子。孙子兄弟自少分别，连手迹都不分明，遂认以为真了。

庞涓诓得回书，遂仿其笔迹，改后数句云：“弟今身仕魏国，但故土难忘，心殊悬切，不日当图归计，以尽手足之欢。倘或齐王不弃微长，自当尽力报效。”于是入朝私见惠王，屏去左右，将伪书呈上，言：“孙膑果有背魏向齐之心，近日私通齐使，取有回书，臣遣人邀截于郊外，搜得在此。”惠王看毕曰：“孙膑心悬故土，岂以寡人未能重用，不尽其才耶？”涓对曰：“膑祖孙武子为吴王大将，后来仍旧归齐。父母之邦，谁能忘情？大王虽重用膑，膑心已恋齐，必不能为魏尽力。且膑才不下于臣，若齐用为将，必然与魏争雄，此大王异日之患也。不如杀之。”惠王曰：“孙膑应召而来，今罪状未明，遽然杀之，恐天下议寡人之轻士也。”涓对曰：“大王之言甚善。臣当劝谕孙膑，倘肯留魏国，大王重加官爵；若其不然，大王发到微臣处议罪，微臣自有区处。”庞涓辞了惠王，往见孙子，问曰：“闻兄已得千金家报，有之乎？”膑是忠直之人，全不疑虑，遂应曰：“果然。”因备述书中要他还乡之意。庞涓曰：“弟兄久别思归，人之至情，兄长何不于魏王前暂给一二月之假，归省坟墓，然后再来？”膑曰：“恐主公见疑，不允所请。”涓曰：“兄试请之，弟当从旁力赞。”膑曰：“全仗贤弟玉成。”是夜，庞涓又入见惠王，奏曰：“臣奉大王之命，往谕孙膑，膑意必不愿留，且有怨望之语。若目下有表章请假，主公便发其私通齐使之罪。”惠王点头。次日，孙膑果然进上一通表章，乞假月余，还齐省墓。惠王见表大怒，批表尾云：“孙膑私通齐使，今又告归，显有背魏之心，有负寡人委任之意，可削其官秩，发军师府问罪。”

军政司奉旨，将孙膑拿到军师府来见庞涓，涓一见佯惊曰：“兄长何为至此！”军政司宣惠王之命。庞涓领旨讫，问膑曰：“吾兄受此奇冤，愚弟当于王前力保。”言罢，命舆人驾车，来见惠王，奏曰：“孙膑虽有私通齐使之罪，然罪不至死。以臣愚见，不若刖而黥之，使为废人，终身不能退归故土。既全其命，又无后患，岂不两全？微臣不敢自专，特来请旨！”惠王曰：“卿处分最善。”庞涓辞回本府，谓孙膑曰：“魏王十分恼怒，欲加兄极刑，愚弟再三保奏，恭喜得全性命。但须刖足黥面，此乃魏国法度，非愚弟不尽力也。”孙膑叹曰：“吾师云：‘虽有残害，不为大凶。’今得保首领，此乃贤弟之力，不敢忘报！”庞涓遂唤刀斧手，将孙膑绑住，剔去双膝盖骨。膑大叫一声，昏绝倒地，半晌方苏。又用针刺面，成“私通外国”四字，以墨涂之。庞涓假意啼哭，以刀疮药敷膑之膝，用帛缠裹，使人抬至书馆，好言抚慰，好食将息。约过月余，孙膑疮口已合，只是膝盖既去，两腿无力，不能行动，只好盘足而坐。髯翁有诗云：

易名膑字祸先知，何待庞涓用计时？
堪笑孙君太忠直，尚因全命感恩私。

孙膑已成废人，终日受庞涓三餐供养，甚不过意。庞涓乃求膑传示鬼谷子注解孙武兵书，膑慨然应允。涓给以木简，要他缮写。膑写未及十分之一，有苍头名唤诚儿，庞涓使伏侍孙膑，诚儿见孙子无辜受枉，反有怜悯之意。忽庞涓召诚儿至前，问孙膑缮写日得几何？诚儿曰：“孙将军为两足不便，长眠短坐，每日只写得二三策。”庞涓怒曰：“如此迟慢，何日写完？汝可与我上紧催促。”诚儿退问涓近侍曰：“军师央孙君缮写，何必如此催迫？”近侍曰：“汝有所不知。军师与孙君外虽相恤，内实相忌，所以全其性命，单为欲得兵书耳。缮写一完，便当绝其饮食。汝切不可泄漏！”诚儿闻知此信，密告孙子。孙子大惊：“原来庞涓如此无义，岂可传以《兵法》？”又想：“若不缮写，他必然发怒，吾命旦夕休矣！”左思右想，欲求自脱之计。忽然想着：“鬼谷先生临行时，付我锦囊一个，嘱云：‘到至急时，方可开看。’今其时矣！”遂将锦囊启视，乃黄绢一幅，中间写着“诈疯魔”三字。膑曰：“原来如此。”

当日晚餐方设，膑正欲举箸，忽然昏愦，作呕吐之状，良久发怒，张目大叫曰：“汝何以毒药害我？”将瓶瓯悉拉于地，取写过木简，向火焚烧，扑身倒地，口中含糊骂詈不绝。诚儿不知是诈，慌忙奔告庞涓。涓次日亲自来看，膑痰涎满面，伏地呵呵大笑，忽然大哭。庞涓问曰：“兄长为何而笑？为何而哭？”膑曰：“吾笑者笑魏王欲害我命，吾有十万天兵相助，能奈我何？吾哭者哭魏邦没有孙膑，无人作大将也！”说罢，复睁目视涓，磕头不已，口中叫：“鬼谷先生，乞救我孙膑一命！”庞涓曰：“我是庞某，休得错认了！”膑牵住庞涓之袍，不肯放手，乱叫：“先生救命！”庞涓命左右扯脱，私问诚儿曰：“孙子病症是几时发的？”诚儿曰：“是夜来发的。”涓上车而去，心中疑惑不已。恐其佯狂，欲试其真伪，命左右拖入猪圈中，粪秽狼藉，膑被发覆面，倒身而卧。再使人送酒食与之，诈云：“吾小人哀怜先生被刖，聊表敬意，元帅不知也。”孙子已知是庞涓之计，怒目狰狞，骂曰：“汝又来毒我耶？”将酒食倾翻地下。使者乃拾狗矢及泥块以进，膑取而啖之。于是还报庞涓，涓曰：“此真中狂疾，不足为虑矣。”自此纵放孙膑，任其出入。膑或朝出晚归，仍卧猪圈之内，或出而不返，混宿市井之间。或谈笑自若，或悲号不已。市人认得是孙客卿，怜其病废，多以饮食遗之。膑或食或不食，狂言诞语不绝于口，无有知其为假疯魔者。庞涓却吩咐地方，每日侵晨具报孙膑所在，尚不能置之度外也。髯翁有诗叹云：

纷纷七国斗干戈，俊杰乘时归网罗。

堪恨奸臣怀嫉忌，致令良友诈疯魔。

时墨翟云游至齐，客于田忌之家，其弟子禽滑从魏而至，墨翟问：“孙膑在魏得意何如？”禽滑亲将孙子被刖之事述于墨翟。翟叹曰：“吾本欲荐膑，反害之矣！”乃将孙膑之才及庞涓妒忌之事，转述于田忌。田忌言于威王曰："国有贤臣而令见辱于异国，大不可也！"威王曰："寡人发兵以迎孙子何如？"田忌曰："庞涓不容膑仕于本国，肯容仕于齐国乎？欲迎孙子，须是如此恁般，密载以归，可保万全。"威王用其谋，即令客卿淳于髡假以进茶为名，至魏欲见孙子。淳于髡领旨，押了茶车，捧了国书，竟至魏国，禽滑装做从者随行，到魏都见了魏惠王，致齐侯之命。惠王大喜，送淳于髡于馆驿。禽滑见膑发狂，不与交言，半夜私往候之。膑背靠井栏而坐，见禽滑张目不语。滑垂涕曰："孙卿困至此乎？识禽滑否？吾师言孙卿之冤于齐王，齐王甚相倾慕，淳于公此来，非为贡茶，实欲载孙卿入齐，为卿报刖足之仇耳！"孙膑泪流如雨，良久言曰："某已分死于沟渠，不期今日有此机会，但庞涓疑虑太甚，恐不便挈带，如何？"禽滑曰："吾已定下计策，孙卿不须过虑，俟有行期，即当相迎。"约定只在此处相会，万勿移动。次日，魏王款待淳于髡，知其善辩之士，厚赠金帛。髡辞了魏王欲行，庞涓复置酒长亭饯行。禽滑先于是夜将温车藏了孙膑，却将孙膑衣服与厮养王义穿著，披头散发，以泥土涂面，装作孙膑模样。地方已经具报，庞涓以此不疑。淳于髡既出长亭，与庞涓欢饮而别，先使禽滑驱车速行，亲自押后。过数日，王义亦脱身而来。地方但见肮脏衣服撇做一地，已不见孙膑矣。即时报知庞涓，涓疑其投井而死。使人打捞尸首不得，连连挨访，并无影响，反恐魏王见责，戒左右只将孙膑溺死申报，亦不疑其投齐也。

再说淳于髡载孙膑离了魏境，方与沐浴。既入临淄，田忌亲迎于十里之外。言于威王，使乘蒲车入朝。威王叩以兵法，即欲拜官。孙膑辞曰："臣未有寸功，不敢受爵。庞涓若闻臣用于齐，又起妒嫉之端，不若姑隐其事，俟有用臣之处，然后效力何如？"威王从之，乃使居田忌之家，忌尊为上客。膑欲偕禽滑往谢墨翟，他师弟二人已不别而行了，膑叹息不已。再使人访孙平、孙卓信息，杳然无闻，方知庞涓之作。

齐威王暇时，常与宗族诸公子驰射赌胜为乐。田忌马力不及，屡次失金。一日，田忌引孙膑同至射圃观射。膑见马力不甚相远，而田忌三棚皆负，乃私谓忌曰："君明日复射，臣能令君必胜。"田忌曰：

"先生果能使某必胜,某当请于王,以千金决赌。"膑曰:"君但请之。"田忌请于威王曰:"臣之驰射屡负矣,来日愿倾家财,一决输赢,每棚以千金为彩。"威王笑而从之。是日,诸公子皆盛饰车马,齐至场圃,百姓聚观者数千人。田忌问孙子曰:"先生必胜之术安在?千金一棚,不可戏也!"孙膑曰:"齐之良马聚于王厩,而君欲与次第角胜,难矣。然臣能以术得之。夫三棚有上、中、下之别,诚以君之下驷当彼上驷,而取君之上驷与彼中驷角,取君之中驷与彼下驷角;君虽一败,必有二胜。"田忌曰:"妙哉!"乃以金鞍锦鞯,饰其下等之马,伪为上驷,先与威王赌第一棚。马足相去甚远,田忌复失千金。威王大笑,田忌曰:"尚有二棚,臣若全输,笑臣未晚。"及二棚三棚,田忌之马果皆胜,多得彩物千金。田忌奏曰:"今日之胜,非臣马之力,乃孙子所教也。"因述其故。威王叹曰:"即此小事,已见孙先生之智矣!"由是益加敬重,赏赐无算。不在话下。

再说魏惠王既废孙膑,责成庞涓恢复中山之事。庞涓奏曰:"中山远于魏而近于赵,与其远争,不如近割。臣请为君直捣邯郸,以报中山之恨。"惠王许之。庞涓遂出车五百乘伐赵,围邯郸。邯郸守臣丕选,连战俱败,上表赵成侯。成侯使人以中山赂齐求救。齐威王已知孙子之能,拜为大将。膑辞曰:"臣刑余之人,而使主兵,显齐国别无人才,为敌所笑。请以田忌为将。"威王乃用田忌为将,孙膑为军师,常居辎车之中,阴为画策,不显其名。田忌欲引兵救邯郸,膑止之曰:"赵将非庞涓之敌,比我至邯郸,其城已下矣。不如驻兵于中道,扬言欲伐襄陵,庞涓必还,还而击之,无不胜也。"忌用其谋。时邯郸候救不至,丕选以城降涓,涓遣人报捷于魏王。正欲进兵,忽闻齐遣田忌乘虚来袭襄陵,庞涓惊曰:"襄陵有失,安邑震动,吾当还救根本。"乃班师。离桂陵二十里,便遇齐兵。原来孙膑早已打听魏兵到来,预作准备,先使牙将袁达引三千人截路搦战。庞涓族子庞葱前队先到,迎住厮杀。约战二十余合,袁达诈败而走。庞葱恐有计策,不敢追赶,却来禀知庞涓,涓叱曰:"谅偏将尚不能擒取,安能擒田忌乎?"即引大军追之。

将及桂陵,只见前面齐兵排成阵势,庞涓乘车观看,正是孙膑初到魏国时摆的“颠倒八门阵”。庞涓心疑，想道：“那田忌如何也晓此阵法？莫非孙膑已归齐国乎？”当下亦布队成列。只见齐军中闪出大将田旗号，推出一辆戎车，田忌全装披挂，手执画戟，立于车中。田婴挺戈，立于车右。田忌口呼：“魏将能事者，上前打话。”庞涓亲自出车，谓田忌曰：“齐、魏一向和好，魏、赵有怨，何与齐事？将军弃好寻仇，实为失计！”田忌曰：“赵以中山之地献于吾主，吾主命吾帅师救之。若魏亦割数郡之地付于吾手，吾当即退。”庞涓大怒曰：“汝有何本事，敢与某对阵？”田忌曰：“你既有本事，能识我阵否？”庞涓曰：“此乃‘颠倒八门阵’，吾受之鬼谷子，汝何处窃取一二，反来问我？我国中三岁孩童，皆能识之。”田忌曰：“汝既能识，敢打此阵否？”庞涓心下踌躇，若说不打，丧了志气，遂厉声应曰：“既能识，如何不能打！”庞涓吩咐庞英、庞葱、庞茅曰：“记得孙膑曾讲此阵，略知攻打之法。但此阵能变长蛇，击首则尾应，击尾则首应，击中则首尾皆应，攻者辄为所困。我今去打此阵，汝三人各领一军，只看此阵一变，三队齐进，使首尾不能相顾，则阵可破矣。”庞涓吩咐已毕，自帅选锋五千人上前打阵。才入阵中，只见八方旗色，纷纷转换，认不出那一门是休、生、伤、杜、景、死、惊、开了。东冲西撞，戈甲如林，并无出路。只闻得金鼓乱鸣，四下呐喊，竖的旗上俱有军师“孙”字。庞涓大骇曰：“刖夫果在齐国，吾堕其计矣！”正在危急，却得庞英、庞葱两路兵杀进，单单救出庞涓，那五千选锋不剩一人。问庞茅时，已被田婴所杀，共损军二万余人。庞涓甚是伤感。原来八卦阵本按八方，连中央戊己，共是九队车马，其形正方。比及庞涓入来打阵，抽去首尾二军为二角，以遏外救，止留七队车马，变为圆阵，以此庞涓迷惑。后来唐朝卫国公李靖，因此作六花阵，即从此圆阵布出。有诗为证：

八阵中藏不测机，传来鬼谷少人知。
庞涓只晓长蛇势，那识方圆变化奇？

按今堂邑县东南有地名古战场，乃昔日孙、庞交兵之处也。

却说庞涓知孙膑在军中，心中惧怕，与庞英、庞葱商议，弃营而遁，连夜回魏国去了。田忌与孙膑探知空营，奏凯回齐。此周显王十七年之事。魏惠王以庞涓有取邯郸之功，虽然桂陵丧败，将功准罪。

齐威王遂宠任田忌、孙膑，专以兵权委之。驺忌恐其将来代己为相，密与门客公孙阅商量，欲要夺田忌、孙膑之宠。恰好庞涓使人以千金行赂于驺忌之门，要得退去孙膑。驺忌正中其怀，乃使公孙阅假作田忌家人，持十金，于五鼓叩卜者之门，曰："我奉田忌将军之差，欲求占卦。"卦成，卜者问："何用?"阅曰："我将军，田氏之宗也，兵权在握，威震邻国。今欲谋大事，烦为断其吉凶。"卜者大惊曰："此悖逆之事，吾不敢与闻!"公孙阅嘱曰："先生即不肯断，幸勿泄!"公孙阅方才出门，驺忌差人已至，将卜者拿住，说他替叛臣田忌占卦。卜者曰："虽有人来小店，实不曾占。"驺忌遂入朝，以田忌所占之语，告于威王，即引卜者为证。威王果疑，每日使人伺田忌之举动。田忌闻其故，遂托病辞了兵政，以释齐王之疑。孙膑亦谢去军师之职。明年，齐威王薨，子辟疆即位，是为宣王。宣王素知田忌之冤与孙膑之能，俱召复故位。

再说庞涓初时，闻齐国退了田忌、孙膑不用，大喜曰："吾今日乃可横行天下也!"是时韩昭侯灭郑国而都之，赵相国公仲侈如韩称贺，因请同起兵伐魏，约以灭魏之日同分魏地。昭侯应允，回言："偶值荒馑，俟来年当从兵进讨。"庞涓访知此信，言于惠王曰："闻韩谋助赵攻魏，今乘其未合，宜先伐韩，以沮其谋。"惠王许之。使太子申为上将军，庞涓为大将，起倾国之兵向韩国进发。不知胜负如何，且看下回分解。

第八十九回

马陵道万弩射庞涓　咸阳市五牛分商鞅

话说庞涓同太子申起兵伐韩，行过外黄，有布衣徐生请见太子。太子问曰："先生辱见寡人，有何见谕？"徐生曰："太子此行，将以伐韩也。臣有百战百胜之术于此，太子欲闻之否？"申曰："此寡人所乐闻也。"徐生曰："太子自度富有过于魏，位有过于王者乎？"申曰："无以过矣！"徐生曰："今太子自将而攻韩，幸而胜，富不过于魏，位不过于王也，万一不胜，将若之何？夫无不胜之害，而有称王之荣，此臣所谓百战百胜者也。"申曰："善哉！寡人请从先生之教，即日班师。"徐生曰："太子虽善吾言，必不行也。夫一人烹鼎，众人啜汁。今欲啜太子之汁者甚众，太子即欲还，其谁听之？"徐生辞去。太

子出令欲班师，庞涓曰："大王以三军之寄属于太子，未见胜败而遽班师，与败北何异？"诸将皆不欲空还。太子申不能自决，遂引兵前进，直造韩都。韩哀侯遣人告急于齐，求其出兵相救。齐宣王大集群臣，问以救韩与不救，孰是孰非？相国驺忌曰："韩、魏相并，此邻国之幸也，不如勿救。"田忌、田婴皆曰："魏胜韩，则祸必及于齐，救之为是。"孙膑独嘿然无语，宣王曰："军师不发一言，岂救与不救，二策皆非乎？"孙膑对曰："然也。夫魏国自恃其强，前年伐赵，今年伐韩，其心亦岂须臾忘齐哉？若不救，是弃韩以肥魏，故言不救者非也。魏方伐韩，韩未敝而吾救之，是我代韩受兵，韩享其安，而我受其危，故言救者亦非也。"宣王曰："然则何如？"孙膑对曰："为大王计，宜许韩必救，以安其心。韩知有齐救，必悉力以拒魏，魏亦必悉力以攻韩。吾俟魏之敝，徐引兵而往，攻敝魏以存危韩，用力少而见功多，岂不胜于前二策耶？"宣王鼓掌称："善。"遂许韩使，言："齐救旦暮且至。"韩昭侯大喜，乃悉力拒魏，前后交锋五六次，韩皆不胜，复遣使往齐，催趱救兵。

齐复用田忌为大将，田婴副之，孙子为军师，率车五百乘救韩。田忌又欲望韩进发，孙膑曰："不可！不可！吾向者救赵，未尝至赵，今救韩，奈何往韩乎？"田忌曰："军师之意，将欲如何？"孙膑曰："夫解纷之术，在攻其所必救。今日之计，惟有直走魏都耳。"田忌从之。乃令三军齐向魏邦进发。庞涓连败韩师，将逼新都，忽接本国警报，言："齐兵复寇魏境，望元帅作速班师！"庞涓大惊，即时传令去韩归魏，韩兵亦不追赶。孙膑知庞涓将至，谓田忌曰："三晋兵素悍勇而轻齐，齐号为怯，善战者因其势而利导之。《兵法》云：'百里而趋利者蹶上将，五十里而趋利者军半至。'吾军远入魏地，宜诈为弱形以诱之。"田忌曰："诱之如何？"孙膑曰："今日当作十万灶，明后日以渐减去，彼见军灶顿减，必谓吾兵怯战，逃亡过半，将兼程逐利。其气必骄，其力必疲，吾因以计取之。"田忌从其计。

且说庞涓兵望西南而行，心念韩兵屡败，正好征进，却被齐人侵扰，毁其成功，不胜之忿。及至魏境，知齐兵已前去了。遗下安营之迹，地甚宽广，使人数其灶，足有十万，惊曰："齐兵之众如此，不可轻敌也!”明日又至前营,查其灶仅五万有余,又明日,灶仅三万。涓以手加额曰:“此魏王之洪福矣!”太子申问曰:“军师未见敌形,何喜形于色?”涓答曰:“某固知齐人素怯,今入魏地才三日,士卒逃亡已过半了,尚敢操戈相角乎?”太子申曰:“齐人多诈,军师须十分在意。”庞涓曰:“田忌等今番自来送死,涓虽不才,愿生擒忌等,以雪桂陵之耻。”当下传令:选精锐二万人,与太子申分为二队,倍日并行,步军悉留在后,使庞葱率领徐进。孙膑时刻使人探听庞涓消息,回报:“魏兵已过沙鹿山,不分早夜,兼程而进。”孙膑屈指计程,日暮必至马陵。那马陵道在两山中间,溪谷深隘,堪以伏兵。道傍树木丛密,膑只拣绝大一株留下,余树尽皆砍倒,纵横道上,以塞其行。却将那大株向东树身砍白,用黑煤大书六字云:“庞涓死此树下!”上面横书四字云:“军师孙示。”令部将袁达、独孤陈各选弓弩手五千,左右埋伏,吩咐:“但看树下火光起时,一齐发弩。”再令田婴引兵一万,离马陵三里埋伏,只待魏兵已过,便从后截杀。分拨已定,自与田忌引兵远远屯扎,准备接应。

再说庞涓一路打听齐兵过去不远,恨不能一步赶着,只顾催趱。来到马陵道时,恰好日落西山,其时十月下旬,又无月色。前军回报:“有断木塞路,难以进前。”庞涓叱曰:“此齐兵畏吾蹑其后,故设此计也。”正欲指麾军士搬木开路,忽抬头看见树上砍白处,隐隐有字迹,但昏黑难辨。命小军取火照之。众军士一齐点起火来。庞涓于火光之下,看得分明,大惊曰:“吾中刖夫之计矣!”急教军士速退!说犹未绝,那袁达、独孤陈两支伏兵望见火光,万弩齐发,箭如骤雨,军士大乱。庞涓身带重伤,料不能脱,叹曰:“吾恨不杀此刖夫,遂成竖子之名!”即引佩剑自刎其喉而绝。庞英亦中箭身亡。军士射死者,不计其数。史官有诗云:

昔日伪书奸似鬼,今宵伏弩妙如神。

相交须是怀忠信,莫学庞涓自陨身!

昔庞涓下山时,鬼谷曾言:“汝必以欺人之事,还被人欺。”庞涓用假书之事欺孙膑而刖之,今日亦受孙膑之欺,堕其减灶之计。鬼谷又言:“遇马而瘁。”果然死于马陵。计庞涓仕魏至身死,刚十二年,应花开十二朵之兆。始见鬼谷之占,纤微必中,神妙不测。

时太子申在后队,闻前军有失,慌忙屯扎住不行。不提防田婴一军反从后面杀到,魏兵心胆俱裂,无人敢战,各自四散逃生。太子申势孤力寡,被田婴生擒,缚置车中。田忌和孙膑统大军接应,杀得魏军尸横遍野,轻重军器,尽归于齐。田婴将太子申献功,袁达、独孤陈将庞涓父子尸首献功。孙膑手斩庞涓之头,悬于车上。齐军大胜,奏凯而还。其夜太子申惧辱,亦自刎而死,孙膑叹息不已。大军行至沙鹿山,正逢庞葱步军,孙膑使人挑庞涓之头示之,步军不战而溃。庞葱下车叩头乞命,田忌欲并诛之,孙膑曰:“为恶者止庞涓一人,其子且无罪,况其侄乎?”乃将太子申及庞英二尸交付庞葱,教他回报魏王:“速速上表朝贡。不然,齐兵再至,宗社不保!”庞葱喏喏连声而去。此周显王二十八年事也。

田忌等班师回国,齐宣王大喜,设宴相劳,亲为田忌、田婴、孙膑把盏。相国驺忌自思昔日私受魏赂,欲陷田忌之事,未免于心有愧,遂称病笃,使人缴还相印。齐宣王遂拜田忌为相国,田婴为将军,孙膑军师如故,加封大邑。孙膑固辞不受。手录其祖孙武《兵书》十三篇,献于宣王曰:“臣以废人,过蒙擢用,今上报主恩,下酬私怨,于愿足矣。臣之所学,尽在此书,留臣亦无用,愿得闲山一片,为终老之计!”宣王留之不得,乃封以石闾之山。孙膑住山岁余,一夕忽不见,或言鬼谷先生度之出世矣。此是后话。武成王庙有《孙子赞》云:

孙子知兵,翻为盗憎。刖足衔冤,坐筹运能。救韩攻魏,雪耻扬灵。功成辞赏,遁迹藏名。揆之祖武,何愧典型!

再说齐宣王将庞涓之首悬示国门,以张国威。使人告捷于诸侯,诸侯无不耸惧。韩、赵二君尤感救兵之德,亲来朝贺。宣王欲与韩、赵合兵攻魏,魏惠王大恐,亦遣使通和,请朝于齐。齐宣王约会三晋之君,同会于博望城,韩、赵、魏无敢违者。三君同时朝见,天下荣之。宣王遂自恃其强,耽于酒色,筑雪宫于城内,以备宴乐。辟郊外四十里为苑囿,以备狩猎。又听信文学游说之士,于稷门立左右讲室,聚游客数千人。内如驺衍、田骈、接舆、环渊等七十六人,皆赐列第,为上大夫日事议论,不修实政。嬖臣王驩等用事,田忌屡谏不听,郁郁而卒。

一日，宣王宴于雪宫，盛陈女乐。忽有一妇人，广额深目，高鼻结喉，驼背肥项，长指大足，发若秋草，皮肤如漆，身穿破衣自外而入，声言："愿见齐王。"武士止之曰："丑妇何人，敢见大王！"丑妇曰："吾乃齐之无盐人也，覆姓钟离，名春，年四十余，择嫁不得。闻大王游宴离宫，特来求见，愿入后宫，以备洒扫。"左右皆掩口而笑曰："此天下强颜之女子也！"乃奏知宣王，宣王召入。群臣侍宴者见其丑陋，亦皆含笑。宣王问曰："我宫中妃侍已备，今妇人貌丑，不容于乡里，以布衣欲求千乘之君，得无有奇能乎？"钟离春对曰："妾无奇能，特有隐语之术。"宣王曰："汝试发隐术，为孤度之。若言不中用，即当斩首。"钟离春乃扬目炫齿，举手再四，拊膝而呼曰："殆哉！殆哉！"宣王不解其意，问于群臣，群臣莫能对。宣王曰："春来前，为寡人明言之。"春顿首曰："大王赦妾之死，妾乃敢言。"宣王曰："赦尔无罪。"春曰："妾扬目者，代王视烽火之变；炫齿者，代王惩拒谏之口；举手者，代王挥谗佞之臣；拊膝者，代王拆游宴之台。"宣王大怒曰："寡人焉有四失？村妇妄言！"喝令斩之。春曰："乞申明大王之四失，然后就刑。妾闻秦用商鞅，国以富强，不日出兵函关与齐争胜，必首受其患，大王内无良将，边备渐弛，此妾为王扬目而视之。妾闻：'君有诤臣，不亡其国；父有诤子，不亡其家。'大王内耽女色，外荒国政，忠谏之士，拒而不纳，妾所以炫齿为王受谏也。且王驩等阿谀取容，蔽贤窃位；驺衍等迂谈阔论，虚而无实。大王信用此辈，妾恐其有误社稷，所以举手为王挥之。王筑宫筑囿，台榭陂池，殚竭民力，虚耗国赋，所以拊膝为王拆之。大王四失，危如累卵，而偷目前之安，不顾异日之患。妾冒死上言，倘蒙采听，虽死何恨！"宣王叹曰："使无钟离氏之言，寡人不得闻其过也！"即日罢宴，以车载春归宫，立为正后。春辞曰："大王不纳妾言，安用妾身？"于是宣王招贤下士，疏远嬖佞，散遣稷下游说之徒，以田婴为相国，以邹人孟轲为上宾，齐国大治。即以无盐之邑封春家，号春为无盐君。此是后话。

话分两头。却说秦相国卫鞅闻庞涓之死，言于孝公曰："秦、魏比邻之国，秦之有魏，犹人有腹心之疾，非魏并秦，即秦并魏，其势不两存明矣。魏今大破于齐，诸侯叛之，可乘此时伐魏，魏不能支，必然东徙。然后秦据河山之固，东乡以制诸侯，此帝王之业也！”孝公以为然。使卫鞅为大将，公子少官副之，帅兵五万伐魏。师出咸阳，望东进发。警报已至西河，守臣朱仓告急文书，一日三发。惠王大集群臣，问御秦之计。公子卬进曰：“鞅昔日在魏时，与臣相善，臣尝举荐于大王，大王不听。今日臣愿领兵前往，先与讲和。如若不许，然后固守城池，请救韩、赵。”群臣皆赞其策。惠王即拜公子卬为大将，亦率兵五万，来救西河，进屯吴城。那吴城是吴起守西河时所筑以拒秦者，坚固可守。公子卬正欲修书，遣人往秦寨通问卫鞅，欲其罢兵，守城将士报道：“今有秦相国差人下书，见在城外。”公子卬命缒城而上，发书看之。书曰：

鞅始与公子相得甚欢，不异骨肉。今各事其主，为两国之将，何忍治兵，自相鱼肉？鄙意欲与公子相约，各去兵车，释甲胄，以衣冠之会，相见于玉泉山，乐饮而罢，免使两国肝脑涂地；使千秋而下，称吾两人之交情，同于管、鲍。公子如肯俯从，幸示其期！

公子卬读毕大喜曰：“吾意正欲如此。”遂厚待使者，答以书曰：

相国不忘夙昔之好，举齐桓故事，以衣裳易兵车，安秦、魏之民，明管、鲍之谊，此卬志也。三日之内，惟相国示期，敢不听命！

卫鞅得了回书，喜曰：“吾计成矣！”复使人入城订定日期，言：“秦兵前营已撤，打发先回，只等会过元帅，便拔寨都起。”复以旱藕、麝香遗之曰：“此二物秦地所产，旱藕益人，麝香辟邪，聊志旧情，永以为好。”公子卬谓卫鞅爱己，益信其无他，答书谢之。卫鞅假传军令，使前营尽撤，公子少官率领先行。却暗暗吩咐，一路只说射猎充食，在狐岐山、白雀山等处，四散埋伏，期定是日午末未初，齐到玉泉山下，只听山上放炮为号，便一齐杀入，将来人尽数拿住，不许走漏一人。

至期，侵晨，卫鞅先使人报入城中，言：“相国先往玉泉山伺候，随行不满三百人。”公子卬十分相信，亦以辎车载酒食，并乐工一部，乘车赴会，人数与卫鞅相当。卫鞅在山下相迎，公子卬见人从既少，且无军器，坦然不疑。相见之间，各叙昔日交情，并及今日通和之意。魏国从人，无不欢喜。两边俱有酒席，公子卬是地主，先替卫鞅把盏。三献三酬，奏乐三次。卫鞅使军吏席上报时，即命撤了魏国筵席，另用本国酒馔。两个侍酒的都是秦国有名的勇士：一个唤做乌获，力举千钧；一个唤做任鄙，手格虎豹。卫鞅才举初杯相劝，以目视左右，便去山顶上放起一声号炮，山下亦放炮相应，声震陵谷。公子卬大惊曰："此炮何来？相国莫非见欺否？"卫鞅笑曰："暂欺一次，尚容告罪！"公子卬心慌，便欲奔逃，却被乌获紧紧帮住，转动不得。任鄙指挥左右拿人。公子少官率领军士，拘获车仗人等，真个是滴水不漏。卫鞅吩咐将公子卬上了囚车，先递回秦国报捷。却将所获随行人众，解其束缚，赐酒压惊，仍用原来车仗，教他只说："主帅赴会回来。"赚开城门，另有重赏；如若不从，即时斩首！那一行从人，都是小辈，谁不怕死，尽皆依允。却教乌获假作公子卬坐于车中，任鄙作护送使臣，单车随后。城上认得是自家人从，即时开门。那两员勇将，一齐发作，将城门一拳一脚，打个粉碎，关阖不得，军士上前者，都被打倒。背后卫鞅亲率大军，飞也似赶来。城中军民乱窜，卫鞅纵军士乱杀一阵，遂占了吴城。朱仓闻知主帅被虏，度西河难守，弃城而遁。卫鞅长驱而入，直逼安邑。惠王大惧，使大夫龙贾往秦军行成。卫鞅曰："魏王不能用吾，吾故出仕秦国。蒙秦王尊为卿相，食禄万钟，今以兵权交付，若不灭魏，有负重托。"龙贾曰："吾闻：'良鸟恋旧林，良臣怀故主。'魏王虽不能用足下，然父母之邦，足下安得无情？"卫鞅沉思半晌，谓龙贾曰："若要我班师，除非将河西之地，尽割于秦方可。"龙贾只得应诺，回奏惠王。惠王从之，即令龙贾奉河西地图，献于秦军买和。卫鞅按图受地，奏凯而归。公子卬遂降于秦。魏惠王以安邑地近于秦，难守，遂迁都大梁去讫。自此称为梁国。

秦孝公嘉卫鞅之功，封为列侯，以前所取魏地商於等十五邑为鞅食邑，号为商君。后世称为商鞅为此也。鞅谢恩归第，谓家臣曰："吾以卫之支庶，挟策归秦，为秦更治，立致富强。今又得魏地七百里，封邑十五城，大丈夫得志，可谓极矣！"宾客齐声称贺。内有一士厉声而前曰："千人诺诺，不如一士谔谔。尔等居商君门下，岂可进谄而陷主乎？"众人视之，乃上客赵良也。鞅曰："先生谓众人之谄，试言吾之治秦与五羖大夫孰贤?”良曰:“五羖大夫之相穆公也,三置晋君,并国二十,使其主为西戎伯主。及其自奉,暑不张盖,劳不坐乘,死之日,百姓悲哭,如丧考妣。今君相秦八载,法令虽行,刑戮太惨,民见威而不见德,知利而不知义。太子恨君刑其师傅,怨入骨髓,民间父兄子弟,久含怨心。一旦秦君晏驾,君之危若朝露,尚可贪商於之富贵,而自夸大丈夫乎?君何不荐贤人以自代?辞禄去位,退耕于野,尚可望自全也。”商君默然不乐。

后五月,秦孝公得疾而薨。群臣奉太子驷即位,是为惠文公。商鞅自负先朝旧臣,出入傲慢。公子虔初被商鞅劓鼻,积恨未报,至是,与公孙贾同奏于惠文公曰:“臣闻:‘大臣太重者国危,左右太重者身危。’商鞅立法治秦,秦邦虽治,然妇人童稚皆言商君之法,莫言秦国之法。今又封邑十五,位尊权重,后必谋叛。”惠文公曰:“吾恨此贼久矣!但以先王之臣,反形未彰,故姑容旦夕。”乃遣使者收商鞅相印,退归商於。鞅辞朝,具驾出城,仪仗队伍,犹比诸侯。百官饯送,朝署为空。公子虔、公孙贾密告惠文公,言:“商君不知悔咎,僭拟王者仪制,如归商於,必然谋叛。”甘龙、杜挚证成其事。惠文公大怒,即令公孙贾引武士三千追赶商鞅,枭首回报。公孙贾领命出朝。当时百姓连街倒巷,皆怨商君。一闻公孙贾引兵追赶,攘臂相从者,何止数千余人。商鞅车驾出城,已百余里,忽闻后面喊声大振,使人探听,回报:“朝廷发兵追赶。”商鞅大惊,知是新王见责,恐不免祸,急卸衣冠下车,扮作卒隶逃亡。走至函关,天色将昏,往旅店投宿。店主索照身之帖,鞅辞无有。店主曰:“商君之法不许收留无帖之人,犯者并斩!吾不敢留。商鞅叹曰:“吾设此法,乃自害其身也。”乃冒夜前行,混出关门,径奔魏国。魏惠王恨商鞅诱虏公子卬,割其河西之地,于是欲囚商鞅以献秦。鞅复逃回商於,谋起兵攻秦,被公孙贾追至缚归。惠文公历数其罪,吩咐将鞅押出市曹,五牛分尸。百姓争啖其肉,须臾而尽。于是尽灭其族。可怜商鞅变立新法,使秦国富强,今日受车裂之祸,岂非过刻之报乎?此周显王三十一年事也。髯翁有诗云:

商於封邑未经年,五路分尸亦可怜!
惨刻从来凶报至,劝君熟读省刑篇。

自商鞅之死，百姓歌舞于道，如释重负。六国闻之，亦皆相庆。甘龙、杜挚先被革职，今皆复官。拜公孙衍为相国。衍劝惠文公西并巴、蜀，称王以号召天下，要列国悉如魏国割地为贽，如有违者，即发兵伐之。惠文公遂称王，遣使者遍告列国，都要割地为贺。诸侯俱犹豫未决，惟楚威王熊商任用昭阳，新败越兵，杀越王无疆，尽有越地，地广兵强，与秦为敌。秦使至楚，被楚王叱咤而去。于是洛阳苏秦挟“兼并”之策以说秦王。不知苏秦如何说秦，且看下回分解。

第九十回

苏秦合从相六国　张仪被激往秦邦

话说苏秦、张仪自从辞了鬼谷子下山，张仪自往魏国去了。苏秦回至洛阳家中，老母在堂，一兄二弟，兄已先亡，惟寡嫂在。二弟乃苏代、苏厉也。一别数年，今日重会，举家欢喜，自不必说。过了数日，苏秦欲出游列国，乃请于父母，变卖家财，为资身之费。母嫂及妻俱力阻之，曰："季子不治耕获，力工商，求什一之利，乃思以口舌博富贵，弃见成之业，图未获之利，他日生计无聊，岂可悔乎？"苏代、苏厉亦曰："兄如善于游说之术，何不就说周王，在本乡亦可成名，何必远出？"苏秦被一家阻挡，乃求见周显王，说以自强之术。显王留之馆舍。左右皆素知苏秦出于农贾之家，疑其言空疏无用，不

肯在显王前保举。苏秦在馆舍羁留岁余，不能讨个进身。于是发愤回家，尽破其产，得黄金百镒，制黑貂裘为衣，治车马仆从，遨游列国，访求山川地形、人民风土，尽得天下利害之详。如此数年，未有所遇。闻卫鞅封商君，甚得秦孝公之心，乃西至咸阳，而孝公已薨，商君亦死，乃求见惠文王。惠文王宣秦至殿，问曰："先生不远千里而来敝邑，有何教诲？"苏秦奏曰："臣闻大王求诸侯割地，意者欲安坐而并天下乎？"惠文王曰："然。"秦曰："大王东有关河，西有汉中，南有巴、蜀，北有胡貉，此四塞之国也。沃野千里，奋击百万，以大王之贤，士民之众，臣请献谋效力，并诸侯，吞周室，称帝而一天下，易如反掌。岂有安坐而能成事者乎？"惠文王初杀商鞅，心恶游说之士，乃辞曰："孤闻：'毛羽不成，不能高飞。'先生所言，孤有志未逮，更俟数年，兵力稍足，然后议之。"苏秦乃退。复将古三王五霸攻战而得天下之术，汇成一书，凡十余万言，次日献上秦王。秦王虽然留览，绝无用苏秦之意。再谒秦相公孙衍，衍忌其才，不为引进。

苏秦留秦复岁余，黄金百镒俱已用尽，黑貂之裘亦敝坏，计无所出。乃货其车马仆从，以为路资，担囊徒步而归。父母见其狼狈，辱骂之。妻方织布，见秦来，不肯下机相见。秦饿甚，向嫂求一饭，嫂辞以无柴，不肯为炊。有诗为证：

富贵途人成骨肉，贫穷骨肉亦途人。
试看季子貂裘敝，举目虽亲尽不亲。

秦不觉堕泪，叹曰："一身贫贱，妻不以我为夫，嫂不以我为叔，母不以我为子，皆我之罪也！"于是简书箧中，得太公《阴符》一篇，忽悟曰："鬼谷先生曾言：'若游说失意，只须熟玩此书，自有进益。'"乃闭户探讨，务穷其趣，昼夜不息。夜倦欲睡，则引锥自刺其股，血流遍足。既于《阴符》有悟，然后将列国形势细细揣摩，如此一年，天下大势如在掌中。乃自慰曰："秦有学如此，以说人主，岂不能出其金玉锦绣，取卿相之位者乎？"遂谓其弟代、厉曰："吾学已成，取富贵如寄，弟可助吾行资，出说列国。倘有出身之日，必当相引。"复以《阴符》为弟讲解。代与厉亦有省悟，乃各出黄金，以资其行。

秦辞父母妻嫂，欲再往秦国，思想："当今七国之中，惟秦最强，可以辅成帝业。可奈秦王不肯收用。吾今再去，倘复如前，何面复归故里？”乃思一摈秦之策，必使列国同心协力，以孤秦势，方可自立。于是东投赵国。时赵肃侯在位，其弟公子成为相国，号奉阳君。苏秦先说奉阳君，奉阳君不喜。秦乃去赵，北游于燕，求见燕文公，左右莫为通达。居岁余，资用已尽，饥饿于旅邸。旅邸之人哀之，贷以百钱，秦赖以济。适值燕文公出游，秦伏谒道左。文公问其姓名，知是苏秦，喜曰：“闻先生昔年以十万言献秦王，寡人心慕之，恨未得能读先生之书。今先生幸惠教寡人，燕之幸也。”遂回车入朝，召秦入见，鞠躬请教。苏秦奏曰：“大王列在战国，地方二千里，兵甲数十万，车六百乘，骑六千匹，然比于中原，曾未及半。乃耳不闻金戈铁马之声，目不睹覆车斩将之危，安居无事，大王亦知其故乎？”燕文公曰：“寡人不知也。”秦又曰：“燕所以不被兵者，以赵为之蔽耳。大王不知结好于近赵，而反欲割地以媚远秦，不愚甚耶？”燕文公曰：“然则如何？”秦对曰：“依臣愚见，不若与赵从亲，因而结连列国，天下为一，相与协力御秦，此百世之安也。”燕文公曰：“先生合从以安燕国，寡人所愿，但恐诸侯不肯为从耳。”秦又曰：“臣虽不才，愿面见赵侯，与定从约。”燕文公大喜，资以金帛路费，高车驷马，使壮士送秦至赵。

适奉阳君赵成已卒，赵肃侯闻燕国送客来至，遂降阶而迎曰：“上客远辱，何以教我？”苏秦奏曰：“秦闻天下布衣贤士，莫不高贤君之行义，皆愿陈忠于君前，奈奉阳君妒才嫉能，是以游士裹足而不进，卷口而不言。今奉阳君捐馆舍，臣故敢献其愚忠。臣闻：‘保国莫如安民，安民莫如择交。’当今山东之国，惟赵为强。赵地方二千余里，带甲数十万，车千乘，骑万匹，粟支数年。秦之所最忌害者莫如赵。然而不敢举兵伐赵者，畏韩、魏之袭其后也。故为赵南蔽者，韩、魏也。韩、魏无名山大川之险，一旦秦兵大出，蚕食二国，二国降，则祸次于赵矣。臣尝考地图，列国之地过秦万里，诸侯之兵多秦十倍，设使六国合一，并力西向，何难破秦。今为秦谋者，以秦恐吓诸侯，必须割地求和。夫无故而割地，是自破也。破人与破于人，二者孰愈？依臣愚见，莫如约列国君臣会于洹水，交盟定誓，结为兄弟，联为唇齿。秦攻一国，则五国共救之，如有败盟背誓者，诸侯共伐之。秦虽强暴，岂敢以孤国与天下之众争胜负哉?”赵肃侯曰:“寡人年少,立国日浅,未闻至计。今上客欲纠诸侯以拒秦,寡人敢不敬从!”乃佩以相印,赐以大第,又以饰车百乘、黄金千镒、白璧百双、锦绣千匹,使为“从约长”。

苏秦乃使人以百金往燕,偿旅邸人之百钱。正欲择日起行。历说韩、魏诸国,忽赵肃侯召苏秦入朝,有急事商议。苏秦慌忙来见肃侯。肃侯曰:“适边吏来报:秦相国公孙衍出师攻魏,擒其大将龙贾,斩首四万五千,魏王割河北十城以求和。衍又欲移兵攻赵。将若之何?”苏秦闻言,暗暗吃惊:“秦兵若到赵,赵君必然亦效魏求和,‘合从’之计不成矣!”正是“人急计生”,且答应过去,另作区处。乃故作安闲之态,拱手对曰:“臣度秦兵疲敝,未能即至赵国,万一来到,臣自有计退之。”肃侯曰:“先生且暂留敝邑,待秦兵果然不到,方可远离寡人耳。”这句话,正中苏秦之意,应诺而退。苏秦回至府第,唤门下心腹唤做毕成,至于密室,吩咐曰:“吾有同学故人,名曰张仪,字馀子,乃大梁人氏。我今予汝千金,汝可扮作商贾,变姓名为贾舍人,前往魏邦寻访张仪。倘相见时,须如此如此。若到赵之日,又须如此如此。汝可小心在意。”贾舍人领命,连夜望大梁而行。

话分两头。却说张仪自离鬼谷归魏,家贫,求事魏惠王不得。后见魏兵屡败,乃挈其妻去魏游楚,楚相国昭阳留之为门下客。昭阳将兵伐魏,大败魏师,取襄陵等七城。楚威王嘉其功,以“和氏之璧”赐之。何谓“和氏之璧”?当初楚厉王之末年,有楚人卞和,得玉璞于荆山,献于厉王。王使玉工相之,曰:“石也!”厉王大怒,以卞和欺君,刖其左足。及楚武王即位,和复献其璞。玉工又以为石。武王怒,刖其右足。及楚文王即位,卞和又欲往献,奈双足俱刖,不能行动,乃抱璞于怀,痛哭于荆山之下,三日三夜,泣尽继之以血。有晓得卞和的,问曰:“汝再献再刖,可以止矣。尚希赏乎?又何哭为?”和曰:“吾非为求赏也。所恨者,本良玉而谓之石,本贞士而谓之欺,是非颠倒,不得自明,是以悲耳!”楚文王闻卞和之泣,乃取其璞,使玉人剖之,果得无瑕美玉,因制为璧,名曰“和氏之璧”。今襄阳府南漳县荆山之颠有池,池旁有石室,谓之抱玉岩,即卞和所居,泣玉处也。楚王怜其诚,以大夫之禄给卞和,终其身。此璧乃无价之宝,只为昭阳灭越败魏,功劳最大,故以重宝赐之。昭阳随身携带,未尝少离。

一日,昭阳出游于赤山,四方宾客从行者百人。那赤山下有深潭,相传姜太公曾钓于此。潭边建有高楼,众人在楼上饮酒作乐,已及半酣。宾客慕"和璧"之美,请于昭阳,求借观之。昭阳命守藏竖于车箱中取出宝椟至前,亲自启钥,解开三重锦袱,玉光烁烁,照人颜面。宾客次第传观,无不极口称赞。正赏玩间,左右言:"潭中有大鱼跃起。"昭阳起身凭栏而观,众宾客一齐出看。那大鱼又跃起来,足有丈余,群鱼从之跳跃。俄焉云兴东北,大雨将至,昭阳吩咐:"收拾转程。"守藏竖欲收"和璧"置椟,已不知传递谁手,竟不见了。乱了一回,昭阳回府,教门下客捱查盗璧之人。门下客曰:"张仪赤贫,素无行。要盗璧除非此人。"昭阳亦心疑之。使人执张仪笞掠之,要他招承。张仪实不曾盗,如何肯服。笞至数百,遍体俱伤,奄奄一息。昭阳见张仪垂死,只得释放。旁有可怜张仪的,扶仪归家。其妻见张仪困顿模样,垂泪而言曰:"子今日受辱,皆由读书游说所致,若安居务农,宁有此祸耶?"仪张口向妻使视之,问曰:"吾舌尚在乎?"妻笑曰:"尚在。"仪曰:"舌在,便是本钱,不愁终困也。"于是将息半愈,复还魏国。

贾舍人至魏之时,张仪已回魏半年矣。闻苏秦说赵得意,正欲往访。偶然出门,恰遇贾舍人休车于门外,相问间,知从赵来。遂问:"苏秦为赵相国,信果真否?"贾舍人曰:"先生何人,得无与吾相国有旧耶?何为问之?"仪告以同学兄弟之情。贾舍人曰:"若是,何不往游?相国必当荐扬。吾贾事已毕,正欲还赵,若不弃嫌微贱,愿与先生同载。"张仪欣然从之。既至赵郊,贾舍人曰:"寒家在郊外,有事只得暂别。城内各门俱有旅店安歇远客,容卑人过几日相访。"张仪辞贾舍人下车,进城安歇。次日,修刺求谒苏秦。秦预诫门下人,不许为通。候至第五日,方得投进名刺。秦辞以事冗,改日请会。仪复候数日,终不得见,怒欲去。地方店主人拘留之,曰:"子已投刺相府,未见发落,万一相国来召,何以应之?虽一年半载,亦不敢放去也。"张仪闷甚,访贾舍人何在,人亦无知者。

又过数日,复书刺往辞相府。苏秦传命:"来日相见。"仪向店主人假借衣履停当，次日，侵晨往候。苏秦预先排下威仪，阖其中门，命客从耳门而入。张仪欲登阶，左右止之曰："相国公谒未毕，客宜少待。"仪乃立于庑下，睨视堂前官属拜见者甚众。已而，禀事者又有多人。良久，日将昃，闻堂上呼曰："客今何在？"左右曰："相君召客。"仪整衣升阶，只望苏秦降坐相迎，谁知秦安坐不动。仪忍气进揖，秦起立，微举手答之，曰："馀子别来无恙？"仪怒气勃勃，竟不答言。左右禀进午餐。秦复曰："公事匆冗，烦馀子久待，恐饥馁，且草率一饭，饭后有言。"命左右设座于堂下。秦自饭于堂上，珍羞满案。仪前不过一肉一菜，粗粝之餐而已。张仪本待不吃，奈腹中饥甚，况店主人饭钱先已欠下许多，只指望今日见了苏秦，便不肯荐用，也有些金资赍发，不想如此光景。正是："在他矮檐下，谁敢不低头！"出于无奈，只得含羞举箸。遥望见苏秦杯盘狼藉，以其馀肴分赏左右，比张仪所食还盛许多。仪心中且羞且怒。食毕，秦复传言："请客上堂。"张仪举目观看，秦仍旧高坐不起。张仪忍气不过，走上几步，大骂："季子，我道你不忘故旧，远来相投，何竟辱我至此！同学之情何在？"苏秦徐徐答曰："以馀子之才，只道先我而际遇了，不期穷困如此。吾岂不能荐于赵侯，使子富贵？但恐子志衰才退，不能有为，贻累于荐举之人。"张仪曰："大丈夫自能取富贵，岂赖汝荐乎？"秦曰："你既能自取富贵，何必来谒？念同学情分，助汝黄金一笏，请自方便！"命左右以金授仪。仪一时性起，将金掷于地下，愤愤而出。苏秦亦不挽留。仪回至旅店，只见自己铺盖，俱已移出在外。仪问其故。店主人曰："今日足下得见相君，必然赠馆授餐，故移出耳。"张仪摇头，口中只说："可恨！可恨！"一头脱下衣履，交还店主人。店主人曰："莫非不是同学，足下有些妄扳么？"张仪扯住主人，将往日交情及今日相待光景，备细述了一遍。店主人曰："相君虽然倨傲，但位尊权重，礼之当然。送足下黄金一笏，亦是美情，足下收了此金，也可打发饭钱，剩些作归途之费。何必辞之？"张仪曰："我一时使性，掷之于地，如今手无一钱，如之奈何？"

正说话间，只见前番那贾舍人走入店门，与张仪相见，道："连日少候，得罪！不知先生曾见过苏相国否？"张仪将怒气重复吊起，将手往店案上一拍，骂道："这无情无义的贼！再莫提他！"贾舍人曰："先生出言太重，何故如此发怒？"店主人遂将相见之事，代张仪叙述一遍："今欠帐无还，又不能作归计，好不愁闷！"贾舍人曰："当初原是小人撺掇先生来的，今日遇而不遇，却是小人带累了先生，小人情愿代先生偿了欠帐，备下车马，送先生回魏。先生意下何如？"张仪曰："我亦无颜归魏了。欲往秦邦一游，恨无资斧。"贾舍人曰："先生欲游秦，莫非秦邦还有同学兄弟么？"张仪曰："非也。当今七国中，惟秦最强，秦之力，可以困赵。我往秦，幸得用事，可报苏秦之仇耳！"贾舍人曰："先生若往他国，小人不敢奉承。若欲往秦，小人正欲往彼探亲，依旧与小人同载，彼此得伴，岂不美哉？"张仪大喜曰："世间有此高义，足令苏秦愧死！"遂与贾舍人为八拜之交。贾舍人替张仪算还店钱，见有车马在门，二人同载，望西秦一路而行。路间为张仪制衣装，买仆从，凡仪所须，不惜财费。及至秦国，复大出金帛，赂秦惠文王左右，为张仪延誉。

时惠文王方悔失苏秦，闻左右之荐，即时召见，拜为客卿，与之谋诸侯之事。贾舍人乃辞去。张仪垂泪曰："始吾困厄至甚，赖子之力，得显用秦国，方图报德，何遽言去耶？"贾舍人笑曰："臣非能知君，知君者，乃苏相国也。"张仪愕然良久，问曰："子以资斧给我，何言苏相国耶？"贾舍人曰："相国方倡'合从'之约，虑秦伐赵败其事，思可以得秦之柄者，非君不可。故先遣臣伪为贾人，招君至赵，又恐君安于小就，故意怠慢，激怒君。君果萌游秦之意。相君乃大出金资付臣。吩咐恣君所用，必得秦柄而后已。今君已用于秦，臣请归报相君。"张仪叹曰："嗟乎！吾在季子术中，而吾不觉，吾不及季子远矣。烦君多谢季子，当季子之身，不敢言'伐赵'二字，以此报季子玉成之德也。"

贾舍人回报苏秦，秦乃奏赵肃侯曰："秦兵果不出矣。"于是拜辞往韩，见韩宣惠公曰："韩地方九百余里，带甲数十万，然天下之强弓劲弩皆从韩出。今大王事秦，秦必求割地为贽，明年将复求之。夫韩地有限，而秦欲无穷，再三割则韩地尽矣。俗谚云：'宁为鸡口，勿为牛后。'以大王之贤，挟强韩之兵，而有'牛后'之名，臣窃羞之！"宣惠公蹴然曰："愿以国听于先生，如赵王约。"亦赠苏秦黄金百镒。苏秦乃过魏。说魏惠王曰:“魏地方千里,然而人民之众,车马之多,无如魏者,于以抗秦有馀也。今乃听群臣之言,欲割地而臣事秦,倘秦求无已,将若之何?大王诚能听臣,六国从亲,并力制秦,可使永无秦患。臣今奉赵王之命,来此约从。”魏惠王曰:“寡人愚不肖,自取败辱。今先生以长策下教寡人,敢不从命!”亦赠金帛一车。苏秦复造齐国,说齐宣王曰:“臣闻临淄之涂,车毂击,人肩摩,富盛天下莫比,乃西面而谋事秦,宁不耻乎?且齐地去秦甚远,秦兵必不能及齐,事秦何为?臣愿大王从赵约,六国和亲,互相救援。”齐宣王曰:“谨受教!”苏秦乃驱车西南说楚威王曰:“楚地五千余里,天下莫强。秦之所患,莫如楚。楚强则秦弱,秦强则楚弱。今列国之士,非从则衡。夫‘合从’则诸侯将割地以事楚,‘连衡’则楚将割地以事秦,此二策者,相去远矣!”楚威王曰:“先生之言,楚之福也。”

秦乃北行回报赵肃侯,行过洛阳,诸侯各发使送之,仪仗旌旄,前遮后拥,车骑辎重,连接二十里不绝,威仪比于王者。一路官员,望尘下拜。周显王闻苏秦将至,预使人扫除道路,设供帐于郊外以迎之。秦之老母,扶杖旁观,啧啧惊叹;二弟及妻嫂侧目不敢仰视,俯伏郊迎。苏秦在车中谓其嫂曰:“嫂向不为我炊,今又何恭之过也?”嫂曰:“见季子位高而金多,不容不敬畏耳!”苏秦喟然叹曰:“世情看冷暖,人面逐高低。吾今日乃知富贵之不可少也!”于是以车载其亲属,同归故里。起建大宅,聚族而居,散千金以赡宗党。今河南府城内有苏秦宅遗址,相传有人掘之,得金百锭,盖当时所埋也。秦弟代、厉羡其兄之贵盛,亦习《阴符》,学游说之术。

苏秦住家数日,乃发车往赵。赵肃侯封为武安君,遣使约齐、楚、魏、韩、燕五国之君,俱到洹水相会。苏秦同赵肃侯预至洹水,筑坛布位,以待诸侯。燕文公先到,次韩宣惠公到。不数日,魏惠王、齐宣王、楚威王陆续俱到。苏秦先与各国大夫相见,私议坐次。论来楚、燕是个老国,齐、韩、赵、魏,都是更姓新国,但此时战争之际,以国之大小为叙:楚最大,齐次之,魏次之,次赵,次燕,次韩;内中楚、齐、魏已称王,赵、燕、韩尚称侯。爵位相悬,相叙不便。于是苏秦建议,六国一概称王。赵王为约主,居主位。楚王等以次居客位,先与各国会议停当。

至期，各登盟坛，照位排立。苏秦历阶而上，启告六王曰："诸君山东大国，位皆王爵，地广兵多，足以自雄。秦乃牧马贱夫，据咸阳之险，蚕食列国，诸君能以北面之礼事秦乎？"诸侯皆曰："不愿事秦，愿奉先生明教。"苏秦曰："合从摈秦之策，向者已悉陈于诸君之前矣，今日但当刑牲歃血，誓于神明，结为兄弟，务期患难相恤。"六王皆拱手曰："谨受教！"秦遂捧盘，请六王以次歃血，拜告天地及六国祖宗，一国背盟，五国共击。写下誓书六通，六国各收一通，然后就宴。赵王曰："苏秦以大策奠安六国，宜封高爵，俾其往来六国，坚此从约。"五王皆曰："赵王之言是也！"于是六王合封苏秦为"从约长"，兼佩六国相印，金牌宝剑，总辖六国臣民。又各赐黄金百镒、良马十乘。苏秦谢恩。六王各散归国。苏秦随赵肃侯归赵。此乃周显王三十六年事也。史官有诗云：

相要洹水誓明神，唇齿相依骨肉亲。
假使合从终不解，何难协力灭孤秦？

是年，魏惠王、燕文王俱薨，魏襄王、燕易王嗣立。不知后事如可，且看下回分解。

第九十一回

学让国燕哙召兵　伪献地张仪欺楚

话说苏秦既“合从”六国，遂将从约写一通，投于秦关。关吏送与秦惠文王观之，惠文王大惊，谓相国公孙衍曰：“若六国为一，寡人之进取无望矣！必须画一计散其从约，方可图大事。”公孙衍曰：“首从约者，赵也。大王兴师伐赵，视其先救赵者，即移兵伐之。如是，则诸侯惧而从约可散矣。”时张仪在座，意不欲伐赵，以负苏秦之德，乃进曰：“六国新合，其势未可猝离也。秦如伐赵，则韩军宜阳，楚军武关，魏军河外，齐涉清河，燕悉锐师以助战。秦师拒斗不暇，何暇他移哉？夫近秦之国无如魏，而燕在北最远。大王诚遣使以重赂求成于魏，以疑各国之心，而与燕太子结婚，如此，则从

约自解矣。”惠文王称善，乃许魏还襄陵等七城以讲和。魏亦使人报秦之聘，复以女许配秦太子。赵王闻之，召苏秦责之曰：“子倡为从约，六国和亲，相与摈秦，今未逾年，而魏、燕二国皆与秦通，从约之不足恃明矣。倘秦兵猝然加赵，尚可望二国之救乎？”苏秦惶恐谢曰：“臣请为大王出使燕国，必有以报魏也。”秦乃去赵适燕，燕易王以为相国。时易王新即位，齐宣王乘丧伐之，取十城。易王谓苏秦曰：“始先君以国听子，六国和亲。今先君之骨未寒，而齐兵压境，取我十城，如洹水之誓何？”苏秦曰：“臣请为大王使齐，奉十城以还燕。”燕易王许之。苏秦见齐宣王曰：“燕王者，大王之同盟，而秦王之爱婿也。大王利其十城，不惟燕怨齐，秦亦怨齐矣。得十城而结二怨，非计也。大王听臣计，不如归燕之十城，以结燕、秦之欢。齐得燕、秦，于以号召天下不难矣。”宣王大悦，乃以十城还燕。易王之母文夫人素慕苏秦之才，使左右召秦入宫，因与私通。易王知之而不言。秦惧，乃结好于燕相国子之，与联儿女之姻。又使其弟苏代、苏厉与子之结为兄弟，欲以自固。燕夫人屡召苏秦，秦益惧，不敢往。乃说易王曰：“燕、齐之势，终当相并。臣愿为大王行反间于齐。”易王曰：“反间如何？”秦对曰：“臣伪为得罪于燕而出奔齐国，齐王必重用臣。臣因败齐之政，以为燕地。”易王许之，乃收秦相印，秦遂奔齐。齐宣王重其名，以为客卿。秦因说宣王以田猎钟鼓之乐。宣王好货，因使厚其赋敛；宣王好色，因使妙选宫女。欲俟齐乱，而使燕乘之。宣王全然不悟，相国田婴、客卿孟轲极谏，皆不听。宣王薨，子湣王地立。初年颇勤国政，娶秦女为王后，封田婴为薛公，号靖郭君，苏秦客卿，用事如故。

话分两头。再说张仪闻苏秦去赵，知从约将解，不与魏襄陵七邑之地。魏襄王怒，使人索地于秦。秦惠王使公子华为大将，张仪副之，帅师伐魏，攻下蒲阳。仪请于秦王，复以蒲阳还魏。又使公子繇质于魏，与之结好。张仪送之。魏襄王深感秦王之意，张仪因说曰：“秦王遇魏甚厚，得城不取，又纳质焉。魏不可无礼于秦，宜谋所以谢之。”襄王曰：“何以为谢？”张仪曰：“土地之外，非秦所欲也。大王割地以谢秦，秦之爱魏必深。若秦、魏合兵以图诸侯，大王之取偿于他国者，必十倍于今之所献也。”襄王惑其言，乃献少梁之地以谢秦，又不敢受质。秦王大悦，因罢公孙衍，用张仪为相。时楚威王已薨，子熊槐立，是为怀王。张仪乃遣人致书怀王，迎其妻子，且言昔日盗璧之冤。楚怀王面责昭阳曰："张仪贤士，子何不进于先君，而迫之使为秦用也?"昭阳嘿然甚愧，归家发病死。怀王惧张仪用秦，复申苏秦"合从"之约，结连诸侯。而苏秦已得罪于燕，去燕奔齐。张仪乃见秦王，辞相印，自请往魏。惠文王曰："君舍秦往魏何意?"仪对曰："六国溺于苏秦之说，未能即解。臣若得魏柄，请令魏先事秦，以为诸侯之倡。"惠文王许之。仪遂投魏，魏襄王果用为相国。仪因说曰："大梁南邻楚，北邻赵，东邻齐，西邻韩，而无山川之险可恃，此四分五裂之道也。故非事秦，国不得安。"魏襄王计未定。张仪阴使人招秦伐魏，大败魏师，取曲沃。髯翁有诗云：

仕齐却为燕邦去，相魏翻因秦国来。

虽则从横分两路，一般反覆小人才。

襄王怒，益不肯事秦，谋为"合从"，仍推楚怀王为"从约长"。于是苏秦益重于齐。

时齐相国田婴病卒，子田文嗣为薛公，号为孟尝君。田婴有子四十余人，田文乃贱妾之子，以五月五日生。初生时，田婴戒其妾弃之勿育。妾不忍弃，乃私育之。既长五岁，妾乃引见田婴，婴怒其违命。文顿首曰："父所以见弃者何故?"婴曰："世人相传五月五日为凶日，生子者长与户齐，将不利于父母。"文对曰："人生受命于天，岂受命于户耶?若必受命于户，何不增而高之?"婴不能答，然暗暗称奇。及文长十余岁，便能接应宾客，宾客皆乐与之游，为之延誉。诸侯使者至齐，皆求见田文。于是田婴以文为贤，立为适子，遂继薛公之爵，号孟尝君。孟尝君既嗣位，大筑馆舍，以招天下之士。凡士来投者，不问贤愚，无不收留。天下亡人有罪者皆归之。孟尝君虽贵，其饮食与诸客同。一日，待客夜食，有人蔽其火光。客疑饭有二等，投箸辞去。田文起坐，自持饭比之，果然无二。客叹曰："以孟尝君待士如此，而吾过疑之，吾真小人矣!尚何面目立其门下!"乃引刀自刭而死。孟尝君哭临其丧甚哀，众客无不感动。归者益众，食客尝满数千人。诸侯闻孟尝君之贤，且多宾客，皆尊重齐，相戒不敢犯其境。正是：

虎豹踞山群兽远，蛟龙在水怪鱼藏。

堂中有客三千辈，天下人人畏孟尝。

再说张仪相魏三年，而魏襄王薨，子哀王立。楚怀王遣使吊丧，因征兵伐秦，哀王许之。韩宣惠王、赵武灵王、燕王哙皆乐于从兵。楚使者至齐，齐湣王集群臣问计。左右皆曰："秦甥舅之亲，未有仇隙，不可伐。"苏秦主"合从"之约，坚执以为可伐。孟尝君独曰："言可伐与不可伐，皆非也。伐则结秦之仇，不伐则触五国之怒。以臣愚计，莫如发兵而缓其行，兵发则不与五国为异同，行缓则可观望为进退。"湣王以为然。即使孟尝君帅兵二万以往。孟尝君方出齐郊，遽称病延医疗治，一路耽搁不行。

却说韩、赵、魏、燕四王，与楚怀王相会于函谷关外，刻期进攻。怀王虽为"从约长"，那四王各将其军，不相统一。秦守将樗里疾大开关门，陈兵索战，五国互相推诿，莫敢先发。相持数日，樗里疾出奇兵，绝楚饷道，楚兵乏食，兵士皆哗。樗里疾乘机袭之，楚兵败走。于是四国皆还。孟尝君未至秦境，而五国之师已撤矣。此乃孟尝君之巧计也。孟尝君回齐，齐湣王叹曰："几误听苏秦之计！"乃赠孟尝君黄金百斤，为食客费，益爱重之。苏秦自愧以为不及。楚怀王恐齐、秦交合，乃遣使厚结于孟尝君，与齐申盟结好，两国聘使往来不绝。自齐宣王之世，苏秦专贵宠用，左右贵戚多有妒者。及湣王时，秦宠未衰。今日湣王不用苏秦之计，却依了孟尝君，果然伐秦失利，孟尝君受多金之赏，左右遂疑湣王已不喜苏秦矣，乃募壮士，怀利匕首，刺苏秦于朝。匕首入秦腹，秦以手按腹而走，诉于湣王。湣王命擒贼，贼已逃去不可得。苏秦曰："臣死之后，愿大王斩臣之头，号令于市曰：'苏秦为燕行反间于齐，今幸诛死，有人知其阴事来告者，赏以千金。'如是，则贼可得也。"言讫，拔去匕首，血流满地而死。湣王依其言，号令苏秦之头于齐市中。须臾，有人过其头下，见赏格，自夸于人曰："杀秦者，我也！"市吏因执之以见湣王。王令司寇以严刑鞫之，尽得主使之人，诛灭凡数家。史官论苏秦虽身死，犹能用计自报其仇，可为智矣！而身不免见刺，岂非反覆不忠之报乎？苏秦死后，其宾客往往泄苏秦之谋，言："秦为燕而仕齐。"湣王始悟秦之诈，自是与燕有隙，欲使孟尝君将兵伐燕。苏代说燕王，纳质子以和齐。燕王从之，使苏厉引质子来见湣王。湣王恨苏秦不已，欲囚苏厉。苏厉呼曰："燕王欲以国依秦，臣之兄弟陈大王之威德，以为事秦不如事齐，故使臣纳质请平。大王奈何疑死者之心，而加生者之罪乎？"湣王悦，乃厚待苏厉。厉遂委质为齐大夫。苏代留仕燕国。史官有《苏秦赞》曰：

季子周人，师事鬼谷；揣摩既就，《阴符》伏读。合从离横，佩印者六；晚节不终，燕齐反覆。

再说张仪见六国伐秦无成，心中暗喜，及闻苏秦已死，乃大喜曰："今日乃吾吐舌之时矣。"遂乘间说魏哀王曰："以秦之强，御五国而有馀，此其不可抗明矣。本倡'合从'之议者苏秦，而秦且不保其身，况能保人国乎？夫亲兄弟共父母者，或因钱财争斗不休，况异国哉？大王犹执苏秦之议，不肯事秦，倘列国有先事秦者，合兵攻魏，魏其危矣。"哀王曰："寡人愿从相国事秦，诚恐秦不见纳，奈何？"张仪曰："臣请为大王谢罪于秦，以结两国之好。"哀王乃饰车从，遣张仪入秦求和。于是秦、魏通好。张仪遂留秦，仍为秦相。

再说燕相国子之身长八尺，腰大十围，肌肥肉重，面阔口方，手绰飞禽，走及奔马，自燕易王时，已执国柄。及燕王哙嗣位，荒于酒色，但贪逸乐，不肯临朝听政，子之遂有篡燕之意。苏代、苏厉与子之相厚，每对诸侯使者扬其贤名。燕王哙使苏代如齐，问候质子，事毕归燕，燕王哙问曰："闻齐有孟尝君，天下之大贤也，齐王有此贤臣，遂可以霸天下乎？"代对曰："不能。"哙问曰："何故不能？"代对曰："知孟尝君之贤而任之不专，安能成霸？"哙曰："寡人独不得孟尝君为臣耳，何难专任哉！"苏代曰："今相国子之，明习政事，是即燕之孟尝君也。"哙乃使子之专决国事。忽一日，哙问于大夫鹿毛寿曰："古之人君多矣，何以独称尧、舜？"鹿毛寿亦是子之之党，遂对曰："尧、舜所以称圣者，以尧能让天下于舜，舜能让天下于禹也。"哙曰："然则禹何为独传于子？"鹿毛寿曰："禹亦尝让天下于益，但使代理政事，而未尝废其太子。故禹崩之后，太子启竟夺益之天下。至今论者谓禹德衰，不及尧、舜，以此之故。"燕王曰："寡人欲以国让于子之，事可行否？"鹿毛寿曰："王如行之，与尧、舜何以异哉？"哙遂大集群臣，废太子平，而禅国于子之。子之佯为谦逊,至于再三,然后敢受。乃郊天祭地,服衮冕,执圭,南面称王,略无惭色。哙反北面列于臣位,出就别宫居住。苏代、鹿毛寿俱拜上卿。将军市被心中不忿,乃帅本部军士往攻子之,百姓亦多从之。两下连战十余日,杀伤数万人,市被终不胜,为子之所杀。鹿毛寿言于子之曰:“市被所以作乱者,以故太子平在也。”子之因欲收太子平。太傅郭隗与平微服共逃于无终山避难。平之庶弟公子职出奔韩国。国人无不怨愤。齐湣王闻燕乱,乃使匡章为大将,率兵十万,从渤海进兵。燕人恨子之入骨,皆箪食壶浆以迎齐师,无有持寸兵拒战者。匡章出兵,凡五十日,兵不留行,直达燕都,百姓开门纳之。子之之党,见齐兵众盛,长驱而入,亦皆耸惧奔窜。子之自恃其勇,与鹿毛寿率兵拒战于大衢。兵士渐散,鹿毛寿战死,子之身负重伤,犹格杀百余人,力竭被擒。燕王哙自缢于别宫。苏代奔周。匡章因毁燕之宗庙,尽收燕府库中宝货,将子之置囚车中,先解去临淄献功,燕地三千余里,大半俱属于齐。匡章留屯燕都,以徇属邑。此周赧王元年事也。齐湣王亲数子之之罪,凌迟处死,以其肉为醢,遍赐群臣。子之为王才一岁有余,痴心贪位,自取丧灭,岂不愚哉!燕人虽恨子之,见齐王意在灭燕,众心不服,乃共求故太子平,得之于无终山,奉以为君,是为昭王。郭隗为相国。时赵武灵王不忿齐之并燕,使大将乐池迎公子职于韩,欲奉立为燕王,闻太子平已立,乃止。郭隗传檄燕都,告以恢复之义,各邑已降齐者,一时皆叛齐为燕。匡章不能禁止,遂班师回齐。昭王仍归燕都,修理宗庙,志复齐仇,乃卑身厚币,欲以招来贤士,谓相国郭隗曰:“先王之耻,孤早夜在心。若得贤士,可与共图齐事者,孤愿以身事之,惟先生为孤择其人。”郭隗曰:“古之人君,有以千金使涓人求千里之马。途遇死马,旁人皆环而叹息,涓人问其故,答曰:‘此马生时,日行千里,今死,是以惜之。’涓人乃以五百金买其骨,囊负而归。君大怒曰:‘此死骨何用,而废弃吾多金耶?’涓人答曰:‘所以费五百金者,为千里马之骨故也。此奇事,人将竞传,必曰:死马且得重价,况活马乎?马今至矣。’不期年,得千里之马三匹。今王欲致天下贤士,请以隗为马骨,况贤于隗者,谁不求价而至哉?”于是昭王特为郭隗筑宫,执弟子之礼,北面听教,亲供饮食，极其恭敬。复于易水之旁筑起高台，积黄金于台上，以奉四方贤士，名曰招贤台，亦曰黄金台。于是燕王好士，传布远近。剧辛自赵往，苏代自周往，邹衍自齐往，屈景自卫往。昭王悉拜为客卿，与谋国事。元刘因有《黄金台诗》云：

燕山不改色，易水无剩声。

谁知数尺台，中有万古情！

区区后世人，犹爱黄金名。

黄金亦何物，能为贤重轻？

周道日东渐，二老皆西行。

养民以致贤，王业自此成。

话分两头。再说齐湣王既胜燕，杀燕王哙与子之，威震天下，秦惠文王患之。而楚怀王为"从约长"，与齐深相结纳，置符为信。秦王欲离齐、楚之党，召张仪问计。张仪奏曰："臣凭三寸不烂之舌，南游于楚，伺便进言，必使楚王绝齐而亲于秦。"惠文王曰："寡人听子。"张仪乃辞相印游楚。知怀王有嬖臣，姓靳名尚，在王左右，言无不从。乃先以重贿纳交于尚，然后往见怀王。怀王重张仪之名，迎之于郊，赐坐而问曰："先生辱临敝邑，有何见教？"张仪曰："臣之此来，欲合秦、楚之交耳！"楚怀王曰："寡人岂不愿纳交于秦哉？但秦侵伐不已，是以不敢求亲也。"张仪对曰："今天下之国虽七，然大者无过楚、齐，与秦而三耳。秦东合于齐则齐重，南合于楚则楚重。然寡君之意，窃在楚而不在齐。何也？以齐为婚姻之国，而负秦独深也。寡君欲事大王，虽仪亦愿为大王门阑之厮。而大王与齐通好，犯寡君之所忌。大王诚能闭关而绝齐，寡君愿以商君所取楚商於之地六百里还归于楚，使秦女为大王箕帚妾。秦、楚世为婚姻兄弟，以御诸侯之患。惟大王纳之！"怀王大悦曰："秦肯还楚故地，寡人又何爱于齐？"群臣皆以楚复得地，合词称贺。独一人挺然出奏曰："不可！不可！以臣观之，此事宜吊不宜贺！"楚怀王视之，乃客卿陈轸也。怀王曰："寡人不费一兵，坐而得地六百里，群臣贺，子独吊，何故？"陈轸曰："王以张仪为可信乎？"怀王笑曰："何为不信？"轸曰："秦所以重楚者，以有齐也。今若绝齐，则楚孤矣。秦何重于孤国，而割六百里之地以奉之耶？此张仪之诡计也。倘绝齐而张仪负王，不与王地，齐又怨王，而反附于秦，齐、秦合而攻楚，楚亡可待矣！臣所谓宜吊者，为此也。王不如先遣一使随张仪往秦受地，地入楚而后绝齐未晚。”大夫屈平进曰：“陈轸之言是也。张仪反覆小人，决不可信！”嬖臣靳尚曰：“不绝齐，秦肯与我地乎？”怀王点头曰：“张仪不负寡人明矣。陈子闭口勿言，请看寡人受地。”遂以相印授张仪，赐黄金百镒、良马十驷，命北关守将勿通齐使。一面使逄侯丑随张仪入秦受地。

张仪一路与逄侯丑饮酒谈心，欢若骨肉。将近咸阳，张仪诈作酒醉，失足坠于车下。左右慌忙扶起，仪曰：“吾足胫损伤，急欲就医。”先乘卧车入城，表奏秦王，留逄侯丑于馆驿。仪闭门养病，不入朝。逄侯丑求见秦王，不得，往候张仪，只推未愈。如此三月，丑乃上书秦王，述张仪许地之言。惠文王复书曰：“仪如有约，寡人必当践之。但闻楚与齐尚未决绝，寡人恐受欺于楚，非得张仪病起，不可信也。”逄侯丑再往张仪之门，仪终不出。乃遣人以秦王之言还报怀王。怀王曰：“秦犹谓楚之绝齐未甚耶？”乃遣勇士宋遗假道于宋，借宋符直造齐界，辱骂湣王。湣王大怒，遂遣使西入秦，愿与秦共攻楚国。张仪闻齐使者至，其计已行，乃称病愈入朝。遇逄侯丑于朝门，故意讶曰：“将军胡不受地，乃尚淹吾国耶？”丑曰：“秦王专候相国面决，今幸相国玉体无恙，请入言于王，早定地界，回覆寡君。”张仪曰：“此事何须关白秦王耶？仪所言者，乃仪之俸邑六里，自愿献于楚王耳。”丑曰：“臣受命于寡君，言商於之地六百里，未闻只六里也。”张仪曰：“楚王殆误听乎？秦地皆百战所得，岂肯以尺土让人？况六百里哉！”

逄侯丑还报怀王。怀王大怒曰：“张仪果是反覆小人，吾得之，必生食其肉！”遂传旨发兵攻秦。客卿陈轸进曰：“臣今日可以开口乎？”怀王曰：“寡人不听先生之言，为狡贼所欺，先生今日有何妙计？”陈轸曰：“大王已失齐助，今复攻秦，未见利也。不如割两城以赂秦，与之合兵而攻齐，虽失地于秦，尚可取偿于齐。”怀王曰：“本欺楚者，秦也，齐何罪焉？合秦而攻齐，人将笑我。”即日拜屈匄为大将，逄侯丑副之，兴兵十万，取路天柱山西北而进，径袭蓝田。秦王命魏章为大将，甘茂为副，起兵十万拒之。一面使人征兵于齐。齐将匡章亦率师助战。屈匄虽勇，怎当二国夹攻，连战俱北。秦、齐之兵，追至丹阳，屈匄聚残兵复战，被甘茂斩之。前后获首级八万有余，名将逢侯丑等死者七十余人，尽取汉中之地六百里，楚国震动。韩、魏闻楚败，亦谋袭楚。楚怀王大惧，乃使屈平如齐谢罪。使陈轸如秦军，献二城以求和。魏章遣人请命于秦王，惠文王曰："寡人欲得黔中之地，请以商於地易之，如允，便可罢兵。"魏章奉秦王之命，使人言于怀王。怀王曰："寡人不愿得地，愿得张仪而甘心焉！如上国肯以张仪畀楚，寡人情愿献黔中之地为谢。"不知秦王肯放张仪入楚否，且看下回分解。

第九十二回

赛举鼎秦武王绝胫　莽赴会楚怀王陷秦

话说楚怀王恨张仪欺诈，愿白献黔中之地，只要换张仪一人。左右忌嫉张仪者，皆曰："以一人而易数百里之地，利莫大焉！"秦惠文王曰："张仪吾股肱之臣，寡人宁不得地，何忍弃之？"张仪自请曰："微臣愿往！"惠文王曰："楚王含盛怒以待先生，往必见杀，故寡人不忍遣也。"张仪奏曰："杀臣一人，而为秦得黔中之地，臣死有馀荣矣！况未必死乎？"惠文王曰："先生何计自脱？试为寡人言之。"张仪曰："楚夫人郑袖，美而有智，得王之宠。臣昔在楚时，闻楚王新幸一美人，郑袖谓美人曰：'大王恶人以鼻气触之，子见王必掩其鼻。'美人信其言。楚王问于郑袖曰：'美人见寡人辄掩鼻，何

也?'郑袖曰:'嫌大王体臭,故恶闻之。'楚王大怒,命劓美人之鼻。袖遂专宠。又有嬖臣靳尚媚事郑袖,内外用事。而臣与靳尚相善,臣自料能借其庇,可以不死。大王但诏魏章等留兵汉中,遥为进取之势,楚必然不敢杀臣矣。"秦王乃遣仪行。

仪既至楚国,怀王即命使者执而囚之,将择日告于太庙,然后行诛。张仪别遣人打靳尚关节。靳尚入言于郑袖曰:"夫人之宠不终矣,奈何!"郑袖曰:"何故?"靳尚曰:"秦不知楚王之怒张仪,故遣使楚。今闻楚王欲杀仪,秦将还楚侵地,使亲女下嫁于楚,以美人善歌者为媵,以赎张仪之罪。秦女至,楚王必尊而礼之,夫人虽欲擅宠,得乎?"郑袖大惊曰:"子有何计,可止其事?"靳尚曰:"夫人若为不知者,而以利害言于大王,使出张仪还秦,事宜可已。"郑袖乃中夜涕泣,言于怀王曰:"大王欲以地易张仪,地未入秦,而张仪先至,是秦之有礼于大王也。秦兵一举而席卷汉中,有吞楚之势,若杀张仪以怒之,必将益兵攻楚。我夫妇不能相保,妾中心如刺,饮食不甘者累日矣。且人臣各为其主,张仪天下智士,其相秦国久,与秦偏厚,何怪其然?大王若厚待仪,仪之事楚,亦犹秦也。"怀王曰:"卿勿忧,容寡人从长计议。"靳尚复乘间言曰:"杀一张仪,何损于秦?而又失黔中数百里之地。不如留仪,以为和秦之地。"怀王意亦惜黔中之地,不肯与秦,于是出张仪,因厚礼之。张仪遂说怀王以事秦之利。怀王即遣张仪归秦,通两国之好。屈平出使齐国而归,闻张仪已去,乃谏曰:"前大王见欺于张仪,仪至,臣以为大王必烹食其肉,今赦之不诛,又欲听其邪说,率先事秦。夫匹夫犹不忘仇雠,况君乎?未得秦欢,而先触天下之公愤,臣窃以为非计也。"怀王悔,使人驾轺车追之,张仪已星驰出郊二日矣。张仪既还秦,魏章亦班师而归。史臣有诗云:

张仪反覆为嬴秦,朝作俘囚暮上宾。
堪笑怀王如木偶,不从忠计听谗人。

张仪谓秦王曰:"仪万死一生,得复见大王之面。楚王诚畏秦甚,虽然,不可使臣失信于楚。大王诚割汉中之半,以为楚德,与为婚姻,臣请借楚为端,说六国连袂以事秦。"秦王许之。遂割汉中五县,遣人往楚修好。因求怀王之女为太子荡妃,复以秦女许妻怀王之少子兰。

怀王大喜，以为张仪果不欺楚也。秦王念张仪之劳，封以五邑，号武信君。因具黄金白璧、高车驷马，使以"连衡"之术，往说列国。

张仪东见齐湣王，曰："大王自料土地孰与秦广？甲兵孰与秦强？从人为齐计者，皆谓齐去秦远，可以无患。此但狃目前，不顾后患。今秦、楚嫁女娶妇，结昆弟之好，三晋莫不悚惧，争献地以事秦。大王独与秦为仇，秦驱韩、魏攻齐之南境，悉赵兵渡黄河，以乘临淄、即墨之敝，大王虽欲事秦，尚可得乎？今日之计，事秦者安，背秦者危！"齐湣王曰："寡人愿以国听于先生。"乃厚赠张仪。仪复西说赵王曰："敝邑秦王，有敝甲凋兵，愿与君会于邯郸之下，使微臣先闻于左右。大王所恃者，苏秦之约耳。秦背燕逃齐，又以反诛，一身不保，而人犹信之，误矣！今秦、楚结婚，齐献鱼盐之地，韩、魏称东藩之臣，是五国为一也。大王欲以孤赵抗五国之锋，万无一幸！故臣为大王计，莫如事秦。"赵王许诺。仪复北往燕国，说燕昭王曰："大王所最亲者，莫如赵。昔赵襄子尝以其姊为代王夫人，襄子欲并代国，约与代王为好会，令工人制为长柄金斗，方宴，厨人进羹，反斗柄以击代王，破胸而死，遂袭据代国。其姊闻之，泣而呼天，因摩笄以自刺。后人因号其山曰摩笄山。夫亲姊犹欺之以取利，况他人哉？今赵王已割地谢过于秦，将入朝秦王于渑池。一旦驱赵而攻燕，则易水长城，非大王之有也！"燕昭王恐惧，愿献恒山之东五城以和秦。

张仪"连衡"之说既行，将归报秦。未至咸阳，秦惠文王已病薨，太子荡即位，是为武王。齐湣王初听张仪之说，以为三晋皆已献地事秦，故不敢自异。及闻仪说齐之后，方往说赵，以仪为欺，大怒。又闻秦惠文王之薨，乃使孟尝君致书列国，约共背秦复为"合从"。疑楚已结婚于秦，恐其不从，先欲伐之。楚怀王遣其太子横为质于齐，齐兵乃止。湣王自为"从约长"，连结诸侯，约能得张仪者，赏以十城。秦武王生性粗直，自为太子时，素恶张仪之多诈。群臣先忌仪宠者，至是皆谗谮之。仪惧祸，乃入见武王曰；"仪有愚计，愿效于左右。"武王曰："君计安出？"张仪曰："闻齐王甚憎仪，仪之所在，必兴师伐之。仪愿辞大王，东往大梁，齐之伐梁必矣。梁、齐兵连而不解，大王乃乘间伐韩，通三川以窥周室，此王业也。"武王以为然。乃具革车三十乘，送张仪入大梁。魏哀王用为相国，以代公孙衍之位。衍乃去魏入秦。齐湣王知仪相魏，果然大怒，兴师伐魏。魏哀王大惧，谋于张仪。仪乃使其舍人冯喜，伪为楚客，往见湣王曰："闻大王甚憎张仪，信乎？"湣王曰："然。"冯喜曰："大王如憎仪，愿无伐魏也。臣适从咸阳来，闻仪去秦时，与秦王有约，言'齐王恶仪，仪所在，必兴师伐之。'故秦王具车乘，送仪于魏，欲以挑齐、魏之斗。齐、魏兵连而不解，秦乃得乘间而图事于北方。王今伐魏，中仪计。王不如无伐，使秦不信张仪，仪虽在魏，亦无能为矣。"湣王遂罢兵不伐魏，魏哀王益厚张仪。逾年，张仪病卒于魏。是岁，齐无盐后死。

却说秦武王长大多力，好与勇士角力为戏。乌获、任鄙自先世已为秦将，武王复宠任之，益其禄秩。有齐人孟贲字说，以力闻，水行不避蛟龙，陆行不避虎狼，发怒吐气，声响动天。尝于野外见两牛相斗，孟贲从中以手分之，一牛伏地，一牛犹触不止。贲怒，左手按牛头，以右手拔其角，角出牛死。人畏其勇，莫敢与抗。闻秦王招致天下勇力之士，乃西渡黄河。岸上人待渡者甚众，常日，以次上船。贲最后至，强欲登船先渡。船人怒其不逊，以楫击其头曰："汝用强如此，岂孟贲耶？"贲瞋目而视，发植目裂，举声一喝，波涛顿作。舟中之人，惶惧颠倒，尽扬播入于河。贲振桡顿足，一去数丈，须臾过岸，竟入咸阳，来见武王。武王试知其勇，亦拜大官，与乌获、任鄙并见宠任。时周赧王六年，秦武王之二年也。

秦以六国皆有相国之名，不屑与同，乃特置丞相，左右各一人，以甘茂为左丞相，樗里疾为右丞相。魏章忿其不得相位，奔梁国去了。武王思张仪之言，谓樗里疾曰："寡人生于西戎，未睹中原之盛。若得通三川，一游巩、洛之间，虽死无恨！二卿谁能为寡人伐韩乎？"樗里疾曰："王之伐韩，欲取宜阳以通三川之道也。宜阳路险而远，劳师费财，梁、赵之救将至，臣窃以为不可。"武王复问于甘茂，茂曰："臣请为王使梁，约共伐韩。"武王大喜，使甘茂往说梁王，梁王许秦助兵。甘茂初与樗里疾相左，恐从中阻挠其事，先遣副使向寿回报秦王，言："魏已听命矣。然虽如此，劝王勿伐韩为便。"秦武王疑其言，乃亲往迎甘茂，至息壤，与甘茂相遇。武王曰："相国许为寡人约魏攻韩，今魏人听命，相国又曰：‘勿伐韩为便。’何也？”甘茂曰：“夫越千里之险，以攻劲韩之大邑，此不可以岁月计也。昔曾参居费，鲁人有与曾参同姓名者杀人，人奔告其母曰：‘曾参杀人！’其母方织，应曰：‘吾子不杀人。’织如故。未几，又一人奔告曰：‘曾参杀人！’其母停梭而思，曰：‘吾子必无此事。’复织如故。少顷，又一人奔告曰：‘杀人者，果曾参也！’其母投杼下机，逾墙走匿。夫以曾参之贤，其母信之，然而三人言杀人，而慈母亦疑矣。今臣之贤不及曾参，王之信臣未必如曾参之母，而谤臣杀人者，恐不止三人，臣恐大王之投杼也。”武王曰：“寡人不听人言也，请与子盟！”于是君臣歃血为誓，藏誓书于息壤。遂发兵五万，使甘茂为大将，向寿副之。兵至宜阳，围其城五月，宜阳守臣固守不能拔。右相樗里疾言于武王曰：“秦师老矣，不撤回，恐有变。”武王召甘茂班师。甘茂乃为书一函，以谢武王。武王启函视之，书中惟“息壤”二字。武王悟曰：“甘茂固尝言之，是寡人之过也。”更益兵五万，使乌获往助甘茂。韩王亦使大将公叔婴率师救宜阳，大战于城下。乌获持铁戟一双，重一百八十斤，独入韩军，军士皆披靡，莫敢御者。甘茂与向寿各率一军，乘势并进。韩兵大败。斩首七万有余。乌获一跃登城，手攀城堞，堞毁，获堕于石上，折肋而死。秦兵乘之，遂拔宜阳。韩王恐惧，乃使相国公仲侈持宝器入秦乞和。武王大喜，许之。诏甘茂班师，留向寿安戢宜阳地方。使右丞相樗里疾先往三川开路，随后引任鄙、孟贲一班勇士起程，直入雒阳。

周赧王遣使郊迎，亲具宾主之礼。秦武王谢弗敢见，知九鼎在太庙之傍室，遂往观之。见九位宝鼎一字排列，果然整齐。那九鼎是禹王收取九州的贡金，各铸成一鼎，载其本州山川人物及贡赋田土之数，足耳俱有龙文，又谓之“九龙神鼎”。夏传于商，为镇国之重器。及周武王克商，迁之于雒邑。迁时，用卒徒牵挽，舟车负载，分明是九座小铁山相似，正不知重多少斤两。武王周览了一回，赞叹不已。鼎腹有荆、梁、雍、豫、徐、扬、青、兖、冀等九字分别，武王指雍字一鼎叹曰：“此雍州，乃秦鼎也！寡人当携归咸阳耳。”因问守鼎吏曰：“此鼎曾有人能举之否？”吏叩首对曰：“自有鼎以来，未曾移动。闻人传说每鼎有千钧之重，谁人能举？”武王遂问任鄙、孟贲曰：“二卿多力，能举此鼎否？”任鄙知武王恃力好胜，辞曰：“臣力止可胜百钧，此鼎十倍之重，臣不能胜。”孟贲攘臂而前曰：“臣请试之，若不能举，休得见罪！”即命左右取青丝为巨索，宽宽的系于鼎耳之上，孟贲将腰带束紧，揎起双袖，用两枝铁臂，套入丝络，狠狠的喝一声：“起！”那鼎离起约有半尺，仍还于地。用力过猛，眼珠迸出，目眦流血。武王笑曰：“卿大费力。既然卿能举起此鼎，寡人难道不如！”任鄙谏曰：“大王万乘之躯，不可轻试！”武王不听。即时卸下锦袍玉带，束缚腰身，更用大带扎缚其袖。任鄙拖袖固谏。武王曰：“汝自不能，乃妒寡人耶？”鄙遂不敢复言。武王大踏步向前，亦将双臂套入丝络，想道：“孟贲止能举起，我偏要行动数步，方可夸胜。”乃尽生平神力，屏一口气，喝声：“起！“那鼎亦离地半尺，方欲转步，不觉力尽失手，鼎坠于地，正压在武王右足上，趷札一声，将胫骨压个平断。武王大叫：“痛哉！”登时闷绝。左右慌忙扶归公馆。血流床席，痛极难忍，捱至夜半而薨。武王自言：“得游巩、雒，虽死无恨！”今日果然死于雒阳，前言岂非谶乎？周赧王闻变大惊，急备美棺，亲往视殓，哭吊尽礼。樗里疾奉其丧以归。武王无子，迎其异母弟稷嗣位，是为昭襄王。樗里疾讨举鼎之罪，磔孟贲，族灭其家；以任鄙能谏，用为汉中太守。疾复宣言于朝曰：“通三川者，甘茂之谋也！”甘茂俱为疾所害，遂奔魏国，后死于魏。

再说秦昭襄王闻楚送质子于齐，疑其背秦而向齐，乃使樗里疾为大将，兴兵伐楚。楚使大将景快迎战，兵败被杀。楚怀王恐惧。昭襄王乃遣使遗怀王书，略云：

> 始寡人与王约为兄弟，结为婚姻，相亲久矣。王弃寡人而纳质于齐，寡人诚不胜其愤！是以侵王之边境，然非寡人之情也。今天下大国，惟楚与秦，吾两君不睦，何以令于诸侯？寡人愿与王会于武关，面相订约，结盟而散。还王之侵地.复遂前好，惟王许之。王如不从，是明绝寡人也，寡人不能以兵退矣。

怀王览书，即召群臣计议曰：“寡人欲勿往，恐激素之怒；欲往，恐被秦之欺。二者孰善？”屈原进曰：“秦，虎狼之国也。楚之见欺于秦，非一二次矣，王往必不归。”相国昭睢曰：“灵均乃忠言也！王其勿行。速发兵自守，以防秦兵之至。”靳尚曰：“不然。楚惟不能敌秦，故兵败将死，舆地日削。今欢然结好，而复拒之，倘秦王震怒，益兵伐楚，奈何？”怀王之少子兰，娶秦女为妇，以为婚姻可恃，力劝王行，曰：“秦、楚之女，互相嫁娶，亲莫过于此。彼以兵来，尚欲请和，况欢然求为好会乎？上官大夫所言最当，王不可不听。”怀王因楚兵新败，心本畏秦，又被靳尚、子兰二人撺掇不过，遂许秦王赴会。择日起程，只有靳尚相随。

秦昭王使其弟泾阳君悝乘王车羽旄，侍卫毕具，诈为秦王，居武关；使将军白起引兵一万，伏于关内，以劫楚王；使将军蒙骜引兵一万，伏于关外，以备非常。一面遣使者为好语前迎楚王，往来不绝。楚怀王信之不疑，遂至武关之下。只见关门大开，秦使者复出迎曰：“寡君候大王于关内三日矣。不敢辱车从于草野，请至敝馆，成宾主之礼。”怀王已至秦国，势不容辞，遂随使者入关。怀王刚刚进了关门，一声炮响，关门已紧闭矣。怀王心疑，问使者曰：“闭关何太急也？”使者曰：“此秦法也。战争之世，不得不然。”怀王问：“尔王何在？”对曰：“先在公馆伺候车驾。”即叱御者速驰。约行二里许，望见秦王侍卫排列公馆之前，使者吩咐停车。馆中一人出迎，怀王视之，虽然锦袍玉带，举动却不像秦王。怀王心下踌躇，未肯下车。那人鞠躬致词曰：“大王勿疑，臣实非秦王，乃王弟泾阳君也。请大王至馆，自有话讲。”怀王只得就馆。泾阳君与怀王相见，方欲就坐，只听得外面一片声喊起，秦兵万余围住公馆。怀王曰：“寡人赴秦王之约，奈何以兵见困耶？”泾阳君曰：“无伤也。寡君适有微恙，不能出门，又恐失信于君王，故使微臣悝奉迎君王，屈至咸阳，与寡君一会。以些少军卒为君侍卫，万勿推辞！”那时不由楚王做主，拥之登车。留蒙骜一军于关上。泾阳君陪乘，白起领兵四下拥卫，西望咸阳而去。靳尚逃归楚国。怀王叹曰：“悔不听昭睢、屈平之言，乃为靳尚所误！”流泪不已。

怀王既至咸阳，昭襄王大集群臣及诸侯使者于章台之上。秦王南面上坐，使怀王北面参谒，如藩臣礼。怀王大怒，抗声大言曰：“寡人信婚姻之好，轻身赴会。今君王假称有疾，诱寡人至于咸阳，复不以礼相接，此何意也？”昭襄王曰：“向者蒙君许我黔中之地，已而不果。今日相屈，欲遂前约耳！倘君王朝许割地，暮即送王归楚矣。”怀王曰："秦纵欲得地，亦当善言，何必诡计如此？"昭襄王曰："不如此，君必不从。"怀王曰："寡人愿割黔中矣！请与君王为盟，以一将军随寡人至楚受地，何如？"昭襄王曰："盟不可信也。必须先遣使回楚，将地界交割分明，方与王饯行耳。"秦之群臣，皆前劝怀王。怀王益怒曰："汝诈诱我至此，复强要我以割地，寡人死即死耳，不受汝胁也！"昭襄王乃留怀王于咸阳城中，不放回国。

再说靳尚逃回，报与昭睢，如此恁般："秦王欲得楚黔中之地，拘留在彼。"昭睢曰："吾王在秦不得还，而太子又质于齐，倘齐人与秦合谋，复留太子，则楚国无君矣！"靳尚曰："公子兰见在，何不立之？"昭睢曰："太子之立已久，今王犹在秦，遽弃其命，舍嫡立庶，异日王幸归国，何以自解？吾今诈讣于齐，以请太子，齐必信从。"靳尚曰："吾不能为君御难，此行当效微劳耳！"昭睢即遣靳尚使齐，诈称楚王已薨，迎太子奔丧嗣位。齐湣王谓其相国孟尝君田文曰："楚国无君，吾欲留太子以求淮北之地，何如？"孟尝君曰："不可。楚王固非一子，吾留太子，而彼以地来赎，可也；倘彼别立一人为王，我无尺寸之利，而徒抱不义之名，将安用之？"湣王以为然。乃以礼归太子横于楚。横即楚王位，是为顷襄王。子兰、靳尚用事如故。遣使告于秦曰："赖社稷神灵，国已有王矣！"秦王空留怀王，不可得地，乃大惭怒，使白起为将，蒙骜副之，帅师十万攻楚，取十五城而归。楚怀王留秦岁余，秦守者久而懈怠，怀王变服，逃出咸阳，欲东归楚国。秦王发兵追之，怀王不敢东行，遂转北路，间道走赵。不知赵国肯纳怀王否，且看下回分解。

第九十三回

赵主父饿死沙邱宫　孟尝君偷过函谷关

话说赵武灵王身长八尺八寸，龙颜鸟噣，广鬓虬髯，面黑有光，胸开三尺，气雄万夫，志吞四海。即位五年，娶韩女为夫人，生子曰章，立为太子。至十六年，因梦美人鼓琴，心慕其貌，次日，向群臣言之。

大夫胡广自言其女孟姚善于琴，武灵王召见于大陵之台，容貌宛如梦中所见，因使鼓琴，大悦之，纳于宫中，谓之吴娃，生子曰何。及韩后薨，竟立吴娃为后，废太子章，而立何为太子。武灵王自念赵国北边于燕，东边于胡，西边于林胡、楼烦，与赵为邻，而秦止一河之隔，居四战之地，恐日就微弱，乃身自胡服，革带皮靴，使民皆效胡俗，窄袖左衽，以便骑射。国中无贵贱，莫不胡服者。废车乘马，日逐射猎，兵以益强。武灵王亲自帅师略地至于常山，西极云中，北尽雁门，拓地数百里。遂有吞秦之志，欲取路云中，自九原而南，竟袭咸阳。以诸将不可专任，不若使其子治国事，而出其身经略四方。乃使群臣大朝于东宫，传位于太子何，是为惠王。武灵王自号曰主父。主父者，犹后世称太上皇也。使肥义为相国，李兑为太傅，公子成为司马。封长子章以安阳之地，号安阳君，使田不礼为之相。此周赧王十七年事也。

主父欲窥秦之山川形势及观秦王之为人，乃诈称赵国使者赵招，赍国书来告立君于秦国。携工数人，一路图其地形，竟入咸阳，来谒秦王。昭襄王问曰："汝王年齿几何？"对曰："尚壮。"又问曰："既在壮年，何以传位于子？"对曰："寡君以嗣位之人多不谙事，欲及其身，使娴习之。寡君虽为'主父'，然国事未尝不主裁也。"昭襄王曰："汝国亦畏秦乎？"对曰："寡君不畏秦，不胡服习骑射矣。今驰马控弦之士十倍昔年，以此待秦，或者可终徼盟好。"昭襄王见其应对凿凿，甚相敬重。使者辞出就馆。昭襄王睡至中夜，忽思赵使者形貌魁梧轩伟，不似人臣之相，事有可疑，展转不寐。天明，传旨宣赵招相见。其从人答曰："使人患病，不能入朝，请缓之。"过三日，使者尚不出。昭襄王怒，遣吏迫之。吏直入舍中，不见使者，止获从人，自称真赵招，乃解到昭襄王面前。王问："汝既是真赵招，使者的系何人？"对曰："实吾王主父也。主父欲睹大王威容，故诈称使者而来，今已出咸阳三日矣。特命臣招待罪于此。"昭襄王大惊，顿足曰："主父大欺吾也！"即使泾阳君同白起领精兵三千，星夜追之。至函谷关，守关将士言："赵国使者，于三日前已出关矣。"泾阳君等回复秦王，秦王心跳不宁者数日，乃以礼遣赵招还国。髯翁有诗云：

分明猛虎踞咸阳，谁敢潜窥函谷关？

不道龙颜赵主父，竟从堂上认秦王。

次年，主父复出巡云中，自代而西，收兵于楼烦。筑城于灵寿，以镇中山，名赵王城。吴娃亦于肥乡筑城，号夫人城。是时赵之强，甲于三晋。其年，楚怀王自秦来奔，惠王与群臣计议，恐触秦怒，且主父远在代地，不敢自专，遂闭关不纳。怀王计穷，欲南奔大梁。秦兵追及之，复与泾阳君俱至咸阳。怀王愤甚，呕血斗余，遂发病。未几而薨。秦乃归其丧于楚。楚人怜怀王为秦所欺，客死于外，百姓往迎丧者无不痛哭，如悲亲戚。诸侯咸恶秦之无道，复为“合从”以摈秦。

楚大夫屈原痛怀王之死由子兰、靳尚误之，今日二人仍旧用事，君臣贪于苟安，绝无报秦之志，乃屡屡进谏，劝顷襄王进贤远佞，选将练兵，以图雪怀王之耻。子兰悟其意，使靳尚言于顷襄王曰：“原自以同姓不得重用，心怀怨望，且每向人言大王忘秦仇为不孝，子兰等不主张伐秦为不忠。”顷襄王大怒，削屈原之职，放归田里。原有姊名媭，已远嫁，闻原被放，乃归家，访原于夔之故宅。见原被发垢面，形容枯槁，行吟于江畔，乃喻之曰：“楚王不听子言，子之心已尽矣！忧思何益？幸有田亩，何不力耕自食，以终馀年乎？”原重遵姊意，乃秉耒而耕，里人哀原之忠者，皆为助力。月余，姊去，原叹曰：“楚事至此，吾不忍见宗室之亡灭！”忽一日，晨起，抱石自投汨罗江而死。其日乃五月五日。里人闻原自溺，争棹小舟，出江拯救，已无及矣。乃为角黍投于江中以祭之，系以彩线，恐为蛟龙所攫食也。又龙舟竞渡之戏，亦因拯救屈原而起，至今自楚至吴，相沿成俗。屈原所耕之田，获米如白玉，因号曰“玉米田”。里人私为原立祠，名其乡曰姊归乡。今荆州府有归州，亦因姊归得名也。至宋元丰中，封原为清烈公，兼为其姊立庙，号姊归庙，后复加封原为忠烈王。髯翁有过《忠烈王庙诗》云：

峨峨庙貌立江傍，香火争趋忠烈王。
佞骨不知何处朽，龙舟岁岁吊沧浪。

再说赵主父出巡云中，回至邯郸，论功行赏，赐通国百姓酒脯五日。是日，群臣毕集称贺。主父使惠王听朝，自己设便坐于傍，观其行礼。见何年幼，服衮冕南面为王，长子章魁然丈夫，反北面拜舞于下，兄屈于弟，意甚怜之。朝既散，主父见公子胜在侧，私谓曰：“汝见安阳君乎？虽随班拜舞，似有不甘之色。吾分赵地为二，使章为代王，与赵相并，汝以为何如？”赵胜对曰：“王昔日已误矣！今君臣之分已定，复生事端，恐有争变！”主父曰：“事权在我，又何虑哉？”主父回宫，夫人吴娃见其色变，问曰：“今日朝中有何事？”主父曰：“吾见故太子章，以兄朝弟，于理不顺，欲立为代王，胜又言其不便，吾是以踌躇而未决也。”吴娃曰：“昔晋穆侯生二子，长曰仇，弟曰成师，穆侯薨，子仇嗣立，都于翼，封其弟成师于曲沃，其后曲沃益强，遂尽灭仇之子孙，并吞翼国。此主父所知也。成师为弟，尚能戕兄，况以兄而临弟，以长而临少乎？吾母子且为鱼肉矣！”主父惑其言，遂止。

有侍人旧曾服事故太子章于东宫者，闻知主父商议之事，乃私告于章。章与田不礼计之。不礼曰：“主父分王二子，出自公心，特为妇人所阻耳。王年幼，不谙事，诚乘间以计图之，主父亦无如何也。”章曰：“此事惟君留意，富贵共之！”太傅李兑与肥义相善，密告曰：“安阳君强壮而骄，其党甚众，且有怨望之心。田不礼刚狠自用，知进而不知退。二人为党，行险侥幸，其事不远。子任重而势尊，祸必先及，何不称病，传政于公子成，可以自免。”肥义曰：“主父以王属义，尊为相国，谓义可托安危也。今未见祸形，而先自避，不为荀息所笑乎？”李兑叹曰：“子今为忠臣，不得复为智士矣。”因泣下，久之，别去。肥义思李兑之言，夜不能寐，食不下咽，展转踌躇，未得良策。乃谓近侍高信曰：“今后若有召吾王者，必先告我。”高信曰：“诺。”

忽一日，主父与王同游于沙邱，安阳君章亦从行。那沙邱有台，乃商纣王所筑。有离宫二所，主父与王各居一宫，相去五六里，安阳君之馆适当其中。田不礼谓安阳君曰：“王出游在外，其兵众不甚集。若假以主父之命召王，王必至。吾伏兵于中途，要而杀之，因奉主父以抚其众，谁敢违者！”章曰：“此计甚妙！”即遣心腹内侍，伪为主父使者，夜召惠王曰：“主父卒然病发，欲见王面，幸速往！”高信即走告相国肥义，义曰：“王素无病，事可疑也。”乃入谓王曰：“义当以身先之，俟无他故，王乃可行。”又谓高信曰：“紧闭宫门，慎勿轻启。”肥义与数骑随使者先行，至中途，伏兵误以为王，群起尽杀之。田不礼举火验视，乃肥义也。田不礼大惊曰：“事已变矣！及其机未露，宜悉众乘夜袭王，幸或可胜。”于是奉安阳君以攻王。高信因肥义吩咐，已预作准备。田不礼攻王宫不能入。至天明，高信使从军乘屋发矢，贼多伤死者。矢尽，乃飞瓦下掷之。田不礼命取巨石系于木，以撞宫门，哗声如雷。惠王正在危急，只听得宫外喊声大举，两队军马杀来，贼兵大败，纷纷而散。原来是公子成、李兑在国中商议，恐安阳君乘机为乱，各率一枝军前来接应，正遇着贼围王宫，解救了此难。

安阳君兵败，谓田不礼曰：“今当如何？”不礼曰：“急走主父处涕泣哀求，主父必然相庇，吾当力拒追兵。”章从其言，乃单骑奔主父宫中，主父果然开门匿之，殊无难色。田不礼驱残兵再与成、兑交战，众寡不敌，不礼被兑斩之。兑度安阳君无处托身，必然往投主父，乃引兵前围主父之宫。打开宫门，李兑仗剑当先开路，公子成在后，入见主父，叩头曰：“安阳君反叛，法所不宥，愿主父出之。”主父曰：“彼未尝至吾宫中，二卿可他觅也。”兑、成再四告禀，主父并不统口。李兑曰：“事已至此，当搜简一番，即不得贼，谢罪未晚。公子成曰：“君言是也。”乃呼集亲兵数百人，遍搜宫中，于复壁中得安阳君，牵之以出。李兑遽拔剑击断其头。公子成曰：“何急也？”兑曰：“若遇主父，万一见夺，抗之则非臣礼，从之则为失贼，不如杀之。”公子成乃服。李兑提安阳君之首，自宫内出，闻主父泣声，复谓公子成曰：“主父开宫纳章，心已怜之矣！吾等以章故，围主父之宫，搜章而杀之，无乃伤主父之心？事平之后，主父以围宫加罪，吾辈族灭矣！王年幼不足与计，吾等当自决也。”乃吩咐军士：“不许解围。”使人诈传惠王之令曰：“在宫人等，先出者免罪；后出者即系贼党，夷其族！”从官及内侍等闻王令，争先出宫，单单剩得主父一人。主父呼人，无一应者，欲出，则门已下钥矣。一连围了数日，主父在宫中饿甚，无从取食。庭中树有雀巢，乃探其卵生啖之，月余饿死。髯仙有诗叹曰：

胡服行边靖虏尘，雄心直欲并西秦。
吴娃一脉能胎祸，梦里琴声解误人。

主父既死，外人未知。李兑等尚不敢入，直待三月有余，方才启钥入视，主父尸身已枯瘪矣。公子成奉惠王往沙邱宫，视殓发丧，葬于代地。今灵邱县，以葬武灵王得名也。惠王回国，以公子成为相国，李兑为司寇。未几，公子成卒，惠王以公子胜曾阻主父分王之谋，乃用为相国，封以平原，号为平原君。

平原君亦好士，有孟尝君之风。既贵，益招致宾客，坐食者常数千人。平原君之府第有画楼，置美人于上。其楼俯临民家，民家之主人有躄疾，晓起蹒跚而出汲，美人于楼上望见，大笑。少顷，躄者造平原君之门，请见。公子胜揖而进之。躄者曰："闻君之喜士，士所以不远千里集于君之门者，以君贵士而贱色也。臣不幸有罢癃之病，不良于行，君之后宫乃临而笑臣。臣不甘受妇人之辱，愿得笑臣者之头！"胜笑应曰："诺。"躄者去。平原君笑曰："愚哉此竖也！以一笑之故，遂欲杀吾美人乎？"平原君门下有个常规：主客者，每月一进客籍，稽客之多少，料算钱谷出入之数。前此客有增无减，至是日渐引去，岁余客减半。公子胜怪之，乃鸣钟大会诸客，问曰："胜所以待诸君者，未尝敢失礼，乃纷纷引去，何也？"客中一人前对曰："君不杀笑躄之美人，众皆咈然，以君爱色而贱士，所以去耳。臣等不日亦将辞矣！"平原君大惊，引罪曰："此胜之过也！"既解佩剑，令左右斩楼上美人之头，自造躄者之门，长跽请罪。躄者乃喜。于是门下皆称颂平原君之贤，宾客复聚如初。时人为三字语云：

食我饱，衣我温，息其馆，游其门。齐孟尝，赵平原，佳公子，贤主人。

时秦昭襄王闻平原君斩美人谢躄之事，一日，与向寿述之，嗟叹其贤。向寿曰："尚不及齐孟尝君之甚也！"秦王曰："孟尝君如何？"向寿曰："孟尝君自其父田婴存日，即使主家政，接待宾客。宾客归之如云，诸侯咸敬慕之，请于田婴以为世子。及嗣为薛公，宾客益盛，衣食与己无二，供给繁费，为之破产。士从齐来者，人人以为孟尝君亲己，无有间言。今平原容美人笑躄而不诛，直待宾客离心，乃斩头以谢，不亦晚乎？"秦王曰："寡人安得一见孟尝君，与之同事哉？"向寿曰："王如欲见孟尝君，何不召之？"秦王曰："彼齐相国也，召之安肯来乎？"向寿曰："王诚以亲子弟为质于齐，以请孟尝君，齐信秦，不敢不遣。王得孟尝君，即以为相，齐亦必相王之亲子弟。秦、齐互相，其交必合，然后共谋诸侯不难矣。”秦王曰：“善！”乃以泾阳君悝为质于齐：“愿易孟尝君来秦，使寡人一见其面，以慰饥渴之想。”宾客闻秦召，皆劝孟尝君必行。

时苏代适为燕使于齐，谓孟尝君曰：“今代从外来，见土偶人与木偶人相与语，木偶人谓土偶人曰：‘天方雨，子必败矣！奈何！’土偶人笑曰：‘我生于土，败则仍还于土耳。子遭雨漂流，吾不知其所底也！’秦，虎狼之国，楚怀王犹不返，况君乎？若留君不遣，臣不知君之所终矣。”孟尝君乃辞秦不欲行。匡章言于湣王曰：“秦之效质而求见孟尝君，欲亲齐也。孟尝君不往，失秦欢矣！虽然，留秦之质，犹为不信秦也。王不如以礼归泾阳君于秦，而使孟尝君聘秦，以答秦之礼。如是，则秦王必听信孟尝君，而厚于齐。”湣王以为然。谓泾阳君曰：“寡人行将遣相国文行聘于上国，以候秦王之颜色.岂敢烦贵人为质？”即备车乘送泾阳君还秦，而使孟尝君行聘于秦。

孟尝君同宾客千余人，车骑百余乘，西入咸阳，谒见秦王。秦王降阶迎之，握手为欢，道平生相慕之意。孟尝君有白狐裘，毛深二寸，其白如雪，价值千金，天下无双。以此为私礼献于秦王。秦王服此裘入宫，夸于所幸燕姬。燕姬曰：“此裘亦常有，何以足贵？”秦王曰：“狐非数千岁色不白。今之白裘，皆取狐腋下一片，补缀而成。此乃纯白之皮，所以贵重，真无价之珍也。齐乃山东大国，故有此珍服耳。”时天气尚暖，秦王解裘付主藏吏，吩咐珍藏，以俟进御。择日将立孟尝君为丞相。樗里疾忌孟尝君见用，恐夺其相权，乃使其客公孙奭说秦王曰：“田文，齐族也，今相秦，必先齐而后秦。夫以孟尝君之贤，其筹事无不中，又加以宾客之众，而借秦权以阴为齐谋，秦其危矣！”秦王以其言问于樗里疾，疾对曰：“奭言是也。”秦王曰：“然则遣之乎？”疾对曰：“孟尝君居秦月余，其宾客千人，尽已得秦巨细之事，若遣之归齐，终为秦害，不如杀之。”秦王惑其言，命幽孟尝君于馆舍。

泾阳君在齐时，孟尝君待之甚厚，日具饮食，临行，复馈以宝器数事，泾阳君甚德之。至是，闻秦王之谋，私见孟尝君言其事。孟尝君惧而问计，泾阳君曰："王计尚未决也。宫中有燕姬者，最得王心，所言必从。君携有重器，吾为君进于燕姬，求其一言，放君还国，则祸可免矣。"孟尝君以白璧二双，托泾阳君献于燕姬求解。燕姬曰："妾甚爱白狐裘，闻山东大国有之，若有此裘，妾不惜一言，不愿得璧也。"泾阳君回报孟尝君，孟尝君曰："只有一裘，已献秦王，何可复得?"遍问宾客："有能复得白狐裘者否?"众皆束手莫对。最下坐有一客，自言："臣能得之。"孟尝君曰："子有何计得裘?"客曰："臣能为狗盗。"孟尝君笑而遣之。客是夜装束如狗，从窦中潜入秦宫库藏，为狗吠声。主藏吏以为守狗，不疑。客伺吏睡熟，取身边所藏钥匙，逗开藏柜，果得白狐裘，遂盗之以出，献于孟尝君。孟尝君使泾阳君转献燕姬，燕姬大悦。值与王夜饮方欢，遂进言曰："妾闻齐有孟尝君，天下之大贤也！孟尝君方为齐相，不欲来秦，秦请而致之，不用则已矣，乃欲加诛?夫请人国之相，而无故诛之，又有戮贤之名，妾恐天下贤士将裹足而避秦也！"秦王曰："善。"明日御殿，即命具车马，给驿券，放孟尝君还齐。孟尝君曰："吾侥幸燕姬之一言，得脱虎口，万一秦王中悔，吾命休矣。"客有善为伪券者，为孟尝君易券中名姓，星驰而去。至函谷关，夜方半，关门下钥已久。孟尝君虑追者或至，急欲出关。关开闭，俱有常期，人定即闭，鸡鸣始开。孟尝君与宾客咸拥聚关内，心甚惶迫。忽闻鸡鸣声自客队中出，孟尝君怪而视之，乃下客一人，能效鸡声者。于是群鸡尽鸣。关吏以为天且晓，即起验券开关。孟尝君之众，复星驰而去。谓二客曰："吾之得脱虎口，乃狗盗鸡鸣之力也！"众宾客自愧无功，从此不敢怠慢下座之客。髯翁有赞曰：

> 明珠弹雀，不如泥丸；白璧疗饥，不如壶餐。狗吠裘得，鸡鸣关启；虽为圣贤，不如彼鄙。细流纳海，累尘成冈；用人惟器，勿陋孟尝。

樗里疾闻孟尝君得放归国，即趋入朝，见昭襄王曰："王即不杀田文，亦宜留以为质，奈何遣之?"秦王大悔，即使人驰急传追孟尝君，至函谷关，索出客籍阅之，无齐使田文姓名。使者曰："得无从间道，尚未至乎?"候半日，杳无影响。乃言孟尝君状貌及宾客车马之数。关吏曰："若然，则今早出关者是矣。"使者曰："还可追否?"关吏曰："其驰如飞，今已去百里之远，不可追也。”使者乃还报秦王。王叹曰：“孟尝君有鬼神不测之机，果天下贤士也！”后秦王索狐白裘于主藏吏不得，及见燕姬服之，因叩其故，知其为孟尝君之客所盗，复叹曰：“孟尝君门下，如通都之市，无物不有。吾秦国未有其比！”竟以裘赐燕姬，不罪主藏吏。不知孟尝君归国如何，且看下回分解。

第九十四回

冯驩弹铗客孟尝　齐王纠兵伐桀宋

话说孟尝君自秦逃归，道经于赵，平原君赵胜出迎于三十里外，极其恭敬。赵人素闻人传说孟尝之名，未见其貌，至是，争出观之。孟尝君身材短小，不逾中人，观者或笑曰：“始吾慕孟尝君，以为天人，必魁然有异。今观之，但渺小丈夫耳！”和而笑者复数人。是夜，凡笑孟尝君者皆失头。平原君心知孟尝门客所为，不敢问也。

再说齐湣王既遣孟尝君往秦，如失左右手，恐其遂为秦用，深以为忧。乃闻其逃归，大喜，仍用为相国，宾客归者益众。乃置为客舍三等：上等曰“代舍”，中等曰“幸舍”，下等曰“传舍”。代舍者，言其人可以自代也；上客居之，食肉乘舆。幸舍者，言其人可任用也；中客居之，但食肉不乘舆。传舍者，脱粟之饭，免其饥馁；出入听其自便，下客居之。前番鸡鸣狗盗及伪券有功之人，皆列于代舍。所收薛邑俸入，不足以给宾客，乃出钱行债于薛，岁收利息，以助日用。

一日，有一汉子状貌修伟，衣敝褐，蹑草屦，自言姓冯，名驩，齐人，求见孟尝君。孟尝君揖之与坐，问曰："先生下辱，有以教文乎？"驩曰："无也。窃闻君好士，不择贵贱，故不揣以贫身自归耳。"孟尝君命置传舍。十余日，孟尝君问于传舍长曰："新来客何所事？"传舍长答曰："冯先生贫甚，身无别物，止存一剑；又无剑囊，以蒯缑系之于腰间，食毕，辄弹其剑而歌曰：'长铗归来兮，食无鱼！'"孟尝君笑曰："是嫌吾食俭也。"乃迁之于幸舍，食鱼肉。仍使幸舍长候其举动："五日后，来告我。"居五日，幸舍长报曰："冯先生弹剑而歌如故，但其辞不同矣。曰：'长铗归来兮，出无车！'"孟尝君惊曰："彼欲为我上客乎？其人必有异也。"又迁之代舍。复使代舍长伺其歌否。驩乘车日出夜归，又歌曰："长铗归来兮，无以为家！"代舍长诣孟尝君言之。孟尝君蹙额曰："客何无餍之甚乎？"更使伺之，驩不复歌矣。

居一年有余，主家者来告孟尝君："钱谷只勾一月之需。"孟尝君查贷券，民间所负甚多，乃问左右曰："客中谁能为我收债于薛者？"代舍长进曰："冯先生不闻他长，然其人似忠实可任。向者自请为上客，君其试之。"孟尝君请冯驩与言收债之事。冯驩一诺无辞，遂乘车至薛，坐于公府。薛民万户，多有贷者，闻薛公使上客来征息，时输纳甚众，计之得息钱十万。冯驩将钱多市牛酒，预出示："凡负孟尝君息钱者，勿论能偿不能偿，来日悉会府中验券。"百姓闻有牛酒之犒，皆如期而来。冯驩一一劳以酒食，劝使酣饱。因而旁观，审其中贫富之状，尽得其实。食毕，乃出券与合之，度其力饶，虽一时不能，后可相偿者，与为要约，载于券上；其贫不能偿者，皆罗拜哀乞宽期。冯驩命左右取火，将贫券一筒，悉投火中烧之，谓众人曰："孟尝君所以贷钱于民者，恐尔民无钱以为生计，非为利也。然君之食客数千，俸食不足，故不得已而征息以奉宾客。今有力者更为期约，无力者焚券蠲免。君之施德于尔薛人,可谓厚矣。”百姓皆叩头欢呼曰:“孟尝君真吾父母也!”

早有人将焚券事报知孟尝君,孟尝君大怒,使人催召驩,驩空手来见,孟尝君假意问曰:“客劳苦,收债毕乎?”驩曰:“不但为君收债,且为君收德!”孟尝君色变,让之曰:“文食客三千人,俸食不足,故贷钱于薛,冀收馀息以助公费。闻客得息钱,多具牛酒,与众乐饮,复焚券之半,犹曰‘收德’,不知所收何德也?”驩对曰:“君请息怒,容备陈之。负债者多,不具牛酒为欢,众疑,不肯齐赴,无以验其力之饶乏。力饶者与为期约。其乏者虽严责之,亦不能偿;久而息多,则逃亡耳。区区之薛,君之世封,其民乃君所与共安危者也。今焚无用之券,以明君之轻财而爱民。仁义之名,流于无穷,此臣所谓为君收德者矣。”孟尝君迫于客费,心中殊不以为然,然已焚券,无可奈何。勉为放颜,揖而谢之。史臣有诗云:

逢迎言利号佳宾,焚券先虞触主嗔。
空手但收仁义返,方知弹铗有高人。

却说秦昭襄王悔失孟尝君,又见其作用可骇,想道:“此人用于齐国,终为秦害!”乃广布谣言,流于齐国,言:“孟尝君名高天下,天下知有孟尝君,不知有齐王,不日孟尝君且代齐矣!”又使人说楚顷襄王曰:“向者六国伐秦,齐兵独后,因楚王自为从约长,孟尝君不服,故不肯同兵。及怀王在秦,寡君欲归之,孟尝君使人劝寡君勿归怀王;以太子见质于齐,欲秦杀怀王,彼得留太子以要地于齐;故太子几不得归,而怀王竟死于秦。寡君之得罪于楚,皆孟尝君之故也。寡君以楚之故,欲得孟尝君而杀之,会逃归不获。今复为齐相专权,旦暮篡齐,秦、楚自此多事矣。寡君愿悔前之过,与楚结好,以女为楚王妇,共备孟尝君之变。幸大王裁听!”楚王惑其言,竟通和于秦,迎秦王之女为夫人,亦使人布流言于齐。齐湣王疑之,遂收孟尝君相印,黜归于薛。宾客闻孟尝君罢相,纷纷散去,惟冯驩在侧,为孟尝君御车。未至薛,薛百姓扶老携幼相迎,争献酒食,问起居。孟尝君谓驩曰:“此先生所谓为文收德者也!”冯驩曰:“臣意不止于此。倘借臣以一乘之车,必令君益重于国,而俸邑益广。”孟尝君曰:“惟先生命!”

过数日，孟尝君具车马及金币，谓冯驩曰："听先生所往。"冯驩驾车，西入咸阳，求见昭襄王，说曰："士之游秦者，皆欲强秦而弱齐；其游齐者，皆欲强齐而弱秦。秦与齐势不两雄，其雄者，乃得天下。"秦王曰："先生何策可使秦为雄而不为雌乎？"冯驩曰："大王知齐之废孟尝君否？"秦王曰："寡人曾闻之，而未信也。"冯驩曰："齐之所以重于天下者，以有孟尝君之贤也。今齐王惑于谗毁，一旦收其相印，以功为罪，孟尝君怨齐必深，乘其怀怨之时，而秦收之以为用，则齐国之阴事，必将尽输于秦，用以谋齐，齐可得也，岂特为雄而已哉？大王急遣使，载重币，阴迎孟尝君于薛，时不可失！万一齐王悔悟而复用之，则两国之雌雄未可定矣。"时樗里疾方卒，秦王急欲得贤相，闻驩言大喜，乃饰良车十乘、黄金百镒，命使者以丞相之仪从迎孟尝君。冯驩曰："臣请为大王先行报孟尝君，使之束装，毋淹来使。"冯驩疾驱至齐，未暇见孟尝君，先见齐王，说曰："齐、秦之互为雌雄，王所知也。得人者为雄，失人者为雌。今臣闻道路之言，秦王幸孟尝君之废，阴遣良车十乘、黄金百镒，迎孟尝君为相。倘孟尝君西入相秦，反其为齐谋者以为秦谋，则雄在秦，而临淄、即墨危矣！"湣王色动，问曰："然则如何？"冯驩曰："秦使旦暮且至薛，大王乘其未至，先复孟尝君相位，更广其邑封，孟尝君必喜而受之。秦使者虽强，岂能不告于王，而擅迎人之相国哉？"湣王曰："善。"然口虽答应，意未深信。使人至境上，探其虚实，只见车骑纷纷而至，询之，果秦使也。使者连夜奔告湣王，湣王即命冯驩持节迎孟尝君，复其相位，益封孟尝君千户。秦使者至薛，闻孟尝君已复相齐，乃转辕而西。孟尝君既复相位，前宾客去者复归。孟尝君谓冯驩曰："文好客无敢失礼，一日罢相，客皆弃文而去。今赖先生之力，得复其位，诸客有何面目复见文乎？"冯驩答曰："夫荣辱盛衰，物之常理。君不见大都之市乎？旦则侧肩争门而入，日暮为虚矣，为所求不生焉。夫富贵多士，贫贱寡交，事之常也。君又何怪乎？"孟尝君再拜曰："敬闻命矣。"乃待客如初。

是时，魏昭王与韩釐王奉周王之命，"合从"伐秦。秦使白起将兵迎之，大战于伊阙，斩首二十四万，虏韩将公孙喜，取武遂地二百里；

遂伐魏，取河东地四百里。昭襄王大喜，以七国皆称王，不足为异，欲别立帝号，以示贵重，而嫌于独尊，乃使人言于齐滑王曰：“今天下相王，莫知所归。寡人意欲称西帝，以主西方；尊齐为东帝，以主东方。平分天下，大王以为何如？”滑王意未决，问于孟尝君。孟尝君曰：“秦以强横见恶于诸侯，王勿效之。”逾一月，秦复遣使至齐，约共伐赵。适苏代自燕复至，滑王先以并帝之事请教于代。代对曰：“秦不致帝于他国，而独致于齐，所以尊齐也。却之，则拂秦之意；直受之，则取恶于诸侯。愿王受之而勿称。使秦称之，而西方之诸侯奉之，王乃称帝，以王东方，未晚也；使秦称之，而诸侯恶之，王因以为秦罪。”滑王曰：“敬受教。”又问：“秦约伐赵，其事何如？”苏代曰：“兵出无名，事故不成。赵无罪而伐之，得地则为秦利，齐无与焉。今宋方无道，天下号为桀宋。王与其伐赵，不如伐宋，得其地可守，得其民可臣，而又有诛暴之名，此汤武之举也。”滑王大悦，乃受帝号而不称。厚待秦使，而辞其伐赵之请。秦昭襄王称帝才二月，闻齐仍称王，亦去帝号，不敢称。

话分两头。却说宋康王乃宋辟公辟兵之子，剔成之弟，其母梦徐偃王来托生，因名曰偃。生有异相，身长九尺四寸，面阔一尺三寸，目如巨星，面有神光，力能屈铁伸钩。于周显王四十一年，逐其兄剔成而自立。立十一年，国人探雀巢得蜕卵，中有小鹯，以为异事，献于君偃。偃召太史占之。太史布卦奏曰：“小而生大，此反弱为强，崛起霸王之象。”偃喜曰：“宋弱甚矣，寡人不兴之，更望何人？”乃多检壮丁，亲自训练，得劲兵十万余。东伐齐，取五城；南败楚，拓地三百余里；西又败魏军，取二城；灭滕，有其地。因遣使通好于秦，秦亦遣使报之。自是宋号强国，与齐、楚、三晋相并，偃遂称为宋王。自谓天下英雄，无与为比，欲速就霸王之业。每临朝，辄令群臣齐呼“万岁”。堂上一呼，堂下应之，门外侍卫亦俱应之，声闻数里。又以革囊盛牛血悬于高竿，挽弓射之。弓强矢劲，射透革囊，血雨从空乱洒，使人传言于市曰：“我王射天得胜。”欲以恐吓远人。又为长夜之饮，以酒强灌群臣，而阴使左右以热水代酒自饮。群臣量素洪者，皆潦倒大醉，不能成礼，惟康王惺然。左右献谀者，皆曰：“君王酒量如海，饮千石不醉也！”又多取妇人为淫乐，一夜御数十女，使人传言：“宋王精神兼数百人，从不倦怠。”以此自炫。

一日，游封父之墟，遇见采桑妇甚美，筑青陵之台以望之。访其家，乃舍人韩凭之妻息氏也。王使人喻凭以意，使献其妻。凭与妻言之，问其愿否。息氏作诗以对曰：

南山有鸟，北山张罗；鸟自高飞，罗当奈何？

宋王慕息氏不已，使人即其家夺之。韩凭见息氏升车而去，心中不忍，遂自杀。宋王召息氏共登青陵台，谓之曰：“我宋王也，能富贵人，亦能生杀人。况汝夫已死，汝何所归？若从寡人，当立为王后。”息氏复作诗以对曰：

鸟有雌雄，不逐凤凰；妾是庶人，不乐宋王。

宋王曰：“卿今已至此，虽欲不从寡人，不可得也！”息氏曰：“容妾沐浴更衣，拜辞故夫之魂，然后侍大王巾栉耳。”宋王许之。息氏沐浴更衣讫，望空再拜，遂从台上自投于地。宋王急使人揽其衣，不及，视之，气已绝矣。简其身畔，于裙带得书一幅，书云：“死后，乞赐遗骨与韩凭合葬于一冢，黄泉感德！”宋王大怒，故为二冢，隔绝埋之，使其东西相望，而不相亲。埋后三日，宋王还国。忽一夜，有文梓木生于二冢之傍，旬日间，木长三丈许，其枝自相附结成连理。有鸳鸯一对，飞集于枝上，交颈悲鸣。里人哀之曰：“此韩凭夫妇之魂所化也！”遂名其树曰“相思树”。髯仙有诗叹云：

相思树上两鸳鸯，千古情魂事可伤！

莫道威强能夺志，妇人执性抗君王。

群臣见宋王暴虐，多有谏者。宋王不胜其渎，乃置弓矢于座侧，凡进谏者，辄引弓射之。尝一日间射杀景成、戴乌、公子勃等三人。自是举朝莫敢开口。诸侯号曰桀宋。

时齐湣王用苏代之说，遣使于楚、魏，约共攻宋，三分其地。兵既发，秦昭王闻之，怒曰：“宋新与秦欢，而齐伐之，寡人必救宋，无再计。”齐湣王恐秦兵救宋，求于苏代。代曰：“臣请西止秦兵，以遂王伐宋之功。”乃西见秦王曰：“齐今伐宋矣，臣敢为大王贺！”秦王曰：“齐伐宋，先生何以贺寡人乎？”苏代曰：“齐王之强暴，无异于宋。今约楚、魏而攻宋，其势必欺楚、魏。楚、魏受其欺，必向西而事秦。是秦损一宋以饵齐，而坐收楚、魏之二国也，王何不利焉？敢不贺乎？”秦王曰：“寡人欲救宋何如？”代答曰：“桀宋犯天下之公怒，天下皆幸其亡，而秦独救之，众怒且移于秦矣。”秦王乃罢兵不救宋。

齐师先至宋郊，楚、魏之兵亦陆续来会。齐将韩聂、楚将唐昧、魏将芒卯，三人做一处商议。唐昧曰：“宋王志大气骄，宜示弱以诱之。”芒卯曰：“宋王淫虐，人心离怨，我三国皆有丧师失地之耻，宜传檄文，布其罪恶，以招故地之民，必有反戈而向宋者。”韩聂曰：“二君之言皆是也。”乃为檄数桀宋十大罪：一、逐兄篡位，得国不正；二、灭滕兼地，桀强凌弱；三、好攻乐战，侵犯大国；四、革囊射天，得罪上帝；五、长夜酣饮，不恤国政；六、夺人妻女，淫荡无耻；七、射杀谏臣，忠良结舌；八、僭拟王号，妄自尊大；九、独媚强秦，结怨邻国；十、慢神虐民，全无君道。檄文到处，人心耸惧，三国所失之地，其民不乐附宋，皆逐其官吏，登城自守，以待来兵。于是所向皆捷，直逼睢阳。宋王偃大阅车徒，亲领中军，离城十里结营，以防攻突。韩聂先遣部下将闾丘俭以五千人挑战，宋兵不出。闾丘俭使军士声洪者数人，登辕车朗诵桀宋十罪。宋王偃大怒，命将军卢曼出敌。略战数合，闾丘俭败走，卢曼追之，俭尽弃其车马器械，狼狈而奔。宋王偃登垒，望见齐师已败，喜曰：“败齐一军，则楚、魏俱丧气矣！”乃悉师出战，直逼齐营。韩聂又让一阵，退二十里下寨，却教唐昧、芒卯二军，左右取路，抄出宋王大营之后。

次日，宋王偃只道齐兵已不能战，拔寨都进，直攻齐营。闾丘俭打着韩聂旗号，列阵相持。自辰至午，合战三十余次。宋王果然英勇，手斩齐将二十余员，兵士死者百余人。宋将卢曼亦死于阵。闾丘俭复大败而奔，委弃车仗器械无数。宋兵争先掠取。忽有探子报道：“敌兵袭攻睢阳城甚急！探是楚、魏二国军马。”宋王大怒，忙教整队回军。行不上五里，刺斜里一军突出，大叫：“齐国上将韩聂在此！无道昏君还不速降！”宋王左右将戴直、屈志高双车齐出。韩聂大展神威，先将屈志高斩于车下。戴直不敢交锋，保护宋王，且战且走。回至睢阳城下，守将公孙拔认得自家军马，开门放入。三国合兵攻打，昼夜不息。忽见尘头起处，又有大军到来，乃是齐湣王恐韩聂不能成功，亲帅大将王蠋、太史敫等，引生军三万前来，军势益壮。宋军知齐王亲自领兵，人人丧胆，个个灰心。又兼宋王不恤士卒，昼夜驱率男女守瞭，绝无恩赏，怨声藉藉。戴直言于王偃曰："敌势猖狂，人心已变，大王不如弃城，权避河南，更图恢复。"宋王此时，一片图王定霸之心化为秋水，叹息了一回，与戴直半夜弃城而遁。公孙拔遂竖起降旗，迎湣王入城。湣王安抚百姓，一面令诸军追逐宋王。宋王走至温邑，为追兵所及，先擒戴直斩之。宋王自投于神农涧中，不死，被军士牵出斩首，传送睢阳。齐、楚、魏遂共灭宋国，三分其地。

楚、魏之兵既散，湣王曰："伐宋之役，齐力为多，楚、魏安得受地？"遂引兵衔枚尾唐昧之后，袭败楚师于重丘，乘胜逐北，尽收取淮北之地。又西侵三晋，屡败其军。楚、魏恨湣王之负约，果皆遣使附秦，秦反以为苏代之功矣。湣王既兼有宋地，气益骄恣，使嬖臣夷维往合卫、鲁、邹三国之君，要他称臣入朝。三国惧其侵伐，不敢不从。湣王曰："寡人残燕灭宋，辟地千里；败梁割楚，威加诸侯。鲁、卫尽已称臣，泗上无不恐惧。旦晚提一旅兼并二周，迁九鼎于临淄，正号天子，以令天下，谁敢违者！"孟尝君田文谏曰："宋王偃惟骄，故齐得而乘之，愿大王以宋为戒！夫周虽微弱，然号为共主。七国攻战，不敢及周，畏其名也。大王前去帝号不称，天下以此多齐之让。今忽萌代周之志，恐非齐福！"湣王曰："汤放桀，武王伐纣，桀、纣非其主乎？寡人何不如汤、武？惜子非伊尹、太公耳！"于是复收孟尝君相印。

孟尝君惧诛，乃与其宾客走大梁，依公子无忌以居。那公子无忌，乃是魏昭王之少子，为人谦恭好士，接人惟恐不及。尝朝膳，有一鸠为鹞所逐，急投案下，无忌蔽之，视鹞去，乃纵鸠。谁知鹞隐于屋脊，见鸠飞出，逐而食之。无忌自咎曰："此鸠避患而投我，乃竟为鹞所杀，是我负此鸠也！"竟日不进膳。令左右捕鹞，共得百余头，各置一笼以献。无忌曰："杀鸠者止一鹞，吾何可累及他禽！"乃按剑于笼上，祝曰："不食鸠者，向我悲鸣，我则放汝。"群鹞皆悲鸣。独至一笼，其鹞低头不敢仰视，乃取而杀之。遂开笼放其馀鹞。闻者叹曰：“魏公子不忍负一鸠，忍负人乎？”由是士无贤愚，归之如市。食客亦三千余人，与孟尝君、平原君相亚。

魏有隐士姓侯名嬴，年七十余，家贫，为大梁夷门监者。无忌闻其素行修洁，且好奇计，里中尊敬之，号为侯生，于是驾车往拜，以黄金二十镒为贽。侯生谢曰：“嬴安贫自守，不妄受人一钱，今且老矣，宁为公子而改节乎？”无忌不能强，欲尊礼之，以示宾客，乃置酒大会。是日，魏宗室将相诸贵客毕集堂中，坐定，独虚左第一席。无忌命驾亲往夷门迎侯生赴会。侯生登车，无忌揖之上坐，生略不谦逊。无忌执辔在傍，意甚恭敬。侯生又谓无忌曰：“臣有客朱亥，在市屠中，欲往看之，公子能枉驾同一往否？”无忌曰：“愿与先生偕往。”即命引车枉道入市。及屠门，侯生曰：“公子暂止车中，老汉将下看吾客。”侯生下车，入亥家，与亥对坐肉案前，絮语移时。侯生时时睨视公子，公子颜色愈和，略无倦怠。时从骑数十余，见侯生絮语不休，厌之，多有窃骂者。侯生亦闻之，独视公子色终不变。乃与朱亥别，复登车，上坐如故。无忌以午牌出门，比回府，已申末矣。诸贵客见公子亲往迎客，虚左以待，正不知甚处有名的游士，何方大国的使臣，俱办下一片敬心伺候。及久不见到，各各心烦意懒，忽闻报说：“公子迎客已至。”众贵客敬心复萌，俱起座出迎，睁眼相看。及客到，乃一白须老者，衣冠敝陋，无不骇然。无忌引侯生遍告宾客，诸贵客闻是夷门监者，意殊不以为然。无忌揖侯生就首席，侯生亦不谦让。酒至半酣，无忌手捧金卮为寿于侯生之前。侯生接卮在手，谓无忌曰：“臣乃夷门抱关吏也。公子枉驾下辱，久立市中，毫无怠色。又尊臣于诸贵之上，于臣似为过分。然所以为此，欲成公子下士之名耳！”诸贵客皆窃笑。席散，侯生遂为公子上客。侯生因荐朱亥之贤，无忌数往候见，朱亥绝不答拜。无忌亦不以为怪，其折节下士如此。

今日孟尝君至魏，独依无忌，正合着古语“同声相应，同气相求”八个字，自然情投意合。孟尝君原与赵平原君公子胜交厚，因使无忌结交于赵胜。无忌将亲姊嫁于平原君为夫人。于是魏、赵通好，而孟尝君居间为重。齐湣王自孟尝君去后，益自骄矜，日夜谋代周为天子。时齐境多怪异：天雨血，方数百里，沾人衣，腥臭难当；又地坼数丈，泉水涌出；又有人当关而哭，但闻其声，不见其形。由是百姓惶惶，朝不保夕。大夫狐咺、陈举先后进谏，且请召还孟尝君。湣王怒而杀之，陈尸于通衢，以杜谏者。于是王蠋、太史敫等，皆谢病弃职，归隐乡里。不知湣王如何结果，且看下回分解。

第九十五回

说四国乐毅灭齐　驱火牛田单破燕

说话燕昭王自即位之后，日夜以报齐雪耻为事。吊死问孤，与士卒同甘苦，尊礼贤士，四方豪杰，归者如市。有赵人乐毅，乃乐羊之孙，自幼好讲兵法。当初乐羊封于灵寿，子孙遂家焉。赵主父沙邱之

乱，乐毅挈家去灵寿，奔大梁，事魏昭王，不甚信用。闻燕王筑黄金台，招致天下贤士，欲往投之，乃谋出使于燕。见燕昭王说以兵法，燕王知其贤，待以客礼，乐毅谦让不敢当。燕王曰："先生生于赵，仕于魏，在燕固当为客。"乐毅曰："臣之仕魏，以避乱也。大王若不弃微末，请委质为燕臣。"燕王大喜，即拜毅为亚卿，位于剧辛诸人之上。乐毅悉召其宗族居燕，为燕人。其时齐国强盛，侵伐诸

侯。昭王深自韬晦，养兵恤民，待时而动。及湣王逐孟尝君，恣行狂暴，百姓弗堪，而燕国休养多年，国富民稠，士卒乐战。于是昭王进乐毅而问曰："寡人衔先人之恨二十八年于兹矣！常恐一旦溘先朝露，不及刳刃于齐王之腹以报国耻，终夜痛心。今齐王骄暴自恃，中外离心，此天亡之时。寡人欲起倾国之兵，与齐争一旦之命，先生何以教之？"乐毅对曰："齐国地大人众，士卒习战，未可独攻也。王必欲伐之，必与天下共图之。今燕之比邻，莫密于赵，王宜首与赵合，则韩必从。而孟尝君相魏，方恨齐，宜无不听。如是，而齐可攻也。"燕王曰："善。"乃具符节，使乐毅往说赵国。

平原君赵胜为言于惠文王，王许之。适秦国使者在赵，乐毅并说秦使者以伐齐之利。使者还报秦王，秦王忌齐之盛，惧诸侯背秦而事齐，于是复遣使者报赵，愿共伐齐之役。剧辛往说魏王，见孟尝君，孟尝君果主发兵，复为约韩与共事。俱与订期。于是燕王悉起国中精锐，使乐毅将之。秦将白起、赵将廉颇、韩将暴鸢、魏将晋鄙，各率一军，如期而至。于是燕王命乐毅并护五国之兵，号为乐上将军，浩浩荡荡杀奔齐国。齐湣王自将中军，与大将韩聂迎战于济水之西。乐毅身先士卒，四国兵将无不贾勇争奋，杀得齐兵尸横原野，流血成渠。韩聂被乐毅之弟乐乘所杀，诸军乘胜逐北，湣王大败，奔回临淄，连夜使人求救于楚，许尽割淮北之地为赂；一面检点军民，登城设守。秦、魏、韩、赵乘胜，各自以路收取边城，独乐毅自引燕军，长驱深入，所过宣谕威德，齐城皆望风而溃，势如破竹，大军直逼临淄。湣王大惧，遂与文武数十人潜开北门而遁。行至卫国，卫君郊迎称臣。既入城，让正殿以居之，供具甚敬。湣王骄傲，待卫君不以礼，卫诸臣意不能平，夜往掠其辎重。湣王怒，欲俟卫君来见，责以捕盗。卫君是日竟不朝见，亦不复给廪饩。湣王甚愧，候至日昃饿甚，恐卫君图己，与夷维数人连夜逃去。从臣失主，一时皆四散奔走。湣王不一日逃至鲁关，关吏报知鲁君。鲁君遣使者出迎，夷维谓曰："鲁何以待吾君？"对曰："将以十太牢待子之君。"夷维曰："吾君，天子也。天子巡狩，诸侯辟宫，朝夕亲视膳于堂下，天子食已，乃退而听朝，岂止十牢之奉而已！"使者回复鲁君，鲁君大怒，闭关不纳。复至邹，值邹君方死，湣王欲入行吊。夷维谓邹人曰："天子下吊，主人必背其殡棺，立西阶，北面而哭，天子乃于阼阶上南面而吊之。"邹人曰："吾国小，不敢烦天子下吊。"亦拒之不受。湣王计穷。夷维曰："闻莒州尚完，何不往？"乃奔莒州，佥兵墟守，以拒燕军。

乐毅遂破临淄，尽收取齐之财物祭器，并查旧日燕国重器前被齐掠者，大车装载，俱归燕国。燕昭王大悦，亲至济上，大犒三军，封乐毅于昌国，号昌国君。燕昭王返国，独留乐毅于齐，以收齐之馀城。齐之宗人有田单者，有智术，知兵。湣王不能用，仅为临淄市椽。燕王入临淄，城中之人纷纷逃窜。田单与同宗逃难于安平，尽截去其车轴之头，略与毂平，而以铁叶裹轴，务令坚固。人皆笑之。未几，燕兵来攻安平，城破，安平人复争窜，乘车者捱挤，多因轴头相触不能疾驱，或轴折车覆，皆为燕兵所获。惟田氏一宗，以铁笼坚固，且不碍，竟得脱，奔即墨去讫。乐毅分兵略地，至于画邑，闻故太傅王蠋家在画邑，传令军中，环画邑三十里不许入犯。使人以金币聘蠋，欲荐于燕王。蠋辞老病，不肯往。使者曰："上将军有令：'太傅来，即用为将，封以万家之邑；不行，且引兵屠邑！'"蠋仰天叹曰："忠臣不事二君，烈女不更二夫。齐王疏斥忠谏，故吾退而耕于野。今国破君亡，吾不能存，而又劫吾以兵，吾与其不义而存，不若全义而亡！"遂自悬其头于树上，举身一奋，颈绝而死。乐毅闻之叹息，命厚葬之，表其墓曰："齐忠臣王蠋之墓。"乐毅出兵六个月，所攻下齐地共七十余城，皆编为燕之郡县，惟莒州与即墨坚守不下。毅乃休兵享士，除其暴令，宽其赋役，又为齐桓公、管夷吾立祠设祭，访求逸民，齐民大悦。乐毅之意，以为齐止二城，在掌握之中，终不能成大事，且欲以恩结之，使其自降，故不极其兵力。此周赧王三十一年事也。

却说楚顷襄王，见齐使者来请救兵，许尽割淮北之地，乃命大将淖齿率兵二十万，以救齐为名往齐受地。谓淖齿曰："齐王急而求我，卿往彼可相机而行，惟有利于楚，可以便宜从事。"淖齿谢恩而出。率兵从齐湣王于莒州。湣王德淖齿，立以为相国，大权皆归于齿。齿见燕兵势盛，恐救齐无功，获罪二国，乃密遣使私通乐毅，欲弑齐王，与燕中分齐国，使燕人立己为王。乐毅回报曰："将军诛无道，以自立功名，桓、文之业不足道也。所请惟命！"淖齿大悦，乃大陈兵于鼓里，请湣王阅兵。湣王既至，遂执而数其罪曰："齐有亡征三：雨血者，天以告也；地坼者，地以告也；有人当阙而哭，人以告也。王不知省戒，戮忠废贤，希望非分。今全齐尽失，而偷生于一城，尚欲何为？"湣王俯首不能答。夷维拥王而哭，淖齿先杀夷维，乃生擢王筋，悬于屋梁之上，三日而后气绝。湣王之得祸，亦惨矣哉！淖齿回莒州，欲觅王世子杀之，不得。齿乃为表奏燕王，自陈其功，使人送于乐毅，求其转达。是时莒州与临淄阴自相通，往来无禁。

却说齐大夫王孙贾，年十二岁，丧父，止有老母。湣王怜而官之。湣王出奔，贾亦从行，在卫相失，不知湣王去处，遂潜自归家。其老母见之，问曰："齐王何在？"贾对曰："儿从王于卫，王中夜逃出，已不知所之矣。"老母怒曰："汝朝去而晚回，则吾倚门而望；汝暮出而不还，则吾倚闾而望。君之望臣，何异母之望子？汝为齐王之臣，王昏夜出走，汝不知其处，尚何归乎？"贾大愧，复辞老母，踪迹齐王，闻其在莒州，趋往从之。比至莒州，知齐王已为淖齿所杀。贾乃袒其左肩，呼于市中曰："淖齿相齐而弑其君，为臣不忠，有愿与吾诛讨其罪者，依吾左袒！"市人相顾曰："此人年幼，尚有忠义之心，吾等好义者，皆当从之。"一时左袒者四百余人。时楚兵虽众，皆分屯于城外。淖齿居齐王之宫，方酣饮，使妇人奏乐为欢。兵士数百人，列于宫外。王孙贾率领四百人，夺兵士器仗，杀入宫中，擒淖齿剁为肉酱，因闭城坚守。楚兵无主，一半逃散，一半投降于燕国。

再说齐世子法章，闻齐王遇变，急更衣为穷汉，自称临淄人王立，逃难无归，投太史敫家为佣工，与之灌园，力作辛苦，无人知其为贵介者。太史敫有女，年及笄，偶游园中，见法章之貌，大惊曰："此非常人，何以屈辱于此？"使侍女叩其来历。法章惧祸，坚不肯吐。太史女曰："白龙鱼服，畏而自隐，异日富贵，不可言也。"时时使侍女给其衣食，久益亲近，法章因私露其迹于太史女。女遂与订夫妇之约，因而私通，举家俱不知也。时即墨守臣病死，军中无主，欲择知兵者推戴为将，而难其人。有人知田单铁笼得全之事，言其才可将，乃共拥立为将军。田单身操版锸，与士卒同操作，宗族妻妾皆编于行伍之间，城中人畏而爱之。

再说齐诸臣四散奔逃，闻王蠋死节之事，叹曰："彼已告者，尚怀忠义之心，我辈见立齐朝，坐视君亡国破，不图恢复，岂得为人！"乃共走莒州，投王孙贾，相与访求世子。岁余，法章知其诚，乃出自言曰："我实世子法章也。"太史敫报知王孙贾，乃具法驾迎之，即位，是为襄王。告于即墨，相约为犄角，以拒燕兵。乐毅围之，三年不克，乃解围退九里，建立军垒，令曰："城中民有出樵采者，听之，不许擒拿。其有困乏饥饿者食之，寒者衣之。"欲使感恩悦附。不在话下。

且说燕大夫骑劫颇有勇力，亦喜谈兵，与太子乐资相善，觊得兵权。谓太子曰："齐王已死，城之不拔者，惟莒与即墨耳。乐毅能于六月间下齐七十余城，何难于二邑？所以不肯即拔者，以齐人未附，欲徐以恩威结齐，不久当自立为齐王矣。"太子乐资述其言于昭王。昭王怒曰："吾先王之仇，非昌国君不能报，即使真欲王齐，于功岂不当耶？"乃笞乐资二十，遣使持节至临淄，即拜乐毅为齐王。毅感泣，以死自誓，不受命。昭王曰："吾固知毅之本心，决不负寡人也。"昭王好神仙之术，使方士炼金石为神丹，服之，久而内热发病，遂薨。太子乐资嗣位，是为惠王。

田单每使细作入燕窥觇事情，闻骑劫谋代乐毅，及燕太子被笞之事，叹曰："齐之恢复，其在燕后王乎！"及燕惠王立，田单使人宣言于燕国曰："乐毅久欲王齐，以受燕先王厚恩，不忍背，故缓攻二城，以待其事。今新王即位，且与即墨连和，齐人所惧，惟恐他将来，则即墨残矣。"燕惠王久疑乐毅，及闻流言与骑劫之言相合，因信为然。乃使骑劫往代乐毅，而召毅归国。毅恐见诛，曰："我赵人也。"遂弃其家，西奔赵国。赵王封乐毅于观津，号望诸君。骑劫既代将，尽改乐毅之令，燕军俱愤怨不服。骑劫住垒三日，即率师往攻即墨，围其城数匝，城中设守愈坚。田单晨起谓城中人曰："吾夜来梦见上帝告我云：齐当复兴，燕当即败。不日当有神人为我军师，战无不克。"有一小卒悟其意，趋近单前，低语曰："臣可以为师否？"言毕，即疾走。田单急起持之，谓人曰：“吾梦中所见神人，即此是也！”乃为小卒易衣冠，置之幕中上坐，北面而师事之。小卒曰：“臣实无能。”田单曰：“子勿言。”因号为“神师”。每出一约束，必禀命于神师而行。谓城中人曰：“神师有令：‘凡食者必先祭其先祖于庭，当得祖宗阴力相助。’”城中人从其教。飞鸟见庭中祭品，悉翔舞下食。如此早暮二次，燕军望见，以为怪异。闻有神君下教，因相与传说，谓齐得天助，不可敌，敌之违天，皆无战心。单复使人扬乐毅之短曰：“昌国君太慈，得齐人不杀，故城中不怕。若劓其鼻而置之前行，即墨人苦死矣！”骑劫信之，将降卒尽劓其鼻。城中人见降者割鼻，大惧，相戒坚守，惟恐为燕人所得。田单又扬言：“城中人家，坟墓皆在城外，倘被燕人发掘，奈何？”骑劫又使兵卒尽掘城外坟墓，烧死人，暴骸骨。即墨人从城上望见，皆涕泣，欲食燕人之肉。相率来军门，请出一战，以报祖宗之仇。

田单知士卒可用，乃精选强壮者五千人，藏匿于民间，其余老弱，同妇女轮流守城。遣使送款于燕军，言：“城中食尽，将以某日出降。”骑劫谓诸将曰：“我比乐毅何如？”诸将皆曰：“胜毅多倍！”军中悉踊跃呼：“万岁！”田单又收民间金得千镒，使富家私遗燕将，嘱以城下之日，求保全家小。燕将大喜，受其金，各付小旗，使插于门上，以为记认。全不准备，呆呆的只等田单出降。单乃使人收取城中牛共千余头，制为绛缯之衣，画以五色龙文，披于牛体，将利刃束于牛角，又将麻苇灌下膏油，束于牛尾，拖后如巨帚，于约降前一日安排停当。众人皆不解其意。田单椎牛具酒，候至日落黄昏，召五千壮卒饱食，以五色涂面，各执利器跟随牛后。使百姓凿城为穴，凡数十处，驱牛从穴中出，用火烧其尾帚。火热渐迫牛尾，牛怒，直奔燕营。五千壮卒，衔枚随之。燕军信为来日受降入城，方夜，皆安寝。忽闻驰骤之声，从梦中惊起。那帚炬千余，光明照耀，如同白日，望之皆龙文五采，突奔前来，角刃所触，无不死伤，军中扰乱。那一伙壮卒，不言不语，大刀阔斧，逢人便砍，虽只五千个人，慌忙之中，恰像几万一般。况且向来听说神师下教，今日神头鬼脸，不知何物，田单又亲率城中人鼓噪而来，老弱妇女，皆击铜器为声，震天动地，一发胆都吓破了，脚都吓软了，那个还敢相持！真个人人逃窜，个个奔忙，自相蹂踏，死者不计其数。骑劫乘车落荒而走，正遇田单，一戟刺死，燕军大败。此周赧王三十六年事也。史官有诗云：

火牛奇计古今无，毕竟机乘骑劫愚。
假使金台不易将，燕齐胜负竟何如？

田单整顿队伍，乘势追逐，战无不克。所过城邑，闻齐兵得胜，燕将已死，尽皆叛燕而归齐。田单兵势日盛，掠地直逼河上，抵齐北界，燕所下七十余城，复归于齐。众军将以田单功大，欲奉为王。田单曰：“太子法章自在莒州，吾疏族，安敢自立？”于是迎法章于莒。王孙贾为法章御车，至于临淄，收葬湣王，择日告庙临朝。襄王谓田单曰：“齐国危而复安，亡而复存，皆叔父之功也！叔父知名始于安平，今封叔父为安平君，食邑万户。”王孙贾拜爵亚卿。迎太史女为后，是为君王后。那时太史敫方知其女先以身许法章，怒曰：“汝不取媒而自嫁，非吾种也！”终身誓不复相见。齐襄王使人益其官禄，皆不受。惟君王后岁时遣人候省，未尝缺礼。此是后话。

时孟尝君在魏，让相印于公子无忌，魏封无忌为信陵君。孟尝君退居于薛，比于诸侯，与平原君、信陵君相善。齐襄王畏之，复遣使迎为相国，孟尝君不就。于是与之连和通好，孟尝君往来于齐、魏之间。其后，孟尝君死，无子，诸公子争立。齐、魏共灭薛，分其地。

再说燕惠王自骑劫兵败，方知乐毅之贤，悔之无及。使人遗毅书谢过，欲招毅还国，毅答书不肯归。燕王恐赵用乐毅以图燕，乃复以毅子乐间袭封昌国君，毅从弟乐乘为将军，并贵重之。毅遂合燕、赵之好，往来其间。二国皆以毅为客卿，毅终于赵。时廉颇为赵大将，有勇，善用兵，诸侯皆惮之。秦兵屡侵赵境，赖廉颇力拒，不能深入，秦乃与赵通好。不知后事何如，且看下回分解。

第九十六回

蔺相如两屈秦王　马服君单解韩围

却说赵惠文王宠用一个内侍，姓缪名贤，官拜宦者令，颇干预政事。忽一日，有外客以白璧来求售，缪贤爱其玉色光润无瑕，以五百金得之，以示玉工。玉工大惊曰："此真和氏之璧也！楚相昭阳因宴会

偶失此璧，疑张仪偷盗，捶之几死，张仪以此入秦。后昭阳悬千金之赏，购求此璧，盗者不敢出献，竟不可得。今日无意中落于君手，此乃无价之宝，须什袭珍藏，不可轻示于人也。"缪贤曰："虽然，良玉何以遂为无价？"玉工曰："此玉置暗处，自然有光，能却尘埃，辟邪魅，名曰'夜光之璧'。若置之座间，冬月则暖，可以代炉。夏月则凉，百步之内，蝇蚋不入。有此数般奇异，他玉不及，所以为至宝。"

缪贤试之，果然。乃制为宝椟，藏于内笥。早有人报知赵王，言："缪中侍得和氏璧。"赵王问缪贤取之，贤爱璧不即献。赵王怒，因出猎之便，突入贤家，搜其室，得宝椟，收之以去。

缪贤恐赵王治罪诛之，欲出走。其舍人蔺相如牵衣问曰："君今何往？"贤曰："吾将奔燕。"相如曰："君何以受知于燕王，而轻身往投也？"缪贤曰："吾昔年尝从大王与燕王相会于境上，燕王私握吾手曰：'愿与君结交。'以此相知，故欲往。"相如谏曰："君误矣！夫赵强而燕弱，而君得宠于赵王，故燕王欲与君结交。非厚君也，因君以厚于赵王也。今君得罪于王，亡命走燕，燕畏赵王之讨，必将束缚君以媚于赵王，君其危矣。"缪贤曰："然则如何？"相如曰："君无他大罪，惟不早献璧耳！若肉袒负斧锧，叩首请罪，王必赦君。"缪贤从其计，赵王果赦贤不诛。贤重相如之智，以为上客。

再说玉工偶至秦国，秦昭襄王使之治玉，玉工因言及和氏之璧，今归于赵。秦王问："此璧有甚好处？"玉工如前夸奖。秦王想慕之甚，思欲一见其璧。时昭襄王之母舅魏冉为丞相，进曰："王欲见和璧，何不以西阳十五城易之？"秦王讶曰："十五城，寡人所惜也，奈何易一璧哉？"魏冉曰："赵之畏秦久矣！大王若以城易璧，赵不敢不以璧来，来则留之，是易城者名也，得璧者实也。王何患失城乎？"秦王大喜，即为书致赵王，命客卿胡伤为使。书略曰：

> 寡人慕和氏璧有日矣，未得一见。闻君王得之，寡人不敢轻请，愿以西阳十五城奉酬。惟君王许之。

赵王得书，召大臣廉颇等商议。欲予秦，恐其见欺，璧去城不可得；欲勿予，又恐触秦之怒。诸大臣或言不宜与，或言宜与，纷纷不决。李克曰："遣一智勇之士，怀璧以往；得城则授璧于秦，不得城仍以璧归赵，方为两全。"赵王目视廉颇，颇俯首不语。宦者令缪贤进曰："臣有舍人姓蔺名相如，此人勇士，且有智谋，若求使秦，无过此人。"赵王即命缪贤召蔺相如至，相如拜谒已毕，赵王问曰："秦王请以十五城易寡人之璧，先生以为可许否？"相如曰："秦强赵弱，不可不许。"赵王曰："倘璧去城不可得，如何？"相如对曰："秦以十五城易璧，价厚矣。如是赵不许璧，其曲在赵。赵不待入城而即献璧，礼恭矣。如是而秦不予城，其曲在秦。”赵王曰：“寡人欲求一人使秦，保护此璧，先生能为寡人一行乎？”相如曰：“大王必无其人，臣愿奉璧以往。若城入于赵，臣当以璧留秦；不然，臣请完璧归赵。”赵王大喜，即拜相如为大夫，以璧授之。相如奉璧西入咸阳。

秦昭襄王闻璧至，大喜，坐章台之上，大集群臣，宣相如入见。相如留下宝椟，只用锦袱包裹，两手捧定，再拜奉上秦王。秦王展开锦袱观看，但见纯白无瑕，宝光闪烁，雕镂之处，天成无迹，真希世之珍矣。秦王饱看了一回，啧啧叹息。因付左右群臣递相传示，群臣看毕，皆罗拜称：“万岁！”秦王命内侍重将锦袱包裹，传与后宫美人玩之，良久送出，仍归秦王案上。蔺相如从旁伺候，良久，并不见说起偿城之话。相如心生一计，乃前奏曰：“此璧有微瑕，臣请为大王指之。”秦王命左右以璧传与相如。相如得璧在手，连退数步，靠在殿柱之上，睁开双目，怒气勃不可遏，谓秦王曰：“和氏之璧，天下之至宝也。大王欲得璧，发书至赵，寡君悉召群臣计议，群臣皆曰：‘秦自负其强，以空言求璧，恐璧往，城不可得，不如勿许。’臣以为：‘布衣之交，尚不相欺，况万乘之君乎？奈何以不肖之心待人，而得罪于大王？’于是寡君乃斋戒五日，然后使臣奉璧拜送于庭，敬之至也。今大王见臣，礼节甚倨，坐而受璧，左右传观，复使后宫美人玩弄，亵渎殊甚。以此知大王无偿城之意矣，臣所以复取璧也。大王必欲迫臣，臣头今与璧俱碎于柱，宁死不使秦得璧！”于是持其璧睨柱，欲以击柱。秦王惜璧，恐其碎之，乃谢曰：“大夫无然！寡人岂敢失信于赵？”即召有司取地图来，秦王指示，从某处至某处，共十五城予赵。相如心中暗想：“此乃秦王欲诳取璧，非真情。”乃谓秦王曰：“寡君不敢爱希世之宝，以得罪于大王，故临遣臣时，斋戒五日，遍召群臣，拜而遣之。今大王亦宜斋戒五日，陈设车辂文物，具左右威仪，臣乃敢上璧。”秦王曰：“诺。”乃命斋戒五日，送相如于公馆安歇。相如抱璧至馆，又想道：“我曾在赵王面前夸口：‘秦若不偿城，愿完璧归赵。’今秦王虽然斋戒，倘得璧之后，仍不偿城，何面目回见赵王？”乃命从者穿粗褐衣，装作贫人模样，将布袋缠璧于腰，从径路窃走，附奏于赵王曰：“臣恐秦欺赵，无意偿城，谨遣从者归璧大王。臣待罪于秦，死不辱命！”赵王曰：“相如果不负所言矣。”

再说秦王假说斋戒，实未必然，过五日，升殿陈设礼物，令诸侯使者皆会，共观受璧，欲以夸示列国。使赞礼引赵国使臣上殿。蔺相如从容徐步而入。谒见已毕，秦王见相如手中无璧，问曰：“寡人已斋戒五日，敬受和璧，今使者不持璧来，何故？”相如奏曰：“秦自穆公以来，共二十余君，皆以诈术用事。远则杞子欺郑，孟明欺晋，近则商鞅欺魏，张仪欺楚，往事历历，从无信义。臣今者惟恐见欺于王，以负寡君，已令从者怀璧从间道还赵矣。臣当死罪！”秦王怒曰：“使者谓寡人不敬，故寡人斋戒受璧。使者以璧归赵，是明欺寡人也！”叱左右前缚相如。相如面不改色，奏曰：“大王请息怒，臣有一言。今日之势，秦强赵弱，但有秦负赵之事，决无赵负秦之理。大王真欲得璧，先割十五城予赵，随一介之使，同臣往赵取璧，赵岂敢得城而留璧，负不信之名，以得罪于大王哉？臣自知欺大王之罪，罪当万死，臣已寄奏寡君，不望生还矣。请就鼎镬之烹，令诸侯皆知秦以欲璧之故而诛赵使，曲直有所在矣。”秦王与群臣面面相觑，不能吐一语。诸侯使者旁观，皆为相如危惧。左右欲牵相如去，秦王喝住，谓群臣曰：“既杀相如，璧未可得，徒负不义之名，绝秦、赵之好。”乃厚待相如，礼而归之。髯翁读史至此，论秦人攻城取邑，列国无可奈何，一璧何足为重？相如之意，只恐被秦王欺赵得璧，便小觑了赵国，将来难以立国，倘索地索贡，不可复拒，故于此显个力量，使秦王知赵国之有人也。

蔺相如既归，赵王以为贤，拜上大夫。其后秦竟不予赵城，赵亦不与秦璧。秦王心中终不释然于赵，复遣使约赵王于西河外渑池之地，共为好会。赵王曰：“秦以会欺楚怀王，锢之咸阳，至今楚人伤心未已。今又来约寡人为会，得无以怀王相待乎？”廉颇与蔺相如计议曰：“王若不行，示秦以弱。”乃共奏曰：“臣相如愿保驾前往，臣颇愿辅太子居守。”赵王喜曰：“相如且能完璧，况寡人乎？”平原君赵胜奏曰：“昔宋襄公以乘车赴会，为楚所劫。鲁君与齐会于夹谷，具左右司马以从。今保驾虽有相如，请精选锐卒五千扈从，以防不虞。再用大军，离三十里屯扎，方保万全。”赵王曰：“五千锐卒，何人为将?”赵胜对曰:“臣所知田部吏李牧者,真将才也。”赵王曰:“何以见之?”赵胜对曰:“李牧为田部吏,取租税,臣家过期不纳,牧以法治之,杀臣司事者九人。臣怒责之,牧谓臣曰:‘国之所恃者,法也。今纵君家而不奉公,则法削,法削则国弱,而诸侯加兵,赵且不保其国,君安得保其家乎?以君之贵,奉公如法,法立而国强,长保富贵,岂不善耶?’此其识虑非常,臣是以知其可将也。”赵王即用李牧为中军大夫,使率精兵五千扈从同行,平原君以大军继之。廉颇送至境上,谓赵王曰:“王入虎狼之秦,其事诚不测!今与王约:度往来道路,与夫会遇之礼毕,为期不过三十日耳。若过期不归,臣请如楚国故事,立太子为王,以绝秦人之望。”赵王许诺。遂至渑池,秦王亦到,各归馆驿。

至期,两王以礼相见,置酒为欢。饮至半酣,秦王曰:“寡人窃闻赵王善于音乐,寡人有宝瑟在此,请赵王奏之。”赵王面赤,然不敢辞。秦侍者将宝瑟进于赵王之前,赵王为奏《湘灵》一曲,秦王称善不已。鼓毕,秦王曰:“寡人闻赵之始祖烈侯好音,君王真得家传矣。”乃顾左右,召御史使载其事。秦御史秉笔取简,书曰:“某年月日,秦王与赵王会于渑池,令赵王鼓瑟。”蔺相如前进曰:“赵王闻秦王善于秦声,臣谨奉盆缶,请秦王击之,以相娱乐。”秦王怒,色变不应。相如即取盛酒瓦器,跪请于秦王之前,秦王不肯击。相如曰:“大王恃秦之强乎?今五步之内,相如得以颈血溅大王矣!”左右曰:“相如无礼!”欲前执之。相如张目叱之,须发皆张,左右大骇,不觉倒退数步。秦王意不悦,然心惮相如,勉强击缶一声。相如方起,召赵御史亦书于简曰:“某年月日,赵王与秦王会于渑池,令秦王击缶。”秦诸臣意不平,当筵而立,请于赵王曰:“今日赵王惠顾,请王割十五城为秦王寿!”相如亦请于秦王曰:“礼尚往来,赵既进十五城于秦,秦不可不报。亦愿以秦之咸阳为赵王寿!”秦王曰:“吾两君为好,诸君不必多言。”乃命左右,更进酒献酬,假意尽欢而罢。秦客卿胡伤等密劝拘留赵王及蔺相如,秦王曰:“谍者言:‘赵设备甚密。’万一其事不济,为天下笑。”乃益敬重赵王,约为兄弟,永不侵伐。使太子安国君之子名异人者,为质于赵。群臣皆曰:“约好足矣,何必送质?”秦王笑曰:“赵方强,未可图也。不送质则赵不相信。赵信我，其好方坚，我乃得专事于韩矣。”群臣乃服。

赵王辞秦王而归，恰三十日。赵王曰：“寡人得蔺相如，身安于泰山，国重于九鼎。相如功最大，群臣莫及。”乃拜为上相，班在廉颇之右。廉颇怒曰：“吾有攻城野战之大功，相如徒以口舌微劳，位居吾上。且彼乃宦者舍人，出身微贱，吾岂甘为之下乎？今见相如，必击杀之！”相如闻廉颇之言，每遇公朝，托病不往，不肯与廉颇会。舍人俱以相如为怯，窃议之。偶一日，蔺相如出外，廉颇亦出，相如望见廉颇前导，忙使御者引车避匿傍巷中去，俟廉颇车过方出。舍人等益忿，相约同见相如，谏曰：“臣等抛井里，弃亲戚，来君之门下者，以君为一时之丈夫，故相慕悦而从之。今君与廉将军同列，班况在右，廉君口出恶言，君不能报，避之于朝，又避之于市，何畏之甚也？臣等窃为君羞之！请辞去！”相如固止之曰：“吾所以避廉将军者有故，诸君自不察耳！”舍人等曰：“臣等浅近无知，乞君明言其故。”相如曰：“诸君视廉将军孰若秦王？”诸舍人皆曰：“不若也。”相如曰：“夫以秦王之威，天下莫敢抗，而相如廷叱之，辱其群臣。相如虽驽，独畏一廉将军哉？顾吾念之，强秦所以不敢加兵于赵者，徒以吾两人在也。今两虎共斗，势不俱生，秦人闻之，必乘间而侵赵。吾所以强颜引避者，国计为重，而私仇为轻也。”舍人等乃叹服。

未几，蔺氏之舍人与廉氏之客，一日在酒肆中不期而遇，两下争坐。蔺氏舍人曰：“吾主君以国家之故，让廉将军，吾等亦宜体主君之意，让廉氏客。”于是廉氏益骄。河东人虞卿游赵，闻蔺氏舍人述相如之语，乃说赵王曰：“王今日之重臣，非蔺相如、廉颇乎？”王曰：“然。”虞卿曰：“臣闻前代之臣，师师济济，同寅协恭，以治其国。今大王所恃重臣二人，而使自相水火，非社稷之福也。夫蔺氏愈益让，而廉氏不能谅其情；廉氏愈益骄，而蔺氏不敢折其气。在朝则有事不共议，为将则有急不相恤，臣窃为大王忧之！臣请合廉、蔺之交，以为大王辅。”赵王曰：“善。”虞卿往见廉颇，先颂其功，廉颇大喜。虞卿曰：“论功则无如将军矣，论量则还推蔺君。”廉颇勃然曰：“彼懦夫以口舌取功名，何量之有哉？”虞卿曰：“蔺君非懦士也，其所见者大。”因述相如对舍人之言，且曰：“将军不欲托身于赵则已，若欲托身于赵，而两大臣一让一争，恐盛名之归，不在将军也。”廉颇大惭曰：“微先生之言，吾不闻过。吾不及蔺君远矣。”因使虞卿先道意于相如，颇肉袒负荆，自造于蔺氏之门，谢曰：“鄙人志量浅狭，不知相国能宽容至此，死不足赎罪矣！”因长跪庭中。相如趋出引起曰：“吾二人比肩事主，为社稷臣，将军能见谅，已幸甚，何烦谢为。”廉颇曰：“鄙性粗暴，蒙君见容，惭愧无地！”因相持泣下，相如亦泣。廉颇曰：“从今愿结为生死之交，虽刎颈不变！”颇先下拜，相如答拜。因置酒筵款待，极欢而罢。后世称刎颈之交，正谓此也。无名子有诗云：

引车趋避量诚洪，肉袒将军志亦雄。

今日纷纷竞门户，谁将国计置胸中！

赵王赐虞卿黄金百镒，拜为上卿。

是时，秦大将军白起击破楚军，拔郢都，置南郡。楚顷襄王败走，东保于陈。大将魏冉复攻取黔中，置黔中郡，楚益衰削。乃使太傅黄歇侍太子熊完，入质于秦以求和。白起等复攻魏，至于大梁。梁遣大将暴鸢迎战，败绩，斩首四万，魏献三城以和。秦封白起为武安君。未几，客卿胡伤复攻魏，败魏将芒卯，取南阳，置南阳郡。秦王以赐魏冉，号为穰侯。复遣胡伤帅师二十万伐韩，围阏与。韩釐王遣使求救于赵，赵惠文王聚集群臣商议：“韩可救与否？”蔺相如、廉颇、乐乘皆言：“阏与道险且狭，救之不便。”平原君赵胜曰：“韩、魏唇齿相蔽，不救则还戈即向赵矣！”赵奢嘿然无言，赵王独问之，奢对曰：“道险且狭，譬如两鼠斗于穴中，将勇者胜。”赵王乃选军五万，使奢帅之救韩。出邯郸东门三十里，传令立壁垒下寨。安插已定，又出令曰：“有言及军事者斩！”闭营高卧，军中寂然。秦军鼓噪勒兵，声如震霆，阏与城中屋瓦皆为振动。军吏一人来报，秦兵如此恁般。赵奢以为犯令，立斩之以徇。留二十八日不行，日使人增垒浚沟，为自固计。秦将胡伤闻有赵兵来救，不见其来，再使谍人探听，报云：“赵果有救兵，乃大将赵奢也。出邯郸塘三十里，即立垒下寨不进。”胡伤未信，更使亲近左右直入赵军，谓赵奢曰：“秦攻阏与，旦暮且下矣，将军能战，即速来！”赵奢曰：“寡君以邻邦告急，遣某为备，某何敢与秦战乎？”因具酒食厚款之，使周视壁垒。秦使者还报胡伤，胡伤大喜曰："赵兵去国才三十里，而坚壁不进，乃增垒自固，已无战情，阏与必为吾有矣。"遂不为御赵之备，一意攻韩。

赵奢既遣秦使，约三日，度其可至秦军，遂出令选骑兵善射惯战者万人为前锋，大军在后，衔枚卷甲，昼夜兼行。二日一夜及韩境，去阏与城十五里，复立军垒。胡伤大怒，留兵一半围城，悉起老营之众前来迎敌。赵营军士许历书一简，上为"请谏"二字，跪于营前。赵奢异之，命刊去前令，召入曰："汝欲何言？"许历曰："秦人不意赵师卒至，此其来气盛。元帅必厚集其阵，以防冲突，不然必败。"赵奢曰："诺。"即传令列阵以待。许历又曰："《兵法》：'得地利者胜。'阏与形势，惟北山最高，而秦将不知据守，此留以待元帅也，宜速据之。"赵奢又曰："诺。"即命许历引军万人，屯据北山岭上，凡秦兵行动，一望而知。胡伤兵到，便来争山。山势崎岖，秦兵胆大的有几个上前，都被赵军飞石击伤。胡伤咆哮大怒，指挥军将四下寻路。忽闻鼓声大振，赵奢引军杀到，胡伤命分军拒敌。赵奢将射手万人，分为二队，左右各五千人，向秦军乱射。许历驱万人从山顶上趁势杀下，喊声如雷，前后夹攻，杀得秦军如天崩地裂，没处躲闪，大败而奔。胡伤马蹶坠下，几为赵兵所获，却遇兵尉斯离引军刚到，抵死救出。赵奢追至五十里，秦军屯扎不住，只得望西逃奔，遂解阏与之围。韩釐王亲自劳军，致书称谢赵王。赵王封奢为马服君，位与蔺相如、廉颇相并。赵奢荐许历之才，以为国尉。

赵奢子赵括，自少喜谈兵法、家传《六韬》、《三略》之书，一览而尽，尝与父奢论兵，指天画地，目中无人，虽奢亦不能难也。其母喜曰："有子如此，可谓将门出将矣！"奢蹴然不悦曰："括不可为将。赵不用括，乃社稷之福耳！"母曰："括尽读父书，其谈兵自以为天下莫及，子曰'不可为将'，何故？"奢曰："括自谓天下莫及，此其所以不可为将也。夫兵者，死地，战战兢兢，博谘于众，犹惧有遗虑，而括易言之！若得兵权，必果于自用，忠谋善策无由而入，其败必矣。"母以奢之语告括，括曰："父年老而怯，宜有是言也！"后二岁，赵奢病笃，谓括曰："兵凶战危，古人所戒，汝父为将数年，今日方免败衄之辱，死亦瞑目。汝非将才，切不可妄居其位，自坏家门！”又嘱括母曰：“异日若赵王召括为将，汝必述吾遗言辞之。丧师辱国，非细事也！”言讫而终。赵王念奢之功，以括嗣马服君之职。未知后事如何，且看下回分解。

第九十七回

死范睢计逃秦国　假张禄廷辱魏使

话说大梁人范睢字叔，有谈天说地之能，安邦定国之志，欲求事魏王，因家贫，不能自通，乃先投于中大夫须贾门下，用为舍人。当初，齐滑王无道，乐毅纠合四国一同伐齐，魏亦遣兵助燕。及田单破

燕复齐，齐襄王法章即位，魏王恐其报复，同相国魏齐计议，使须贾至齐修好。贾使范睢从行。齐襄王问于须贾曰："昔我先王与魏同兵伐宋，声气相投，及燕人残灭齐国，魏实与焉。寡人念先王之仇，切齿腐心！今又以虚言来诱寡人，魏反覆无常，使寡人何以为信?"须贾不能对。范睢从旁代答曰："大王之言差矣！先寡君之从于伐宋，以奉命也。本约三分宋国，上国背约，尽收其地，反加侵虐，

是齐之失信于敝邑也！诸侯畏齐之骄暴无厌，于是昵就燕人，济西之战，五国同仇，岂独敝邑？然敝邑不为已甚，不敢从燕于临淄，是敝邑之有礼于齐也。今大王英武盖世，报仇雪耻，光启前人之绪。寡君以为桓、威之烈，必当再振，可以上盖湣王之愆，垂休无穷，故遣下臣贾来修旧好。大王但知责人，不知自反，恐湣王之覆辙，又见于今矣。”齐襄王愕然起谢曰：“是寡人之过也！”即问须贾：“此位何人？”须贾曰：“臣之舍人范雎也。”齐王顾盼良久，乃送须贾于公馆，厚其廪饩。使人阴说范雎曰：“寡君慕先生大才，欲留先生于齐，当以客卿相处，万望勿弃！”范雎辞曰：“臣与使者同出，而不与同入，不信无义，何以为人？”齐王益爱重之，复使人赐范雎黄金十斤及牛酒，雎固辞不受。使者再四致齐王之命，坚不肯去。雎不得已，乃受牛酒而还其金。使者叹息而去。早有人报知须贾，须贾召范雎问曰：“齐使者为何而来？”范雎曰：“齐王以黄金十斤及牛酒赐臣，臣不敢受。再四相强，臣止留其牛酒。”须贾曰：“所以赐子者何故？”范雎曰：“臣不知。或者以臣在大夫之左右，故敬大夫以及臣耳。”须贾曰：“赐不及使者而独及子，必子与齐有私也。”范雎曰：“齐王先曾遣使欲留臣为客卿，臣峻拒之。臣以信义自矢，岂敢有私哉？”须贾疑心益甚。

使事既毕，须贾同范雎还魏，贾遂言于魏齐曰：“齐王欲留舍人范雎为客卿，又赐以黄金、牛酒，疑以国中阴事告齐，故有此赐也。”魏齐大怒，乃会宾客，使人擒范雎，即席讯之。雎至，伏于阶下，魏齐厉声问曰：“汝以阴事告齐乎？”范雎曰：“怎敢？”魏齐曰：“汝若无私于齐，齐王安用留汝？”雎曰：“留果有之，雎不从也。”魏齐曰：“然则黄金、牛酒之赐，子何受之？”雎曰：“使者十分相强，雎恐拂齐王之意，勉受牛酒。其黄金十斤，实不曾收。”魏齐咆哮大喝曰：“卖国贼！还要多言！即牛酒之赐，亦岂无因？”呼狱卒缚之，决脊一百，使招承通齐之语。范雎曰：“臣实无私，有何可招？”魏齐益怒曰：“为我笞杀此奴，勿留祸种！”狱卒鞭笞乱下，将牙齿打折。雎血流被面，痛极难忍，号呼称冤。宾客见相国盛怒之下，莫敢劝止。魏齐教左右一面用巨觥行酒，一面教狱卒加力，自辰至未，打得范雎遍体皆伤，血肉委地，咶喇一响，胁骨亦断，雎大叫失声，闷绝而死。

可怜信义忠良士，翻作沟渠枉死人！

传语上官须仔细，莫将屈棒打平民。

潜渊居士又有诗云：

张仪何曾盗楚璧？范叔何曾卖齐国？

疑心盛气总难平，多少英雄受冤屈！

左右报曰："范睢气绝矣。"魏齐亲自下视，见范睢断胁折齿，身无完肤，直挺挺在血泊中不动。齐指骂曰："卖国贼死得好！好教后人看样！"命狱卒以苇薄卷其尸，置之坑厕间，使宾客便溺其上，勿容他为干净之鬼。

看看天晚，范睢命不该绝，死而复苏，从苇薄中张目偷看，只有一卒在旁看守。范睢微叹一声，守卒闻之，慌忙来看。范睢谓曰："吾伤重至此，虽暂醒，决无生理。汝能使我死于家中，以便殡殓，家有黄金数两，尽以相谢。"守卒贪其利，谓曰："汝仍作死状，吾当入禀。"时魏齐与宾客皆大醉，守卒禀曰："厕间死人腥臭甚，合当发出。"宾客皆曰："范睢虽然有罪，相国处之亦已足矣。"魏齐曰："可出之于郊外，使野鸢饱其馀肉也。"言罢，宾客皆散，魏齐亦回内宅。守卒挨至黄昏人静，乃私负范睢至其家。睢妻小相见，痛苦自不必说。范睢命取黄金相谢，又卸下苇薄，付与守卒，使弃野外，以掩人之目。守卒去后，妻小将血肉收拾干净，缚裹伤处，以酒食进之。范睢徐谓其妻曰："魏齐恨我甚，虽知吾死，尚有疑心。我之出厕，乘其醉耳，明日复求吾尸不得，必及吾家，吾不得生矣。吾有八拜兄弟郑安平，在西门之陋巷，汝可乘夜送我至彼，不可泄漏。俟月余，吾创愈当逃命于四方也。我去后，家中可发哀，如吾死一般，以绝其疑。"其妻依言，使仆人先往报知郑安平。郑安平即时至睢家看视，与其家人同携负以去。

次日，魏齐果然疑心范睢，恐其复苏，使人视其尸所在。守卒回报："弃野外无人之处，今惟苇薄在，想为犬豕衔去矣。"魏齐复使人瞷其家，举哀戴孝，方始坦然。再说范睢在郑安平家，敷药将息，渐渐平复。安平乃与睢共匿于具茨山，范睢更姓名曰张禄，山中人无知其为范睢者。过半岁，秦谒者王稽奉昭襄王之命出使魏国，居于公馆。郑安平诈为驿卒，伏侍王稽，应对敏捷，王稽爱之，因私问曰："汝知国有贤人未出仕者乎?”安平曰:“贤人何容易言也!向有一范雎者,其人智谋之士,相国棰之至死。”言未毕,王稽叹曰:“惜哉!此人不到我秦国,不得展其大才!”安平曰:“今臣里中有张禄先生,其才智不亚于范雎,君欲见其人否?”王稽曰:“既有此人,何不请来相会?”安平曰:“其人有仇家在国中,不敢昼行。若无此仇,久已仕魏,不待今日矣。”王稽曰:“夜至不妨,吾当候之。”郑安平乃使张禄亦扮做驿卒模样,以深夜至公馆来谒。王稽略叩以天下大势,范雎指陈了了,如在目前。王稽喜曰:“吾知先生非常人,能与我西游于秦否?”范雎曰:“臣禄有仇于魏,不能安居,若能挈行,实乃至愿。”王稽屈指曰:“度吾使事毕,更须五日。先生至期,可待我于三亭冈无人之处,当相载也。”过五日,王稽辞别魏王,群臣俱饯送于郊外,事毕俱别。王稽驱车至三亭冈上,忽见林中二人趋出,乃张禄、郑安平也。王稽大喜,如获奇珍,与张禄同车共载。一路饮食安息,必与相共,谈论投机,甚相亲爱。

不一日,已入秦界,至湖关,望见对面尘头起处,一群车骑自西而来。范雎问曰:“来者谁人?”王稽认得前驱,曰:“此丞相穰侯,东行郡邑耳。”原来穰侯名魏冉,乃是宣太后之弟。宣太后芈氏,楚女,乃昭襄王之母。昭襄王即位时,年幼未冠,宣太后临朝决政,用其弟魏冉为丞相,封穰侯。次弟芈戎,亦封华阳君,并专国用事。后昭襄王年长,心畏太后,乃封其弟公子悝为泾阳君,公子市为高陵君,欲以分芈氏之权。国中谓之“四贵”,然总不及丞相之尊也。丞相每岁时,代其王周行郡国,巡察官吏,省视城池,较阅车马,抚循百姓,此是旧规。今日穰侯东巡,前导威仪,王稽如何不认得。范雎曰:“吾闻穰侯专秦权,妒贤嫉能,恶纳诸侯宾客,恐其见辱,我且匿车厢中以避之。”须臾,穰侯至,王稽下车迎谒。穰侯亦下车相见,劳之曰:“谒君国事劳苦!”遂共立于车前,各叙寒温。穰侯曰:“关东近有何事?”王稽鞠躬对曰:“无有。”穰侯目视车中曰:“谒君得无与诸侯宾客俱来乎?此辈仗口舌游说人国,取富贵,全无实用!”王稽又对曰:“不敢!”穰侯既别去,范雎从车厢中出,便欲下车趋走。王稽曰:“丞相已去,先生可同载矣。”范雎曰:“臣潜窥穰侯之貌,眼多白而视邪,其人性疑而见事迟。向者目视车中,固已疑之。一时未即搜索,不久必悔,悔必复来,不若避之为安耳。"遂呼郑安平同走。王稽车仗在后,约行十里之程,背后马铃声响,果有二十骑从东如飞而来,赶着王稽车仗,言:"吾等奉丞相之命,恐大夫带有游客,故遣复行查看,大夫勿怪!"因遍索车中,并无外国之人,方才转身。王稽叹曰:"张先生真智士,吾不及也!"乃命催车前进,再行五六里,遇着了张禄、郑安平二人,邀使登车,一同竟入咸阳。髯翁有诗咏范雎去魏之事云:

料事前知妙若神,一时智术少俦伦。
信陵空养三千客,却放高贤遁入秦!

王稽朝见秦昭襄王,复命已毕,因进曰:"魏有张禄先生,智谋出众,天下奇才也。与臣言秦国之势,危于累卵,彼有策能安之,然非面对不可,臣故载与俱来。"秦王曰:"诸侯客好为大言,往往如此。姑使就客舍。"乃馆于下舍,以需召问。逾年不召,忽一日,范雎出行市上,见穰侯方征兵出征,范雎私问曰:"丞相征兵出征,将伐何国?"有一老者对曰:"欲伐齐纲寿也。"范雎曰:"齐兵曾犯境乎?"老者曰:"未曾。"范雎曰:"秦与齐东西悬绝,中间隔有韩、魏,且齐不犯秦,秦奈何涉远而伐之?"老者引范雎至僻处,言曰:"伐齐非秦王之意,因陶山在丞相封邑中,而纲寿近于陶,故丞相欲使武安君为将,伐而取之,以自广其封耳。"范雎回舍,遂上书于秦王。略曰:

羁旅臣张禄,死罪!死罪!奏闻秦王殿下:臣闻"明主立政,有功者赏,有能者官,劳大者禄厚,才高者爵尊。"故无能者不敢滥职,而有能者亦不得遗弃。今臣待命于下舍,一年于兹矣。如以臣为有用,愿借寸阴之暇,悉臣之说;如以臣为无用,留臣何为?夫言之在臣,听之在君,臣言而不当,请伏斧锧之诛未晚。毋以轻臣故,并轻举臣之人也。

秦王已忘张禄,及见其书,即使人以传车召至离宫相见。

秦王犹未至,范雎先到,望见秦王车骑方来,佯为不知,故意趋入永巷。宦者前行逐之,曰:"王来。"范雎谬言曰:"秦独有太后、穰侯耳,安得有王!"前行不顾。正争嚷间,秦王随后至,问宦者:"何为与客争论?"宦者述范雎之语。秦王亦不怒,遂迎之入于内宫,待以上客之礼，范睢逊让。秦王屏去左右，长跪而请曰："先生何以幸教寡人？"范睢曰："唯唯。"少顷，秦王又跪请如前。范睢又曰："唯唯。"如此三次。秦王曰："先生卒不幸教寡人，岂以寡人为不足语耶？"范睢对曰："非敢然也。昔者吕尚钓于渭滨，及遇文王，一言而拜为尚父，卒用其谋，灭商而有天下。箕子、比干身为贵戚，尽言极谏，商纣不听，或奴或诛，商遂以亡。此无他，信与不信之异也。吕尚虽疏而见信于文王，故王业归于周，而尚亦享有侯封，传之世世；箕子、比干虽亲，而不见信于纣，故身不免死辱，而无救于国。今臣羁旅之臣，居至疏之地，而所欲言者，皆兴亡大计，或关系人骨肉之间。不深言则无救于秦，欲深言则箕子、比干之祸随于后，所以王三问而不敢答者，未卜王心之信不信何如耳？"秦王复跪请曰："先生是何言也！寡人慕先生大才，故屏去左右，专意听教。事凡可言者，上及太后，下及大臣，愿先生尽言无隐。"秦王这句话，因是进永巷时，闻宦者述范睢之言"秦止有太后、穰侯，不闻有王"之语，心下疑惑，实落的要请教一番。这边范睢犹恐初见之时，万一语不投机，便绝了后来进言之路，况且左右窃听者多，恐其传说，祸且不测，故且将外边事情略说一番，以为引火之煤。乃对曰："大王以尽言命臣，臣之愿也！"遂下拜，秦王亦答拜，然后就座开言曰："秦地之险，天下莫及，其甲兵之强，天下亦莫敌。然兼并之谋不就，伯王之业不成，岂非秦之大臣计有所失乎？"秦王侧席问曰："请言失计何在？"范睢曰："臣闻穰侯将越韩、魏而攻齐，其计左矣。齐去秦甚远，有韩、魏以间之。王少出师，则不足以害齐；若多出师，则先为秦害。昔魏越赵而伐中山，即克其地，旋为赵有。何者，以中山近赵而远魏也。今伐齐而不克，为秦大辱，即伐齐而克，徒以资韩、魏，于秦何利焉？为大王计，莫比远交近而攻。远交以离人之欢，近攻以广我之地。自近而远，如蚕食叶，天下不难尽矣。"秦王又曰："远交近攻之道何如？"范睢曰："远交莫如齐、楚，近攻莫如韩、魏，既得韩、魏，齐、楚能独存乎？"秦王鼓掌称善，即拜范睢为客卿，号为张卿，用其计东伐韩、魏，止白起伐齐之师不行。

魏冉与白起一相一将，用事日久，见张禄骤然得宠，俱有不悦之意。惟秦王深信之，宠遇日隆，每每中夜独召计事，无说不行。范睢知秦王之心已固，请间，尽屏左右，进说曰："臣蒙大王过听，引与共事，臣虽粉骨碎身，无以为酬。虽然，臣有安秦之计，尚未敢尽效于王也。"秦王跪问曰："寡人以国托于先生，先生有安秦之计，不以此时辱教，尚何待乎？"范雎曰："臣前居山东时，闻齐但有孟尝君，不闻有齐王；闻秦但有太后、穰侯、华阳君、高陵君、泾阳君，不闻有秦王。夫制国之谓王，生杀予夺，他人不敢擅专。今太后恃国母之尊，擅行不顾者四十余年。穰侯独相秦国，华阳辅之，泾阳、高陵各立门户，生杀自由，私家之富十倍于公。大王拱手而享其空名，不亦危乎？昔崔杼擅齐，卒弑庄公；李兑擅赵，终戕主父。今穰侯内仗太后之势，外窃大王之威，用兵则诸侯震恐，解甲则列国感恩，广置耳目，布王左右，臣见王之独立于朝非一日矣。恐千秋万岁而后，有秦国者非王之子孙也！"秦王闻之，不觉毛骨悚然，再拜谢曰："先生所教，乃肺腑至言，寡人恨闻之不早。"遂于次日，收穰侯魏冉相印，使就国。穰侯取牛车于有司，徙其家财，千有余乘，奇珍异宝，皆秦内库所未有者。明日，秦王复逐华阳、高陵、泾阳三君于关外，安置太后于深宫，不许与闻政事。遂以范雎为丞相，封以应城，号为应侯。秦人皆谓张禄为丞相，无人知为范雎，惟郑安平知之，雎戒以勿泄，安平亦不敢言。时秦昭襄王之四十一年，周赧王之四十九年也。

是时，魏昭王已薨，子安釐王即位，闻知秦王新用张禄丞相之谋，欲伐魏国，急集群臣计议。信陵君无忌曰："秦兵不加魏者数年矣，今无故兴师，明欺我不能相持也。宜严兵固圉以待之。"相国魏齐曰："不然。秦强魏弱，战必无幸。闻丞相张禄乃魏人也，岂无香火之情哉？倘遣使赍厚币，先通张相，后谒秦王，许以纳质讲和，可保万全。"安釐王初即位，未经战伐，乃用魏齐之策，使中大夫须贾出使于秦。须贾奉命，竟至咸阳，下于馆驿。范雎知之，喜曰："须贾至此，乃吾报仇之日矣！"遂换去鲜衣，装作寒酸落魄之状，潜出府门，来到馆驿，徐步而入，谒见须贾。须贾一见，大惊曰："范叔固无恙乎？吾以汝被魏相打死，何以得命在此？"范雎曰："彼时将吾尸首掷于郊外，次日方苏，适遇有贾客过此，闻呻吟声，怜而救之。苟延一命，不敢回家，因间关来至秦国。不期复见大夫之面于此。"须贾曰："范叔岂欲游说于秦乎?”睢曰:“某昔日得罪魏国,亡命来此,得生为幸,尚敢开口言事耶?”须贾曰:“范叔在秦,何以为生?”睢曰:“为佣糊口耳。”须贾不觉动了哀怜之意,留之同坐,索酒食赐之。时值冬天,范睢衣敝,有战栗之状。须贾叹曰:“范叔一寒如此哉!”命取一绨袍与穿。范睢曰:“大夫之衣,某何敢当?”须贾曰:“故人何必过谦!”范睢穿袍,再四称谢,因问:“大夫来此何事?”须贾曰:“今秦相张君方用事,吾欲通之,恨无其人。孺子在秦久,岂有相识,能为我先容于张君者哉?”范睢曰:“某之主人翁与丞相善,臣尝随主人翁至丁相府。丞相好谈论,反覆之间,主人不给,某每助之一言。丞相以某有口辩,时赐酒食,得亲近。君若欲谒张君,某当同往。”须贾曰:“既如此,烦为订期。”范睢曰:“丞相事忙,今日适暇,何不即去?”须贾曰:“吾乘大车驾驷马而来,今马损足,车轴折,未能即行。”范睢曰:“吾主人翁有之,可假也。”范睢归府,取大车驷马至馆驿前,报须贾曰:“车马已备,某请为君御。”须贾欣然登车,范睢执辔。街市之人望见丞相御车而来,咸拱立两旁,亦或走避,须贾以为敬己,殊不知其为范睢也。

既至府前,范睢曰:“大夫少待于此,某当先入,为大夫通之。若丞相见许,便可入谒。”范睢径进府门去了。须贾下车,立于门外,候之良久,只闻府中鸣鼓之声,门上喧传:“丞相升堂。”属吏舍人奔走不绝,并不见范睢消息。须贾因问守门者曰:“向有吾故人范叔,入通相君,久而不出,子能为我召之乎?”守门者曰:“君所言范叔,何时进府?”须贾曰:“适间为我御车者是也。”门下人曰:“御车者乃丞相张君,彼私到驿中访友,故微服而出,何得言范叔乎?”须贾闻言,如梦中忽闻霹雳,心坎中突突乱跳,曰:“吾为范睢所欺,死期至矣!”常言道:“丑媳妇少不得见公婆。”只得脱袍解带,免冠徒跣,跪于门外,托门下人入报,但言:“魏国罪人须贾在外领死!”良久,门内传丞相召入。须贾愈加惶悚,俯首膝行,从耳门而进,直至阶前,连连叩首,口称:“死罪!”范睢威风凛凛,坐于堂上,问曰:“汝知罪么?”须贾俯伏应曰:“知罪!”范睢曰:“汝罪有几?”须贾曰:“擢贾之发,以数贾之罪,尚犹未足!”范睢曰:“汝罪有三:吾先人丘墓在魏,吾所以不愿仕齐,汝乃以吾有私于齐,妄言于魏齐之前,致触其怒,汝罪一也;当魏齐发怒,加以笞辱，至于折齿断胁，汝略不谏止，汝罪二也；及我昏愦，已弃厕中，汝复率宾客而溺我。昔仲尼不为已甚，汝何太忍乎?汝罪三也。今日至此，本该断头沥血，以酬前恨。汝所以得不死者，以绨袍恋恋，尚有故人之情，故苟全汝命，汝宜知感。"须贾叩头称谢不已。范睢麾之使去，须贾匍匐而出。于是秦人始知张禄丞相乃魏人范睢，假托来秦。

次日，范睢入见秦王，言："魏国恐惧，遣使乞和，不须用兵，此皆大王威德所致。"秦王大喜。范睢又奏曰："臣有欺君之罪，求大王怜恕，方才敢言。"秦王曰："卿有何欺?寡人不罪。"范睢奏曰："臣实非张禄，乃魏人范睢也。自少孤贫，事魏中大夫须贾为舍人。从贾使齐，齐王私馈臣金，臣坚却不受，须贾谤于相国魏齐，将臣捶击至死。幸而复苏，改名张禄，逃奔入秦，蒙大王拔之上位。今须贾奉使而来，臣真姓名已露，便当仍旧，伏望吾王怜恕!"秦王曰："寡人不知卿之受冤如此。今须贾既到，便可斩首，以快卿之愤。"范睢奏曰："须贾为公事而来，自古两国交兵，不斩来使，况求和乎?臣岂敢以私怨而伤公义!且忍心杀臣者，魏齐，不全关须贾之事。"秦王曰："卿先公后私，可谓大忠矣。魏齐之仇，寡人当为卿报之，来使从卿发落。"范睢谢恩而退。秦王准了魏国之和。

须贾入辞范睢，睢曰："故人至此，不可无一饭之敬。"使舍人留须贾于门中，吩咐大排筵席。须贾暗暗谢天道："惭愧!惭愧!难得丞相宽洪大量，如此相待，忒过礼了!"范睢退堂。须贾独坐门房中，有军牢守着，不敢转动。自辰至午，渐渐腹中空虚，须贾想道："我前日在馆驿中，见成饮食相待。今番答席，故人之情，何必过礼?"少顷，堂上陈设已完，只见府中发出一单，遍邀各国使臣，及本府有名宾客。须贾心中想道："此是请来陪我的了，但不知何国何人?少停坐次亦要斟酌，不好一概僭妄。"须贾方在踌躇，只见各国使人及宾客纷纷而到。径上堂阶。管席者传板报道："客齐!"范睢出堂相见，叙礼已毕，送盏定位，两庑下鼓乐交作，竟不呼召须贾。须贾那时又饥又渴，又苦又愁，又羞又恼，胸中烦懑，不可形容。三杯之后，范睢开言："还有一个故人在此，适才倒忘了。"众客齐起身道："丞相既有贵相知，某等礼合伺候。”范睢曰：“虽则故人，不敢与诸公同席。”乃命设一小座于堂下，唤魏客到，使两黥徒夹之以坐。席上不设酒食，但置炒熟料豆，两黥徒手捧而喂之，如喂马一般。众客甚不过意，问曰：“丞相何恨之深也？”范睢将旧事诉说一遍，众客曰：“如此亦难怪丞相发怒。”须贾虽然受辱，不敢违抗，只得将料豆充饥，食毕，还要叩谢。范睢瞋目数之曰：“秦王虽然许和，但魏齐之仇，不可不报。留汝蚁命，归告魏王，速斩魏齐头送来，将我家眷送入秦邦，两国通好。不然，我亲自引兵来屠大梁，那时悔之晚矣！”唬得须贾魂不附体，喏喏连声而出。不知魏国可曾斩魏齐头来献，且看下回分解。

第九十八回

质平原秦王索魏齐　败长平白起坑赵卒

话说须贾得命，连夜奔回大梁，来见魏王，述范睢吩咐之语。那送家眷是小事，要斩相国之头，干碍体面，难于启齿，魏王踌躇未决。魏齐闻知此信，弃了相印，连夜逃往赵国，依平原君赵胜去了。魏王乃大饰车马，将黄金百镒、采帛千端，送范睢家眷至咸阳。又告明："魏齐闻风先遁，今在平原君府中，不干魏国之事。"范睢乃奏闻秦王。秦王曰："赵与秦一向结好，渑池会上，结为兄弟，又将王孙异人为质于赵，欲以固其好也。前秦兵伐韩，围阏与，赵遣李牧救韩，大败秦兵，寡人向未问罪。今又擅纳丞相之仇人，丞相之仇，即寡人之仇，寡人决意伐赵，一则报阏与之恨，二者索取魏齐。"

乃亲帅师二十万，命王翦为大将，伐赵，拔三城。

是时赵惠文王方薨，太子丹立，是为孝成王。孝成王年少，惠文太后用事，闻秦兵深入，甚惧。时蔺相如病笃告老，虞卿代为相国。使大将廉颇帅师御敌，相持不决。虞卿言于惠文太后曰："事急矣！臣请奉长安君为质于齐以求救。"太后许之。原来惠文王之太后，乃齐湣王之女。其年齐襄王新薨，太子建即位，年亦少，君王后太史氏用事。两太后姑嫂之亲，亲情和睦，长安君又是惠文太后最爱之少子，往质于齐，君王后如何不动心？于是即命田单为大将，发兵十万，前来救赵。秦将王翦言于秦王曰："赵多良将，又有平原君之贤，未易攻也。况齐救将至，不如全师而归。"秦王曰："不得魏齐，寡人何面见应侯乎？"乃遣使谓平原君曰："秦之伐赵，为取魏齐耳！若能献出魏齐，即当退兵。"平原君对曰："魏齐不在臣家，大王无误听人言也。"使者三往，平原君终不肯认。秦王心中闷闷不悦，欲待进兵，又恐齐、赵合兵，胜负难料；欲待班师，魏齐如何可得？再四踌躇，生出一个计策来。乃为书谢赵王，略曰：

寡人与君，兄弟也。寡人误闻道路之言，魏齐在平原君所，是以兴兵索之。不然，岂敢轻涉赵境？所取三城，谨还归于赵。寡人愿复前好，往来无间。

赵王亦遣使答书，谢其退兵还城之意。田单闻秦师已退，亦归齐去讫。

秦王回至函谷关，复遣人以一缄致平原君赵胜。胜拆书看之，略曰：

寡人闻君之高义，愿与君为布衣之交。君幸过寡人，寡人愿与君为十日之饮。

平原君将书来见赵王，赵王集群臣计议，相国虞卿进曰："秦，虎狼之国也。昔孟尝君入秦，几乎不返。况彼方疑魏齐在赵，平原君不可往！"廉颇曰："昔蔺相如怀和氏璧单身入秦，尚能完归赵国，秦不欺赵。若不往，反起其疑。"赵王曰："寡人亦以此为秦王美意，不可违也。"遂命赵胜同秦使西入咸阳。秦王一见，欢若平生，日日设宴相待。盘桓数日，秦王因极欢之际，举卮向赵胜曰："寡人有请于君，君若见诺，乞饮此酌。”胜曰：“大王命胜，何敢不从！”因引卮尽之。秦王曰：“昔周文王得吕尚以为太公，齐桓公得管夷吾以为仲父，今范君亦寡人之太公、仲父也！范君之仇魏齐，托在君家，君可使人归取其头，以毕范君之恨，即寡人受君之赐！”赵胜曰：“臣闻之：‘贵而为友者，为贱时也；富而为友者，为贫时也。’夫魏齐，臣之友也。即使真在臣所，臣亦不忍出之，况不在乎？”秦王变色曰：“君必不出魏齐，寡人不放君出关！”赵胜曰：“关之出与不出，事在大王。且王以饮相召，而以威劫之，天下知曲直之所在矣。”

秦王知平原君不肯负魏齐，遂与之俱至咸阳，留于馆舍，使人遗赵王书，略曰：

> 王之弟平原君在秦，范君之仇魏齐在平原君之家，魏齐头旦至，平原君夕返。不然，寡人且举兵临赵，亲讨魏齐，又不出平原君于关，惟王谅之！

赵王得书大恐，谓群臣曰：“寡人岂为他国之亡臣，易吾国之镇公子？”乃发兵围平原君家，索取魏齐。平原君宾客多与魏齐有交，乘夜纵之逃出，往投相国虞卿。虞卿曰：“赵王畏秦甚于豺虎，此不可以言语争也。不如仍走大梁，信陵君招贤纳士，天下亡命者皆归之，又且平原君之厚交，必然相庇。虽然，君罪人不可独行，吾当与君同往！”即解相印，为书以谢赵王，与魏齐共变服为贱者，逃出赵国。既至大梁，虞卿乃伏魏齐于郊外，慰之曰：“信陵君慷慨丈夫，我往投之，必立刻相迎，不令君久待也。”虞卿徒步至信陵君之门，以刺通。主客者入报，信陵君方解发就沐，见刺，大惊曰：“此赵之相国，安得无故至此？”使主客者辞以主人方沐，暂请入坐，因叩其来魏之意。虞卿情急，只得将魏齐得罪于秦始末，及自家捐弃相印相随投奔之意，大略告诉一番。主客者复入言之。信陵君心中畏秦，不欲纳魏齐，又念虞卿千里相投一段意思，不好直拒，事在两难，犹豫不决。虞卿闻信陵君有难色，不即出见，大怒而去。信陵君问于宾客曰：“虞卿之为人何如？”时侯生在旁，大笑曰：“何公子之暗于事也？虞卿以三寸舌取赵王相印，封万户侯，及魏齐穷困而投虞卿，虞卿不爱爵禄之重，解绶相随，天下如此人有几？公子犹未定其贤否耶？”信陵君大惭，急挽发加冠，使舆人驾车疾驱郊外追之。

再说魏齐悬悬而望，待之良久，不见消息，想曰：“虞卿言信陵君慨慷丈夫，一闻必立刻相迎。今久而不至，事不成矣！”少顷，只见虞卿含泪而至曰：“信陵君非丈夫也，乃畏秦而却我。吾当与君间道入楚。”魏齐曰：“吾以一时不察，得罪于范叔，一累平原君，再累吾子，又欲子间关跋涉，乞残喘于不可知之楚，我安用生为？”即引佩剑自刎。虞卿急前夺之，喉已断矣。虞卿正在悲伤，信陵君车骑随到。虞卿望见，遂趋避他所，不与相见。信陵君见魏齐尸首，抚而哭之曰：“无忌之过也！”时赵王不得魏齐，又走了相国虞卿，知两人相随而去，非韩即魏，遣飞骑四出追捕。使者至魏郊，方知魏齐自刎。即奏知魏王，欲请其头，以赎平原君归国。信陵君方命殡殓魏齐尸首，意犹不忍。使者曰：“平原君与君一体也。平原之爱魏齐，与君又一心也。魏齐若在，臣何敢言？今惜已死，无知之骨，而使平原君长为秦虏，君其安乎？”信陵君不得已，乃取其首，用匣盛之，交封赵使，而葬其尸于郊外。髯翁有诗咏魏齐云：

无端辱士听须贾，只合捐生谢范睢。
残喘累人还自累，咸阳函首恨教迟！

虞卿既弃相印，感慨世情，遂不复游宦，隐于白云山中，著书自娱，讥刺时事，名曰《虞氏春秋》。髯翁亦有诗云：

不是穷愁肯著书，千秋高尚记虞兮。
可怜有用文章手，相印轻抛徇魏齐！

赵王将魏齐之首，星夜送至咸阳，秦王以赐范睢。范睢命漆其头为溺器，曰：“汝使宾客醉而溺我，今令汝九泉之下常含我溺也！”秦王以礼送平原君还赵，赵用为相国，以代虞卿之位。范睢又言于秦王曰：“臣布衣下贱，幸受知于大王，备位卿相，又为臣报切齿之仇，此莫大之恩也。但臣非郑安平不能延命于魏，非王稽不能获进于秦，愿大王贬臣爵秩，加此二臣，以毕臣报德之心，臣死无所恨！”秦王曰：“丞相不言，寡人几忘之！”即用王稽为河东守，郑安平为偏将军。于是专用范睢之谋，先攻韩、魏，遣使约好于齐、楚。范睢谓秦王曰：“吾闻齐之君王后贤而有智，当往试之。”乃命使者以玉连环献于君王后曰：

"齐国有人能解此环者，寡人愿拜下风!"君王后命取金锤在手，即时击断其环，谓使者曰:"传语秦王，老妇已解此环讫矣。"使者还报。范雎曰:"君王后果女中之杰，不可犯也。"于是与齐结盟，各无侵害，齐国赖以安息。

单说楚太子熊完为质于秦，秦留之十六年不遣。适秦使者约好于楚，楚使者朱英与俱至咸阳报聘。朱英因述楚王病势已成，恐遂不起。太傅黄歇言于熊完曰:"王病笃而太子留于秦，万一不讳，太子不在榻前，诸公子必有代立者，楚国非太子有矣。臣请为太子谒应侯而请之。"太子曰:"善。"黄歇遂造相府说范雎曰:"相君知楚王之病乎?"范雎曰:"使者曾言之。"黄歇曰:"楚太子久于秦，其与秦将相无不交亲者，倘楚王薨而太子得立，其事秦必谨。相君诚以此时归之于楚，太子之感相君无已也!若留之不遣，楚更立他公子，则太子在秦不过咸阳一布衣耳。况楚人愆于太子之不返，异日必不复委质事秦。夫留一布衣而绝万乘之好，臣窃以为非计也。"范雎首肯曰:"君言是也。"即以黄歇之言告于秦王，秦王曰:"可令太子傅黄歇先归问疾，病果笃，然后来迎太子。"黄歇闻太子不得同归，私与太子计议曰:"秦王留太子不遣，欲如怀王故事，乘急以求割地也。楚幸而来迎，则中秦之计;不迎，则太子终为秦虏矣。"太子跪请曰:"太傅计将若何?"黄歇曰:"以臣愚见，不如微服而逃。今楚使者报聘将归，此机不可失也!臣请独留，以死当之。"太子泣曰:"事若成，楚国当与太傅共之。"黄歇私见朱英，与之通谋，朱英许之。太子熊完乃微服为御者，与楚使者朱英执辔，竟出函谷关，无人知觉。黄歇守旅舍，秦王遣归问疾。黄歇曰:"太子适患病，无人守视，俟病稍愈，臣即当辞朝矣。"过半月，度太子已出关久，乃求见秦王，叩首谢罪曰:"臣歇恐楚王一旦不讳，太子不得立，无以事君，已擅遣之，今出关矣。歇本欺君之罪，请伏斧锧!"秦王大怒曰:"楚人乃多诈如此!"叱左右囚黄歇，将杀之。丞相范雎谏曰:"杀黄歇不能复还太子，而徒绝楚欢，不如嘉其忠而归之。楚王死，太子必嗣位，太子嗣位，歇必为相，楚君臣俱感秦德，其事秦必矣。"秦王以为然，乃厚赐黄歇，遣之归楚。史臣有诗云:

更衣执辔去如飞，险作咸阳一布衣。

不是春申有先见，怀王余涕又重挥。

歇归三月，而楚顷襄王薨，太子熊完立，是为考烈王。进太傅黄歇为相国，以淮北地十二县封春申君。黄歇曰："淮北地边齐，请置为郡，以便城守。臣愿远封江东。"考烈王乃改封黄歇于故吴之地。歇修阖闾故城，以为都邑；浚河于城内，四纵五横，以通太湖之水；改破楚门为昌门。时孟尝君虽死，而赵有平原君，魏有信陵君，方以养士相尚，黄歇慕之，亦招致宾客，食客常数千人。平原君赵胜常遣使至春申君家，春申君馆之于上舍。赵使者欲夸示楚人，用玳瑁为簪，以珠玉饰刀剑之室。及见春申君客三千余人，其上客皆以明珠为履，赵使大惭。春申君用宾客之谋，北兼邹、鲁之地，用贤士荀卿为兰陵令，修举政法，练习兵士，楚国复强。

话分两头。再说秦昭襄王已结齐、楚，乃使大将王龁帅师伐韩，从渭水运粮，东入河洛，以给军饷。拔野王城，上党往来路绝。上党守臣冯亭与其吏民议曰："秦据野王，则上党非韩有矣。与其降秦，不如降赵。秦怒赵得地，必移兵于赵，赵受兵，必亲韩，韩、赵同患，可以御秦。"乃遣使持书并上党地图献于赵孝成王。时孝成王之四年，周赧王之五十三年也。

赵王夜卧得一梦，梦衣偏裻之衣，有龙自天而下，王乘之，龙即飞去，未至于天而坠，见两旁有金山、玉山二座，光辉夺目。王觉，召大夫赵禹，以梦告之。赵禹对曰："偏衣者，合也；乘龙上天，升腾之象；坠地者，得地也；金玉成山者，货财充溢也。大王目下必有广地增财之庆，此梦大吉。"赵王喜，复召筮史敢占之。敢对曰："偏衣者，残也；乘龙上天，不至而坠者，事多中变，有名无实也；金玉成山，可观而不可用也。此梦不吉，王其慎之！"赵王心惑赵禹之言，不以筮史为然。后三日，上党太守冯亭使者至赵。赵王发书观之，略曰：

> 秦攻韩急，上党将入于秦矣！其吏民不愿附秦，而愿附赵，臣不敢违吏民之欲，谨将所辖十七城，再拜献之于大王。惟大王辱收之！

赵王大喜曰："禹所言广地增财之庆，今日验矣！"平阳君赵豹谏曰："臣闻无故之利，谓之祸殃，王勿受也。"赵王曰："人畏秦而怀赵，是以来归，何谓无故?”赵豹对曰:“秦蚕食韩地，拔野王，绝上党之道，不令相通，自以为掌握中物，坐而得之，一旦为赵所有，秦岂能甘心哉?秦力其耕，而赵收其获，此臣所谓‘无故之利’也。且冯亭所以不入地于秦，而入之于赵者，将嫁祸于赵，以舒韩之困也。王何不察耶?”赵王不以为然，再召平原君赵胜决之。胜对曰:“发百万之众而攻人国，逾年历岁未得一城。今不费寸兵斗粮，得十七城，此莫大之利，不可失也。”赵王曰:“君此言，正合寡人之意。”乃使平原君率兵五万，往上党受地，封冯亭以三万户，号华陵君，仍为守。其县令十七人，各封以三千户，皆世袭称侯。冯亭闭门而泣，不与平原君相见。平原君固请之，亭曰:“吾有三不义，不可以见使者:为主守地不能死，一不义也;不由主命，擅以地入赵，二不义也;卖主地以得富贵，三不义也。”平原君叹曰:“此忠臣也!”候其门，三日不去。冯亭感其意，乃出见，犹垂涕不止:愿交割地面，别选良守。平原君再三抚慰曰:“君之心事，胜已知之，君不为守，无以慰吏民之望。”冯亭乃领守如故，竟不受封。平原君将别，冯亭谓曰:“上党所以归赵者，以力不能独抗秦也。望公子奏闻赵王，大发士卒，急遣名将，为御秦计。”平原君回报赵王。赵王置酒贺得地，徐议发兵，未决，秦大将王龁进兵围上党。冯亭坚守两月，赵援兵犹未至，乃率其吏民奔赵。时赵王拜廉颇为上将，率兵二十万来援上党。行至长平关，遇冯亭，方知上党已失，秦兵日近。乃就金门山下列营筑垒，东西各数十，如列星之状;别分兵一万，使冯亭守光狼城;又分兵二万，使都尉盖负、盖同分领之，守东西二鄣城;又使裨将赵茄远探秦兵。

却说赵茄领军五千，哨探出长平关外约二十里，正遇秦将司马梗亦行探来到。赵茄欺司马梗兵少，直前搏战。正在交锋，秦第二哨张唐兵又到，赵茄心慌手慢，被司马梗一刀斩之，乱杀赵兵。廉颇闻前哨有失，传谕各垒用心把守，勿与秦战;且使军士掘地深数丈以注水，军中都不解其意。王龁大军已到，距金门山十里下寨。先分军攻二鄣城，盖负、盖同出战皆败没。王龁乘胜攻光狼城，司马梗奋勇先登，大军继之，冯亭复败走，奔金门山大营，廉颇纳之。秦兵又来攻垒，廉颇传令:“出战者，虽胜亦斩!”王龁攻之不入，乃移营逼之，去赵营仅五里，挑战几次，赵兵终不出。王龁曰："廉颇老将，其行军持重，未可动也。"偏将王陵献计曰："金门山下有流涧，名曰杨谷，秦、赵之军共取汲于此涧。赵垒在涧水之南，而秦垒踞其西，水势自西而流于东南，若绝断此涧，使水不东流，赵人无汲，不过数日军必乱，乱而击之，无不胜矣。"王龁以为然，使军士将涧水筑断。至今杨谷名为绝水，为此也。谁知廉颇预掘深坎，注水有余，日用不乏。

秦、赵相持四个月，王龁不得一战，无可奈何，遣使入告于秦王，秦王召应侯范睢计议，范睢曰："廉颇吏事久，知秦军强，不轻战，彼以秦兵道远，不能持久，欲以老我而乘其隙。若此人不去，赵终未可入也。"秦王曰："卿有何计，可以去廉颇乎？"范睢屏左右言曰："要去廉颇，须用'反间之计'，如此恁般，非费千金不可。"秦王大喜，即以千金付范睢，乃使其心腹门客，从间道入邯郸，用千金贿赂赵王左右，布散流言曰："赵将惟马服君最良，闻其子赵括勇过其父，若使为将，诚不可当！廉颇老而怯，屡战俱败，失亡赵卒三四万，今为秦兵所逼，不日将出降矣。"赵王先闻赵茄等被杀，连失三城，使人往长平催颇出战。廉颇主"坚壁"之谋。不肯出战，赵王已疑其怯，及闻左右反间之言，信以为实，遂召赵括问曰："卿能为我击秦军乎？"括对曰："秦若使武安君为将，尚费臣筹画，如王龁不足道矣。"赵王曰："何以言之？"赵括曰："武安君数将秦军，先败韩、魏于伊阙，斩首二十四万；再攻魏，取大小六十一城；又南攻楚，拔鄢、郢，定巫、黔；又复攻魏，走芒卯，斩首十三万；又攻韩，拔五城，斩首五万；又斩赵将贾偃，沉其卒二万人于河。战必胜，攻必取，其威名素著，军士望风而栗，臣若与对垒，胜负居半，故尚费筹画。如王龁新为秦将，乘廉颇之怯，故敢于深入，若遇臣，如秋叶之遇风，不足当迅扫也。"赵王大悦，即拜赵括为上将，赐黄金彩帛，使持节往代廉颇，复益劲军二十万。

括阅军毕，车载金帛，归见其母。母曰："汝父临终遗命，戒汝勿为赵将，汝今日何不辞之？"括曰："非不欲辞，奈朝中无如括者！"母乃上书谏曰："括徒读父书，不知通变，非将才，愿王勿遣！"赵王召其母至，亲叩其说。母对曰："括父奢为将，所得赏赐，尽以与军吏；受命之日，即宿于军中，不问及家事，与士卒同甘苦；每事必博谘于众，不敢自专。今括一旦为将，东乡而朝，军吏无敢仰视；所赐金帛，悉归私家。为将岂宜如此？括父临终，尝戒妾曰：‘括若为将，必败赵兵！’妾谨识其言，愿王别选良将，切不可用括！”赵王曰：“寡人意已决矣。”母曰：“王即不听妾言，倘兵败，妾一家请无连坐。”赵王许之。赵括遂引军出邯郸，望长平进发。

再说范雎所遣门客，犹在邯郸，备细打听，尽知赵括向赵王所说之语，赵王已拜为大将，择日起程，遂连夜奔回咸阳报信。秦王与范雎计议曰：“非武安君不能了此事也！”乃更遣白起为上将，王龁副之，传令军中秘密其事：“有人泄漏武安君为将者斩！”

再说赵括至长平关，廉颇验过符节，即将军籍交付赵括。独引亲军百余人，回邯郸去讫。赵括将廉颇约束尽行更改，军垒合并成大营。时冯亭在军中，固谏不听。括又以自己所带将士易去旧将，严谕：“秦兵若来，各要奋勇争先。如遇得胜，便行追逐，务使秦军一骑不返！”白起既入秦军，闻赵括更易廉颇之令，先使卒三千人出营挑战。赵括辄出万人来迎，秦军大败奔回。白起登壁上望赵军，谓王龁曰：“吾知所以胜之矣！”赵括胜了一阵，不禁手舞足蹈，使人至秦营下战书。白起使王龁批：“来日决战。”因退军十里，复营于王龁旧屯之处。赵括喜曰：“秦兵畏我矣！”乃椎牛飨士，传令：“来日大战，定要生擒王龁，与诸侯做个笑话！”白起安营已定，大集诸将听令。使将军王贲、王陵率万人列阵，与赵括更迭交战，只要输不要赢，引得赵兵来攻秦壁，便算一功。再唤大将司马错、司马梗二人，各引兵一万五千，从间道绕出赵军之后绝其粮道。又遣大将胡伤引兵二万屯于左近，只等赵人开壁出逐秦军，即便杀出，要将赵军截为二段。又遣大将蒙骜、王翦各率轻骑五千，伺候接应。白起与王龁坚守老营。正是：“安排地网天罗计，待捉龙争虎斗人。”

再说赵括吩咐军中，四鼓造饭，五鼓结束，平明列阵前进。行不五里遇见秦兵，两阵对圆，赵括使先锋傅豹出马，秦将王贲接战，约三十余合，王贲败走，傅豹追之，赵括复遣王容率军帮助。又遇秦将王陵，略战数合，王陵又败。赵括见赵兵连胜，自率大军来追，冯亭又谏曰：“秦人多诈，其败不可信也，元帅勿追！”赵括不听，追奔十余里，及于秦壁。王贲、王陵绕营而走，秦壁不开。赵括传令一齐攻打，连打数日，秦军坚守不可入。赵括使人催取后军，移营齐进。只见赵将苏射飞骑而来，报曰："后营被秦将胡伤引兵冲出遏住，不得前来！"赵括大怒曰："胡伤如此无礼，吾当亲往！"使人探听秦军行动，回报道："西路军马不绝，东路无人。"赵括麾军从东路而转，行不上二三里，大将蒙骜一军从刺斜里杀出，大叫："赵括你中了我武安君之计，还不投降！"赵括大怒，挺戟欲战蒙骜，偏将王容出曰："不劳元帅，容某建功。"王容便接住蒙骜交锋。王翦一军又至，赵兵折伤颇众。赵括料难取胜，鸣金收军，就便择水草处安营。冯亭又谏曰："军气用锐，今我兵虽失利，苟能力战，尚可脱归本营，并力拒敌。若在此安营，腹背受困，将来不可复出！"赵括又不听。使军士筑成长垒，坚壁自守；一面飞奏赵王求援，一面催取后队粮饷。谁知运粮之路，又被司马错、司马梗引兵塞断。白起大军遮其前，胡伤、蒙骜等大军截其后，秦军每日传武安君将令，招赵括投降。赵括此时方知白起真在军中，唬得心胆俱裂。

再说秦王得武安君捷报，知赵括兵困长平，亲命驾来至河内，尽发民家壮丁，凡年十五以上，皆令从军，分路掠取赵人粮草，遏绝救兵。赵括被秦军围困，凡四十六日，军中无粮，士卒自相杀食，赵括不能禁止。乃将军将分为四队：傅豹一队向东，苏射一队向西，冯亭一队向南，王容一队向北。吩咐四队，一齐鸣鼓，夺路杀出，如一路打通，赵括便招引三路齐走。谁知武安君白起又预选射手，环赵垒埋伏，凡遇赵垒中出来者，不拘兵将便射。四队军马冲突三四次，俱被射回。又过一月，赵括不胜其愤，精选上等锐卒五千人，俱穿重铠，乘坐骏马，赵括握戟当先，傅豹、王容紧帮在后，冒围突出。王翦、蒙骜二将齐上，赵括大战数合不能透围，复身欲归长垒，马蹶坠地，中箭而亡。赵军大乱，傅豹、王容俱死。苏射引冯亭共走，冯亭曰："吾三谏不从，今至于此，天也！又何逃乎？"乃自刎而亡。苏射奔脱，往胡地去讫。白起竖起招降旗，赵军皆弃兵解甲，投拜呼："万岁！"白起使人揭赵括之首，往赵营招抚。营中军士尚二十余万，闻主帅被杀，无人敢出拒战，亦皆愿降。甲胄器械堆积如山，营中辎重悉为秦有。白起与王龁计议曰："前秦已拔野王，上党在掌握中，其吏民不乐为秦，而愿归赵。今赵卒先后降者，总合来将近四十万之众，倘一旦有变，何以防之？"乃将降卒分为十营，使十将以统之，配以秦军二十万，各赐以牛酒，声言："明日武安君将汰选赵军，凡上等精锐能战者，给以器械，带回秦国，随征听用；其老弱不堪，或力怯者，俱发回赵。"赵军大喜。是夜，武安君密传一令于十将："起更时分，但是秦兵，都要用白布一片裹首。凡首无白布者，即系赵人，当尽杀之。"秦兵奉令，一齐发作。降卒不曾准备，又无器械，束手受戮。其逃出营门者，又有蒙骜、王翦等引军巡逻，获住便砍。四十万军，一夜俱尽。血流淙淙有声，杨谷之水，皆变为丹，至今号为丹水。武安君收赵卒头颅聚于秦垒之间，谓之头颅山。因以为台，其台崔嵬杰起，亦号白起台。台下即杨谷也。后来大唐玄宗皇帝巡幸至此，凄然长叹，命三藏高僧设水陆七昼夜，超度坑卒亡魂，因名其谷曰省冤谷。此是后话。史臣有诗云：

高台百尺尽头颅，何止区区万骨枯！
矢石无情缘斗胜，可怜降卒有何辜？

通计长平之战，前后斩虏首共四十五万人，连王龁先前投下降卒，并皆诛戮。止存年少者二百四十人未杀，放归邯郸，使宣扬秦国之威。不知赵国存亡何如，且看下回分解。

第九十九回

武安君含冤死杜邮　吕不韦巧计归异人

话说赵孝成王初时接得赵括捷报，心中大喜，已后闻赵军困于长平，正欲商量遣兵救援，忽报："赵括已死，赵军四十余万尽降于秦，被武安君一夜坑杀，止放二百四十人还赵。"赵王大惊，群臣无不悚惧。

国中子哭其父，父哭其子，兄哭其弟，弟哭其兄，祖哭其孙，妻哭其夫，沿街满市号痛之声不绝。惟赵括之母不哭，曰："自括为将时，老妾已不看作生人矣。"赵王以赵母有前言，不加诛，反赐粟帛以慰之。又使人谢廉颇。赵国正在惊惶之际，边吏又报道："秦兵攻下上党，十七城皆已降秦。今武安君亲率大军前进，声言欲围邯郸。"赵王问群臣："谁能止秦兵者？"群臣莫应。平原君归家，遍问宾客，宾客亦无应者。适苏代客于平原君之所，自言："代若至咸阳，必能止秦兵不攻赵。"平原君言于赵王，赵王大出金币，资之入秦。

苏代往见应侯范睢，睢揖之上坐，问曰："先生何为而来？"苏代曰："为君而来。"范睢曰："何以教我？"苏代曰："武安君已杀马服子乎？"睢应曰："然。"代曰："今且围邯郸乎？"睢又应曰："然。"代曰："武安君用兵如神，身为秦将，所收夺七十余城，斩首近百万，虽伊尹、吕望之功，不加于此。今又举兵而围邯郸，赵必亡矣！赵亡，则秦成帝业，秦成帝业，则武安君为佐命之元臣，如伊尹之于商，吕望之于周。君虽素贵，不能不居其下也！"范睢愕然前席曰："然则如何？"苏代曰："君不如许韩、赵割地以和于秦。夫割地以为君功，而又解武安君之兵柄，君之位则安于泰山矣！"范睢大喜，明日即言于秦王曰："秦兵在外日久，已劳苦，宜休息。不如使人谕韩、赵，使割地以求和。"秦王曰："惟相国自裁。"于是范睢复大出金帛，以赠苏代之行，使之往说韩、赵。韩、赵二王惧秦，皆听代计。韩许割垣雍一城，赵许割六城，各遣使求和于秦。秦王初嫌韩止一城太少，使者曰："上党十七县，皆韩物也！"秦王乃笑而受之，召武安君班师。

白起连战皆胜，正欲进围邯郸，忽闻班师之诏，知出于应侯之谋，乃大恨。自此白起与范睢有隙。白起宣言于众曰："自长平之败，邯郸城中一夜十惊，若乘胜往攻，不过一月可拔矣。惜乎应侯不知时势，主张班师，失此机会！"秦王闻之，大悔曰："起既知邯郸可拔，何不早奏？"乃复使起为将，欲使伐赵。白起适有病不能行，乃改命大将王陵。陵率军十万伐赵，围邯郸城。赵王使廉颇御之。颇设守甚严，复以家财募死士，时时夜缒城往砍秦营。王陵兵屡败。时武安君病已愈，秦王欲使代王陵，武安君奏曰："邯郸实未易攻也。前者大败之后，百姓震恐不宁，因而乘之，彼守则不固，攻则无力，可克期而下。今二岁余矣，其痛已定，又廉颇老将，非赵括比。诸侯见秦之方和于赵，而复攻之，皆以秦为不可信，必将'合从'而来救，臣未见秦之胜也！"秦王强之行，白起固辞。秦王复使应侯往请，武安君怒应侯前阻其功，遂称疾。秦王问应侯曰："武安君真病乎？"应侯曰："病之真否未可知，然不肯为将，其志已坚。"秦王怒曰："起以秦别无他将，必须彼耶?昔长平之胜,初用兵者王龁也,龁何遽不如起?”乃益兵十万,命王龁往代王陵。王陵归国,免其官。王龁围邯郸,五月不能拔。武安君闻之,谓其客曰:“吾固言邯郸未易攻,王不听吾言,今竟如何?”客有与应侯客善者,泄其语。应侯言于秦王,必欲使武安君为将,武安君遂伪称病笃。秦王大怒,削武安君爵土,贬为士伍,迁于阴密,立刻出咸阳城中,不许暂停。武安君叹曰:“范蠡有言:‘狡兔死,走狗烹。’吾为秦攻下诸侯七十余城,故当烹矣!”于是出咸阳西门,至于杜邮暂歇,以待行李。应侯复言于秦王曰:“白起之行,其心怏怏不服,大有怨言,其托病非真,恐适他国为秦害。”秦王乃遣使赐以利剑,令自裁。使者至杜邮,致秦王之命。武安君持剑在手,叹曰:“我何罪于天,而至此!”良久曰:“我固当死!长平之役,赵卒四十余万来降,我挟诈一夜尽坑之,彼诚何罪?我死固其宜矣!”乃自刭而死。时秦昭襄王之五十年十一月,周赧王之五十八年也。秦人以白起死非其罪,无不怜之,往往为之立祠。后至大唐末年,有天雷震死牛一只,牛腹有白起二字。论者谓白起杀人太多,故数百年后,尚受畜生雷震之报。杀业之重如此,为将者可不戒哉!

秦王既杀白起,复发精兵五万,令郑安平将之,往助王龁,必攻下邯郸方已。赵王闻秦益兵来攻,大惧,遣使分路求救于诸侯。平原君赵胜曰:“魏,吾姻家,且素善,其救必至;楚大而远,非以‘合从’说之不可,吾当亲往。”于是约其门下食客,欲得文武备具者二十人同往。三千余人内,文者不武,武者不文,选来选去,止得一十九人,不足二十之数。平原君叹曰:“胜养士数十年于兹矣,得士之难如此哉?”有下座客一人出言曰:“如臣者,不识可以备数乎?”平原君问其姓名,对曰:“臣姓毛名遂,大梁人,客君门下三年矣。”平原君笑曰:“夫贤士处世,譬如锥之处于囊中,其颖立露。今先生处胜门下三年,胜未有所闻,是先生于文武一无所长也。”毛遂曰:“臣今日方请处囊中耳!使早处囊中,将突然尽脱而出,岂特露颖而已哉?”平原君异其言,乃使凑二十人之数。即日辞了赵王,望陈都进发。既至,先通春申君黄歇。歇素与平原君有交,乃为之转通于楚考烈王。

平原君黎明入朝，相见礼毕，楚王与平原君坐于殿上，毛遂与十九人俱叙立于阶下。平原君从容言及"合从"却秦之事。楚王曰："'合从'之约，始事者赵，后听张仪游说，其约不坚。先怀王为'从约长'，伐秦不克；齐湣王复为'从约长'，诸侯背之。至今列国以'从'为讳，此事如团沙，未易言也。"平原君曰："自苏秦倡'合从'之议，六国约为兄弟，盟于洹水，秦兵不敢出函谷关者十五年。其后，齐、魏受犀首之欺，欲其伐赵，怀王受张仪之欺，欲其伐齐，所以从约渐解。使三国坚守洹水之誓，不受秦欺，秦其奈之何哉？齐湣王名为'合从'，实欲兼并，是以诸侯背之，岂'合从'之不善哉？"楚王曰："今日之势，秦强而列国俱弱，但可各图自保，安能相为？"平原君曰："秦虽强，分制六国则不足；六国虽弱，合制秦则有馀。若各图自保，不思相救，一强一弱，胜负已分，恐秦师之日进也。"楚王又曰："秦兵一出而拔上党十七城，坑赵卒四十余万，合韩、赵二国之力，不能敌一武安君。今又进逼邯郸，楚国僻远，能及于事乎？"平原君曰："寡君任将非人，致有长平之失。今王陵、王龁二十余万之众顿于邯郸之下，先后年余，不能损赵之分毫。若救兵一集，可以大挫其锋，此数年之安也。"楚王曰："秦新通好于楚，君欲寡人'合从'救赵，秦必迁怒于楚，是代赵而受怨矣。"平原君曰："秦之通好于楚者，欲专事于三晋。三晋既亡，楚其能独立哉？"楚王终有畏秦之心，迟疑不决。

毛遂在阶下顾视日晷，已当午矣。乃按剑历阶而上，谓平原君曰："'从'之利害，两言可决。今自日出入朝，日中而议犹未定，何也？"楚王怒问曰："彼何人？"平原君曰："此臣之客毛遂。"楚王曰："寡人与汝君议事，客何得多言？"叱之使去。毛遂走上几步，按剑而言曰："'合从'乃天下大事，天下人皆得议之！吾君在前，叱者何也？"楚王色稍舒，问曰："客有何言？"毛遂曰："楚地五千余里，自文、武称王，至今雄视天下，号为盟主。一旦秦人崛起，数败楚兵，怀王囚死。白起小竖子一战再战，鄢、郢尽没，被逼迁都。此百世之怨，三尺童子犹以为羞，大王独不念乎？今日'合从'之议，为楚，非为赵也！"楚王曰："唯唯。"遂曰："大王之意已决乎？"楚王曰："寡人意已决矣！"毛遂呼左右，取歃血盘至，跪进于楚王之前曰："大王为'从约长'，当先歃，次则吾君，次则臣毛遂。”于是从约遂定。毛遂歃血毕，左手持盘，右手招十九人曰：“公等宜共歃于堂下！公等所谓‘因人成事’者也。”楚王既许“合从”，即命春申君将八万人救赵。平原君归国，叹曰：“毛先生三寸之舌，强于百万之师！胜阅人多矣，乃今于毛先生而失之，胜自今不敢复相天下士矣。”自是以遂为上客。正是：

橹樯空大随人转，秤锤虽小压千斤。
利锥不与囊中处，文武纷纷十九人。

时魏安釐王遣大将晋鄙帅兵十万救赵，秦王闻诸侯救至，亲至邯郸督战，使人谓魏王曰：“秦攻邯郸，旦暮且下矣。诸侯有敢救者，必移兵先击之！”魏王大惧，遣使者追及晋鄙军，戒以勿进，晋鄙乃屯于邺下。春申君亦即屯兵于武关，观望不进。此段事权且放过。

却说秦王孙异人，自秦、赵会渑池之后，为质于赵。那异人乃安国君之次子。安国君名柱，字子傒，昭襄王之太子也。安国君有子二十余人，皆诸姬所出，非適子。所宠楚妃，号为华阳夫人，未有子。异人之母曰夏姬，无宠，又早死，故异人质赵，久不通信。当王翦伐赵，赵王迁怒于质子，欲杀异人，平原君谏曰：“异人无宠，杀之何益？徒令秦人借口，绝他日通和之路。”赵王怒犹未息，乃安置异人于丛台，命大夫公孙乾为馆伴，使出入监守，又削其廪禄。异人出无兼车，用无余财，终日郁郁而已。

时有阳翟人姓吕，名不韦，父子为贾，平日往来各国，贩贱卖贵，家累千金。其时适在邯郸，偶于途中望见异人，生得面如傅粉，唇若涂朱，虽在落寞之中，不失贵介之气。不韦暗暗称奇，指问旁人曰：“此何人也？”答曰：“此乃秦王太子安国君之子，质于赵国，因秦兵屡次犯境，我王几欲杀之。今虽免死，拘留丛台，资用不给，无异穷人。”不韦私叹曰：“此奇货可居也！”乃归问其父曰：“耕田之利几倍？”父曰：“十倍。”又问：“贩卖珠玉之利几倍？”父曰：“百倍。”又问：“若扶立一人为王，掌握山河，其利几倍？”父笑曰：“安得王而立之？其利千万倍，不可计矣！”不韦乃以百金结交公孙乾，往来渐熟，因得见异人，佯为不知，问其来历，公孙乾以实告。一日，公孙乾置酒请吕不韦，不韦曰：“座间别无他客，既是秦国王孙在此，何不请来同坐？”公孙乾从其命,即请异人与不韦相见,同席饮酒。至半酣,公孙乾起身如厕,不韦低声而问异人曰:“秦王今老矣。太子所爱者华阳夫人,而夫人无子。殿下兄弟二十余人,未有专宠,殿下何不以此时求归秦国,事华阳夫人,求为之子,他日有立储之望。”异人含泪对曰:“某岂望及此!但言及故国,心如刀刺,恨未有脱身之计耳。”不韦曰:“某家虽贫,请以千金为殿下西游,往说太子及夫人,救殿下还朝,如何?”异人曰:“若如君言,倘得富贵,与君共之!”言甫毕,公孙乾到,问曰:“吕君何言?”不韦曰:“某问王孙以秦中之玉价,王孙辞我以不知也。”公孙乾更不疑惑,命酒更酌,尽欢而散。自此不韦与异人时常相会,遂以五百金密付异人,使之买嘱左右,结交宾客。公孙乾上下俱受异人金帛,串做一家,不复疑忌。

不韦复以五百金市买奇珍玩好,别了公孙乾,竟至咸阳。探得华阳夫人有姊,亦嫁于秦,先买嘱其家左右,通话于夫人之姊,言:“王孙异人在赵,思念太子夫人,有孝顺之礼,托其转送。这些小之仪,亦是王孙奉候姨娘者。”遂将金珠一函献上。姊大喜,自出堂,于帘内见客,谓不韦曰:“此虽王孙美意,有劳尊客远涉。今王孙在赵,未审还想故土否?”不韦答曰:“某与王孙公馆对居,有事罄与某说,某尽知其心事,日夜思念太子夫人,言自幼失母,夫人便是他嫡母,欲得回国奉养,以尽孝道。”姊曰:“王孙向来安否?”不韦曰:“因秦兵屡次伐赵,赵王每每欲将王孙来斩,喜得臣民尽皆保奏,幸存一命,所以思归愈切。”姊曰:“臣民何故保他?”不韦曰:“王孙贤孝无比,每遇秦王太子及夫人寿诞,及元旦朔望之辰,必清斋沐浴,焚香西望拜祝,赵人无不知之。又且好学重贤,交结诸侯宾客遍于天下,天下皆称其贤孝。以此臣民尽行保奏。”不韦言毕,又将金玉宝玩,约值五百金,献上曰:“王孙不得归侍太子夫人,有薄礼权表孝顺,相求王亲转达!”姊命门下客款待不韦酒食,遂自入告于华阳夫人。夫人见珍玩,以为:“王孙真念我!”心中甚喜。夫人姊回复吕不韦,不韦因问姊曰:“夫人有子几人?”姊曰:“无有。”不韦曰:“吾闻:‘以色事人者,色衰而爱弛。’今夫人事太子甚爱而无子,及此时宜择诸子中贤孝者为子,百岁之后,所立子为王,终不失势。不然,他日一旦色衰爱弛,悔无及矣!今异人贤孝，又自附于夫人，自知中男不得立，夫人诚拔以为適子，夫人不世世有宠于秦乎？”姊复述其言于华阳夫人。夫人曰：“客言是也。”一夜，与安国君饮正欢，忽然涕泣，太子怪而问之。夫人曰：“妾幸得充后宫，不幸无子，君诸子中惟异人最贤，诸侯宾客来往，俱称誉之不容口。若得此子为嗣，妾身有托。”太子许之。夫人曰：“君今日许妾，明日听他姬之言，又忘之矣。”太子曰：“夫人倘不相信，愿刻符为誓！”乃取玉符，刻“適嗣异人”四字，而中剖之，各留其半，以此为信。夫人曰：“异人在赵，何以归之？”太了口：“当乘间请于王也。”

时秦昭襄王方怒赵，太子言于王，王不听。不韦知王后之弟杨泉君方贵幸，复贿其门下，求见杨泉君，说曰：“君之罪至死，君知之乎？”杨泉君大惊曰：“吾何罪？”不韦曰：“君之门下，无不居高官，享厚禄，骏马盈于外厩，美女充于后庭；而太子门下，无富贵得势者。王之春秋高矣，一旦山陵崩，太子嗣位，其门下怨君必甚，君之危亡可待也！”杨泉君曰：“为今之计当如何？”不韦曰：“鄙人有计，可以使君寿百岁，安于泰山，君欲闻否？”杨泉君跪请其说，不韦曰：“王年高矣，而子傒又无適男，今王孙异人贤孝闻于诸侯，而弃在于赵，日夜引领思归，君诚请王后言于秦王，而归异人，使太子立为適子，是异人无国而有国，太子之夫人无子而有子，太子与王孙之德王后者，世世无穷，君之爵位可长保也。”杨泉君下拜曰：“谨谢教！”即日以不韦之言告于王后，王后因为秦王言之。秦王曰：“俟赵人请和，吾当迎此子归国耳。”太子召吕不韦问曰：“吾欲迎异人归秦为嗣，父王未准，先生有何妙策？”不韦叩首曰：“太子果立王孙为嗣，小人不惜千金家业，赂赵当权，必能救回。”太子与夫人俱大喜，将黄金三百镒付吕不韦，转付王孙异人为结客之费。王后亦出黄金二百镒，总付不韦。夫人又为异人制衣服一箱，亦赠不韦黄金共百镒。预拜不韦为异人太傅，使传语异人：“只在旦晚，可望相见，不必忧虑。”不韦辞归，回至邯郸，先见父亲，说了一遍，父亲大喜。次日，即备礼谒见公孙乾，然后见王孙异人，将王后及太子夫人一段说话细细详述，又将黄金五百镒及衣服献上。异人大喜，谓不韦曰：“衣服我留下，黄金烦先生收去，倘有用处，但凭先生使费，只要救得我归国，感恩不浅！”

再说不韦向取下邯郸美女，号为赵姬，善于歌舞，知其怀娠两月，心生一计，想道："王孙异人回国，必有继立之分。若以此姬献之，倘然生得一男，是我嫡血，此男承嗣为王，嬴氏的天下便是吕氏接代，也不枉了我破家做下这番生意。"因请异人和公孙乾来家饮酒，席上珍羞百味，笙歌两行，自不必说。酒至半酣，不韦开言："卑人新纳一小姬，颇能歌舞，欲令奉劝一杯，勿嫌唐突。"即命二青衣丫鬟，唤赵姬出来。不韦曰："汝可拜见二位贵人。"赵姬轻移莲步，在氍毹上叩了两个头。异人与公孙乾慌忙作揖还礼。不韦令赵姬手捧金卮，向前为寿。杯到异人，异人抬头看时，果然标致。怎见得？

云鬓轻挑蝉翠，蛾眉淡扫春山，朱唇点一颗樱桃，皓齿排两行白玉。微开笑靥，似褒姒欲媚幽王；缓动金莲，拟西施堪迷吴主。万种娇容看不尽，一团妖冶画难工。

赵姬敬酒已毕，舒开长袖，即在氍毹上舞一个大垂手小垂手。体若游龙，袖如素蜺，宛转似羽毛之从风，轻盈与尘雾相乱。喜得公孙乾和异人目乱心迷，神摇魂荡，口中赞叹不已。赵姬舞毕，不韦命再斟大觥奉劝，二人一饮而尽。赵姬劝酒完了，入内去讫。宾主复互相酬劝，尽量极欢。公孙乾不觉大醉，卧于坐席之上。异人心念赵姬，借酒装面，请于不韦曰："念某孤身质此，客馆寂寥，欲与公求得此姬为妻，足满平生之愿。未知身价几何？容当奉纳。"不韦佯怒曰："我好意相请，出妻献妾，以表敬意，殿下遂欲夺吾所爱，是何道理？"异人跼蹐无地，即下跪曰："某以客中孤苦，妄想要先生割爱，实乃醉后狂言，幸勿见罪！"不韦慌忙扶起曰："吾为殿下谋归，千金家产尚且破尽，全无吝惜，今何惜一女子。但此女年幼害羞，恐其不从，彼若情愿，即当奉送，备铺床拂席之役。"异人再拜称谢，候公孙乾酒醒，一同登车而去。

其夜，不韦向赵姬言曰："秦王孙十分爱你，求你为妻，你意若何？"赵姬曰："妾既以身事君，且有娠矣，奈何弃之，使事他姓乎？"不韦密告曰："汝随我终身，不过一贾人妇耳。王孙将来有秦王之分，汝得其宠，必为王后。天幸腹中生男，即为太子，我与你便是秦王之父母，富贵俱无穷矣。汝可念夫妇之情，曲从吾计，不可泄漏！"赵姬曰：

“君之所谋者大,妾敢不奉命!但夫妻恩爱,何忍割绝?”言讫泪下。不韦抚之曰:“汝若不忘此情,异日得了秦家天下,仍为夫妇,永不相离,岂不美哉。”二人遂对天设誓。当夜同寝,恩情倍常,不必细述。次日,不韦到公孙乾处谢夜来简慢之罪。公孙乾曰:“正欲与王孙一同造府,拜谢高情,何反劳枉驾?”少顷,异人亦到,彼此交谢。不韦曰:“蒙殿下不嫌小妾丑陋,取侍巾栉,某与小妾再三言之,已勉从尊命矣。今日良辰,即当送至寓所陪伴。”异人曰:“先生高义,粉骨难报!”公孙乾曰:“既有此良姻,某当为媒。”遂命左右备下喜筵。不韦辞去,至晚,以温车载赵姬与异人成亲。髯翁有诗云:

新欢旧爱一朝移,花烛穷途得意时。
尽道王孙能夺国,谁知暗赠吕家儿!

异人得了赵姬,如鱼似水,爱眷非常。约过一月有余,赵姬遂向异人曰:“妾获侍殿下,天幸已怀胎矣。”异人不知来历,只道自己下种,愈加欢喜。那赵姬先有了两月身孕,方嫁与异人,嫁过八个月,便是十月满足,当产之期,腹中全然不动。因怀着个混一天下的真命帝王,所以比常不同,直到十二个月周年,方才产下一儿。产时红光满室,百鸟飞翔。看那婴儿,生得丰准长目,方额重瞳,口中含有数齿,背项有龙鳞一搭,啼声洪大,街市皆闻。其日,乃秦昭襄王四十八年正月朔旦。异人大喜曰:“吾闻应运之王,必有异征,是儿骨相非凡,又且生于正月,异日必为政于天下。”遂用赵姬之姓,名曰赵政。后来政嗣为秦王,兼并六国,即秦始皇也。当时吕不韦闻得赵姬生男,暗暗自喜。

至秦昭襄王五十年,赵政已长成三岁矣。时秦兵围邯郸甚急,不韦谓异人曰:“赵王倘复迁怒于殿下,奈何?不如逃奔秦国,可以自脱。”异人曰:“此事全仗先生筹画。”不韦乃尽出黄金共六百斤,以三百斤遍赂南门守城将军,托言曰:“某举家从阳翟来,行贾于此,不幸秦寇生发,围城日久,某思乡甚切,今将所存资本,尽数分散各位,只要做个方便人情,放我一家出城回阳翟去,感恩不浅!”守将许之。复以百斤献于公孙乾,述己欲回阳翟之意,反央公孙乾与南门守将说个方便。守将和军卒都受了贿赂,落得做个顺水人情。不韦预教异人将赵氏母子密寄于母家。是日，置酒请公孙乾说道：“某只在三日内出城，特具一杯话别。”席间将公孙乾灌得烂醉，左右军卒，俱大酒大肉，恣其饮啖，各自醉饱安眠。至夜半，异人微服混在仆人之中，跟随不韦父子行至南门，守将不知真假，私自开钥，放他出城而去。论来王龁大营在于西门，因南门是走阳翟的大路，不韦原说还乡，所以只讨南门。三人共仆从结队连夜奔走，打大弯转欲投秦军。至天明，被秦国游兵获住。不韦指异人曰：“此秦国王孙，向质于赵，今逃出邯郸，来奔本国，汝辈可速速引路！”游兵让马匹与三人骑坐，引至王龁大营。王龁问明来历，请入相见，即将衣冠与异人更换，设宴管待。王龁曰：“大王亲在此督战，行宫去此不过十里。”乃备车马，转送入行宫。秦昭襄王见了异人，不胜之喜，曰：“太子日夜想汝，今天遣吾孙脱于虎口也。便可先回咸阳，以慰父母之念。”异人辞了秦王，与不韦父子登车，竟至咸阳。不知父子相见如何，且看下回分解。

第一百回

鲁仲连不肯帝秦　信陵君窃符救赵

话说吕不韦同着王孙异人，辞了秦王，竟至咸阳。先有人报知太子安国君，安国君谓华阳夫人曰："吾儿至矣！"夫人并坐中堂以待之。不韦谓异人曰："华阳夫人乃楚女，殿下既为之子，须用楚服入见，以表依恋之意。"异人从之。当下改换衣装，来至东宫，先拜安国君，次拜夫人，泣涕而言曰："不肖男久隔亲颜，不能侍养，望二亲恕儿不孝之罪！"夫人见异人头顶南冠，足穿豹舄，短袍革带，骇而问曰："儿在邯郸，安得效楚人装束？"异人拜禀曰："不孝男日夜思想慈母，故特制楚服，以表忆念。"夫人大喜曰："妾，楚人也，当自子之！"安国君曰："吾

儿可改名曰子楚。”异人拜谢。安国君问子楚：“何以得归？”子楚将赵王先欲加害，及赖得吕不韦破家行贿之事细述一遍。安国君即召不韦劳之曰：“非先生，险失我贤孝之儿矣。今将东宫俸田二百顷及第宅一所、黄金五十镒，权作安歇之资。待父王回国，加官赠秩。”不韦谢恩而出。子楚就在华阳夫人宫中居住。不在话下。

再说公孙乾直至天明酒醒，左右来报：“秦王孙一家不知去向！”使人去问吕不韦，回报：“不韦亦不在矣。”公孙乾大惊曰：“不韦言三日内起身，安得夜半即行乎？”随往南门诘问，守将答曰：“不韦家属出城已久，此乃奉大夫之命也。”公孙乾曰：“可有王孙异人否？”守将曰：“但见吕氏父子及仆从数人，并无王孙在内。”公孙乾跌足叹曰：“仆从之内必有王孙，吾乃堕贾人之计矣！”乃上表赵王，言：“臣乾监押不谨，致质子异人逃去，臣罪无所辞！”遂伏剑自刎而亡。髯翁有诗叹曰：

监守晨昏要万全，只贪酒食与金钱。
醉乡回后王孙去，一剑须知悔九泉。

秦王自王孙逃回秦国，攻赵益急。赵君再遣使求魏进兵。客将军新垣衍献策曰：“秦所以急围赵者有故。前此与齐湣王争强为帝，已而复归帝不称，今湣王已死，齐益弱，惟秦独雄而未正帝号，其心不慊，今日用兵侵伐不休，其意欲求为帝耳。诚令赵发使尊秦为帝，秦必喜而罢兵，是以虚名而免实祸也。”魏王本心惮于救赵，深以其谋为然，即遣新垣衍随使者至邯郸，以此言奏知赵王。赵王与群臣议其可否，众议纷纷未决，平原君方寸已乱，亦漫无主裁。

时有齐人鲁仲连者，年十二岁时，曾屈辩士田巴，时人号为“千里驹”。田巴曰：“此飞兔也，岂止千里驹而已！”及年长，不屑仕宦，专好远游，为人排难解纷。其时适在赵国围城之中，闻魏使请尊秦为帝，勃然不悦，乃求见平原君曰：“路人言君将谋帝秦，有之乎？”平原君曰：“胜乃伤弓之鸟，魄已夺矣，何敢言事。此魏王使将军新垣衍来赵言之耳！”鲁仲连曰：“君乃天下贤公子，乃委命于梁客耶？今新垣衍将军何在？吾当为君责而归之！”平原君因言于新垣衍，衍虽素闻鲁仲连先生之名，然知其舌辩，恐乱其议，辞不愿见。平原君强之，遂邀鲁仲连俱至公馆，与衍相见。衍举眼观看仲连，神清骨爽，飘飘乎有神仙之度，不觉肃然起敬，谓曰："吾观先生之玉貌，非有求于平原君者也，奈何久居此围城之中，而不去耶？"鲁仲连曰："连无求于平原君，窃有请于将军也。"衍曰："先生何请乎？"仲连曰："请助赵而勿帝秦。"衍曰："先生何以助赵？"仲连曰："吾将使魏与燕助之，若齐、楚固已助之矣。"衍笑曰："燕则吾不知，若魏则吾乃大梁人也，先生又乌能使吾助赵乎？"仲连曰："魏未睹秦称帝之害也。若睹其害，则助赵必矣！"衍曰："秦称帝，其害如何？"仲连曰："秦乃弃礼义而上首功之国也。恃强挟诈，屠戮生灵，彼并为诸侯，而犹若此，倘肆然称帝，益济其虐。连宁蹈东海而死，不忍为之民也！而魏乃甘为之下乎？"衍曰："魏岂甘为之下哉？譬如仆者，十人而从一人，宁智力不若一人哉？诚畏之耳！"仲连曰："魏自视若仆耶？吾将使秦王烹醢魏王矣！"衍怫然曰："先生又恶能使秦王烹醢魏王乎？"仲连曰："昔者九侯、鄂侯、文王，纣之三公也。九侯有女而美，献之于纣。女不好淫，触怒纣，纣杀女而醢九侯。鄂侯谏之，并烹鄂侯。文王闻之窃叹，纣复拘之于羑里，几不免于死。岂三公之智力不如纣耶？天子之行于诸侯，固如是也。秦肆然称帝，必责魏入朝。一旦行九侯、鄂侯之诛，谁能禁之？"新垣衍沉思未答，仲连又曰："不特如此。秦肆然称帝，又必将变易诸侯之大臣，夺其所憎，而树其所爱。又将使其子女谗妾为诸侯之室，魏王安能晏然而已乎？即将军又何以保其爵禄乎？"新垣衍乃蹶然而起。再拜谢曰："先生真天下士也！衍请出复吾君，不敢再言帝秦矣。"秦王闻魏使者来议帝秦事，甚喜，缓其攻以待之。及闻帝议不成，魏使已去，叹曰："此围城中有人，不可轻视！"乃退屯于汾水，戒王龁用心准备。

再说新垣衍去后，平原君又使人至邺下求救于晋鄙，鄙以王命为辞，平原君乃为书让信陵君无忌曰："胜所以自附为婚姻者，以公子高义，能急人之困耳！今邯郸旦暮降秦，而魏救不前，岂胜平生所以相托之意乎？令姊忧城破，日夜悲泣。公子纵不念胜，独不念姊耶？"信陵君得书，数请魏王求敕晋鄙进兵，魏王曰："赵自不肯帝秦，乃仗他人力却秦耶？"终不许。信陵君又使宾客辩士百般巧说，魏王只是不从。信陵君曰："吾义不可以负平原君，吾宁独赴赵，与之俱死！"乃具车骑百余乘，遍约宾客，欲直犯秦军，以徇平原君之难，宾客愿从者千余人。行过夷门，与侯生辞别，侯生曰：“公子勉之！臣年老不能从行，勿怪！勿怪！”信陵君屡目侯生，侯生并无他语。信陵君怏怏而去，约行十余里，心中自念：“吾所以待侯生者，自谓尽礼。今吾往奔秦军，行就死地，而侯生无一言半辞为我谋，又不阻我之行，甚可怪也！”乃约住宾客，独引车还见侯生。宾客皆曰：“此半死之人，明知无用，公子何必往见！”信陵君不听。

却说侯生立在门外，望见信陵君车骑，笑曰：“嬴固策公子之必返矣。”信陵君曰：“何故？”侯生曰：“公子遇嬴厚，公子入不测之地，而臣不送，必恨臣，是以知公子必返。”信陵君乃再拜曰：“始无忌自疑有所失于先生，致蒙见弃，是以还请其故耳。”侯生曰：“公子养客数十年，不闻客出一奇计，而徒与公子犯强秦之锋，如以肉投饿虎，何益之有？”信陵君曰：“无忌亦知无益，但与平原君交厚，义不独生。先生何以策之？”侯生曰：“公子且入坐，容老臣徐计。”乃屏去从人，私叩曰：“闻如姬得幸于王，信乎？”信陵君曰：“然。”侯生曰：“嬴又闻如姬之父，昔年为人所杀，如姬言于王，欲报父仇，求其人，三年不得，公子使客斩其仇头，以献如姬。此事果否？”信陵君曰：“果有此事。”侯生曰：“如姬感公子之德，愿为公子死，非一日矣。今晋鄙之兵符在王卧内，惟如姬力能窃之。公子诚一开口，请于如姬，如姬必从。公子得此符，夺晋鄙军以救赵而却秦，此五霸之功也。”

信陵君如梦初觉，再拜称谢。乃使宾客先待于郊外，而独身回车至家，使所善内侍颜恩以窃符之事私乞于如姬。如姬曰：“公子有命，虽使妾蹈汤火，亦何辞乎？”是夜，魏王饮酒酣卧，如姬即盗虎符授颜恩，转致信陵君之手。信陵君既得符，复往辞侯生，侯生曰：“将在外，君命有所不受。公子即合符，而晋鄙不信，或从便宜复请于魏王，事不谐矣。臣之客朱亥，此天下力士，公子可与俱行。晋鄙见从甚善，若不听即令朱亥击杀之。”信陵君不觉泣下。侯生曰：“公子有畏耶？”信陵君曰：“晋鄙老将无罪，倘不从，便当击杀，吾是以悲，无他畏也。”于是与侯生同诣朱亥家言其故。朱亥笑曰：“臣乃市屠小人，蒙公子数下顾，所以不报者，谓小礼无所用。今公子有急，正亥效命之日也。”侯生曰：“臣义当从行，以年老不能远涉，请以魂送公子！”即自刭于车前。信陵君十分悲悼，乃厚给其家，使为殡殓，自己不敢留滞，遂同朱亥登车望北而去。髯仙有诗云：

魏王畏敌诚非勇，公子捐生亦可嗤！

食客三千无一用，侯生奇计仗如姬。

却说魏王于卧室中失了兵符，过了三日之后，方才知觉，心中好不惊怪。盘问如姬，只推不知，乃遍搜宫内，全无下落。却教颜恩将宫娥内侍，凡直内寝者逐一拷打。颜恩心中了了，只得假意推问，又乱了一日。魏王忽然想着公子无忌：“屡次苦苦劝我敕晋鄙进兵，他手下宾客，鸡鸣狗盗者甚多，必然是他所为。”使人召信陵君，回报：“四五日前，已与宾客千余，车百乘出城，传闻救赵去矣。”魏王大怒，使将军卫庆率军三千，星夜往追信陵去讫。

再说邯郸城中盼望救兵，无一至者，百姓力竭，纷纷有出降之议，赵王患之。有传舍吏子李同说平原君曰：“百姓日乘城为守，而君安享富贵，谁肯为君尽力乎？君诚能令夫人以下编于行伍之间，分功而作，家中所有财帛尽散以给将士，将士在危苦之乡易于感恩，拒秦必甚力。”平原君从其计。募得敢死之士三千人，使李同领之，缒城而出，乘夜斫营，杀秦兵千余人。王龁大惊，亦退三十里下寨，城中人心稍定。李同身带重伤，回城而死。平原君哭之恸，命厚葬之。

再说信陵君无忌行至邺下，见晋鄙曰：“大王以将军久暴露于外，遣无忌特来代劳。”因使朱亥捧虎符与晋鄙验之。晋鄙接符在手，心下踌躇，想道：“魏王以十万之众托我，我虽固陋，未有败衄之罪，今魏王无尺寸之书，而公子徒手捧符，前来代将，此事岂可轻信？”乃谓信陵君曰：“公子暂请消停几日，待某把军伍造成册籍，明白交付何如？”信陵君曰：“邯郸势在垂危，当星夜赴救，岂得复停时刻？”晋鄙曰：“实不相瞒，此军机大事，某还要再行奏请，方敢交军。”说犹未毕，朱亥厉声喝曰：“元帅不奉王命，便是反叛了！”晋鄙方问得一句：“汝是何人？”只见朱亥袖中出铁锤，重四十斤，向晋鄙当头一击，脑浆迸裂，登时气绝。信陵君握符谓诸将曰：“魏王有命，使某代晋鄙将军救赵，晋鄙不奉命，今已诛死。三军安心听令，不得妄动！”营中肃然。比及卫庆追至邺下,信陵君已杀晋鄙,将其军矣。卫庆料信陵君救赵之志已决,便欲辞去。信陵君曰:“君已至此,看我破秦之后,可还报吾王也。”卫庆只得先打密报回复魏王,遂留军中。信陵君大犒三军,复下令曰:“父子俱在军中者,父归;兄弟俱在军中者,兄归;独子无兄弟者,归养;有疾病者,留就医药。”是时告归者约十分之二,得精兵八万人,整齐步伍,申明军法。信陵君率宾客,身为士卒先,进击秦营。王龁不意魏兵卒至。仓卒拒战。魏兵贾勇而前,平原君亦开城接应,大战一场。王龁折兵一半,奔汾水大营,秦王传令解围而去。郑安平以二万人别营于东门,为魏兵所遏,不能归,叹曰:“吾原是魏人!”乃投降于魏。春申君闻秦师已解,亦班师而归。韩王乘机复取上党。此秦昭襄王之五十年、周赧王五十八年之事也。

赵王亲携牛酒劳军,向信陵君再拜曰:“赵国亡而复存,皆公子之力,自古贤人,未有如公子者也。”平原君负弩矢为信陵君前驱,信陵君颇有自功之色。朱亥进曰:“人有德于公子,公子不可忘;公子有德于人,公子不可不忘也。公子矫王命夺晋鄙军以救赵,于赵虽有功,而于魏未为无罪,公子乃自以为功乎?”信陵君大惭曰:“无忌谨受教!”比入邯郸城,赵王亲扫除宫室以迎信陵君,执主人之礼甚恭。揖信陵君就西阶,信陵君谦让不敢当客,踽踽然细步循东阶而上。赵王献觞为寿,颂公子存赵之功,信陵君跼蹐逊谢曰:“无忌有罪于魏,无功于赵。”宴毕归馆,赵王谓平原君曰:“寡人欲以五城封魏公子,见公子谨让之至,寡人自愧,遂不能出诸口。请以鄗为公子汤沐之邑,烦为致之。”平原君致赵王之命,信陵君辞之再四,方才敢受。信陵君自以得罪魏王,不敢归国,将兵符付将军卫庆督兵回魏,而身留赵国。其宾客之留魏者,亦弃魏奔赵,依信陵君。赵王又欲封鲁仲连以大邑,仲连固辞,赠以千金,亦不受,曰:“与其富贵而诎于人,宁贫贱而得自由也。”信陵君与平原君共留之,仲连不从,飘然而去,真高士矣!史臣有赞云:

卓哉鲁连,品高千载!不帝强秦,宁蹈东海。排难辞荣,逍遥自在;视彼仪秦,相去十倍!

时赵有处士毛公者,隐于博徒;有薛公者,隐于卖浆之家。信陵君素闻其贤名，使朱亥传命访之，二人匿不肯见。忽一日，信陵君踪迹二人，知毛公在薛公之家，不用车马，单使朱亥一人跟随，微服徒步，假作买浆之人直造其所，与二人相见。二人方据罏共饮，信陵君遂直入，自通姓名，叙向来倾慕之意。二人走避不及，只得相见，四人同席而饮，尽欢方散。自此以后，信陵君时时与毛、薛二公同游。平原君闻之，谓其夫人曰："向者吾闻令弟天下豪杰，公子中无与为比。今乃日逐从博徒、卖浆者同游，交非其类，恐损名誉！"夫人见信陵君，述平原君之言，信陵君曰："吾向以为平原君贤者，故宁负魏王，夺兵来救。今平原所与宾客，徒尚豪举，不求贤士也。无忌在国时，常闻赵有毛公、薛公，恨不得与之同游。今日为之执鞭，尚恐其不屑于我，平原君乃以为羞，何云好士乎？平原君非贤者，吾不可留！"即日命宾客束装，欲适他国。平原君闻信陵君束装，大惊，谓夫人曰："胜未敢失礼于令弟，为何陡然弃我而去？夫人知其故乎？"夫人曰："吾弟以君非贤，故不愿留耳。"因述信陵君之语。平原君掩面叹曰："赵有二贤人，信陵君且知之，而吾不知，吾不及信陵君远矣！以彼形此，胜乃不得比于人类。"乃躬造馆舍，免冠顿首，谢其失言之罪。信陵君然后复留于赵。平原君门下士闻知其事，去而投信陵君者大半。四方宾客来游赵者，咸归信陵，不复闻平原君矣。髯翁有诗云：

卖浆纵博岂嫌贫，公子豪华肯辱身。
可笑平原无远识，却将富贵压贤人！

再说魏王接得卫庆密报，言："公子无忌果窃兵符，击杀晋鄙，代领其众前行救赵，并留臣于军中不遣归国。"魏王怒甚，便欲收信陵君家属，又欲尽诛其宾客之在国者。如姬乃跪而请曰："此非公子之罪，乃贱妾之罪，妾当万死！"魏王咆哮大怒，问曰："窃符者乃汝乎？"如姬曰："妾父为人所杀，大王为一国之主不能为妾报仇，而公子能报之。妾感公子深恩，恨无地自效！今见公子以念姊之故，日夜哀泣，贱妾不忍，故擅窃虎符，使发晋鄙之军，以成其志。妾闻：'同室相斗者，被发冠缨而往救之。'赵与魏犹同室也。大王忘昔日之义，而公子赴同室之急，倘幸而却秦全赵，大王威名扬于远近，义声胜于四海，妾虽碎尸万段，亦何所恨乎？若收信陵君家属，诛其宾客，信陵兵败，甘服其罪,倘其得胜,将何以处之?”魏王沉吟半晌,怒气稍定,问曰:“汝虽窃符,必有传送之人。”如姬曰:“递送者,颜恩也。”魏王命左右缚颜恩至,问曰:“汝何敢送兵符于信陵?”恩曰:“奴婢不曾晓得什么兵符。”如姬目视颜恩曰:“向日我着你送花胜与信陵夫人,这盒内就是兵符了。”颜恩会意,乃大哭曰:“夫人吩咐,奴婢焉敢有违?那时只说送花胜去,盒子重重封固,奴婢岂知就里?今日屈死奴婢也!”如姬亦泣曰:“妾有罪自当,勿累他人。”魏王喝教将颜恩放绑,下于狱中,如姬贬入冷宫,一面使人探听信陵君胜负消息,再行定夺。约过了二月有余,卫庆班师回朝,将兵符缴上,奏道:“信陵君大败秦军,不敢还国,已留身赵都,多多拜上大王:‘改日领罪!’”魏王问交兵之状,卫庆备细述了一遍,群臣皆罗拜称贺,呼:“万岁!”魏王大喜,即使左右召如姬于冷宫,出颜恩于狱,俱恕其罪。如姬参见谢恩毕,奏曰:“救赵成功,使秦国畏大王之威,赵王怀大王之德,皆信陵君之功也。信陵君乃国之长城,家之宗器,岂可弃之于外邦?乞大王遣使召回本国,一以全‘亲亲’之情,一以表‘贤贤’之义。”魏王曰:“彼免罪足矣,何得云功乎?”但吩咐:“信陵君名下应得邑俸,仍旧送去本府家眷支用,不准迎归。”自是魏、赵俱太平无话。

再说秦昭襄王兵败归国,太子安国君率王孙子楚出迎于郊,齐奏吕不韦之贤,秦王封为客卿,食邑千户。秦王闻郑安平降魏,大怒,族灭其家。郑安平乃是丞相应侯范睢所荐,秦法凡荐人不效者,与所荐之人同罪,郑安平降敌,既已族诛,范睢亦该连坐了。于是范睢席藁待罪。不知性命如何,且看下回分解。

第一百一回

秦王灭周迁九鼎　廉颇败燕杀二将

话说郑安平以兵降魏，应侯范雎是个荐主，法当从坐，于是席藁待罪。秦王曰："任安平者，本出寡人之意，与丞相无干。"再三抚慰，仍令复职。群臣纷纷议论，秦王恐范雎心上不安，乃下令国中曰："郑安平有罪，族灭勿论。如有再言其事者，即时斩首！"国人乃不敢复言。秦王赐范雎食物，比常有加。应侯甚不过意，欲说秦王灭周称帝，以此媚之。于是使张唐为大将伐韩，欲先取阳城，以通三川之路。

再说楚考烈王闻信陵君大破秦军，春申君黄歇无功班师而还，叹曰："平原

‘合从’之谋，非妄言也！寡人恨不得信陵君为将，岂忧秦人哉！”春申君有惭色，进曰：“向者‘合从’之议，大王为长。今秦兵新挫，其气已夺，大王诚发使约会列国，并力攻秦，更说周王，奉以为主，挟天子以声诛讨，五伯之功不足道矣。”楚王大喜，即遣使如周，以伐秦之谋告赧王。赧王已闻秦王欲通三川，意在伐周，今日伐秦，正合着《兵法》“先发制人”之语，如何不从？楚王乃与五国定从约，刻期大举。

时周赧王一向微弱，虽居天子之位，徒守空名，不能号令。韩、赵分周地为二，以雒邑之河南王城为西周，以巩附成周为东周，使两周公治之。赧王自成周迁于王城，依西周公以居，拱手而已。至是，欲发兵攻秦，命西周公签丁为伍，仅得五六千人，尚不能给车马之费。于是访国中有钱富民，借贷以为军资，与之立券，约以班师之日，将所得卤获出息偿还。西周公自将其众，屯于伊阙，以待诸侯之兵。时韩方被兵，自顾不暇；赵初解围，馀畏未息；齐与秦和好，不愿同事；惟燕将乐闲、楚将景阳二枝兵先到，俱列营观望。秦王闻各国人心不一，无进取之意，益发兵助张唐攻下阳城；别遣将军嬴樛耀兵十万于函谷关之外。燕、楚之兵约屯三月有余，见他兵不集，军心懈怠，遂各班师。西周公亦引兵归。赧王出兵一番，徒费无益，富民俱执券索偿，日攒聚宫门，哗声直达内寝。赧王惭愧，无以应之，乃避于高台之上。后人因名其台曰“逃债台”。

却说秦王闻燕、楚兵散，即命嬴樛与张唐合兵，取路阳城，以攻西周。赧王兵粮两缺，不能守御，欲奔三晋。西周公进曰：“昔太史儋言：‘周、秦五百岁而合，有伯王者出。’今其时矣！秦有混一之势，三晋不日亦为秦有，王不可以再辱。不如捧土自归，犹不失宋、杞之封也。”赧王无计可施，乃率群臣子侄，哭于文、武之庙，三日，捧其所存舆图，亲诣秦军投献，愿束身归咸阳。嬴樛受其献，共三十六城，户三万。西周所属地已尽，惟东周仅存。嬴樛先使张唐护送赧王君臣子孙入秦奏捷，自引军入雒阳城，经略地界。赧王谒见秦王，顿首谢罪。秦王意怜之，以梁城封赧王，降为周公，比于附庸，原日西周公降为家臣。东周公贬爵为君，是为东周君。赧王年老，往来周、秦，不胜劳苦，既至梁城，不逾月病死。秦王命除其国，又命嬴樛发雒阳丁壮毁周宗庙，运其祭器，并要搬运九鼎，安放咸阳。周民不愿役秦者，皆逃奔巩城，依东周公以居，亦见人心之不肯忘周矣。将迁鼎之前一日，居民闻鼎中有哭泣之声。及运至泗水，一鼎忽从舟中飞沉于水底，嬴樛使人没水求之，不见有鼎，但见苍龙一条，鳞鬣怒张，顷刻波涛顿作，舟人恐惧，不敢触之。嬴樛是夜梦周武王坐于太庙，召樛至，责之曰："汝何得迁吾重器，毁吾宗庙？"命左右鞭其背三百。嬴樛梦觉，即患背疽，扶病归秦，将八鼎献上秦王，并奏明具状。秦王查阅所失之鼎，正豫州之鼎也。秦王叹曰："地皆入秦，鼎独不附寡人乎？"欲多发卒徒，更往取之。嬴樛谏曰："此神物有灵，不可复取。"秦王乃止。嬴樛竟以疽死。秦王以八鼎及祭器陈列于秦太庙之中，郊祀上帝于雍州，布告列国，俱要朝贡称贺，不来宾者伐之。韩桓惠王首先入朝，稽首称臣。齐、楚、燕、赵皆遣国相入贺，独魏国使者，尚未见到。秦王命河东守王稽引兵袭魏，王稽素与魏通，私受金钱，遂泄其事。魏王惧，遣使谢罪，亦使太子增为质于秦，委国听令。自此六国俱宾服于秦。时秦昭襄王之五十二年也。秦王究通魏之事，召王稽诛之，范睢益不自安。

一日，秦王临朝叹息，范睢进曰："臣闻：'主忧则臣辱，主辱则臣死。'今大王临朝而叹，由臣等不职之故，不能为大王分忧，臣敢请罪！"秦王曰："夫物不素具，不可以应卒。今武安君诛死，而郑安平背畔，外多强敌，而内无良将，寡人是以忧也。"范睢且惭且惧，不敢对而出。

时有燕人蔡泽者，博学善辩，自负甚高，乘敝车游说诸侯，无所遇。至大梁，遇善相者唐举，问曰："吾闻先生曾相赵国李兑，言：'百日之内，持国秉政。'果有之乎？"唐举曰："然。"蔡泽曰："如仆者，先生以为何如？"唐举熟视而笑，谓曰："先生鼻如蝎虫，肩高于项，魋颜蹙眉，两膝挛曲，吾闻'圣人不相'，殆先生乎？"蔡泽知唐举戏之，乃曰："富贵吾所自有，吾所不知者寿耳！"唐举曰："先生之寿，从今以往者四十三年！"蔡泽笑曰："吾饭粱啮肥，乘车跃马，怀黄金之印，结紫绶于腰，揖让人主之前者，四十三年足矣！尚何求乎？"及再游韩、赵不得意，返魏，于郊外遇盗，釜甑皆为夺去，无以为炊，息于树下，复遇唐举。举戏曰："先生尚未富贵耶？"蔡泽曰："方且觅之。"唐举曰："先生金水之骨，当发于西。今秦丞相应侯用郑安平、王稽皆得重罪，应侯惭惧之甚，必急于卸担。先生何不一往，而困守于此？"蔡泽曰："道远难至，奈何？"唐举解囊中，出数金赠之。

蔡泽得其资助，遂西入咸阳，谓旅邸主人曰："汝饭必白粱，肉必甘肥，俟吾为丞相时，当厚酬汝。"主人曰："客何人，乃望作丞相耶？"泽曰："吾姓蔡名泽，乃天下雄辩有智之士，特来求见秦王。秦王若一见我，必然悦我之说，逐应侯而以吾代之，相印立可悬于腰下也。"主人笑其枉，为人述之。应侯门客闻其语，述于范睢，范睢曰："五帝三代之事，百家之说，吾莫不闻，众口之辩，遇我而屈，彼蔡泽者恶能说秦王而夺吾相印乎？"乃使人往旅邸召蔡泽，主人谓泽曰："客祸至矣！客宣言欲代应侯为相，今应府相召，先生若往，必遭大辱。"蔡泽笑曰："吾见应侯，彼必以相印让我，不须见秦王也。"主人曰："客太狂，勿累我。"

蔡泽布衣蹑屩，往见范睢。睢踞坐以待之，蔡泽长揖不拜。范睢亦不命坐，厉声诘之曰："外边宣言，欲代我为丞相者是汝耶？"蔡泽端立于旁曰："正是！"范睢曰："汝有何辞说，可以夺我爵位？"蔡泽曰："吁！君何见之晚也。夫四时之序，成功者退，将来者进，君今日可以退矣！"范睢曰："吾不自退，谁能退之？"蔡泽曰："夫人生百体坚强，手足便利，聪明圣智，行道施德于天下，岂非世所敬慕为贤豪者与？"范睢应曰："然。"蔡泽又曰："既已得志于天下，而安乐寿考，终其天年，簪缨世禄传之子孙，世世不替，与天地相终始，岂非世所谓吉祥善事者与？"范睢曰："然。"蔡泽曰："若夫秦有商君，楚有吴起，越有大夫种，功成而身不得其死，君亦以为可愿否？"范睢心中暗想："此人谈及利害，渐渐相逼，若说不愿，就堕其说术之中了。"乃佯应之曰："有何不可愿也。夫公孙鞅事孝公，尽公无私，定法以治国中，为秦将拓地千里；吴起事楚悼王，废贵戚以养战士，南平吴越，北却三晋；大夫种事越王，能转弱为强，并吞劲吴，为其君报会稽之怨；虽不得其死，然大丈夫杀身成仁，视死如归，功在当时，名垂后世，何不可愿之有哉？"

此时范睢虽然嘴硬,却也不安于坐,起立而听之。蔡泽对曰:"主圣臣贤,国之福也。父慈子孝,家之福也。为孝子者,谁不愿得慈父?为贤臣者,谁不愿得明君?比干忠而殷亡,申生孝而国乱,身虽恶死,而无济于君父,何也?其君父非明且慈也。商君、吴起、大夫种亦不幸而死耳,岂求死以成后世之名哉?夫比干剖而微子去,召忽戮而管仲生,微子、管仲之名,何至出比干、召忽之下乎?故大丈夫处世,身名俱全者,上也;名可传而身死者,其次也;惟名辱而身全,斯为下耳。"这段话说得范睢胸中爽快,不觉离席,移步下堂,口中称:"善!"蔡泽又曰:"君以商君、吴起、大夫种杀身成仁为可愿也,然孰与闳夭之事文王、周公之辅成王乎?"范睢曰:"商君等弗如也。"蔡泽曰:"然则今王之信任忠良,惇厚故旧,视秦孝公、楚悼王奚若?"范睢沉吟少顷,曰:"未知何如。"蔡泽曰:"君自量功在国家,算无失策,孰与商君、吴起、大夫种?"范睢又曰:"吾弗如!"蔡泽曰:"今王之亲信功臣,既不能有过于秦孝公、楚悼王、越王句践,而君之功绩,又不若商君、吴起、大夫种,然而君之禄位过盛,私家之富倍于三子,如是而不思急流勇退,为自全计,彼三子者且不能免祸,而况于君乎?夫翠鹄、犀象,其处势非不远于死,而竟以死者,惑于饵也。苏秦、智伯之智非不足以自庇,而竟以死者,惑于贪利不止也。君以匹夫,徒步知遇秦王,位为上相,富贵已极,怨已雠而德已报矣。犹然贪恋势利,进而不退,窃恐苏秦、智伯之祸在所不免。语云:'日中必移,月满必亏。'君何不以此时归相印,择贤者而荐之?所荐者贤,而荐贤之人益重,君名为辞荣,实则卸担。于是乎寻川岩之乐,享乔松之寿,子孙世世长为应侯,孰与据轻重之势,而蹈不可知之祸哉?"范睢曰:"先生自谓雄辩有智,今果然也。睢敢不受命!"于是乃延之上坐,待以客礼,遂留于宾馆,设酒食款待。

次日入朝,奏秦王曰:"客新有从山东来者,曰蔡泽,其人有王伯之才,通时达变,足以寄秦国之政。臣所见之人甚众,更无其匹,臣万不及也。臣不敢蔽贤。谨荐之于大王。"秦王召蔡泽见于便殿,问以兼并六国之计。蔡泽从容条对,深合秦王之意,即日拜为客卿。范睢因谢病,请归相印,秦王不准。睢遂称病笃不起,秦王乃拜蔡泽为丞相，以代范睢，封刚成君。睢老于应。

话分两头。却说燕自昭王复国，在位三十三年，传位于惠王。惠王在位七年，传于武成王。武成王在位十四年，传于孝王。孝王在位三年，传于燕王喜。喜即位，立其子丹为太子。燕王喜之四年，秦昭襄王之五十六年也。是岁，赵平原君赵胜卒，以廉颇为相国，封信平君。燕王喜以赵国接壤，使其相国栗腹往吊平原君之丧，因以五百金为赵王酒资，约为兄弟。栗腹冀赵王厚贿，赵王如常礼相待，栗腹意不怿，归报燕王曰："赵自长平之败，壮者皆死，其孤尚幼，且相国新丧，廉颇已老，若出其不意，分兵伐之，赵可灭也。"燕王惑其言，召昌国君乐闲问之。闲对曰："赵东邻燕，西接秦境，南错韩、魏，北连胡貊，四野之地其民习兵，不可轻伐。"燕王曰："吾以三倍之众而伐一，何如？"乐闲曰："未可。"燕王曰："以五倍伐一，何如？"乐闲不应，燕王怒曰："汝以父坟墓在赵，不欲攻耶？"乐闲曰："王如不信，臣请试之。"群臣阿燕王之意，皆曰："天下焉有五而不能胜一者？"大夫将渠独切谏曰："王且勿言众寡，而先言曲直。王方与赵交欢，以五百金为赵王寿，使者还报，而即攻之，不信不义，师必无功。"燕王不以为然，使栗腹为大将，乐乘佐之，率兵十万攻鄗。使庆秦为副将，乐闲佐之，率兵十万攻代。燕王亲率兵十万为中军，在后接应。方欲升车，将渠手揽王绶，垂泪言曰："即伐赵，愿大王勿亲往，恐震惊左右。"燕王怒，以足蹴将渠，渠即抱王足而泣曰："臣之留大王者，忠心也。王若不听，燕祸至矣！"燕王愈怒，命囚将渠于狱，俟凯旋日杀之。三军分路而进，旌旗蔽野，杀气腾空，满望踏平赵土，大拓燕疆。

赵王闻燕兵将至，集群臣问计。相国廉颇进曰："燕谓我丧败之余，士伍不充，若大赉国中，使民十五岁以上者悉持兵佐战，军声一振，燕气自夺。栗腹喜功，原无将略，庆秦无名小子，乐闲、乐乘以昌国君之故，往来燕、赵，不为尽力，燕军可立破也。"乃荐雁门李牧，其才可将。赵王用廉颇为大将，引兵五万，迎栗腹于鄗；用李牧为副将，引兵五万，迎庆秦于代。

却说廉颇兵至房子城，知栗腹在鄗，乃尽匿其丁壮于铁山，但以老弱列营。栗腹探知，喜曰：“吾固知赵卒不堪战也！”乃率众急攻鄗城。鄗城人知救兵已至，坚守十五日不下。廉颇率大军赴之，先出疲卒数千人挑战。栗腹留乐乘攻城，亲自出阵，只一合，赵军不能抵当，大败而走。栗腹指麾将士，追逐赵军，约六七里，伏兵齐起，当先一员大将驰车而出，大叫：“廉颇在此！来将早早受缚！”栗腹大怒，挥刀迎敌。廉颇手段高强，所领俱是选的精卒，一可当百，不数合，燕军大败，廉颇生擒栗腹。乐乘闻主将被擒，解围欲走，廉颇使人招之，乐乘遂奔赵军。恰好李牧救代得胜，斩了庆秦，遣人报捷；乐闲率余众保于清凉山，廉颇使乐乘为书招闲，闲亦降赵。燕王喜知两路兵俱败没，遂连夜奔回中都。廉颇长驱直入，筑长围以困之，燕王遣使乞和。乐闲谓廉颇曰：“本倡伐赵之谋者，栗腹也。大夫将渠有先几之明，苦谏不听，被羁在狱。若欲许和，必须要燕王以将渠为相国，使他送款，方可。”廉颇从其说。燕王出于无奈，即召将渠于狱中，授相印。将渠辞曰：“臣不幸言而中，岂可幸国之败以为利哉！”燕王曰：“寡人不听卿言，自取辱败，今将求成于赵，非卿不可。”将渠乃受相印，谓燕王曰：“乐乘、乐闲虽身投于赵，然其先世有大功于燕，大王宜归其妻子，使其不忘燕德，则和议可速成矣。”燕王从之。将渠乃如赵军，为燕王谢罪，并送还乐闲、乐乘家属。廉颇许和，因斩栗腹之首，并庆秦之尸，归之于燕，即日班师还赵。赵王封乐乘为武襄君，乐闲仍称昌国君如故，以李牧为代郡守。时剧辛为燕守蓟州，燕王以剧辛素与乐毅同事昭王，使为书以招二乐，乐乘、乐闲以燕王不听忠言，竟留于赵。将渠虽为燕相，不出燕王之意，未及半载，托病辞印，燕王遂用剧辛代之。此段话且搁过一边。

再说秦昭襄王在位五十六年，年近七十，至秋得病而薨。太子安国君柱立，是为孝文王。立赵女为王后，子楚为太子。韩王闻秦王之丧，首先服衰绖入吊，视丧事如臣子之礼。诸侯皆遣将相大臣来会葬。孝文王除丧之三日，大宴群臣，席散回宫而死。国人皆疑客卿吕不韦欲子楚速立为王，乃重贿左右，置毒药于酒中，秦王中毒而死，然心惮不韦，无敢言者。于是不韦同群臣奉子楚嗣位，是为庄襄王。奉华阳夫人为太后，立赵姬为王后，子赵政为太子，去赵字单名政。蔡泽知庄襄王深德吕不韦，欲以为相，乃托病以相印让之。不韦遂为丞相，封文信侯，食河南雒阳十万户。不韦慕孟尝、信陵、平原、春申之名，耻其不如，亦设馆招致宾客，凡三千余人。

再说东周君闻秦连丧二王，国中多事，乃遣宾客往说诸国，欲“合从”以伐秦。丞相吕不韦言于庄襄王曰：“西周已灭，而东周一线若存，自谓文、武之子孙，欲以鼓动天下，不如尽灭之，以绝人望。”秦王即用不韦为大将，率兵十万伐东周，执其君以归，尽收巩城等七邑。周自武王己酉受命，终于东周君壬子，历三十七王，共八百七十三年，而祀绝于秦。有歌诀为证：

周武成康昭穆共，懿孝夷厉宣幽终，以上盛周十二主，二百五十二年逢。东迁平桓庄釐惠，襄顷匡定简灵继，景悼敬元贞定哀，思考威烈安烈序。显子慎靓赧王亡，东周廿六凑成双。系出喾子后稷弃，太王王季文王昌。首尾三十有八主，八百七十年零四，卜年卜世数过之，宗社灵长古无二。

秦王乘灭周之盛，复遣蒙骜袭韩，拔成皋、荥阳，置三川郡，地界直逼大梁矣。秦王曰：“寡人昔质于赵，几为赵王所杀，此仇不可不报！”乃再遣蒙骜攻赵，取榆次等三十七城，置太原郡。遂南定上党，因攻魏高都，不拔，秦王复遣王龁将兵五万助战。魏兵屡败，如姬言于魏王曰：“秦所以急攻魏者，欺魏也。所以欺魏者，以信陵君不在也。信陵君贤名闻于天下，能得诸侯之力，大王若使人卑辞厚币，召之于赵，使其‘合从’列国，并力御秦，虽有蒙骜等百辈，何敢正眼视魏哉！”魏王势在危急，不得已从其计，遣颜恩为使，持相印，益以黄金彩币，往赵迎信陵君。遗以书，略曰：

公子昔不忍赵国之危，今乃忍魏国之危乎？魏急矣！寡人举国引领以待公子之归也。公子幸勿计寡人之过！

信陵君虽居赵国，宾客探信往来不绝。闻魏将遣使迎己，恨曰：“魏王弃我于赵，十年于兹矣。今事急而召我，非中心念我也！”乃悬书于门下：“有敢为魏王通使者死！”宾客皆相戒，莫敢劝其归者。颜恩至魏半月，不得见公子。魏王复遣使者催促，音信不绝。颜恩欲求门下客为言，俱辞不敢通。欲候信陵君出外，于路上邀之，信陵君为回避魏使，竟不出门。颜恩无可奈何。毕竟信陵君肯归魏否，且看下回分解。

第一百二回

华阴道信陵败蒙骜　胡卢河庞煖斩剧辛

话说颜恩欲见信陵君不得，宾客不肯为通，正无奈何，适博徒毛公和卖浆薛公来访公子，颜恩知为信陵君上客，泣诉其事。二公曰：“君第戒车，我二人当力劝之。”颜恩曰：“全仗！全仗！”二公入见信陵君曰：“闻公子车驾将返宗邦，吾二人特来奉送。”信陵君曰：“那有此事？”二公曰：“秦兵围魏甚急，公子不闻乎？”信陵君曰：“闻之。但无忌辞魏十年，今已为赵人，不敢与闻魏事矣。”二公齐声曰：“公子是何言也！公子所以重于赵，名闻于诸侯者，徒以有魏也。即公子之能养

士，致天下宾客者，亦借魏力也。今秦攻魏日急，而公子不恤；设使秦一旦破大梁，夷先王之宗庙，公子纵不念其家，独不念祖宗之血食乎？公子复何面目寄食于赵也？”言未毕，信陵君蹴然起立，面发汗，谢曰：“先王责无忌甚正。无忌几为天下罪人矣！”即日命宾客束装，自入朝往辞赵王。赵王不舍信陵君归去，持其臂而泣曰：“寡人自失平原，倚公子如长城，一朝弃寡人而去，寡人谁与共社稷耶？”信陵君曰：“无忌不忍先王宗庙见夷于秦，不得不归。倘邀君之福，社稷不泯，尚有相见之日。”赵王曰：“公子向以魏师存赵，今公子归赴国难，寡人敢不悉赋以从！”乃以上将军印授公子，使将军庞煖为副，起赵军十万助之。信陵君既将赵军，先使颜恩归魏报信，然后分遣宾客，致书于各国求救。燕、韩、楚三国俱素重信陵之人品，闻其为将，莫不喜欢，悉遣大将引兵至魏，听其节制。燕将将渠、韩将公孙婴、楚将景阳，惟齐国不肯发兵。

却说魏王正在危急，得颜恩报说：“信陵君兼将燕、赵、韩、楚之师前来救魏。”魏王如渴时得浆，火中得水，喜不可言。使卫庆悉起国中之师出应公子。时蒙骜围郑州，王龁围华州，信陵君曰：“秦闻吾为将必急攻。郑、华东西相距五百余里，吾以兵缀蒙骜之兵于郑，而率奇兵赴华，若王龁兵败，则蒙骜亦不能自固矣。”众将皆曰：“然。”乃使卫庆以魏师合楚师，筑为连垒以拒蒙骜。虚插信陵君旗号，坚壁勿战。而身帅赵师十万，与燕、韩之兵星驰华州。信陵君集诸将计议曰：“少华山东连太华，西临渭河，秦以舟师运粮，俱泊渭水，而少华木多荆杞，可以伏兵。若以一军往渭劫粮，王龁必悉兵来救，吾伏兵于少华，邀而击之，无不胜矣。”即命赵将庞煖引一支军往渭河劫其粮艘，使韩将公孙婴、燕将将渠各引一支军，声言接应劫粮之兵，只在少华山左右伺候，共击秦军。信陵君亲率精兵三万伏于少华山下。庞煖引军先发，早有伏路秦兵报入王龁营中，言：“魏信陵君为将，遣兵径往渭口。”王龁大惊曰：“信陵善于用兵，今救华不接战，而劫渭口之粮，是欲绝我根本也！吾当亲往救之。”遂传令：“留兵一半围城，馀者悉随吾救渭。”将近少华山，山中闪出一队大军，打着“燕相国将渠”旗号。王龁传令列成阵势，便接住将渠交锋。战不数合，又是一队大军到来，打着“韩大将公孙婴”旗号，王龁急分兵迎敌。军士报道：“渭河粮船被赵将庞煖所劫。”王龁道：“事已如此，且只顾厮杀，若杀退燕、赵二军，又作计较。”三国之兵搅做一团，自午至酉尚未鸣金。信陵君度秦兵已疲，引伏兵一齐杀出，大叫：“信陵君亲自领兵在此！秦将早早来降，免污刀斧！”王龁虽是个惯战之将，到此没有三头六臂，如何支持得来？况秦兵素闻信陵君威名，到此心胆俱裂，人人惜命，个个奔逃。王龁大败，折兵五万有余，又尽丧其粮船，只得引残兵败将向南路而遁，进临潼关去讫。信陵君引得胜之兵，仍分三队，来救郑州。

却说蒙骜谍探信陵君兵往华州，乃将老弱立营，虚建“大将蒙”旗帜，与魏、楚二军相持；尽驱精锐衔枚疾去，望华州一路迎来，指望与王龁合兵。谁知信陵君已破走了王龁，恰好在华阴界上相遇。信陵君亲冒矢石，当先冲敌，左有公孙婴，右有将渠，两下大杀一阵。蒙骜折兵万余，鸣金收军。当下扎住大寨，整顿军马，打点再决死敌。这边魏将卫庆、楚将景阳探知蒙骜不在军中，攻破秦营老弱，解了郑州之围，也望华阴一路追袭而来。正遇蒙骜列阵将战，两下夹攻，蒙骜虽勇，怎当得五路军马，腹背受敌，又大折一阵，急急望西退走。信陵君率诸军直追至函谷关下，五国扎下五个大营，在关前扬威耀武。如此月余，秦兵紧闭关门，不敢出应，信陵君方才班师，各国之兵亦皆散回本国。史臣论此事，以为信陵君之功，皆毛公、薛公之功也！有诗云：

兵马临城孰解围？合从全仗信陵归。
当时劝驾谁人力？却是埋名两布衣。

魏安釐王闻信陵君大破秦军，奏凯而回，不胜之喜，出城三十里迎接。兄弟别了十年，今日相逢，悲喜交集，乃并驾回朝。论功行赏，拜为上相，益封五城，国中大小政事皆决于信陵君。赦朱亥擅杀晋鄙之罪，用为偏将。此时信陵君之威名震动天下，各国皆具厚币求信陵君兵法。信陵君将宾客平日所进之书，纂括为二十一篇、阵图七卷，名曰《魏公子兵法》。

却说蒙骜与王龁领着败兵合做一处，来见秦庄襄王，奏曰：“魏公子无忌‘合从’五国，兵多将广，所以臣等不能取胜，损兵折将，罪该万死!”秦王曰:“卿等屡立战功,开疆拓土,今日之败,乃是众寡不敌,非卿等之罪也。”刚成君蔡泽进曰:“诸国所以‘合从’者,徒以公子无忌之故。今王遣一使修好于魏,且请无忌至秦面会,俟其入关,即执而杀之,永绝后患,岂不美哉!”秦王用其谋,遣使至魏修好,并请信陵君。冯驩曰:“孟尝、平原皆为秦所羁,幸而得免,公子不可复蹈其辙。”信陵君亦不愿行,言于魏王,使朱亥为使,奉璧一双以谢秦。秦王见信陵君不至,其计不行,心中大怒。蒙骜密奏秦王曰:“魏使者朱亥即锤击晋鄙之人也,此魏之勇士,宜留为秦用。”秦王欲封朱亥官职,朱亥坚辞不受。秦王益怒,令左右引朱亥置虎圈中。圈有斑斓大虎,见人来即欲前攫,朱亥大喝一声:“畜生何敢无礼!”迸开双睛,如两个血盏,目眥尽裂,迸血溅虎。虎蹲伏股栗,良久不敢动。左右乃复引出。秦王叹曰:“乌获、任鄙不是过矣!若放之归魏,是与信陵君添翼也。”愈欲迫降之。亥不从,命拘于驿舍,绝其饮食。朱亥曰:“吾受信陵君知遇,当以死报之!”乃以头触屋柱,柱折而头不破。于是以手自探其喉,绝咽而死,真义士哉!

秦王既杀朱亥,复谋于群臣曰:“朱亥虽死,信陵君用事如故,寡人意欲离间其君臣,诸卿有何良策?”刚成君蔡泽进曰:“昔信陵君窃符救赵,得罪魏王,魏王弃之于赵,不许相见。后因秦兵围急,不得已而召之。虽然纠连四国,得成大功,然信陵君有震主之嫌,魏王岂无疑忌之意?信陵君锤杀晋鄙,鄙之宗族宾客怀恨必深,大王若捐金万千,密遣细作至魏,访求晋鄙之党,奉以多金,使之布散流言,言:‘诸侯畏信陵君之威,皆欲奉之为魏王,信陵君不日将行篡夺之事。’如此,则魏王必疏无忌而夺其权。信陵君不用事,天下诸侯,亦皆解体。吾因而用兵,无足为吾难矣。”秦王曰:“卿计甚善!然魏既败吾军,其太子增犹质吾国,寡人欲因而杀之,以泄吾恨,何如?”蔡泽对曰:“杀一太子,彼复立一太子,何损于魏?不若借太子使为反间于魏。”秦王大悟,待太子增加厚。一面遣细作持万金往魏国行事,一面使其宾客皆与太子增往来相善,因而密告太子曰:“信陵君在外十年,交结诸侯,诸侯之将相莫不敬且惮之,今为魏大将,诸侯兵皆属焉,天下但知有信陵君,不知有魏王也。虽吾秦国亦畏信陵君之威,欲立为王,与之连和。信陵君若立,必使秦杀太子,以绝民望。即不然,太子亦将终老于秦矣。奈何!”太子增涕泣求计。客曰:“秦方欲与魏通和,太子何不致一书于魏王,使其请太子归国?”太子增曰:“虽请之,秦安肯释我而归耶?”客曰:“秦王之欲奉信陵,非其本意,特畏之耳。若太子愿以国事秦,固秦之愿也,何患请而不从哉?”太子增乃为密书,书中备言诸侯归心信陵,秦亦欲拥立为王等语,后乃叙己求归之意,将书付客,托以密致魏王。于是秦王乃修书二封,一封致魏王归朱亥之丧,托言病死;一封奉贺信陵君,另有金币等物。

却说魏王因晋鄙宾客布散流言,固已心疑。及秦使捧国书来,欲与魏息兵修好,叩其来意,都是敬慕信陵之语,又接得太子增家信,心中愈加疑惑。使者再将书币送信陵府中,故意泄漏其语,使魏王闻之。却说信陵君闻秦使讲和,谓宾客曰:“秦非有兵戎之事,何求于魏?此必有计!”言未华,阍人报秦使者在门,言:“秦王亦有书奉贺。”信陵君曰:“人臣义无私交,秦王之书币,无忌不敢受。”使者再三致秦王之意,信陵君亦再三却之。恰好魏王遣使来到,要取秦王书来看。信陵君曰:“魏王既知有书,若说吾不受,必不肯信。”遂命驾车将秦王书币原封不动,送上魏王,言:“臣已再三辞之,不敢启封。今蒙王取览,只得呈上,但凭裁处!”魏王曰:“书中必有情节,不启不明。”乃发书观之,略曰:

> 公子威名播于天下,天下侯王,莫不倾心于公子者。指日当正位南面,为诸侯领袖;但不知魏王让位当在何日?引领望之!不腆之赋,预布贺忱,惟公子勿罪!

魏王览毕,付与信陵君观看,信陵君奏曰:“秦人多诈,此书乃离间我君臣,臣所以不受者,正虑书中不知何语,恐堕其术中耳。”魏王曰:“公子既无此心,便可于寡人面前作书复之。”即命左右取纸笔,付信陵君作回书。略云:

> 无忌受寡君不世之恩,糜首莫酬,南面之语,非所以训人臣也。蒙君辱贶,昧死以辞!

书付秦使,并金币带回。魏王亦遣使谢秦,并言:“寡君年老,欲请太子增回国。”秦王许之。太子增既回魏,复言信陵不可专任。信陵君虽则于心无愧，度王心中芥蒂，终未释然，遂托病不朝，将相印、兵符俱缴还魏王，与宾客为长夜之饮，多近妇女，日夜为乐，惟恐不及。史臣有诗云：

侠气凌今古，威名动鬼神；
一身全赵魏，百战却嬴秦。
镇国同坚础，危词似吠猜；
英雄无用处，酒色了残春。

再说秦庄襄王在位三年，得疾，丞相吕不韦入问疾。因使内侍以缄书密致王后，追述往日之誓。后旧情未断，遂召不韦与之私通。不韦以医药进王，王病一月而薨。不韦扶太子政即位，此时年仅一十三岁。尊庄襄后为太后，封其母弟成峤为长安君，国事皆决于不韦，比于太公，号为尚父。不韦父死，四方诸侯宾客吊者如市，车马填塞道路，视秦王之丧愈加众盛，正是"权倾中外，威振诸侯"。不在话下。

秦王政元年，吕不韦知信陵君退废，始复议用兵。使大将蒙骜同张唐伐赵，攻下晋阳。三年，再遣蒙骜同王龁攻韩，韩使公孙婴拒之。王龁曰："吾一败于赵，再败于魏，蒙秦王赦而不诛，此行当以死报！"遂帅其私属千人，直犯韩营，龁力战而死。韩兵乱，蒙骜乘之，大败韩师，杀公孙婴，取韩十二城以归。自信陵君废，而赵、魏之好亦绝。赵孝成王使廉颇伐魏，围繁阳，未克，而孝成王薨。太子偃嗣立，是为悼襄王。时廉颇已克繁阳，乘胜进取。而大夫郭开素以谄佞为廉颇所嫉，常因侍宴面叱之，郭开衔怨在心，谮于悼襄王，言："廉颇已老，不任事，伐魏久而无功。"乃使武襄君乐乘往代廉颇。廉颇怒曰："吾自事惠文王为将，于今四十余年未有挫失，乐乘何人，而能代我？"遂勒兵攻乘，乘惧走归国。廉颇遂奔魏，魏王虽尊为客将，疑而不用。廉颇由是遂居大梁。

秦王政四年十月，蝗虫从东方来，蔽天，禾稼不收，疫病大作。吕不韦与宾客议令百姓纳粟千石，拜爵一级。后世纳粟之例，自此而起。是年，魏信陵君伤于酒色，得疾而亡。冯驩哭泣过哀，亦死，宾客自到从死者百余人，足见信陵君之能得士矣！明年，魏安釐王亦薨，太子增嗣立，是为景湣王。秦知魏新丧君，又信陵君已死，思报败绩之仇，遣大将蒙骜攻魏，拔酸枣等二十城，置东郡。未几，又拔朝歌，又攻下濮阳。卫元君乃魏王之婿，东走野王，阻山而居。景湣王叹曰："使信陵君尚在，当不令秦兵纵横至此也！"于是遣使与赵通好。赵悼襄王亦患秦侵伐无已，方欲使人往纠列国，重寻信陵、平原二君"合从"之约，忽边吏报道："今有燕国拜剧辛为大将，领兵十万，来犯北界。"那剧辛原是赵人，先在赵时，原与庞煖有交。后来庞煖仕赵，剧辛投奔燕昭王，昭王用为蓟郡守。及燕王喜被赵将廉颇围困都城，赖将渠讲和而罢，深以为耻。将渠相燕原出于赵人所命，非燕王之意，虽则助信陵君战秦有功，到底君臣之间，未能十分相信。将渠为相岁余，即托病归其印绶。燕王乃召剧辛于蓟，用为相国，共图报赵之事，奈心惮廉颇，不敢动掸。今日廉颇奔魏，庞煖为将，剧辛意颇轻之，乃迎合燕王之意，奏曰："庞煖庸才，非廉颇之比，况秦兵已拔晋阳，赵人疲敝，乘衅攻之，栗腹之耻可雪也。"燕王大悦曰："寡人正有此意，相国能为寡人一行乎？"剧辛曰："臣熟知地利，若蒙见委，定当生擒庞煖，献于大王之前。"燕王大悦，遂使剧辛将兵十万伐赵。赵王闻报，即召庞煖计议。煖曰："剧辛自恃宿将，必有轻敌之心。今李牧见守代郡，使引军南行，从庆都一路来以断其后，臣以一军迎战，彼腹背受敌，可成擒矣。"赵王从计而行。

却说剧辛渡易水，取路中山，直犯常山地界，兵势甚锐。庞煖帅大军屯于东垣，深沟高垒，以待其来。剧辛曰："我军深入，若彼坚壁不战，成功无日矣。"问帐下："谁敢挑战？"骁将栗元，乃栗腹之子，欲报父仇，欣然愿往。剧辛曰："更得一人帮助方可。"末将武阳靖请行，剧辛给锐卒万人，使犯赵师。庞煖使乐乘、乐闲张两翼以待，而亲率军迎战。两下交锋，约二十余合，一声炮响，两翼并进，俱用强弓劲弩乱射燕军。武阳靖中箭而亡，栗元不能抵当，回车便走，庞煖同二将从后掩杀，一万锐卒折去三千有余。剧辛大怒，急催大军亲自接应，庞煖已自还营去了。剧辛攻垒不能入，乃使人下书，约明日于阵前单车相见，庞煖允之，两下各自准备。至次日，彼此列成阵势，吩咐："不许施放冷箭。"庞煖先乘单车立于阵前请剧将军会面，剧辛亦乘单车而出。庞煖在车中欠身曰："且喜将军齿发无恙。"剧辛曰："忆昔别君去赵，不觉距今已四十余年，某已衰老，君亦苍颜。人生如白驹过隙，信然也。”庞煖曰：“将军向以昭王礼士，弃赵奔燕，一时豪杰景附，如云之从龙，风之从虎。今金台草没，无终墓木已拱，苏代、邹衍相继去世，昌国君亦归吾国，燕之气运，亦可知矣！老将军年逾六十，孤立于衰王之庭，犹贪恋兵权，持凶器而行危事，欲何为乎？”剧辛曰：“某受燕王三世厚恩，粉骨难报，趁吾馀年，欲为国家雪栗腹之耻！”庞煖曰：“栗腹无故攻吾鄗邑，自取丧败，此乃燕之犯赵，非赵之犯燕也。”两下在军前反覆酬答，庞煖忽大呼曰：“有人得剧辛之首者，赏三百金！”剧辛曰：“足下何轻吾太甚？吾岂不能取君之首耶？”庞煖曰：“君命在身，各尽其力可耳！”剧辛大怒，把令旗一麾，栗元便引军杀出。这里乐乘、乐闲双车接战，燕军渐失便宜。剧辛驱军大进，庞煖亦以大军迎之。两下混杀一场，燕军比赵损折更多，天晚各鸣金收兵。剧辛回营，闷闷不悦，欲待回军，又在燕王面前夸了大口；欲待不回，又难取胜。正自踌躇，忽有守营军士报道：“赵国遣人下书，见在辕门之外，未敢擅投。”剧辛命取书到，其书再三缄封甚固，发而观之，略曰：

代州守李牧引军袭督亢，截君之后。君宜速归，不然无及。某以昔日交情，不敢不告！

剧辛曰：“庞煖欲摇动我军心耳！纵使李牧兵至，吾何惧哉！”命以书还其使人，来日再决死敌。赵使者已去，栗元进曰：“庞煖之言不可不信，万一李牧果引军袭吾之后，腹背受敌，何以处之？”剧辛笑曰：“吾亦虑及于此。适才所言，稳住军心；汝今密传军令，虚扎营寨，连夜撤回，吾亲自断后，以拒追兵。”栗元领计去了。谁知庞煖探听燕营虚设，同乐乘、乐闲分三路追来。剧辛且战且走，行至龙泉河，探子报道：“前面旌旗塞路，闻说是代郡军马。”剧辛大惊曰：“庞煖果不欺我！”遂不敢北进，引兵东行，欲取阜城，一路奔往辽阳。庞煖追及，大战于胡卢河。剧辛兵败，叹曰：“吾何面目为赵囚乎？”自刎而亡。此燕王喜十三年，秦王政之五年也。髯翁有诗叹云：

金台应聘气昂昂，共翼昭王复旧疆。
昌国功名今在否？独将白首送沙场！

栗元被乐闲擒而斩之。获首二万馀，馀俱奔溃或降，赵兵大胜。庞煖约会李牧一齐征进，取武遂、方城之地。燕王亲诣将渠之门，求其为使，伏罪乞和。庞煖看将渠面情，班师奏凯而回。李牧仍守代郡去讫。赵悼襄王郊迎庞煖，劳之曰：“将军武勇若此，廉、蔺犹在赵也！”庞煖曰：“燕人已服，宜及此时‘合从’列国，并力图秦，方保无虞。”不知“合从”事如何，且看下回分解。

第一百三回

李国舅争权除黄歇　樊於期传檄讨秦王

话说庞煖欲乘败燕之威，"合从"列国，为并力图秦之计。除齐附秦外，韩、魏、楚、燕各出锐师，多者四五万，少亦二三万。共推春申君黄歇为上将。歇集诸将议曰："伐秦之师屡出，皆以函谷关为事，秦人设守甚严，未能得志。即我兵亦素知仰攻之难，咸有畏缩之心。若取道蒲坂，由华州而西，径袭渭南，因窥潼关，《兵法》所谓'出其不意'也。"诸将皆曰："然。"遂分兵五路，俱出蒲关，望骊山一路进发，直攻渭南，不克，围之。秦丞相吕不韦使将军蒙骜、王翦、桓齮、李信、内史腾，各将兵五万人，五

枝军兵分应五国。不韦自为大将，兼统其军，离潼关五十里分为五屯，如列星之状。王翦言于不韦曰：“以五国悉锐，攻一城而不克，其无能可知矣。三晋近秦，习与秦战，而楚在南方，其来独远，且自张仪亡后，三十余年不相攻伐，诚选五营之锐合以攻楚，楚必不支，楚之一军破，馀四军将望风而溃矣。”不韦以为然。于是使五屯设垒建帜如常，暗地各抽精兵一万，约以四鼓齐起，往袭楚寨。时季信以粮草稽迟，欲斩督粮牙将甘回，众将告求得免，但鞭背百余。甘回挟恨，夜奔楚军，以王翦之计告之。春申君大惊，欲驰报各营，恐其不及，遂即时传令，拔寨俱起，夜驰五十余里，方敢缓缓而行。比及秦兵到时，楚寨已撤矣。王翦曰：“楚兵先遁，必有泄吾谋者。计虽不成，然兵已至此，不可空回。”遂往袭赵寨。壁垒坚固，攻不能入。庞煖仗剑立于军门，有敢擅动者即斩。秦兵乱了一夜，至天明，燕、韩、魏俱合兵来救，蒙骜等方才收兵。庞煖怪楚兵不至，使人探之，知其先撤，叹曰：“‘合从’之事，今后休矣！”诸将皆请班师，于是韩、魏之兵先回本国。庞煖怒齐独附秦，挟燕兵伐之，取饶安一城而返。

再说春申君奔回郢城，四国各遣人来问曰：“楚为从长，奈何不告而先回，敢请其故？”考烈王责让黄歇，歇惭惧不容。时有魏人朱英，客于春申君之门，知楚方畏秦，乃说春申君曰：“人皆以楚强国，及君而弱，英独谓不然。先君之时，秦去楚甚远，西隔巴、蜀，南隔两周，而韩、魏又眈眈乎拟其后，是以三十年无秦患。此非楚之强，其势然也。今两周已并于秦，而秦方修怨于魏，魏旦暮亡，则陈、许为通道，恐秦、楚之争，从此方始，君之责让，正未已也。何不劝楚王东徙寿春，去秦较远，绝长、淮以自固，可以少安。”黄歇然其谋，言于考烈王，乃择日迁都。按楚先都郢，后迁于鄀，复迁于陈，今又迁于寿春，凡四迁矣。史臣有诗云：

周为东迁王气歇，楚因屡徙霸图空。

从来避敌为延敌，莫把迁岐托古公。

再说考烈王在位已久，尚无子息，黄歇遍求妇人宜子者以进，终不孕。有赵人李园，亦在春申君门下为舍人，有妹李嫣色美，欲进于楚王，恐久后以无子失宠，心下踌躇：“必须将妹先献春申君，待其有娠，然后进于楚王，幸而生子，异日得立为楚王，乃吾甥也。”又想：“吾若自献其妹，不见贵重。还须施一小计，要春申君自来求我。”于是给五日假归家，故意过期，直待第十日方至。黄歇怪其来迟，李园对曰：“臣有女弟名嫣，颇有姿色，齐王闻之，遣使来求。臣与其使者饮酒数日，是以失期。”黄歇想道：“此女名闻齐国，必是个美色。”遂问曰：“已受其聘否？”园对曰：“方且议之，聘尚未至也。”黄歇曰：“能使我一见乎？”园曰：“臣在君之门下，即吾女弟，谁非君妾婢之流，敢不如命！”乃盛饰其妹，送至春申君府中。黄歇一见大喜，是夜即赐李园白璧二双、黄金三百镒，留其妹侍寝。未三月，即便怀孕。李园私谓其妹嫣曰：“为妾与为夫人孰贵？”嫣笑曰：“妾安得比夫人？”园又曰：“然则为夫人与为王后孰贵？”嫣又笑曰：“王后贵盛！”李园曰：“汝在春申君府中，不过一宠妾耳！今楚王无子，幸汝有娠，倘进于楚王，他日生子为王，汝为太后，岂不胜于为妾乎？”遂教以说词，使于枕席之间，如此这般：“春申君必然听从。”李嫣一一领记。夜间侍寝之际，遂进言于黄歇曰：“楚王之贵幸君，虽兄弟不如也。今君相楚二十余年，而王未有子，千秋百岁后，将更立兄弟。兄弟于君无恩，必将各立其所亲幸之人，君安得长有宠乎？”黄歇闻言，沉思未答。嫣又曰：“妾所虑不止于此也。君贵，用事久，多失礼于王之兄弟，兄弟诚立，祸且及身，岂特江东封邑不可保而已哉？”黄歇愕然曰：“卿言是也，吾虑不及此！今当奈何？”李嫣曰：“妾有一计，不惟免祸，而且多福。但妾负愧，难于自吐，又恐君不我听，是以妾未敢言。”黄歇曰：“卿为我画策，何为不听？”李嫣曰：“妾今自觉有孕矣，他人莫知也。幸妾侍君未久，诚以君之重，而进妾于楚王，王必幸妾。妾赖天佑生男，异日必为嫡嗣，则是君之子为王也。楚国尽可得，孰与身临不测之罪乎？”黄歇如梦初觉，如醉初醒，喜曰：“‘天下有智妇人，胜于男子’，卿之谓矣。”

次日，即召李园告之以意，密将李嫣出居别舍。黄歇入言于楚王曰：“臣所闻李园妹名嫣者有色，相者皆以为宜子，当贵，齐王方遣人求之，王不可不先也。”楚王即命内侍宣取李嫣入宫。嫣善媚，楚王大宠爱之。及产期，双生二男，长曰捍，次曰犹。楚王喜不可言，遂立李嫣为王后，长子捍为太子。李园为国舅，贵幸用事，与春申君相并。园为人多诈术，外奉春申君益谨，而中实忌之。及考烈王二十五年，病久不愈，李园想起其妹怀娠之事，惟春申君知之，他日太子为王，不便相处，不如杀之，以灭其口。乃使人各处访求勇力之士，收置门下，厚其衣食，以结其心。朱英闻而疑之，曰："李园多蓄死士，必为春申君故也。"乃入见春申君曰："天下有无妄之福，有无妄之祸，又有无妄之人，君知之乎?"黄歇曰："何谓'无妄之福'?"朱英曰："君相楚二十余年矣，名为相国，与楚王无二。今楚王病久不愈，一旦宫车晏驾，少主嗣位，而君辅之，如伊尹、周公，俟王之年长，而反其政。若天与人归，遂南面即真，此所谓'无妄之福'也。"黄歇曰："何谓'无妄之祸'?"朱英曰："李园，王之舅也，而君位在其上，外虽柔顺，内实不甘。且同盗相妒，势所必至也。闻其阴蓄死士，为日已久，何所用之?楚王一薨，李园必先入据权，而杀君以灭口。此所谓'无妄之祸'也。"黄歇曰："何谓'无妄之人'?"朱英曰："李园以妹故，宫中声息，朝夕相通，而君宅于城外，动辄后时。诚以郎中令相处，某得领袖诸郎，李园先入，臣为君杀之。此所谓'无妄之人'也。"黄歇掀髯大笑曰："李园弱人耳，又事我素谨，安有此事?足下得无过虑乎?"朱英曰："君今日不用吾言，悔之晚矣!"黄歇曰："足下且退，容吾察之。如有用足下之处，即来相请。"朱英去三日，不见春申君动静，知其言不见用，叹曰："吾不去，祸将及矣!鸱夷子皮之风可追也。"乃不辞而去，东奔吴下，隐于五湖之间。髯翁有诗云：

红颜带子入王宫，盗国奸谋理不容。
天启春申无妄祸，朱英焉得令郎中?

朱英去十七日，而考烈王薨。李园预与宫殿侍卫相约："一闻有变，当先告我。"至是闻信，先入宫中，吩咐秘不发丧，密令死士伏于棘门之内，捱至日没，方使人徐报黄歇。黄歇大惊，不谋于宾客，即刻驾车而行，方进棘门，两边死士突出，口呼："奉王后密旨，春申君谋反宜诛!"黄歇知事变，急欲回车，手下已被杀散。遂斩黄歇之头，投于城外，将城门紧闭，然后发丧。拥立太子捍嗣位，是为楚幽王，时年才六岁。李园自立为相国，独专楚政。奉李嫣为王太后。传令尽灭春申君之族，收其食邑。哀哉!自李园当国，春申君宾客尽散，群公子皆疏远不任事。少主寡后，国政日紊，楚自此不可为矣。

话分两头。再说吕不韦愤五国之攻秦，谋欲报之，曰："本造谋者，赵将庞煖也。"乃使蒙骜同张唐督兵五万伐赵。三日后，再令长安君成峤同樊於期率兵五万为后继，宾客间于不韦曰："长安君年少，恐不可为大将。"不韦微笑曰："非尔所知也！"

且说蒙骜前军出函谷关，取路上党，径攻庆都，结寨于都山。长安君大军营于屯留，以为声援。赵使相国庞煖为大将，扈辄副之，率军十万拒敌，许庞煖便宜行事。庞煖曰："庆都之北，惟尧山最高，登尧山可望都山，宜往据之。"使扈辄引军二万先行。比至尧山，先有秦兵万人在彼屯扎，被扈辄冲上杀散，就于山头下寨。蒙骜使张唐引军二万，前来争山，庞煖大军亦到，两边于山下列成阵势，大战一场。扈辄在山头用红旗为号：张唐往东，旗便往东指；张唐往西，旗便从西指。赵军只望红旗指处围裹将来。庞煖下令："有人擒得张唐者，封以百里之地。"赵军无不死战，张唐奋尽平生之勇，不能透出重围。却得蒙骜军到，接应出来，同回都山大寨。庆都知救兵已到，守御益力。蒙骜等不能取胜，遣张唐往屯留，催取后队军兵。

却说长安君成峤，年方十七岁，不谙军务，召樊於期议之。於期素恶不韦纳妾盗国之事，请屏去左右，备细与成峤叙述一遍，言："今王非先王骨血，惟君乃是適子。文信侯今日以兵权托君，非好意也。恐一旦事泄，君与今王为难，故阳示恩宠，实欲出君于外。文信侯出入宫禁，与王太后宣淫不禁，夫妻父子，聚于一窟，所忌者独君耳。若蒙骜兵败无功，将借此以为君罪。轻则削籍，重则刑诛。嬴氏之国化为吕氏，举国人皆知其必然，君不可不为之计。"成峤曰："非足下说明，某不知也。为今计当奈何？"樊於期曰："今蒙骜兵困于赵，急未能归，而君手握重兵，若传檄以宣淫人之罪，明宫闱之诈，臣民谁不愿奉適嗣以主社稷者！"成峤忿然按剑作色曰："大丈夫死则死耳！宁能屈膝为贾人子下乎？惟将军善图之！"樊於期伪向使者言："大军即日移营，多致意蒙将军，用心准备。"使者去后，樊於期草就檄文，略曰：

长安君成峤布告中外臣民知悉：传国之义，適统为尊；覆宗之恶，阴谋为甚。文信侯吕不韦者，以阳翟之贾人，窥咸阳之主器。今王政，实非先王之嗣，乃不韦之子也。始以怀娠之妾，巧惑先君，继以奸生之儿，遂蒙血胤。恃行金为奇策，邀反国为上功。两君之不寿有由，是可忍也？三世之大权在握，孰能御之！朝岂真王，阴已易嬴而为吕；尊居假父，终当以臣而篡君。社稷将危，神人胥怒！某叨为嫡嗣，欲讫天诛。甲胄干戈，载义声而生色；子孙臣庶，念先德以同驱。檄文到日，磨厉以须，车马临时，市肆勿变。

樊於期将檄文四下传布。秦人多有闻说吕不韦进妾之事者，及见檄内“怀娠”、“奸生”等语，信其为实，虽然畏文信侯之威，不敢从兵，却也未免观望之意。时彗星先见东方，复见北方，又见西方，占者谓国中当有兵起，人心为之摇动。樊於期将屯留附县丁壮悉编军伍，攻下长子壶关，兵势益盛。张唐知长安君已反，星夜奔往咸阳告变。秦王政见檄文大怒，召尚父吕不韦计议。不韦曰：“长安君年少，不办为此，此乃樊於期所为也。於期有勇无谋，兵出即当就擒，不必过虑。”乃拜王翦为大将，桓齮、王贲为左右先锋，率军十万，往讨长安君。

再说蒙骜与庞煖相持，等待长安君接应不到，正疑讶间，接得檄文，如此恁般，大惊曰：“吾与长安君同事，今攻赵无功，而长安君复造反，吾安得无罪？若不反戈以平逆贼，何以自解？”乃传令班师，将军马分为三队，亲自断后，缓缓而行。庞煖探听秦军移动，预选精兵三万，使扈辄从间道伏于太行山林木深处，嘱曰：“蒙骜老将，必亲自断后，待秦兵过且尽，从后邀击，方保全胜。”蒙骜见前军径去无碍，放心前行。一声炮响，伏兵突出，蒙骜便与扈辄交战。良久，庞煖兵从后追及，秦兵前去者，已无斗志，遂大溃。蒙骜身带重伤，复犹力战杀数十人，复亲射庞煖中其胁，赵军围之数重，乱箭射之，矢如蝟毛，可惜秦国一员名将，今日死于太行山之下。庞煖得胜，班师回赵，箭疮不痊，未几亦死。此事搁过不提。

再说张唐、王翦等兵至屯留，成峤大惧。樊於期曰：“王子今日乃骑虎之势，不得复下，况悉三城之兵，不下十五万，背城一战，未卜胜负，何惧之有！”乃列阵于城下以待。王翦亦列阵相对，谓樊於期曰：“国家何负于汝，乃诱长安君造逆耶？”樊於期在车上欠身答曰：“秦政乃吕不韦奸生之子，谁不知之？吾等世受国恩，何忍见嬴氏血食为吕氏所夺？长安君先王血胤，所以奉之。将军若念先王之祀，一同举义，杀向咸阳，诛淫人，废伪主，扶立长安君为王，将军不失封侯之位，同享富贵，岂不美哉。”王翦曰：“太后怀妊十月，而生今王，其为先君所出无疑。汝乃造谤，污蔑乘舆，为此灭门之事，尚自巧言虚饰，摇惑军心。拿住之时，碎尸万段！”樊於期大怒，瞋目大呼，挥长刀直入秦军。秦军见其雄猛，莫不披靡。樊於期左冲右突，如入无人之境。王翦麾军围之，凡数次，皆斩将溃围而出，秦兵损折极多。是日天晚，各自收军。

王翦屯兵于伞盖山，思想：“樊於期如此骁勇，急切难收，必须以计破之。”乃访帐下：“何人与长安君相识？”有末将杨端和，乃屯留人，自言：“曾在长安君门下为客。”王翦曰：“我修书一封与汝，汝可送与长安君，劝他早图归顺，无自取死。”杨端和曰：“小将如何入得城去？”王翦曰：“俟交锋之时，乘其收军，汝可效敌军打扮，混入城中，只看攻城至急，便往见长安君，必然有变。”端和领计。王翦当下修书缄讫，付与端和自去伺候行事。再召桓齮引一军攻长子城，王贲引一军攻壶关城，王翦自攻屯留，三处攻打，使他不能来应。樊於期谓成峤曰：“今乘其分军之时，决一胜负。若长子、壶关不守，秦兵势大，更难敌矣。”成峤年幼畏懦，涕泣言曰：“此事乃将军倡谋，但凭主裁，勿误我事。”樊於期抽选精兵万余，开门出战。王翦佯让一阵，退军十里，屯于伏龙山。於期得胜入城，杨端和已混入去了。因他原是本城之人，自有亲戚收留安歇，不在话下。成峤问樊於期曰：“王翦军马不退如何？”樊於期答曰：“今日交锋，已挫其锐，明日当悉兵出战，务要生擒王翦，直入咸阳，扶立王子为君，方遂吾志。”不知胜负如何，且看下回分解。

第一百四回

甘罗童年取高位　嫪毐伪腐乱秦宫

话说王翦退军十里，吩咐深沟高垒，分守险阨，不许出战。却发军二万往助桓齮、王贲，催他早早收功。樊於期连日悉锐出战，秦兵只是不应。於期以王翦为怯，正想商议分兵往救长子、壶关二处，忽哨马报道："二城已被秦兵攻下！"於期大惊，乃立屯于城外，以安长安君之意。

却说桓齮、王贲闻王翦移营伏龙山，引兵来见，言："二城俱已收复，分兵设守，诸事停妥。"王翦大喜曰："屯留之势孤矣！只擒得樊於期，便可了事。"言未毕，守营卒报道："今有将军辛胜奉秦王之命来到，已在营外。”王翦迎入帐中，问其来意。辛胜曰：“一者，以军士劳苦，命赍犒赏颁赐；二者，秦王深恨樊於期，传语将军：‘必须生致其人，手剑斩首，以快其恨！’”王翦曰：“将军此来，正有用处。”遂将来物犒赏三军，然后发令，使桓龁、王贲各引一军，分作左右埋伏，却教辛胜引五千人马，前去搦战，自己引大军准备攻城。

再说成峤闻长子、壶关二城不守，使人急召樊於期入城商议。樊於期曰：“只在旦晚，与决一战，若战而不胜，当与王子北走燕、赵，连合诸侯，共诛伪主，以安社稷。”成峤曰：“将军小心在意。”樊於期复还本营，哨马报：“秦王新遣将军辛胜，今来索战。”樊於期曰：“无名小卒，吾先除之。”遂率军开营出迎。略战数合，辛胜倒退，樊於期恃勇前进，约行五里，桓龁、王贲两路伏兵杀出，於期大败。急收军回，王翦兵已布满城下，於期大奋神威，杀开一条血路，城中开门接应入去了。王翦合兵围城，攻打甚急。樊於期亲自巡城，昼夜不倦。杨端和在城中见事势甚危，乘夜求见长安君成峤，称：“有机密事求见。”成峤见是旧日门下之客，欣然唤入。端和请屏左右，告曰：“秦之强，君所知也。虽六国不能取胜，君乃欲以孤城抗之，必无幸矣。”成峤曰：“樊於期言：‘今王非先王所出。’导我为此，非吾初意也。”端和曰：“樊於期恃匹夫之勇，不顾成败，欲以君行侥幸之事。今传檄郡县，无有应者，而王将军攻围甚急，城破之后，君何以自全乎？”成峤曰：“吾欲奔燕、赵，‘合从’诸国，足下以为可否？”端和曰：“‘合从’之事，赵肃侯、齐湣王、魏信陵、楚春申俱曾为之，方合旋散，其不可成明矣。六国谁非畏秦者？君所在之国，秦遣一介责之，必将缚君以献，君尚可望活乎？”成峤曰：“足下为吾计当如何？”端和曰：“王将军亦知君为樊於期所诱，有密书一封，托致于君。”遂将书呈上。成峤发而观之，略曰：

> 君亲则介弟，贵则侯封，奈何听无稽之言，行不测之事，自取丧灭，岂不惜哉？首难者樊於期，君能斩其首，献于军前，束手归罪，某当保奏，王必恕君。若迟回不决，悔无及矣！

成峤看毕，流泪而言曰：“樊将军忠直之士，何忍加诛？”端和叹曰：“君所谓妇人之仁也！若不见从，臣当辞去。”成峤曰：“足下且暂劳作伴，不可远离，所言俟从容再议。”端和曰：“愿君勿泄吾言也。”

次日，樊於期驾车来见成峤曰：“秦兵势盛，人情惶惧，城旦暮不保，愿同王子出避燕、赵，更作后图。”成峤曰：“吾宗族俱在咸阳，今远避他国，知其纳否？”樊於期曰：“诸国皆苦秦暴，何愁不纳？”正话间，外报：“秦兵在南门索战。”樊於期催并数次曰：“王子今不行，后将不可出矣。”成峤犹豫不决。樊於期只得绰刀登车，驰出南门复与秦兵交锋。杨端和劝成峤登城观战，只见樊於期鏖战良久，秦兵益进，於期不能抵当，奔回城下，高叫：“开门！”杨端和仗剑立于成峤之旁，厉声曰：“长安君已全城归降矣！樊将军请自便。有敢开门者斩！”袖中出一旗，旗上有个“降”字。左右皆端和亲戚，便将降旗竖起，不由成峤做主，成峤惟垂泣而已。樊於期叹口气曰：“孺子不足辅也！”秦兵围於期数重，因秦王之命，欲生致於期，不敢施放冷箭。於期复杀开一条血路，遥望燕国而去，王翦追之不及。杨端和使成峤开门以纳秦兵。将成峤幽于公馆，遣辛胜往咸阳报捷，兼请长安君发落。秦太后脱笄代长安君请罪，求免其死，且转乞吕不韦言之。秦王政怒曰：“反贼不诛，骨肉皆将谋叛矣！”遂遣使命王翦即枭斩成峤于屯留。凡军吏从峤者，皆取斩。合城百姓，尽迁于临洮之地。一面悬赏格购樊於期：“有能擒献者，赏以五城。”使者至屯留，宣秦王之命。成峤闻不蒙赦，自缢于馆舍，翦仍枭其首悬于城门。军吏死者凡数万人，百姓迁徙，城中一空。此秦王政七年事也。髯翁有诗云：

非种侵苗理合锄，万全须看势何如？
屯留困守终无济，罪状空传一纸书。

是时秦王政年已长成，生得身长八尺五寸，英伟非常，质性聪明，志气超迈，每事自能主张，不全由太后、吕不韦做主。既定长安君之乱，乃谋复蒙骜之仇，集群臣议伐赵。刚成君蔡泽进曰：“赵者，燕之世仇也，燕之附赵，非其本心。某请出使于燕，使燕王效质称臣，以孤赵之势，然后与燕共伐赵，我因以广河间之地，此莫大之利也。”秦王以为然，即遣蔡泽往燕。泽说燕王曰：“燕、赵皆万乘之国也，一战而栗腹死，再战而剧辛亡，大王忘两败之仇而与赵共事，西向以抗强秦，胜则利归于赵，不胜则祸归于燕，是为燕计者过也。”燕王曰：“寡人非甘心于赵，其奈力不敌何？”蔡泽曰：“今秦王欲修五国‘合从’之怨，臣窃以为燕与赵世仇，其从兵殆非得已，大王若遣太子为质于秦，以信臣之言，更请秦之大臣一人以为燕相，则燕、秦之交固于胶漆，合两国之力，于以雪耻于赵不难矣。”燕王听其言，遂使太子丹为质于秦，因请大臣一人以为燕相。吕不韦欲遣张唐，使太史卜之，大吉。张唐托病不肯行，不韦驾车亲自往请，张唐辞曰：“臣屡次伐赵，赵怨臣深矣！今往燕，必经赵过，臣不可往。”不韦再三强之，张唐坚执不从。

不韦回府中，独坐堂上纳闷。门下客有甘罗者，乃是甘茂之孙，时年仅十二岁，见不韦有不悦之色，进而问曰：“君心中有何事？”不韦曰：“孺子何知，而来问我？”甘罗曰：“所贵门下士者，谓其能为君分忧任患也。君有事而不使臣得闻，虽欲效忠无地矣。”不韦曰：“吾向者令刚成君使燕，燕太子丹已入质矣。今欲使张卿相燕，占得吉，而彼坚不肯行。吾所以不快者此耳！”甘罗曰：“此小事，何不早言？臣请行之。”不韦怒，连叱曰：“去！去！我亲往请之而不得，岂小子所能动耶？”甘罗曰：“昔项橐七岁为孔子师，今臣生十二岁，长于橐五年，试臣而不效，叱臣未晚。奈何轻量天下之士，遽以颜色相加哉？”不韦奇其言，改容谢之曰：“孺子能令张卿行者，事成当以卿位相屈。”甘罗欣然辞去，往见张唐。唐虽知为文信侯门客，见其年少轻之，问曰：“孺子何以见辱？”甘罗曰：“特来吊君耳！”张唐曰：“某有何事可吊？”甘罗曰：“君之功，自谓比武安君何如？”唐曰：“武安君南挫强楚，北威燕、赵，战胜攻取，破城堕邑，不计其数，某功不及十之一也。”甘罗曰：“然则应侯之用于秦也，视文信侯孰专？”张唐曰：“应侯不及文信侯之专。”甘罗曰：“君明知文信侯之权重于应侯乎？”张唐曰：“何为不知。”甘罗曰：“昔应侯欲使武安君攻赵，武安君不肯行，应侯一怒，而武安君遂出咸阳，死于杜邮。今文信侯自请君相燕，而君不肯行；此武安君所以不容于应侯者，而谓文信侯能容君乎？君之死期不远矣。”张唐悚然有惧色，谢曰：“孺子教我！”乃因甘罗以请罪于不韦，即日治装。将行，甘罗谓不韦曰：“张唐听臣之说，不得已而往燕，然中情不能不畏赵也。愿假臣车五乘，为张唐先报赵。”不韦已知其才，乃入言于秦王曰：“有甘茂之孙甘罗，年虽少，然名家之子孙，甚有智辩。今者张唐称病，不肯相燕，甘罗一说而即行。复请先报赵王，惟王遣之！"秦王宣甘罗入见，身才五尺，眉目秀美如画，秦王已自喜欢，问曰："孺子见赵王何以措词？"甘罗对曰："察其喜惧，相机而进。言若波兴，随风而转，不可以预定也。"秦王给以良车十乘，仆从百人，从之使赵。

赵悼襄王已闻燕、秦通好，正怕二国合计谋赵，忽报秦使者来到，喜不可言，遂出郊二十里迎接甘罗。及见其年少，暗暗称奇，问曰："向为秦通三川之路者亦甘氏，于先生为何人？"甘罗曰："臣祖也。"赵王曰："先生年几何？"对曰："十二岁。"赵王曰："秦廷年长者，不足使乎？何以及先生？"甘罗曰："秦王用人，各因其任。年长者任以大事，年幼者任以小事。臣年最幼，故为使于赵耳。"赵王见其言辞磊落，又暗暗称奇，问曰："先生下辱敝邑，有何见教？"甘罗曰："大王闻燕太子丹入质于秦乎？"赵王曰："闻之。"甘罗又曰："大王闻张唐相燕乎？"赵王曰："亦闻之。"甘罗曰："夫燕太子丹入质于秦，是燕不欺秦也。张唐相燕，是秦不欺燕也。燕、秦不相欺，而赵危矣！"赵王曰："秦所以亲燕者何意？"甘罗曰："秦之亲燕，欲相与攻赵，而广河间之地也。大王不如割五城献秦以广河间，臣请言于寡君，止张唐之行，绝燕之好，而与赵为欢。夫以强赵攻弱燕，而秦不为救，此其所得，岂止五城而已哉？"赵王大悦，赐甘罗黄金百镒、白璧二双，以五城地图付之，使还报秦王。秦王喜曰："河间之地，赖孺子而广矣！孺子之智大于其身。"乃止张唐不遣，张唐亦深感之。赵闻张唐不行，知秦不助燕，乃命庞煖、李牧合兵伐燕，取上谷三十城，赵得十九城，而以十一城归秦。秦王封甘罗为上卿，复以向时所封甘茂田宅赐之。今俗传甘罗十二为丞相，正谓此也。有诗为证：

　　片言纳地广河间，上谷封疆又割燕。
　　许大功劳出童子，天生智慧岂因年？

又有诗云：

　　甘罗早达子牙迟，迟早穷通各有时。
　　请看春花与秋菊，时来自发不愆期。

燕太子丹在秦，闻秦之背燕而与赵，如坐针毡，欲逃归，又恐不得出关，乃求与甘罗为友，欲资其谋，为归燕之计。忽一夕，甘罗梦紫衣吏持天符来，言："奉上帝命，召归天上。"遂无疾而卒。高才不寿，惜哉！太子丹遂留于秦矣。

话分两头。却说吕不韦以阳伟善战得宠于庄襄后，出入宫闱，素无忌惮；及见秦王年长，英明过人，始有惧意。奈太后淫心愈炽，不时宣召入甘泉宫。不韦怕一旦事发，祸及于己，欲进一人以自代，想可以称太后之意者而难其人。闻市人嫪大，其阳具有名，里中淫妇人争事之。秦语呼人之无士行者曰毐，因称为嫪毐。偶犯淫罪，不韦曲赦之，留为府中舍人。秦俗：农事毕，国中纵倡乐三日，以节其劳，凡百戏任人陈设，有一长一艺，人所不能者，全在此日施逞。吕不韦以桐木为车轮，使嫪毐以其阳具穿于桐轮之中，轮转而具不伤，市人皆掩口大笑。太后闻其事，私问于不韦，似有欣羡之意。不韦曰："太后欲见其人乎？臣请进之。"太后笑而不答，良久曰："君戏言耶？此外人安得入内？"不韦曰："臣有一计在此，使人发其旧罪，下之腐刑，太后行重赂于行刑者，诈为阉割，然后以宦者给事宫中，乃可长久。"太后大悦曰："此计甚妙！"乃以百金授不韦，不韦密召嫪毐，告之以故。毐性淫，欣然自以为奇遇矣。不韦果使人发其他淫罪，论以腐刑，因以百金分赂主刑官吏，取驴阳具及他血，诈作阉割，拔其须眉。行刑者故意将驴阳传示左右，尽以为嫪毐之具，传闻者莫不骇异。嫪毐既诈腐如宦者状，遂杂于内侍之中以进。太后留侍宫中，夜令侍寝，试之，大畅所欲，以为胜不韦十倍也。明日，厚赐不韦，以酬其功，不韦乃幸得自脱。太后与嫪毐相处如夫妇，未几怀妊，太后恐生产时不可隐，诈称病，使嫪毐行金赂卜者，使诈言宫中有祟，当避西方二百里之外。秦王政颇疑吕不韦之事，亦幸太后稍远去，绝其往来，乃曰："雍州去咸阳西二百余里，且往时宫殿俱在，太后宜居之。"于是太后徙雍城，嫪毐为御而往。既去咸阳，居雍故宫，名曰大郑宫，嫪毐与太后益相亲不忌，两年之中，连生二子，筑密室藏而育之。太后私与毐约，异日王崩，以其子为后，外人颇有知者，但无人敢言。太后奏称嫪毐代王侍养有功，请封以土地。秦王奉太后之命，封毐为长信侯，予以山阳之地。毐骤贵，愈益恣肆。太后每日赏赐无算，宫室舆马，田猎游戏，任其所欲，事无大小，皆决于毐。毐蓄家僮数千人，宾客求宦达，愿为舍人者，复千余人。又贿结朝贵为己党，趋权者争附之，声势反过于文信侯矣。

秦王政九年春，彗星见，其长竟天，太史占之曰：“国中当有兵变也。”按秦襄公立鄜畤以祀白帝，后德公迁都于雍，遂于雍立郊天之坛，秦穆公又立宝夫人祠，岁岁致祭，遂为常规。后来虽再迁咸阳，此规不废。太后居于雍城，秦王政每岁以郊祀之期至雍朝见太后。因举祀典，自有祈年宫驻驾。是春复当其期，适有彗星之变，临行，使大将王翦耀兵于咸阳三日，同尚父吕不韦守国；桓齮引兵三万，屯于岐山，然后起驾。

时秦王已二十二岁，犹未冠。太后命于德公之庙行冠礼，佩剑，赐百官大酺五日。太后亦与秦王宴于大郑故宫。也是嫪毐享福太过，合当生出事来。毐与左右贵臣赌博饮酒，至第四日，嫪毐与中大夫颜泄连博失利，饮酒至醉，复求覆局。泄亦醉，不从，嫪毐直前扭颜泄，批其颊。泄不让，亦摘去嫪毐冠缨。毐怒甚，瞋目大叱曰：“吾乃今王之假父也！尔窭人子，何敢与我抗乎？”颜泄惧，走出，恰遇秦王政从太后处饮酒出宫。颜泄伏地叩头，号泣请死。秦王政是有心机之人，不发一言，但令左右扶至祈年宫，然后问之。颜泄将嫪毐批颊及自称假父之语述了一遍，因奏：“嫪毐实非宦者，诈为腐刑，私侍太后，见今产下二子在于宫中，不久谋篡秦国。”秦王政闻之，大怒，密以兵符往召桓齮，使引兵至雍。

有内史肆、佐弋竭二人，素受太后及嫪毐金钱，与为死党，知其事，急奔嫪毐府中告之。毐已酒醒，大惊，夜叩大郑宫，求见太后，诉以如此这般：“今日之计，除非乘桓齮兵未到，尽发宫骑卫卒及宾客舍人，攻祈年宫，杀却今王，我夫妻尚可相保。”太后曰：“宫骑安肯听吾令乎？”嫪毐曰：“愿借太后玺，假作御宝用之，托言：‘祈年宫有贼，王有令，召宫骑齐往救驾。’宜无不从。”太后是时主意亦乱，曰：“惟尔行之。”遂出玺付毐。毐伪作秦王御书，加以太后玺文，遍召宫骑卫卒，本府宾客舍人自不必说，乱至次日午牌，方才取齐。嫪毐与内史肆、佐弋竭分将其众，围祈年宫。秦王政登台，问各军犯驾之意。答曰："长信侯传言行宫有贼，特来救驾。"秦王曰："长信侯便是贼！宫中有何贼耶？"宫骑卫卒等闻之，一半散去；一半胆大的，便反戈与宾客舍人相斗。秦王下令："有生擒嫪毐者，赐钱百万；杀之而以其首献者，赐钱五十万；得逆党一首者，赐爵一级。舆隶下贱，赏格皆同。"于是宦者及牧圉诸人皆尽死出战。百姓传闻嫪毐造反，亦来持梃助力，宾客舍人死者数百人。嫪毐兵败，夺路斩开东门出去，正遇桓齮大兵，活活的束手就缚，并内史肆、佐弋竭等皆被擒，付狱吏拷问得实。秦王政乃亲往大郑宫搜索，得嫪毐奸生二子于密室之中，使左右置于布囊中扑杀之。太后暗暗心痛，不敢出救，惟闭门流涕而已。秦王竟不朝谒其母，归祈年宫。以太史占星有验，赐钱十万。狱吏献嫪毐招词，言："毐伪腐入宫，皆出文信侯吕不韦之计。其同谋死党，如内史肆、佐弋竭等，凡二十余人。"秦王命车裂嫪毐于东门之外，夷其三族。肆、竭等皆枭首示众。诸宾客舍人从叛格斗者，诛死；即不预谋乱者，亦远迁于蜀地，凡迁四千余家。太后用玺党逆，不可为国母，减其禄奉，迁居于棫阳宫——此乃离宫之最小者。以兵三百人守之，凡有人出入，必加盘诘。太后此时，如囚妇矣，岂不丑哉！

秦王政平了嫪毐之乱，回驾咸阳。尚父吕不韦惧罪，伪称疾，不敢出谒。秦王欲并诛之，问于群臣，群臣多与交结，皆言："不韦扶立先王，有大功于社稷；况嫪毐未尝面质，虚实无凭，不宜从坐。"秦王乃赦不韦不诛，但免相，收其印绶。桓齮擒反贼有功，加封进级。是年夏四月，天发大寒，降霜雪，百姓多冻死，民间皆议："秦王迁谪太后，子不认母，故有此异。"大夫陈忠进谏曰："天下无无母之子，宜迎归咸阳，以尽孝道，庶几天变可回。"秦王大怒，命剥去其衣，置其身于蒺藜之上而捶杀之，陈其尸于阙下，榜曰："有以太后事来谏者，视此！"秦臣相继来谏者不止，不知可能感悟秦王否，且看下回分解。

第一百五回

茅焦解衣谏秦王　李牧坚壁却桓齮

话说秦大夫陈忠死后，相继而谏者不止，秦王辄戮之，陈尸阙下，前后凡诛杀二十七人，尸积成堆。时齐王建来朝于秦，赵悼襄王亦至，相与置酒咸阳宫甚欢，及见阙下死尸，问其故，莫不叹息私议秦王

之不孝也。时有沧州人茅焦，适游咸阳，寓旅店，同舍偶言及此事，焦愤然曰："子而囚母，天地反覆矣！"使主人具汤水："吾将沐浴，明早叩阍入谏秦王。"同舍笑曰："彼二十七人者，皆王平日亲信之臣，尚且言而不听，死不旋踵，岂少汝一布衣耶?"茅焦曰："谏者自二十七人而止，则秦王遂不听矣；若二十七人而不止，王之听不听，未可知也。"同舍皆笑其愚。次早五鼓，向主人索饭饱食。主人

牵衣止之，茅焦绝衣而去。同寓者度其必死，相与剖分其衣囊。

茅焦来至阙下，伏尸大呼曰："臣齐客茅焦，愿上谏大王。"秦王使内侍出问曰："客所谏者何事？得无涉王太后语耶？"茅焦曰："臣正为此而来。"内侍还报曰："客果为太后事来谏也。"秦王曰："汝可指阙下积尸告之。"内侍谓茅焦曰："客不见阙下死人累累耶？何不畏死若是！"茅焦曰："臣闻天有二十八宿，降生于地则为正人。今死者已有二十七人矣，尚缺其一，臣所以来者，欲满其数耳。古圣贤谁人不死，臣又何畏哉？"内侍复还报。秦王大怒曰："狂夫故犯吾禁！"顾左右："炊镬汤于庭，当生煮之。彼安得全尸阙下，为二十七人满数乎？"于是秦王按剑而坐，龙眉倒竖，口中沫出，怒气勃勃不可遏，连呼："召狂夫来就烹！"内侍往召茅焦，茅焦故意踽踽作细步，不肯急趋。内侍促之速行，茅焦曰："我见王即死矣！缓吾须臾何害？"内侍怜之，乃扶掖而前。

茅焦至阶下，再拜叩头奏曰："臣闻之：'有生者不讳其死，有国者不讳其亡；讳亡者不可以得存，讳死者不可以得生。'夫死生存亡之计，明主之所究心也。不审大王欲闻之否？"秦王色稍降，问曰："汝有何计，可试言之？"茅焦对曰："夫忠臣不进阿顺之言，明主不蹈狂悖之行。主有悖行而臣不言，是臣负其君也；臣有忠言而君不听，是君负其臣也。大王有逆天之悖行，而大王不自知；微臣有逆耳之忠言，而大王又不欲闻。臣恐秦国从此危矣！"秦王悚然良久，色愈降，乃曰："子所言何事？寡人愿闻之。"茅焦曰："大王今日不以天下为事乎？"秦王曰："然。"茅焦曰："今天下之所以尊秦者，非独威力使然，亦以大王为天下之雄主，忠臣烈士毕集秦庭故也。今大王车裂假父，有不仁之心；囊扑两弟，有不友之名；迁母于棫阳宫，有不孝之行；诛戮谏士，陈尸阙下，有桀、纣之治。夫以天下为事，而所行如此，何以服天下乎？昔舜事嚚母尽道，升庸为帝；桀杀龙逢，纣戮比干，天下叛之。臣自知必死，第恐臣死之后，更无有继二十八人之后，而复以言进者。怨谤日腾，忠谋结舌，中外离心，诸侯将叛，惜哉！秦之帝业垂成，而败之自大王也。臣言已毕，请就烹！"乃起立解衣趋镬，秦王急走下殿，左手扶住茅焦，右手麾左右曰："去汤镬！"茅焦曰："大王已悬榜拒谏，不烹臣，无以立信。”秦王复命左右收起榜文。又命内侍与茅焦穿衣，延之坐，谢曰：“前谏者，但数寡人之罪，未尝明悉存亡之计。天使先生开寡人之茅塞，寡人敢不敬听！”茅焦再拜进曰：“大王既俯听臣言，请速备驾，往迎太后；阙下死尸，皆忠臣骨血，乞赐收葬！”秦王即命司里，收取二十七人之尸，各具棺椁，同葬于龙首山，表曰“会忠墓”。

是日秦王亲自发驾，往迎太后，即令茅焦御车望雍州进发。南屏先生读史诗云：

二十七人尸累累，解衣趋镬有茅焦。
命中不死终须活，落得忠名万古标。

车驾将至棫阳宫，先令使者传报，秦王膝行而前，见了太后，叩头大哭，太后亦垂泪不已。秦王引茅焦谒见太后，指曰：“此吾之颍考叔也。”是晚，秦王就在棫阳宫歇宿。次日，请太后登辇前行，秦王后随，千乘万骑，簇拥如云，路观者无不称颂秦王之孝。回至咸阳，置酒甘泉宫中，母子欢饮。太后别置酒以宴茅焦，谢曰：“使吾母子复得相会，皆茅君之力也。”秦王乃拜茅焦为太傅，爵上卿。又恐不韦复与宫闱相通，遣出都城，往河南本国居住。

列国闻文信侯就国，各遣使问安，争欲请之处以相位，使者络绎于道。秦王恐其用于他国，为秦之害，乃手书一缄，以赐不韦。略曰：

君何功于秦，而封户十万？君何亲于秦，而号称尚父？秦之施于君者厚矣！嫪毐之逆，由君始之，寡人不忍加诛，听君就国。君不自悔祸，又与诸侯使者交通，非寡人所以宽君之意也。其与家属徙居蜀郡，以郫之一城，为君终老。

吕不韦接书读讫，怒曰：“吾破家扶立先王，功孰与我？太后先事我而得孕，王我所出也，亲孰与我？王何相负之甚也！”少顷，又叹曰：“吾以贾人子，阴谋人国，淫人之妻，杀人之君，灭人之祀，皇天岂容我哉？今日死晚矣！”遂置鸩于酒中，服之而死。门下客素受其恩者，相与盗载其尸，偷葬于北邙山下，与其妻合冢。今北邙道西有大冢，民间传称吕母冢，盖宾客讳言不韦葬处也。

秦王闻不韦已死，求其尸不得，乃尽逐其宾客。因下令大索国中，凡他方游客，不许留居咸阳，已仕者削其官，三日内皆要逐出境外，容留之家，一体治罪。有楚国上蔡人李斯，乃名贤荀卿之弟子，广有学问，向游秦国，事吕不韦为舍人。不韦荐其才能于秦王，拜为客卿。今日逐客令下，李斯亦在逐中，已被司里驱出咸阳城外。斯于途中写就表章，托言机密事，使邮传上之秦王。略曰：

臣闻："太山不让土壤，故能成其高；河海不择细流，故能就其深；王者不却众庶，故能成其德。"昔穆公之霸也，西取繇余于戎，东得百里奚于宛，迎蹇叔于宋，求丕豹、公孙枝于晋；孝公用商鞅，以定秦国之法；惠王用张仪，以散六国之从；昭王用范睢，以获兼并之谋：四君皆赖客以成其功，客亦何负于秦哉？大王必欲逐客，客将去秦而为敌国之用，求其效忠谋于秦者，不可得矣。

秦王览其书，大悟，遂除逐客之令，使人驰车往追李斯及于骊山之下。斯乃还入咸阳，秦王命复其官，任用如初。李斯因说秦王曰："昔秦穆公兴霸之时，诸侯尚众，周德未衰，故未可行兼并之术。自孝公以来，周室卑微，诸侯相并，仅存六国，秦之役属诸侯非一代矣。夫以秦之强，大王之贤，扫荡诸国，如拂灶尘。乃不及此时汲汲图功，坐待诸侯复强，相聚'合从'，悔之何及！"秦王曰："寡人欲并吞六国，计将安出？"李斯曰："韩近秦而弱，请先取韩，以惧诸国。"秦王从其计，使内史腾为将，率师十万攻韩。

时韩桓惠王已薨，太子安即位。有公子非者，善于刑名法律之学，见韩之削弱，数上书于韩王安，韩王不能用。及秦兵伐韩，韩王惧，公子非自负其才，欲求用于秦国，乃自请于韩王，愿为使聘秦，以求息兵，韩王从之。公子非西见秦王，言韩王愿纳地为东藩，秦王大喜。非因说之曰："臣有计可以破天下之'从'，而遂秦兼并之谋。大王用臣之谋，若赵不举，韩不亡，楚、魏不臣，齐、燕不附，愿斩臣之头以徇于国，为人臣不忠者之戒。"因献其所著《说难》、《孤愤》、《五蠹》、《说林》等书五十余万言。秦王读而善之，欲用为客卿，与议国事。李斯忌其才，谮于秦王曰："诸侯公子各亲其亲，岂为他人用哉？秦攻韩，韩王急而遣非入秦，安知不如苏秦反间之计？非不可任也。"秦王曰：

"然则逐之乎?"李斯曰:"昔魏公子无忌、赵公子平原皆曾留秦,秦不用,纵之还国,卒为秦患。非有才,不如杀之,以翦韩之翼。"秦王乃囚韩非于云阳,将杀之,非曰:"吾何罪?"狱吏曰:"一栖不两雄。当今之世,有才者非用即诛,何必罪乎?非乃慷慨赋诗曰:

> 《说》果难,《愤》何已?《五蠹》未除,《说林》何取!膏以香消,麝以脐死。

是夜,非以冠缨自勒其喉而死。韩王闻非死,益惧,请以国内附称臣。秦王乃诏内史腾罢兵。

秦王一日与李斯议事,夸韩非之才,惜其已死,李斯乃进曰:"臣举一人,姓尉名缭,大梁人也,深通兵法,其才胜韩非十倍。"秦王曰:"其人安在?"李斯曰:"今在咸阳。然其人自负甚高,不可以臣礼屈也。"秦王乃以宾礼召之。尉缭见秦王,长揖不拜。秦王答礼,置之上座,呼为先生,尉缭因进说曰:"夫列国之于强秦,譬犹郡县也,散则易尽,合则难攻。夫三晋合而智伯亡,五国合而齐滑走。大王不可不虑。"秦王曰:"欲使散而不复合,先生计将安出?"尉缭对曰:"今国家之计,皆决于豪臣,豪臣岂尽忠智,不过多得财物为乐耳。大王勿爱府库之藏,厚赂其豪臣,以乱其谋,不过亡三十万金,而诸侯可尽。"秦王大悦,尊尉缭为上客,与之抗礼,衣服饮食尽与己同,时时造其馆,长跪请教。尉缭曰:"吾细察秦王为人,丰准长目,鹘膺豺声,中怀虎狼之心,残刻少恩,用人时轻为人屈,不用亦轻弃人。今天下未一,故不惜屈身于布衣,若得志天下皆为鱼肉矣!"一夕,不辞而去。馆吏急报秦王,秦王如失臂手,遣轺车四出追还,与之立誓,拜为太尉,主兵事,其弟子皆拜大夫。于是大出内帑金钱,分遣宾客使者奔走列国,视其宠臣用事者,即厚赂之,探其国情。

秦王复问尉缭以并兼次第,尉缭曰:"韩弱易攻,宜先;其次莫如赵、魏。三晋既尽,即举兵而加楚。楚亡,燕、齐又安往乎?"秦王曰:"韩已称藩,而赵王尝置酒咸阳宫,未有加兵之名,奈何?"尉缭曰:"赵地大兵强,且有韩、魏为助,未可一举而灭也。韩内附称藩,则赵失助之半矣。王若患伐赵无名,请先加兵于魏。赵王有宠臣郭开者,贪得无厌,臣遣弟子王敖往说魏王,使赂郭开而请救于赵王,赵必出兵,吾因以为赵罪，移兵击之。”秦王曰：“善。”乃命大将桓齮率兵十万，出函谷关，声言伐魏。复遣尉缭弟子王敖往魏，付以黄金五万斤，恣其所用。王敖至魏，说魏王曰：“三晋所以能抗强秦者，以唇齿互为蔽也。今韩已纳地称藩，而赵王亲诣咸阳，置酒为欢。韩、赵连袂而事秦，秦兵至魏，魏其危矣。大王何不割邺城以赂赵，而求救于赵？赵如发兵守邺，是赵代魏为守也。”魏王曰：“先生度必得之赵王乎？”王敖谬言曰：“赵之用事者郭开，臣素与相善，自能得之。”魏王从其言，以邺郡三城地界并国书付与王敖，使往赵国求救。王敖先以黄金三千斤交结郭开，然后言三城之事。郭开受魏金，谓悼襄王曰：“秦之伐魏，欲并魏也；魏亡，则及于赵矣。今彼割邺郡之三城以求救，王宜听之。”悼襄王使扈辄率师五万往受其地。秦王遂命桓齮进兵攻邺。扈辄出兵拒之，大战于东崓山。扈辄兵败，桓齮乘胜追逐，遂拔邺，连破九城。扈辄兵保于宜安，遣人告急于赵王。赵王聚群臣共议，众皆曰：“昔年惟廉颇能御秦兵，庞氏、乐氏亦称良将，今庞煖已死，而乐氏亦无人矣。惟廉颇尚在魏国，何不召之？”

郭开与廉颇有仇，恐其复用，乃谮于赵王曰：“廉将军年近七旬，筋力衰矣。况前有乐乘之隙，若召而不用，益增怨望。大王姑使人觇视，倘其未衰，召之未晚。”赵王惑其言，遣内侍唐玖以猭猊名甲一副、良马四匹劳问，因而察之。郭开密邀唐玖至家，具酒相饯，出黄金二十镒为寿。唐玖讶其太厚，自谦无功，不敢受。郭开曰：“有一事相烦，必受此金，方敢启齿。”玖乃收其金，问：“郭大夫有何见谕？”郭开曰：“廉将军与某素不相能。足下此去，倘彼筋力衰颓，自不必言，万一尚壮，亦求足下增添几句，只说老迈不堪，赵王必不复召，此即足下之厚意也。”唐玖领令，竟往魏国，见了廉颇，致赵王之命。廉颇问曰：“秦兵今犯赵乎？”唐玖曰：“将军何以料之？”廉颇曰：“某在魏数年，赵王无一字相及，今忽有名甲良马之赐，必有用某之处，是以知之。”唐玖曰：“将军不恨赵王耶？”廉颇曰：“某方日夜思用赵人，况敢恨赵王也？”乃留唐玖同食，故意在他面前施逞精神，一饭斗米俱尽，啖肉十余斤，狼餐虎咽，吃了一饱。因披赵王所赐之甲，一跃上马，驰骤如飞。复于马上舞长戟数回，乃跳下马，谓唐玖曰：“某何如少年时？烦多多拜上赵王，尚欲以余年报效！"唐玖明明看见廉颇精神强壮，奈私受了郭开贿赂，回至邯郸，谓赵王曰："廉将军虽然年老，尚能食肉善饭，然有脾疾，与臣同坐，须臾间，遗矢三次矣。"赵王叹曰："战斗时岂堪遗矢？廉颇果老矣！"遂不复召，但益发军以助扈辄。时赵悼襄王之九年，秦王政之十一年也。其后楚王闻知廉颇在魏，使人召之。颇复奔楚为楚将，以楚兵不如赵，郁郁不得志而死，哀哉！史臣有诗云：

老成名将说廉颇，遗矢谗言奈若何？
请看吴亡宰嚭死，郭开何事取金多！

时王敖犹在赵，谓郭开曰："子不忧赵亡耶？何不劝王召廉颇也？"郭开曰："赵之存亡，一国事也。若廉颇，独我之仇，岂可使复来赵国？"王敖知其无为国之心，复探之曰："万一赵亡，君将焉往？"郭开曰："吾将于齐、楚之间，择一国而托身焉。"王敖曰："秦有并吞天下之势，齐、楚犹赵、魏也，为君计，不如托身于秦。秦王恢廓大度，屈己下贤，于人无所不容。"郭开曰："子魏人，何以知秦王之深也？"王敖曰："某之师尉缭子，见为秦太尉，某亦仕秦为大夫。秦王知君能得赵权，故命某交欢于子。所奉黄金，实秦王之赠也。若赵亡，君必来秦，当以上卿授子。赵之美田宅，惟君所欲。"郭开曰："足下果肯相荐，倘有见谕，无不奉承。"王敖复以黄金七千斤付开曰："秦王以万金见托，欲交结赵国将相，今尽以付君，后有事，当相求也。"郭开大喜曰："开受秦王厚赠，若不用心图报，即非人类。"王敖乃辞郭开归秦，以所余金四万斤反命曰："臣以一万金了郭开，以一郭开了赵也。"秦王知赵不用廉颇，更催桓齮进兵。赵悼襄王忧惧，一疾而薨。

悼襄王適子名嘉。赵有女娼，善歌舞，悼襄王悦之，留于宫中，与之生子名迁。悼襄王爱娼因及迁，乃废適子嘉而立庶子迁为太子，使郭开为太傅。迁素不好学，郭开又导以声色狗马之事，二人相得甚欢。及悼襄王已薨，郭开奉太子迁即位，以三百户封公子嘉，留于国中。郭开为相国用事。桓齮乘赵丧，袭破赵军于宜安，斩扈辄，杀十万余人，进逼邯郸。赵王迁自为太子时，闻代守李牧之能，乃使人乘急传，持大将军印召牧。牧在代有选车千五百乘、选骑万三千匹、精兵五万余人；留车三百乘、骑三千、兵万人守代；其余悉以自随，屯于邯邯城外。单身入城谒见赵王。赵王问以却秦之术，李牧奏曰：“秦乘累胜之威，其锋甚锐，未易挫也。愿假臣便宜，无拘文法，方敢受命。”赵王许之。又问：“代兵堪战乎？”李牧曰：“战则未足，守则有余。”赵王曰：“今悉境内劲卒，尚可十万，使赵葱、颜聚各将五万，听君节制。”李牧拜命而行，列营于肥累，置壁垒，坚守不战。日椎牛享士，使分队较射。军士日受赏赐，自求出战，牧终不许。桓齮曰：“昔廉颇以坚壁拒王龁，今李牧亦用此计也。”乃分兵一半，往袭甘泉市。赵葱请救之，李牧曰：“彼攻而我救，是致于人也，兵家所忌，不如往攻其营。彼方有事甘泉市，其营必虚，又见我坚壁已久，不为战备。若袭破其营，则桓齮之气夺矣。”遂分兵三路，夜袭其营。营中不意赵兵猝至，遂大溃败，杀死有名牙将十余员，士卒无算。败兵奔往甘泉市，报知桓齮。桓齮大怒，悉兵来战。李牧张两翼以待之，代兵奋勇当先。交锋正酣，左右翼并进，桓齮不能抵当，大败，走归咸阳。赵王以李牧有却秦之功，曰：“牧乃吾之白起也！”亦封为武安君，食邑万户。秦王政怒桓齮兵败，废为庶人，复使大将王翦、杨端和各将兵分道伐赵。不知胜负如何，且看下回分解。

第一百六回

王敖反间杀李牧　田光刎颈荐荆轲

话说赵王迁五年，代中地震，墙屋倾倒大半，平地裂开百三十步，邯郸大旱。民间有童谣曰：

秦人笑，赵人号，以为不信，视地生毛。

明年，地果生白毛，长尺余，郭开蒙蔽，不使赵王闻之。时秦王再遣大将王翦、杨端和分道伐赵。王翦从太原一路进兵，杨端和从常山一路进兵。复遣内史腾引军十万屯于上党，以为声援。时燕太子丹为质于秦，见秦兵大举伐赵，知祸必及于燕，阴使人致书于燕王，使为战守之备，又教燕王诈称有疾，使人请太子归国。燕王依其计，遣使至秦，秦王政曰："燕王不死，太子未可归也。欲归太子，除是乌头白，马生角，方可！”太子丹仰天大呼，怨气一道，直冲霄汉，乌头皆白。秦王犹不肯遣，太子丹乃易服毁面，为人佣仆，赚出函谷关，星夜往燕国去讫。今真定府定州南有台名闻鸡台，即太子丹逃秦时闻鸡早发处也。秦王方图韩、赵，未暇讨燕丹逃归之罪。

再说赵武安君李牧，大军屯于灰泉山，连营数里，秦两路车马皆不敢进。秦王闻此信，复遣王敖至王翦军中，王敖谓翦曰：“李牧北边名将，未易取胜。将军姑与通和，但勿定约，使命往来之间，某自有计。”王翦果使人往赵营讲和。李牧亦使人报之。王敖至赵，再打郭开关节，言：“李牧与秦私自讲和，约破赵之日，分王代郡。若以此言进于赵王，使以他将易去李牧，某言于秦王，君之功劳不小。”郭开已有外心，遂依王敖说话，密奏赵王。赵王阴使左右往察其情，果见李牧与王翦信使往来，遂信以为实然，谋于郭开。郭开奏曰：“赵葱、颜聚见在军中，大王诚遣使持兵符，即军中拜赵葱为大将，替回李牧，只说‘用为相国’，牧必不疑。”赵王从其言，遣司马尚持节至灰泉山军中，宣赵王之命。李牧曰：“两军对垒，国家安危，悬于一将，虽有君命，吾不敢从！”司马尚私告李牧曰：“郭开谮将军欲反，赵王入其言，是以相召，言拜相者，欺将军之言也。”李牧忿然曰：“开始谮廉颇，今复谮吾，吾当提兵入朝，先除君侧之恶，然后御秦可也。”司马尚曰：“将军称兵犯阙，知者以为忠，不知者反以为叛，适令谗人借为口实。以将军之才，随处可立功名，何必赵也。”李牧叹曰：“吾尝恨乐毅、廉颇为赵将不终，不意今日乃及自己！”又曰：“赵葱不堪代将，吾不可以将印授之。”乃悬印于幕中，中夜微服遁去，欲往魏国。赵葱感郭开举荐之恩，又怒李牧不肯授印，乃遣力士急捕李牧，得于旅人之家，乘其醉，缚而斩之，以其首来献。可怜李牧一时名将，为郭开所害，岂不冤哉！史臣有诗云：

却秦守代著威名，大厦全凭一木撑。
何事郭开贪外市，致令一旦坏长城！

司马尚不敢复命，窃妻孥奔海上去讫。赵葱遂代李牧挂印为大将，颜聚为副。代兵素服李牧，见其无辜被害，不胜愤怒，一夜间逾山越谷，逃散俱尽，赵葱不能禁也。

却说秦兵闻李牧死，军中皆酌酒相贺，王翦、杨端和两路军马刻期并进。赵葱与颜聚计议，欲分兵往救太原、常山二处。颜聚曰：“新易大将，军心不安，若合兵犹足以守，一分则势弱矣。”言未毕，哨马报：“王翦攻狼孟甚急，破在旦夕！”赵葱曰：“狼孟一破，彼将长驱井陉，合攻常山，而邯郸危矣！不得不往救之。”遂不听颜聚之谏，传令拔寨俱起。王翦觇探明白，预伏兵大谷，遣人于高阜了望，只等赵葱兵过一半，放起号炮，伏兵一齐杀出，将赵兵截做两段，首尾不能相顾。王翦引大军倾江倒峡般杀来，赵葱迎敌，兵败，为王翦所杀。颜聚收拾败军，奔回邯郸。秦兵遂拔狼孟，由井陉进兵，攻取下邑。杨端和亦收取常山余地，进围邯郸。秦王政闻两路兵俱已得胜，因命内史腾移兵往韩受地。韩王安大惧，尽献其城，入为秦臣。秦以韩地为颍川郡。此韩王安之九年，秦王政之十七年也。韩自武子万受邑于晋，三世至献子厥，始执晋政。厥三传至康子虎，始灭智氏。虎再传至景侯虔，始为诸侯。虔六传至宣惠王，始称王。四传至王安，而国入于秦。自韩虎六年至宣惠王九年，凡为侯共八十年；自宣惠王十年至王安九年国灭，凡为王九十四年。自此，六国只存其五矣。史臣有赞云：

万封韩原，贤裔惟厥；计全赵孤，阴功不泄。始偶六卿，终分三穴；从约不守，稽首秦阙。韩非虽使，无救亡灭！

再说秦兵围邯郸，颜聚悉兵拒守，赵王迁恐惧，欲遣使邻邦求救。郭开进曰：“韩王已入臣，燕、魏方自保不暇，安能相救？以臣愚见，秦兵势大，不如全城归顺，不失封侯之位。”王迁欲听之，公子嘉伏地痛哭曰：“先王以社稷宗庙传于王，何可弃也？臣愿与颜聚竭力效死！万一城破，代郡数百里，尚可为国，奈何束手为人俘囚乎？”郭开曰：“城破则王为虏，岂能及代哉？”公子嘉拔剑在手，指郭开曰：“覆国谗臣，尚敢多言！吾必斩之！”赵王劝解方散。王迁回宫，无计可施，惟饮酒取乐而已。郭开欲约会秦兵献城，奈公子嘉率其宗族宾客，帮助颜聚加意防守，水泄不漏，不能通信。其时岁值连荒，城外民人逃尽，秦兵野无所掠，惟城中广有积粟，食用不乏，急切不下。乃与杨端和计议，暂退兵五十里外，以就粮运。城中见秦兵退去，防范稍弛，日启门一次，通出入。郭开乘此隙，遣心腹出城，将密书一封，送入秦寨。

书中大意云："某久有献城之意，奈不得其便。然赵王已十分畏惧，倘得秦王大驾亲临，某当力劝赵王行衔璧舆榇之礼。"王翦得书，即遣人驰报秦王。秦王亲帅精兵三万，使大将李信扈驾，取太原路，来至邯郸，复围其城，昼夜攻打。城上望见大旆有"秦王"字，飞报赵王，赵王愈恐。郭开曰："秦王亲提兵至此，其意不破邯郸不已，公子嘉、颜聚辈不足恃也。愿大王自断于心！"赵王曰："寡人欲降秦，恐见杀如何？"郭开曰："秦不害韩王，岂害大王哉？若以和氏之璧，并邯郸地图出献，秦王必喜。"赵王曰："卿度可行，便写降书。"郭开写就降书，又奏曰："降书虽写，公子嘉必然阻挡。闻秦王大营在西门，大王假以巡城为名，乘驾到彼，竟自开门送款，何愁不纳？"赵王一向昏迷，惟郭开之言是听，到此危急之际，益无主持，遂依其言。颜聚方在北门点视，闻报赵王已出西门送款于秦，大惊。公子嘉亦飞骑而至，言："城上奉赵王之命，已竖降旗，秦兵即刻入城矣。"颜聚曰："吾当以死据住北门，公子收敛公族，火速到此。同奔代地，再图恢复。"公子嘉从其计，即率其宗族数百人，同颜聚奔出北门，星夜往代。颜聚劝公子嘉自立为代王，以令其众；表李牧之功，复其官爵，亲自设祭，以收代人之心；遣使东与燕合，屯军于上谷，以备秦寇。代国赖以粗定。不在话下。

再说秦王政准赵王迁之降，长驱入邯郸城，居赵王之宫。赵王以臣礼拜见，秦王坐而受之，故臣多有流涕者。明日，秦王弄和氏之璧，笑谓群臣曰："此先王以十五城易之而不得者也！"于是秦王出令，以赵地为巨鹿郡，置守；安置赵王于房陵，封郭开为上卿。赵王方悟郭开卖国之罪，叹曰："使李牧在此，秦人岂得食吾邯郸之粟耶？"那房陵四面有石室，如房屋一般。赵王居石室之中，闻水声淙淙，问左右。对曰："楚有四水，江、汉、沮、漳，此名沮水，出房山达于汉江。"赵王凄然叹曰："水乃无情之物，尚能自达于汉江，寡人羁囚在此，望故乡千里，岂能至哉！"乃作山水之讴云：

房山为宫兮，沮水为浆；不闻调琴奏瑟兮，惟闻流水之汤汤！水之无情兮，犹能自致于汉江；嗟余万乘之主兮，徒梦怀乎故乡！夫谁使余及此兮？乃谗言之孔张！良臣淹没兮，社稷沦亡；余听不聪兮，敢怨秦王！

终夜无聊，每一发讴，哀动左右，遂发病不起。代王嘉闻王迁死，谥为幽谬王。有诗为证：

吴主丧邦由佞嚭，赵王迁死为贪开。
若教贪佞能疏远，万岁金汤永不隤。

秦王班师回咸阳，暂且休兵养士。郭开积金甚多，不能携带，乃俱窖于邯郸之宅第。事既定，自言于秦王，请休假回赵，搬取家财。秦王笑而许之。既至邯郸，发窖取金，载以数车，中途为盗所杀，取金而去。或云李牧之客所为也。呜呼！得金卖国，徒杀其身，愚哉！

再说燕太子丹逃回燕国，恨秦王甚，乃散家财，大聚宾客，谋为报秦之举。访得勇士夏扶、宋意，皆厚待之。有秦舞阳，年十三，白昼杀仇人于都市，市人畏不敢近，太子赦其罪，收致门下。秦将樊於期得罪奔燕，匿深山中，至是闻太子好客，亦出身自归。丹待为上宾，于易水之东，筑一城以居之，名曰樊馆。太傅鞠武谏曰："秦虎狼之国，方蚕食诸侯，即使无隙，犹将生事，况收其仇人以为射的，如批龙之逆鳞，其伤必矣。愿太子速遣樊将军入匈奴以灭口，请西约三晋，南连齐、楚，北结匈奴，然后乃可徐图也。"太子丹曰："太傅之计，旷日弥久，丹心如焚炙，不能须臾安息。况樊将军穷困来归，是丹哀怜之交也。丹岂以强秦之故，而远弃樊将军于荒漠？丹有死，不能矣。愿太傅更为丹虑之！"鞠武曰："夫以弱燕而抗强秦，如以毛投炉，无不焚也，以卵投石，无不碎也。臣智浅识寡，不能为太子画策。所识有田光先生，其人智深而勇沉，且多识异人。太子必欲图秦，非田光先生不可。"太子丹曰："丹未得交于田先生，愿因太傅而致之。"鞠武曰："敬诺。"

鞠武即驾车往田光室中，告曰："太子丹敬慕先生，愿就而决事，愿先生勿却！"田光曰："太子贵人也，岂敢屈车驾哉？即不以光为鄙陋，欲共计事，光当往见，不敢自逸。"鞠武曰："先生不惜枉驾，此太子之幸也。"遂与田光同车，造太子宫中。太子丹闻田光至，亲出宫迎接，执辔下车，却行为导，再拜致敬，跪拂其席。田光年老，偻行登上坐，旁观者皆窃笑。太子丹屏左右，避席而请曰："今日之势，燕、秦不两立，闻先生智勇足备，能奋奇策，救燕须臾之亡乎？"田光对曰："臣闻骐骥盛壮之时，一日而驰千里，及其衰老，驽马先之。今鞠太傅但知臣盛壮之时，不知臣已衰老矣。”太子丹曰：“度先生交游中，亦有智勇如先生少壮之时，可代为先生持筹者乎？”田光摇首曰：“大难！大难！虽然，太子自审门下客，可用者有几人？光请相之。”太子丹乃悉召夏扶、宋意、秦舞阳至，与田光相见。田光一一相过，问其姓名，谓太子曰：“臣窃观太子客，俱无可用者。夏扶血勇之人，怒则面赤；宋意脉勇之人，怒则面青；秦舞阳骨勇之人，怒则面白。夫怒形于面，而使人觉之，何以济事？臣所知有荆卿者，乃神勇之人，喜怒不形，似为胜之。”太子丹曰：“荆卿何名？何处人氏？”田光曰：“荆卿者，名轲，本庆氏，齐大夫庆封之后也。庆封奔吴，家于朱方，楚讨杀庆封，其族奔卫，为卫人。以剑术说卫元君，元君不能用。及秦拔魏东地，并濮阳为东郡，而轲复奔燕，改氏曰荆，人呼为荆卿，性嗜酒，燕人高渐离者，善击筑，轲爱之，日与饮于燕市中。酒酣，渐离击筑，荆卿和而歌之，歌罢，辄涕泣而叹，以为天下无知己。此其人沉深有谋略，光万不如也。”太子丹曰：“丹未得交于荆卿，愿因先生而致之。”田光曰：“荆卿贫，臣每给其酒资，是宜听臣之言。”太子丹送田光出门，以自己所乘之车奉之，使内侍为御。光将上车，太子嘱曰：“丹所言，国之大事也，愿先生勿泄于他人。”田光笑曰：“老臣不敢！”

田光上车，访荆轲于酒市中。轲与高渐离同饮半酣，渐离方调筑。田光闻筑音，下车直入，呼荆卿，渐离携筑避去。荆轲与田光相见，邀轲至其家中，谓曰：“荆卿尝叹天下无知己，光亦以为然。然光老矣，精衰力耗，不足为知己驱驰。荆卿方壮盛，亦有意一试其胸中之奇乎？”荆轲曰：“岂不愿之，但不遇其人耳。”田光曰：“太子丹折节重客，燕国莫不闻之。今者不知光之衰老，乃以燕、秦之事谋及于光。光与卿相善，知卿之才，荐以自代，愿卿即过太子宫。”荆轲曰：“先生有命，轲敢不从！”田光欲激荆轲之志，乃抚剑叹曰：“光闻之：‘长者为行，不使人疑。’今太子以国事告光，而嘱光勿泄，是疑光也。光奈何欲成人之事，而受其疑哉！光请以死自明，愿足下急往报于太子。”遂拔剑自刎而死。荆轲方悲泣，而太子复遣使来视：“荆先生来否？”荆轲知其诚，即乘田光来车，至太子宫。

太子接待荆轲，与田光无二。既相见，问："田先生何不同来？"荆轲曰："光闻太子有私嘱之语，欲以死明其不言，已伏剑死矣！"太子丹抚膺恸哭曰："田先生为丹而死，岂不冤哉！"良久收泪，纳轲于上座，太子丹避席顿首，轲慌忙答礼。太子丹曰："田先生不以丹为不肖，使丹得见荆卿，天与之幸，愿荆卿勿见鄙弃。"荆轲曰："太子所以忧秦者，何也？"丹曰："秦譬犹虎狼，吞噬无厌，非尽收天下之地，臣海内之王，其欲未足。今韩王尽已纳地为郡县矣。王翦大兵复破赵，虏其王。赵亡，次必及燕。此丹之所以卧不安席，临食而废箸者也。"荆轲曰："以太子之计，将举兵与角胜负乎？抑别有他策耶？"太子丹曰："燕小弱，数困于兵。今赵公子嘉自称代王，欲与燕合兵拒秦。丹恐举国之众，不当秦之一将，虽附以代王，未见其势之盛也。魏、齐素附于秦，而楚又远不相及，诸侯畏秦之强，无肯'合从'者。丹窃有愚计，诚得天下之勇士，伪使于秦，诱以重利，秦王贪得，必相近，因乘间劫之，使悉反诸侯侵地，如曹沫之于齐桓公，则大善矣。倘不从，则刺杀之。彼大将握重兵，各不相下，君亡国乱，上下猜疑，然后连合楚、魏，共立韩、赵之后，并力破秦，此乾坤再造之时也！惟荆卿留意焉。"荆轲沉思良久，对曰："此国之大事也，臣驽下，恐不足当任使。"太子丹前顿首固请曰："以荆卿高义，丹愿委命于卿，幸毋让！"荆轲再三谦逊，然后许诺。

于是尊荆轲为上卿，于樊馆之右复筑一城，名曰荆馆，以奉荆轲。太子丹日造门下问安，供以太牢。间进车骑美女，恣其所欲，惟恐其意之不适也。轲一日与太子游东宫，观池水，有大龟出池旁，轲偶拾瓦投龟，太子丹捧金丸进之以代瓦。又一日共试骑，太子丹有马日行千里，轲偶言马肝味美，须臾，庖人进肝，所杀即千里马也。丹又言及秦将樊於期得罪秦王，见在燕国。荆轲请见之，太子治酒于华阳之台，请荆轲与樊於期相会，出所幸美人奉酒，复使美人鼓琴娱客。荆轲见其两手如玉，赞曰："美哉手也！"席散，丹使内侍以玉盘送物于轲，轲启视之，乃断美人之手。自明于轲，无所吝惜。轲叹曰："太子遇轲厚，乃至此乎？当以死报之！"不知荆轲如何报恩，且看下回分解。

第一百七回

献地图荆轲闹秦庭　论兵法王翦代李信

话说荆轲平日常与人论剑术，少所许可，惟心服榆次人盖聂，自以为不及，与之深结为友。至是，轲受燕太子丹厚恩，欲西入秦劫秦王，使人访求盖聂，欲邀请至燕，与之商议。因盖聂游踪未定，一时不能勾来到。太子丹知荆轲是个豪杰，旦暮敬事，不敢催促，忽边人报道："秦王遣大将王翦，北略地至燕南界。代王嘉遣使相约，一同发兵，共守上谷以拒秦。"太子丹大惧，言于荆轲曰："秦兵旦暮渡易水，足下虽欲为燕计，岂有及哉？"荆轲曰："臣思之熟矣！此行倘无以取信于秦王，未可得近也。夫樊将军得罪于秦，秦王购其首，黄金千斤，封邑万家；而督亢膏腴之地，秦人所

欲。诚得樊将军之首与督亢之地图，奉献秦王，彼必喜而见臣，臣乃得有以报太子。”丹曰：“樊将军穷困来归，何忍杀之？若督亢地图，所不敢惜！”荆轲知太子丹不忍，乃私见樊於期曰：“将军得祸于秦，可谓深矣。父母宗族，皆为戮殁，今闻购将军之首，金千斤，邑万家，将军将何以雪其恨乎？”樊於期仰天太息，流涕而言曰：“某每一念及秦政，痛彻心髓！愿与之俱死，恨未有其地耳。”荆轲曰：“今有一言，可以解燕国之患，报将军之仇者，将军肯听之乎？”於期亟问曰：“计将安出？”荆轲踌躇不语。於期曰：“荆卿何以不言？”轲曰：“计诚有之，但难于出口。”於期曰：“苟报秦仇，虽粉骨碎身，某所不恤，又何出口之难乎？”荆轲曰：“某之愚计，欲前刺秦王，而恐其不得近也。诚得将军之首，以献于秦，秦王必喜而见臣，臣左手把其袖，右手斫其胸，则将军之仇报，而燕亦得免于灭亡之患矣。将军以为何如？”樊於期卸衣偏袒，奋臂顿足，大呼曰：“此臣之日夜切齿腐心而恨其无策者也，今乃得闻明教。”即拔佩剑刎其喉，喉绝而颈未尽，荆轲复以剑断之。有诗为证：

闻说奇谋喜欲狂，幽魂先已赴咸阳。
荆卿若遂屠龙计，不枉将军剑下亡。

荆轲使人飞报太子曰：“已得樊将军首矣！”太子丹闻报，驰车至，伏尸而哭极哀，命厚葬其身，而以其首置木函中。荆轲曰：“太子曾觅利匕首乎？”太子丹曰：“有赵人徐夫人匕首，长一尺八寸，甚利，丹以百金得之，使工人染以毒药，曾以试人，若出血沾丝缕，无不立死。装以待荆卿久矣！未知荆卿行期何日？”荆轲曰：“臣有所善客盖聂未至，欲俟之以为副。”太子丹曰：“足下之客，如海中之萍，未可定也。丹之门下，有勇士数人，惟秦舞阳为最，或可以副行乎？”荆轲见太子十分急切，乃叹曰：“今提一匕首，入不测之强秦，此往而不返者也。臣所以迟迟，欲俟吾客，本图万全。太子既不能待，请行矣。”于是太子丹草就国书，只说献督亢之地并樊将军之首，俱付荆轲。以千金为轲治装，秦舞阳为副使，同行。临发之日，太子丹与相厚宾客知其事者，俱白衣素冠，送至易水之上，设宴饯行。高渐离闻荆轲入秦，亦持豚肩斗酒而至，荆轲使与太子丹相见，丹命入席同坐。酒行数巡，高渐离击筑，荆轲和而歌，为变徵之声。歌曰：

风萧萧兮易水寒，壮士一去兮不复还！

声甚哀惨，宾客及随从之人，无不涕泣，有如临丧。荆轲仰面呵气，直冲霄汉，化成白虹一道，贯于日中，见者惊异。轲复慷慨为羽声，歌曰：

探虎穴兮入蛟宫，仰天嘘气兮成白虹！

其声激烈雄壮，众莫不瞋目奋励，有如临敌。于是太子丹复引卮酒，跪进于轲。轲一吸而尽，牵舞阳之臂，腾跃上车，催鞭疾驰，竟不反顾。太子丹登高阜以望之，不见而止，凄然如有所失，带泪而返。晋处士陶靖节有诗曰：

燕丹善养士，志在报强嬴。
招集百夫良，岁暮得荆卿。
君子死知己，提剑出燕京。
素骥鸣广陌，慷慨送我行。
雄发指危冠，猛气冲长缨。
饮饯易水上，四座列群英。
左席击悲筑，右席唱高声。
萧萧哀风逝，淡淡寒波生。
商音更流涕，羽奏壮士惊。
心知去不归，且有后世名。

荆轲既至咸阳，知中庶子蒙嘉有宠于秦王，先以千金赂之，求为先容。蒙嘉入奏秦王曰："燕王怖大王之威，不敢举兵，以逆军吏，愿举国为内臣，比于诸侯之列，给贡职如郡县，以奉守先人之宗庙。恐惧不敢自陈，谨斩樊於期之首，及献燕督亢之地图，燕王亲自函封，拜送使者于庭。今上卿荆轲，见在馆驿候旨，惟大王命之。"秦王闻樊於期已诛，大喜，乃朝服，设九宾之礼，召使者至咸阳宫相见。荆轲藏匕首于袖，捧樊於期头函，秦舞阳捧督亢舆地图匣，相随而进。将次升阶，秦舞阳面白如死人，似有振恐之状。侍臣曰："使者色变为何？"荆轲回顾舞阳而笑，上前叩首谢曰："一介秦舞阳，乃北番蛮夷之鄙人，生平未尝见天子，故不胜振慑悚息，易其常度。愿大王宽宥其罪，使得毕使于前。”秦王传旨，止许正使一人上殿，左右叱舞阳下阶。秦王命取头函验之，果是樊於期之首，问荆轲：“何不早杀逆臣来献？”荆轲奏曰：“樊於期得罪天子，窜伏北漠，寡君悬千金之赏，购求得之。欲生致于大王，诚恐中途有变，故断其首，冀以稍纾大王之怒。”荆轲辞语从容，颜色愈和，秦王不疑。

时秦舞阳捧地图匣，俯首跪于阶下。秦王谓荆轲曰：“取舞阳所持地图来，与寡人观之！”荆轲从舞阳手中取过图函，亲自呈上。秦王展图，方欲观看。荆轲匕首已露，不能掩藏，当下未免着忙。左手把秦王之袖，右手执匕首刺其胸，未及身，秦王大惊，奋身而起，袖绝。因那时五月初旬天气，所穿罗縠单衣，故易裂也。王座旁设有屏风，长八尺，秦王超而过之，屏风仆地。荆轲持匕首在后紧追，秦王不能脱身，绕柱而走。原来秦法，群臣侍殿上者，不许持尺寸之兵，诸郎中宿卫之官，执兵戈者，皆陈列于殿下，非奉宣召，不敢擅自入殿。今仓卒变起，不暇呼唤。群臣皆以手共搏轲。轲勇甚，近者辄仆。有侍医夏无且，亦以药囊击轲，轲奋臂一挥，药囊俱碎。虽然荆轲勇甚，群臣没奈他何，却也亏着要打发众人，所以秦王东奔西走，不曾被荆轲拿住。秦王所佩宝剑，名“鹿卢”，长八尺，欲拔剑击轲，剑长，靶不能脱。有小内侍赵高急唤曰：“大王何不背剑而拔之？”秦王悟，依其言，把剑推在背后，前边便短，容易拔出。秦王勇力不弱于荆轲，匕首尺余，止可近刺，剑长八尺，可以远击，秦王得剑在手，其胆便壮，遂直前来砍荆轲，断其左股。荆轲扑身倒于左边铜柱之旁，不能起立，乃举匕首以掷秦王。秦王闪开，那匕首在秦王耳边过去，直刺入右边铜柱之中，火光迸出。秦王复以剑击轲，轲以手接剑，三指俱落，连被八创。荆轲倚柱而笑，向秦王箕踞骂曰：“幸哉汝也！吾欲效曹沫故事，以生劫汝，反诸侯侵地，不意事之不就，被汝幸免，岂非天乎！然汝恃强力吞并诸侯，享国亦岂长久耶？”左右争上前攒杀之。秦舞阳在殿下，知荆轲动手，也要向前，却被郎中等众人击杀。此秦王政二十年事也。可惜荆轲受了燕太子丹多时供养，特地入秦，一事无成，不惟自害其身，又枉害了田光、樊於期、秦舞阳三人性命，断送燕丹父子，岂非剑术之不精乎？髯翁有诗云：

独提匕首入秦都，神勇其如剑术疏！
壮士不还谋不就，樊君应与觅头颅。

秦王心战目眩，呆坐半日，神色方才稍定。往视荆轲，轲双目圆睁，宛如生人，怒气勃勃。秦王惧，命取荆轲、秦舞阳之尸及樊於期之首，同焚于市中，燕国从者皆枭首，分悬国门，遂起驾还内宫。宫中后妃闻变，俱前来问安，因置酒压惊称贺。有一胡姬，乃赵王宫人，秦王破赵，选入宫，善琴有宠，列在妃位。秦王使鼓琴解闷。胡姬援琴而奏之，其声曰：

罗縠单衣兮可裂而绝，八尺屏风兮可超而越，
鹿卢之剑兮可负而拔，嗤彼凶狡兮身亡国灭！

秦王爱其敏捷，赐缯绮一箧，是夜尽欢，因宿于胡姬之宫。后来胡姬生子，即胡亥也，是为二世皇帝。此是后话。次早，秦王视朝，论功行赏，首推夏无且，以黄金二百镒赐之，曰："无且爱我，以药囊投荆轲也。"次唤小内侍赵高曰："'背剑而拔之'，赖汝教我！"亦赐黄金百镒。群臣中手搏荆轲者，视有伤轻重加赏。殿下郎中人等，击杀秦舞阳者，亦俱有赐。蒙嘉误为荆轲先容，凌迟处死，灭其家。蒙骜先已病死，其子蒙武，见为裨将，以不知情，特赦之。秦王怒气未息，乃益发兵，使王贲将之，助其父王翦攻燕。

燕太子丹不胜其愤，悉众迎战于易水之西。燕兵大败，夏扶、宋意皆战死，丹奔蓟城，鞠武被杀，王翦合兵围之，十月城破。燕王喜谓太子丹曰："今日破国亡家，尽由于汝！"丹对曰："韩、赵之灭，岂亦丹罪耶？今城中精兵尚有二万，辽东负山阻河，犹足固守，父王宜速往！"燕王喜不得已，登车开东门而出。太子丹尽驱其精兵，亲自断后，护送燕王东行，退保辽东，都平壤。王翦攻下蓟城，告捷于咸阳。王翦积劳成病，一面上表告老。秦王曰："太子丹之仇，寡人不能忘，然王翦诚老矣。"使将军李信代领其众，以追燕王父子。召王翦归，赐予甚厚。翦谢病，老于频阳。燕王闻李信兵至，遣使求救于代王嘉。嘉乃报燕王书，略曰：

秦所以急攻燕者，以怨太子丹故也。王能杀丹以谢于秦，秦怒必解，燕之社稷，幸得血食。

燕王喜犹豫未忍，太子丹惧诛，乃与其宾客，自匿于桃花岛。李信屯兵首山，使人持书数太子丹之罪。燕王喜大惧，佯召太子丹计事，以酒灌醉，缢杀之，然后断其首。燕王喜哭之恸，时夏五月，忽然天降大雪，平地深二尺五寸，寒凛如严冬，人谓太子丹怨气所致也。燕王将太子丹之首，函送李信军中，为书谢罪。李信驰奏秦王，且言："五月大雪，军人苦寒多病，求暂许班师。"秦王谋于尉缭，尉缭奏曰："燕栖于辽，赵栖于代，譬之游魂，不久自散。今日之计，宜先下魏，次及荆、楚，二国既定，燕、代可不劳而下。"秦王曰："善。"乃诏李信收兵回国。再命王贲为大将，引军十万，出函谷关攻魏。

时魏景湣王已薨，太子假立三年矣。自秦攻燕时，魏王假增筑大梁之城，内外俱浚深沟，预修守备。使人结好齐王，说以利害，言："魏与齐乃唇齿之国，唇亡则齿寒。魏亡，则祸必及于齐，愿同心协力，互相救援。"齐自君王后薨，其弟后胜为相国用事，多受秦黄金，力言："秦必不负齐，今若与魏'合从'，必触秦怒。"齐王建惑其言，遂辞魏使。王贲连战皆胜，进围大梁。值天道多雨，王贲乘油幕车，访求水势，知黄河在城之西北，而汴河从荥阳发源来，亦经由城西而过，乃命军士于西北开渠，引二河之水，筑堤壅其下流。军士冒雨兴工，王贲亲自持盖催督。及渠成，雨一连十日不止，水势浩大，贲命决堤通沟，内外沟俱泛溢。城被浸三日，颓坏者数处，秦兵遂乘之而入。魏王假方与群臣议书降表，为王贲所虏，上囚车，与宫属俱送至咸阳。假中途病死。王贲尽取魏地，为三川郡。并收野王地，废卫君角为庶人。按魏自晋献公之世，毕万受封，万生芒季，芒季生武子犨，犨佐晋文公成霸，犨复四传至桓子侈，灭范氏、中行氏、智氏，侈生文侯斯，与韩、赵三分晋国，凡七传而至王假，国灭，共有国二百年。史臣赞云：

毕公之苗，因国为姓，胤裔繁昌，世戴忠正。文始建侯，武益强盛；惠王好战，大梁不竞。信陵养士，神气稍振。景湣式微，再传而陨。

时秦王政二十二年事也。

是年，秦王用尉缭之策，复谋伐楚，问于李信曰："将军度伐楚之役，用几何人而足？"李信对曰："不过用二十万人。"复召老将王翦问之，翦对曰：“信以二十万人攻楚，必败。以臣愚见，非六十万人不可。”秦王私念曰：“老人固宜怯，不如李将军壮勇。”遂罢王翦不用。命李信为大将，蒙武副之，率兵二十万伐楚。李信攻平舆，蒙武攻寝邱。信年少骁勇，一鼓攻下平舆城，于是引兵而西，攻下申城，遣人持书，约蒙武会于城父，欲合兵以捣郏城。

话分两头。却说楚自李园杀春申君黄歇，立幽王捍，捍即黄歇与李氏所生之子也。幽王立十年而薨，无子。其时李园亦卒，群臣乃立宗人公子犹，是为哀王。哀王立二月，而其庶兄负刍，袭杀哀王，遂自立为王。负刍在位三年，闻秦兵深入楚地，乃拜项燕为大将，率兵二十余万，水陆并进。探知李信兵出申城，自率大军迎于西陵，使副将屈定，设七伏于鲁台山诸处。李信恃勇前进，遇项燕，两下交锋，战酣之际，七路伏兵俱起，李信不能抵敌，大败而走。项燕逐之，凡三日三夜不息，杀都尉七人，军士死者无算。李信率残兵退保冥阨，项燕复攻破之。李信弃城而遁，项燕追及平舆，尽复故地。蒙武未至城父，闻李信兵败，亦退入赵界，遣使告急。秦王大怒，尽削李信官邑，亲自命驾造频阳来见王翦，问曰：“将军策李信以二十万人攻楚必败，今果辱秦军矣。将军虽病，能为寡人强起，将兵一行乎？”王翦再拜谢曰：“老臣罢病悖乱，心力俱衰，惟大王更择贤将而任之。”秦王曰：“此行非将军不可，将军幸勿却！”王翦对曰：“大王必不得已而用臣，非六十万人不可。”秦王曰：“寡人闻：‘古者大国三军，次国二军，小国一军，军不尽行，未尝缺乏。’五霸威加诸侯，其制国不过千乘，以一乘七十五人计之，从未及十万之额。今将军必用六十万，古所未有也。”王翦对曰：“古者约日而阵，皆阵而战，步伐俱有常法，致武而不重伤，声罪而不兼地，虽干戈之中，寓礼让之意。故帝王用兵，从不用众。齐桓公作内政，胜兵不过三万人，犹且更番而用。今列国兵争，以强凌弱，以众暴寡，逢人则杀，遇地则攻，报级动曰数万，围城动经数年，是以农夫皆操戈刃，童稚亦登册籍，势所必至，虽欲用少而不可得。况楚国地尽东南，号令一出，百万之众可具，臣谓六十万，尚恐不相当，岂复能减于此哉？”秦王叹曰：“非将军老于兵，不能透彻至此，寡人听将军矣！”遂以后车载王翦入朝，即日拜为大将，以六十万授之，仍用蒙武为副。

临行,秦王亲至坝上设饯。王翦引卮为秦王寿曰:“大王饮此,臣有所请。”秦王一饮而尽,问曰:“将军何言?”王翦出一简于袖中,所开写咸阳美田宅数处,求秦王:“批给臣家。”秦王曰:“将军若成功而回,寡人方与将军共富贵,何忧于贫?”王翦曰:“臣老矣,大王虽以封侯劳臣,譬如风中之烛,光耀几时?不如及臣目中,多给美田宅,为子孙业,世世受大王之恩耳。”秦王大笑,许之。既至函谷关,复遣使者求园池数处。蒙武曰:“老将军之请乞,不太多乎?”王翦密告曰:“秦王性强厉而多疑,今以精甲六十万畀我,是空国而托我也。我多请田宅园池,为子孙业,所以安秦王之心耳。”蒙武曰:“老将军高见,吾所不及。”不知王翦伐楚如何,且看下回分解。

第一百八回

兼六国混一舆图　号始皇建立郡县

话说王翦代李信为大将，率军六十万，声言伐楚。项燕守东冈以拒之，见秦兵众多，遣使驰报楚王，求添兵助将。楚王复起兵二十万，使将军景骐将之，以助项燕。却说王翦兵屯于天中山，连营十余里，

坚壁固守，项燕日使人挑战，终不出。项燕曰："王翦老将，怯战固其宜也。"王翦休士洗沐，日椎牛设飨，亲与士卒同饮食，将吏感恩，愿为效力，屡屡请战，辄以醇酒灌之。如此数月，士卒日间无事，惟投石超距为戏。按范蠡《兵法》：投石者，用石块重十二斤，立木为机发之，去三百步为胜，不及者为负；其有力者，能以手飞石，则多胜一筹。超距者，横木高七八尺，跳跃而过，以此赌胜。王

翦每日使各营军吏默记其胜负，知其力之强弱。外益收敛为自守之状，不许军人往楚界樵采。获得楚人，以酒食劳之放还。相持岁余，项燕终不得一战，以为王翦名虽伐楚，实自保耳，遂不为战备。

王翦忽一日，大享将士，言："今日与诸君破楚。"将士皆磨拳擦掌，争先奋勇。乃选骁勇有力者，约二万人，谓之壮士，别为一军，为冲锋。而分军数道，吩咐楚军一败，各自分头略地。项燕不意王翦猝至，仓皇出战。壮士蓄力多时，不胜技痒，大呼陷阵，一人足敌百人。楚兵大败，屈定战死。项燕与景骐率败兵东走，翦乘胜追逐，再战于永安城，复大败之，遂攻下西陵，荆、襄大震。王翦使蒙武分军一半屯于鄂渚，传檄湖南各郡，宣布秦王威德。自率大军径趋淮南，直捣寿春；一面遣人往咸阳报捷。项燕往淮上募兵未回，王翦乘虚急攻，城遂破。景骐自刎于城楼，楚王负刍被虏。秦王政发驾亲至樊口受俘，责负刍以弑君之罪，废为庶人。命王翦合兵鄂渚，以收荆、襄，于是湖、湘一带郡县，望风惊溃。

再说项燕募得二万五千人，来至徐城，适遇楚王之同母弟昌平君逃难奔来，言："寿春已破，楚王掳去，不知死活。"项燕曰："吴、越有长江为限，地方千余里，尚可立国。"乃率其众渡江，奉昌平君为楚王，居于兰陵，缮兵城守。

再说王翦已定淮北、淮南之地，谒秦王于鄂渚。秦王夸奖其功，然后言曰："项燕又立楚王于江南，奈何?"王翦曰："楚之形势，在于江、淮。今全淮皆为吾有，彼残喘仅存，大兵至，即就缚耳。何足虑哉!"秦王曰："王将军年虽老，志何壮也!"明日，秦王驾回咸阳，仍留王翦兵，使平江南。王翦令蒙武造船于鹦鹉洲。逾年船成，顺流而下，守江军士不能御，秦兵遂登陆。留兵十万屯黄山，以断江口。大军自朱方进围兰陵，四面列营，军声震天。凡夫椒山、君山、荆南山诸处，兵皆布满，以绝越中救兵。项燕悉城中兵，战于城下。初合，秦兵稍却。王翦驱壮士分为左右二队，各持短兵，大呼突入其阵。蒙武手斩裨将一人，复生擒一人，秦兵勇气十倍。项燕复大败，奔入城中，筑门固守。王翦用云梯仰攻，项燕用火箭射之，烧其梯。蒙武曰："项燕釜中之鱼也。若筑垒与城齐，周围攻急，我众彼寡，守备不周，不一月，其城必破。”王翦从其计,攻城愈急。昌平君亲自巡城,为流矢所中,军士扶回行宫,夜半身死。项燕泣曰:“吾所以偷生在此,为芈氏一脉未绝也。今日尚何望乎?”乃仰天长号者三,引剑自刎而死。城中大乱,秦兵遂登城启门,王翦整军而入,抚定居民。遂率大军南下,至于锡山,军士埋锅造饭,掘地得古碑,上刻有十二字云:“有锡兵,天下争;无锡宁,天下清。”王翦召土人问之,言:“此山乃惠山之东峰,自周平王东迁于雒,此山遂产铅锡,因名锡山。四十年来,取用不竭。近日出产渐少。此碑亦不知何人所造。”王翦叹曰:“此碑出露,天下从此渐宁矣!岂非古人先窥其定数,故埋碑以示后乎?今后当名此地为无锡。”今无锡县名,实始于此。王翦兵过姑苏,守臣以城降。遂渡浙江,略定越地。越王子孙,自越亡以后,散处甬江、天台之间,依海而居,自称君长,不相统属。至是,闻秦王威德,悉来纳降。王翦收其舆图户口,飞报秦王,并定豫章之地,立九江、会稽二郡。楚祝融之祀遂绝。此秦王政二十四年事也。按楚自周桓王十六年,武王熊通始强大称王,自此岁岁并吞小国,五传至庄王旅始称霸,又五传至昭王珍,几为吴灭,又六传至威王商,兼有吴、越,于是江、淮尽属于楚,几占天下之半。怀王槐任用奸臣靳尚,见欺于秦,始渐衰弱,又五传至负刍,而国并于秦。史臣有赞云:

　　鬻熊之嗣,肇封于楚;通王旅霸,大开南土。子围篡嫡,商臣弑父;天祸未悔,凭奸自怙。昭困奔亡,怀迫囚苦,襄烈遂衰,负刍为虏。

王翦灭楚,班师回咸阳,秦王赐黄金千镒,翦告老,仍归频阳。秦王乃拜其子王贲为大将,攻燕王于辽东。秦王命之曰:“将军若平辽东,乘破竹之势,便可收代,无烦再举。”王贲兵渡鸭绿江,围平壤城,破之,虏燕王喜,送入咸阳,废为庶人。按燕自召公肇封,九世至惠侯,而周厉王奔彘,八传至庄公,而齐桓公伐山戎,为燕辟地五百里,燕始强大。又十九传至文公,而苏秦说以“合从”之术,其子易王始称王,列于七国,易王传哙,为齐所灭,哙子昭王复国,又四传至喜而国亡。史臣有赞云:

　　召伯治陕,甘棠怀德;易王僭号,齿于六国。哙以懦亡,平以强获；一谋不就，辽东并失。传四十三，年八九伯；姬姓后亡，召公之泽。

王贲既灭燕，遂移师西攻代。代王嘉兵败，欲走匈奴，贲追及于猫儿庄，擒而囚之。嘉自杀。尽得云中雁门之地。此秦王政二十五年事。按赵自造父仕周，世为周大夫。幽王无道，叔带奔晋，事晋文侯，始建赵氏。五世至赵夙，事献公，再传至赵衰，事文公，衰子盾事襄、成、景三公，晋主霸，赵氏世为霸佐，盾子朔中绝，朔子武复立，又二传至简子鞅，鞅传襄子毋邺，与韩、魏三分晋国，毋邺传其侄桓子浣，浣传子籍，始称侯，谥烈，六传至武灵王而胡服，又四传至王迁被虏，而公子嘉自立为代王，守赵祀，嘉王代六年而国灭。自此六国遂亡其五，惟齐尚在。史臣有赞云：

赵氏之世，与秦同祖；周穆平徐，乃封造父。带始事晋，夙初有土；武世晋卿，籍为赵主。胡服虽强，内乱外侮；颇牧不用，王迁囚虏。云中六载，馀焰一吐。

王贲捷书至咸阳，秦王大喜，赐王贲手书，略曰：

将军一出而平燕及代，奔驰二千余里，方之乃父，劳若功高，不相上下。虽然，自燕而齐，归途南北便道也。齐在，譬如人身尚缺一臂，愿以将军之余威，震电及之。将军父子，功于秦无两！

王贲得书，遂引兵取燕山，望河间一路南行。

却说齐王建听相国后胜之言，不救韩、魏，每灭一国，反遣使入秦称贺。秦复以黄金厚赂使者，使者归，备述秦王相待之厚，齐王以为和好可恃，不修战备。及闻五国尽灭，王建内不自安，与后胜商议，始发兵守其西界，以防秦兵掩袭。却不提防王贲兵过吴桥，直犯济南。齐自王建即位，四十四年不被兵革，下安于无事，从不曾演习武艺。况且秦兵强暴，素闻传说，今日数十万之众如泰山般压将下来，如何不怕，何人敢与他抵对？王贲由历下、淄川径犯临淄，所过长驱直捣，如入无人之境。临淄城中，百姓乱奔乱窜，城门不守。后胜束手无计，只得劝王建迎降。王贲兵不血刃，两月之间，尽得山东之地。秦王闻捷，传令曰："齐王建用后胜计，绝秦使，欲为乱，今幸将士用命，齐国就灭。本当君臣俱戮，念建四十余年恭顺之情，免其诛死，可与妻子迁于共城，有司日给斗粟，毕其余生。后胜就本处斩首。”王贲奉命诛后胜，遣吏卒押送王建，安置共城。惟茅屋数间，在太行山下，四围皆松柏，绝无居人，宫眷虽然离散，犹数十口，只斗粟不敷，有司又不时给。王建止一子，尚幼，中夜啼饥，建凄然起坐，闻风吹松柏之声，想起：“在临淄时，何等富贵！今误听奸臣后胜，至于亡国，饥饿穷山，悔之何及！”遂泣下不止，不数日而卒。宫人俱逃，其子不知所终。传言谓王建因饿而死，齐人闻而哀之，因为歌曰：

松耶柏耶，饥不可为餐。谁使建极耶？嗟任人之匪端！

后人传此为《松柏之歌》，盖咎后胜之误国也。按齐始祖陈完，乃陈厉公佗之子，于周庄王十五年避难奔齐，遂仕齐，讳陈为田氏。数传至田桓子无宇，又再传至僖子乞，以厚施得民心，田氏日强，乞子恒弑齐君，又三传至太公和，遂篡齐称侯，又三传至威王而益强，称王号，又四传至王建而国亡矣。史臣有赞云：

陈完避难，奔于太姜；物莫两盛，妫替田昌。和始擅命，威遂称王。孟尝延客，田单救亡。相胜利贿，认贼为祥。哀哉王建，松柏苍苍。

时秦王政之二十六年也。

时六国悉并于秦，天下一统。秦王以六国曾并称王号，其名不尊；欲改称帝，昔年亦曾有东西二帝之议，不足以传后世，威四夷；乃采上古君号，惟三皇五帝，功德在三王之上，惟秦德兼三皇，功迈五帝，遂兼二号称“皇帝”。追尊其父庄襄王为太上皇。又以为周公作谥法，子得议父，臣得议君，为非礼，今后除谥法不用：“朕为始皇帝，后世以数计之，二世，三世，以至于百千万世，传之无穷。”天子自称曰“朕”；臣下奏事称“陛下”。召良工琢和氏之璧为传国玺，其文曰：“受命于天，既寿永昌。”又推终始五德之传，以为周得火德，惟水能灭火，秦应水德之运，衣服旌旗皆尚黑。水数六，故器物尺寸，俱用六数。以十月朔为正月，朝贺皆于是月。“正”“政”音同，皇帝御讳不可犯，改“正”字音为“征”。征者，非吉祥之事，然出自始皇之意，人不敢言。

尉缭见始皇意气盈满，纷更不休，私叹曰：“秦虽得天下，而元气衰矣！其能永乎？”与弟子王敖一夕遁去，不知所往。始皇问群臣曰：“尉缭弃朕而去，何也？”群臣皆曰：“尉缭佐陛下定四海，功最大，亦望裂土分封，如周之太公、周公。今陛下尊号已定，而论功之典不行，彼失意，是以去耳。”始皇曰：“周室分茅之制，尚可行乎？”群臣皆曰：“燕、齐、楚、代，地远难周，不置王无以镇之。”李斯议曰：“周封国数百，同姓为多，其后子孙，自相争杀无已。今陛下混一海内，皆为郡县，虽有功臣，厚其禄俸，无尺土一民之擅，绝兵革之原，岂非久安长治之术哉？”始皇从其议，乃分天下为三十六郡。那三十六郡：

内史郡、汉中郡、北地郡、陇西郡、上郡、太原郡、河东郡、上党郡、云中郡、雁门郡、代郡、三川郡、邯郸郡、南阳郡、颍川郡、齐郡（即瑯琊郡）、薛郡（即泗水郡）、东郡、辽西郡、辽东郡、上谷郡、渔阳郡、鉅鹿郡、右北平郡、九江郡、会稽郡、鄣郡、闽中郡、南海郡、象郡、桂林郡、巴郡、蜀郡、黔中郡、南郡、长沙郡。

是时北边有胡患，故渔阳、上谷等郡辖地最少，设戍镇守。南方水乡安靖，故九江、会稽等郡辖地最多。皆出李斯调度。每郡置守尉一人，监御史一人。收天下甲兵，聚于咸阳销之，铸金人十二，每人重千石，置宫庭中，以应“临洮长人”之瑞。徙天下豪富于咸阳，共二十万户。又于咸阳北阪，仿六国宫室，建造离宫六所。又作阿房之宫。拜李斯为丞相，赵高为郎中令。诸将帅有功者，如王贲、蒙武等，各封万户，其他或数千户，俱准其所入之赋，官为给之。于是焚书坑儒，游巡无度，筑“万里长城”以拒胡，百姓嗷嗷，不得聊生。及二世，暴虐更甚，而陈胜、吴广之徒群起而亡之矣。史臣有《列国歌》曰：

东迁强国齐郑最，荆楚渐横开桓文，楚庄宋襄和秦穆，迭为王霸得专征。晋襄景悼称世霸，平哀齐景思代兴。晋楚两衰吴越进，阖闾句践何纵横？春秋诸国难尽数，几派源流略可寻。鲁卫晋燕曹郑蔡，与吴姬姓同宗盟。齐由吕尚宋商裔，禹后杞越颛顼荆。秦亦项裔陈祖舜，许始太岳各有生。及交战国七雄起，韩赵魏氏晋三分。魏与韩皆周同姓，赵先造父同嬴秦。齐吕改田即陈后，黄歇代楚熊暗倾。宋亡于齐鲁入楚，吴越交胜总归荆。周鼎既迁合从散，六国相随渐属秦。

髯仙读《列国志》,有诗云:

卜世虽然八百年,半由人事半由天。
绵延过历缘忠厚,陵替随波为倒颠。
六国媚秦甘北面,二周失祀恨东迁。
总观千古兴亡局,尽在朝中用佞贤。

校点后记

这部历史通俗小说名著，记述了春秋战国至秦统一之前五百多年的历史风云。同为历史小说，本书较之《三国演义》、《隋唐演义》等历史演义更具写实性。数百年的诸侯兼并、弱肉强食、宫廷政变、列国风情，交织成壮观的历史画卷。《东周列国志》的前身原本是明末文学家冯梦龙集前代春秋列国志传故事之大成，“重加辑演”而编著的《新列国志》。明清易代近百年之后，又经乾隆初文人蔡元放稍加润色，批注评点，更名为蔡元放评定本《东周列国志》，即成为近三百年来的通行本。

此次重新整理，即使用蔡元放早期刊本，并参订明金阊叶敬池刊行的冯编本《新列国志》与别家整理本，删去蔡本繁琐的批注评点及其所连带的冯本凡例、读法、春秋舆地图等。但我们保留了冯本可观道人叙和蔡元放序，以见两家编定本前后之渊源。本书的文字校勘整理，基本上照顾今天广大读者的简体字阅读习惯，按照规范化整理。对于书中大量使用的通假、方言、同音、古体、俗体字，古今字，以及有特殊用法的异体字，按照古籍整理通例适当予以保留。

整理本收入标明为“冯犹龙先生定本”，并有吴门可观道人小雅氏撰叙的明末刊本《新镌绣像列国志》插图 106 幅，一百七、一百八两回缺图 2 幅，借用明万历刊行的余邵鱼撰辑《列国志传》(冯梦龙所据祖本)插图补之，植入各章回中，供阅读鉴赏。所收个别图幅或稍有污漫，但瑕不掩瑜，仍可透视明版图绘之精妙。

煙 照

2004 年 12 月 24 日